LORSQUE LE DERNIER ARBRE

MICHAEL CHRISTIE

LORSQUE LE DERNIER ARBRE

roman

Traduit de l'anglais (Canada)
par Sarah Gurcel

TERRES D'AMÉRIQUE

ALBIN MICHEL

« Terres d'Amérique »

Collection dirigée par Francis Geffard

Retrouvez toute l'actualité de Terres d'Amérique et de ses auteurs
sur la page Facebook officielle de la collection :
www.facebook.com/Terres.Amérique

Édition originale parue sous le titre :
GREENWOOD

Publiée au Canada par McClelland & Stewart,
une division de Random House of Canada Limited, Toronto,
et aux États-Unis par Hogarth.
Cette traduction est publiée en accord avec The Clegg Agency, Inc., États-Unis.

Pour ma famille

« Les arbres gauchissent le temps ; ou plutôt, ils créent une diversité de temps : ici dense et abrupt, là paisible et sinueux. »

John Fowles, *L'Arbre*[1]

« Fendre du bois est un événement : on révèle pour la première fois la beauté qui se cachait dans le fût ou tronc de l'arbre depuis des siècles en attendant cette seconde vie. »

George Nakashima, *The Soul of a Tree*

1. Traduction de François Rosso, Éditions des Deux Terres, 2003.

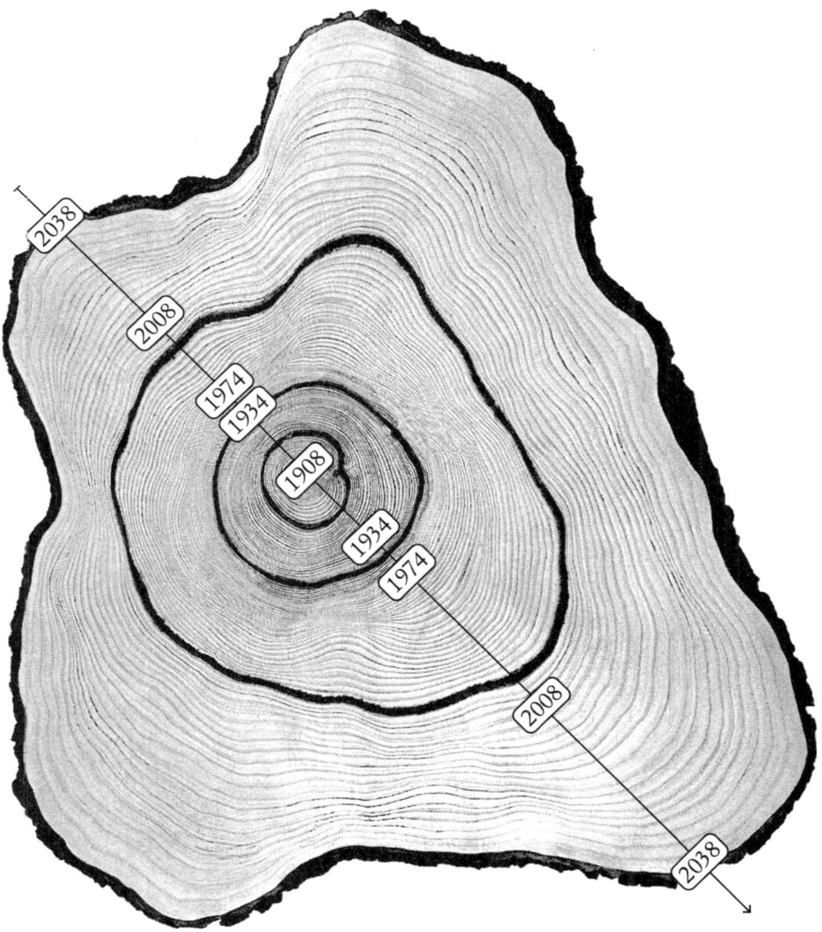
2038
2008
1974
1934
1908
1934
1974
2008
2038

2038

La Cathédrale arboricole de Greenwood

Ils viennent pour les arbres.

Pour respirer leurs aiguilles. Caresser leur écorce. Se régénérer à l'ombre vertigineuse de leur majesté. Se recueillir dans le sanctuaire de leur feuillage et prier leurs âmes millénaires.

Depuis les villes asphyxiées de poussière aux quatre coins du globe, ils s'aventurent jusqu'à ce complexe arboricole de luxe – une île boisée du Pacifique, au large de la Colombie-Britannique – pour être transformés, réparés, reconnectés. Pour se rappeler que le cœur vert jadis tonitruant de la Terre n'a pas cessé de battre, que l'âme du vivant n'a pas encore été réduite en poussière, qu'il n'est pas trop tard, que tout n'est pas perdu. Ils viennent ici, à la Cathédrale arboricole de Greenwood, pour gober ce scandaleux mensonge, et le travail de Jake Greenwood, en tant que guide forestière, consiste à le leur servir prémâché.

Le Doigt d'honneur de Dieu

Les premières lueurs de l'aube filtrent à travers les branches lorsque Jake accueille son groupe de Pèlerins à l'orée du sentier. Aujourd'hui, elle va les conduire entre les flèches démesurées des pins d'Oregon et des cèdres rouges, sur des affleurements de granit recouverts d'un épais tapis de mousse vert électrique, jusqu'aux arbres de la forêt primaire où les attend l'épiphanie. La journée s'annonce pluvieuse, aussi la douzaine de Pèlerins sont-ils dûment sanglés dans les parkas Leafskin dont on leur a fait cadeau – *leaf-skin*, littéralement « peau de feuille », le nouveau matériau reluisant d'imperméabilité mais respirant qui a remplacé le Gore-Tex, nano-usiné pour imiter la façon dont les feuilles font perler l'eau et la repoussent. Bien que la Cathédrale ait fourni une parka à Jake, elle la porte rarement, de peur d'endommager un bien appartenant à son employeur ; elle a déjà assez de dettes comme ça pour ne pas avoir à s'inquiéter d'un remplacement onéreux. Tandis qu'elle avance péniblement sous le crachin qui s'est déclenché sitôt la visite entamée, elle regrette toutefois de n'avoir pas fait une exception ce matin.

Le litre de café noir d'encre qu'elle a avalé pour lutter contre la gueule de bois ne change rien à la sensation d'avoir du caramel mou à la place du cerveau, lequel vibre à chaque pas d'une douloureuse synchronisation. Elle est tout sauf en état de prendre la parole, mais, une fois dans les premières clairières de l'ancienne forêt, elle se lance dans l'introduction habituelle.

« Bienvenue au cœur battant de la Cathédrale arboricole de Greenwood, déclame-t-elle avec emphase. Les cinquante-sept kilomètres carrés de forêt dans lesquels vous vous trouvez constituent l'une des toutes dernières forêts primaires du monde. » Aussitôt, les Pèlerins brandissent leurs téléphones et se mettent à tapoter frénétiquement sur leurs écrans. Jake ne sait jamais trop si c'est pour vérifier ses propos, clamer leur émerveillement béat sur les réseaux sociaux, ou faire quelque chose qui n'a rien à voir avec la visite.

« Ces arbres jouent le rôle d'énormes filtres à air, poursuit-elle. Leurs aiguilles absorbent poussières, hydrocarbones et autres particules toxiques, et rejettent de l'oxygène pur, riche en phytocides, des substances dont on a découvert qu'elles réduisaient la tension et ralentissaient le rythme cardiaque. Un seul de ces pins adultes peut produire l'oxygène quotidien nécessaire à quatre êtres humains. » Comme s'ils n'attendaient que ce signal, les Pèlerins commencent alors à se filmer en train de prendre de grandes inspirations par le nez.

Dans l'absolu, Jake est libre de mentionner les orages de poussière endémiques, mais la politique de la Cathédrale est de ne jamais en évoquer la cause : le Grand Dépérissement – la vague d'épidémies fongiques et d'invasions d'insectes qui s'est abattue sur les forêts du monde entier dix ans plus tôt, ravageant hectare après hectare. Les Pèlerins sont venus ici pour se détendre et oublier le Dépérissement, et le travail de Jake consiste à y veiller (or le travail, elle en a bien conscience, est une denrée rare par les temps qui courent).

Après son introduction, elle entraîne les Pèlerins quelques kilomètres plus à l'ouest dans une futaie de géants aux troncs plus larges qu'une voiture. Ces arbres sont d'une telle immensité, d'une telle majesté qu'ils semblent presque irréels, comme un décor de cinéma ou un monument historique. En présence de ces titans, les Pèlerins prennent des voix feutrées, révérencieuses. La politique officielle de Holtcorp veut qu'on désigne la forêt par le terme de « Cathédrale » et ses hôtes par celui de « Pèlerins » : d'après Knut, le guide forestier le plus expérimenté de Greenwood Island et le meilleur ami de Jake, c'est parce que les forêts ont été les premières églises (et peut-être aussi, maintenant, les dernières). Du temps où prendre l'avion ne coûtait pas une année de salaire, Jake a visité Rome à l'occasion d'un échange pédagogique et n'a vu dans ses colonnes et ses portiques que ramures souples et troncs noueux. Le dôme feuillu d'une mosquée, les flèches tendues vers le ciel d'une abbaye, la voûte à côtes d'une cathédrale : quelle structure consacrée par la foi ne tire pas son inspiration des arbres ?

Voilà maintenant que certains Pèlerins se mettent littéralement à enlacer les troncs ; il n'y a ni gêne ni ironie dans ces longues étreintes. Les brochures d'information enjoignent aux Pèlerins de ne pas approcher les arbres de trop près car leur poids tasse la terre alentour, ce qui fait obstacle à l'absorption d'eau par les racines, mais Jake se garde bien de dire quoi que ce soit. Elle regarde les Pèlerins communier, photographier et humer l'air chargé de chlorophylle avec une révérence qui relève à la fois de la mise en scène et d'un élan sincère, bien qu'elle ait du mal à estimer dans quelles proportions. Ils l'assaillent bientôt de questions affreusement techniques. « Et ça pèse combien, un truc pareil ? » demande un bonhomme court sur pattes à l'accent du Midwest. « Ça me rappelle quand j'étais gamine », déclare une banquière d'affaires quinquagénaire en caressant un cèdre drapé de mousse.

Si la plupart des Pèlerins se laissent visiblement gagner par la Magnificence verte, certains semblent perdus, comme désappointés. Jake regarde l'homme du Midwest poser sa paume contre l'écorce d'un pin d'Oregon, lever les yeux vers la canopée et s'efforcer d'être ému. Mais sa déception est palpable. Lui et d'autres ne tardent pas à se replier sur la distraction bienvenue de leur téléphone. Rien d'étonnant. Ils ont beau avoir payé le tarif prohibitif de la Cathédrale et enduré les humiliations du voyage post-Dépérissement, certains ne supportent pas de mesurer à quel point ils *devraient* se détendre à cet instant et ce qu'il leur en coûte d'échouer.

Il est facile de se moquer des Pèlerins, mais Jake les plaint aussi. N'est-elle pas restée ici dans le même but qu'eux ? Glaner quelque chose de précieux et d'encourageant auprès des arbres de l'île, respirer leur air propre, se sentir moins désespérée en leur compagnie ? Sur le continent, les Pèlerins vivent dans de luxueuses tours climatisées qui les protègent de la craqueuse – la nouvelle variante de la tuberculose qui sévit dans les bidonvilles asphyxiés de par le monde et dont le nom tient à la toux qu'elle génère, qui brise les côtes comme si c'était du petit bois, notamment chez les enfants –, mais ils viennent chercher ici une chose ineffable qui manque à leur vie. Ils ont lu tel article sur les vertus thérapeutiques du *shinrin-yoku*, « bain de forêt » en japonais. Ils ont écouté tel podcast disant que passer quelques heures parmi les arbres multipliait par trois la créativité. Donc ils sont ici pour trouver la guérison, même temporaire, et si Jake n'était pas prise à la gorge par son prêt étudiant et lancée dans une carrière de botaniste tragiquement sans débouché, elle se réjouirait d'être des leurs.

Repérant au loin une patrouille de Rangers qui se glissent avec discrétion entre les cèdres, elle rassemble prudemment les Pèlerins pour les conduire vers l'aire de pique-nique baptisée « Camp forestier haut de gamme » par le chef étoilé du complexe. Là, ils pourront déguster le déjeuner préparé à leur intention. Au menu du jour : hot dogs artisanaux avec ketchup aux chanterelles, puis guimauve bio à faire griller au-dessus du feu. Tandis qu'elle les observe photographier leur nourriture,

Jake arrête son regard sur un Pèlerin assis à l'écart du groupe, avec de grandes lunettes de soleil et une casquette ringarde vissée sur la tête. Quelqu'un qui a de l'argent. Sans doute un cadre sup de chez Holtcorp, ou bien un acteur, sauf que Jake serait bien la dernière à pouvoir le dire : comme elle n'a pas les moyens de s'offrir un écran dans son chalet de fonction – le montant des intérêts de son prêt étudiant ne lui laisse même pas de quoi se payer une connexion Internet –, elle reconnaît rarement les célébrités qui viennent sur l'île. Encore que les vraies stars soient identifiables à l'aura flamboyante qu'elles dégagent, à l'impression qu'elles donnent d'avoir réussi à établir avec le monde une relation plus profonde que le commun des mortels dont Jake fait partie.

Après le déjeuner, elle accompagne les Pèlerins au point d'orgue de leur visite, le site majeur de Greenwood Island, où elle leur assène un petit discours poétique qu'elle a écrit et mémorisé il y a déjà plusieurs années : « Bien des arbres de la Cathédrale ont plus de mille deux cents ans. Ils sont plus vieux que nos familles et que la plupart de nos noms. Plus vieux que nos formes actuelles de gouvernement, plus vieux même que certains de nos mythes et courants d'idées.

« Celui-ci, par exemple », dit-elle en tapotant l'écorce épaisse de trente centimètres du plus grand pin d'Oregon, un arbre extraordinaire qu'elle et Knut ont secrètement surnommé « le Doigt d'honneur de Dieu ». « Ce titan de soixante-dix mètres de haut en mesurait déjà quarante-cinq quand Shakespeare a trempé sa plume dans l'encrier afin d'écrire *Hamlet*. » Elle marque un temps pour observer la solennité stoïque qui s'empare du groupe. Elle n'y va pas de main morte, mais sa gueule de bois a disparu et elle a enfin retrouvé son accent rhétorique. Quand elle s'y met, elle ne vise rien de moins que l'ébahissement des Pèlerins devant les merveilles de la nature. « Chaque année de sa vie, cet arbre a augmenté son diamètre, élaborant un nouvel anneau de cambium pour enserrer l'anneau de croissance de l'année précédente. Ce qui fait mille deux cents couches de duramen, mille deux cents couches de "bois de cœur", lesquelles suffisent à propulser sa cime hérissée jusque dans les nuages. »

Elle est en train de conclure lorsqu'une main se dresse à l'arrière du groupe, une grosse Rolex pendant au poignet. « Une question ? lance Jake.

– Vous diriez que ça vaut combien, un arbre comme ça ? demande l'acteur en se malaxant le menton, qu'il a carré. Un seul. Approximativement. »

En temps normal, elle esquive les questions d'une bêtise aussi crassement capitaliste. Mais émanant de ce visage, de derrière ces dents à l'alignement militaire et à la blancheur parfaite, la question passerait presque pour intelligente.

« Oh, je serais bien incapable de vous le dire, monsieur, répond-elle sérieusement. Ces arbres sont totalement protégés par les règles de conservation très strictes édictées par Holt...

– Dites un chiffre », insiste-t-il.

Il est régulièrement rappelé aux guides forestiers d'éviter de regarder les Pèlerins dans les yeux trop longtemps, afin de ne pas interférer avec leur épiphanie, mais Jake fixe à présent sans vergogne les profondeurs verdâtres des lunettes de soleil de marque du célèbre visiteur. « Ça dépend, dit-elle.

– De quoi ?

– De qui achète. D'autres questions ? »

Au moment de lever le camp, l'acteur lui demande : « Vous voulez une photo ? », comme s'il lui proposait un objet de grande valeur. Elle hoche la tête et il se place à côté d'elle, juste devant le Doigt d'honneur de Dieu, son téléphone à bout de bras, le poignet à angle droit, la tête inclinée pour entrer dans le cadre. Il ne sait pas que photos et selfies sont des infamies que les guides forestiers sont contractuellement tenus d'endurer – et c'est ce que Jake aime décidément le moins dans son travail. Quand on pense au nombre de photos qu'elle a hantées au cours de ses neuf années ici, figurante au sourire sobre, apparition fugace dans la passionnante vie de globe-trotter des autres…

« Vous vous appelez comment ? demande l'acteur en tapotant l'écran de son portable. Je vais vous taguer. »

Seulement parce qu'elle y est obligée, elle lui donne son nom.

Elle voit les sourcils de son interlocuteur se dresser derrière les verres fumés. « Il y a un lien ? » demande-t-il en accompagnant la question d'un mouvement circulaire de l'index qui signifie : *avec tout ça ?*

Jake fait non de la tête. « Je n'ai plus de famille. Et même quand j'en avais encore une, elle n'était pas du genre à posséder des îles.

– Désolé, dit-il dans une grimace navrée.

– Pas de problème, répond-elle avec un sourire forcé. Mais il serait temps d'y aller maintenant. »

Comme le groupe regagne le sentier, Jake remarque que, sur certaines zones orientées vers l'est, en hauteur, les aiguilles des vieux pins ont bruni. Étrange, surtout à cette période de l'année. Elle décrète prématurément une pause rafraîchissement et, tout en revenant sur ses pas dans les taillis de palommiers aux feuilles luisantes, elle scrute la cime des arbres. Les Pèlerins attendent en secouant le bout de leurs chaussures de randonnée Leafskin. Il leur tarde de retrouver les agréments de leurs villas privées à énergie solaire, lesquelles sont en fait secrètement reliées au réseau, car le soleil que laisse passer la canopée primaire permet seulement d'alimenter un petit grille-pain ou de recharger un téléphone, mais pas les deux.

En y regardant de plus près, Jake découvre, parmi les voisins immédiats du Doigt d'honneur de Dieu, deux pins dont les aiguilles ont roussi jusqu'à un ton cannelle maladif. Plus bas, par endroits, leur épaisse écorce gris ciment se révèle spongieuse. L'écorce d'un arbre remplit les mêmes fonctions que la peau d'un être humain : elle empêche les intrus d'entrer et les nutriments de sortir – de sorte que toute altération ne présage rien de bon à long terme pour la survie du spécimen. Le cœur battant, Jake examine les parties affectées comme elle regarderait un accident de la route par la fenêtre de sa voiture – un mélange de curiosité et d'horreur, de compassion et de révulsion –, mais l'écorce semble intacte : pas de trace d'insectes hostiles ni d'intrusion fongique. Un peu tranquillisée, elle jette un dernier coup d'œil aux pins et se dépêche de rejoindre les Pèlerins impatients.

Pour se laisser le temps de réfléchir sur le chemin du retour, elle zappe son topo sur l'importante zone rivulaire qui hydrate la forêt. *Ils n'étaient que deux*, se rassure-t-elle. Il n'y avait pas de bestioles ni de champignons, et la terre alentour semblait humide et bien aérée. Peut-être ne s'agit-il que d'une simple anomalie. S'il s'avère que les deux arbres sont malades, ce serait une première sur l'île, du moins depuis que Jake est arrivée.

En tant que dendrologue – botaniste spécialiste des arbres –, Jake sait que beaucoup ont succombé à des hécatombes catastrophiques bien avant que ne frappe le Grand Dépérissement : le châtaignier d'Amérique dans les années 1900, l'orme dans les années 1960, le frêne commun dans les années 2000. Insectes, champignons, chancres, cloques, rouilles : les ennemis des arbres sont nombreux et comptent des super-vilains comme l'agrile du frêne, le longicorne asiatique ou le redouté *Chalara fraxinea*. Mais le Dépérissement n'a pas été causé par un organisme isolé. La plupart des scientifiques (parmi lesquels Jake) l'attribuent à une perturbation climatique trop rapide pour que les arbres puissent s'adapter, laquelle a diminué leur capacité à se défendre contre les agresseurs. Il existe sans doute des études officielles quelque part, mais depuis la montée de l'éco-nationalisme et la fin de l'Internet libre, les chercheurs ne peuvent plus partager leurs conclusions comme ils l'entendent. L'hypothèse personnelle de Jake est que le microclimat de Greenwood Island arrive Dieu sait comment à s'autoréguler, ce qui permet à l'île de rester hospitalière envers sa forêt.

Se pourrait-il toutefois que ce qui a si longtemps protégé la Cathédrale ait évolué, rendant désormais ses hôtes vulnérables aux agents pathogènes et aux intrus ? Mais pourquoi le Grand Dépérissement frapperait-il maintenant, après tout ce temps ? Il s'agit plus certainement d'un facteur abiotique non contagieux, pense Jake. Un manque de nitrogène ou une brûlure solaire. Ou un effet classique de la sécheresse. Ou alors les deux pins ont tout bonnement vieilli et, après avoir vécu en tandem pendant un millénaire, se nourrissant l'un l'autre grâce à leurs réseaux mycéliens et conversant via leurs substances odorantes, ils ont décidé d'affronter la fin ensemble, comme ces gens mariés depuis cinquante ans qui meurent à quelques jours d'intervalle.

Ce qu'il me faut, c'est un verre, se dit la jeune femme sur le chemin de la yourte qui sert de réfectoire au personnel, après sa dernière visite de la journée. Mais si elle boit, elle sera peut-être tentée de raconter sa découverte à Knut. Il a beau être particulièrement calé en botanique, elle se demande s'il l'aiderait à diagnostiquer les deux arbres malades – il faudrait pour cela relever les précipitations, prélever de la terre et des tissus pour les observer au microscope – ou s'il n'opterait pas plutôt pour des mesures plus radicales. Si brillant soit-il, Knut a toujours eu une fragilité mentale, effet secondaire d'un romantisme écologique dont Jake craint qu'il ne puisse survivre aux sempiternelles déceptions de la réalité.

Et puis le fait que les Rangers patrouillent dans la forêt primaire sans se cacher des Pèlerins montre clairement que la direction est inquiète. S'ils découvraient le brunissement, ils pourraient faire une bêtise, comme vaporiser l'île entière de fongicides non testés ou tenter de limiter les dégâts en relocalisant le complexe sur l'un des rares autres sites où survit la forêt patrimoniale – essentiellement au Canada, avec quelques exceptions en Russie, au Brésil et en Tasmanie, le plus souvent sur de petites îles.

Pour le moment, en conclut Jake, les pins resteront son secret. Les Rangers ne sont qu'une milice privée sans expertise scientifique à qui les aiguilles brunes échapperont. Quant aux autres guides, étant donné que chacun a son itinéraire imposé et que seul celui de Jake passe par l'est du Doigt d'honneur de Dieu, il y a peu de risque que l'un d'eux les remarque. Jake sait que Knut va parfois en douce dans la forêt primaire sur son temps libre et qu'il pourrait repérer les dégâts, mais comme sa vue baisse, il est bien improbable qu'il distingue des aiguilles aussi hautes. L'écorce spongieuse est en outre impossible à déceler si on ne la cherche pas expressément.

Elle a donc le temps. À condition qu'il ne soit pas déjà trop tard.

Knut

« Il y a quelque chose de vraiment répugnant à réduire l'apogée de la magnificence naturelle à un simple *décor thérapeutique* pour les riches. Tu n'es pas d'accord, Jake ? » Knut fait chauffer son moteur à diatribes, comme il n'y manque jamais lorsque arrive un groupe de nouvelles recrues chez les guides forestiers. Il déroule son discours de bienvenue pendant le dîner, dans la yourte-réfectoire, les pieds posés sur la table commune à côté des plats réchauffés au micro-ondes.

« Au moins, on ne les abat plus systématiquement », répond Jake comme un robot. Si d'habitude, lors des discours d'intégration de Knut, elle joue volontiers le jeu du duo comique, aujourd'hui elle veut surtout le faire changer de sujet. Normalement, les patrouilles de sécurité des Rangers se concentrent sur le littoral de Greenwood, où ils repoussent les bandes hétéroclites qui viennent parfois du continent pour piller les caches de nourriture de la Cathédrale. Mais ces derniers temps, Jake a remarqué qu'ils patrouillaient davantage dans l'intérieur de l'île et le complexe lui-même, et surveillaient le personnel de plus près qu'à l'ordinaire. S'ils passent à proximité de la yourte, il y a de bonnes chances qu'ils entendent les remarques blasphématoires de Knut. Il a déjà reçu des avertissements pour ses critiques ; s'il se fait prendre à nouveau, son renvoi ne fera pas un pli, le condamnant à se remplir les narines de particules toxiques avec le reste de l'humanité impécunieuse.

« Pourquoi tu ne leur racontes pas comment John Muir a convaincu à lui tout seul le gouvernement fédéral des États-Unis de créer le système des parcs nationaux ? » reprend-elle pour dévier la discussion vers l'un des sujets préférés de Knut.

Mais il poursuit ses doléances tandis qu'elle va choisir dans le congélateur un « Duo de navets et pommes de terre façon parmentier à la crème » – les produits laitiers ont toujours transformé son ventre en coussin péteur –, retire le film qui recouvre la barquette et jette cette dernière comme un frisbee dans le micro-ondes. En attendant que ça chauffe, elle regarde à nouveau par les minces fenêtres en plastique de la yourte : aucun signe de patrouille. Elle reporte donc son attention sur la nouvelle fournée de guides forestiers. Tous les huit ont autour de vingt-cinq ans, sortent des meilleures universités américaines où ils ont décroché des diplômes de botanique ou d'études environnementales financés par de grandes fortunes familiales, et il est fort probable qu'aucun d'eux n'ait inhalé ne serait-ce qu'une micropoussière de toute sa vie. La plupart travailleront à la Cathédrale quelques années pour « acquérir de l'expérience » avant de se lancer ailleurs dans une carrière phénoménale. Leurs riches parents s'acquitteront volontiers des prix exorbitants du complexe pour venir admirer furtivement leur fringant rejeton dans son uniforme de guide forestier, et ne manqueront pas de l'applaudir et de l'encourager bruyamment pendant sa visite. Qu'elle-même – avec son obscur diplôme (« L'université d'*Utrecht* ? À vos souhaits. ») – puisse conserver son emploi au milieu de ces gamins splendides et prodigieux, prêts à travailler pour un salaire avec lequel elle ne serait pas en mesure de survivre, voilà qui reste un mystère pour Jake.

« Y en a-t-il seulement un parmi vous, poursuit Knut, pour apprécier l'*indicible ironie* de voir des membres de l'élite dirigeante et des célébrités venir jusqu'ici se revigorer spirituellement avant de pouvoir retourner, ragaillardis, à des vies qui, directement ou indirectement, portent notre planète à ébullition, condamnant un peu plus encore les merveilles de la nature auxquelles appartiennent ces arbres sacrés qu'ils prétendent vénérer ? »

Tandis que son repas tournoie lentement dans le micro-ondes derrière elle, Jake regarde les jeunes observer Knut – presque soixante ans, moustache grisonnante, peau ridée éternellement bronzée bien qu'il n'ait pas quitté la canopée de la Cathédrale depuis des années – avec le ravissement inquiet que suscite un présentateur de journal télévisé déviant de son script. De tous les guides, Knut est de loin le plus savant et le plus apprécié des visiteurs, ce qui explique que leur chef, Davidoff, rechigne à le licencier. Malgré son insubordination, les avis des internautes sont dithyrambiques : le fait qu'il tourne toujours autour de 4,9 dit bien l'impossibilité d'un 5 sur 5. Mais Jake a vu des tas de guides et autres employés de la Cathédrale se faire remercier pour des infractions mineures, comme se plaindre de la nourriture surgelée ou mentionner en passant le Dépérissement.

« Sauf que le lien entre le Grand Dépérissement et le changement climatique provoqué par les émissions de carbone n'est pas scientifiquement étayé », dit l'une des nouvelles recrues, une jeune femme aux cheveux noir de jais. *Super*, se dit Jake. *Grâce à lui, maintenant c'est* eux *qui en parlent. On va tous se retrouver sur une barge d'approvisionnement direction le continent avant même que le repas soit fini.*

« La plupart des champignons se développent quand il fait chaud, non ? » demande Knut d'un ton professoral à la jeune femme, qui pourrait être sa petite-fille.

Elle hoche la tête, mal à l'aise.

« La plupart, oui, répond-elle doucement, comme si elle c gnait une entourloupe.

– Idem pour les insectes, non ? »

Nouveau hochement de tête.

Knut s'incline dans un grand salut théâtral. « Alors considérons l'étayage avéré, dit-il.

– Comment pourrions-nous, humbles scientifiques que nous sommes, espérer saisir les mystères de l'univers ? » s'interroge Jake d'un ton fataliste en portant jusqu'à la table son plat aussi bouillonnant qu'un volcan mais totalement dénué de saveur. « Et maintenant je propose qu'on la boucle et qu'on mange. »

L'ignorant une nouvelle fois, Knut se focalise sur un jeune homme aux spectaculaires boucles blondes qui, à en croire son badge, s'appelle Torey. « Non mais, quand même, j'aimerais qu'on m'explique comment ça pourrait ne *pas* déprécier la valeur spirituelle de quelque chose de voir des gens obligés de payer sous nos yeux des sommes astronomiques pour y avoir accès. »

Torey hausse les épaules avec un sourire incertain, en espérant que les autres vont lui souffler des indices.

« De la *simonie*, voilà comment ça s'appelle, ajoute Knut, content de lui. Et nous, les amis, sommes des profanateurs à demeure. S'il était en vie, John Muir en personne nous chasserait du temple. »

Un peu plus tôt, Knut a informé les nouveaux qu'il était né à Pforzheim, en Allemagne, une ville située à la lisière de la Forêt-Noire, que certains de ses ancêtres avaient contribué à débarrasser de ses arbres en les abattant et en les convoyant sur le Rhin jusqu'aux Pays-Bas afin qu'ils deviennent des mâts de navires, avant que d'autres n'en replantent en quantité, fondant plusieurs réserves naturelles parmi les premières d'Europe. Il lit Carl von Linné dans le texte sur son temps libre et vénère littéralement John Muir, le fameux naturaliste américain qui décrivit avec amour le pin d'Oregon se trouvant sur le littoral. « Et contrairement à la plupart d'entre vous, ajoute-t-il, je suis arrivé au Canada *avant* le Dépérissement. Gardez ça en tête.

– Au moins on fait ce qu'on aime, dit Torey avec un sérieux inébranlable.

– Oui, mes amis, déclare Knut en posant une main bienveillante sur l'épaule du jeune homme, la Cathédrale arboricole de Greenwood est l'endroit où les gentils écoguerriers amoureux de la forêt viennent mourir en faisant ce qu'ils aiment. » Knut fait un signe de croix avant de se taire enfin et d'attaquer son dessert, un gâteau sous emballage individuel.

À partir de là, le dîner se déroule en silence et, fort heureusement, sans visite des Rangers. Comme c'est au tour de Jake de nettoyer le réfrigérateur du personnel, elle laisse les autres sortir après le repas et se retrouve seule dans la yourte.

« Tout s'est bien passé dans la forêt aujourd'hui ? » demande un peu plus tard une voix étouffée dans son dos. Jake sort la tête du frigo et trouve Davidoff debout dans l'embrasure de la porte, ses bras velus croisés sur la poitrine. Certains guides prétendent qu'avant le Dépérissement, c'était un agent des forces spéciales russes, mais il est petit et flasque, avec des yeux éteints comme des pièces de monnaie sales, et Jake n'a jamais perçu la menace latente que décrivent ses collègues.

« Très belle implication de mes Pèlerins aujourd'hui, chef, dit-elle. Beaucoup de questions pertinentes. Et quelques épiphanies sincères aussi.

– Les nouvelles patrouilles de Rangers ne vous ont pas gênée, dites-moi ? » Il gonfle fièrement la poitrine. « J'ai réussi à trouver des financements pour corser le jeu maintenant que les raids se font plus fréquents. On craint que les bandes du continent finissent par trouver un moyen de débarquer ici.

– Mes Pèlerins n'ont à aucun moment ne serait-ce que soupçonné leur présence, et moi je me sens beaucoup plus en sécurité de les savoir là, réplique Jake avec un sourire crispé. Mais j'ai remarqué une petite anomalie aujourd'hui, ajoute-t-elle d'un ton aussi léger que possible. Une touche de brunissement des aiguilles de certains pins, des spécimens pas particulièrement notables à proximité des chalets du personnel. Rien d'inquiétant, mais il faudrait aller voir de plus près. Avec votre permission, je voudrais emprunter un microscope, des pluviomètres et un kit de prélèvement d'échantillons de sol, histoire d'en avoir le cœur net.

– Vous n'allez pas toucher aux arbres de notre forêt primaire, hein ? demande-t-il, sceptique. Si les Rangers attrapent qui que ce soit avec un microscope dans la Cathédrale, ce sera l'exil immédiat, avant même que j'en aie vent.

– Non, bien sûr que non, répond-elle en sentant le mensonge lui tordre l'estomac. Rien à voir avec la forêt primaire. Des arbres près de mon chalet, c'est tout, et juste par curiosité.

– J'apprécie l'intérêt que vous portez à notre grandiose patrimoine, Greenwood, dit Davidoff avec un sourire que contredit son regard éteint. Vous avez l'autorisation de prendre ce dont vous avez besoin dans le hangar logistique. Mais je veux que vous soyez en forme demain. Vous avez une visite privée à la première heure.

– Moi ? » s'étonne Jake. On ne la choisit jamais pour les visites privées, sans doute parce qu'elle a dix ans de plus que la plupart des autres guides et que ce sont toujours des hommes qui réservent ces visites individuelles. Ses pensées se portent sur la célébrité dans son groupe du jour – Corbyn Gallant –, dont certaines nouvelles recrues ont évoqué la venue avec émotion pendant le repas. « Avec qui ?

– Je ne sais pas trop, répond Davidoff. Mais de gros bonnets de la boîte vous ont spécifiquement demandée. Alors je compte sur vous pour déployer ce bon vieux charme Greenwood. »

Tout en se dépêchant de rejoindre le hangar logistique avant qu'il ne ferme pour la nuit, Jake repense aux rumeurs fumeuses de visites privées où, après une petite balade en vitesse dans les bois, un « massage » à cinq mille dollars avec huile parfumée au cèdre aurait été prodigué à quelque prince saoudien ayant fait fortune dans les panneaux solaires par telle ou telle guide dont on veillera à taire le nom. Compte tenu du fait que les intérêts de son prêt étudiant n'en finissent pas de gonfler et qu'ils avaleront d'ici un an la totalité de son salaire bimensuel, Jake a honte d'admettre qu'elle en ferait sans doute autant. Les choses seraient tout autres si elle nageait dans une fortune familiale comme Torey et ses petits camarades. Car il n'y a rien de tel que la pauvreté pour vous faire comprendre à quel point l'intégrité est un luxe.

Le Grand Dépérissement

Jacinda Greenwood a huit ans quand le train qui ramène à New York sa mère, Meena Bhattacharya – premier alto solo de l'Orchestre symphonique de Los Angeles –, après un concert à Washington, quand ce train, donc, déraille et plonge douze mètres plus bas vers l'autoroute encombrée. Les premiers secours retrouvent Meena dans le mince ruban arboré qui sépare les voies allant vers le nord de celles allant vers le sud, le crâne défoncé mais ses lunettes de vue étrangement toujours en place. La mort de sa mère apprend prématurément à Jake que le corps humain est fragile et que nos courtes existences peuvent s'arrêter à tout moment, sans plus d'avertissement qu'une porte qui claque dans un courant d'air.

Cette disparition draine le monde de Jake de toute couleur. Elle mange rarement, ne s'exprime que par murmures. On l'envoie à New Delhi aux bons soins de ses grands-parents, des fonctionnaires installés dans une banlieue typique de la classe moyenne au sud de la ville. Les États-Unis lui manquent aussitôt. Elle regrette la géométrie parfaite des trottoirs et la touche de ketchup sur ses frites – le moindre souvenir est une épine dans sa chair, impossible à extraire. Mais ce qui lui manque le plus, c'est d'entendre sa mère jouer de l'alto dans la pièce à côté, un gazouillis apaisant presque impossible à distinguer de sa voix.

Une semaine après son arrivée en Inde, Jake trouve sur son lit un carton sur le côté duquel sa mère a écrit : LIAM GREENWOOD. Tout ce que Meena lui a dit de son père, c'est qu'il était mort en travaillant clandestinement aux États-Unis comme menuisier-charpentier quand Jake avait trois ans. Peut-être parce qu'elle n'a jamais vu son visage, pas même en photo, Jake se l'est toujours plus ou moins représenté sous les traits de Paul Bunyan, le légendaire bûcheron géant, comme s'il était lui-même quasiment un arbre : un sourire éclatant, de grosses mains de manieur de hache, une chemise écossaise et de la sciure plein les cheveux.

Les yeux rivés au nom sur le carton, Jake se rappelle les paroles de sa mère, un jour dans le métro à New York, le grand étui encombrant de l'alto coincé entre elles tel un garde du corps. « Ton père était une personne complexe, avait expliqué Meena avec l'éternelle bienveillance dont elle gratifiait jusqu'aux plus pauvres âmes de la ville, certaines d'entre elles partageant d'ailleurs leur wagon. Mais c'était quelqu'un de bien. Et il a essayé de se rattraper à la fin. Il t'a laissé deux ou trois choses que tu recevras quand tu seras plus grande et de l'argent pour tes études, et aussi une vieille ferme dans la province de la Saskatchewan, que je n'ai pas encore réussi à vendre. »

Alors ce carton, là, devant Jake, est une révélation, un vaisseau temporel envoyé depuis un passé lointain et inaccessible. Lisant à nouveau le nom de son père, elle imagine toutes les merveilles que pourrait contenir la boîte : peut-être éloigneront-elles la créature maléfique qui vit dans son ventre depuis la mort de sa mère. Mais lorsqu'elle trouve enfin le courage de l'ouvrir, le carton ne contient ni photo de son père, ni pile de lettres ou journal intime qui expliquerait pourquoi il n'a jamais pris le temps de lui rendre visite, ni ce que sa mère entendait par « se rattraper ». Il n'y a là que l'acte de propriété jauni de terres sans valeur, quelques outils à bois démodés, une douzaine de disques vinyle et une paire de gants de travail visiblement jamais portés. Jake peste et pousse le carton au fond du placard à coups de pied. Comme ses grands-parents n'ont pas de tourne-disque, elle écoute les vinyles de son père quelques mois plus tard chez une amie, et se sent encore plus humiliée quand elle découvre qu'il ne s'agit pas, comme elle l'espérait, d'enregistrements de sa mère jouant de l'alto ou de son père lui lisant des histoires, mais plutôt d'une série de poèmes monotones récités par le même homme exaspérant qui en fait dix fois trop.

Meena était fille unique. Comme ses parents avaient déjà lancé dans le monde une enfant parfaite pour la perdre de façon incompréhensible, ils adoptent avec Jake une approche prudente, et l'envoient dans le vaste jardin derrière la maison chaque fois qu'elle s'ennuie. C'est là qu'elle découvre le grand figuier des banians aux troncs multiples qui s'étale sur toute la propriété – trente-huit au total, dont elle apprend que tous relèvent du même être vivant. Elle commence par trouver effrayant cet étrange labyrinthe de feuilles couleur d'alligator : un monstre cherchant à l'embrouiller pour mieux la dévorer. Mais parce que sa vie ne lui offre rien qui se rapproche autant d'un ami que ce banian, elle en vient bientôt à le connaître mieux que sa propre chambre. Après l'école, quand elle a fini ses devoirs, elle disparaît dans l'arbre avec ses livres de botanique illustrés et son service à thé, et passe des heures allongée là, à lui parler et à imaginer ses racines : une serre aux innombrables griffes plongeant sans doute si profond dans le sol qu'elle peut saisir l'âme même de la Terre. Au bout de six mois, Jake se sent proche non seulement du banian mais de tous les arbres, qu'elle vénère avec une ferveur que les autres filles réservent aux étalons à robe ivoire ou aux idoles bollywoodiennes à la voix de miel.

Par chance, l'argent laissé par son père pour son éducation couvre tout juste les frais de scolarité d'une école internationale, où elle suit des cours optionnels en botanique. À dix ans, elle connaît déjà par cœur son encyclopédie de dendrologie. À onze ans, elle sait distinguer visuellement un sapin baumier d'une pruche du Canada, un chêne d'un cornouiller. Et à douze ans, elle est capable d'opérer la même distinction à l'oreille, sur la seule base du bruit du vent dans les feuilles, à partir d'enregistrements trouvés sur YouTube.

Pour son quatorzième anniversaire, elle convainc ses grands-parents de la laisser faire neuf heures de route dans un bus surpeuplé, occupé jusqu'au dernier centimètre carré, pour rejoindre le célèbre Institut de recherche forestière de Dehradun. Cet immense domaine boisé fondé par les Britanniques au pied de l'Himalaya est l'une des plus vieilles institutions au monde à pratiquer la sylviculture de façon scientifique. C'est dans ses vêtements honteusement chiffonnés par le voyage que Jake fait la connaissance de la directrice de l'institut, le docteur Biswas, experte reconnue du figuier des pagodes, ou arbre de la Bodhi, l'espèce sous laquelle Bouddha médita à Bodhgaya. Jake lui a écrit de nombreuses lettres regorgeant de questions dont la pertinence a suffisamment impressionné la chercheuse pour qu'elle propose à la jeune fille une semaine de résidence informelle, que Jake passe dans les laboratoires et herbariums à découvrir de ses propres yeux les innombrables espèces qu'elle n'a jusqu'ici aperçues que dans les livres. Elle retourne ensuite une semaine par an à Dehradun pour son anniversaire, et quand elle termine le lycée, le docteur Biswas la recommande au département de botanique de l'université de Colombie-Britannique, à Vancouver, une ville arborée où – Meena l'avait mentionné une fois – le père de Jake vécut jadis.

Là-bas, de brèves fiançailles avec un camarade étudiant en biologie mises à part, Jake se consacre tout entière aux anneaux de croissance et aux racines pivotantes, aux polypoïdes et aux triploïdes, à la dispersion du pollen, aux gamètes, aux ovules et à la génétique des semences. Chaque jour, son cerveau grésille de nouvelles ondes d'entendement. Elle devient convaincue qu'une connaissance véritable et parfaite des mécanismes secrets des arbres est le passe-partout intellectuel qui déverrouillera toutes les réponses à ses questions. Que même les mystères impénétrables du temps, de la famille et de la mort peuvent être résolus si on les considère par le prisme vert de cet organisme magnifiquement complexe.

Alors qu'elle prépare son doctorat à l'université d'Utrecht quatre ans plus tard – un diplôme financé par un échafaudage alambiqué de prêts étudiants et de bourses tenant debout par la magie des cartes de crédit, laquelle hante aujourd'hui encore les serveurs des agences de recouvrement –, elle détecte, dans des publications de la sphère dendrologique et des comptes rendus universitaires, les premiers signes de ce qui va devenir le Grand Dépérissement. À mesure que succombent et disparaissent les forêts primaires partout sur le globe, le sol se dessèche faute d'arbres pour protéger la terre des rayons du soleil implacables, ce qui entraîne la formation de nuages de poussière assassins, dont les particules extrêmement fines étouffent la terre – exactement comme dans les années 1930 lors de cet épisode de grande sécheresse que fut le Dust Bowl, lequel dévasta les plaines du sud des États-Unis, mais cette fois-ci à une échelle bien supérieure : les plus grandes fermes industrielles se retrouvent ensevelies et des villes entières, étranglées.

Ce n'est qu'après le retour de Jake aux États-Unis, alors qu'elle présente à Boulder, dans le Colorado, un article sur l'usage coopératif par les pins d'Oregon des composés odorifères à des fins de communication, que le plus grand arbre du monde, un séquoia du nord de la Californie connu sous le nom de Général Sherman, se fend dans toute sa longueur par vent modéré : les deux moitiés du tronc, dont on apprendra ensuite qu'il était rongé par un champignon, s'abattent avec fracas sur le sol de la forêt. La perte écologique est minime – il reste encore de nombreux séquoias, dont certains tout aussi anciens –, mais la symbolique sinistre de l'événement affole l'économie, qui s'effondre par réaction au Dépérissement. Les fermes industrielles font faillite, les marchés financiers suffoquent, le chômage galope, les incendies non maîtrisés et les émeutes de la faim se multiplient : il n'y a désormais comme seule réponse rationnelle que le désespoir le plus total.

Les cartes bancaires ne servant plus à rien, Jake fait du stop en direction du nord et mendie sa nourriture, un tee-shirt humide noué sur le visage afin d'empêcher la poussière de lui emplâtrer les poumons. Elle dort dans des conduits d'évacuation et sur des aires d'autoroute. Lorsque le Canada apparaît au loin, elle a si faim qu'elle en tremble. Par chance, le Grand Dépérissement en est encore à ses débuts et de larges pans de frontière ne sont toujours pas gardés : Jake, qui fait techniquement partie des premiers réfugiés climatiques, passe donc sans encombres. Dans la Saskatchewan, aux abords de la ville d'Estevan, elle parvient à localiser la ferme que lui a léguée son père. Le gros des bâtiments a été pillé, tout le bois arraché, et les champs sont couverts d'une telle couche de poussière que Jake en a jusqu'aux cuisses, mais, miraculeusement, le puits qu'elle découvre près d'un vieux saule pleureur donne encore de l'eau claire, et la cave qui sert d'abri anti-tempête est intacte. Jake s'y terre un mois durant : elle se nourrit de boîtes de conserve périmées, dort et reprend des forces. Un soir, elle entend les voix de gens qui fouillent les décombres au-dessus d'elle. Quelqu'un essaie même d'ouvrir la porte de la cave, mais Jake l'a barricadée avec une vieille barre de fer et les intrus finissent par renoncer.

Le lendemain matin, elle marche dans la poussière étouffante jusqu'à la gare d'Estevan et grimpe à bord d'un énorme wagon de marchandises qui transporte des voitures recouvertes de plastique blanc : douze Mercedes neuves, pour lesquelles il y a donc encore un marché, alors même qu'au bord de la route des gens au visage bleui meurent de faim et s'asphyxient. Elle trouve une portière ouverte et s'installe sur le siège en cuir gris, aussitôt assaillie par une si forte odeur de neuf qu'elle est prise de migraine. Grâce à la clé électronique rangée dans la boîte à gants, elle peut, tout en filant vers l'ouest, écouter la radio, incliner le siège, mettre le chauffage et enclencher les essuie-glaces quand la poussière s'accumule trop.

En deux jours, la voici à Vancouver où son ancienne université, fermée depuis, a été pillée. Elle récupère les quelques affaires qu'elle avait laissées là, notamment le carton de son père, et parvient à retirer ce qui lui reste d'argent à la banque. Elle découvre à cette occasion que le prêt étudiant qu'elle avait prévu de rembourser avec son salaire d'enseignante a survécu au Dépérissement. Elle prend une chambre bon marché dans un vieil hôtel près de l'océan, mais la nourriture est devenue hors de prix et elle risque la faillite si elle ne commence pas tout de suite à payer sa dette. Acculée, elle répond à une offre d'emploi qui concerne un projet au descriptif assez flou sur une île au nord-ouest de la ville. Bien qu'elle soit totalement surqualifiée pour le poste de guide forestière à la Cathédrale arboricole de Greenwood, elle reste convaincue que si Holtcorp l'a choisie parmi sans doute des milliers de candidatures, la sauvant ainsi d'une existence misérable vouée à la craqueuse et à la poussière – et, pire encore, privée du compagnonnage équilibrant des arbres –, cela tient avant tout à la coïncidence vertigineusement arbitraire de son nom de famille.

Saumon grillé

Jake arrive au hangar logistique juste avant la fermeture : elle y emprunte, contre signature, un microscope, trois pluviomètres et un kit de prélèvement d'échantillons du sol. Il lui serait impossible de procéder aux mesures lors de ses visites, aussi devra-t-elle se glisser auprès des arbres malades dans la forêt primaire après le travail, ce qui sera risqué, surtout depuis l'intensification des patrouilles de Rangers. Comme elle doit se lever de bonne heure le lendemain pour la visite privée, elle décide à contrecœur de remettre ça à un autre soir et se contente d'une balade rapide jusqu'à l'océan pour calmer ses pensées avant de se coucher tôt.

L'air est agité d'une brise légère et le ciel constellé d'étoiles quand elle prend le sentier qui mène à la jetée, où accostent les barges d'approvisionnement. En dépassant un groupe de femmes de chambre indonésiennes, elle reconnaît le parfum de l'huile de cèdre biologique dont elles aspergent les villas des hôtes, mais seulement après les avoir récurées avec des produits chimiques qui brûlent les yeux. Au bord de l'eau, Jake s'arrête sous un cerisier d'ornement pour observer quatre gardiens salvadoriens qui nettoient en silence un ensemble de jacuzzis avec vue sur la baie. Les autres employés la saluent toujours d'un hochement de tête amical, mais elle a entendu dire qu'ils la considéraient comme une énigme. Elle a beau avoir le teint aussi basané qu'eux et un salaire aussi pitoyable que le leur, elle porte le même nom que la Cathédrale et que l'île elle-même. Cela suggère à leurs yeux une déchéance presque incommensurable.

Elle regarde un gardien plonger une épuisette dans l'un des bassins fumants avant d'en retirer une grenouille arboricole. Même de loin, elle voit que le chlore a décoloré le vert émeraude de la reinette en un pâle vert pois, et ça la rend malade. Au moment où elle s'apprête à rentrer, des Rangers en uniforme noir fondent sur l'un des Salvadoriens qui fumait une cigarette roulée, en violation totale des strictes consignes anti-incendie de la Cathédrale. Tête baissée, ses compagnons posent leurs outils et se laissent palper par les Rangers, en quête de contrebande, qui pointent sur eux leurs pistolets compacts. Craignant que le matériel scientifique qu'elle transporte ne suscite des questions, Jake s'éclipse discrètement tandis qu'ils entraînent sans ménagement le contrevenant pour le mettre sur la prochaine barge en direction du continent.

Il fait noir quand elle arrive à son chalet et découvre Corbyn Gallant qui l'attend près de la porte, le menton collé à la poitrine et le regard plongé dans les profondeurs talismaniques de son téléphone. Il ne s'est pas rasé, mais il a troqué la parka Leafskin contre une chemise en baptiste savamment usée et boutonnée jusqu'en haut. Sans lunettes de soleil et sans casquette, la structure de son visage force l'admiration.

« Vous êtes perdu, monsieur ? » demande Jake en approchant.

Il lève les yeux de son portable et, le temps que s'ajuste sa rétine, on dirait un enfant. « Mais n'est-ce pas la Belle Dame aux Arbres que voici ! dit-il comme s'ils étaient de vieux amis. Il me reste des questions importantes que j'aimerais vous soumettre.

– Je ne suis pas censée voir les Pèlerins en dehors du travail, dit-elle en vérifiant qu'il n'y a pas de patrouille à proximité. Que diriez-vous de me retrouver demain, à la même heure, au début du sentier des visites ? On pourra parler de tout ce bois ancien que je vais vous vendre à des prix insensés.

– À vrai dire, j'espérais qu'on pourrait discuter en buvant un verre chez vous, sauf que je doute qu'on rentre à deux là-dedans », dit-il en examinant la rangée de chalets minuscules dans lesquels loge le personnel. Ce ne sont en fait que des cabanes améliorées, dont la direction préfère épargner aux Pèlerins la vue miteuse en les reléguant sur la partie la moins majestueuse de l'île, où les arbres sont comparativement plus jeunes et moins étoffés. « Mais je dois dire que ces spécimens m'ont l'air d'être plus dans mes prix que ceux que vous m'avez montrés tout à l'heure.

– Ça ne figure pas dans les dépliants, dit Jake en baissant la voix, mais ce côté-ci de l'île a été rasé par un incendie en 1934. Le feu a laissé un cercle carbonisé à la lisière de cette zone – ce qui signifie, je suis navrée de vous l'apprendre, que seule la moitié de la Cathédrale appartient authentiquement à la forêt primaire. » C'est agréable de se risquer à une bribe de vérité, ça soulage un peu après une journée entière à débiter la version officielle.

« J'emporterai le secret dans ma tombe, dit-il, main sur le cœur. Et si on allait chez moi ? »

Jake sent son dos se raidir. Les guides forestiers ont l'interdiction de pénétrer dans les villas des hôtes, a fortiori en dehors de leur temps de travail. Mais Corbyn est sans doute le Pèlerin qui a réservé la visite privée dont parlait Davidoff tout à l'heure. Et même si ce n'est pas lui, Jake pourra plaider l'ignorance et se débrouiller pour échapper à la punition si elle se fait prendre. Ce qui n'empêche que traîner près des villas à cette heure dans son uniforme de guide forestière reviendrait clairement à chercher des ennuis auprès des Rangers.

« Donnez-moi une minute », bredouille-t-elle avant de plonger dans son chalet pour troquer sa tenue – un look de boy-scout croisé avec l'accoutrement technique d'une coach de fitness – contre la robe Prada de couleur verte récupérée aux objets trouvés, qu'elle attendait désespérément d'avoir une occasion de porter. Par-dessus, elle enfile le coupe-vent Leafskin fourni par la Cathédrale, histoire de compléter son déguisement de Pèlerine. Elle rejoint Corbyn, prend une grande inspiration et scrute le sentier pour s'assurer de l'absence de Rangers avant de s'aventurer de son côté à lui de l'île.

Avec sa belle structure en bois et sa vue imprenable sur l'océan, la Villa Douze est le logement le plus luxueux et le plus convoité de la Cathédrale, et il faut le réserver des années à l'avance. La Première ministre canadienne, actuellement considérée comme la personne la plus puissante de la planète, y a séjourné en famille l'an dernier.

« Depuis quelque temps, j'envisage d'aller vivre ailleurs, dit Corbyn en déverrouillant avec son téléphone la porte en bois savamment travaillée. Alors je me suis dit que j'allais faire un petit essai chez vous. »

En le suivant à l'intérieur, Jake repense à la diatribe de Knut sur les élites américaines qui parlaient toujours d'émigrer au Canada, surtout lorsque le résultat des élections n'allait pas dans leur sens. Depuis le Dépérissement, et après que les aquifères jadis florissants des États-Unis se sont taris comme les tonneaux de bière d'une fête étudiante, beaucoup sont effectivement passés à l'acte, laissant les pauvres et ceux qui ne pouvaient pas bouger se vautrer dans la poussière et s'y étouffer. Étant donné le penchant russe pour le totalitarisme et le récent coup d'État en Nouvelle-Zélande, le Canada, avec ses ressources en eau et en arbres, est devenu la chambre forte où se réfugie le gratin du monde entier. Stars de cinéma, géants de la haute technologie et banquiers d'affaires inondent les rues jusqu'ici dédaignées de villes comme Moose Jaw, Vernon, Thunder Bay, Chicoutimi et Dartmouth. « Et c'est ainsi, râle Knut, que le voisin modeste et bien élevé des États-Unis, jadis considéré comme un simple entrepôt géant, telle une armoire à provisions sans fond reléguée au grenier de l'Amérique, s'est retrouvé l'adresse la plus courue de la planète. »

Tandis que Corbyn lui offre un rapide tour du propriétaire, Jake fait ce qu'elle peut pour cacher son émerveillement. Où qu'elle pose les yeux, ce ne sont que sublimes meubles danois en teck, et il y a un vrai poêle avec un vrai feu qui brûle dedans, et puis aussi une immense bibliothèque contre le mur côté nord avec sans doute un millier d'authentiques livres en papier – tout ça dans une architecture magnifiquement complexe de poutres et de piliers en vieux bois forcément inestimable. La débauche de luxe de la Villa paraît sans fin, mais ce sont les livres qui l'impressionnent le plus. Presque tous datent visiblement d'avant le Dépérissement, et ils couvrent tous les sujets imaginables. Après que le gros du stock mondial a été réduit en bouillie pour récupérer la fibre de bois nécessaire à la fabrication de biens indispensables comme des masques anti-poussières, des filtres à air et des billets de banque, la valeur du reste a flambé. Pour son anniversaire il y a cinq ans, Jake a failli dilapider la moitié de ses économies dans un manuel de botanique sublimement illustré, se ravisant au dernier moment. Depuis, le prix de l'ouvrage a triplé.

« Délicieusement rétro, hein ? » dit Corbyn en servant deux bourbons sur le bloc de boucher qui sert d'îlot de cuisine – du Basil Hayden pur, la marque que Jake achèterait si elle avait de l'argent. Au début du Dépérissement, alors que des données dendrologiques catastrophiques envahissaient son ordinateur depuis les quatre coins du monde, Jake ne pouvait rien faire sinon boire des Old Fashioned et regarder en boucle des vidéos piratées de *Planète Terre*, la série de la BBC. Ces images prises depuis l'espace sur lesquelles de magnifiques forêts d'arbres à feuilles caduques passaient en accéléré d'une couleur à l'autre, *vert puis rouge doré puis brun puis vert*, lui secouaient le corps de sanglots jusqu'à ce qu'elle finisse par s'évanouir – de déshydratation, d'ébriété ou de désespoir, elle n'aurait su dire.

Corbyn ajoute quelques bûches dans le poêle, puis ils s'installent sur le sofa en laine et trinquent, laissant le feu leur tiédir les mollets. La chaleur est différente de celle du chauffage électrique auquel Jake est habituée, plus pleine, plus pénétrante. « Oh, je vais devoir vous demander d'éteindre votre téléphone », lui dit-il.

Jake tapote les poches inexistantes de sa robe. « Je n'en ai pas. » Elle ajoute presque : *Vu mon niveau de solvabilité, je n'ai même pas droit à un appareil à clapet.*

Une expression théâtrale se peint sur le visage de Corbyn, du genre de celle qu'on peut voir dans le dernier plan d'un navet sentimental. « Mais voilà qui est parfaitement adorable. » On dirait qu'il s'adresse à une enfant précoce qui viendrait sans le vouloir de faire preuve de profondeur. Puis il désigne les étagères d'un vague mouvement de main. « Vous préférez sans doute encore lire les livres papier, non ?

– Coupable, Votre Honneur. »

Corbyn se rapproche et discourt un moment sur les périls de la technologie, avant de prendre son téléphone pour appeler le bistrot chic du complexe et commander à dîner. Lorsque arrivent leurs plats, du saumon grillé sur planche de cèdre, Jake se cache dans la salle de bain exquisément carrelée le temps que le serveur – un certain Ramon, qu'elle connaît – pousse le chariot du room service jusqu'à la cuisine.

Quand elle revient, Corbyn a rempli de vin deux verres en cristal délicat, et ils se hissent sur les tabourets devant l'îlot central pour manger. Elle goûte d'abord l'accompagnement : tomates anciennes violettes et salade verte, douce comme de la soie. Elle n'a pas vu ni mangé de saumon depuis des années, pas depuis que le Dépérissement a tari tous les cours d'eau, empêchant le frai, et que l'ambitieux poisson a été condamné à languir dans l'océan. Les filets ont été glacés avec un mélange d'ail, de vinaigre balsamique et de véritable sirop d'érable – encore une extravagance. Admirant les strates de chair grasse couleur rubis, Jake est soudain frappée par la ressemblance qu'elles présentent avec le grain du bois, notamment celui des pins d'Oregon. La biologiste en elle raffole de ces parallèles de croissance. Avec quelle ténacité les divers organismes fabriquent leurs tissus, couche après couche, année après année.

Le repas terminé, Corbyn regarde sa Rolex, fronce les sourcils et escorte Jake jusqu'au sofa, où ils s'abandonnent à un baiser qu'il interrompt très vite : « Pardon de mettre ça sur le tapis, susurre-t-il en emplissant l'oreille de Jake de son haleine embrumée par le vin. Je veux juste qu'on soit francs l'un avec l'autre.

– Bien sûr, dit-elle, incertaine.

– J'ai quelque chose à avouer, quelque chose de gênant. » Il prend une grande inspiration. « À cause d'une grave allergie au latex, les médecins m'interdisent l'usage des préservatifs. Crois-moi, ce n'est vraiment pas beau à voir quand j'y contreviens. Alors je suis obligée de te poser la question : tu es clean ? »

Elle est tentée de répondre : *Je suis potentiellement une boîte de Petri ambulante pleine d'un cocktail de maladies, parce que si Holtcorp fournit gratuitement des stérilets à tout son personnel féminin, on ne nous donne en revanche pas accès à des soins médicaux, je n'ai donc pas vu de médecin digne de ce nom depuis la fac, alors qui sait ?* Mais elle passe une bonne soirée, et l'idée de retourner dans son chalet lugubre et minuscule lui est insupportable. Alors elle glousse et dit : « Bien sûr. Et toi ? »

Il rit. Ce qui peut vouloir dire « Bien sûr que oui » comme « Bien sûr que non, mais ce n'est pas ça qui va t'arrêter. » En faisant un peu gaffe, autant aller au bout. Pourquoi pas ? Il y a quelque chose dans l'endettement sans fond et le brassage du désespoir écologique qui fait du sexe pour le sexe une forme de soulagement. Certes, elle préférerait une relation sur le long terme à une histoire forcément sans lendemain avec Corbyn, mais comment quoi que ce soit pourrait-il durer dans un monde aussi abîmé ? Un monde où, chaque nuit, des milliers d'enfants toussent à en mourir et où même les arbres les plus majestueux ne peuvent espérer survivre ?

Leurs ébats terminés, ils restent allongés sur le canapé, sous une couverture en cachemire d'une douceur inimaginable. « Ça doit être difficile, en tant que femme, dit Corbyn, d'être aussi savante, aussi passionnée par son sujet, et de devoir promener des idiots de mon espèce au milieu de ces arbres magnifiques. » Il sourit, certain que cette réflexion marquée du sceau de l'intelligence prouve qu'il est tout le contraire d'un idiot.

Jake prend une grande inspiration. Contrairement à Knut, elle choisit soigneusement ses mots, surtout quand elle s'adresse à un Pèlerin. « Je vis ici, je fais un travail qui a du sens et je ne m'endors pas d'épuisement à force de tousser. Alors, pour tout cela, je suis reconnaissante.

– Mais quelque part ça doit quand même être une tannée, non ?

– J'ai une qualité de vie bien supérieure à celle que moi ou tous ceux que je connais pourrions normalement espérer. Sauf toi, j'imagine. »

Le sourire de Corbyn s'épanouit lentement, telle l'aube à travers la canopée de la Cathédrale. « Tu sais quoi ? Je t'envie », proclame-t-il avec une certaine incrédulité, comme s'il était en train de dire quelque chose de délicieusement absurde.

Alors donne-moi cent cinquante mille dollars, pense-t-elle. *Tu peux remettre ma vie d'aplomb en un clin d'œil pour le prix de tes vacances.* Au lieu de quoi elle répond : « Oh non, ne dis pas ça.

– Mais sérieusement ! Vivre ici… Sur cette île, dans cette forêt, à faire ce que tu aimes. Avec de vrais livres en papier et sans téléphone ! C'est une bonne vie, une vie simple que la tienne. »

Une vie simple ? Jake manque de ricaner. À l'université, face aux divers comités devant lesquels elle a défendu son projet de recherche et qui étaient principalement composés d'hommes imbus d'eux-mêmes en costume de tweed, elle a pleinement pris conscience de son aversion pour la condescendance. « Aux âmes simples les joies simples, tu veux dire ? » lâche-t-elle, avant de le regretter aussitôt.

Le visage de Corbyn se tord en une expression d'angoisse disproportionnée, tel un personnage de film qui viendrait d'apprendre que sa femme est morte. « Je t'ai blessée, pardonne-moi. »

Le débat n'en vaut pas la peine, aussi Jake accepte-t-elle ses excuses avant de laisser la conversation rouler sur des sujets qu'il choisit : la grande promesse de l'innovation environnementale, l'attrait dangereux mais irrésistible des réseaux sociaux, la résilience chaotique de l'ingéniosité humaine. Visiblement, aucun sujet ne le laisse indifférent, et tous luisent du même vernis d'enthousiasme juvénile.

« Bon, tu veux toujours ta visite privée demain matin ? » demande-t-elle une heure plus tard, après de nouveaux ébats, tandis qu'elle commence à planifier l'itinéraire qu'elle devra prendre pour rentrer discrètement dans son chalet en pleine nuit.

« De quoi tu parles ? » Il regarde sa montre. « Demain à l'aube je m'envole pour le Nunavut. Je vais participer à une cérémonie de guérison traditionnelle inuite menée par des anciens sous une aurore boréale. Ça va changer ma vie. »

Une histoire à raconter

À sept heures le lendemain matin, Jake se présente pour la visite privée et découvre, à l'entrée du sentier, un revenant : son ex-fiancé.

« Est-ce que ça te fait aussi bizarre qu'à moi ? » dit Silas en lui tendant la main.

Il y a maintenant treize ans que Jake a quitté Vancouver avec un aller-simple pour les Pays-Bas, non sans lui avoir préalablement renvoyé par la poste sa bague de fiançailles, mais sans écrire ni prononcer le moindre mot d'explication. Elle comptait bien ne jamais le revoir, d'autant qu'elle s'était persuadée depuis longtemps que le Dépérissement avait réduit à néant la possibilité de retrouvailles accidentelles. Raté.

« C'est une sacrée surprise », dit-elle en prenant sa paume douce et bien hydratée dans la sienne, préliminaire à une accolade rapide et mécanique.

Personne de sa vie d'avant le Dépérissement n'était encore venu sur l'île, et l'apparition de Silas lui semble surnaturelle, comme si elle avait brusquement basculé dans un rêve. Outre la cascade de culpabilité qui lui gronde aux oreilles, Jake éprouve un filet de honte à l'idée qu'il la retrouve dans cette déchéance, lui qu'elle a jadis admiré : elle a l'impression d'avoir été débusquée en pleine mascarade, accoutrée de cet uniforme ridicule dans un parc d'attractions grotesque planqué au bout du monde.

Après leur accolade, ils restent là un moment, mal à l'aise, cherchant tous les deux quoi faire.

« Écoute, Silas, dit Jake au moment précis où lui-même allait prendre la parole, je comprendrais parfaitement que tu préfères qu'on trouve quelqu'un d'autre pour te faire faire la visite.

– Tu plaisantes ? » Il repousse l'idée d'un geste de la main tandis qu'un large sourire se déploie sur son visage. « Qui mieux que toi pourrait me guider parmi ces arbres incroyables dont tout le monde parle ?

– D'accord… », dit Jake sans conviction, s'efforçant tant bien que mal de maintenir une façade de professionnalisme. Il a beau être la dernière personne au monde avec qui elle aurait envie de passer les prochaines heures, il n'en reste pas moins un Pèlerin – et son propre poste dépend de la satisfaction que lui donnera la visite. « Alors allons-y. »

Après avoir récité son premier passage obligé, Jake laisse Silas prendre un peu d'avance sur l'étroit sentier qui serpente entre les troncs colossaux du labyrinthe de la Cathédrale. Élégante tenue Leafskin noire, silhouette témoignant d'un exercice régulier, peau soignée jusqu'à la quasi-luminescence : le Dépérissement a été clément envers lui. Il occupe sans doute maintenant un gros poste scientifique chez Holtcorp et le groupe lui a offert une escapade revigorante dans l'un de ses complexes récréatifs. Mais Jake est soudain traversée par la pensée qu'il n'a pas eu l'air si surpris que ça de la voir. L'aurait-il choisie délibérément ? Pour le plaisir de se sentir supérieur quelques heures et de lui prouver qu'elle a jadis commis une erreur monumentale ?

Ils s'étaient rencontrés à un cours de sciences de la Terre pendant la première année d'université de Jake. Farouche militant écologiste, Silas l'emmenait à des collectes de fonds et à des projections de documentaires – la sauvant sans le savoir de la solitude des week-ends qu'elle passait dans sa résidence étudiante à parcourir des textes de botanique et à admirer les structures des branches comme d'autres des vêtements dernier cri. Il était intelligent, plein d'esprit mais pas cynique, et en quelques mois à peine ils avaient développé un lien d'une telle intensité qu'on aurait dit des organismes symbiotiques, incapables de survivre l'un sans l'autre. Jake assista bientôt à la débauche d'anniversaires de mariage et d'anniversaires tout court que la grande et riche famille de Silas semblait fêter sans discontinuer. Elle avait l'impression d'être une vagabonde entrée par hasard dans leur chalet de ski ou leur maison au bord du lac : elle regardait les parents de Silas et ses cinq frères et sœurs préparer ensemble des repas sophistiqués qu'ils partageaient ensuite autour de tables somptueusement dressées dans le joyeux vacarme des conversations. Après son enfance solitaire, la densité de la vie de famille de son petit ami la fascinait, et cette fascination devint impossible à démêler des sentiments qu'elle éprouvait pour lui. Par chance, Silas avait suffisamment d'intuition pour éviter de l'interroger sur son passé. Il n'y avait de place dans leurs conversations que pour le crédit-carbone, le carnage écologique et le lobbying mortifère des géants pétroliers – on était alors dans cette période naïvement touchante d'avant le Dépérissement où les gens croyaient encore qu'un engagement modéré et de bonnes intentions éviteraient la catastrophe. À mesure qu'approchait la fin du cycle universitaire, Silas s'inquiétait de plus en plus de leur séparation imminente : il demanda Jake en mariage, lui faisant promettre que tous deux choisiraient des universités géographiquement compatibles pour leur doctorat. Elle accepta, cette décision lui convenant d'abord très bien. Mais lorsqu'on lui proposa un poste auprès d'un pionnier de la recherche à Utrecht et que Silas se vit offrir tout le tralala à UC Irvine, en Californie, Jake dut choisir : Silas ou les arbres. Sa réaction, paniquée, fut de bloquer les appels, textos et courriels de son fiancé et de partir aux Pays-Bas en s'épargnant des adieux à l'aéroport.

En bref, Jake avait choisi les arbres.

« Bon sang, ça m'avait manqué, dit Silas quand ils se retrouvent de nouveau côte à côte sur le sentier élargi. Le soleil, l'oxygène, la terre, l'eau… Les matières premières de la vie.

– Silas, commence Jake doucement, je sais que je ne t'ai pas quitté de la façon la plus élégante qui soit…

– Je t'en prie, ne t'excuse pas, répond-il en secouant la tête. C'est de l'histoire ancienne. Tu avais tes raisons. Je suis juste heureux de voir que tu as pu faire fructifier tes talents. »

Tout en le remerciant, elle passe ce qu'il vient de dire au microscope en quête d'une trace d'amertume ou de condescendance, mais n'en trouve aucune.

« À vrai dire, je m'attendais presque à ce que tu prennes tes jambes à ton cou en hurlant quand tu m'as vu, ce matin. » *Il savait donc que ce serait moi*, réalise soudain Jake. « Je suis content que tu ne l'aies pas fait. C'est un soulagement de savoir que tu as atterri dans un endroit aussi beau et aussi protégé.

– Et toi, où as-tu atterri ?

– À San Francisco. Enfin, ce qu'il en reste. Plus précisément dans une communauté fermée d'Alameda. Mais j'envisage de revenir au Canada. Les nuages de poussière ne font qu'empirer, et avec les millions de gens qui s'enfoncent un peu plus chaque jour dans la pauvreté et tous ces réfugiés climatiques qui passent les frontières…

– Tout doux, bijou, l'interrompt Jake en veillant à garder un ton léger. Moi aussi je suis une immigrante, tu te souviens ?

– Oh, je ne parle pas d'acharnés de travail comme toi, qui cherchent une chance de déployer leurs compétences. C'étaient sûrement des gens bien au départ, mais après quelques années de poussière, les voilà prêts à massacrer ta famille et à piller ta maison sans même te faire l'amabilité de commencer par demander de l'aide. »

Il y aurait beaucoup à répondre, mais Jake ne s'y risque pas, de peur de le contrarier. Pour changer de sujet, elle demande : « Tu as des enfants ? », et se reproche aussitôt sa maladresse. Prématuré.

Il secoue la tête, puis lui renvoie la question d'un haussement de sourcils.

Même réponse. « La Cathédrale ne peut pas accueillir les enfants du personnel. On nous fournit même une contraception gratuite, par sécurité. » Jake ne parle pas du fait qu'elle a depuis longtemps rangé la maternité dans le tiroir fermé qui contient tout ce que le Dépérissement a rendu impossible pour les gens comme elle : une maison à soi, une relation amoureuse stable, un laboratoire de recherche, un poste d'enseignant fixe. Et puis, même si elle avait de l'argent, comment souhaiter à un enfant de naître dans la désolation de ce monde déchu ? Les enfants ont besoin d'espoir et de prospérité comme les arbres d'eau et de lumière, et Jake Greenwood a épuisé ses réserves de l'un comme de l'autre.

Ce n'est que lorsqu'elle émerge de ce marasme de pensées que Jake remarque qu'ils sont arrivés devant le Doigt d'honneur de Dieu. Elle livre sa grande tirade tout en regardant à la dérobée les pins malades, dont les aiguilles brunies ne présentent visiblement pas d'évolution. Silas pose quelques questions obligées, mais ses efforts pour jouer le rôle du Pèlerin ne parviennent pas à occulter la sensation bizarre qu'il est ailleurs, comme si chacune de ses paroles masquait un tic-tac impatient.

« Tu as dit tout à l'heure que tu t'attendais à me voir ce matin, glisse Jake tandis qu'ils se dirigent vers l'aire de pique-nique pour une pause rafraîchissement. Tout ça n'est pas vraiment un hasard, si ? »

Silas se fend d'un sourire penaud. « Jake, il faut que je te dise qu'une fois en Californie, j'ai abandonné la biologie pour le droit. »

Pas étonnant qu'il soit si magnanime, pense Jake, *il veut me demander quelque chose*. La possibilité qu'il soit là pour la licencier lui traverse l'esprit. Mais pourquoi Holtcorp n'enverrait pas plutôt une troupe de Rangers ? « Et tu es maintenant juriste pour Holtcorp ?

– Je travaille pour un cabinet indépendant qui est *parfois* missionné par Holtcorp, oui. Mais je travaille aussi pour toi, dit-il, les yeux grands ouverts, le regard doux, presque meurtri. Ou du moins j'aimerais bien.

– Et comment comptes-tu t'y prendre exactement ? » demande Jake, sceptique.

Silas laisse échapper un rire nerveux. « Ça va un peu trop vite, là. J'avais prévu de t'en parler ce soir, à table.

– Le dîner n'est pas inclus dans les visites privées, dit-elle sèchement. Et la tienne est presque terminée.

– D'accord, très bien, dit-il, les mains levées en signe de reddition. Je suis là parce que toute cette île pourrait être à toi, Jake. *Ton authentique et légitime propriété*, j'entends. Et je suis là dans le but de t'aider à ce que cela devienne une réalité. Mais pour m'assurer que c'est possible, j'ai besoin que tu répondes à quelques questions sur ta famille. Et notamment sur ton père, Liam Greenwood. »

C'est donc un charognard, se dit Jake. Depuis que sévit le Dépérissement, elle a entendu parler de ces avocats d'une nouvelle espèce qui cherchent des cadavres juridiques à dépecer : testaments ambigus, successions litigieuses, failles en tout genre dans lesquelles ils peuvent glisser une expropriation ou une contestation devant les tribunaux. Mais Jake aurait attendu plus de jugeote de la part de Silas. Il faut vraiment que le contexte soit désespéré pour qu'il s'imagine utiliser l'infime coïncidence de son nom comme un moyen de revendiquer la propriété d'une forêt qui vaut un milliard de dollars.

« Silas, Holtcorp a baptisé ce complexe Cathédrale arboricole de Greenwood parce que ça sonnait bien. Une décision purement marketing. Rien à voir avec moi. Mon père était charpentier, il est mort en rénovant une maison dans le Connecticut – je ne sais même pas exactement quel jour c'est arrivé. Ça te semble le genre de type à posséder une île ? » Après avoir mentionné son père à voix haute pour la première fois depuis des années, elle sent les muscles de sa gorge se tendre comme des cordes de guitare.

« Je sais que c'est difficile, reprend Silas, compatissant. Mais s'il te plaît, écoute-moi jusqu'au bout et sans t'enfuir cette fois-ci, d'accord ? Tu ne crois pas que tu me dois bien ça ? »

Jake sent brusquement un nœud de culpabilité lui serrer le ventre. Elle se sent plus bas que terre. « D'accord, dit-elle, prise en faute. Tu as cinq minutes avant qu'on ne doive rentrer. »

Silas sort une grande fiche bristol de sa poche et se met à lire : « Le magnat du bois de la côte Ouest Harris Greenwood a acheté cette île en 1934, au comble de la Grande Dépression, à nul autre que John D. Rockefeller Junior, qui l'avait lui-même achetée aux Anglais, lesquels l'avaient prise aux Espagnols, qui l'avaient eux-mêmes volée aux Indiens Haïdas et aux Penelakuts une fois établis les premiers contacts avec les Européens. Harris Greenwood a évidemment donné son nom à l'île, qu'il a laissée à son hippie de fille, Willow Greenwood, militante bien connue de la cause écologiste radicale. Elle l'a remercié en en faisant don – avec le reste de la fortune paternelle – à une organisation environnementale à but non lucratif, condamnant par là même son fils Liam à une vie de dur labeur ouvrier, et la fille de ce dernier, qu'il n'a pas connue, Jacinda Greenwood, aux fers des prêts étudiants et à la servitude d'un complexe arboricole. Au bout d'un certain temps, néanmoins, l'organisation à but non lucratif s'est transformée en compagnie dédiée à l'énergie verte, laquelle a subi de plein fouet la crise de 2008, jusqu'à être contrainte de vendre l'île pour trois fois rien à Holtcorp afin de limiter ses pertes. Holtcorp n'en a rien fait jusqu'au Grand Dépérissement, voyant là une occasion de monnayer l'attrait spirituel du site. Et voilà, la boucle est bouclée. » Il s'incline en une petite révérence, puis tend la fiche à Jake. « Préparée par deux de mes enquêteurs les plus affûtés. Tout est vérifiable dans les registres publics. C'est pour toi. Cadeau. »

Jake reste sans voix tandis que cent mètres plus haut bruissent les cimes bleu-vert des pins géants. Lentement, elle tend la main et saisit le document. Le papier est bien réel sous ses doigts, précis, luxueusement épais. Elle parcourt le texte rédigé sous forme de notes. *Willow Greenwood*. Elle ne se souvient pas que Meena ait jamais mentionné la mère de Liam, avec ce drôle de prénom qui veut dire « saule pleureur ». Et il n'y avait pas trace d'elle dans le carton plein de vaines reliques. Ça ne signifie pas pour autant qu'elle n'ait pas existé. Jake est prise de vertige, en même temps que d'un certain sentiment d'exaltation. Après une vie entière sans presque rien savoir de sa famille, c'est comme si ce brusque jaillissement de noms et de faits l'avait propulsée hors de son corps. Mais il est évident que des strates de vie ont précédé la sienne, de la même façon que les arbres sont tenus par les anneaux concentriques de leurs incarnations antérieures, cerne sur cerne, année après année. Comment se fait-il qu'elle n'ait jamais pensé à poser de questions sur ses ancêtres ? La réponse, soudain évidente, c'est qu'elle n'avait personne à qui les poser.

« Même si cette île tenait effectivement son nom de mon arrière-grand-père, dit Jake qui bataille pour revenir à la réalité, elle appartient désormais à Holtcorp, et si tu t'imagines pouvoir la leur reprendre, c'est que la poussière t'a attaqué le cerveau.

Alors merci pour l'info, Silas, mais j'ai encore cinq visites à faire aujourd'hui : je te propose qu'on y aille. »

Le jeune homme prend soudain l'expression rusée et satisfaite qui a toujours agacé Jake : « Et si je te disais que Harris Greenwood et toi n'êtes en fait pas apparentés ? Imagine que nous soyons capables de prouver que tu peux revendiquer la propriété de Greenwood Island, et donc de cette forêt terriblement précieuse et fragile que tu aimes, je le sais… pas en tant que Greenwood, mais en tant que descendante du fondateur de Holtcorp : R. J. Holt. »

Alors je te dirais que si tu ne me laisses pas tranquille pour que je puisse comprendre ce qui arrive à ces arbres, putain, d'ici un an Greenwood Island sera peut-être un caillou pelé et on se fichera bien de savoir à qui elle appartient, envisage-t-elle de répondre. Au lieu de quoi elle le regarde se décharger de son sac à dos et en sortir un mince carnet à couverture rigide.

« Ceci a appartenu à ta grand-mère, reprend Silas en tenant délicatement le carnet du bout des doigts. On pensait te le poster, jusqu'à ce que je dise à mes collègues quelle sceptique tu es et que je me porte volontaire pour te le livrer en main propre. Non seulement ça me fait plaisir de te revoir – et je suis sincère –, mais j'espère aussi que tu me fais toujours confiance. »

Jake prend le carnet, la poitrine parcourue d'un picotis de ravissement, et l'ouvre. De la couverture reliée, craquelée par endroits et mouchetée de mauve, monte une odeur de gibier. Des fragments d'herbe et une très fine poussière tombent des pages noircies de suie quand elle les tourne, révélant paragraphe après paragraphe une écriture soignée – visiblement un journal intime, malgré l'absence de dates. Le papier lui-même a la couleur des amandes grillées. Il s'en dégage une robustesse qui date d'un temps où les arbres, en nombre illimité, étaient une ressource inépuisable. Un temps où l'on épongeait ce qu'on venait de renverser avec un rouleau entier d'essuie-tout et où l'on imprimait l'entièreté de sa thèse (ce fut son cas à elle) sur les seuls rectos d'une grosse pile de papier blanc comme neige.

« Je pars ce soir, dit Silas, mais j'ai l'autorisation de te confier ça jusqu'à mon retour. Inutile de décider tout de suite si tu souhaites que nous prenions l'affaire en main – je préférerais même que tu attendes. Lis ça, digère-le, habitue-toi au fait d'avoir une histoire. Simplement, promets-moi d'en prendre le plus grand soin. C'est une pièce d'une valeur exceptionnelle. Surtout pour toi.

– J'en ai déjà toute une pile sur ma table de nuit, plaisante Jake pour tenter de masquer son désir vorace de lire le livre pressé contre son ventre avec la fiche bristol, mais je le mets sur la liste. »

Silas secoue la tête en souriant. « Nous sommes en pleine négociation pour l'acquisition d'une autre pièce maîtresse du puzzle, laquelle renforcerait considérablement ton dossier. Dès que nous l'aurons, je reviendrai. » Il se rapproche et lui prend le coude. « J'ai examiné tes dettes, Jake, et je sais que ta situation est très difficile. Ça pourrait tout arranger. Et je ne parle pas que de la dimension financière. Tu n'as jamais vraiment eu d'histoire à raconter. J'ai toujours eu l'impression que tu en souffrais, consciemment ou inconsciemment. Maintenant tout ça peut changer. »

Ce soir-là, Jake rentre à son chalet, se verse un bourbon généreux et se love dans la causeuse avec le carnet ouvert sur les genoux. Après cinq visites supplémentaires à guider des Pèlerins dans la Cathédrale, elle a les yeux fatigués, peu enclins à décrypter l'écriture cursive alambiquée. (Elle n'a vu personne écrire de cette façon désuète depuis des années et elle-même en serait bien incapable, car on ne le lui a pas appris dans son école élémentaire de Delhi.) Au bout de deux pages à peine, Jake commence à piquer du nez, et les quelques fils narratifs qu'elle avait commencé à tisser se défont.

C'était idiot d'y croire, pense-t-elle en se levant pour ranger le carnet dans le vieux carton de son père avec tous les autres souvenirs familiaux. Elle a beau comprendre que ce journal est censé avoir la plus haute incidence sur sa vie ; malheureusement pour Silas et son plan, Jake s'est toujours méfiée de l'expression « connaître ses racines ». Comme si les racines étaient, par définition même, connaissables. N'importe quel dendrologue vous dira que les racines d'une forêt de pins d'Oregon adultes s'étalent sur des kilomètres. Qu'elles sont noires et enchevêtrées, emmêlées et tordues, et impossibles à tracer. Qu'elles se fondent souvent avec d'autres, et qu'elles communiquent entre elles, partageant secrètement aliments et armes chimiques. Alors, la vérité, c'est qu'il n'existe pas de distinction claire entre un arbre et un autre. Et que leurs racines sont tout sauf identifiables.

Jake vide son verre d'un trait et retourne chercher le livret dans le carton. À l'intérieur de la couverture, face à la première page, elle trouve une inscription grossière, crayonnée en lettres enfantines :

propriété de willo greenwoud

Malgré ses doutes quant aux véritables motifs de Silas et la confusion globale que lui inspirent les pages cryptiques qu'elle a sous les yeux, le cœur de Jake s'emballe légèrement à la vue du nom de sa grand-mère, si mal orthographié soit-il. Et tout en s'alcoolisant consciencieusement jusqu'à l'oubli, elle s'interroge sur Willow Greenwood : qui était cette femme et qu'est-ce qui l'a poussée à se débarrasser de sa fortune ? Elle s'interroge sur Liam : est-ce qu'il buvait, lui aussi ? Serait-ce ce qui le rendait « complexe » ? Si oui, elle lui pardonne déjà. Peut-être que ce sont les gènes hérités de son père qui la poussent à boire. Ou son absence. Ou peut-être que les gènes de son père ont causé son absence, ce qui l'a poussée, elle, à boire. Ou peut-être se sentait-il aussi peu à sa place dans le monde qu'elle-même actuellement, et que seul l'alcool lui apportait un peu de répit. À moins qu'elle n'ait des racines si embrouillées qu'une seule histoire ne saurait rendre compte de rien.

Tard dans la nuit, alors qu'elle vient de tirer sur elle la couette fournie par la Cathédrale et s'apprête à sombrer, elle prend une dernière fois le carnet et feuillette ses pages crasseuses. Un livre offre tant de correspondances avec un arbre et ses cernes, se dit-elle : les strates du temps, préservées, à disposition.

2008

Vingt-sept et cinq huitièmes

Il fait jour. La lumière filtrée par un tamis de feuilles frémit sur les murs voûtés.

Pourquoi est-ce que je dors en pleine journée ? Sans couverture ? se demande-t-il tandis qu'autour de lui tout se brouille et ondule. C'est qu'il ne dormait pas. Il lui est arrivé quelque chose. Il a perdu connaissance. Pendant combien de temps, il ne saurait le dire. Il a aussi les jambes bizarrement engourdies, lourdes comme des sacs de sable. Et c'est comme si les faits les plus simples lui échappaient, mais de trois fois rien – même son nom, il ne parvient qu'à l'effleurer du bout des doigts.

Couché sur le dos, il tourne la tête et sent le sol froid contre son visage. C'est du béton poli, avec une finition brillante, presque mouillée. Un échafaudage de trois étages se dresse à côté de lui. *Voilà d'où je suis tombé.* Il a beau ne se souvenir de rien, il connaît précisément la hauteur de sa chute. Il a lui-même mesuré du sol au plafond et il n'oublie jamais une mesure : vingt-sept pieds et cinq huitièmes de pouce. Plus de huit mètres.

Bien qu'encore sonné, il lève la tête – une vraie boule de bowling – et réussit à se redresser sur les coudes pour regarder autour de lui. Une pièce caverneuse, minimaliste, moderne. Une salle de séjour. Çà et là, des meubles austères faits de polygones acryliques. Une cheminée en pierres entières. Des murs d'un blanc arctique. Une charpente de poutres en vieux pin tenues par des attaches en fonte vintage. Des fenêtres sur-mesure qui font toute la hauteur des murs et encadrent une vue de l'océan à flanc de falaise : l'eau est d'un bleu de jean neuf, plate comme de l'ardoise.

Cette maison n'est pas à moi, se dit-il. C'est une maison de riche. Une maison qui ne sert que quelques semaines par an. L'été, probablement. Et puisqu'il connaît la hauteur exacte du plafond et qu'il porte une ceinture porte-outils, il en déduit qu'il est charpentier et qu'il est sur un chantier. Bien qu'une partie obscure mais essentielle de son cerveau lui ordonne d'arrêter de paresser et de se remettre au boulot, sa tête est encore trop embrumée et ses jambes trop lourdes pour qu'il puisse bouger. Il va devoir faire des examens médicaux avant de reprendre le travail.

Il parcourt du regard les tables basses de la pièce en quête d'un téléphone pour appeler une ambulance, en vain. Quand il remarque qu'un portable dépasse d'une poche de sa ceinture, il l'en extrait tant bien que mal, mais c'est pour trouver la vitre lézardée de toutes parts et l'écran aussi noir qu'une pupille. Il appuie sur les touches : rien. De frustration, il repousse la carcasse en aluminium et l'envoie glisser à l'autre bout de la pièce. La violence du geste provoque une torsion au plus profond de ses hanches et c'est soudain comme si on allumait un chalumeau sous son coccyx. Il s'entend hurler.

Avec la douleur, c'est un flot de détails qui lui reviennent, semblables à des oiseaux réintégrant leur nid dans les branches de sa mémoire. Il s'appelle Liam. Il est canadien, bien qu'il travaille aux États-Unis – ce que lui confirme l'air ambiant : plus chaud, avec un relent toxique, comme une vieille odeur de plastique brûlé. On est en novembre. Il rénove une maison à Darien, dans le Connecticut. Il a trente-quatre ans et malgré les efforts de sa mère il porte toujours le nom de Greenwood.

Provisions

5 kilos de riz complet bio

5 kilos de pois chiches bio

5 kilos de soja bio

5 bombes de peinture Krylon teinte marron clair

1 coupe-boulon de 90 cm

4 sacs de 10 kilos de sucre blanc

2 cartouches de cigarettes mentholées

L'arbre d'Halloween

Voici que Liam a de nouveau dix ans. Il est recroquevillé sur le siège passager du van bleu ciel de sa mère, lequel a quitté Vancouver et file vers le sud le long de la côte Pacifique. Tout en fumant ses menthols, Willow discourt en boucle sur la déforestation, les pluies acides, les « printemps silencieux », la thalidomide et l'apocalypse environnementale qui vient. Elle passe les vitesses de sa main libre et tourne le volant du Westfalia avec son genou cagneux. Liam ne va pas à l'école (il a essayé quelques semaines à Ucluelet, en Colombie-Britannique, où ils ont passé six mois quand sa mère y bloquait une opération d'abattage forestier, et il en a détesté chaque seconde), alors elle lui a dégoté quelques manuels de dernière année de primaire dans un magasin solidaire pour qu'il étudie sur la route. Mais la lecture l'épuise, il préfère donc écouter le gloussement du moteur diesel, tailler un bâton en pointe mortelle et guetter d'éventuelles voitures de police à leur poursuite dans le rétroviseur latéral.

On est dimanche, seul jour de repos des bûcherons, ce qui signifie que c'est aussi le moment où Willow mène ses « actions directes ». Tôt ce matin-là, Liam est resté dans le van à regarder sa mère jouer du coupe-boulon pour ouvrir le portail censé garder l'accès à une parcelle de forêt primaire. Il a senti son ventre se nouer tandis qu'elle conduisait au milieu des arbres et se garait à côté d'un groupe d'abatteuses-lieuses, des machines monstrueuses qui lui ont toujours fait penser à des dinosaures jaunes. Là, elle a attrapé deux des paquets de sucre blanc qu'elle stocke sous les sièges et les a déversés dans le réservoir des engins. Après quoi, malgré les supplications de son fils lui enjoignant de remonter à bord avant que n'arrivent la police ou des employés du site, elle a passé une heure dans la forêt alentour, à recouvrir à l'aérosol les marques faites par les bûcherons sur les arbres les plus précieux qu'ils comptaient faire tomber. Liam cauchemarde souvent à cause des abatteuses-lieuses, ces machines capables de dévorer des forêts entières. Que sa mère soit assez folle pour s'en prendre à elles lui semble une hérésie qui finira bien par attirer sur eux deux un malheur effroyable.

Mais c'est du passé, maintenant. La police n'est pas venue. Et puisqu'il aura dix ans demain, Willow l'emmène sur une plage dans l'Oregon, comme il le lui a demandé, pour qu'il s'essaie au surf. Il aurait préféré la Californie, mais sa mère doit participer à une manifestation à Vancouver dans trois jours. « C'est le mieux qu'on puisse faire », a-t-elle dit en lui passant la main dans les cheveux.

Liam est un petit garçon asthmatique, toujours sur ses gardes, accroché aux jupes à motif batik de son hippie de mère sitôt qu'il y a des gens qu'il ne connaît pas. Quand il est né, elle l'a appelé Liam New Dawn – Liam « Nouvelle Aube » –, mais il changera ça en Greenwood, le nom civil de Willow, dès qu'il aura dix-huit ans.

« Et dire que je voulais t'offrir un nouveau départ, protestera-t-elle d'un ton blessé quand il lui annoncera la nouvelle, une fois les démarches terminées. Pourquoi t'avilir avec un nom pareil ? »

Elle l'a eu tard, à quarante ans – « pas prévu » est une expression qu'il l'a entendue prononcer –, et elle n'a jamais totalement embrassé l'idée de maternité. Le foisonnement gênant (pour

Liam, en tout cas) de ses aisselles et la fièvre nomade avec laquelle elle charge le Westfalia et reprend la route font d'elle l'équivalent maternel d'un test de Rorschach, un nuage à forme instable traversant l'horizon de son enfance. Elle change d'avis avec une rapidité et une conviction terrifiantes. Une entreprise dont elle appréciait les produits commet quelque péché écologique et voilà que jamais, plus jamais, elle n'achètera quoi que ce soit de cette marque. Un amant la contredit lors d'une discussion enfumée de cannabis sur le complexe militaro-industriel et jamais, plus jamais, ils ne feront le plein dans la ville où il habite. Aussi loin qu'il se souvienne, Liam a toujours su que sa survie dépendait de sa capacité à éviter un tel revirement à son endroit. Il fait tous les efforts possibles pour plaire à sa mère : il répète ses formules, porte les vêtements élimés qu'elle lui achète d'occasion, s'émerveille des mêmes couchers de soleil et des mêmes arbres.

Mais le plus souvent, Willow ressemble à un moine errant qui carburerait à la marijuana, aux pois chiches et au lait de soja fait maison. Son véritable culte est celui de la nature, et des arbres en particulier. Elle croit en ces êtres vivants avec autant de pureté et de ferveur que les bouddhistes qui s'immolent pour leur foi. C'est pourquoi Liam craint par-dessus tout son engagement écologique : voilà ce qui pourrait un jour lui voler complètement sa mère, il le sait.

Après des heures de route, ils se garent sur un parking boisé près d'une rivière au centre de l'État de Washington pour y passer la nuit. Willow fait cuire du riz complet sur le réchaud à gaz en lisant à haute voix *Swallows and Amazons*, un livre qu'elle adorait, petite fille, bien qu'il soit « indécrottablement bourgeois ». Plus tard, couché sous la tente de toit du Westfalia, Liam ne dort pas, mort d'inquiétude à l'idée que des policiers vont peut-être toquer aux vitres embuées du van avec leurs torches électriques chromées, trouver le cannabis et les sacs de sucre, puis traîner sa mère en prison et l'expédier, lui, dans un orphelinat américain où les enfants ont tous des couteaux à cran d'arrêt. Willow s'inquiète aussi, mais ses préoccupations ont un spectre plus large. À la lumière d'une lampe de poche, elle couche quelques notes sur ses nouveaux stratagèmes pour faire cesser le génocide des grandes forêts patrimoniales du Nord-Ouest pacifique tout en buvant son thé raffiné.

Sa mère a l'apparence d'une écologiste dévote, mais Liam connaît ses secrets. Le gros du cannabis et des champignons est stocké à vue, mais le Westfalia recèle aussi des caches à luxe. Un flacon de Chanel N° 5 fourré dans une déchirure des sièges moisis. Des sachets de thé anglais supérieur tout au fond de la boîte à gants. Les compagnons de lutte de Willow ne se doutent pas qu'elle a été élevée dans l'opulence : grande propriété, jardinier à demeure, cours d'équitation, école privée, uniforme écossais – la totale. Son père, Harris Greenwood, a fondé Greenwood Timber en 1919 et fait fortune comme on faisait fortune à l'époque au Canada : en pillant la nature et en vendant son butin à grand profit. Il est mort quand Liam était bébé, mais, très tôt, ce dernier lui a voué, quoique secrètement, une grande admiration. Lui au moins construisait des choses vraies, tangibles, là où Willow cherche à « provoquer des prises de conscience » pour « construire demain » – une expression que Liam n'a jamais comprise.

Malgré leurs rapports tendus, Harris a laissé toute sa fortune à Willow : une montagne d'argent, une grande maison dans le quartier très select de Shaughnessy, à Vancouver, et une île privée – et tout cela, la mère de Liam s'est empressée d'en faire don à une organisation écologiste pour la protection des forêts. Willow rejoue régulièrement ce geste altruiste devant son fils, dans le Westfalia, tandis qu'ils mangent leurs pois chiches salés à l'eau de mer dans des bols en fer-blanc. « Ce sera tout – *gloups* – mademoiselle Greenwood ? » dit-elle en imitant le banquier en état de choc qui venait de préparer les documents. « Oui, c'est bon », répond-elle, en interprétant son propre rôle avec un doux sourire avant d'éclater d'un rire fanatique.

Quand Liam se réveille le lendemain matin, il trouve un cadeau d'anniversaire emballé dans du papier journal sur la table du van. Pendant un instant, il fait comme si le cadeau venait de son père. Originaire d'Oceanside, en Californie, l'homme qui se faisait appeler Sage était un genre de poète surfeur. Il rôdait sur la côte de l'Oregon pour convertir des femmes comme Willow à une religion qu'il avait inventée en écoutant l'album *Pet Sounds*. Mais Sage avait disparu dans la poussière du van bien avant la naissance de son fils et Liam ne l'avait jamais connu.

Le petit garçon prend le cadeau. Parce que l'argent manque toujours, il sait qu'il ne doit pas nourrir de grands espoirs. Pour financer leur existence frugale, sa mère et lui cueillent des girolles sauvages une fois par an. Vers la fin de l'été, ils vont à pied jusqu'aux endroits secrets que connaît Willow – ses « fermes de fées » – au plus profond des vieilles forêts. Liam est toujours épaté quand ils tombent sur plusieurs centaines de ces champignons, des orchestres entiers de trompettes miniatures qui se dressent, dorées, parmi les racines des arbres. Il n'en revient décidément pas que Willow parvienne à retrouver leur emplacement chaque année, sans carte ni boussole. Ils remplissent cinq paniers chacun, puis enfilent les girolles sur des lignes de pêche qu'ils suspendent dans le van pour les faire sécher. Sa mère en fait rissoler quelques-unes dans du beurre et les sert sur un lit de riz complet, mais Liam refuse toujours d'en manger. Leur goût lui rappelle trop celui de la forêt, et aussi l'odeur de sa mère – un vague parfum de pêche, de noix et de terre. Quand les champignons sont secs, Willow fait le tour des restaurants français huppés de Seattle, Vancouver et San

Francisco. Elle en brade des sachets entiers à des chefs ravis qui font affaire pendant leur pause cigarette à l'arrière de leur cuisine. Mais une fois les provisions achetées et les réserves à sabotage de Willow reconstituées, il ne reste jamais grand-chose.

Liam déchire le papier et découvre un attrape-rêves, identique à celui qu'il a reçu l'an dernier, tissé par sa mère, où des fils colorés s'entremêlent à de fines baguettes de cyprès. Remarquant son manque d'enthousiasme, Willow se lance dans une tirade familière sur les bandes dessinées et les jouets modernes, « inventés par les grands groupes d'information et les marchands de mort plastique ». Liam marmonne quelques remerciements et se met à ranger le van en prévision du départ. Avant qu'ils ne reprennent la route, il prétend avoir besoin de faire pipi et disparaît entre les arbres, où il piétine victorieusement l'attrape-rêves jusqu'à le réduire en miettes sur le sol moussu.

C'est sa première trahison. Son premier acte de rébellion. Qu'elle ne remarque même pas. Elle a beau parler sans arrêt du futur radieux de son fils et s'inquiéter tout haut de savoir s'il pourra profiter de la moindre forêt intacte quand il sera grand, Liam compte en semaines le temps qui sépare les fois où elle écoute ce qu'il dit et le regarde vraiment de ses yeux verts. C'est pourquoi chaque année, pour Halloween (une des rares fêtes qu'elle célèbre en le traînant à la même soirée organisée au siège du collectif La Terre Maintenant !, à Vancouver), Liam se déguise en arbre – un pin d'Oregon, pour être précis, l'espèce qu'elle préfère : il se couvre d'écorce et de branches en carton gris, et s'orne de pommes de pin taillées dans des bouchons de liège, ainsi que d'aiguilles en papier à gros grain découpées à grand-peine par ses soins. Il porte ce costume dans l'espoir que sa mère le voie enfin pour de vrai. Ça n'a jamais marché.

Cette année, Liam décide qu'il se déguisera en bûcheron.

Vivez authentiquement

À son grand soulagement, un bruit le sort des sables mouvants du souvenir : son compresseur d'air, posé près de l'échafaudage à trois mètres de lui sur sa droite, reconstitue la pression de son réservoir avec force vrombissements. C'est sa machine – Liam reconnaît la patine unique de bosses et d'éraflures. *Mais qu'est-ce qu'elle fait là ? C'est moi qui l'ai installée ?* Oui. Lui et son assistant, Alvarez, l'ont portée de la camionnette à la maison le matin même. Alors où donc est Alvarez ? N'ont-ils pas monté l'échafaudage ensemble ? En veillant à lui mettre des caoutchoucs sous les pieds pour protéger le sol ?

Quand le compresseur se tait, Liam suit du regard les tubes en aluminium jusqu'aux plaques d'isolant dénudées au-dessus de lui. Avec Alvarez, ils ont commencé à arracher l'assemblage en teck à rainures et languettes – vous imaginerez sans mal les blagues que font les charpentiers – pour le remplacer par le bois de récupération qui est la marque de fabrique de Liam, en dépit du fait que le plafond avait seulement dix ans et que le teck était en parfait état. Une fois par an, au printemps, Liam passe une petite annonce dans le *New Yorker* – une de celles qu'on trouve vers la fin, bizarres et mal fichues :

2008

ÉTABLISSEMENTS GREENWOOD : BOIS DE RÉCUPÉRATION, TRAVAIL SUR-MESURE VIVEZ AUTHENTIQUEMENT

Neuf mots absurdes qui suffisent à rendre son téléphone aussi survolté qu'un rasoir de barbier. Incroyable comme les riches à millions sont avides de ce mot magique qui commence par un A. Ils veulent des maisons dont l'extérieur ressemble à un vaisseau spatial et l'intérieur à une usine des années 1930. Liam se fiche de leurs raisons et les satisfait bien volontiers ; le bois de récupération est devenu son gagne-pain. Il a mis sa ceinture porte-outils quatre cent six jours d'affilée, sans une seule journée de repos. Il dort sur un petit matelas en mousse dans sa camionnette (sa maison depuis qu'il a perdu celle de Fort Greene, juste avant l'effondrement du marché immobilier), qu'il gare à proximité du chantier en cours. C'est peut-être lié à son enfance vagabonde dans le Westfalia de Willow, mais cette vie de vadrouille, avec une longueur d'avance sur son passé, lui convient très bien. Et la charpenterie – où il faut sans cesse mesurer, couper, clouer, poncer et recommencer sur le chantier suivant – laisse peu de place aux souvenirs intrusifs, ce qui l'arrange.

Marqué et griffé par le temps, décoloré par le soleil, le bois de récupération entassé contre le mur a une teinte argentée. Liam se revoit arracher les planches à la vieille grange de la ferme de sa grand-tante Temple près d'Estevan, dans la Saskatchewan, où il avait passé un été alors qu'il était encore enfant. Temple et son compagnon étant morts sans descendance, c'est lui qui a hérité de la propriété, laquelle ne vaut rien. Comme il n'a pas réussi à la vendre et que l'agriculture n'est pas son truc, il en épluche depuis des années, planche après planche, les bâtiments – la maison comme les kilomètres de clôtures, toutes reconstruites en 1935 après que la ferme avait été rasée par un cyclone pendant le Dust Bowl. Pour ce matériau de premier ordre, Liam va facturer vingt mille dollars au propriétaire de la maison où il se trouve – un lointain descendant des Rockefeller – et le type ne bronchera pas.

Sauf que Liam ne facturera personne s'il ne se remet pas d'aplomb pour finir le boulot. Heureusement, il ne sent plus de brûlure sous son coccyx et le brouillard dans sa tête s'est dissipé, même si ses jambes ne répondent toujours pas – mais le picotement dans ses cuisses veut sûrement dire que le dommage n'est pas définitif. Il a dû se fêler le coccyx ou, au pire, se casser le bassin et coincer quelques nerfs – deux types de blessures dont il a déjà été témoin sur des chantiers.

Il reste allongé sur le dos un moment et tente d'échafauder un plan. Comme on est hors saison, la chaleur par rayonnement du sol en béton a été réglée au minimum. La maison se trouve par ailleurs sur une propriété de vingt-cinq hectares au bord de l'océan, perchée sur une falaise, à presque cinq kilomètres de la route principale : le courrier est sûrement déposé ailleurs, dans une boîte postale, ce qui signifie que personne ne va venir le sauver de sitôt – sans doute pas avant le printemps. Liam lève à nouveau la tête pour examiner la pièce. Les chutes de bois en pagaille à côté de sa scie à onglet DeWalt lui chatouillent la mémoire : Alvarez n'avait pas l'air dans son assiette, avec ses yeux terreux vermiculés de rose. Toutes ses coupes étaient fausses d'un gros huitième de pouce, parfois plus. Il gâchait du bon bois – que Liam s'était fait suer à aller chercher dans la Saskatchewan –, aussi l'avait-il envoyé se reposer dans la camionnette pour le restant de la journée.

Quand Liam a besoin d'un assistant charpentier, il passe une annonce dans un hebdomadaire gratuit et contacte le type qui lui adresse le courriel le plus basique. Il embauche des ivrognes, des repris de justice, des toxicos, des cinglés. La plupart ne tiennent que quelques semaines, le temps de se faire un peu d'argent, avant de disparaître. Cette pratique charitable est en partie imputable à une forme de bon samaritanisme hippie hérité de Willow – ou de Temple, qui tenait jadis un genre de soupe populaire sur sa ferme. Parfois il se demande si ce n'est pas aussi une façon d'expier les années qu'il a bousillées. Aide-t-il vraiment ces malheureux ou leur donne-t-il simplement les moyens financiers de se détruire, il n'en sait trop rien. Mais il préfère la compagnie de ceux pour qui la vie n'a pas été du gâteau. Ils ont des choses plus intéressantes à raconter – et ils commentent rarement le gâchis sans nom qu'est sa propre existence.

Alvarez l'assiste depuis six mois. Il bosse bien. Le problème, c'est qu'il joue. Sur son téléphone – ce qui est pire que le casino parce qu'on l'a toujours sur soi, une vraie sirène de poche. Certains jours de paie, le temps que Liam le dépose chez sa mère, dans le Queens, Alvarez a déjà perdu son salaire de la semaine. Ce qui signifie qu'il est en ce moment même dans la camionnette, au bout de l'allée devant la maison, à attendre que Liam finisse de travailler et le raccompagne chez lui. Il suffit donc à Liam de se traîner jusque-là. Il a un autre téléphone dans la boîte à gants, un portable sans abonnement qu'il utilise quand il va au Canada. C'est tout vu. Il a peur de raviver la brûlure en rampant et il sait que tout mouvement peut aggraver sa blessure, mais il n'a pas le choix.

Le souffle rauque, il prend une inspiration, passe sur le ventre et se traîne un mètre ou deux sur les coudes. L'arrache-clou de son marteau en titane – offert par Meena au début de leur relation – crisse contre le béton, et ses chaussures à coque lui font l'effet d'haltères attachés à ses pieds. Essoufflé, il se libère de sa ceinture porte-outils pour faciliter sa progression, et un chapelet de clous de finition se répand sur le sol. Il se promet de les ramasser quand il aura retrouvé ses jambes, parce que sa vie a beau être un sacré foutoir, il a toujours laissé ses chantiers dans un état impeccable.

Comme la maison est nichée à flanc de falaise au bord d'un surplomb donnant sur l'Atlantique, le séjour est en contrebas. Liam va donc devoir monter deux escaliers aux marches de béton certes peu hautes, mais au nombre de douze, lui qui a déjà les bras fatigués d'avoir cloué des planches au plafond toute la journée. Il n'a pas monté six marches qu'il est en nage, la gorge sèche. Les canalisations sont sûrement vides, et s'il s'aventure à la cave pour ouvrir l'eau il n'arrivera peut-être jamais à remonter. Bien sûr, il a quelques packs de Red Bull dans la camionnette. Il en boit neuf ou dix cannettes par jour, car il abhorre le café noir et ne digère pas le lactose – sa mère était pareille, avec son lait de soja fait maison et son fromage de chèvre émietté sur des salades de chou kale. Le fait de s'être sorti de cinq années de consommation effrénée de stupéfiants pour ensuite avoir toujours soif de ces ridicules bombes à glucose saturées de caféine lui apparaît, selon les jours, mi-bénédiction, mi-malédiction. Dans le groupe de Narcotiques Anonymes auquel il a participé, ces addictions secondaires étaient monnaie courante : la plupart des membres fumaient leur paquet par jour ou consommaient un litrage de café digne de contrôleurs aériens. Il était tacitement admis qu'on pouvait laisser tranquilles ces vices mineurs, car les gens comme eux ne sauraient jamais vraiment vivre libres de tout besoin.

Après bien des difficultés, Liam arrive à grimper les six dernières marches et s'effondre sur le palier de l'entrée. Puis il se hisse sur une main, se cambre et atteint à grand-peine la poignée avant d'ouvrir lentement la lourde porte en verre. L'air de cette fin d'automne est glacial, presque visqueux, et la journée est plus avancée que Liam ne le pensait. Le soleil fragile sombre derrière une assemblée proprette d'ormes et de magnolias, des arbres précieux plantés autour de la maison par quelque arboriste aux tarifs exorbitants.

Il se traîne sur le sentier de briques, plantant ses coudes nus sur les pavés gelés. Arrivé aux dalles octogonales couleur de rouille qui composent l'allée à proprement parler, il voit sa camionnette blanche garée à une centaine de mètres, près de la cabane à outils. Il appelle Alvarez, mais aucune portière ne s'ouvre. Peut-être que son assistant est en train de dormir. Ou, plus probablement, de jouer sur son téléphone, oreillettes bien en place.

À la vue de la distance qu'il doit encore parcourir à la seule force de ses bras, Liam s'effondre un moment, son visage désespéré contre le sol froid. Dans ses épaules épuisées et sa colonne bourdonnante se sont finalement installées les années de labeur, de travail acharné et de vie à la dure. Il n'a jamais été si fatigué. Tandis qu'il se repose, il sent une drôle d'humidité gagner son pantalon – la chatouille d'un ruisselet. Il repasse sur le dos et glisse une main flageolante dans la braguette de son Carhartts ; ses doigts en ressortent poisseux, imprégnés d'une forte odeur d'urine. Il ne s'était pas fait dessus depuis l'époque où il s'envoyait une douzaine de cachets d'oxycodone avec un pack de bières.

Il faut qu'il bouge, sinon il va replonger dans les souvenirs. Alors il se tourne à nouveau et reprend son épuisante reptation à travers le paillis de feuilles à moitié gelées. Il a toujours traité son passé comme une énorme caravane accrochée derrière lui, un fardeau qui le rattrapera et l'écrasera s'il ose un jour s'arrêter. Mais il a beau ramper le plus vite possible, il sent que son cerveau commence à crachoter et ralentir, et il n'a bientôt plus d'autre choix que de se laisser rouler dessus.

Artisan

Pour ses seize ans, Willow l'emmène dîner, chose exceptionnelle, dans un vrai restaurant. « Il est temps qu'on parle sérieusement de ce que tu comptes faire plus tard », déclare-t-elle. Il l'observe, sceptique, par-dessus le steak qu'il a commandé dans le seul but de la dégoûter. « Tu ne veux pas que je te traîne derrière moi toute ma vie, si ? »

Sa mère a toujours espéré qu'il deviendrait artiste, poète de la nature ou hippie mystique comme les hommes aux yeux écarquillés dont elle s'entiche habituellement. Ou, mieux encore, universitaire cracheur de feu : professeur de sociologie marxiste, biologiste barbu spécialiste des arbres ou, choix suprême, avocat, défenseur enragé de l'environnement consacrant sa vie à des batailles juridiques bénévoles contre les grands groupes de l'industrie du bois et les magnats du pétrole. Mais Liam ne s'est jamais intéressé à la politique. Ni à l'art. Pas plus qu'à la spiritualité. Depuis son plus jeune âge, il admire les gens qui travaillent, et particulièrement ceux qui vivent de leur labeur, comme son grand-père Harris et sa grand-tante Temple. Il a envisagé d'être bûcheron, juste pour emmerder sa mère, sauf qu'il sait que les abatteuses-lieuses font désormais tout le travail et qu'une forêt entière peut être rasée sans qu'aucune main humaine touche la moindre écorce. Alors quand il déclare vouloir entrer en apprentissage chez un artisan charpentier et prendre des cours pour accéder à une formation professionnelle, Willow se décompose et demande l'addition.

« Je ne comprends vraiment pas pourquoi tu tiens à te travestir en ouvrier, lance-t-elle deux mois plus tard tandis qu'il étudie les codes de construction locaux à la lumière d'une lampe de poche, dans le van, après qu'ils se sont couchés.

– J'ai besoin de *travailler*, Willow, répond-il avec lassitude. Où est-ce que tu vois du travestissement là-dedans ?

– Il n'y a pas qu'une seule façon de travailler, tu sais. Ce que je fais, c'est du travail. Un travail très important. Peut-être le plus important.

– Si gâcher la vie de gens qui essaient de gagner la leur compte comme du travail, réplique-t-il en éteignant sa lampe, alors c'est vrai, tu bosses énormément. »

À dix-huit ans, Liam obtient son diplôme, loue une camionnette d'une demi-tonne et lance sa propre affaire de pose de velux, qui dépote aussitôt. Un an plus tard, il intervient dans toute la Colombie-Britannique. Il s'agrandit, recrute des types deux fois plus âgés que lui, multiplie les véhicules qu'il équipe des meilleurs outils électriques allemands. À vingt-deux ans, il achète une maison avec cinq chambres dans la banlieue de Vancouver : il truffe le toit de velux et installe dans le jardin un barbecue grand comme un cercueil d'adulte.

Sa chance, c'est d'avoir peu de concurrents dans sa spécialité, en raison des tarifs assassins des compagnies d'assurances. Car la vérité, c'est que tous les velux fuient, un jour ou l'autre. Liam enchaîne à toute allure cinq cents chantiers en deux ans, laissant derrière lui une traînée de fuites – ou de futures fuites. Mais si Willow lui a appris quelque chose, c'est bien à s'extraire des complications et à partir sans se retourner. Et quand il se déchire la coiffe des rotateurs sans se permettre le moindre jour de repos pour guérir correctement, un des vieux briscards de son équipe, lui-même passablement abîmé, lui donne un comprimé d'Oxycontin.

C'est peut-être là un autre héritage funeste de Willow, mais les neurorécepteurs de Liam ont toujours manifesté un appétit sans limite, une propension fatale à l'extase chimique et, pire, à la répétition de cette extase. Il y eut d'abord les sodas industriels pleins de sucre interdits par sa mère, qu'il volait dans les stations-service où ils s'arrêtaient pour faire le plein et qu'il sirotait en secret pendant qu'elle conduisait. Ce fut ensuite le cannabis maternel, qu'elle lui offrit volontiers une fois qu'il eut atteint l'âge vénérable de treize ans, puis, brièvement, le tabac et l'alcool, deux vices qu'elle condamnait tout en s'y adonnant copieusement. Mais rien de comparable à la glorieuse dissolution d'un cachet d'Oxy dans son ventre, la chaleur qui se diffuse dans tout le corps, l'apaisement, le pardon et la sécurité sans précédent qu'elle lui procure. C'est comme tomber amoureux. Ou ce qu'on nous vend comme de l'amour sans que la promesse soit jamais tenue. Bientôt Liam prend plusieurs cachets par jour et travaille quatre-vingts heures par semaine sans la moindre gêne.

Mais lorsque les experts en assurances finissent par le rattraper et font saisir sa maison, sa flotte de camionnettes et tous les outils qu'il possède, Liam bascule dans une spirale de dépendance sans fond qui consume ses dernières économies à la manière d'un feu de forêt. Ravagé par la drogue, et sur la paille après son incarcération pour possession de stupéfiants, Liam retourne vivre dans le Westfalia. Willow, la petite soixantaine, est passée à des formes plus bénignes d'activisme : impression de tracts dans les magasins de reprographie et campagnes d'emailing. Elle emmène Liam dans l'une de ses « fermes de fées » et il passe sa première semaine de désintoxication muet de honte. Heureusement, elle s'abstient de rappeler qu'elle l'avait mis en garde contre les périls du libéralisme, et de tout commentaire sur son choix de carrière peu judicieux.

Pour lui occuper l'esprit, elle passe de vieux disques d'un homme lisant de la poésie. « C'était à ton grand-père, dit-elle avec une solennité inhabituelle. Je les ai depuis des années, mais je ne te les ai jamais fait écouter quand tu étais petit parce que je ne pensais pas que tu aimerais. » Les poèmes sont globalement incompréhensibles pour Liam, mais les intonations chantantes de l'homme apaisent ses nerfs en miettes et, peu à peu, son existence, vécue une minute à la fois, devient presque tolérable. Après un mois de tisane aux orties, de pois chiches, de lait de soja, de bois de santal, d'insipide sagesse baba cool, de disques de poésie et, le plus revigorant de tout, de soirées passées au milieu des arbres, Liam est enfin à nouveau lui-même. Quand il a repris suffisamment de forces, ils vont cueillir des girolles et gagnent assez d'argent pour qu'il puisse s'offrir une paire de chaussures à coque et un bon mètre ruban ; dans la foulée, il est embauché par une entreprise qui construit des immeubles d'habitation à Vancouver, et assigné aux fondations. C'est un travail humiliant, le plus bas cercle de l'enfer pour un charpentier : se vautrer dans la boue cinq jours par semaine, assembler des structures qui seront détruites sitôt que le béton aura pris, avoir les doigts et les orteils fripés en permanence comme un gamin qui ne sortirait jamais du bain. Tout ça pour ériger des tours de verre aux mille placards griffés que Liam n'aura jamais les moyens de s'offrir, même à l'unité.

Reste que le goût furtif de sa mère pour le luxe a laissé sa marque, et les gars de son équipe le charrient quand il revient avec ses sandwichs « baguette et brie » à dix dollars achetés dans un bistrot chic du centre-ville. Du moins jusqu'à ce que le propriétaire du bistrot s'entiche de lui et lui passe commande d'un comptoir en bois de récupération. Paniqué, Liam se précipite à la bibliothèque municipale après le travail et lit attentivement tous les livres d'ébénisterie d'art disponibles en rayon. Le meilleur est signé George Nakashima, un maître ébéniste qui a grandi dans les forêts près de Spokane, où Liam lui-même a un peu vécu enfant. Il décide de plagier purement et simplement les modèles de Nakashima et se lance dans le chantier, en commençant par récupérer clandestinement le tronc d'un vieux sapin dans Stanley Park avec le van de Willow. C'est chez Nakashima que Liam trouve l'idée d'assortir ses planches selon la technique du « livre ouvert » : il prend deux lattes sciées dans le même rondin et place côte à côte les pièces quasi identiques, comme en miroir l'une de l'autre, créant l'impression troublante d'une double page dans un livre ouvert.

Une fois qu'il a assemblé les planches brutes de sciage avec des clés à queue d'aronde et passé de nombreuses applications d'huile d'abrasin, ainsi que deux couches de polyuréthane, les motifs du bois, ses nœuds, son grain couleur miel, toute son idiosyncrasie se met à vivre, tel un système solaire captif pendant des siècles et enfin révélé. Le résultat est d'une beauté aussi délicate qu'indestructible, et le patron du bistrot prétend que le nouveau comptoir a fait doubler son chiffre d'affaires. De gros bonnets du design voient le travail de Liam sur Internet et, un mois plus tard, il a son propre appartement : fini les fondations, il se consacre à plein temps à l'ébénisterie d'art. Il redécore des restaurants, des microbrasseries et des cafés avec du bois de récupération – de vieilles planches oubliées qu'on négligeait jusque-là. Il dépose ce qu'il gagne sur un compte auquel il n'a pas accès sans la cosignature de sa mère et neutralise les risques de rechute en travaillant sans cesse.

Peu après, un groupe d'investisseurs le fait venir à New York pour rénover un café à la mode à Park Slope. Sur le chantier, il entend les jeunes clients se plaindre de leurs prêts étudiants, de leurs groupes de musique qui ne marchent pas, de leurs doctorats inutiles, de leurs stages non rémunérés. Du haut de ses vingt-huit ans, il se sent déjà très vieux, un genre de créature sylvestre de la mythologie canadienne, qui se serait aventurée par erreur dans une métropole. Avec leurs tabliers à l'ancienne, leurs chemises en lin, leurs bottines savamment usées et leurs barbes qui sentent bon le démêlant bio, les employés du lieu ont l'air tout droit sortis d'un roman de Steinbeck. Mais Liam ne les juge pas. Les temps *sont* durs. Pas durs comme dans les années 1930, quand sa grand-tante Temple tenait une soupe populaire sur sa ferme, mais durs autrement, même dans les villes comme New York où il y a de l'argent. Et quand les temps sont durs, les gens ont besoin de la consolation d'autres temps durs, ceux du passé ou de futurs imaginaires dévastés, pour être soulagés de la douleur du présent qui les englue. Il n'est pas expert, mais il se dit que ces jeunes gens en sont réduits à manger les miettes laissées par la génération de Willow, et si lui-même n'avait pas un savoir-faire et la sève des Greenwood dans les veines, il serait tout aussi perdu qu'eux.

Une fois le café terminé, on lui commande plusieurs tables de réunion façon livre ouvert pour les bureaux new-yorkais de boîtes comme Holtcorp, Shell et Weyerhaeuser – des compagnies contre lesquelles Willow s'est battue toute sa vie. Établi depuis déjà deux ans, il est en train de rénover une énième microbrasserie de Brooklyn avec du séquoia très ancien et très cher quand il rencontre Meena Bhattacharya, qui aide la propriétaire, une amie de longue date, à faire certains choix de décoration. Ils ont beau avoir été présentés, Liam plonge le nez dans son travail chaque fois qu'il voit Meena, qui est charmante de cent façons dont il ignorait jusque-là l'existence.

« Vous ne devriez pas porter des gants ? lui demande-t-elle un jour qu'elle le trouve penché sur sa scie sur table et s'apprêtant à réaliser une coupe difficile. Et si par accident vous touchez la lame ? Vous ne pourrez plus faire de belles choses si vous n'avez plus de doigts.

– Ce truc-là mange des gants au petit-déjeuner, dit Liam en désignant la machine. Et puis, les gants, ça peut vous rendre négligent, alors mieux vaut travailler sans. Moi j'aime être au plus près du bois. »

Le lendemain elle lui propose d'aller boire un café après le travail et ils se retrouvent dans un bar animé, serrés l'un contre l'autre à un comptoir construit par Liam, bien qu'il soit trop timide pour le lui signaler. C'est la première fois qu'il s'assoit vraiment – toilettes, voitures et avions exceptés – depuis des mois. « Heureuse de voir que vos mains sont intactes », dit-elle en l'invitant à examiner les siennes, tout aussi calleuses et noueuses. Il apprend qu'elle est altiste solo à l'Orchestre symphonique de Los Angeles et qu'elle a été engagée pour une saison de six mois au Lincoln Centre. Elle est vive, drôle, et dit volontiers ce qu'elle pense, ce qui n'empêche pas toutes ses opinions politiques d'être parfaitement raisonnables ou, du moins, argumentées. Fille unique de parents ambitieux, elle a grandi dans la banlieue de New Delhi. « J'avais choisi la guitare électrique et mes parents le violoncelle, dit-elle d'un ton pince-sans-rire. Ma mère a qualifié l'alto de compromis. »

Le week-end suivant, Liam emmène Meena au musée d'Histoire naturelle voir la coupe transversale d'un séquoia géant provenant d'une forêt où Willow et lui campaient souvent. Durant le trajet en métro, il se risque à évoquer sa mère, présentant son activisme sous l'angle idéaliste plus que fanatique, et sa façon distraite de l'élever comme excentrique plus que blessante. Une fois au musée, il est déçu de voir que le séquoia a été verni et qu'ils ne peuvent donc pas respirer les riches tanins du bois naturellement impérissable qu'il a décrits à Meena. Elle est quand même impressionnée et l'invite chez elle pour la première fois.

Chaque week-end des mois qui suivent, ils vont dans le nord de l'État chercher du matériau de récupération pour les chantiers de Liam. Des agriculteurs qui les prennent pour des cinglés leur vendent leurs planches ou leurs poutres battues par les intempéries, et les regardent avec incrédulité les charger dans le van. Au début, Meena est assez motivée pour prendre un pied-de-biche et aider au démantèlement de vieilles clôtures et d'antiques étables, mais après s'être entaillé le pouce au point d'avoir besoin d'une injection antitétanique et de faillir annuler un concert, elle se contente de regarder Liam travailler, perchée sur une barrière.

« Je n'aime pas beaucoup l'expression "bois de récupération", dit-elle un samedi tandis qu'ils rentrent à New York.

– Et c'est parti, dit Liam en lui pressant le genou pour montrer qu'il plaisante.

– Ça pose la question : récupéré de quoi ? Ou, plus précisément, à qui ? Et la réponse est : à des gens qui l'utilisent mal. Des gens pauvres. Sans goût. Des gens qui ne le méritent pas. »

Des gens comme moi, pense Liam sans le dire.

« Pourquoi est-ce que les riches veulent toujours racheter aux pauvres les rares choses qu'ils leur ont laissées ? Est-ce que c'est pour leur rappeler que rien n'est vraiment à eux, jamais ? »

En dépit de ses opinions tranchées, Meena n'a rien à voir avec Willow : elle est disciplinée, stable, réfléchie, attentionnée et chimiquement conservatrice – un unique verre de vin blanc est l'ébriété la plus débridée à laquelle elle s'abandonne jamais. Chaque fois qu'elle monte dans la camionnette, elle branche son téléphone sur la stéréo de Liam et l'inonde de musique, et il aime ça. Malgré sa formation classique, elle ne supporte pas d'entendre des morceaux pour orchestre quand elle ne travaille pas. Sa grande passion, c'est la soul des années 1960, qu'elle chante à tue-tête en se trémoussant sur le siège à côté de lui. « Be My Baby », « Baby Love », « Baby I Need Your Loving ». Pour une fille qui proclame ne pas vouloir être mère tant que sa carrière n'est pas lancée, la provoque-t-il, ça fait quand même beaucoup de bébés.

C'est au cours de ces excursions en voiture que lui vient l'idée de se construire à la campagne, loin de la ville, un atelier où il concevrait et réaliserait des meubles sur mesure, comme celui qu'avait George Nakashima à New Hope, en Pennsylvanie.

« Tes comptoirs et tes tables sont magnifiques, Liam, dit Meena en lui caressant la nuque quand il lui en parle, mais je ne peux même pas imaginer les miracles que tu feras si tu as un endroit à toi, sans décorateur prétentieux pour regarder par-dessus ton épaule. »

Liam adore l'intérêt dénué de condescendance que Meena porte à son travail, comme si leurs vocations respectives avaient la même valeur culturelle. Il est surpris de voir qu'elle vit son propre métier comme des travaux forcés en s'astreignant à une discipline de pratique sévère qui l'emporte sur tout, même sur ses moments avec lui. Le résultat, c'est qu'il n'aspire déjà plus qu'à une chose : passer la moindre seconde de veille non ouvrée avec elle.

Au bout de six mois, le contrat new-yorkais de Meena se termine et elle rend son appartement dans la perspective du retour à Los Angeles. Comme Liam vit toujours dans une chambre minuscule au-dessus d'un garage à Crown Heights, il ne pourra pas l'accueillir quand elle sera de passage, alors il utilise toutes ses économies comme apport personnel pour l'achat d'une maison mitoyenne dans le quartier « qui monte » de Fort Greene. Heureusement, Meena apprécie son audace et promet de partager son temps entre L.A. et New York.

Ses obligations de musicienne l'empêchent toutefois de venir aussi fréquemment que prévu et la moitié du temps devient le quart du temps. Liam sait qu'il se fait sans doute des idées par manque de confiance en lui, mais il finit par se convaincre qu'elle a tellement l'habitude des hôtels de luxe et des salles de concert somptueuses que la maison ne lui plaît pas. Alors, sur son temps libre, il met à nu tous les murs et s'attaque à une rénovation complète avec du séquoia et du pin d'Oregon, rien que du bois ancien à la finition méticuleuse. Le matériau brut double presque à lui seul le montant de ses dettes. Elle a beau s'émerveiller ostensiblement du résultat, Meena continue pourtant à venir beaucoup moins souvent qu'il ne l'aurait espéré. Et quand elle accepte un contrat de deux mois à Prague, il plonge dans des ténèbres étouffantes où, pour la première fois depuis des années, il rêve d'Oxycontin.

Une question

« Est-ce que tu aimes les forêts plus que moi ? »

Sur la chaise longue qu'elle a sortie du Westfalia pour s'asseoir au bord de l'océan, sa mère remue un peu et passe une main dans ses cheveux emmêlés par le sel. Ils ont fini par arriver dans l'Oregon pour fêter les dix ans de Liam, sauf qu'ici l'eau est noire et glacée, et les vagues trop petites pour surfer. Il a passé un après-midi cafardeux à écraser entre deux cailloux les coquilles de moule mauves qu'il trouve sur la plage. Le froid n'a pas empêché Willow de se baigner nue toute la matinée au milieu d'une armada d'algues brunes qui la masquent et la révèlent tour à tour. Il préférerait qu'elle porte le maillot de bain qu'il lui a pudiquement acheté avec son propre argent chez JC Penney, mais elle n'a même pas retiré l'étiquette.

Sa question flotte entre eux, sans réponse, tandis que sa mère ouvre lentement une orange avec son Opinel et mord dans un quartier. Ce n'est pas la première fois qu'il lui demande et ça agace Willow, il le sait, mais il revient tout de même à la charge. Il a besoin de savoir, rien ne compte davantage, et peut-être, puisque c'est son anniversaire, obtiendra-t-il cette fois gain de cause.

2008

« Tu es quelqu'un de bien, Liam. De très, très bien, même. Mais tu n'es qu'un être humain, dit-elle en aspirant la pulpe coincée entre ses dents pour la recracher dans l'herbe. La nature est plus grande que toute l'humanité réunie. »

L'alto

Pendant les deux mois que Meena passe à Prague, Liam parvient à tenir à distance son envie folle d'oxycodone en se jetant dans une série de chantiers compliqués : des projets titanesques pour lesquels il refuse d'embaucher de l'aide. Quand enfin elle rentre, ça se passe bien pendant un moment. Du moins jusqu'à ce qu'elle ramène le stradivarius chez eux pour la première fois.

« Officiellement, dit Meena tout excitée, attablée face à lui devant les plats coréens qu'ils ont pris à emporter, on l'appelle "l'alto russe" parce qu'il a appartenu à l'État soviétique. Mais après la glasnost, il est tombé entre les mains d'une certaine Tania Petrov, la femme d'un oligarque du pétrole, qui a depuis fui Saint-Pétersbourg et qui se prend maintenant pour une bienfaitrice des arts. Elle m'a entendue jouer à Prague et elle me l'a prêté pour le week-end pendant qu'elle est à New York.

– Waouh, super », dit Liam en forçant son enthousiasme. La vérité, c'est qu'il déteste ces histoires d'Europe et de riches mécènes qui prêtent à Meena des choses irremplaçables, des faveurs pour lesquelles elle leur sera toujours redevable.

Après le dîner, Meena sort l'alto de son étui en Kevlar – qualité militaire – et joue pour Liam pendant qu'il fait la vaisselle dans la cuisine cerclée de bois qui sent encore un peu le vernis. La sonorité de l'instrument est à la fois luxuriante et précise ; il en a les larmes aux yeux, ce qui ne l'empêche pas de dire à Meena qu'il préfère le timbre solide de son alto habituel quand le morceau est terminé.

Plus tard, il profite de ce qu'elle est sous la douche pour prendre le stradivarius dans ses mains pleines d'échardes. Son premier réflexe a beau être critique, il ne peut qu'admirer la magnificence de sa facture. Une variété d'épicéa sur le dessus, ce qui semble être du saule pour les cales et revêtements intérieurs, et puis de l'érable ancien très dur pour le fond, les éclisses et le manche. Partout le grain, les jointures et la finition sont impeccables. Il prend quelques photos à la dérobée avec son téléphone, pour référence, tout en mémorisant la moindre texture et nuance de l'objet. Quand Meena émerge en enroulant ses cheveux dans une serviette, il exprime son inconfort d'avoir chez eux un objet d'une telle valeur. « Ce truc vaut plus que tout ce qu'on a jamais possédé ou qu'on possédera jamais de toute notre vie, dit-il.

– Oh, il est assuré », répond-elle avec nonchalance.

Mais Liam a du mal à dormir, surtout avec le genre de pauvres diables qui sillonnent son quartier *qui monte* – des gens tombés dans un état de dénuement qu'il a rarement vu au Canada. À son grand soulagement, Meena rend l'instrument avant de retourner dès le lundi à Los Angeles pour un concert. Mais le week-end suivant, elle rapporte l'étui dans ses bagages et s'ensuit un prêt semi-permanent. Maintenant qu'elle est associée à la mystique de l'alto russe, comme le craignait Liam, les contrats pleuvent, parmi lesquels des concerts en tant que soliste et des engagements lucratifs auprès de quatuors étrangers. Quand Tania Petrov invite Meena à se produire à une réception qu'elle donne au Waldorf Astoria, Liam prétexte qu'il n'a pas de costume et passe la soirée chez lui, à raboter des portes de placards gauchies.

Après quelques semaines à la maison qui semblent bien

courtes, Meena repart pour une tournée européenne d'un mois. Pour s'empêcher de demander aux camés du quartier de lui trouver des oxy, Liam se documente sur la construction de l'alto. Il se jette à corps perdu dans ses recherches – il n'a pas lu autant depuis ses examens de charpenterie-menuiserie – et exhume d'obscures théories sur la façon dont Stradivari obtenait sa fameuse sonorité. La légende veut qu'il ait d'abord traité le bois avec des solutions minérales – sodium, silicate de potassium, borax – avant de l'enduire de *vernice bianca*, un mélange de blanc d'œuf, de miel et de sève d'acacia. Quand il ne trouve pas ce qu'il cherche, Liam appelle des experts du sujet, de poussiéreux professeurs d'université à Vienne ou à Florence, que le raffinement technique de ses questions fait soupirer mais qui répondent tout de même. Liam apprend ainsi que les hypothèses selon lesquelles Stradivari n'aurait utilisé que du bois récupéré dans d'antiques cathédrales, peut-être celui des croix elles-mêmes, ont été invalidées par l'analyse dendrochronologique. « Donc vous êtes en train de dire qu'on pourrait fabriquer un stradivarius avec du bois moderne, c'est bien ça ? » demande Liam. Et le professeur de répondre : « Absolument. »

Liam commande en ligne le matériau nécessaire, ne choisissant que des pièces impeccables, et se fabrique tout un arsenal dans la cave. Comme Stradivari, il façonne son instrument en utilisant une forme interne, contrairement aux copistes, Vuillaume en tête, qui recouraient à des formes externes pour tenter d'approcher au plus près les originaux. Même une fois Meena revenue, Liam reste plongé dans son projet, interdisant à la jeune femme l'accès au sous-sol et mettant de la musique très fort pour masquer le ronronnement de la scie à ruban avec laquelle il dessine les courbes de l'alto. Pour le travail d'ornementation, il sort son outillage à main : des gouges, des ciseaux à bois, des racloirs et de minuscules rabots noisette hérités de son grand-oncle, qui s'était mis à fabriquer des pièces d'échecs sur la fin de sa vie. Liam sait que si l'alto est bancal d'un dixième de millimètre seulement, il sonnera faux : Meena aura beau dire qu'elle l'adore, elle en sentira secrètement les imperfections – une perspective trop insupportable pour qu'il l'envisage.

Depuis tout le temps qu'il travaille le bois, Liam n'a jamais rien fabriqué d'aussi vivant, d'aussi humain dans ses formes et son timbre. Une fois les jointures poncées, tandis qu'il applique avec un pinceau en poil de martre la dernière couche du vernis qu'il a concocté avec la plus grande précision, il est frappé par l'idée soudaine que sa mère avait raison : les arbres ont peut-être bien une âme. Ce qui fait du bois une sorte de chair. Et c'est peut-être pour ça que les sonorités des instruments fabriqués en bois plaisent tant à nos oreilles : le chatoiement choral de la guitare, les battements de cœur du tambour, les lamentations du violon – nous les aimons profondément parce qu'on dirait nous.

Au bout de trois mois de labeur et de frustration, l'alto est terminé. Lorsque Meena vient passer le week-end à New York pour son trente-deuxième anniversaire, ils vont dîner à Red Hook dans un restaurant gastronomique que Liam a jadis rénové. Rentrés chez eux, ils font l'amour pour ce qui s'avérera être la dernière fois, puis Liam descend à la cave et revient dans la chambre avec l'alto.

« Qu'est-ce que c'est ? » demande Meena en replaçant son verre de vin sur la table de nuit.

Il dépose fièrement l'instrument entre ses mains. « Un cadeau.

– Quelle merveille ! » Elle l'examine avec une fascination timide, caresse la douceur de son manche, teste l'action des cordes du bout épais de ses doigts. « Tu l'as trouvé où ?

– Je l'ai fait. » Il tente en vain d'avaler la pulpe amère qui s'est inexplicablement accumulée dans sa bouche. « Pour toi. »

Elle pose soudain l'alto sur la couette, comme s'il était devenu brûlant et qu'il lui faisait mal. « Oh, Liam, s'exclame-t-elle, une main devant la bouche, le regard perdu. Je ne peux pas accepter. » Elle secoue la tête. « C'est trop.

– Essaie-le d'abord, dit-il, pris d'une sorte de désespoir glacé qu'il n'avait pas ressenti depuis sa cure de désintoxication dans le van de Willow. J'ai fait des tas de recherches. C'est la réplique exacte d'un stradivarius. »

Sans un mot, Meena fonce s'enfermer dans la salle de bain attenante. Le front contre la porte, il l'écoute sangloter doucement.

« Je ne comprends pas, dit-il avec un petit rire forcé. Essaie-le. Il a un aussi bon son que les vrais, je te jure. Meilleur, même. J'ai fait des tests.

– Je suis sûre qu'il a un son extraordinaire, Liam », dit-elle de l'autre côté de la paroi. L'espace d'un instant, il se revoit poser cette porte, accomplir les nombreux ajustements, infimes mais nécessaires pour qu'elle glisse avec fluidité, sans racler contre l'encadrement. Ce qui signifie qu'il pourrait aussi la démonter très vite s'il fallait en arriver là.

« Je n'en reviens pas, c'est donc ça que tu faisais, enfermé à la cave tout ce temps, poursuit-elle. Je pensais que tu t'étais enfin aménagé l'atelier de tes rêves – comme Nakashima – et que tu fabriquais des meubles. Je pensais que tu faisais quelque chose qui te tenait à cœur, Liam. Quelque chose pour toi. Pas seulement pour les autres.

– Qu'est-ce que tu veux que je me fabrique ? répond-il, le diaphragme serré comme un nœud plat. J'ai déjà tout ce qu'il me faut.

– Ça me navre, Liam. » Elle soupire tristement. « Ça me navre que tu ne comprennes pas ce que je veux dire.

– Mais c'est pour *moi* que j'ai fabriqué cet alto », explique-t-il, les yeux brûlants de larmes. Il est lui-même gêné de son ton infantile. « Je l'ai fabriqué pour que tu n'aies plus à faire tout ce que te dit Tania Petrov. Et pour que tu ne sois plus obligée de voyager autant. Tu pourras donner des concerts à New York et passer plus de temps ici.

– Je voyage et je me produis parce que j'en ai envie, répond-elle avec une fatigue palpable. Pas parce que quelqu'un me dit de le faire. Et certainement pas pour te fuir.

– Eh ben on dirait pas, putain », aboie-t-il. Et il ponctue le dernier mot d'un coup de poing dans la porte, où ses jointures laissent trois petits creux dans le bois.

Rétrospectivement, la réaction de Meena est exactement ce à quoi il s'attendait, au plus profond de lui, au plus instable aussi. Au cours des années qui vont suivre, le refus de la jeune femme d'accepter l'instrument deviendra l'incarnation même de ce qui la lui rendait mystérieuse, et de tout ce qu'elle voulait sans qu'il puisse ne serait-ce qu'espérer lui donner. Et si fabriquer l'alto est sans doute ce qui lui a apporté la plus grande satisfaction de sa vie, c'est aussi ce qui lui aura fait comprendre que Meena ne serait jamais sienne, jamais complètement. Que, comme Willow, elle serait toujours prête à l'abandonner pour un amour supérieur.

Liam recule, prend l'alto et sort. Une fois dans l'allée, il attache le manche parfait de l'instrument au crochet de remorque de son véhicule avec une rallonge orange, laissant assez de longueur pour que le corps de l'alto traîne par terre. Et puis il démarre et sillonne Brooklyn toute la nuit, fenêtre ouverte, jusqu'à ne plus entendre le son du bois qui racle contre la chaussée derrière lui.

Le lendemain matin, Meena se réveille tôt, rassemble ses affaires et appelle un taxi pour l'aéroport. Ce jour-là, Liam travaille quatorze heures d'affilée. Idem le jour suivant. Et celui d'après. Trois mois plus tard, sa maison perd la moitié de sa valeur avec l'effondrement de l'immobilier et il se retrouve en défaut de paiement. Quand elle est saisie, il emménage à plein temps dans sa camionnette. Il dort dans un camping public à Montauk, tandis que les bourrasques hivernales de la côte fouettent les minces parois métalliques du véhicule.

Heureusement, les banques l'autorisent à garder ses outils et son véhicule. Alors, au lieu de se défoncer, il passe sa première annonce dans le *New Yorker* et accepte autant de chantiers qu'il est humainement possible de caser dans un agenda. À partir de là, avec l'aide de gars comme Alvarez, il retape des maisons secondaires sept jours par semaine, cinquante-deux semaines par an.

À ceux qui jugent la rage contre-productive, il suffira de considérer tout ce que Liam Greenwood a fabriqué de magnifique pendant ses trente-quatre années d'existence pour comprendre que l'inverse est parfois vrai, que la rage peut être le carburant le plus puissant qui soit.

Des blancs

Il ne se rappelle pas comment il a réussi à gagner la camionnette. Il fait noir à présent et les lumières automatiques de l'allée se sont enclenchées. Il remonte du regard la trace sinueuse laissée par son corps dans le mélange glacé de boue et de feuilles en décomposition jusqu'à la maison, laquelle n'est plus qu'une distante suite de cubes de verre brillant de tout leur prix dans le lointain.

Il tambourine contre le flanc du van pour attirer l'attention d'Alvarez, mais n'obtient pas de réponse. La mâchoire serrée, les épaules tremblantes et à bout, il se hisse sur le siège conducteur, tirant manuellement ses jambes pour les fourrer sous le volant. Malgré le froid mordant, ça lui fait du bien de se redresser et de sentir l'appui du dossier.

« Alvarez, t'es là ? » Il scrute l'arrière du véhicule en faisant pivoter le rétroviseur. « Alvarez ? » Rien.

Il se repose un moment, observant le bouquet blanc que forme son haleine avant de flotter jusqu'au pare-brise. Quand il retrouve un peu de sensation dans les mains, il fouille la boîte à gants, mais son téléphone de rechange n'y est pas. Furieux de s'être fait virer du chantier, Alvarez a sans doute appelé son cousin pour qu'il vienne le chercher et lui aura donné le téléphone en dédommagement. Au lieu d'être en colère, Liam n'éprouve que de la pitié. Alvarez a été un bon employé. Liam lui souhaite de trouver la paix, dans un casino en ligne peut-être, ou ailleurs, parmi les boiteux de ce monde.

Il sort ses clés de la poche de son Carhartts et démarre la camionnette en claquant des dents. Comme il a plus d'un demi-plein, il laisse tourner le moteur ; le chauffage se met bientôt en route. Il ne faut pas longtemps à l'urine qui a gelé dans le tissu de son pantalon pour fondre sur le siège. Il va visiblement devoir se conduire lui-même à l'hôpital. Quand il sera prêt, il appuiera sur l'accélérateur avec la batte de base-ball qu'il garde toujours à portée de main au cas où on voudrait lui voler ses outils pendant la nuit. Et si c'est trop difficile, il laissera le van descendre la pente au point mort jusqu'à la route principale, ce qui risque de prendre un certain temps, mais mieux vaut tard que jamais.

Tu as grandi dans une camionnette, tu as bossé toute ta vie dans une camionnette, et voilà que tu es en train de crever dans une camionnette, murmure-t-il pour lui-même. Et puis il se met à rire jusqu'à ce qu'une quinte de toux lui déchire le bas du dos d'un coup de poignard, le menant au bord de l'évanouissement. Willow n'est plus là, pense-t-il une fois que la douleur s'est calmée. Alors d'où vient cette impression – des années après sa disparition – qu'elle pourrait à cet instant garer son Westfalia à côté de la camionnette sans qu'il s'en étonne ?

C'est un cancer des poumons qui l'a emportée. Le bang, les menthols et le jardinage bio – tout Willow. Est-ce que Liam lui a rendu visite quand elle était malade ? Oui. Il est allé à Vancouver, il s'est occupé d'elle, il l'a soulagée. Il aura au moins fait ça.

Elles sont rares, les erreurs qu'il a évitées, les décisions qu'il ne regrette pas. Le résultat, c'est qu'il y a bien des blancs dans les souvenirs qu'il s'autorise à convoquer, bien des choses qu'il a laissées dans son rétroviseur personnel – un héritage de sa mère.

Il devrait se mettre en route, mais il n'est pas encore prêt. Il se penche, se masse une cuisse, puis l'autre. Aucune sensation. Son corps a été un serviteur si fidèle jusqu'ici. Ce corps qui a tordu, arraché, construit. Porté, poussé, tiré. Enfoncé un million de clous et vissé un million de vis. Évacué des centaines de kilos de déchets et coupé des milliers de pièces de bois d'exactement la bonne longueur. S'est levé mille matins noirs, s'est accommodé de mille désagréments pour survivre. Tout ça pour le lâcher maintenant.

Liam se réchauffe, rassemble ses forces. Ça fait tellement longtemps qu'il n'est pas resté assis à ne rien faire, comme ça, sans la distraction abrutissante du travail. Plus il attend, plus il va être difficile d'empêcher son cerveau de combler certains blancs qu'il a laissés dans l'histoire. Chaque minute qui passe le rapproche du gouffre qu'il fuit depuis tant d'années, des souvenirs qu'il s'est entraîné à éviter avec tant de discipline. Au moment où il s'apprête à basculer, à la laisser pénétrer ses pensées – elle, sa fille inconnue –, Liam serre le poing et frappe le rétroviseur, qui se casse, ne laissant qu'un cercle d'adhésif croûteux sur le pare-brise. La férocité du mouvement lui broie le bas du dos, un étau qui se resserre à chaque inspiration, brève et douloureuse. Il sent ses paupières palpiter.

Et les blancs se remplissent.

1974

1974

Willow Greenwood

Rien – décide-t-elle lorsque, pièce d'identité à l'appui, elle signe le registre des visiteurs au guichet des sorties de l'Institut correctionnel d'Edmonton – ne l'agace plus que ce nom : GREENWOOD.

Sa simple vue suffit à la couvrir de honte. Comment un assemblage si naturel (sérieusement, y a-t-il deux mots plus charmants que « vert » et « bois » ?) est-il devenu symbole d'avidité, de trahison et de viols à répétition de la Terre ? Et comment a-t-on pu lui accoler cette souillure coloniale, cette incarnation de tout ce que l'espèce humaine a de rapace, de parasite et de court-termiste ?

Une fois les formalités accomplies, Willow est escortée jusqu'à la salle d'attente. Une table basse en Formica y disparaît sous de vieux magazines à côté d'une fontaine à eau qui gargouille comme un estomac bleu géant. Dehors, les feuilles des trembles s'agitent sous le soleil et les raisins d'ours bruissent gentiment, mais dans cette crypte sans fenêtre il n'y a ni plante ni la moindre lumière naturelle. Une prison est le contraire d'une forêt, en conclut Willow : conçue pour plomber le moral et émousser les sens, déconnecter l'être humain de tout ce qui est indispensable à la vie. Elle ne voit pas bien quel sort pourrait être pire que l'incarcération.

Elle enchaîne les menthols et frissonne sous la climatisation, sa robe collée à elle comme du film alimentaire, avec, entre ses clavicules, un petit lac de sueur hérité du voyage torride. Le muffin qu'elle a acheté en désespoir de cause dans une station-service contenait visiblement des produits laitiers : son estomac est en effervescence.

Elle a fait quatorze heures de route seule dans le Westfalia pour venir ici depuis Vancouver. Traçant vers l'est, elle a franchi des montagnes que son père, dont la compagnie a été liquidée depuis, a déboisées des dizaines d'années plus tôt pour amasser sa grotesque fortune. Après les prairies ondoyantes de l'Alberta, elle est passée devant la lèpre des derricks et des trains de fret qui s'étirent sur tout l'horizon, charriant le butin du capitalisme dont la stratégie peut se résumer à « Frappe et fuis » : bois, pétrole, charbon ou céréales industrielles. Elle connaît la formule selon laquelle Greenwood Timber a eu raison de davantage de forêts primaires que « le vent, les piverts et Dieu réunis », une plaisanterie répétée par tous les parlementaires quémandeurs et les industriels à gros cigares qui rendaient visite à son père dans sa grande demeure de Shaughnessy.

Willow a beau savoir que les flics affairés qu'elle voit traverser la salle sont des surveillants et non des enquêteurs, elle préfère quand même éviter de croiser leur regard. Deux semaines plus tôt, au cœur des bois de la Colombie-Britannique, elle a versé par sac de dix kilos du sucre blanc dans le réservoir de trois abatteuses-lieuses de la compagnie MacMillan Bloedel, paralysant pour de bon les machines hors de prix responsables du meurtre de milliers d'hectares de forêt où des pins d'Oregon poussaient en paix depuis des millénaires. C'était sa première action directe, sa première tentative d'envoyer un message tangible aux grands groupes de la filière bois et de ralentir la profanation de vies irremplaçables – et ça lui a fait l'effet d'un grand verre d'adrénaline pure. Sauf qu'elle a croisé une camionnette de bûcherons en quittant la zone d'abattage ; elle avait évidemment retiré ses plaques d'immatriculation avant de pénétrer dans la forêt, mais sur l'étroite route forestière les deux véhicules sont passés suffisamment près l'un de l'autre pour que les hommes voient son visage et lui adressent des gestes obscènes. Dès son retour à Vancouver, elle a peint en bleu ciel le Westfalia jaune et s'est acheté une perruque blonde et de grosses lunettes de soleil. N'empêche qu'elle est certaine d'avoir été suivie par une berline noire dans ses allées et venues ces derniers jours. C'était peut-être Sage, l'amant quitté quelques mois plus tôt parce qu'il était devenu collant. Ou plus vraisemblablement des enquêteurs qui attendaient qu'elle retourne à la maison commune du collectif La Terre Maintenant !, à Kitsilano, où elle vit depuis cinq ans. En tant que membre de la communauté, Willow a rédigé des manifestes, participé à des sit-in, organisé des rassemblements et des blocus – des formes de résistance parfaitement honorables, certes – sa suggestion de monter d'un cran avec des actions directes a été accueillie avec circonspection. Elle a parfois l'impression que les autres préfèrent passer au journal télévisé avec un bon slogan plutôt que de sauver un arbre pour de vrai. Mais si elle retourne là-bas maintenant, elle risque d'attirer l'attention de la police sur ses camarades – et tout le monde sait que les flics sont à la solde de l'industrie et qu'ils seraient ravis d'avoir l'occasion de dissoudre le collectif. Alors, depuis, elle vit dans son van. De toute façon, elle ne s'est jamais sentie à l'aise dans les groupes, avec leurs chicaneries, leurs ego et leurs dramuscules. Et puis les plus grands sacrifices, lui semble-t-il, ont toujours lieu en solitaire, loin des caméras.

Bien qu'une prison fédérale de haute sécurité soit donc le dernier endroit où elle ait envie d'être en ce moment, l'accord conclu avec son père était trop alléchant pour laisser passer l'occasion. Ils n'avaient pas communiqué depuis un an lorsqu'elle avait découvert le message énigmatique qu'il avait laissé dans sa boîte postale à Vancouver. Et quand la Mercedes noire s'est garée comme convenu à côté de son van, dans ce coin reculé de Stanley Park où elle comptait se cacher jusqu'à ce que les choses se tassent, Willow a tout de même cru que c'était la police.

« Tu n'es pas facile à trouver, a dit Harris tandis que son chauffeur l'aidait à sortir de la voiture, un geste infantilisant pour lequel elle avait déjà vu un prédécesseur se faire renvoyer sur-le-champ.

– C'est l'idée. » Elle l'a regardé s'orienter à sa voix pour venir à elle. Son père est né au tournant du siècle, même s'il prétend ignorer sa date exacte d'anniversaire (une façon d'éviter d'avoir à le fêter, soupçonne-t-elle depuis longtemps), et malgré sa cécité il a toujours conservé sa force physique – grâce à sa détermination à couper du bois, y compris après l'installation de plinthes chauffantes électriques dans la grande demeure et l'occultation de toutes les cheminées. Mais, ce jour-là, il semble mal assuré, et ses cheveux jadis blonds ont viré au blanc neigeux. Après la liquidation de Greenwood Timber, Harris a continué, des années durant, à gérer ses propriétés foncières et autres titres depuis son domicile. Et quand il a officiellement pris sa retraite, trois ans plus tôt, il s'est partiellement installé à San Francisco, où, chaque matin, un guide l'accompagne en taxi jusqu'à la forêt de séquoias : là, il écoute les oiseaux et consigne leurs chants dans un petit carnet. Mais sa rapide diminution physique suggère qu'il n'est pas fait pour l'oisiveté.

Et voilà qu'arrivé près de Willow, il se laisse aller à une chose inimaginable : il tend les bras et serre sa fille contre lui. « Tu sens le dortoir de bûcherons, dit-il en la relâchant.

– Et toi la maison de retraite, répond-elle, encore déroutée par son geste. Qu'est-ce qui me vaut l'honneur de ta visite, Harris ? » Pendant toute son enfance, il lui a interdit les mots « papa » et « père », ce qui, bien sûr, n'a pas empêché la phase où, adolescente, elle prenait un malin plaisir à insister : « Tout ce que tu veux, *papa* ! » Mais aujourd'hui il semble enclin à la courtoisie, aussi décide-t-elle de lui épargner son venin.

« Ton oncle doit être libéré dans deux jours, annonce-t-il, fidèle à sa détestation des blablas inutiles. Étant donné votre relation particulière, je me suis dit que tu aimerais sans doute aller le chercher. » Elle détecterait presque une trace de jalousie dans sa voix, comme s'il n'avait pas lui-même orchestré – et financé – cette « relation particulière ».

Quand Willow avait six ans, Harris lui avait promis vingt-cinq *cents* pour chaque lettre qu'elle écrirait à son oncle Everett, allant jusqu'à déposer une pile d'enveloppes prétimbrées dans le tiroir de son bureau. Brûlant de s'acheter un cheval d'obstacle arabe, comme les autres filles de son école privée, elle avait écrit une lettre par jour, parfois plusieurs. Pendant dix ans, son oncle et elle avaient correspondu depuis leurs prisons respectives : Everett de sa cellule haute sécurité et Willow de la grande demeure paternelle. Les premières lettres de son oncle, rédigées d'une écriture enfantine, étaient truffées de fautes de grammaire et d'orthographe qu'elle était déjà capable d'identifier. Mais au fil des années, elle avait vu sa calligraphie s'améliorer, comme une projection de diapositives devenant de plus en plus nettes, et d'une certaine façon ils avaient appris à lire et écrire en tandem.

Willow s'était persuadée très tôt que, même si un miracle rendait la vue à Harris, il ne la *verrait* pas, en tout cas pas comme une fille a besoin d'être vue par son père. Bizarrement, c'était sa correspondance avec son oncle qui, en plus de la somme nécessaire à acheter son premier pur-sang, lui avait donné le genre de reconnaissance à laquelle elle aspirait depuis si longtemps. Allant souvent jusqu'à trente pages à interligne simple, écrites qui plus est en caractères majuscules étriqués, les lettres d'Everett ne s'étendaient jamais sur la vie carcérale. Elles portaient plutôt sur des sujets passionnants comme la bonne méthode pour obtenir du sirop d'érable, les vieux films qu'il avait regardés, ses lectures d'Homère, Emily Dickinson, Henry David Thoreau, Marc Aurèle ou encore les romans de gare de la bibliothèque de la prison, dont il tirait de grands enseignements. Willow traitait son oncle comme une sorte de journal intime épistolaire, plus que comme un correspondant bien réel, de chair et d'os. Elle lui confiait ses regrets de n'avoir pas de mère pour lui faire des tresses (la sienne, lavandière dans l'un des camps forestiers de Harris, était morte à sa naissance) et racontait en détail les rares voyages qu'elle faisait avec son père à Greenwood Island, ainsi que son profond désir d'avoir un cheval. Et puis, finalement, à l'âge de seize ans, débordée par les amies, les cours d'équitation et les garçons, elle avait totalement cessé d'écrire. Everett envoya encore trois lettres, qui restèrent sans réponse, avant de renoncer lui aussi.

Willow avait mis des années à trouver bizarre le fait de payer une gamine de six ans pour écrire des lettres à son oncle incarcéré, surtout quand celui-ci purgeait une peine de trente-huit ans pour un crime jamais mentionné. Toutes les questions qu'elle posait sur ce qu'avait fait Everett au juste dressaient un mur de silence au milieu de la table du dîner ou faisaient fuir Harris dans son bureau : il verrouillait la porte en chêne derrière lui et restait enfermé avec ses livres en braille et ses trente-trois-tours de poésie. À vingt et quelques années, Willow avait demandé à un ami étudiant en droit de se renseigner sur son oncle, apprenant ainsi que les détails de sa condamnation étaient classés secrets – ce qui signifiait, dixit l'ami en question, que le crime concernait un enfant, voire plusieurs. Willow n'avait pas été plus loin. Elle s'était toujours figuré la famille Greenwood comme une maison faite de secrets, de couches et de couches de secrets enrobés autour d'autres secrets, et elle craignait depuis longtemps que tout l'édifice ne s'effondre si elle y regardait de trop près.

Elle avait fini par conclure que Harris était trop handicapé sur le plan affectif pour correspondre lui-même avec Everett et qu'il lui avait donc délégué cette tâche, ce qui lui ressemblait tout à fait : son père n'hésitait jamais à payer quelqu'un pour faire le sale boulot.

« Va le chercher toi-même, dit Willow. C'est ton frère. »

Harris ferme un moment ses yeux aveugles et prend une inspiration thérapeutique, comme s'il avait le mal de mer et tentait de combattre un retour de nausée. « Je crois qu'il préférerait ta compagnie à la mienne, dit-il doucement.

– Je viens de prendre mes quartiers d'été. Et je suis très occupée à embrasser des arbres ces temps-ci, tu ne vois pas ?

– Ah oui, toi et tes arbres, dit Harris en tournant la tête, comme s'il pouvait réellement voir les cèdres et les pins aux fines aiguilles qui s'entrelacent au-dessus de leurs têtes. Tu les connais maintenant plus intimement encore que moi. Alors pourquoi t'auto-censurer ? Tu devrais aller au bout de tes études. Faire de la politique. *Être décisionnaire*, Willow. Je sais bien que tout ça, ce sont des gros mots pour toi, mais ce n'est qu'en prenant les rênes du pouvoir qu'on peut vraiment changer les choses. »

Willow se demande bien comment, aujourd'hui, on peut encore croire au changement politique à l'ancienne. Quand le président des États-Unis ment éhontément, quand la pluie attaque la peau, quand la nourriture est empoisonnée, quand les guerres n'en finissent jamais et que les êtres vivants les plus anciens de la planète sont abattus pour être transformés en bâtonnets de glace. « Ce vieux système est à l'agonie, Harris. Et si tu veux mon avis, ceux qui tiennent les rênes du pouvoir méritent de tomber les premiers avec lui.

– Oui, oh, on disait la même chose dans les années 1930,

rétorque son père en balayant tout ça d'un revers de main. Et on le dira encore dans quarante ans, tu peux me croire. L'histoire fonctionne par cycles. Tout revient, un jour ou l'autre. J'ai eu le temps d'apprendre ça avec l'âge. »

Le peu de cas qu'il fait de ce qu'elle pense lui durcit la voix : « Ce que tu as détruit ne reviendra jamais, papa. »

Un tel affront devrait normalement déclencher l'une des fameuses colères paternelles et plonger leur relation dans les eaux glacées d'un nouveau silence de plusieurs années. Au lieu de quoi le vieil homme pince les lèvres et s'empourpre ; si elle n'avait pas affaire à Harris Greenwood, elle pourrait croire qu'il est blessé. Il se détourne sans un mot et elle le regarde marcher à petits pas vers sa voiture ; sa retenue inattendue mêlée à cette démarche de vieillard provoque chez elle un drôle de sentiment de pitié.

« Tu es prêt à payer combien, Harris ? »

Il s'arrête et se tourne vers elle, les yeux plissés, un demi-sourire diabolique au coin de la bouche. « Ton prix sera le mien. » La négociation a toujours été sa langue maternelle, le seul langage capable de le toucher.

« La propriété de Greenwood Island », dit Willow.

Harris part d'un grand rire et puis, comprenant qu'elle est sérieuse, fronce les sourcils. Quand Willow était petite, et seulement après une campagne de lobbying forcené, Harris acceptait parfois de l'emmener passer deux semaines de retraite dans le chalet niché au cœur de son île privée – rien qu'eux deux, c'était le deal, pas d'assistants ni d'employés. Ils faisaient des promenades quotidiennes dans l'antique forêt où Willow se tordait le cou d'émerveillement et où Harris tendait l'oreille, guettant les oiseaux. Le soir, ils parlaient botanique, littérature, guerre en Europe, puis écoutaient ses disques de poésie avant d'aller se coucher. Loin de son bureau, Harris était un autre homme. Il ne la grondait jamais parce qu'elle mâchait trop fort, ne lui faisait pas de grands sermons sur l'importance décisive de l'industrie, et il lui arrivait même de plaisanter. À l'époque, ces séjours étaient le grand trésor de Willow : sa seule échappatoire à la lente asphyxie de la maison sans joie, les seules fois où elle voyait son père approcher une forme de contentement.

Et puis il y avait eu l'Enquête. Willow n'avait que onze ans, mais elle revoit encore les conclaves d'avocats aux cheveux gras qui se réunissaient chez eux à toute heure et son père hurlant dans le téléphone, les paupières contractées. Un comité spécial avait fini par le reconnaître coupable de collusion avec l'ennemi pour avoir vendu d'importantes quantités de bois aux Japonais juste avant la Seconde Guerre mondiale. Non seulement une grande partie de ses actifs avaient été saisis et répartis entre ses concurrents les plus acharnés, mais il s'était surtout retrouvé exclu – la pire des défaites – des énormes profits engendrés par la reconstruction européenne. C'est alors qu'il avait véritablement disparu : comme si en plus d'avoir perdu la vue, il avait perdu la capacité d'*être vu*, d'occuper une place dans le monde. Il devint une présence fantomatique et jamais il ne retourna avec sa fille à Greenwood Island. Sans ses chevaux et les lettres de son oncle, Willow serait morte de solitude.

« Je suis impressionné par ton audace, ma fille, mais je dois admettre que l'île a encore une certaine valeur sentimentale pour moi. C'est un des seuls bouts de terrain que ces lâches m'ont laissés. Sans compter qu'avant ça, j'ai eu toutes les peines du monde à l'acquérir, tu sais. Il m'a fallu battre John D. Rockefeller au bras de fer ! » C'est la première fois qu'elle entend cette histoire et Willow se demande si son père plaisante ou si ses facultés mentales se sont dégradées en même temps que son état physique.

« Alors je ne peux pas te la donner, reprend-il, mais que dirais-tu de pouvoir y séjourner tant que tu veux ? »

Il était illusoire d'espérer obtenir des terres d'une négociation avec Harris Greenwood, surtout des terres couvertes de forêt primaire. Pour avoir été une fille récalcitrante et irrévérencieuse, source constante de frustration et de déception, Willow sait depuis des années qu'elle est déshéritée, il le lui a dit. Alors cette petite concession vaut mieux que rien. Et puis l'île est l'endroit rêvé où se cacher des flics.

« D'accord », dit-elle en allant lui serrer la main.

Ce n'est que plusieurs heures plus tard, tandis qu'elle prépare son modeste repas sur le réchaud du van, qu'elle prend la mesure du miracle : son père et elle sont tombés d'accord sur quelque chose.

Heureux de te rencontrer

Elle s'est toujours imaginé son oncle comme une petite chose rabougrie avec une barbe jusqu'aux pieds. Qui sinon Rip Van Winckle, le personnage fictif censé avoir dormi plusieurs décennies, pourrait bien ressortir de trente-huit ans d'emprisonnement ? Mais c'est une silhouette surprenante qui émerge deux heures plus tard de la cellule de détention, une pièce couleur menthe gardée par des portes barbares. Malgré une légère claudication qui semble venir du côté gauche, Everett est aussi grand et solide que Harris. Il porte un pantalon bon marché à taille élastique, les chaussures à scratch fournies par la prison et un tee-shirt blanc impeccable, encore quadrillé par les plis de l'emballage. Elle trouve beau son visage anguleux, aussi bizarre que cela paraisse. Un noir et gris de minerai de fer se mêle dans ses cheveux coupés ras au niveau du cou, une coupe aujourd'hui réservée aux flics et aux ringards.

« Heureux de te rencontrer, Willow », dit-il, les yeux rivés au sol.

Willow sait que leurs années de correspondance devraient la pousser à le prendre dans ses bras mais, malgré le récent accès de sentimentalisme de son père, ce n'est pas le genre de la famille. Elle lui serre donc la main : un geste formel, comme si elle venait de lui vendre sa voiture. « Fichons le camp d'ici. »

Après avoir reçu les instructions d'usage sur la liberté conditionnelle de la part de l'agent compétent, ils récupèrent le manteau d'Everett et sortent dans le grand soleil. Willow exulte d'être dehors, mais elle ne peut même pas imaginer l'extase que doit ressentir son oncle en cet instant. Everett garde toutefois les yeux rivés au trottoir, quelques pas devant lui, tandis qu'ils se dirigent vers le parking.

« Sacré véhicule, dit-il en observant la tente de toit du Westfalia. On peut dormir là-dedans ? »

Willow hoche fièrement la tête. « C'est mon moyen d'évasion. Grâce à lui je peux rester proche de la nature.

– J'aurais bien aimé avoir ça, de mon temps, dit-il avec mélancolie.

– Ouais, enfin, j'ai une fuite de gaz d'échappement, alors il faut conduire fenêtres ouvertes sous peine d'étourdissements, mais à part ça il m'a rendu bien des services. » Tandis qu'ils s'installent à bord, elle raconte à Everett qu'elle a acheté le van avec ce qu'elle avait gagné en plantant des arbres sur une zone déboisée par son père dans les années 1920, et qu'elle a refusé le moindre centime de sa fortune macabre depuis qu'elle a abandonné ses études. Elle décrit les mois qu'elle passe à camper seule chaque été, naviguant entre parcs nationaux, plans secrets, coins de baignade et sources chaudes bien cachées. « Rien que moi, quelques kilos de riz, de soja et de pois chiches, mon sac de couchage et les grandes forêts d'Amérique du Nord pour salle de jeu privée.

– Ça a l'air formidable, dit son oncle d'un ton sans relief qui suggère qu'il n'est pas un homme du grand air.

– Alors, on va où ? » demande Willow une fois que le van s'est réveillé dans une quinte de toux. Elle vient de réaliser que son père et elle n'ont pas parlé de là où elle serait censée conduire Everett quand elle l'aurait récupéré.

Il remue un peu sur le couvre-siège en billes de bois. « J'ai quelque chose à faire dans la Saskatchewan, dit-il, presque intimidé. Et je voudrais y aller en avion. »

Willow secoue la tête. « C'est tout près, la Saskatchewan. Tu ferais mieux de prendre le train. »

Il a frissonné, elle en mettrait sa main à couper. « J'ai eu ma dose de trains », dit-il, impassible. Elle se souvient d'une fois, à Noël, où, après trop de saké, son père avait raconté qu'Everett était un vétéran de la Première Guerre mondiale et que, pendant la Grande Dépression, il avait été un « hobo », l'un de ces vagabonds qui prenaient illicitement les trains de marchandises – des détails qui semblaient alors à Willow parfaitement préhistoriques. « De toute façon, ajoute Everett, je dois pointer auprès de mon contrôleur judicaire à Vancouver avant d'aller où que ce soit.

– Je te préviens : les voyages en avion sont devenus très chers depuis la crise pétrolière au Moyen-Orient.

– Pas de problème. J'ai bricolé quand j'étais au trou. J'ai bien dû construire dix mille nichoirs, et aussi des étagères pour la bibliothèque de la prison. Du coup j'ai un peu d'argent de côté.

– Direction Vancouver, alors », annonce-t-elle, non sans une certaine appréhension à l'idée de retourner dans la grande ville s'exposer de nouveau au regard des forces de l'ordre. Elle allume une menthol et négocie la sortie du parking de la prison tandis que l'inquiétante berline noire refait surface dans les allées sombres de son cerveau.

Toutes ces années intermédiaires

D'ordinaire, la militante écologiste qu'elle est déteste trouver tant de profondeur à la conduite et tant de joie dans un engin qui pollue la biosphère. Mais aujourd'hui, la route lui pèse. Elle n'a pas l'habitude d'être accompagnée et le séjour d'Everett en prison semble avoir étiolé le sens de la conversation dont témoignaient ses lettres, ce qui n'aide pas. Il est trop raide. Trop cordial. Trop réticent à croiser son regard. En chair et en os, elle trouve ce mystérieux oncle hors-la-loi à peu près aussi rigolo que son père. Après quelques heures de silence – qu'Everett passe à regarder le paysage défiler avec un émerveillement d'étudiant de première année sous acide –, Willow sent ses paupières devenir lourdes. C'est alors qu'elle repense aux « croix blanches » des comprimés de Dexedrine dans la boîte à gants, reliquat de sa dernière semaine de dépravation avec Sage. Pour se réveiller – et pour compenser les piètres qualités conversationnelles de son oncle –, elle en avale deux discrètement.

« Merci d'être venue me chercher », finit-il par dire après qu'une nouvelle heure s'est écoulée à regarder s'infléchir et se répéter les lignes tracées par la route, tandis que Willow tire sur ses menthols sans discontinuer et darde toutes les dix secondes ses yeux irrités par la fumée vers le rétroviseur pour vérifier l'absence de berline noire. « Je n'ai jamais appris à conduire.

– Ça me fait plaisir, répond-elle en s'efforçant de ne pas grincer des dents.

– Et comment va ce vieux Harris ?

– Lui et moi n'entretenons pas une relation qu'on pourrait qualifier de suivie », dit-elle. Et, l'espace d'un instant, elle est obligée de repenser au sentimentalisme sans précédent de leur interaction la plus récente. « Mais il va bien, je crois. Il ralentit un peu depuis qu'il est à la retraite. Au moins il n'assassine plus de forêts à temps plein. Il écoute les oiseaux, maintenant.

– Et son ami, là ? Comment est-ce qu'il s'appelle… Feeney ? »

La question semble chargée d'implications qui échappent à Willow. Le nom lui est inconnu. « Ça doit dater d'avant moi, dit-elle. Harris n'a jamais eu d'amis. Il préfère les assistants. C'est plus facile de leur donner des ordres. »

Mais sa réponse ne fait qu'attrister son oncle, dont le visage s'assombrit. Il reste silencieux un moment. « Au moins il t'a, toi », dit-il enfin.

Elle laisse échapper un rire amer. « Je crois que j'ai plutôt été un boulet pour lui, surtout depuis que j'ai quitté son université chérie. » La langue déliée par les amphétamines, elle décrit son bref passage à Yale – la dernière manœuvre qu'elle ait tentée pour obtenir l'impossible approbation de son père. Elle avait d'abord adoré les observations de terrain dans les bois du Maine et de l'État de New York, et les cours de « gestion forestière » – un euphémisme, avait-elle compris plus tard, pour analyser la meilleure méthode permettant de choisir les arbres à abattre en premier. Ce n'est qu'à la fin du seconde semestre qu'elle avait lu *La Planète au pillage* de Fairfield Osborn, sous un énorme marronnier à côté de la chapelle du campus, et que son monde s'était effondré. L'exploitation, le saccage, la destruction de la terre et des peuples indigènes y étaient révélés dans leur terrible nudité, le pire étant que c'étaient des gens comme *elle* qui avaient perpétré ces crimes. « J'ai lâché mes études dans la foulée et je suis partie planter des arbres. Je ne t'ennuie pas avec tout ça, au moins ?

– Pas du tout. Je pourrais t'écouter toute la journée. »

Une fois qu'ils ont laissé les prairies derrière eux et grimpé sur un versant de grands pins tordus, Willow repère une berline noire dans le rétroviseur. *Depuis combien de temps est-elle là ?* se demande-t-elle, en panique. « J'ai besoin de faire pipi. » Et elle bifurque sur un vieux chemin forestier, tandis qu'à son grand soulagement la berline ne quitte pas l'axe principal. Elle gare le Westfalia sur une zone gravillonnée près d'un ruisseau bleu cobalt et s'enfonce entre les arbres. Lorsqu'elle revient, elle voit son oncle boiter jusqu'à un cyprès solitaire au bord de l'eau. Il s'appuie contre le tronc et arrache quelques jeunes aiguilles aux branches les plus basses, les écrase entre ses mains puis les porte à son visage pour les respirer profondément – un acte d'une intimité si particulière que Willow se sent presque coupable d'en être témoin. Toutes les cultures ont leurs mythes sylvestres, depuis l'omniprésent arbre de vie qui soutient littéralement le ciel jusqu'aux arbres-monstres dévorateurs d'enfants et buveurs de sang humain, en passant par ceux qui jouent des tours, guérissent les malades, mémorisent des histoires ou jettent des sorts à leurs ennemis. En regardant son oncle, débarqué ici d'une tout autre époque, Willow se souvient que les arbres sont aussi capables d'opérer des résurrections.

Quand il revient au van, il a plaqué ses cheveux en arrière avec l'eau du ruisseau et rapporte l'arôme citronné des pins. « Merci. J'en avais besoin », dit-il d'un ton nettement plus enjoué, la regardant dans les yeux pour la première fois. Willow repense au béton et à l'acier oppressants du pénitencier, à ce choix de conception si vindicatif d'éviter le bois.

« On se fait pas mal trimballer quand on reste en prison aussi longtemps, dit Everett tandis que le Westfalia regagne la route, non sans que Willow ait d'abord bien regardé à gauche et à droite pour repérer une éventuelle voiture noire. Au début j'étais à Stony Mountain. Et après j'ai bougé à Kingston. Des fois je ne voyais aucune végétation de ma fenêtre. D'autres fois, juste quelques érables noirs et rabougris dans la cour. Pendant un temps j'ai eu droit à une vue plein sud sur des bouleaux, je regardais leur écorce se corner comme du parchemin. Mes cinq meilleures années.

– Tu sais, tes lettres ont été très importantes pour moi quand j'étais petite. Pardon d'avoir arrêté de t'écrire et de ne jamais t'avoir remercié.

– J'ai toujours su que ça prendrait fin un jour. Et c'est moi qui devrais te remercier. Je ne suis pas sûr que j'aurais tenu toute cette première période sans la perspective de te lire.

– C'était comment, là-bas ? » Elle regrette aussitôt sa question. Puérile.

« Oh, dit-il. Comme prendre un train qui ne va nulle part. Avec des gens épouvantables et d'autres merveilleux. Un voyage qui dure des dizaines d'années.

– On m'a déjà arrêtée pour violation de propriété privée, mais je n'ai jamais passé plus d'une nuit en prison et ça m'a suffi », dit-elle en se demandant de combien elle écopera si elle se fait prendre pour la destruction de trois machines d'un million de dollars chacune.

Everett a un petit sourire, le premier. « On s'habitue. On trouve des moyens de tuer le temps. C'était la Grande Dépression, comme on dit, quand je suis passé derrière les barreaux. Même après avoir appris à lire, je me suis cantonné aux romans, j'ai pas suivi l'actualité. Je me suis dit que tout aurait changé quand je sortirais. J'ai raté des trucs importants ?

– La Bourse vient encore de s'effondrer de la moitié de sa

valeur, répond Willow. Pas aussi catastrophique qu'à ton époque, je suppose. Et, comme je te l'ai dit, il y a une pénurie d'essence, parce que le prix du brut s'est envolé. Dans l'Oregon ils ont baissé les limitations de vitesse pour économiser le carburant. » Elle allume une autre menthol et poursuit ses grands discours sur l'infâme putrescence du consumérisme et sur l'avidité humaine, tout en rappelant que Mère Nature se défend avec les pluies acides, l'assèchement des ressources et la désertification, et qu'une apocalypse écologique globale est le seul moyen que les gens comprennent enfin la leçon. En s'écoutant parler, elle se demande s'il est cruel de décrire l'imminence de la fin du monde à un homme qui vient juste de le retrouver après une aussi longue absence.

« Il y a quand même eu de bonnes années dans le tas, non ? demande Everett une fois Willow vidée de tous ses mots. À part cette Deuxième Grande Guerre ?

– Oui, oui, il y a eu une période plutôt agréable, après. »

Il hoche la tête. « Je regrette d'avoir manqué ça. Pas la guerre, hein. Mais toutes ces années intermédiaires. »

J'en parlerai plus

À la tombée du jour, ils s'engagent sur une autre route forestière pour dîner. Comme son ventre continue à faire des galipettes, Willow prépare une infusion d'orties sur le réchaud du van. Everett en accepte une tasse, qu'il serre intensément, comme si le gobelet d'argile contenait de l'or liquide. Willow a ramassé les orties avec des gants dans l'un de ses coins secrets ; la tisane est riche en chlorophylle et en tanins, presque crémeuse.

« Je préfère la nourriture simple », dit-elle ensuite en mélangeant du tahini aux pois chiches qu'elle a fait bouillir. Elle en verse une louche sur le riz complet d'Everett. « J'espère que ça ne t'embête pas.

– Je ne pourrais pas rêver mieux, dit-il en prenant son bol.

– Quand on consomme moins de nourriture industrielle et qu'on vit dans des endroits calmes, dit-elle en citant un numéro du *Whole Earth Catalog*, le moulin de sa parole toujours alimenté par les amphétamines, le corps devient plus vigoureux. On accède à la sérénité d'une vie en phase avec les rythmes de la Terre. On arrête de s'opprimer les uns les autres.

– C'est cohérent », dit-il en prenant une bouchée. Elle n'arrive toujours pas à savoir s'il est capable de sarcasme.

Pour le dessert, elle lui propose son lait de soja maison chauffé avec du miel. Everett le savoure à petites lampées tandis qu'elle en détaille la préparation : faire bouillir les germes de soja, les mixer, puis passer la bouillie au filtre d'un sac en mousseline.

Il avale une gorgée délicieuse. « Déjà toute petite, tu ne supportais pas le lait de vache, glousse-t-il, la voix ravivée par le souvenir. Je te donnais du lait de chèvre, quand j'en trouvais. Mais ce lait végétal est une très bonne alternative.

– C'est drôle, Harris ne m'a jamais dit que tu étais dans les parages quand j'étais bébé. C'était quand, exactement ?

– Oh, dit Everett qui hésite en fixant sa tasse, je me mélange les pinceaux, désolé. Ton père a raison, je n'étais pas là. C'est lui qui m'a raconté cette histoire de lait de chèvre. » Mais la chaleur de son souvenir touche Willow, même s'il l'a inventé. Harris n'a jamais manifesté la moindre tendresse en évoquant le passé, et surtout pas l'enfance de sa fille.

Après le repas, Everett insiste pour faire la vaisselle tandis que la lumière saumonée décline à grande vitesse derrière les montagnes.

« Qu'est-ce qui t'a poussée à vivre comme ça ? demande-t-il en s'activant au petit évier. Je suppose que tu aurais les moyens d'autre chose, si tu voulais.

– Je ne vis pas dans le van à plein temps. L'hiver, j'habite normalement une maison communautaire à Vancouver, sauf que là, faut que je trouve autre chose. Mais la forêt me donne conscience à chaque instant que je n'ai pas plus d'importance que les autres organismes, et que la nature est la force suprême. »

Everett hoche la tête. « Quand j'étais jeune, moi non plus je tenais pas particulièrement à habiter une vraie maison. Ni à vivre avec d'autres gens.

– Tu sais qu'avant, il y avait six mille milliards d'arbres sur la planète ? Et qu'il n'y en a plus que trois mille milliards ? Tu crois qu'ils vont tenir combien de temps à ce rythme ? Alors j'aime autant rester avec eux avant qu'ils ne disparaissent. Et en sauver quelques-uns au passage, tant qu'à faire. »

Le temps de finir la vaisselle, il fait noir. Mais Willow est encore trop défoncée pour dormir, alors elle déclare qu'il vaut mieux reprendre la route. Elle a hâte d'être à Greenwood Island, le seul endroit où elle sera à l'abri des berlines noires, y compris celle qui les a brièvement suivis sur la route. L'idée lui est venue qu'il peut y avoir des tas de berlines, coordonnées dans un grand dispositif de surveillance. Elle grimpe derrière le volant. Le moteur démarre au quart de tour, mais les phares, eux, refusent de s'allumer. Comme elle se lève et se couche d'ordinaire avec le soleil, elle n'a pas roulé de nuit depuis très longtemps. En l'absence de lune, les lacets de la route de montagne se révéleraient suicidaires.

« Ça va prendre un peu plus longtemps que prévu de rejoindre ta destination, dit-elle après avoir expliqué la situation.

– Pas de problème. Le temps et moi, nous avons nos petits arrangements, répond Everett, les yeux rivés aux arbres qui s'obscurcissent. C'est un bon endroit pour camper, ici. »

Quand elle lève les bras pour installer la tente de toit, Willow sent ses tétons frotter contre son chemisier, et le polyester l'irrite comme du papier de verre. En mettant son pyjama, dans les bois, elle examine sa culotte avec une lampe-torche et y trouve de petites taches. Retard de règles, sans doute, mais comme elle estime que les calendriers ne sont pas naturels – une invention des compagnies ferroviaires et des comptables –, elle n'en a pas. Non qu'elle ait besoin d'un calendrier pour savoir que son ventre abrite une nouvelle présence, qu'un futur neuf palpite en elle. Au cours de ses trente-neuf années d'existence, huit de ces futurs ont palpité puis disparu comme des éclipses utérines. À chaque fois ça s'est terminé vite, avant la fin du premier trimestre. *Alors je ne vais pas trop parier sur toi non plus*, se dit-elle.

À son retour, elle trouve Everett en train de lire à la faible lumière du véhicule.

« C'est quoi ? » demande-t-elle en préparant les lits.

Il lève la couverture de *L'Odyssée*. « Je l'empruntais tout le temps, alors le bibliothécaire de la prison m'a dit de le garder. J'aime les livres où les gens voyagent. Surtout quand ils rentrent chez eux. Un truc de taulard, je suppose. »

Au moment où elle tire les rideaux, voilà qu'une goulée de bile lui remonte dans l'œsophage : elle passe précipitamment la tête par la porte coulissante et crache tout sur le gravier. « Ne t'inquiète pas, ce n'est pas la nourriture », dit-elle dans une quinte de toux lorsque Everett vient la rejoindre.

Elle se brosse les dents puis se roule un joli petit joint de chanvre indien sur la table pliante du van. Comme elle l'espérait, fumer apaise sa nausée. Par pure habitude, elle tend le pétard à Everett. À la surprise de Willow, il le prend entre le pouce et l'index et tire dessus.

« Ça me dérange pas du tout de dormir à la belle étoile, si tu préfères être seule dans ton véhicule, dit-il dans un grand plumet de fumée ivoire en désignant le lit-banquette qu'elle a préparé dans la partie basse du van.

– Il gèle, la nuit, à cette altitude, répond-elle. Tu seras mieux ici. » Elle grimpe sous la tente de toit, éteint sa lampe-torche et écoute le soupir de la brise qui joue dans la moustiquaire, tandis que se déploie pleinement l'effet du joint. La marijuana a toujours été son raccourci pour se brancher sur les fréquences naturelles les plus pures, sa façon de trouver sa place dans le grand dessein cosmique. Elle reste couchée là, à sentir le temps se tordre et se dilater, à écouter la noble symphonie de l'herbe, du vent et des arbres.

« Ça me fait bizarre d'être en présence de quelqu'un qui

n'est pas enfermé avec moi contre son gré, dit son oncle plus bas, alors qu'elle commence à sombrer.

– Pourquoi est-ce que vous ne vous parlez plus, mon père et toi ? » demande-t-elle, ensommeillée.

Everett laisse échapper un profond soupir. « Il m'a fait quelque chose, dit-il, la voix rauque et le ton philosophe sous l'effet de la drogue. C'était pas bien, ce qu'il a fait, mais je comprends pourquoi il l'a fait. Il protégeait une chose qui comptait pour lui. Et qu'il a quand même fini par perdre.

– Laisse-moi deviner. Un truc qui se met à la banque ?

– Un truc dans le genre, répond-il.

– Harris a le don de laisser des champs de ruines derrière lui, où qu'il aille. Des hectares de souches et de piles de troncs en témoigneront. Mais je dois reconnaître qu'il avait vraiment l'air de tenir à ce que j'aille te chercher. Il a accepté de me laisser vivre sur Greenwood Island en échange.

– Très généreux de sa part. C'est un bel endroit.

– Tu connais ?

– Oh, non, mais j'en ai entendu parler.

– Ouais, enfin, Harris aime surtout qu'on fasse des choses pour lui. Ça lui donne l'impression d'avoir du pouvoir.

– Tu sais, ça m'a fichu le trac de savoir que c'était toi qui venais me chercher. Je savais pas quoi dire, ni comment me comporter. » La voix d'Everett déborde soudain d'émotion. « Mais tu peux pas imaginer comme je suis content. Rien que de te voir. Ça faisait tellement longtemps. Et tu es encore plus belle que je l'avais espéré, Gousse. »

Willow se redresse d'un bond et se cogne la tête contre la structure en aluminium de la tente, prise d'une impression de familiarité surréelle. « Tu peux répéter ?

– J'ai dit que tu étais belle, bredouille-t-il. Désolé. Je ne pensais pas à mal. Je sais plus faire la conversation. Et ce truc m'a vrillé la tête.

– Non, je te parle de comment tu m'as appelée. *Gousse* ?

– Oh, dit-il nerveusement. C'est un surnom que je t'avais donné quand tu étais bébé. Un sacré bébé, tu sais. Un tout petit ballot, tellement plein de vie.

– Je croyais que tu ne m'avais pas connue bébé, rétorque froidement Willow.

– Oui, bredouille-t-il à nouveau. C'est vrai. »

D'un coup, elle sent le poids de la journée lui tomber dessus : la prison étouffante, le palpitement du futur, les phares cassés, l'angoisse épuisante de la berline noire. Elle est soudain fatiguée des fantasmes de prisonnier que cet oncle défoncé projette sur un passé commun.

« Sois gentil et garde tes surnoms pour toi, dit-elle en s'emmitouflant de nouveau dans son sac de couchage. C'est pas mon trip, d'accord ? Je ne suis plus un bébé. Et je ne suis certainement pas le petit lapin ou le poussin de qui que ce soit. »

Un long silence.

« Tu as raison, dit-il, presque trop bas pour qu'elle l'entende. T'es rien de tout ça. J'en parlerai plus. Bonne nuit, Willow. »

Quequechose qui pouvé pa ètre à moi

Ils se lèvent sans un mot, l'atmosphère encore lourde des derniers échanges de la veille. Ils boivent du thé noir très chaud et mangent les flocons d'avoine que Willow a fait tremper pendant la nuit pour gagner du temps, puis reprennent la route qui descend des montagnes jusqu'à Vancouver : encore cinq heures de silence à travers le brouillard gris qui colle à la chaussée.

Une fois en ville, elle se gare dans une ruelle derrière le bureau du contrôle judiciaire, tire les rideaux du van et attend en fumant des menthols sous sa perruque et ses lunettes de soleil. Puis elle conduit Everett à l'aéroport, situé en bord de mer, et s'arrête au dépose-minute le temps qu'il récupère son manteau de prisonnier. Elle descend dans le brouhaha des voitures – beaucoup sont des berlines noires, mais c'est normal, non ? Les gaz d'échappement lui brûlent les poumons tandis qu'elle regarde son oncle sursauter comme une biche chaque fois qu'un avion au ventre blanc hurle au-dessus d'eux.

« Tu es sûr que tu as assez d'argent ? » Elle n'aurait pas de quoi lui en prêter, mais ça semble être la chose à dire pour faire avancer la situation.

Il hoche la tête, de nouveau incapable de la regarder. « Tout va bien de ce côté-là.

– Souviens-toi de rentrer à temps pour pointer auprès de ton agent de probation la semaine prochaine. Je ne referai pas la route jusqu'à l'Alberta », dit-elle avec une certaine jovialité. Il s'agit d'alléger l'atmosphère, en surface du moins, pour pouvoir s'en tirer sans autre incident affectif.

Il hoche une nouvelle fois la tête. « Je ne devrais pas en avoir pour très longtemps.

– Je ne t'ai pas demandé : il y a quoi de si important dans la Saskatchewan ?

– Une femme que j'ai connue. Enfin, je veux dire… » – et voilà qu'il rougit pour de vrai – « … c'est en partie ça. Mais c'est surtout qu'elle a un livre à moi. Je le lui ai laissé il y a des années, pour qu'il soit en lieu sûr.

– Tu vas jusqu'à la Saskatchewan, au risque d'enfreindre ton contrôle judiciaire, parce que tu lui as prêté un livre ? Ça doit être quelqu'un, cette femme ! »

Everett confirme d'un mouvement de tête. « Oui. Et le livre est important. Il devrait t'intéresser, je pense. D'ailleurs, si j'arrive à le récupérer, j'aimerais te le donner. En souvenir.

– J'ai perdu le goût des livres il y a un moment déjà, dit Willow. Aujourd'hui le ciel et la forêt m'apprennent tout ce que j'ai besoin de savoir.

– Ton père a toujours eu des tas de livres. En braille et autres. Je suis sûr qu'ils te reviendront un jour.

– Tu parles de sa collection de reliques confite de bon sens périmé ? Non merci. Je passe mon tour. Je veux dire, ça sert à quoi, une bibliothèque, à part rappeler discrètement à ses invités qu'on est un esprit supérieur ?

– Imaginons que je retrouve la relique dont je te parle. Comment est-ce que je pourrai te le faire savoir ?

– Je ne serai pas joignable dans les prochaines semaines et jusqu'à nouvel ordre, dit-elle. Je vais m'installer à Greenwood Island : il n'y a ni téléphone ni service postal, là-bas, juste une radio à ondes courtes. Alors envoie ça à mon père. Je lui rends visite une fois tous les dix ans. Je le récupérerai à ce moment-là. »

Everett relève la tête et ils se regardent dans les yeux, comme on se regarde au moment de se séparer. Willow le trouve déjà différent de l'homme qu'elle a découvert en allant le chercher la veille : plus fatigué, meurtri, d'une certaine façon. Il déglutit beaucoup, ses cils sont mouillés. Leurs années de correspondance ont-elles donc tant de valeur pour lui ? Elle a connu la même chose avec Sage, qui s'était mis à dégouliner d'amour alors qu'ils n'étaient ensemble que depuis quelques mois. Peut-être son oncle est-il simplement dérangé, conclut-elle en lui serrant cordialement la main avant de le regarder disparaître dans le terminal, une poussière de vie dans un océan d'être. De la même étoffe que son insondable père.

Une fois le Westfalia replongé dans la course tumultueuse de la circulation de mi-journée comme une tortue de mer dans les courants, elle décide qu'elle s'en débarrassera – du palpitement –, à supposer qu'il s'accroche, ce coup-ci. Les pluies acides, l'inflation galopante, les violences policières contre les étudiants, l'abrutissante conformité, l'effondrement économique imminent, la surpopulation, la banlieusardisation, l'extinction des espèces, la déforestation aveugle – ce monde n'a vraiment pas besoin qu'un vampire de plus vienne contribuer à sa destruction. Sans compter qu'elle fait sans doute l'objet d'une enquête policière et qu'il y a encore trois mille milliards d'arbres à défendre. Les sacs de sucre, ce n'était qu'un début ; hors de question qu'elle soit freinée par un enfant à charge.

Elle allume une cigarette et prend la direction du port, où elle louera une barge pour transporter son van jusqu'à Greenwood Island. Tandis qu'elle fume, un souvenir remonte : son premier échange épistolaire avec son oncle, une des rares lettres qu'elle a gardées, fourrée dans une boîte à chaussures quelque part dans le van au milieu d'autres bricoles de son enfance. Elle avait six ans et le culot propre à cet âge : elle avait donc demandé à Everett pourquoi il ne pouvait pas venir à son anniversaire voir le poney que son père avait loué, pourquoi les juges et les policiers ne voulaient pas.

Jé pri quequechose, fut sa réponse presque inintelligible.

Quelle chose ? avait-elle demandé par retour de courrier.

Quequechose qui pouvé pa ètre à moi.

Certes, il a été gentil avec elle, ce drôle d'oncle prisonnier. Et il fut un temps où seules ses lettres lui donnaient l'impression de compter pour quelqu'un. Mais maintenant qu'il a retrouvé le monde et qu'elle a senti toute la force de l'attachement bizarre qu'il nourrit pour elle, cette intimité fictive qu'il leur prête, sans parler de ce bouquin mystérieux qu'il veut lui donner et des surnoms qu'il lui a inventés sans qu'elle le sache, elle peut bien ne jamais le revoir, elle s'en moque. Au final, cet homme énigmatique n'est qu'un Greenwood de plus à vouloir qu'elle soit quelqu'un qu'elle n'est pas.

1934

Le cri

Cette nuit-là, un son parvient jusqu'à la cabane d'Everett Greenwood. Lancinant, continu – impossible à ignorer. Il lui arrive parfois, surtout quand il pleut, d'entendre le halètement des trains qui transportent du charbon jusqu'aux chalands du port, tout près, à Saint John, ou le hurlement d'un animal donnant la vie ou affrontant la mort dans les bois. Mais ce son-là semble venir d'un autre monde.

À deux reprises Everett est sur le point de prendre sa lampe à pétrole pour aller en traquer la source – et qui sait ce qu'il fera alors –, mais, Dieu merci, ça s'arrête au bout d'une heure et il se rendort.

Juste avant l'aube, il part dans les dernières traces de neige printanière poser ses chalumeaux et il est soulagé de ne plus entendre ce son. Interrogé par quelque autorité – un policier ou un juge –, il parviendrait peut-être à l'identifier. Mais une autre partie de lui, plus lâche, soutient que ce n'était que deux arbres s'affrontant dans le vent ou un renard pris dans l'un de ses pièges à lapins.

Avril est presque là et l'eau de fonte apporte sa fraîcheur aux bois encore nus. D'un jour à l'autre la sève va commencer à monter des racines les plus profondes et les chalumeaux d'Everett doivent être posés pour saigner les érables de leur eau sucrée. Il sait que cette forêt appartient à un homme riche, mais ce dernier vient rarement sur ses terres, et seulement pour chasser avec ses invités. Ils traquent la grouse et le renard dans le hurlement des clairons, et leurs cartouches au calibre surdimensionné pour le petit gibier cliquettent si fort contre leurs vestes de chasse qu'Everett n'a pas grand mal à rester caché.

Il a découvert ces bois une dizaine d'années plus tôt. Il descendait d'un train, hébété par l'alcool, et ses pas l'ont conduit jusqu'ici. À son retour de la guerre, il a passé des années à sauter de train en train, une période de sa vie qu'il préfère oublier : la plupart du temps il dérivait, ivre mort, volant leur petite monnaie aux autres vagabonds et toquant chez les gens pour quémander à manger en échange d'une corvée de bois. À cette époque, il s'est souvent retrouvé sur de hauts ponts à chevalet qui tanguaient dans le vent, se défiant de sauter, imaginant le soulagement qui serait le sien quand sa tête exploserait sur les roches saillantes en dessous.

Mais l'aventure solitaire de l'érablière a été son salut et, depuis, il n'a pas touché une goutte d'alcool. En plus de l'abattage et du travail du bois, il a appris en autodidacte à recueillir l'eau des érables quand il était enfant. Pendant la guerre, lors d'un épisode de grand froid près de la Somme, il a même fabriqué des goudrilles à partir de douilles de mitraillette vides, qu'il a plantées dans des érables noirs. L'endroit était peuplé depuis des millénaires, mais les villageois ont ouvert de grands yeux en voyant couler la sève épaisse et odorante. Pour Everett, ce sirop est un des rares cadeaux de la nature, un pur acte de générosité qui n'exige rien en retour.

Il emprunte maintenant un sentier le long d'un ravin boisé, dont la boue pénètre régulièrement dans ses bottes, et arrive à son premier érable à sucre ; l'écorce argentée porte les cicatrices d'années de saignées. Il sort sa foreuse et perce un nouveau trou dans la partie exposée au sud. L'écorce cède et des rubans d'aubier blond tombent du sillon. Avec un maillet en bois, il enfonce une goudrille métallique dans le trou – s'il va trop loin ou pas assez, il passera complètement à côté de la sève. Il marque un temps pour admirer son travail avant d'accrocher un seau de recueil et de poursuivre son chemin.

Il a toujours préféré les arbres aux gens. Leurs habitudes et leurs préférences sont bien plus faciles à identifier. Et il n'y a pas mieux que ces arbres-là : cinq cents hectares des plus beaux spécimens que la terre ait jamais portés, avec des feuilles grandes comme des mains de géants et une sève caramélisée si riche qu'il faut à peine la faire bouillir. Quand la récolte sera terminée, il mettra son sirop en bouteilles et ira à Saint John l'échanger contre de l'avoine, du saindoux, du sucre, de la farine et quelques billets. Un mois de travail, maximum. Il passera alors le reste de l'année à traîner près du ruisseau, à rêvasser, à regarder les gousses des graines et les hélices des érables dériver dans les eaux tranquilles. C'est une existence un peu solitaire, mais paisible – après une longue vie de labeur et d'épreuves, il trouve qu'il mérite cette oisiveté.

Il équipe encore dix arbres et fait un feu modeste pour préparer son petit-déjeuner : des galettes d'avoine imbibées du sirop de l'an dernier. Il se débarbouille dans le ruisseau puis le traverse pour équiper vingt arbres supplémentaires le long de la berge est. Il a bientôt fini son parcours quand il le repère : un rouleau de brocart, pendu à un clou planté dans son dernier érable, un grand arbre majestueux qu'il ponctionne depuis des années, un de ses meilleurs producteurs, assez costaud pour recevoir quatre goudrilles. En s'approchant, il remarque la tension du tissu et fait déguerpir un gros corbeau qui lorgnait le ballot depuis une branche du même arbre. L'oiseau éructe et va se percher à peine un peu plus haut, déterminé à céder le moins de terrain possible. Vu de près, le tissu bouge légèrement, ce qui pourrait être l'effet de la brise. Puis un tout petit reniflement se fait entendre.

Laisse ça, pense Everett. *La forêt s'en occupera.*

À contrecœur il écarte les plis de l'étoffe et y glisse sa main rugueuse. Il y a là de la chaleur, un souffle.

« Merde », murmure-t-il.

Harvey Bennett Lomax

Le matin du grand jour, Harvey Lomax conduit son employeur de par les rues pailletées de givre de Saint John dans sa Packard 8 cylindres toute neuve. Comme la banquette arrière est envahie de cadeaux, Mr Holt a été contraint de s'asseoir devant. Pour l'occasion, il a choisi un costume rayé de coupe moderne – plutôt que les complets en tweed à l'ancienne qu'il porte d'ordinaire – et glissé une plume dans son chapeau melon, laquelle provient d'une grouse qu'il a tuée dans les bois de sa maison de campagne, où, justement, il se rend. Malgré ces choix vestimentaires joyeux, vingt ans de service auprès de Mr Holt ont appris à Lomax à reconnaître la mauvaise humeur de son patron – une tension, un agacement autour des yeux ; le chauffeur s'abstient donc de tout bavardage et fume sa Parliament en silence. Ils ne roulent pas depuis longtemps, mais son dos commence déjà à le gêner, une sorte d'engourdissement qui tend à gagner du terrain et le pousse à se tortiller, remuant sa grande carcasse derrière le volant.

« Et comment donc vont vos douleurs, monsieur Lomax ? demande Mr Holt, son regard de pierre fixé droit devant lui. Ces cigares thérapeutiques que vous a préparés mon médecin ne vous sont-ils d'aucun secours ?

– Je ne les ai pas encore essayés, répond le chauffeur dans

une grimace tandis qu'une nouvelle nuée de contractions part à l'assaut de sa colonne vertébrale. Je connais les effets de ce genre de traitement. Je ne voudrais pas suivre le même chemin que mon père.

– Très stoïque de votre part. Mais la souffrance n'est pas une fatalité. »

Harvey Lomax a été un gros bébé, un bambin énorme puis un enfant tout bonnement éléphantesque. Un matin, quand il avait onze ans, il a confié à son père qu'il ne pouvait sortir du lit sans que des décharges électriques lui déchirent le dos et se propagent dans ses membres. Son père l'a emmené voir un médecin qui lui a tapoté les articulations avec un petit marteau et mis une lumière dans les yeux, pour finir par dire qu'à part sa taille hors du commun, il n'y avait pas de cause physiologique à son problème. « De l'argent bien dépensé », a commenté son père avec amertume en le traînant sans ménagement par le coude pour rentrer chez eux.

Mais au fil des années, Harvey devenant toujours plus grand, la sensation de foudre n'a fait qu'empirer. Elle s'est bientôt mise à le torturer non seulement le matin, mais tout au long de la journée, jusqu'à devenir indescriptible, le genre de douleur qui transperce un peu plus chaque jour. Le genre de douleur qui rend méchant. Il a tout essayé : le chaud, le froid, les baumes, les alcoolatures. Et quand rien n'y a fait, il a appris à accepter qu'un corps aussi grand que le sien ne pouvait exister sans une bonne dose de souffrances et que les décharges étaient le prix à payer pour sa survie.

Sa taille a tout de même ses avantages. Devant ses mains grandes comme des choux et ses colossaux deux mètres dix, les gens s'écartent comme des barques devant un cargo. Vu le choix limité de carrières s'offrant aux hommes de sa morphologie, il a eu de la chance de travailler pour R. J. Holt en personne ces vingt dernières années et de se voir confier les affaires les plus sensibles. Qu'il s'agisse d'un retard de loyer, du vol d'un diamant brut à la mine ou encore des indiscrétions d'une bonne amie de Mr Holt, il revient à Lomax de rétablir l'ordre. En cela, il n'a jamais échoué.

« J'ai toujours voulu être père », remarque gaiement Mr Holt. Ils roulent depuis une heure. La chaussée a cédé le pas à un chemin de gravier qui serpente dans les bois entourant la propriété : vingt-cinq hectares de forêt dans toutes les directions. « Mais mon épouse n'est pas à la hauteur de la tâche. Dieu sait pourtant que nous avons essayé. La vôtre, bien sûr, ne souffre pas du même mal, n'est-ce pas, monsieur Lomax ? Vous en êtes à combien ? Six ?

– Sept, monsieur, répond le chauffeur en s'éclaircissant la gorge. Le premier n'était pas prévu. Et quand on s'est mariés, on comptait juste en avoir deux de plus, mais il s'avère que Lavern et moi somme plutôt prodigues en miracles. Il suffit qu'on utilise la même savonnette et, hop, c'est la maternité neuf mois plus tard. »

Holt se fend d'un petit gloussement, ce qui lui arrive rarement. Lomax s'en réjouit, même si l'évocation de ses sept enfants lui rappelle aussi le gouffre financier qu'ils représentent, un gouffre de dettes qu'il vient tout récemment de transformer en hypothèque sur sa maison, une hypothèque à laquelle Mr Holt a eu la générosité de consentir sans intérêts.

« Avez-vous des conseils à me donner ? demande ce dernier. De père à père ?

– Arrêtez-vous là, dit Lomax, catégorique. Et ne dépensez que l'argent qui vous appartient.

– Bien dit, bien dit. » Puis Mr Holt prend l'air farouche et lointain qu'amènent toujours les discussions qui touchent à ses affaires. « Il se pourrait toutefois que je partage prochainement vos déboires financiers. Si cette crise continue à malmener mes compagnies. »

Lomax sait qu'il est peu probable que la crise représente un vrai danger pour son employeur. Il a hérité son immense fortune de son père, R.J. Senior, et, malgré son goût pour la bagatelle, Junior a bien développé le patrimoine familial. Il possède à présent la moitié de la province du Nouveau-Brunswick : charbon, acier, pétrole, journaux (les deux), banques, stations-essence, cafétérias self-service, épiceries et transport maritime. Ici, on dit qu'on ne peut pas faire sa promenade du dimanche sans glisser au passage des pièces dans la poche de Holt.

« Et le bébé ? Vous êtes certain qu'il est normalement constitué ? lance celui-ci.

– Oui, monsieur, confirme Lomax. La mère se remet encore de quelques complications. Mais la petite va le mieux du monde.

– Bien, bien. Fille, garçon, ça m'est égal, mais il me faut quelqu'un à qui laisser tout cet argent, non ? Si j'arrive à le garder…

– Vous allez y arriver, monsieur.

– Et la mère ? reprend Mr Holt après quelques secondes, sur le mode mineur de ce qui vient après coup. Elle est totalement remise, vous disiez ? »

Comme nombre de conquêtes de Mr Holt, Euphemia Baxter a commencé par être son employée. L'ayant remarquée alors qu'elle faisait le ménage dans l'une de ses banques, il a demandé à Lomax de l'installer dans un appartement qu'il possède à cet effet et, pendant six mois, il lui a très régulièrement rendu visite tandis que son épouse jouait au bridge. La toquade de Mr Holt a fini par passer, comme toujours, et toute son attention se portait déjà sur une autre jeune femme quand Euphemia a annoncé qu'elle était enceinte. Contre toute attente, Mr Holt en a éprouvé une grande satisfaction, du fait de la perspective d'un héritier, mais aussi parce que la grossesse confirmait sa théorie : c'était bien une déficience de sa femme qui l'avait jusqu'ici empêché d'engendrer. Un accord fut aussitôt conclu selon lequel Euphemia toucherait une somme d'argent pour accoucher de l'enfant que Holt adopterait ensuite. Afin d'éviter tout scandale, Mr Holt suggéra qu'Euphemia reste cloîtrée dans son appartement jusqu'à la naissance. Pendant sa grossesse, il revint donc à Lomax de lui apporter des provisions, des livres empruntés à la bibliothèque et les magazines à dix *cents* qu'elle aimait tant. Et puis voilà que trois semaines plus tôt, quelques jours à peine avant le terme, Mr Holt avait insisté pour que Lomax conduise Euphemia dans l'isolement de sa maison de campagne, en vue de l'arrivée du bébé.

« Elle n'est pas tout à fait remise, monsieur. Elle a eu des hémorragies et des crampes, et elle a beaucoup de tension, mais…

– Doux Jésus, Lomax, l'interrompt Mr Holt en agitant la main devant lui pour effacer l'image, épargnez-moi les détails sanglants.

– Elle se repose depuis trois semaines maintenant. Et elle a meilleur moral. Le docteur dit que tout ira bien du moment qu'elle reste au lit pour reprendre des forces.

– Bien, bien. Vous y veillerez, n'est-ce pas ?

– Absolument, monsieur.

– Et lorsque Mrs Holt rentrera de chez sa mère dans le Connecticut, poursuit-il, nous signerons les papiers d'adoption et nous ramènerons l'enfant chez nous à Saint John. »

Lomax gare la Packard sur les pavés de la grande maison, laquelle se dresse au beau milieu d'un pittoresque domaine parsemé d'arbres, de ruisseaux et de collines, et dont un garde-chasse privé entretient la population de renards et de grouses afin que Mr Holt et ses invités puissent les chasser l'été.

Lomax étouffe un gémissement en s'extrayant de la voiture : une petite décharge électrique lui dévale le dos et les cuisses.

« La cuisinière n'est pas encore levée, dit-il en voyant les fenêtres obscures de l'étage des pièces à vivre.

– Nous ferons doucement, dit Mr Holt en clignant des yeux, un bouquet de jonquilles mauves à la main. Allons saluer le futur, qu'en dites-vous ? » Il entre énergiquement dans la maison et se dirige d'un pas décidé vers la chambre à coucher principale.

Devant la porte de cette dernière, Mr Holt ôte son chapeau et resserre sa cravate. « Euphemia, chérie, c'est R. J. », dit-il d'une voix radoucie, l'oreille collée au bois contre lequel il toque de sa grosse chevalière.

Silence.

« Elles doivent dormir, monsieur, dit doucement Lomax.

– Oh, il n'y a pas de mal à jeter un coup d'œil », rétorque Mr Holt en tentant délicatement d'actionner la poignée. Mais la porte est fermée à clé. Il toque à nouveau.

Au dixième coup sans réponse, sa bonne humeur se gâte, comme celle d'un garçonnet qui aurait joyeusement couru dans le pré avec son nouveau ballon pour aussitôt en laisser échapper la ficelle. « Où est cette maudite clé ? demande-t-il en examinant la serrure.

– Les serrures sont anciennes, ici, elles ont chacune leur clé.

– Oh, pour l'amour du ciel ! crie Mr Holt. Je me demande bien à quoi je paie un ogre comme vous ! Pas pour me faire la conversation, soyez-en sûr. »

Lomax dépose les cadeaux par terre et se positionne de sorte que son épaule soit bien face à la porte. Puis il se lance dans une drôle de petite course et cogne le panneau de chêne, qui se révèle plus solide que prévu. Le montant finit par céder dans un crissement strident et Lomax déboule dans la pièce. C'est comme si son dos se déchirait : il s'effondre et manque de vomir sous l'effet des décharges qui sautent de vertèbre en vertèbre jusqu'au tronc cérébral.

Il entend la voix de Mr Holt. « Elles sont parties. »

À quatre pattes, Lomax s'oblige à concentrer son regard. Le lit où il a vu Euphemia donner le sein à la petite pour la dernière fois est vide. Et les portes-fenêtres qui donnent sur les bois à l'arrière de la maison sont ouvertes.

« Les femmes se comportent parfois étrangement après une naissance, monsieur, réussit à dire Lomax en se remettant debout au prix de difficultés considérables. Elles font des choses bizarres. Lavern voyait des fantômes. Mais je suis sûr qu'Euphemia est simplement sortie se promener dans les bois.

– Dans la neige ? Avec un nouveau-né ? hurle son patron. Il ne s'agit pas de l'un de vos vingt-cinq chiots sans importance, monsieur Lomax ! C'est mon unique enfant qu'elle a volé ! » Furieux, il exige qu'on fouille immédiatement la propriété. Lomax part téléphoner en boitant.

Tandis qu'ils attendent les secours, réquisitionnés au motif qu'une invitée de Mr Holt a disparu, Lomax se traîne jusqu'aux chambres des domestiques pour interroger la cuisinière et la bonne : aucune n'a vu Euphemia depuis la veille au soir. Midi sonne presque lorsque arrivent le garde-chasse et un certain nombre d'auxiliaires de Mr Holt à Saint John, ainsi qu'une poignée d'hommes sûrs de son aciérie. Une fois tout le monde réuni, le garde-chasse, clairon argenté à la main, les conduit dans les bois. Ils cherchent tout l'après-midi. Au grand dam de Mr Holt, la blessure de Lomax l'empêche de se joindre à eux, même brièvement. Alors que l'obscurité commence à se glisser entre les arbres de la propriété qu'ils observent depuis la terrasse du deuxième étage, Mr Holt s'approche de son homme de confiance.

« Vous avez rendu visite à Euphemia hier soir, n'est-ce pas ?

– Oui, monsieur. Aux alentours de dix-neuf heures. Pour vérifier son état.

– Vous a-t-elle fait part de regrets ou d'hésitations quant à notre accord ? »

Lomax sent son cœur s'arrêter de battre. « Non, monsieur. Rien de tel, dit-il fermement. Pourquoi me posez-vous cette question ?

– Comme ça, dit Mr Holt en hochant la tête. Mais il s'avère que nous avons eu une bonne idée, non ? En l'amenant ici ?

– Oui, monsieur », répond Lomax, dont le cœur repart. Quand son employeur avait insisté pour qu'Euphemia donne naissance à la campagne, Lomax savait bien qu'il ne s'agissait pas seulement d'une question de discrétion : Mr Holt avait anticipé que, si effectivement elle changeait d'avis, elle serait prise au piège.

« Elle ne peut guère aller bien loin, affaiblie comme elle est, monsieur, ajoute Lomax. Et encore moins avec le poids d'un bébé dans les bras. Je suis sûr qu'on va bientôt la localiser. Tout ira bien.

– Certainement, certainement. Et a-t-on idée de là où est son livre ?

– Quel livre, monsieur ?

– Ce journal dans lequel elle passe son temps à écrire, dit-il avec un franc dégoût. Il n'est pas dans sa chambre, j'ai fouillé moi-même. L'avez-vous vu ?

– Non, monsieur. Elle a dû le prendre avec elle. »

À ces mots, quelque chose change chez Holt : il baisse les yeux, mal à l'aise, comme s'il lisait quelque chose d'effrayant dans le grain du bois de la terrasse. « Je crois que vous ne comprenez pas, monsieur Lomax, dit-il d'une voix hésitante, effacée. Dans ce livre, enfin, ce carnet, Euphemia a peut-être consigné certains… actes. Des actes *intimes*, si vous voyez ce que je veux dire, auxquels nous nous sommes livrés – de notre plein gré, je tiens à le préciser. Mais cela pourrait me causer grand tort si ce journal tombait entre de mauvaises mains. »

Lomax repense aux ecchymoses qui apparaissent parfois sur le corps des bonnes amies de Mr Holt, y compris Euphemia – notamment dans les premiers temps de l'engouement de son employeur pour elles. De pâles arcs-en-ciel qui dépassent des poignets de leurs robes à manches longues, ou s'échappent des cols en peau de loutre ornant les manteaux qu'il leur offre. Mais comme aucune fille ne s'est jamais plainte, Lomax a soigneusement évité de creuser.

« On va la retrouver, monsieur, promet-il. Et le livre aussi.

– C'est une évidence », répond Mr Holt d'un ton lugubre en gardant les yeux rivés aux arbres rapidement gagnés par l'obscurité, entre les branches desquels file un trio de chauves-souris.

Le ballot

Il ne fait pas de bruit quand Everett l'emporte. L'infime tremblement cesse avec la marche – une évolution qu'Everett juge encourageante. Peut-être le dilemme quant aux étapes suivantes est-il déjà résolu, peut-être n'aura-t-il qu'à creuser un trou.

De retour dans sa cabane, il éprouve un grand soulagement à poser le petit paquet sur le plancher près du poêle. Non qu'il soit lourd – les bras d'Everett se sont levés tout seuls quand il l'a décroché de l'arbre, comme quand on saisit une planche qu'on prenait pour du noyer massif alors que c'est du plaqué bon marché –, mais il n'était pas à l'aise en portant ça contre lui.

Ce n'est pas par pitié qu'il a pris le ballot. Il l'a pris parce que s'il avait laissé la forêt s'occuper de l'enfant, comme prévu, et qu'on ait découvert la dépouille accrochée à l'un de ses clous, les gendarmes auraient fouillé les bois et, tôt ou tard, trouvé son repaire. Comme il a fait de la prison pour vagabondage à l'époque des trains, on n'aurait pas hésité à lui mettre ça sur le dos. Et même dans le cas contraire, il aurait sûrement dû partir d'ici, et la bonne vie qu'il s'est construite aurait été perdue pour toujours.

Everett relance le feu avec des bûches calcinées encore brûlantes. Le poêle rougeoie bientôt de chaleur, laquelle se diffuse en vagues lentes. Un temps, il pense à l'effort minimal que représenterait d'ouvrir la porte du poêle, de déposer le ballot sur les braises incandescentes et de refermer la porte. Bien qu'il ait surtout servi comme brancardier pendant la guerre, il a tout de même tiré sur son lot de Boches, dont beaucoup n'étaient que des gamins. Et pendant les années vagabondes qui ont suivi, il a laissé derrière lui les corps poignardés ou fracassés de pauvres hères sur à peu près tout le réseau ferroviaire d'Amérique du Nord. Alors quelle différence pourrait bien faire cette petite pile de cendres ?

Mais en y réfléchissant, Everett craint que cet acte le hante. Plus encore peut-être que ce dont il a été témoin en France et qui continue à empoisonner ses rêves – des visions de créatures aux viscères pendants qu'il traîne dans la boue sur sa civière et qui réclament à grands cris torturés leur mère, comme si celle-ci pouvait surgir avec son nécessaire à couture pour les rapiécer en quelque chose d'humain.

Everett laisse le ballot près du poêle et se couche. Au moment où il commence à s'assoupir, l'enfant se met à hurler comme un chat sur qui on vient de marcher. En entendant ce son, cette fois de tout près, Everett sent le sang lui tambouriner dans les tempes et son crâne se transformer en crécelle. Il sait ce qu'il faudrait pour que ça cesse : des berceuses et des comptines qui parleraient d'oiseaux, d'étoiles, de fées et de choses célestes. Mais il ne connaît que des marches d'infanterie, du blues sulfureux et de grossières chansons paillardes. Lorsque les cris s'intensifient, il va chercher la cire d'abeille qu'il se passe sur les mains quand il a des engelures, l'hiver, et s'en enfonce deux petites boules dans les oreilles. Mais le vacarme reste audible, alors il sort dans le noir glacial vêtu de son seul caleçon long en flanelle rouge pour aller traire sa chèvre, une vieille bique blanc et gris taupe achetée pour quelques pintes de sirop à demi fermenté. Elle a perdu son dernier chevreau à cause de la dysenterie pendant l'hiver et son lait commence à se tarir, mais elle réussit à en donner une pleine tasse. Everett lui gratte l'oreille, qu'elle a nerveuse, pour la remercier.

Une fois rentré, il verse le lait dans une théière ébréchée et presse le bec contre la bouche minuscule du nourrisson. « Y a intérêt à ce que ça marche, dit-il en regardant volontairement de l'autre côté, la voix enrouée de si peu servir. Parce que j'ai rien d'autre, à part du sirop, et ça, j'en ai besoin. »

Le bébé se calme à mesure qu'il tète, s'étouffant parfois un peu, ses petites paupières fermées avec force, et Everett s'autorise un examen furtif : des narines en volutes de coquillages, une peau couleur de fraise encore verte – une créature spécialement conçue pour provoquer la compassion, comprend-il avant de détourner les yeux. Quand la théière est vide, il enveloppe à nouveau le bébé et le repose près du poêle, jurant de ne plus jamais le regarder en face. La pitié est l'hameçon avec lequel les enfants vous attrapent, alors il va bien s'en garder jusqu'à ce qu'il soit débarrassé de cette malédiction.

À savoir dès le lendemain matin, c'est décidé. Il emportera le ballot à Saint John et le déposera à un endroit où quelqu'un d'autre le trouvera. À moins qu'avec un peu de chance, l'enfant ne passe pas la nuit. Ou, mieux encore, qu'il ait disparu quand Everett se réveillera, ainsi rendu à la solitude et au manteau de velours de son érablière. Des choses plus étranges sont déjà arrivées. Il sait d'expérience que les calamités de ce genre peuvent disparaître aussi mystérieusement qu'elles sont apparues.

Le couvre-livre

C'est dans son pavillon en brique de l'ouest de Saint John que Harvey Lomax se sent le plus tranquille, le plus serein, le plus lui-même. Depuis que le père de Lavern a aidé les jeunes mariés pour l'apport initial – après la conception accidentelle de Harvey Junior –, cette maison est pour lui bien plus qu'un toit. C'est une oasis de sens dans un monde qui en est de plus en plus dépourvu, un monument à son inébranlable dévouement pour sa famille. La seule de ses possessions qu'il défendrait de sa vie.

Ce soir, après avoir nourri sept bouches, baigné et bordé sept corps, Lavern se replie sur sa série radiophonique et Lomax dans son bureau pour fumer des Parliament au creux de son fauteuil préféré, celui dont l'épais rembourrage offre à sa colonne vertébrale à l'agonie un minimum de soulagement. Simples étrangers au moment de leur mariage, Harvey et Lavern en sont venus à formet une solide alliance domestique au fil des ans, comme deux ouvriers travaillant au coude à coude sur la même chaîne depuis si longtemps qu'ils n'ont plus besoin de mots pour communiquer.

Pendant toute la soirée, Lomax reste en contact téléphonique avec le garde-chasse : les recherches n'ont toujours rien donné. Quand il appelle Mr Holt pour le tenir au courant, ce dernier lui ordonne d'un ton alcoolisé d'aller sur-le-champ fouiller l'appartement d'Euphemia. Mais depuis qu'il a abattu la porte en chêne, les décharges électriques qui foudroient le haut de son dos ne lui ont laissé aucun répit et c'est à peine s'il peut respirer sans faire la grimace. Désireux d'obéir à son employeur à tout prix, Lomax sort du tiroir de son bureau la boîte de cigares à l'opium donnés par le médecin de Mr Holt. Cette préparation spéciale n'est certes pas tout à fait légale, mais le docteur n'a pas eu d'objection à la procurer à un employé aussi précieux. Lomax déchire le papier protecteur, prend un cigare et le passe sous son nez : un parfum d'orchidée, de clou de girofle et d'engrais. Et, par-dessous, un vif souvenir d'enfance : l'étrange pipe que son père cachait dans le seau à charbon.

Homme au physique également imposant, Walter Lomax était buveur, fumeur d'opium, coureur de jupons et magicien à temps partiel, les poches toujours pleines de cartes truquées. « Notre fameux invité », proclamait sa femme le dimanche soir quand il rentrait chez lui en titubant et s'écroulait dans son fauteuil, la cravate défaite, pour avaler des litres d'eau comme un boxeur dans son coin de ring.

Harvey avait douze ans quand son père les quitta définitivement. Pour joindre les deux bouts, le garçon fut contraint d'accepter un travail de recouvrement pour le compte de la société laitière de Holt. En tant que junior de l'équipe, il héritait des cas les plus désespérés dans les quartiers les plus sordides. La plupart de ses collègues optaient pour l'intimidation et les menaces, ouvertes ou implicites. Certains profitaient de l'absence des maris pour tripoter un peu les femmes. Mais Harvey n'en avait pas besoin. À douze ans déjà, son physique impressionnait, et quelques mois plus tard il avait récupéré plus d'argent que le meilleur agent de la compagnie. Il ne fallut pas longtemps pour qu'il touche un dollar de commission par mois, ce qui les sauva de la misère, sa mère et lui.

Puis Lomax fut recruté par Mr Holt en personne. Il avait appris le langage de la violence des poings de son père dès son plus jeune âge, et il découvrit bientôt le plaisir qu'il y avait à flanquer une bonne dérouillée à un voleur ou un tricheur – des gens qui s'exonéraient gaiement de leurs responsabilités, ce que Lomax ne pouvait même pas envisager. La vie lui avait déjà causé tant de peines, pourquoi ne pas en rendre un peu, quand l'occasion le permettait ? Et si la fréquence des rossées avait exacerbé ses douleurs, son travail lui avait aussi permis de subvenir aux besoins de sa famille et de prouver qu'il était fait d'une tout autre étoffe que son bon à rien de père.

Alors quel mal pourrait bien faire un malheureux cigare ? Il coupe le bout et l'allume, ne tirant d'abord qu'une modeste bouffée. Tandis que la fumée se diffuse langoureusement dans les casiers de chair de ses poumons, il ne sent rien – pas d'euphorie, pas d'envolée décisive. Il reprend donc une bouffée de même ampleur. Craignant d'abuser, il remet le cigare éteint dans la boîte et attend, assis dans son fauteuil. Lentement, presque au rythme d'un lever de soleil, il sent un doux soulagement l'envahir, une sensation limpide qui caracole dans ses vertèbres comme de l'eau dans un tuyau.

Plus agile qu'il ne l'a été depuis des années, Lomax se rend dans l'appartement modeste que Mr Holt loue pour Euphemia près des docks. Il entre avec la clé du propriétaire et, comme il s'y attendait, ne trouve personne. La jeune femme a beau avoir l'esprit extrêmement ordonné, elle a toujours vécu dans le plus grand désordre : une tempête de moucherons s'envole des assiettes sales dans l'évier, un tas de bijoux brille sur la coiffeuse, des livres ouverts s'étalent un peu partout, parfois empilés par douzaines, pages vers le sol, comme des poupées russes. Il touche les robes en soie et les chemises de nuit dans l'armoire et remarque non loin, sur une étagère, des photos de famille encadrées : un homme fier, noirci par la poussière de charbon, se tient droit comme un i près d'une Euphemia adolescente, tout sourire, les dents écartées et déjà adorable. Lomax imagine brièvement sa fille aînée, Hattie, partir pour la grande ville, pleine d'aspirations plus grandes encore, et se retrouvant le jouet de quelque riche magnat qui la malmènerait – cette pensée lui soulève le cœur. Puis, dans le secrétaire à rabat d'Euphemia, il trouve le couvre-livre de son journal. Sur la tranche, il lit :

LES PENSÉES & ACTIONS INTIMES & SECRÈTES
D'EUPHEMIA BAXTER

Mais la pochette est vide.

Peut-être Euphemia est-elle parvenue à repasser ici en récupérer le contenu avant de quitter la ville ? Mais pourquoi aurait-elle laissé les photographies de sa famille, sentimentale comme elle l'a toujours été ? Voilà que l'indéniable absence du journal combinée à l'inévitable déception qu'elle provoquera chez Mr Holt rend Lomax frénétique. Il tire brutalement les tiroirs, retourne le matelas, sort les cartons des placards et met le bureau sens dessus dessous, renversant un nécessaire à couture dont les aiguilles et autres petits articles de mercerie se répandent sur le sol. Ignorant la morsure des décharges que la sauvagerie de ses gestes a réveillées, il arrache de ses mains crochues quelques panneaux muraux mal fixés, au cas où le journal serait caché derrière.

Haletant, des étincelles bleues derrière les yeux, presque incapable de tenir debout plus longtemps, il finit par récupérer son chapeau et le couvre-livre avant de verrouiller la porte derrière lui et de regagner sa voiture en claudiquant. Là, il ouvre la boîte à gants et en retire le cigare à moitié fumé qu'il avait apporté au cas où son dos lui jouerait des tours. Mais, revoyant le visage charnu de son père en train de téter sa pipe à opium, il jette le cigare sur la chaussée et démarre.

Cette nuit-là, il se tourne et se retourne dans son lit, inquiet : si la mauvaise personne tombe sur le document et fait chanter Mr Holt, ce sera sa faute, puisque c'est à lui qu'il incombait de garder la liaison secrète. Il se rassure en se disant que les recherches porteront leurs fruits le lendemain après-midi au plus tard et que le journal est très certainement entre les mains d'Euphemia. Elle aura passé deux nuits dehors dans les bois avec le bébé, mais ça ne devrait pas leur être fatal. Mr Holt sera furieux qu'elle se soit enfuie, bien sûr, mais son soulagement de retrouver l'enfant l'emportera sur la colère. Lomax n'attendra pas que la poussière retombe pour prendre le carnet, le glisser dans son couvre-livre et flanquer l'ensemble dans un bon feu de cheminée, comme il se doit. Et toute cette regrettable affaire sera oubliée.

Blank

Aux premières lueurs du jour, Everett glisse l'enfant sous son manteau de laine, noue sa ceinture par-dessus pour maintenir la petite créature contre lui, et prend la route de Saint John. Le bébé s'agite un peu, mais après moins d'un kilomètre de marche entre les arbres il s'endort. C'est une excursion qu'Everett fait aussi rarement que possible, et toujours pendant la journée. La ville le perturbe : des automobiles qui pétaradent comme l'artillerie allemande, des bûcherons au visage dur qui se battent devant les tavernes en pleine journée, des arbres plus mutilés que taillés qui survivent sur les boulevards. D'ordinaire, quand il a troqué son sirop à l'épicerie générale, il va au cinéma. Il a souvent juré de renoncer à cette extravagance, mais à chaque visite il se fatigue des gens, de leurs regards inquisiteurs, de leurs blablas incessants, et la salle obscure offre un soulagement bienvenu, un endroit où c'est à lui d'observer les autres et non le contraire.

Tandis qu'il remonte Broad Street, ses yeux se posent sur des tas d'endroits pas pires que d'autres pour y abandonner l'enfant : le creux du cornouiller près de la mairie, le seau d'une vieille femme, un pas de porte soigneusement balayé, le siège avant d'une voiture rutilante. Mais il y a trop de monde alentour. Bien qu'il ne sache pas lire, il parcourt du regard les journaux des kiosques en quête d'une image de bébé disparu, sans rien trouver. *Personne ne veut de cet enfant, pauvre crétin. On l'a laissé dans la forêt pour qu'il y crève.*

Il se rend aux Œuvres catholiques sur Waterloo Street, où la longue file des miséreux qui attendent devant la porte va jusqu'au coin de la rue suivante, mais les bonnes sœurs lui disent qu'elles n'acceptent jamais d'orphelins amenés par des hommes. Après ça, il ne peut plus simplement abandonner l'enfant n'importe où : il y a trop de témoins, parmi lesquels certains pourraient le reconnaître. Alors, à court d'options, il traverse la ville, évitant les gamins des rues qui vendent à la sauvette des cigarettes d'aspirine et de pois grillés roulées dans des serviettes en papier sales, et frappe chez un type qu'il connaît de ses années de vagabondage.

Quand la porte s'ouvre, Everett se dit que Howard Blank est toujours aussi laid qu'il y a dix ans. Lui aussi a fait la guerre, mais ils ne se sont connus qu'après la démobilisation, dans un repaire de clochards près d'Oakland. Au moment de son entraînement en Angleterre, une balle est restée coincée dans le canon du fusil de Blank : lorsqu'il a imprudemment pressé la détente une seconde fois, l'arme a explosé contre sa joue. Il est rentré d'Europe en n'ayant tiré sur personne sinon lui-même, et la honte l'a rendu mauvais.

« Greenwood. D'après Pee-wee Morton, y paraîtrait que tu t'es posé quelque part, dit Blank d'un air perplexe. Que tu fais dans le sucre d'érable du côté de chez Holt. Pas vrai ? »

Everett confirme.

« Y dit aussi que t'es devenu le genre de bonhomme dont les parents parlent pour effrayer leurs gosses. J'vois qu'y plaisantait pas.

– Je vends un pichet de sirop à Pee-wee de temps en temps », répond Everett en tirant sur le fouillis de sa barbe pour renforcer l'effet croque-mitaine.

À mieux y regarder, le temps a été clément envers Blank. Les années ont lissé ses cicatrices et le côté défiguré de son visage ressemble désormais plus à un concombre qu'au chou-fleur de jadis.

« Eh ben, entre, dit-il en prenant Everett par l'épaule pour le tirer à l'intérieur. Dans le temps, quand tu frappais chez moi, c'était pour me taper de l'argent pour t'acheter du whiskey ou bien pour me taper directement du whiskey. Alors, c'est quoi, cette fois ?

– Ni l'un ni l'autre, dit Everett avant de s'asseoir sur une chaise délabrée aux airs de biche galeuse, inégalement polie par l'usure.

– Tant mieux, parce que j'ai que de l'eau gazeuse, maintenant. Alors si ça te gêne, tu peux partir tout de suite.

– Je bois plus non plus », répond Everett, impressionné que son ancien camarade de beuverie ait lui aussi réussi à remonter la pente fatale. Il n'a que des souvenirs épars des semaines imbibées passées ici, dans cette maison que Blank a héritée de son père, un pasteur anglican. Ils ne faisaient guère que picoler et s'écharper pour éviter de penser à l'Europe.

De retour avec deux chopes vertes, Blank remarque le dôme du crâne de l'enfant dans l'ouverture du manteau d'Everett. « Qu'est-ce que t'as là ? »

Tandis qu'ils sirotent leur verres, Everett lui raconte comment cette petite calamité lui est tombée dessus et explique qu'il est venu à Saint John pour s'en débarrasser.

« Tu vois quelqu'un là-bas dans la forêt qu'aurait pu l'abandonner ? »

Everett secoue la tête.

« Une cousette avec une tripotée de marmots et rien dans le garde-manger, dit Blank. Porte-le aux bonnes sœurs. Elles cherchent des agneaux à corrompre.

– J'en viens. Elles les prennent pas quand c'est un homme

qui les amène», répond Everett avec impatience. Le temps se radoucit, la sève va monter d'un jour à l'autre, et s'il ne vide pas ses seaux ils vont déborder. Le premier sirop est toujours le plus sucré : un léger retard lui fera perdre la moitié de ses revenus de l'année. Quand pointent les premiers bourgeons, le goût de caramel a déjà disparu. «Tu peux m'aider à lui trouver un endroit ? Je me fiche où. Mais faut que j'en sois débarrassé d'ici ce soir.

– Moi j'en veux pas, ça c'est sûr, dit Blank. Et ton frère ? Le millionnaire du bois, là-bas dans l'Ouest ? Y pourrait peut-être, lui ? » La pointe de moquerie dans sa voix rappelle à Everett la cruauté dont Blank fait parfois preuve, le plaisir qu'il prend à retourner contre ses interlocuteurs ce qu'il sait d'eux.

Il n'y a pas grand-chose de son passé qu'Everett ne regrette pas, mais ce qu'il regrette le plus, c'est d'avoir un jour laissé échapper que ce frère avec lequel il est brouillé est Harris Greenwood – *Harris Greenwood !* – et que le dépositaire de cette confidence soit Howard Blank. «Ça fait dix-huit ans qu'on s'est pas parlé.

– Un frère, ça reste un frère.»

Everett secoue la tête. «Pas après ce qu'il a fait. Non.

– C'est quoi, le bébé ? demande Blank.

– Comment ça, c'est quoi ?

– Un garçon ou une fille, triple buse ! »

Everett hausse les épaule. «Je sais pas.

– Y sait pas, je rêve ! crie Blank au plafond défraîchi.

– Ça me regarde pas.

– Eh ben si tu veux que je t'aide, j'ai besoin de savoir à quoi j'ai affaire, dit Blank en tendant les mains. Viens voir tonton Howie, marmot.»

Everett extirpe l'enfant de son manteau et le lui passe.

«On dirait bien que c'est une fille, dit Blank en écartant le tissu des doigts. Mais corbleu ! » Il agite la main devant son nez.

« Elle s'est fait dessus et pas qu'un peu. Ça se lave, un bébé, tu sais. Et les couches, ça se change. »

Everett secoue la tête. « Pas mes affaires.

– Tu ferais bien d'en faire tes affaires. Tu vas avoir beaucoup plus de mal à t'en débarrasser dans cet état. » Blank déroule le brocart et extirpe un livre de ses plis. « Et qu'est-ce que c'est que ça ? » Il pose l'enfant et ouvre la couverture rigide. « Le mode d'emploi ?

– Ça dit quoi ? demande Everett, venu à côté de lui.

– Toujours aussi ignare, hein, mon salaud ? dit Blank en tournant les pages. Tu te rappelles quand on dégotait de quoi se payer un repas et que je devais te lire le menu des bouis-bouis infâmes où on allait ? » Everett se rappelle – et il se rappelle aussi qu'une fois, Blank a voulu lui faire payer dix *cents* pour ce service, une proposition à laquelle Everett avait répondu par deux yeux au beurre noir.

Blank examine les mots en remuant les lèvres. « C'est un journal, on dirait. Une écriture de femme.

– Tu vas te grouiller de me dire ce que ça dit, oui ?

– Elle fait la maligne, à utiliser plein de mots compliqués. » Blank se tapote fièrement la tempe de l'index. « Mais je les connais presque tous.

– Tu crois que c'est la mère qui a écrit ça ?

– On dirait bien.

– Y a une adresse ? Je pourrais peut-être lui ramener la petite.

– Nan, mais attends… y a un nom, là. »

Everett suit l'index de Blank sur la page qui pour lui n'est qu'une soupe de bâtons et d'enjolivures.

« R. J., dit Blank, en extase, comme s'il évoquait les Saintes Écritures. Tu crois que ça pourrait être R. J. *Holt* ? C'est sur ses terres que tu squattes, dit-il en hochant la tête avec excitation, les yeux posés sur l'enfant.

– Je m'en fiche complètement. Ses parents en veulent pas. Et moi non plus. »

Blank referme le livre d'un coup et, méditatif, prend une longue rasade d'eau de Seltz. Les bulles pétillent dans sa bouche tandis qu'il fomente quelque chose.

« Bon, tu vois, faut regarder cette affaire sous tous les angles, dit-il d'un air rusé. Je pourrais peut-être recueillir la petite, finalement, vu comme elle est abandonnée et tout. »

Everett revoit soudain la fois où Blank et lui ont tabassé une paire de pochards qui leur devaient un dollar après une partie de dés : ils les avaient cognés jusqu'à ce que les autres se pissent dessus. Blank est donc à peu près aussi inapte que lui à s'occuper d'un nouveau-né.

« T'as dit toi-même que t'en voulais pas, dit Everett en se levant. Je vais trouver l'endroit le plus passant de Saint John, la poser là et ficher le camp.

– Houlà, attends, tu peux pas faire ça ! Cette pauvre bichette… Et si un cheval de trait la piétinait ? Ça te retomberait dessus.

– J'en saurais rien. Je serais déjà de retour dans mon érablière. Content comme cochon.

– Écoute, Everett, t'as de la chance d'être venu me voir à temps, dit Blank avec chaleur en lui tapotant l'épaule. Même après le krach, je connais plein de gens comme il faut qui cherchent un môme en bonne santé encore mouillé derrière les oreilles. »

Retour à l'arbre

Le lendemain, avant l'aube, Lomax va voir où en sont les recherches. Le garde-chasse l'accueille dans l'allée de la grande maison, le visage blême, l'air affligé. Il tient une lampe électrique et porte un ciré, bien qu'il ne pleuve pas.

« On a trouvé quelque chose dans la forêt. On attendait votre confirmation avant de réveiller Mr Holt. »

Lomax le suit dans les bois, tandis que la lune pâle chante dans le noir des branches. À mesure qu'ils avancent, les troncs semblent se regrouper, comme des animaux face à un prédateur.

Le garde-chasse braque bientôt sa lampe entre les arbres pour éclairer ce qui ressemble à une femme agenouillée au pied d'un grand érable, les bras autour du tronc, comme si elle le suppliait de l'aider. Lomax s'approche d'elle – dans une posture presque identique, il le remarque – et le sol gorgé de neige fondue mouille son pantalon aux genoux. La femme est vêtue d'une simple chemise de nuit, les pieds nus. Quand il repousse ses cheveux coupés à la garçonne, il constate que les bêtes ont déjà attaqué son visage. Il ne lui reste qu'une moitié de nez. Ses joues ont été rongées. Plus d'yeux. Envolés. Peut-être cachés quelque part dans ce même érable, à le regarder. Quand il baisse la tête, Lomax voit des ruisselets de fourmis légionnaires sillonner les bras du cadavre, des bras pâles comme du colin – et vides.

« Pas de traces de l'enfant ? demande Lomax en faisant ce qu'il peut pour ignorer les décharges brûlantes dans sa colonne, sachant qu'elles empireront s'il reste plus longtemps à genoux.

– Non. Mais il y a pas mal de sang dans la terre autour d'elle, dit le garde-chasse d'un air grave. Il semblerait qu'elle ait rampé avant d'arriver à cet arbre. Des renards ont dû lui faire tout ça et puis emporter l'enfant. »

Tout en l'écoutant, Lomax reconstitue l'histoire dans sa tête : ne voulant plus renoncer à son bébé, Euphemia a fui la maison la nuit précédente. Tandis qu'elle courait, elle s'est remise à saigner. Quand elle est devenue trop faible pour continuer, elle a rampé jusqu'à l'érable pour reprendre des forces et là, elle s'est vidée de son sang, l'enfant contre son sein.

Oh, quelle calamité de vivre en ces temps de malheur. Une lame de tristesse transperce l'épaisse armure qu'il s'est forgée au fil de ses années à faire l'agent de recouvrement. Voilà qu'il se sent pris de l'impulsion paternelle de peigner les cheveux d'Euphemia, de rassembler les parts manquantes de son visage. Toute cette vivacité, toute cette intelligence… Où sont-elles allées ? Dans l'arbre ? Saisi d'effroi, Lomax perçoit soudain l'érable comme un être vivant. Le déploiement d'une âme pétrifiée. Un témoin, peut-être. Plus vivant qu'Euphemia ou sa fille le seront jamais, désormais.

Il se relève avec un gémissement – et une pointe de regret d'avoir délibérément laissé les cigares chez lui : quelques bouffées auraient rendu tout cela tellement plus facile.

« Je veux que vous trouviez ce qui reste de l'enfant, lance-t-il.

– Il n'en restera rien, répond le garde-chasse en secouant la tête. La dentition du renard adulte lui permet de broyer les os. Surtout les petits.

– Je m'en fiche. Continuez à chercher. Et si elle a perdu quelque chose pendant qu'elle rampait, je veux que vous le trouviez aussi. Et ne dites rien à Mr Holt, vous voulez bien ? Je lui parlerai moi-même quand j'aurai récupéré les cadeaux destinés à l'enfant. Inutile de rendre les choses pires qu'elles ne le sont déjà.

– Quelle fin atroce, dit le garde-chasse en escortant Lomax dans le vert-noir des bois jusqu'à la maison. Toute seule comme ça. »

Si cette forêt lui semble aussi bien lugubre, Lomax trouve une brève consolation à la pensée qu'Euphemia et son enfant sont mortes contre cet arbre robuste. Il espère que l'érable leur a apporté un peu de réconfort.

La maison

Depuis un bosquet de peupliers maigrelets, Everett examine la maison jaunâtre, de plain-pied, et son toit à bardeaux de cèdre déglingué dont le longeron ploie déjà : une impression d'abattement moisi se dégage de l'ensemble, comme un chien qu'on aurait grondé et renvoyé à sa niche. Une silhouette fait des allées et venues derrière des rideaux en chintz miteux.

Everett s'approche. « Vous avez l'enfant avec vous ? demande une voix masculine de l'autre côté de la contre-porte branlante.

– Oui. C'est un nourrisson. Quelques semaines à peine, dit Everett au jugé.

– Il n'a pas de puces, il ne tousse pas ni rien, hein ? reprend l'homme derrière l'écran, le front barré de sillons sceptiques au-dessus d'un visage de hibou.

– Elle est en pleine forme, pour autant que je peux en juger. Et elle a de sacrés poumons, par-dessus le marché. »

L'homme ouvre la porte et fait entrer Everett. Chétif, presque nain, il porte un vieux pyjama rayé et une barbe de quelques jours constellée de tabac à priser. Everett sort l'enfant de sous son manteau et le tient maladroitement tandis que l'homme examine le petit visage ensommeillé.

« Regardez-moi ça », dit-il avec admiration. Sa joie est rassurante. N'ayant pas réussi à convaincre Everett de lui laisser le bébé, Blank a contacté un couple de sa connaissance qui a récemment perdu un enfant à la naissance, cet accouchement ayant en outre coûté à la mère la possibilité d'une autre grossesse.

« Allez, donnez-la-moi », réclame l'homme en tendant les bras.

Au moment où Everett s'exécute, voilà que la petite dégage une de ses menottes de raton laveur et lui tire la barbe. Il ne peut s'empêcher d'être blessé par cet ultime geste de reproche, après tout ce qu'il a fait pour elle. L'homme presse aussitôt l'enfant contre sa poitrine, comme s'ils étaient de vieux amis.

« Toutes mes condoléances, monsieur », dit Everett en ôtant son chapeau. Jonché de poils d'animaux et de saletés, le sol est presque plus crasseux que celui de sa cabane. Blank ne l'a-t-il pourtant pas assuré que le couple avait de l'argent ?

L'homme grommelle quelques mots indistincts. Everett est grandement soulagé d'être débarrassé du bébé, mais pas tout à fait prêt à s'en aller. « Va falloir que votre femme lui couse de nouveaux habits, dit-il. Je crois qu'elle aime pas le truc en laine qu'elle porte. Ça la gratte.

– Mmmm, dit l'homme en embrassant le petit crâne duveteux. Je vais bien m'en occuper. Elle aura des vêtements et à manger et tout ce qu'il faut.

– J'en doute pas », dit Everett, pourtant sur la réserve. Puis il montre le plafond de son chapeau. « Vous avez de méchantes fuites. Vous feriez bien de réparer ça avant que la maison s'écroule. »

Les yeux de l'homme se durcissent. « Ça fait beaucoup de conseils de la part d'un homme qui s'embarrasse pas de garder son enfant. »

Everett serre les dents et sent la fumée lui sortir du nez. C'est pour ça qu'il évite les gens. « Occupez-vous bien d'elle, c'est tout », grogne-t-il. Il se tourne pour partir en étouffant sa colère.

« Mais oui, je vais très bien m'en occuper.

– Et votre femme ? dit Everett en se retournant. Vous dites toujours "je".

– Elle aussi va bien s'en occuper, répond l'homme fermement. Hé, attendez, où est le livre ? Blank a dit qu'il y avait un livre avec le bébé.

– J'ai failli oublier. » Everett sort le journal de son manteau et le pose dans la main libre de l'homme. « Si un avion écrivait mon nom dans le ciel, j'en saurais rien, dit-il pour détendre l'atmosphère. Mais j'imagine que ça aura son importance pour elle un de ces jours. Ça lui parlera des siens, peut-être même de sa maman.

– Tous les enfants ont besoin d'un souvenir », rétorque l'homme en s'emparant vivement du journal.

Everett évite de jeter un dernier regard avant de partir.

Comme il ne peut pas rentrer chez lui dans la nuit noire, il retourne au centre-ville et choisit un restaurant cossu, au rez-de-chaussée d'un hôtel. Installé dans un box en noyer, il commande un steak et une chope de bavaroise pour fêter sa liberté retrouvée. La bière arrive dans un verre immense qui le met mal à l'aise. Il en commande involontairement une autre en faisant signe au serveur pour lui demander où se trouvent les toilettes. Après dix ans de totale sobriété, l'effet de l'alcool ne tarde pas à se faire sentir. Il regarde le serveur disposer l'argenterie rutilante comme si ces fourchettes et ces cuillères étaient les objets les plus précieux au monde.

Mais son repas est perturbé par la pensée du petit homme et de sa maison, qui lui semble rétrospectivement encore plus lugubre. La poudre de boue séchée dans l'entrée. Le papier-peint taché de salpêtre. Les poutres s'affaissant dangereusement. Et l'homme lui-même : dur et peu aimable. Pourquoi sa femme n'était-elle pas là ? Surtout le soir ? Était-elle toujours à l'hôpital ? On aurait pu s'attendre à un peu d'excitation, d'avoir un nouvel enfant, tout ça… Et si l'homme n'avait en fait pas l'intention de garder la petite, se demande Everett en découpant son steak saignant. Et si sa véritable intention était de récupérer l'enfant pour Blank, qui la vendra ensuite à Holt ?

Il y a longtemps qu'Everett Greenwood n'éprouve plus de pitié. Anéantie par ces hommes détruits qu'il a transportés pendant la guerre, par la trahison de son frère, par cette lutte incessante qu'est la vie – comme une piécette rutilante tombée dans un lac d'encre.

Mais la revoici, sortie de la vase, qui brille à nouveau dans sa main.

Un appel

Lomax prend d'abord l'homme pour un olibrius, à l'appeler comme ça chez lui un jour de congé et à obliger Lavern à le réveiller de sa sieste sur le canapé du salon.

Un bébé, dit son interlocuteur qui se présente sous le nom de Howard Blank. *Âgé d'un mois, peut-être.* Trouvé dans la forêt par un homme des bois, un analphabète.

« Quel bébé ? » demande Lomax en s'efforçant de garder son saisissement pour lui. Il écrase le combiné contre sa bouche pour que Lavern n'entende pas.

« Vous inquiétez pas, j'ai déjà prévu de restituer moi-même l'enfant à Mr Holt, dit l'homme d'un ton faussement affligé. Pour la récompense.

– Vous n'allez certainement pas contacter mon employeur, grogne Lomax. Et Mr Holt n'a offert aucune récompense de cette sorte, monsieur Blank. » Puis il ajoute : « Mais dites-moi : qui l'a trouvé, déjà ?

– Comme je vous ai dit, un homme des bois, répond Blank. On a fait la route ensemble après la guerre et puis chacun est parti de son côté. Un fumier, un détraqué. Y vit de l'eau d'érable qu'y récolte. Installé dans une cabane clandestine sur la propriété de Mr Holt. Il a trouvé le bébé accroché à un de ses clous dans la forêt pas plus tard qu'hier. » Blank décrit une zone située à un bon kilomètre de l'endroit où gisait le corps d'Euphemia. Lomax a parfois traversé ces bois et se souvient vaguement de clous plantés dans certains érables ; il ne s'était pas posé de questions à l'époque. « Voilà qu'il est venu à Saint John vendre c'te pauvre gosse en esclavage, mais j'ai pris mes dispositions pour l'en soulager.

– À tout hasard, votre homme des bois était-il aussi en possession d'un objet ? qu'il aurait trouvé avec l'enfant ?

– Un journal, déclare fièrement Blank. Enroulé dans les langes. Mr Holt y est même mentionné. Des histoires personnelles, on dirait. C'est comme ça que j'ai eu l'idée de vous appeler, monsieur. Vous êtes venu chez moi recouvrer de l'argent que je devais à Holt, une fois – que j'ai payé bien volontiers, si vous vous souvenez –, alors je savais que ça vous inquiéterait que quelqu'un puisse souiller la bonne réputation de votre patron. J'arriverais peut-être même à me rappeler comment s'appelle le bonhomme, si j'avais un vrai repas dans le ventre.

– Dites, répond calmement Lomax, et vous aurez vingt dollars. »

Après avoir miraculeusement convoqué le nom d'Everett Greenwood sur ses lèvres, Blank tente d'extorquer cinquante dollars de plus en disant à Lomax que l'homme serait le frère du magnat du bois Harris Greenwood, mais Lomax coupe court : une chose que ses années à recouvrer des dettes lui ont apprise, c'est que ces voyous s'imaginent toujours être à deux doigts du sang bleu.

« Mais je vous paierai cent dollars si vous m'apportez l'enfant et le livre d'ici demain après-midi », ajoute Lomax.

Blank accepte, ajoutant qu'il devrait avoir les deux en sa possession le soir même. La conversation terminée, Lomax se retire dans son bureau et reste assis un moment, la tête entre les mains. Il devrait appeler Mr Holt sur-le-champ pour l'en informer, mais il préfère ne pas prendre le risque d'un espoir déçu.

Son patron était désespéré quand il lui a annoncé la perte de sa fille, ce matin. Et si tout ça n'était en fait qu'une arnaque ? Mr Holt ne le lui pardonnerait jamais.

Toute la journée, en attendant l'appel de Blank, Lomax lorgne du côté de la boîte à cigares posée sur son bureau, mais il refuse de céder à la tentation. Son sens de la discipline est la seule chose qui le distingue de son père et d'hommes comme ce Blank, de tous les toxicos et autres vauriens qu'il corrige pour gagner sa vie. Alors il s'assoit sur ses grosses mains et il attend.

La maison, encore

Enflammé par la bière bavaroise, Everett retourne à la minable maison jaune et tambourine de la paume contre la porte en fer-blanc.

« Désolé, mais je dois la récupérer, dit-il quand le petit homme vient ouvrir dans le même pyjama répugnant, sans que l'enfant soit en vue.

– Je croyais que vous la vouliez plus, répond l'homme, en colère.

– Je la veux pas, mais je peux pas vous la laisser », explique Everett. Sa voix alcoolisée semble faible et lointaine, même à ses propres oreilles : un marin qui appellerait depuis un chalutier en train de couler. « Pas sans avoir parlé avec votre femme. Et même là, je sais pas.

– Et l'argent que Blank m'a promis si je gardais l'enfant et le livre jusqu'à ce qu'il vienne les chercher ?

– Blank ?

– Dix dollars tout rond. Et un pichet de vin.

– C'est votre affaire, ça », rétorque Everett en serrant les dents. Les pleurs de l'enfant retentissent alors des profondeurs de la maison, même si le son glaçant semble trouver sa source tout près d'Everett, comme une stalactite qu'on lui enfoncerait dans l'oreille. Le choc déconnecte quelque chose dans son cerveau et voilà qu'il pousse l'homme et traverse l'entrée à pas décidés.

« C'est vous l'homme des bois qui récoltez l'eau des érables, siffle le type sur ses talons avec l'air agressif d'un terrier. C'est Blank qui l'a dit. Vous vous appelez Green-quelque chose. Greenland. Greenleaf. »

Everett piste le son jusqu'à l'arrière de la maison et trouve la petite empêtrée dans un désordre de couvertures nauséabondes sur un lit en fer forgé. Quand il la prend, hurlante, le visage violet, les paupières serrées comme des coquilles de palourde, elle monte d'une octave et Everett n'a qu'une envie, partir. Sauf qu'il oublie quelque chose. Il se frappe l'oreille du poing. Comment réfléchir dans un tel vacarme ?

« Où est le livre ? » demande-t-il avec virulence, tandis que le bébé se tortille maintenant entre ses mains comme une truite hors de l'eau. L'homme se tait. Alors Everett le frappe sur le côté de la tête, et le coup surprend autant son auteur que sa cible. Depuis qu'il a son érablière, il n'a porté la main sur personne. Mais la bière a facilité le passage à l'acte, et les hurlements de l'enfant aussi.

« Je l'ai jeté », dit l'homme, le regard fuyant. Everett le frappe à nouveau. « Il est sous le matelas », finit-il par lâcher en se recroquevillant au sol.

Everett renverse le lit, attrape le journal, presse le bébé contre son torse et donne un grand coup de pied dans la porte de derrière, la faisant sortir de ses fragiles gonds en cuir. Le carnet enfoncé dans son pantalon et l'enfant tout contre lui, il se rue dehors. À une fenêtre, le petit homme appelle la police à grands cris. Everett traverse précipitamment un genre de décharge, puis des terrains privés, et finit par s'arrêter pour reprendre son souffle parmi des rosiers qu'il arrose d'un vomissement de steak et de mousse de bière. Puis il entend des hommes vociférer un peu plus loin. Il essaie frénétiquement les portières de plusieurs voitures jusqu'à ce que l'une d'elles s'ouvre enfin. Bien qu'il n'ait jamais conduit de sa vie, il pose l'enfant sur la banquette arrière et se débrouille pour actionner l'embrayage et l'allumage ; le moteur se met en route et le voilà qui roule dans le noir. Il lutte pour garder le contrôle du véhicule, bute sur les trottoirs, rebondit contre les clôtures.

À coup sûr Blank avait dans l'idée de négocier quelque chose avec R.J. Holt : Everett ne peut donc pas retourner chez lui, dans sa cabane. Des hommes seront là, à l'attendre. Il y aura des questions. Il préfère encore conduire la voiture dans un précipice que retourner en prison.

Quand il arrive à la gare de triage, près du port, il arrête le moteur et regarde derrière lui : la banquette est vide. Pendant une seconde, il rêve que la petite a ouvert la portière, qu'elle est sortie et qu'elle est maintenant à la charge de quelque autre andouille qui attendait qu'on lui gâche la vie. Mais elle a seulement roulé sur le plancher, où elle dort à poings fermés. Dans le coffre il trouve une couverture de trappeur en laine épaisse et deux gros pots de confiture de mûre. Il en vide un pour le remplir d'eau à une pompe derrière une station-service, puis enveloppe le bébé dans la couverture, pousse la voiture dans des fourrés pour qu'on ne la voie pas depuis la route, et escalade le grillage de la gare avant de détaler entre les rails qui luisent sous la lune.

Caché derrière un buisson de gaulthérie, il regarde les étoiles commencer à percer l'obscurité du ciel. Un train traverse bientôt la gare, avec force grincements, sifflements et gargouillis, et à une allure assez faible pour permettre d'y grimper, mais Everett ne prend jamais les convois de voyageurs : ils vont plus vite que le fret, certes, mais il faut aussi davantage jouer au chat et à la souris avec les employés. Il a toujours préféré les wagons de marchandises, plus spacieux – mais aussi plus risqués, vu la vermine avec laquelle il faut parfois voyager. D'autant qu'après le krach boursier, ils seront plus bondés que jamais.

Quand passe un train de fret, un goliath de fumée et de braises qui crisse et carillonne à tout va, Everett se précipite, le bébé rebondissant contre lui. Il laisse passer deux wagons-trémies remplis de charbon avant de se jeter à l'intérieur d'un wagon couvert dont la porte est entrouverte. Le sifflet retentit et l'enfant hurle de peur. Dans un ultime effort pour se hisser à bord, Everett se démet presque les épaules. À part un tas de foin défraîchi et une balle de fourrage, l'endroit est vide. Everett referme la porte, laissant une toute petite ouverture pour l'aération, et va se nicher dans le foin avec l'enfant. Le train accélère une fois quittée la gare et Everett rend grâce aux jointures des rails, au ba-*bam*, ba-*bam*, ba-*bam* continu qui secoue gentiment les joues de la petite et l'hypnotise jusqu'au sommeil.

Un aperçu flou de collines et de forêts défile dans l'embrasure de la porte, et un parfum de conifère emplit la voiture. Everett avait pourtant juré de ne plus jamais faire le rail comme d'autres font la route. Mais voilà que, malgré tous ses efforts, cette maudite créature l'a de nouveau condamné à l'existence vagabonde et parasite à laquelle il avait cru renoncer.

Le wagon se trouve bientôt plongé dans la plus parfaite obscurité. *Que représente le noir pour un bébé comme ça ?* se demande-t-il. Et bien qu'il lui soit toujours pénible de penser à son frère, il ne peut échapper à ce souvenir : Harris avait commencé à perdre la vue à l'âge de seize ans, comme si un énorme coin noir s'enfonçait entre lui et le monde. Il reposait son verre d'eau en plein dans sa soupe, tenait le journal à l'envers, s'entaillait les doigts avec la hachette leur servant à couper le petit bois qu'ils vendaient. Au fil de ses années passées dans les trains, Everett a repéré – il en est sûr – le G de la compagnie de son frère sur d'énormes cargaisons de bois convoyées vers l'Est, et il a toujours éprouvé une forme de fierté circonspecte pour ce que Harris a accompli. Mais s'il arrive qu'un souvenir attendri parvienne à traverser la ligne de ses défenses, l'outrage causé par la trahison fraternelle reste néanmoins parfaitement intact. Et ça n'est pas près de changer.

Cette île, en flammes

Cinq mille kilomètres à l'ouest, au large de Vancouver à l'autre bout du continent, sur une petite île sans nom posée comme un bijou vert dans l'écrin de l'océan, une Bentley couleur crème emporte Harris Greenwood sur un sentier forestier plein d'ornières entre des pins d'Oregon dont les cimes flirtent avec les nuages, et dont pas un ne s'élance à moins de trente mètres dans le ciel. Le temps a beau être dégagé en ce milieu de journée, Harris sait que les arbres convoquent l'obscurité et qu'ils plongent l'île dans une ombre permanente. Aveugle depuis près de deux décennies, il oriente néanmoins toujours son visage vers les fenêtres, pour goûter l'air et sentir des brins de lumière chaude valser sur son visage. Des odeurs de cèdre rouge et de varech se mêlent dans la voiture, tandis que le châssis frotte et cogne contre les pierres et les racines émergeant des creux de la route – une route qu'à son grand dam, Harris n'a pas construite.

« Je ne laisserai pas une bande de voleurs me faire les poches, marmonne-t-il. Depuis combien de temps payons-nous des droits de coupe sur cette île ?

– Environ cinq ans, monsieur, répond Baumgartner.

– Et de combien nous sommes-nous fait saigner par Mr John D. Rockefeller pour cet honneur ? Tout compris ?

– Il faudrait que je consulte Milner, mais dans les cinquante mille, je dirais. À peu de chose près.

– Et malgré cela, les voleurs qui ont construit cette route s'imaginent qu'ils peuvent couper mes arbres, des arbres sur lesquels j'ai toujours des droits, et que je ne m'en apercevrai pas ? Ils se disent peut-être que je ne *verrai* rien.

– On arrive à leur camp », dit Baumgartner en garant la voiture. Marty Baumgartner est sans doute le meilleur bûcheron que Harris ait jamais rencontré ; il travaille avec lui depuis le début. Ils se sont connus à Yale, où tous deux étudiaient la gestion forestière. Bien que Harris ne l'ait jamais vu à proprement parler, il l'a un jour serré dans ses bras – ils venaient de signer un contrat lucratif avec la Royal Air Force pour de l'épinette de Sitka de qualité supérieure destinée aux avions – et a pu alors prendre sa mesure : petit, costaud, trapu, avec un genou esquinté et une odeur musquée, presque boisée, qui persiste même après une semaine de réunions à la chaîne à Vancouver.

Harris ouvre sa portière sans attendre que Baumgartner le fasse pour lui : le sol de mousse est moelleux sous ses pieds et la forêt agréablement silencieuse. « Qu'est-ce que je regarde ? dit-il. C'est signé MacMillan ?

– On dirait l'une de nos installations d'antan, monsieur, répond Baumgartner. Des étables pour les bœufs. Des tentes pour les hommes. Un bateau de cuisine dans la baie. Des haches d'abattage à double tête, des scies de long, des crics, et un treuil de débardage à vapeur pour tirer les grumes jusqu'à l'eau. Ils sont en train d'écrémer les arbres qui valent le plus – il y a des souches grandes comme des tables à manger. Mais personne en vue. Ils ont dû faire flotter un train de bois jusqu'au continent aujourd'hui. Tout ça est trop de bric et de broc pour qu'on ait affaire à des gars de MacMillan. Ce sont sûrement des gens du coin. On appellera la police par radio depuis la goélette, histoire que leur matériel soit confisqué et qu'ils dégagent avant d'avoir le temps de couper un arbre de plus. »

Harris secoue la tête. « Ne surréagissons pas. » Il suit du bout des doigts le toit de la Bentley jusqu'au coffre. Il l'ouvre et repère à tâtons le cuir de crocodile de sa mallette, dont il sort un bocal qu'il emporte parmi les arbres.

Harris Greenwood fait un peu plus d'un mètre quatre-vingts et ses cheveux ondulés ont la couleur du sable mouillé. Malgré son handicap visuel, il a le physique noueux des bûcherons, grâce à l'obstination avec laquelle il coupe lui-même le bois qui chauffe sa maison en perpétuelle expansion. Comme toujours lorsqu'il marche en forêt, il sent sa mâchoire se relâcher, ses muscles se détendre, son malaise se dissiper. Son pas raide laisse bientôt place à une démarche tranquille. En ville, les angles peuvent attaquer comme des cobras et il arrive que la dureté d'une épaule l'éjecte de côté. Mais au milieu des arbres, c'est autre chose : il sent leur présence bien avant de les atteindre, grâce à l'aura de calme qu'ils dégagent et au sol qui monte un peu à leur approche. Enfants, son frère Everett et lui ont vécu sans personne dans les bois ; ils se débrouillaient tout seuls, vendant les arbres que les intempéries avaient fait tomber. Bien des années plus tard, les forêts restent le paysage de son moi le plus profond.

La nuit précédente, il a rêvé qu'il avait recouvré la vue, mais les visages de ceux qu'il croisait étaient vides comme des coquilles d'œuf, tous sauf le seul visage qu'il connaisse encore par cœur : celui d'Everett, son défunt frère. Pendant les derniers jours de la Grande Guerre, Harris avait écrit à Everett, sur le point d'être rapatrié de France, pour lui offrir un bon pourcentage de la toute jeune Greenwood Timber Company. Everett avait accepté mais, de retour au Canada, il n'était pas rentré comme promis. Harris était furieux. Il s'était persuadé qu'en Europe son frère s'était habitué à vivre sans le fardeau d'un invalide, un aveugle incapable de faire sa part dans la forêt. Et bien qu'Everett ait toujours été le moins ambitieux des deux, il avait dû penser qu'il réussirait mieux seul, Harris en était certain. Ce dernier lui avait toutefois prouvé combien il s'était trompé – à lui et à tous ceux qui avaient jamais douté de sa valeur.

Malgré cette trahison, quand la compagnie connut ensuite le succès, Harris paya un avocat pour localiser son frère. Il apprit ainsi que, depuis son retour, Everett avait été condamné pour plusieurs délits, parmi lesquels vagabondage, ivresse sur la voie publique et divers menus larcins, et qu'il avait fait de la prison un peu partout en Amérique du Nord. Les condamnations et infractions fréquentes s'arrêtaient brutalement dix ans plus tôt : d'après l'avocat, cela ne signifiait pas qu'Everett s'était réformé, mais plutôt que ce frère indocile, analphabète et criminel, avait rendu l'âme. Harris en éprouva une sorte de soulagement. Il vaut toujours mieux pour un arbre malade être rapidement abattu plutôt que laissé à pourrir lentement sur pied.

Il s'approche à présent d'un énorme cèdre – il reconnaît l'écorce veloutée et le parfum de thé sucré. « Tu voulais savoir pourquoi je tenais à ce qu'on vienne avec la Bentley, crie-t-il à son assistant en ouvrant le bocal. C'est parce qu'on va avoir besoin de retourner au bateau sans traîner. » Harris verse l'huile de schiste sur l'écorce et l'odeur lui emplit les narines. Puis il envoie voler le bocal vide, lequel atterrit sur un coussin de mousse sans se briser.

« Avec un peu de chance, deux ou trois de ces salauds rôtiront au passage, dit Baumgartner avec une certaine cruauté.

– En tout cas j'espère qu'ils sont d'humeur à se baigner, ajoute Harris en sortant une allumette de la poche de son manteau.

– Cela m'est bien égal, monsieur, mais l'hiver a été sec, cette île est une véritable poudrière, reprend Baumgartner. C'est cinq mille hectares de bois vierges qui seront réduits en cendres. »

Au cours de sa carrière, Harris Greenwood a présidé à l'abattage de plus de deux cent cinquante millions d'hectares de forêt primaire. Certains arbres parmi les plus larges, les plus hauts, les plus beaux que la planète ait jamais portés sont tombés sur son ordre. Ses droits de coupe sur cette île expireront d'ici trois mois, ce qui va certainement déclencher une guerre d'enchères, laquelle sera tout aussi certainement gagnée par son rival plus en fonds, le syndicat du bois de H. R. MacMillan. Alors, même si ce gâchis d'arbres attriste Harris, la pensée que des voleurs ou MacMillan pourraient s'en emparer lui est insupportable.

Il suffit d'un petit geste pour embraser l'allumette. Tandis que la flamme passe de chaude à brûlante dans sa main, Harris recense tout ce qui a été nécessaire à la naissance d'une telle forêt : des océans de pluie, des siècles de soleil. Le même soleil que celui qui faisait luire les casques des légionnaires romains. Les mêmes vents que ceux qui menèrent sur ce continent les premiers explorateurs. Voilà des arbres plus hauts que des immeubles de vingt étages, des arbres qui pouvaient déjà prétendre à l'immensité quand l'imprimerie faisait ses premiers pas. Baudelaire a décrit la forêt comme un « temple de vivants piliers ». Harris est d'accord. Mais quiconque a passé sa vie dans les bois vous le dira : malgré leur majesté indiscutable, les arbres ne sont que des piquets avec du vert dessus.

« Ils repousseront », dit Harris en jetant l'allumette. Une explosion de chaleur arrive à lui tandis que Baumgartner l'attrape par le bras et l'entraîne vers la voiture. Après une course encore plus chaotique qu'à l'aller vers la petite jetée, l'équipage charge précipitamment la Bentley et la goélette lève l'ancre.

Pendant la traversée, assis sur une chaise droite installée sur le pont, Harris respire l'odeur merveilleuse et terrible à la fois d'une forêt entière en train de brûler. Il repère des touches de mousse carbonisée et d'asphalte bouilli, le parfum du bois embrasé. Puis viennent le son des pommes de pin grosses comme le poing qui rôtissent, tels des épis de maïs, et les cris stridents des biches affolées dans la fumée, tout juste audibles par-dessus le grondement et les craquements de plus en plus forts du feu. Une poussière de cendres extrêmement fine lui tombe bientôt sur le visage. Il imagine alors le rideau de flammes qui se ferme sur l'île, le grand dirigeable de fumée et de braises qui s'élève dans le ciel, et il se demande à quoi cela ressemble vraiment. Baumgartner fait de son mieux, mais comme la plupart des bûcherons, il manie piètrement les mots. Si seulement Harris avait quelqu'un qui puisse lui décrire correctement cette île, en flammes. Il est certain qu'il doit y avoir de la beauté dans ce spectacle.

C'est à envisager. Un nouveau poste. De nouveaux yeux. *Un descripteur*. Il est encore en train de réfléchir à cette idée quand la goélette sort de la baie et que le grondement sourd de l'incendie se dissout dans le grand roulement de l'océan.

L’homme des bois

« Il a eu la trouille, il a filé avec le bébé », explique Howard Blank l’après-midi suivant, à la gargote que fréquente Lomax malgré le ketchup dilué et l’infâme café, qu’il boit toujours noir. « Mais j’ai réussi à mettre la main sur le journal, comme promis » – il hausse les sourcils – « et je serais tout disposé à le rendre contre une récompense partielle. »

Malgré sa déception d’apprendre que l’enfant lui a échappé, Lomax éprouve un certain soulagement en voyant Blank – un imbécile au visage à moitié ravagé qui l’a déjà dégoûté de son club-sandwich – plonger dans sa sacoche pour en sortir un livre à couverture rigide. À le tenir dans sa main, Lomax sent une dose de satisfaction inonder sa poitrine.

Mais celle-ci s’évapore aussitôt quand, parcourant les pages du journal, il n’y trouve que quelques entrées, rédigées d’une écriture grossière, masculine, bien différente de la graphie soignée qui orne le couvre-livre d’Euphemia. Il fronce les sourcils et, de sa paume ouverte, il envoie Blank mordre la sciure qui jonche le sol du restaurant, puis sort.

Peu avant la tombée de la nuit, Lomax se rend sur les terres de Mr Holt et passe des heures à boiter dans les bois. Après le long trajet en voiture, il a l’impression que la moelle de sa colonne vertébrale a été remplacée par de l’acide, aussi s'autorise-t-il quelques généreuses bouffées de cigare, dans le seul but de faciliter ses recherches. Le soulagement est instantané. Dans la zone isolée que Blank lui a décrite l'après-midi même, Lomax trouve, accroché à un clou, un seau en fer-blanc dont déborde une sève dorée. Elle coule sur le sol de la forêt en une mélasse épaisse et si collante qu'il en perd presque son mocassin.

Après avoir brièvement examiné les arbres avoisinants, il en repère un grand qui a bien un clou, mais pas de seau. Il se figure qu'Euphemia a dû arriver ici au moment où ses muscles manquaient trop de sang pour lui permettre de continuer à porter l'enfant. Il tente d'imaginer combien il a dû lui être difficile de décider d'envelopper ensemble le bébé et le journal, et de laisser le baluchon hors d'atteinte des bêtes sauvages tandis qu'elle-même retournait à la maison chercher de l'aide.

Il aperçoit d'autres seaux accrochés non loin de là. En les suivant, il parvient à une cabane en bois cachée dans un bosquet d'aubépine. Tout près, un cadavre de chèvre dans son enclos exhibe une langue rose comme de la barbe à papa. À l'intérieur de la cabane se trouvent quelques maigres traces de présence humaine : un gros poêle à bois – vide –, des ustensiles de cuisine graisseux, un fusil à silex archaïque, des pièges à lapin, des sacs de semoule de maïs. Mais pas de journal.

Malgré la pauvreté dont elle témoigne, l'existence spartiate de l'homme des bois suscite chez Lomax une pointe de jalousie. Souvent, les jours où ses devoirs de père lui pèsent particulièrement, il s'imagine disparaître au milieu des arbres dans ce genre d'endroit, libre de toute dette et de toute responsabilité. Pas étonnant que Greenwood fasse ce qu'il peut pour se débarrasser du nourrisson. Qui laisserait la paternité gâcher une vie aussi parfaite ? L'absence totale de vêtements et d'argent suggère toutefois qu'il est parti pour de bon. Il a dû fuir d'instinct, trop ignorant pour savoir qu'il n'avait enfreint aucune loi.

Conscient qu'il ne peut taire plus longtemps la situation à son employeur, Lomax fait le difficile chemin inverse dans la forêt, puis se rend au domicile urbain de Mr Holt. Il le trouve dans son salon, en train de boire du brandy devant la presse financière, les sourcils froncés. Quand Lomax lui parle du nourrisson trouvé par l'homme des bois, lequel a depuis, selon toute probabilité, pris la fuite, Mr Holt bondit.

« Et vous pensez que ce bébé pourrait être le mien ?

– C'est fort possible, monsieur. Il a été trouvé sur vos terres le lendemain de la disparition d'Euphemia.

– Et le journal ? Cet homme l'a aussi ?

– Ça reste à déterminer. Mais, d'après mes sources, la réponse est oui. »

Voilà que Mr Holt pose ses deux mains parfumées sur les épaules de Lomax. « Si vous me les ramenez – l'enfant et le livre –, alors l'intégralité de l'hypothèque sur votre jolie petite maison en brique disparaîtra, monsieur Lomax. Vous avez ma parole. Le moindre *penny* de votre dette sera effacé.

« Si toutefois vous échouez, ajoute Mr Holt, balayant une poussière imaginaire de l'épaule de son interlocuteur, si ce salopard réussit à s'enfuir avec ma fille et de quoi me détruire, alors votre maison sera bien votre moindre perte. D'ailleurs, mieux vaudrait pour vous ne jamais revenir à Saint John. »

Pour nourrir la confiance de son employeur, Lomax explique qu'il a prévu de vérifier toutes les gares et les bouges de la ligne. Sa tâche sera facilitée par le fait qu'il cherche un vagabond seul avec un nourrisson, ce qui ne doit pas être courant. « Une fois que je l'aurai localisé, dit Lomax, je lui proposerai une somme raisonnable en échange de l'enfant et du journal. Pas besoin de faire un drame. Et certainement pas besoin de mêler la police à tout ça. »

Au moment où Lomax s'apprête à partir, Mr Holt se tourne vers lui avec un sourire glacial et ajoute : « Monsieur

Lomax ? Si l'occasion devait se présenter où vous seriez contraint de choisir entre l'enfant et le livre, choisissez le livre. Est-ce clair ? »

Sept fois père, Lomax sait bien que, si la mémoire d'un enfant est éphémère et malléable, il en va autrement du papier.

« Parfaitement clair, monsieur. »

Rien à faire

Depuis qu'il a hérité de la petite – et au moins jusqu'à ce qu'il ait trouvé un endroit respectable où s'en débarrasser –, Everett a juré de ne pas s'adresser à elle directement. Il appliquait la même règle dans son érablière : on ne cause pas aux arbres. Il a vu ça pendant la guerre, des hommes qui parlaient à des choses qui ne pouvaient pas leur répondre : leur fusil, un camion, la tranchée, la boue, même leurs bottes – c'était toujours la première étape de la plongée vers la folie. En Europe, où, pour la première fois, il était séparé de son frère – son porte-parole de toujours –, Everett avait du mal à discuter avec les autres soldats et se débrouillait pour les éviter en acceptant toutes sortes de menus travaux. Quand ses supérieurs découvrirent qu'il avait été bûcheron, on lui assigna le remplacement des planches pourrissantes qui maintenaient les hommes hors de la fange immonde des tranchées. Everett préférait ça aux tâches purement militaires, même si c'était une sensation étrange de travailler le bois dans un paysage aussi nu et désolé, avec du matériau venu de Scandinavie ou même du Canada parce qu'il n'y avait pas un seul arbre vivant à quatre-vingts kilomètres à la ronde.

Quand il en eut terminé avec la charpenterie, il se porta volontaire comme brancardier, où il fit bon usage de ses jeunes jambes. Les balles déchiraient l'air autour de lui tandis qu'il se ruait dans la zone semée de cadavres qui les séparait de l'ennemi, pour ramener les blessés avec un genre de travois. Au bout d'un an, son régiment fut transféré dans la Somme. Puis à Vimy. Puis à Arleux-Fresnoy. À Passchendaele, enfin. Chaque bataille était plus atroce et plus barbare que la précédente. Il arrachait à la boue épaisse comme du suif des membres épars d'où pendaient des écheveaux de graisse jaune et de peau grise. Il vit un homme se faire décapiter par un éclat d'obus de la taille d'un couvercle de poubelle. Il ramassait par terre des mains coupées, raides et tordues comme de grandes araignées d'albâtre. On aurait dit que les horreurs auxquelles il assistait s'accumulaient en lui dans un réservoir dont le niveau montait, montait, jusqu'à ce que, finissant par déborder, elles se mettent à lui empoisonner le sang. Dans les derniers jours de la guerre, il fut hospitalisé pour un épisode de tremblements et de confusion mentale qui l'empêchait même de faire ses lacets, puis renvoyé chez lui par bateau.

Cette nuit, cependant, Everett dort paisiblement et se réveille à l'aube, le bébé lové dans la paille à côté de lui. Le voyage se poursuit en silence jusqu'à ce que le train prenne une voie d'évitement, vers midi, pour laisser passer un train rapide, et qu'un vieux clochard les rejoigne dans le wagon – maigre, affamé, les yeux cernés de grands croissants rouges semblables à des blessures : vu son apparence fragile, Everett ne s'inquiète pas et s'autorise une sieste. Mais lorsqu'il se réveille un peu plus tard, l'homme a disparu et son pied droit est nu comme un chiot. Il a toujours son autre botte, mais les lacets ont été coupés et en partie retirés.

« Quel genre de fouine vole une seule botte ? » demande Everett au bébé qui dort, tout en se maudissant d'avoir enfreint sa règle de ne pas lui parler.

Il reste là, à maugréer contre sa malchance, jusqu'à ce que la petite ouvre les yeux d'un coup. Aussitôt les coins de sa bouche se tordent et elle recommence à pleurer. Il défait la grenouillère et découvre une pâte immonde qui déborde de la couche dans des effluves répugnants. Retenant sa respiration, il ouvre le tissu. Il n'a jamais observé si directement les parties féminines : une absence-présence. Avec un sac de jute humidifié, il nettoie l'enfant qui braille de toutes ses forces, dilatant ses narines et soulevant ses côtes minuscules. Comme il n'a pas de couche de rechange, il enveloppe le bébé dans un sac de foin préalablement secoué pour chasser les charançons, puis il trempe son doigt dans la confiture de mûre et l'enfonce dans la bouche de l'enfant. Par chance, elle se tait enfin, se léchant les lèvres et remuant furieusement les jambes comme un petit crapaud.

Plus tard, quand le train grince jusqu'à l'arrêt complet au milieu d'un grand verger, Everett sort la tête du wagon et voit l'embout d'un château d'eau se pencher vers la chaudière de la locomotive. Comme tout bon vagabond familier des trains, il sait qu'il y a forcément une source d'eau à proximité, aussi laisse-t-il le bébé dormir dans la paille pour sauter sur le gravier des rails. Non loin, il trouve un petit ruisseau qui se tricote un chemin sinueux entre les flocons blancs des pommiers en fleur. Il plonge la couche et la grenouillère souillées dans l'eau en les traînant contre le fond caillouteux : la saleté part avec le courant en petits grumeaux. Il coince alors les vêtements avec des pierres afin de laisser le ruisseau faire son travail et remonte un peu en amont pour remplir le bocal d'eau.

« Vous n'avez rien à faire sur mes terres », dit soudain une voix derrière lui. Everett se retourne aussitôt et se trouve face à un homme charpenté d'une cinquantaine d'années qui porte un large chapeau de paille sur ses oreilles brûlées par le soleil, et à la main une grande cisaille, de celles avec lesquelles on taille les plus grosses branches.

« Je fais juste un peu de toilette, monsieur, répond courtoisement Everett tout en maudissant le babillage du ruisseau d'avoir masqué les pas de l'homme.

– Vous vous êtes lavé, maintenant dégagez.

– Je vais pas tarder. Y a pas de loi contre la propreté, si ?

– Non, mais il y en a un paquet qui vous interdisent de remonter dans ce train, là-bas, dit l'homme en désignant la voie ferrée de la pointe de sa cisaille.

– Vous faites erreur, monsieur. Je suis arrivé par la route », dit Everett en profitant de l'occasion pour vérifier que le train ne repart pas : le tuyau du château d'eau est remonté, mais les wagons sont toujours immobiles. « Je fais du stop. Je cherche du travail.

– De quel côté est la route, alors ? »

Everett prend un temps qu'il sait bien trop long pour regarder autour de lui. « Par là, dit-il en pointant le doigt derrière l'épaule gauche de l'homme.

– Alors vous voudrez bien partir *par là*, hein ? »

Everett entend la pelle du chauffeur crisser et racler dans le lointain, puis la locomotive lâche un sifflement strident. Un plumet ivoire et des lucioles de braise s'envolent de la cheminée. Dans un mouvement si lent qu'il est à peine perceptible, l'engrenage des roues se met en branle. « D'accord, d'accord, vous avez raison, monsieur, dit Everett en levant les mains. Je suis venu par le train. J'ai quelque chose à y récupérer, mais ensuite je partirai. »

L'homme désigne le pied nu d'Everett de sa cisaille. « Vous allez devoir vous trouver une botte ailleurs.

– Y a pas que ma botte, monsieur, supplie-t-il. Tout ce que je possède est dans ce wagon. Mon matelas, mes économies, des photos de ma famille. Je veux juste les récupérer avant de partir. Vous pouvez vérifier. »

Au désespoir d'Everett, le train prend de la vitesse et siffle à nouveau. Il sera bientôt trop rapide pour qu'un homme de son âge puisse envisager de le rattraper. Everett est saisi par la vision du nourrisson nu comme un ver dans le sac de jute, sur le point d'être emporté vers l'enfer de la déshydratation et une mort solitaire.

« Vous n'avez rien à faire dans ce train, aboie l'homme. Et j'en ai ras le bol des clodos qui viennent chier dans mon ruisseau.

– Je vais être franc avec vous, implore Everett. J'ai un enfant, là-bas. Un bébé. Si vous ne me laissez pas y aller, il va partir tout seul.

– Foutaises, glapit l'homme. Je vous laisse jusqu'à trois pour regagner la route, dit-il en s'approchant d'Everett. Un… »

Everett sent le vieux poison lui enflammer les veines – cette brutalité qu'il a cultivée pour se protéger et protéger son frère dans la cour de l'école, et que la boucherie absurde de la guerre a densifiée.

« Deux… »

Il sort de l'axe de la cisaille, jusqu'à ce que l'homme ait le soleil dans les yeux, et quand ce dernier les plisse au maximum, Everett lui met un grand coup de coude en plein visage. L'homme titube, le nez en sang, et s'effondre dans le lit du ruisseau tandis qu'Everett s'élance vers le train.

Il est à découvert, le soleil haut dans le ciel, et le bruit de sa course sur le gravier va sûrement attirer l'attention des cheminots. Au maximum de sa vitesse, luttant à grand-peine pour garder le rythme, il parvient tout de même à atteindre ce qui lui semble être le bon wagon et s'agrippe aux barreaux de fer au moment même où il lui aurait été impossible de courir davantage. Il plaque sa poitrine contre le plancher de bois, n'espérant encore qu'à moitié trouver le bébé à l'intérieur.

Un descripteur

La Greenwood Timber Company est administrée depuis l'aile est de la grande demeure de Harris Greenwood dans le quartier huppé de Shaughnessy à Vancouver. Harris sait que, dans le milieu des affaires, ce choix de ne pas s'offrir un étage de bureaux dans un luxueux immeuble du centre-ville passe pour excentrique, mais il préfère garder ses affaires et sa vie privée enchevêtrées. Il esquive les questions en la matière avec une plaisanterie toute prête : « Pourquoi est-ce que *moi* je paierais pour avoir une *vue* ? »

Il est sept heures du matin et Harris est à sa table de travail. Il prépare son esprit aux tâches du jour, passant en revue les directeurs d'usine, acheteurs de bois et grands comptes avec lesquels il va s'entretenir aujourd'hui. Son bureau est à la fois le QG d'où il dirige les opérations et son sanctuaire, une pièce qui lui est aussi familière que la cabane biscornue qu'Everett et lui avaient construite dans leur jeunesse. Ici, tenu par sa routine sécurisante, il n'hésite pas, il ne se cogne pas aux murs, il ne renverse pas les étagères, il n'a pas besoin d'appeler à l'aide comme un enfant perdu dans les bois – jamais.

Il convoque Terrance Milner, son commis et comptable de longue date, un homme fiable, d'une redoutable habileté avec les chiffres, pour qu'il lui lise les documents requérant sa signature. Il y a des années de cela, Harris a demandé à Baumgartner de fixer un encrier à son bureau – trente centimètres en avant, puis trente centimètres à droite – et il éprouve toujours le même frisson de satisfaction en plongeant sa plume dans le trou, exactement là où il s'attend à le trouver.

Derrière son bureau pendent les cages de dizaines d'oiseaux exotiques – son seul plaisir durable, en plus de sa routine. Milner se procure les catalogues et Harris passe commande par télégramme à d'extravagants marchands anglais qui lui envoient les oiseaux par ses propres cargos. Des colombes diamant. Des perruches ondulées aux ailes couleur cannelle. Des moineaux du Japon. Des capucins bec d'argent. Les clients qui ont le malheur d'appeler le matin entendent rarement Harris Greenwood par-dessus les piaillements et les gazouillis de sa collection. Pendant des années, ces chants d'oiseaux ont suffi à dissiper les épisodes de léthargie et de vague à l'âme qui s'emparent parfois de lui. Depuis quelques semaines toutefois, il n'y prend plus autant de plaisir, aussi se promet-il d'y remédier en passant bientôt une nouvelle commande.

Une fois signés les manifestes de chargement et courriers du jour, il se sent découragé par le vide relatif de son bureau. Autrefois, il croulait sous les commandes – on aurait dit que le monde entier était à reconstruire après la guerre : bâtiments publics, habitations, voies ferrées, ponts. Il avait déjà exploité son premier millier d'hectares de forêts à vingt-cinq ans, et gagné son premier million à vingt-sept. Pour beaucoup de gens, sa cécité avait tourné à son avantage en le rendant rusé, impossible à arnaquer. Son instinct en matière de bois était désormais légendaire.

Mais depuis que le krach a étranglé le développement ferroviaire et les initiatives minières dans toute l'Amérique du Nord, et du même coup la construction résidentielle et commerciale, Greenwood Timber saigne comme une biche percée d'une flèche : la compagnie perd cinquante mille dollars par mois en surcoûts d'exploitation, d'abord à cause d'un stock trop important qui se déprécie vite – des poutres et des planches impeccables qui pourrissent et se voilent sous les intempéries –, mais aussi parce que le coût du travail augmente, sans parler du fait que les gars menacent de se mettre en grève une semaine sur deux comme une bande de gamins qu'il faut amadouer. Et la concurrence des Soviétiques n'aide pas : non seulement ils ont recours aux travaux forcés (appelons un chat un chat), mais leur meilleur bois est en outre aussi bon que celui de Harris, et ils ne trichent pas sur les dimensions, contrairement à la plupart des producteurs qui font passer pour du 4 par 10 des planches de 3,8 par 8,9.

Sans les journaux et le papier, Greenwood Timber aurait déjà sombré. Harris fournit tous les périodiques canadiens et la moitié de l'édition américaine. Mais il sera bientôt obligé de réduire en pâte à papier des arbres qui, jadis, auraient servi de colonne vertébrale à des palais, ce qui, pour un homme du métier, revient à faire des saucisses avec un filet de choix. Tout ça pour que les gens puissent faire leurs mots croisés idiots et lire des romans de gare.

Harris combat son humeur maussade par l'activité : il envoie des télégrammes, dicte des lettres et passe des appels téléphoniques avant de déjeuner dans son bureau – du faisan, comme d'habitude – tandis que Milner lui lit le *Globe*. D'après le quotidien, les bases de l'économie restent saines malgré le krach. Harris n'est toutefois pas convaincu.

« Un arbre vous dira tout ce qu'il y a à savoir sur les aléas de la fortune, philosophe Harris à l'intention de Milner tout en mâchant. Des cernes sombres et fins indiquent les années sèches, des cernes épais, les années humides et généreuses. Et le bûcheron en moi soupçonne qu'on n'en a pas fini avec les cernes fins. »

S'il avait de la jugeote, il serait passé à l'acier depuis longtemps en renonçant totalement au bois – une industrie brutale forcée d'embaucher des brutes. À l'Exposition universelle de Chicago l'an dernier, il n'a pas entendu le mot « bois » prononcé une seule fois : il n'y en avait que pour les alliages, le verre et le plastique. Bien qu'il ait brièvement eu l'opportunité, il y a quelques années, de racheter les aciéries Bessemer à R. J. Holt au Nouveau-Brunswick, il a jugé l'investissement trop risqué et fait marche arrière. Pas besoin d'être grand mage pour savoir que le bois est condamné. « C'est pas avec du bois qu'on va construire l'avenir », a-t-il entendu un de ses gars dire un jour – des paroles qui le hantent.

À quatorze heures, Baumgartner frappe à la porte.

« Selon nos informations, il s'est mis à pleuvoir et seulement la moitié de l'île à laquelle vous avez mis le feu a brûlé, déclare-t-il. Vous serez par ailleurs heureux d'apprendre qu'il n'a fallu se débarrasser d'aucun corps. »

Cela fait plaisir à Harris. La pluie comme l'absence de victimes. Une fois calmée sa rage envers les voleurs, il a regretté le gâchis de bon bois. Et voilà que cette île, avec sa propension crâne à survivre, le charme un peu plus encore.

Il travaille pendant le dîner, choisissant à nouveau de manger à son bureau, sa serviette péniblement nouée derrière la cravate en soie dont il refuse de relâcher le nœud Windsor tant que la journée n'est pas terminée. Alors qu'il range ses affaires et s'apprête à se retirer dans sa chambre, il prend l'appel d'un de ses agents commerciaux : ce dernier vient de recevoir un câble de la plus grosse compagnie ferroviaire du Japon.

« Ils se renseignent apparemment pour un énorme projet. Ils envisagent des traverses en pin d'Oregon, près d'un million. Ça pourrait être colossal, monsieur. Comme au bon vieux temps.

– A-t-il été question des Russes ? Sont-ils autour de la table ? demande Harris en se levant d'un bond.

– Ils détestent les Russes. Ils ne leur achèteraient pas une corde de bois même si le froid leur soudait les mains à la bite.

– Et les Américains ?

– Les Yankees n'ont plus rien de qualité en stock. Et surtout pas du pin d'Oregon dans ces quantités-là. Ils ont déjà abattu tous les leurs. »

Harris n'a pas encore raccroché que son cerveau s'enflamme de calculs. Il ira lui-même au Japon négocier le contrat, mais il appréhende déjà l'énorme vide de l'océan, l'absence perturbante de routine et l'humiliante confusion d'un pays étranger : logements, nourriture, architecture, voix, langue – rien ne lui sera familier. Il ne pourra pas emmener ses oiseaux. Que se passera-t-il si sa léthargie et son vague à l'âme le prennent au Japon et qu'il ne parvient pas à s'en défaire ? L'idée d'un assistant visuel le traverse à nouveau. Quelqu'un qui éclairerait ses transactions, stimulerait son moral, illuminerait ses journées d'observations soigneusement formulées et ses soirées de lecture de la meilleure littérature. Un *descripteur*. À ce moment critique de sa longue vie solitaire, Harris Greenwood est las de l'obscurité.

La patère

Le train ralentit à l'approche d'un virage, puis siffle, annonçant un croisement. Everett repère des automobiles, cinq ou six, garées près des rails au niveau de l'échangeur, et quelques membres de la police montée en tunique rouge sang qui s'abritent de la pluie battante sous l'auvent éclairé de la gare. Ce qui signifie qu'il a blessé l'homme du verger plus gravement qu'il ne le pensait.

Le bébé bien calé au creux de son coude, il baisse le menton et saute du wagon, plongeant sous les dards d'eau glacée qui lui flagellent les yeux. Il fait quelques pas sur l'herbe aplatie par le vent le long de la voie, puis dégringole dans un fossé, les quatre fers en l'air, et finit par une longue glissade. Une fois ses esprits retrouvés, il soulève la toile de jute pour examiner l'enfant : son expression de choc absolu, les yeux écarquillés, cède bientôt la place à une grimace qui s'épanouit lentement et dans laquelle le bébé engage tout son être, emmagasinant dans le même temps une impressionnante quantité d'air dans ses poumons.

Et puis ça commence.

« Désolé, merde », grogne Everett dans le rugissement du train qui passe. Il s'enfonce alors dans un bosquet de bouleaux au bord des rails, alternant marche et course pendant une demi-heure sans quitter la lisière du bois, se retournant régulièrement pour vérifier que la police n'est pas à ses trousses, tandis que la gamine hurle comme si elle était en feu.

Quand le rythme de ses pas finit par la calmer, il s'arrête pour tenter de se repérer, mais la pluie canalisée par son chapeau tombe directement dans les yeux de l'enfant, y formant deux petites flaques : elle se remet à hurler. Everett chasse l'eau d'un doigt noir de charbon : « Allez, allez, biquette, tu es née plus mouillée que ça. »

Après ce baptême, la petite boude, les yeux plissés comme ceux d'un chat qu'on aurait laissé tout seul pendant des semaines. C'est alors seulement qu'Everett remarque : elle a un trou, là, pile au sommet de son crâne duveteux. Horrifié, il passe le pouce dans l'effroyable creux et ne trouve pas d'os, rien que la pulsation du sang et le mou du cerveau. Il retire sa main d'un coup et vérifie les pupilles du bébé, mais son regard est droit et elle respire parfaitement. Ça a dû arriver quand ils sont tombés dans l'herbe. Everett pousse un juron et donne un coup de poing dans l'écorce d'un arbre à proximité. Cherchant chaotiquement quelque chose pour la calmer, il ouvre son sac et découvre que le pot de confiture s'est cassé : la pulpe violette s'est étalée partout, y compris sur le journal dont la couverture s'est brisée en deux. Il prend le livre, veillant à protéger les pages de la pluie avec son corps, et essuie les caillots sucrés sur son pantalon.

Au bout d'une heure de marche, les nuages se dispersent. En l'absence de policiers et de chiens limiers, Everett se risque à traverser un pré pour s'approcher d'une ferme. Il laisse le bébé près d'une clôture à demi renversée et se présente à la porte. Voilà des années qu'il n'a pas demandé l'aumône comme ça ; la honte lui serre déjà la poitrine. Un fermier dégingandé avec une serviette coincée dans une salopette bleu ciel apparaît. Il parle français. Le train les aurait donc amenés jusqu'au Québec ? C'est plus loin qu'il n'aurait cru. Quand Everett lui fait comprendre qu'il est disposé à travailler contre de la nourriture, l'homme secoue la tête et ferme la porte.

Everett emprunte maintenant la route, à l'affût de bruits d'automobiles. À chaque voiture qui passe, il se jette dans le fossé, prêt à couvrir la bouche de l'enfant si nécessaire. Au bout de plusieurs heures de marche, il a mal aux mollets et la soif lui donne le tournis. La gamine s'est remise à pleurer ; cette fois, elle en est presque bleue et ses cris se font de plus en plus frénétiques. Pour autant qu'il sache, elle saigne du cerveau et mourra peut-être bientôt. Dès qu'il aperçoit une autre ferme, il s'en approche en gardant contre lui le bébé qui hurle comme une sirène de raid aérien. Alertée par le bruit, une femme cesse d'étendre ses draps sur un fil tendu entre des peupliers près de la maison et vient vers lui.

« Cette petite a besoin d'un médecin, crie-t-il. Je n'arrive pas à la calmer. Et je crois que je lui ai fait un trou dans la tête. »

Calmement, la femme lui prend le bébé des bras et l'examine. Elle porte un tablier en coton, soigneusement cousu à la main, et un ruban retient ses cheveux noirs. Il la regarde déposer un baiser sur le creux duveteux du crâne de l'enfant.

« Tout va bien, dit-elle avec un fort accent québécois. C'est jusse que la tête est pas encore complâtement formée. »

Une vague de soulagement déferle sur Everett. La présence de cette femme et les douces vibrations de sa voix ont déjà calmé le bébé, qui se frotte les yeux du revers de la main et plonge son nez dans la poitrine de la fermière.

« Tu vois comme a charche ? C'est jusse qu'a faim pis qu'elle est ben fatiguée. » Gêné, Everett baisse les yeux. La femme suit son regard et tombe sur son pied nu, noir de terre. Elle l'invite à entrer.

La maison est lumineuse, bien rangée. Les panneaux de bois des murs de la grande cuisine ont été récemment passés à la chaux. Un crucifix monte la garde au-dessus d'une solide table en érable. La femme pose une bouilloire en cuivre sur la cuisinière et, portant toujours l'enfant dans ses bras, se dirige vers le réfrigérateur. Elle en sort un pichet de babeurre qu'elle verse dans un petit pot, mais lorsqu'elle tente de le donner à boire à la petite, celle-ci le regarde d'un air méfiant, pleure de plus belle et refuse de téter le bec verseur.

« Elle aime le lait de chèvre, suggère Everett. Elle a goûté qu'une fois, mais ça lui a bien plu. Vous avez des chèvres, ici ? »

La femme hoche la tête, va chercher une bouteille de lait de chèvre et remplit à nouveau le petit pot, que l'enfant tète goulûment.

Quand la bouilloire se met à siffler, la femme pose une bassine en métal sur la table et y verse l'eau chaude. Puis elle ouvre le sac de jute : le bébé s'est encore fait dessus mais ça n'a pas l'air de déranger la fermière.

« C'est pour ça qu'a pleure », dit-elle en désignant des marques rouges là où les petites jambes se rattachent au corps minuscule. Dans le bain, la femme maintient l'enfant d'une main et le lave de l'autre. Elle lui applique ensuite du suif jaune entre les cuisses. « Ça devrait calmer l'irritation. » Après quoi elle enveloppe la petite dans un torchon et l'emmène dans la chambre adjacente en fermant la porte derrière elle.

Seul dans la cuisine, Everett examine l'entrée et n'y voit pas de chaussures d'enfant, seulement deux paires de mocassins noirs et brillants – un modèle homme, un modèle femme –, sans doute réservés à l'église. La femme a à peu près l'âge d'Everett. Si un enfant avait pu venir, il serait déjà là.

Au bout de quelques minutes, la fermière sort de la chambre sur la pointe des pieds, refermant la porte avec précaution, un doigt sur la bouche. Elle prépare à Everett un sandwich au fromage et un verre de lait. Le pain est tendre, avec de petites graines, le fromage salé et crémeux. Everett mange en silence, se retenant de tout avaler en une seule bouchée. Il entend bientôt un bruit de pas sur les marches de la galerie et voit entrer un homme qui s'essuie les mains sur un chiffon huileux : hâlé, les sourcils épais, le nez acéré, il porte le même genre de salopette que le fermier qui l'a chassé. Le couple se parle à voix basse. La femme désigne la chambre avec une joie ostensible et son mari hoche la tête avec sérieux, sans déplaisir ni excitation particulière.

L'homme serre la main d'Everett, puis s'attable avec lui. Il se pince le nez entre le pouce et le majeur et récite un long bénédicité avant de manger en silence, s'interrompant parfois pour remplir de lait son verre et celui de son hôte.

« Merci beaucoup pour le repas, monsieur, finit par dire Everett. Je demande pas mieux que travailler si vous avez quelque chose à me faire faire. »

La femme traduit en français pour son mari, qui descend à la cave et en revient avec une vieille paire de bottes au bout renforcé. Everett y glisse son pied sale : il est un peu au large, mais ça fera l'affaire. Les deux hommes passent l'après-midi à nourrir les cochons et à changer la paille des bêtes. Avec le ventre plein, le travail se fait tout seul. La ferme compte trente têtes de vaches laitières, chèvres, cochons et mulets, ainsi qu'un poulailler. Everett repère quelques érables à sucre le long des prés, trop sollicités par rapport à leur taille, les seaux systématiquement accrochés trop haut, mais il ne dit rien, de peur de passer pour un ingrat.

À la fin de la journée, ils trouvent la femme sur la balancelle de la galerie devant la maison. Les chaînes en laiton grincent au rythme de la chanson en français qu'elle roucoule pour la petite, emmaillotée sur ses genoux. L'enfant tient à la main une bestiole fabriquée à partir d'une vieille chaussette, sans doute cousue par la fermière, et suce une bouteille surmontée d'un téton rouge. « Un prêt des voisins », dit la femme en parlant du biberon. Les hommes enlèvent leurs chapeaux tachés de sueur et s'assoient pour l'écouter chanter, tandis qu'un parfum de cuisine entêtant s'échappe de la fenêtre. Au bout d'un moment ils se retirent dans la maison et suspendent leurs vêtements devant le poêle pour les faire sécher. Everett accepte le pantalon et la chemise propres que l'homme lui propose et c'est tandis qu'il se change sur la galerie qu'il la remarque : isolée, près du sol, sous les manteaux, une petite patère en bois. À soixante centimètres du sol, à hauteur de regard d'un jeune enfant.

Il rentre et trouve la femme, souriante, en train de disposer sur la table des assiettes garnies de steaks hachés, de légumes et de petits pains. L'homme prie de nouveau, plus longuement. La femme l'accompagne d'un murmure en pressant son front cuivré contre l'oreille de l'enfant. *C'est donc ça, un foyer*, se dit Everett pendant toute l'incompréhensible récitation.

Après le souper, elle fait la vaisselle d'une main, le bébé sur sa hanche, et son mari invite Everett à le rejoindre autour d'un échiquier. Ils jouent en silence jusqu'à ce que l'homme lance, sans quitter des yeux les pièces devant lui : « Baptisée ? » Il fait mine d'asperger le disque dégarni au sommet de son propre crâne.

« Sûrement », le rassure Everett en faisant exprès de perdre. Le fermier le conduit ensuite jusqu'à une chambre d'ami à l'étage, où une chemise de nuit l'attend à côté d'un vieux nécessaire de rasage. Everett se change et se couche. Il a le ventre plein et se sent bien, malgré la drôle d'impression qu'il a de se faire avaler par une grande bouche molle – il n'a pas l'habitude des matelas rembourrés de chiffons.

Il faut voir la petite gazouiller quand la femme la prend ! Et quelle ferme généreuse… L'homme est un peu sévère, mais qu'est-ce qu'un orphelin comme Everett sait de la paternité ? Il décide que le lendemain à l'aube, après s'être lavé et rasé, il facilitera les choses pour tout le monde en s'éclipsant vers la voie ferrée.

Tous les trains de marchandises

Quand Lomax rentre de la propriété de Mr Holt, il trouve Lavern endormie au salon, la radio allumée. Il la porte dans leur lit et dort auprès d'elle d'un sommeil agité, puis se lève tôt, prépare sa mallette et laisse un mot sur la table de la cuisine : il a une commission essentielle à faire pour Mr Holt, écrit-il, dont le succès pourrait mettre un terme à tous leurs soucis financiers. Il sera de retour avant l'anniversaire des jumeaux la semaine prochaine.

Il prend le train pour Montréal, en première classe, dans un compartiment privé aux murs émeraude tapissés de velours frappé. Mr Holt est normalement parcimonieux en matière de dépenses, mais cette fois-ci, en plus d'un salaire généreux, il lui a offert l'usage de son compte personnel auprès des chemins de fer et des hôtels.

Lomax va donc commencer par Montréal, où il compte explorer les pensions bon marché à la recherche d'un homme seul avec un bébé, après quoi il improvisera. S'il avait eu tous ses esprits, il serait parti sitôt qu'on lui avait parlé du passé vagabond de l'homme des bois, mais les magouilles de Blank lui ont fait perdre un temps précieux.

Il est épuisé, bien que ce ne soit guère que le milieu de l'après-midi. Sa colonne vertébrale grésille d'une douleur basse tension qui rend pénible la position assise, aussi demande-t-il au préposé de préparer sa couchette. Il avait prévu de laisser les cigares médicinaux chez lui, mais en apprenant que le lit étroit a été conçu pour quelqu'un de la moitié de sa taille, il est heureux de constater que la boîte est finalement dans sa mallette. Il fume un cigare entier, soufflant la douce fumée beige à la fenêtre du compartiment, et bientôt des scarabées de soulagement phosphorescents lui trottinent sur tout le corps.

Il s'abandonne au léger bercement du train et savoure le contact frais des draps d'une douceur incroyable contre sa peau. Les yeux fermés, il laisse remonter un souvenir d'Euphemia : enceinte de trois mois, assise bien droite à son bureau à couvercle coulissant, ses cheveux courts ramenés derrière l'oreille, elle est en train d'écrire dans son journal avec cette concentration absolue dans laquelle elle plonge si facilement. Quand enfin elle l'entend entrer, les bras pleins de sacs de provisions et de livres, elle lève les yeux et sourit, et c'est comme un éclair de lumière sur un cours d'eau.

« Des réserves de grain à moudre », dit-elle joyeusement en venant dégager le comptoir encombré. Son ventre rebondi l'oblige à rester légèrement en retrait du plan de travail.

Une fois que Lomax a tout posé, elle prend une petite pile de livres, les porte à son visage et inspire profondément.

« Y a-t-il meilleure odeur que celle-ci ? demande-t-elle. Et pourquoi le parfum des livres de bibliothèque n'a-t-il rien à voir avec celui des livres qu'on possède ? Est-ce que le papier est différent ? Ou est-ce parce que tant de gens les ont touchés ? Ou alors c'est l'odeur combinée de tous les livres en rayon ? Ou autre chose encore ? »

Lomax répond qu'il ne sait pas, qu'il n'a pas eu l'occasion de réfléchir à ce genre de question jusqu'ici, ce qui la fait rire. Elle trouve toujours matière à s'amuser de ce qu'il dit – mais ce n'est jamais méchant, alors ça ne le dérange pas. D'ailleurs, rares sont les choses qui ne suscitent pas la curiosité d'Euphemia, surtout si elles sont écrites : une formulation étrange sur l'emballage d'un aliment, une notice nécrologique mal rédigée dans un journal appartenant à Mr Holt, une publicité avec un usage fantaisiste des guillemets… Il y a toujours quelque chose pour déclencher son rire contagieux.

« Attends un peu, veux-tu ? dit-elle alors qu'il s'apprête à repartir. Je vais faire du café. Je deviens folle à rester ici toute la journée sans personne à qui parler.

– Une autre fois.

– Pourquoi est-ce que tu repars toujours tout de suite, ces temps-ci ?

– Tu sais très bien pourquoi », répond-il sèchement, avant de porter la main à son chapeau dans une esquisse de salut et de sortir en fermant la porte à clé derrière lui.

Il ouvre les yeux et voit la lueur bleue du matin emplir la petite fenêtre de sa couchette. Grâce au cigare, il a réussi à dormir toute la nuit. Il descend de son perchoir sans la moindre décharge dans le dos et se sent plus reposé qu'il ne l'a été depuis des années. Il s'habille et, tout en prenant son petit-déjeuner, interroge les porteurs et autres préposés sur d'éventuels hommes seuls qu'ils auraient vus voyager avec un nouveau-né. Puis il se rend à l'avant du train pour demander au chauffeur et au freineur si de leur côté ils ont remarqué un vagabond avec un bébé. L'un comme l'autre secouent la tête. Il va ensuite examiner la plateforme extérieure où sont stockés les bagages ; au milieu des valises, dans le vent brutal qui siffle à ses oreilles, il trouve un vieil Indien accroupi, un chapeau melon enfoncé bas sur les oreilles.

« J'ai une question pour vous, mon brave. Ça vous fera gagner cinq *cents*.

– Dites toujours ! crie l'homme d'un ton las par-dessus le rugissement de la locomotive.

– Imaginons que vous preniez clandestinement le train, avec un bébé sur les bras.

– Hé, vous voulez en venir où ? J'ai pas de bébé…

– Écoutez-moi, interrompt Lomax. *Imaginons* que vous ayez un bébé – personne n'a dit que vous en aviez un – et pas beaucoup d'argent et que donc vous preniez clandestinement le train. Vous vous cacheriez où ? Ici même ?

– Je prendrais pas de train de voyageurs. »

Pas étonnant que cet homme soit miséreux, grogne Lomax intérieurement. Il a l'esprit à peu près aussi souple qu'une vitre. « Non, je me fais mal comprendre, ajoute Lomax avec une pédagogie condescendante. Ce que je vous demande, c'est : *si* vous aviez pris ce train, où vous cacheriez-vous ?

– Comme je vous disais, j'aurais pas pris ce train. » Excédé, Lomax agrippe la poignée et se prépare à refermer la porte. « Je prendrais des trains de fret, dit l'homme. Je monterais dans un wagon de marchandises, si j'en trouvais un d'ouvert. Plus sûr. Moins de risques de se faire pincer ou de lâcher le bébé sur les rails. Et puis des planches de bois, c'est plus chaud pour l'enfant qu'un sol en métal.

– Et vous iriez où, exactement ? dit Lomax, tout sourire, en se penchant pour glisser un dollar dans le ruban du chapeau crasseux. Avec ce train de fret ?

– À Toronto, répond l'homme comme si c'était évident. Tous les trains de marchandises passent par Toronto. Les lignes secondaires partent de là. »

Liam Feeney

Harris déléguerait normalement cette tâche à ses subordonnés. Après tout, Milner excelle à repérer les imbéciles et Baumgartner les fainéants : à eux deux, ils peuvent se vanter d'avoir pêché un nombre record d'employés industrieux dans la mer populeuse de l'incompétence humaine, une mer dont le niveau monte chaque jour depuis le krach. Mais pour un poste aussi singulier, il est impératif que Harris mène lui-même les entretiens, sans distraction ni interférence.

Jusqu'ici, néanmoins, les candidats ont été uniformément insipides : lourdauds, ennuyeux, sans charme. Harris ne renonce cependant pas aux espoirs qu'il fonde sur le dernier, recommandé par l'un de ses directeurs régionaux, un poète irlandais avec une petite notoriété venu travailler dans les grandes forêts canadiennes. En plus de ses aptitudes littéraires, il serait dit-on l'un des meilleurs pilotes de remorqueur qui soit.

Une minute avant que l'homme n'arrive, Harris renverse un verre d'eau et se cogne le coude sur une étagère en place depuis des années, des incidents qu'il attribue à l'excès de thé ingurgité au déjeuner ou peut-être à l'absence déconcertante de sa collection d'oiseaux – il a demandé à Milner de déplacer temporairement les cages dans la salle du conseil pour ne pas gêner les échanges.

D'habitude, il évite de se confronter à des inconnus en face à face. Au téléphone ou par l'intermédiaire du télégraphe, les gens ne peuvent compter ni sur les expressions faciales ni sur la gestuelle. Ils meublent les silences et choisissent soigneusement leurs mots. Ils *décrivent*. Pour Harris, rencontrer un inconnu en personne revient à ouvrir une cage au hasard dans un zoo. Il faut être prêt à affronter un tigre ou un paon. Un lapin ou un carcajou. Et bien souvent la partie est déjà jouée quand on comprend à qui on a affaire.

À l'heure dite, Milner fait entrer Liam Feeney. Harris lui serre la main par-dessus son bureau. La paume de Feeney est fraîche, le bout de ses doigts épais comme du feutre. Il sent la résine de pin, la graisse de lubrification, la mer et peut-être aussi – à moins que le nez de Harris ne lui joue des tours – une note d'eau de Cologne.

« C'est un plaisir de faire votre connaissance, monsieur Greenwood », dit Feeney. À part son accent irlandais – des « d » acérés et des « l » qui se déroulent comme un tapis depuis le fond de la bouche –, sa voix n'a rien de terriblement poétique. Elle est toutefois d'une tessiture claire, avec la résonance d'un instrument que Harris ne parvient pas à identifier, une voix qui emplirait d'un simple chuchotement un théâtre entier.

Parce que l'un des candidats précédents pourrait l'avoir bougé, Harris renonce à désigner le fauteuil d'un geste quand il invite Feeney à s'asseoir. Sans transition, il se lance dans une présentation du voyage imminent qui le mènera à Tokyo, où il négociera un contrat pour fournir des traverses à la plus grande compagnie ferroviaire du Japon.

« Cela implique naturellement de prendre la mer, dit Harris. Y voyez-vous un inconvénient, monsieur Feeney ?

– Les voyages maritimes sont ma spécialité, monsieur.

– Je serai accompagné de mon assistant, Mr Baumgartner, reprend Harris. Qui, en plus d'être le meilleur bûcheron de la côte Ouest, est très doué pour les commentaires sans fioritures : “le ciel est gris”, “ces arbres sont droits”, “il fait beau” – ce genre de choses. Or j'ai besoin d'une sensibilité plus fine. De quelqu'un qui reconnaisse la subtilité, l'humanité, la beauté… » Ce dernier mot le déstabilise, et la menace d'une toux bloque momentanément sa respiration. « Quelqu'un qui ait le sens du détail. Estimez-vous correspondre à cette description, monsieur Feeney ?

– Dans mes bons jours, oui. »

Était-ce de la désinvolture ? « Votre rôle principal sera de me fournir des descriptions, s'entend poursuivre Harris. D'être mes yeux. En anglais, je suis capable de négocier les rayures d'un zèbre. Mais comment m'y retrouver dans ce charabia japonais ? Les interprètes ne font qu'effleurer les choses. J'ai besoin de quelqu'un qui observe les visages, repère les tics, déchiffre les situations.

– J'ai toujours été observateur, monsieur, dès l'enfance. La malédiction des poètes. »

Un sourire en coin ? Encore de la désinvolture ? Harris doit le faire parler. « Avez-vous de l'expérience avec les aveugles, monsieur Feeney ?

– Pas beaucoup, monsieur. Mais j'ai bénéficié de la confiance du même nom de la part d'amis portés sur la boisson, qui comptaient sur moi pour les ramener chez eux lorsqu'ils roulaient sous la table.

– Bien. Même si je n'ai pas besoin d'une nounou, dit Harris, rassuré par l'esprit de son interlocuteur. Vous verrez que je suis très indépendant. » Il résiste à la tentation de mentionner qu'il insiste pour couper son bois de chauffage et se raser tout seul. « Laissez-moi peut-être me présenter plus avant, persiste-t-il. Je suis un bûcheron, de bout en bout. Je n'ai pas de famille. Ni femme ni enfants. Pas le temps pour de telles frivolités. Je vis pour mon travail. Et mon travail, ce sont les arbres », dit-il avant de résumer encore quelques-unes de ses réussites.

Quand il se tait enfin, Feeney n'émet aucun commentaire, laissant Harris suspendu au-dessus d'un abîme de silence, à regretter l'absence de sa collection d'oiseaux. Pourquoi donc raconte-t-il tout cela à cet homme ? Comme si c'était lui, Harris, qui postulait auprès de Feeney et non le contraire. Il a déjà partagé bien plus de détails personnels avec cet inconnu qu'avec Baumgartner au cours de toutes leurs années de collaboration. Qu'est-ce qui lui a pris d'aller mentionner l'absence de femme ? Et cette histoire de « bûcheron, de bout en bout »… N'importe quoi.

« Et vous-même, avez-vous de la famille ? reprend-il, agrippé au bord de la falaise.

– Pas vraiment. Une vieille tante à Cork. Une sœur qui est décédée avant mon départ. C'est tout.

– Parfait. » Pourquoi approuver qu'il n'ait pas de famille ? « Et qu'est-ce qui a bien pu mener un poète irlandais jusqu'aux forêts du Canada ?

– Ma patrie ne me convenait pas, monsieur : trop étroite d'esprit, trop fermée sur elle-même. Et puis travailler dans la nature vous rapproche du cœur des choses. Sans parler du salaire, meilleur qu'en poésie », dit Feeney, pince-sans-rire. Cette fois, le sourire en coin est palpable.

« Ce n'est que trop vrai », répond Harris d'un air entendu. Pourquoi parler comme s'il était concerné ? Que sait-il de la situation financière des poètes ? « Vous savez, quand j'étais étudiant en foresterie à Yale, j'avais une réputation de plume agile. Et malgré les limites évidentes qui sont les miennes, j'ai lu les classiques en profondeur. Cela vous surprend-il ?

– Pas le moins du monde. Vous m'avez l'air d'un homme des plus classiques. »

Harris se risque à désigner sa bibliothèque d'un geste. « J'ai accumulé une belle collection de littérature, bien que je trouve le braille fastidieux, trop lent pour un cerveau leste. Je préfère la musique de la voie humaine.

– Une préférence universelle.

– La voix contient énormément d'information, monsieur Feeney. Davantage que le vulgaire sens des mots. Il y a le ton, le passé d'une personne, l'émotion. » Nouveau silence. Harris n'est pas certain de s'être fait comprendre. Serait-il pédant ? Bien sûr qu'un poète sait ce que la voix recèle de subtilités !

« En plus d'un descripteur, poursuit-il, j'ai besoin de quelqu'un qui fasse vivre le langage. Qui entretienne mon intérêt. Avez-vous beaucoup lu en public, en tant que poète, monsieur Feeney ?

– Çà et là », répond ce dernier, évasif.

Cette fois, la coupe est pleine. La désinvolture de l'Irlandais et le manque de piquant de ses réponses ont suffisamment titillé Harris. « *Çà et là* ? Je vous ai demandé si vous vous êtes souvent produit en public, monsieur Feeney.

– Effectivement, monsieur, suite à quoi je vous ai répondu : çà et là. Content que nous soyons en phase. »

Nouveau silence exaspérant. Harris se souvient qu'Everett, enfant, affrontait le monde avec la même impudence et que ça le rendait fou. Il prend une inspiration volcanique. « Je vous conseille de faire attention, monsieur Feeney. Parce que vous êtes un artiste, vous vous prenez peut-être pour mon supérieur sur le plan intellectuel ? Vous m'attribuez le rôle de l'industriel grossier et vous vous donnez celui du poète noble et désintéressé ? L'expérience m'a appris que les poètes font souvent mine d'ignorer le fait pur et dur que, sans mon bois, ils gèleraient dans le noir avec pour seule lecture l'expression angoissée du visage hypothermique de leurs enfants. Sans l'existence d'hommes tels que moi, Shakespeare lui-même n'aurait été qu'un pauvre cinglé grelottant, condamné à écrire sur les murs d'une cave humide avec sa propre urine. »

Il est maintenant certain que Feeney ricane, ce qui le rend furieux et en même temps lui donne envie de rire, lui aussi. De fait, il est terriblement mélodramatique, non ? Sa propre *urine* ?!

« À moins que vous n'estimiez que ce serait bien le diable qu'un pauvre aveugle comme moi puisse diriger une équipe de bras cassés telle que la mienne ? demande Harris d'un ton menaçant, le corps penché vers l'avant, les mains plaquées contre son bureau.

– Un *bras cassé*, monsieur ? dit Feeney. Avec trois millions de revenus annuels, on peut difficilement vous qualifier de la sorte. Je dirais que vous vous en sortez très bien. »

Harris a tellement peu l'habitude qu'on lui parle franchement que ça lui plairait presque. « Ce sont les chiffres d'avant le krach, rétorque-t-il en se laissant de nouveau aller contre le dossier de son fauteuil, les pouces glissés sous les aisselles. Mais il semblerait que vous vous soyez finalement un peu renseigné sur mon compte.

– Je ne sais que l'essentiel, monsieur.

– À savoir ?

– Eh bien, vous avez perdu la vue à la guerre et vous avez été décoré pour votre peine.

– Rumeurs et exagérations. Autre chose ? »

Nouveau silence.

« J'exige que mes employés soient francs, monsieur Feeney.

– Vous payez vos bœufs mieux que vos hommes. Qu'ils soient francs ou pas. Monsieur. »

Harris envisage de le renvoyer sur-le-champ et de charger Baumgartner de le jeter sur le trottoir. Mais l'attaque était bien construite. Justifiée, d'une certaine façon. Et témoigne d'un certain panache.

« Je n'ai encore jamais entendu un bœuf se plaindre, dit

Harris. N'empêche, je peux vous assurer que si vous me donnez satisfaction, vous serez amplement récompensé, bien mieux qu'en traînant des troncs jusqu'à mes usines. Ce dernier point vous intéresse-t-il ?

– Oui, répond Feeney, assagi par le tout-puissant dollar.

– Eh bien voilà qui est réglé, dit Harris en tapant dans ses mains. Mais avant de prendre une décision définitive, j'aimerais que vous choisissiez un volume sur mes étagères et que vous me lisiez une strophe de votre choix. »

Il entend Feeney se lever et bouger. L'espace d'un instant, Harris craint qu'il ne parte, avant d'être rassuré par le soupir du fauteuil en cuir et le bruit des pages qu'on tourne. Puis, sans préambule, Feeney commence.

Harris identifie immédiatement la strophe : du Tennyson, du bon Tennyson, hors des sentiers battus. Mais plus que les mots, c'est la voix – doux instrument de sublimation – qui l'ensorcelle. Une simple parente de la voix parlée, une version supérieure. La tonalité claire d'un instrument à cordes – un violoncelle, oui, voilà – mais plus expressive, pleine de vie, voyelles et consonnes aussi parfaitement imbriquées que les pièces d'un coffret en bois.

Baumgartner examine souvent les bûcherons potentiels comme du bétail avant de les embaucher : il regarde leurs dents, le blanc de leurs yeux qu'il compare à un bristol. Harris sait que les aveugles passent fréquemment leurs mains sur le visage des gens dont ils veulent se faire une idée, mais lui-même ne s'est jamais imposé de la sorte à personne. Un tel acte lui a toujours semblé affreusement vulgaire. Un aveu de faiblesse tâtonnant. Pour la première fois de sa vie, néanmoins, il voudrait sentir sous ses doigts le visage de Liam Feeney, l'homme qu'il a choisi pour être son descripteur, cet homme à la voix plus saisissante que tout ce qu'il a jamais connu.

« Vous êtes embauché, dit Harris avec brusquerie une fois la lecture terminée. Et ne me parlez plus jamais sur ce ton. »

Un pain de savon

Everett a entendu dire que les minéraux contenus dans le sirop d'érable font pousser poils et cheveux deux fois plus vite, et il le croit. Dans la salle d'eau, tôt le lendemain matin, il défait des années de cette pousse avec les grands ciseaux de la fermière, et jette par la fenêtre où point l'aube des poignées de matière semblable à la fourrure d'un petit animal – les geais en feront leur nid. Après s'être rasé de près avec une lame droite, il se coupe les cheveux court dans le cou, comme au 116e bataillon d'infanterie du Canada, et se fait couler un bain. Ça fait au moins dix ans qu'il ne s'est pas baigné ailleurs que dans un ruisseau. L'expérience est sereine, surtout maintenant que ses ennuis touchent à leur fin. Sans nourrisson qui l'entrave, les trains de marchandises l'auront ramené à Saint John dans deux jours ; là, il récupérera ses seaux et le reste de son matériel et il trouvera quelque part où recommencer. Il arrivera peut-être même à escamoter quelques dollars au couple, histoire d'acheter un billet de train et de rentrer chez lui comme un honnête citoyen.

Il se frotte le corps, se nettoie les ongles, et il vient juste de fermer les yeux et de poser un linge de toilette sur son visage quand on tambourine à la porte d'entrée. Il entend le mari parler en français avec d'autres hommes. Deux hommes. Puis la femme s'en mêle. Après cette conversation, la porte se referme et le couple chuchote un moment. Puis chuchote et crie. Puis crie tout court. Bientôt la femme halète entre deux sanglots et l'homme hurle un dernier ordre qui ride la surface du bain d'Everett. Pour finir, la femme s'agite bruyamment dans la cuisine, ne s'exprimant plus que par sa façon brusque de manier la vaisselle.

De retour dans sa chambre, Everett trouve ses vêtements propres et pliés sur le lit. Il s'habille et descend : son sac à dos l'attend près de la porte, avec les bottes à bout renforcé que lui a données l'homme. Ce dernier se tient droit comme un piquet dans l'entrée, les sourcils froncés, son épouse à ses côtés. « Les voisins, dit-elle. Les ceuces qui m'ont prêté le biberon, y disent que la police a charche un homme avec… un bébé. »

Le type du verger a dû rapporter les propos d'Everett sur l'enfant dans le train. Ou alors les policiers ont tiré la couche souillée et la grenouillère du ruisseau et fait le lien. « Attendez une minute, dit Everett, ça veut pas dire qu'on peut pas…

– Partez, maintenant, dit l'homme fermement en avançant d'un pas.

– J'ai préparé des affaires, dit la femme. De la nourriture. Pis des couches que j'ai cousues jusse pour… pour elle. » Elle disparaît dans la chambre tandis qu'Everett lace ses bottes, et revient avec le bébé endormi, la joue écrasée contre son bras où coule un long filet de bave qui brille dans la lumière du matin. La femme lui tend l'enfant en détournant le visage, comme elle se protégerait de la vision d'un horrible accident.

« Je vous remercie pour votre hospitalité, dit Everett sur le pas de la porte. Et je suis désolé pour le tort que j'ai pu vous causer. »

L'homme hoche la tête, les lèvres pincées.

« Attendez », dit la femme en tendant la main. Dans sa paume, il y a un pain de savon de Castille fait maison, parfumé à la lavande. Des années plus tard, Everett se souviendra de ce pain de savon – et de la petite patère accrochée sous les autres – comme faisant partie des choses les plus poignantes qu'il lui ait été donné de voir. Cette patère. Ce savon, là, dans la main de cette femme.

Il quitte discrètement la maison et grimpe à travers champs pour éviter la route jusqu'au bois de bouleaux. La progression est plus rapide à la lumière du jour. Il guette au cas où il entendrait des chiens se rapprocher, mais il n'y a que le chant des oiseaux dans les arbres et la caresse du vent sur l'herbe. Après une courte attente à l'embranchement, il monte dans un train de fret vide. Et se fait aussitôt descendre par un freineur désolé. Il se cache alors dans une station de relais télégraphique abandonnée et grignote la viande séchée du paquet préparé par la fermière, lequel contient en outre deux sandwichs aux œufs et cinq dollars en pièces d'argent enveloppées dans une paire de chaussettes neuves. La petite, elle, mâchouille la créature cousue par ses soins. Quand elle a faim, il lui donne à boire au biberon – pas du lait de chèvre mais du babeurre, que la femme a dû y mettre par erreur dans la précipitation du départ. Mais cette fois-ci l'enfant est suffisamment affamée pour l'accepter, même si elle ne tarde pas à être prise d'une crise de flatulences explosives qui la surprend et la fait pleurer. « Pas étonnant que tu préfères le lait de chèvre », dit Everett, amusé par tant de grossièreté.

Aux alentours de l'heure du dîner, ils parviennent à monter dans un autre train sans se faire repérer. Des caisses de poules agitées occupent une bonne moitié du wagon ; dans les moutons de duvet tourbillonnants, l'odeur sulfureuse de leurs excréments est pénible, mais supportable. Everett se débrouille pour fermer la porte de l'intérieur avec du grillage afin d'éviter qu'un clochard les rejoigne. Mais la petite se recroqueville chaque fois qu'une volaille bat des ailes ou pousse un cri, et lorsque Everett veut lui donner la créature en chaussette pour la réconforter, il s'aperçoit que, dans sa hâte d'attraper le train, il l'a perdue ou oubliée à la station.

« Fini, petite, dit-il en tapotant le melon tiède de son crâne. Ta poupée. Ces gens. Leur maison. Tout ça. Fini. »

Elle hurle pendant des heures.

La grande ville

Aux frais de Mr Holt, Lomax prend une suite au quinzième étage du King Edward Hotel, à Toronto, avec vue sur le grand lac bleu cobalt. Luxueusement meublée, elle comporte un salon et une salle de bain privée avec une baignoire en forme de palourde. D'ordinaire, Lomax n'oserait jamais être aussi dispendieux, mais Mr Holt l'a assuré qu'il ne pourrait pas mener une enquête aussi importante en se logeant dans l'exiguïté et l'inconfort.

Il sait qu'il se trahira s'il porte son costume trois pièces habituel, aussi achète-t-il une salopette et une chemise de toile à un vendeur de rue. Après s'être changé, il prend une poignée de terre dans le massif de lys devant l'hôtel et s'en frotte le visage et les vêtements sous le regard interloqué des voituriers. Déguisé comme il se doit, il va se renseigner dans les bouges, notamment ceux qui avoisinent la gare, glissant à chaque réceptionniste un billet de un dollar avec le nom de son hôtel écrit dessus, pour qu'on lui signale tout vagabond qui se présenterait avec un bébé. « En général, ils les fuient, les bébés, remarque un sceptique. Ils les traînent pas avec eux. »

« C'est toi, Everett ? » demande Lomax à un homme aux cheveux noirs, de la bonne taille, qui pousse un landau. De toutes les astuces qu'il a développées pour identifier quelqu'un au cours de ses années de recouvrement de dettes, c'est de loin la plus efficace. Mais l'homme ne réagit pas et, de plus près, le landau s'avère plein de pièces détachées et de boîtes de conserve vides.

Ce soir-là, Lomax envoie un télégramme à Mr Holt pour lui annoncer qu'à son grand regret, sa première journée à Toronto n'a rien donné. La réponse de son employeur arrive sans tarder :

JE VOUS AI FAIT CONFIANCE MR LOMAX STOP
NE ME DÉCEVEZ PAS STOP RJ

Chaque jour, Lomax reprend sa tournée des bouges et tavernes. Les heures passées à battre le pavé sont assassines et, en fin de journée, la foudre des douleurs dans son dos se déchaîne, le pliant presque en deux dans la rue. Pour pouvoir rentrer à son hôtel, il est obligé de fumer le dernier cigare, raisonnablement, quelques bouffées à la fois. Arrivé au bout, il a trop honte pour demander à Mr Holt de lui en envoyer d'autres. Alors il se retrousse les manches, achète de bons mocassins et continue ses recherches. Mais Toronto se fait de plus en plus sinistre autour de lui : des nuages cernés d'acier raclent leurs ventres gris sur les toits des immeubles en brique, un infirme se traîne par les rues sur un bout de pneu d'automobile, une femme plonge la tête dans une poubelle et hurle. La grande ville est un genre de labyrinthe, se dit-il, où les âmes s'égarent et s'effondrent, damnées pour ce qu'elles ont fait ou échoué à faire.

Chaque soir, avant de tremper ses muscles ravagés dans l'eau chaude de la baignoire en forme de palourde, il envoie diligemment à Mr Holt un télégramme avec le même rapport décevant. Et bien qu'il note une sécheresse croissante dans les réponses de son employeur, Lomax se dit qu'à force de patience, sa chance viendra. Il est là depuis une semaine quand s'assoit à côté de lui, dans la gargote où il déjeune, un ancien camarade de classe de Lavern, devenu policier. L'homme mentionne en passant que le frère d'un sénateur s'est récemment fait attaquer au milieu de son verger dans l'Ontario par un clochard qui disait avoir un nourrisson avec lui. « Les inspecteurs de la Canadian National Railway ramassent les vagabonds tout le long de la ligne, ajoute-t-il. Ils font des descentes dans les tanières à rats et vérifient les registres des hôtels miteux. Ils ont déjà arrêté cent clodos. Mais ils n'ont pas trouvé de bébé pour l'instant. »

Lomax se dépêche de regagner sa suite et commence à faire les cent pas. Si Greenwood, le bébé ou le journal se font mettre le grappin dessus par les inspecteurs de la compagnie nationale de chemin de fer du Canada, ce sera désastreux pour son employeur. Mais si l'agression a eu lieu dans l'Ontario, cela signifie bien que Greenwood allait vers l'ouest. Lomax envoie donc un télégramme à Mr Holt, lui présentant délicatement la nouvelle comme un progrès, et, à son grand soulagement, Mr Holt semble content. Lomax jure de redoubler d'efforts pour trouver Greenwood avant la police.

Après le dîner, ce soir-là, un chasseur frappe à sa porte avec un autre télégramme :

> PLUS D 1 SEMAINE STOP ANNIVERSAIRE JUMEAUX PASSÉ STOP HARVEY JR A BRONCHITE STOP ANGIE PERDU 2 DENTS STOP PAS DE PIÈCE À METTRE SOUS OREILLER STOP COMPTE QUASI VIDE STOP BAISERS LAVERN

Après l'avoir lu, Lomax envoie l'exaspérant petit carton voler par la fenêtre de sa suite et le regarde papillonner jusqu'à la rue comme une colombe blessée. Cette impatience ne ressemble pas à Lavern et c'est bien la dernière chose dont il a besoin, avec la pression que lui met déjà Mr Holt. Il sait en outre qu'il y a dans la maison largement de quoi faire les courses et mettre des pièces sous l'oreiller d'Angie. Lavern devrait déjà s'estimer heureuse que ses enfants connaissent leur père, sans parler du fait qu'ils mangent à leur faim et qu'ils n'ont pas besoin de travailler, contrairement à ce qu'il a lui-même vécu quand il était enfant. Mais, à des fins de pacification, il appelle la réception et vire à sa femme cent dollars de l'argent de Mr Holt, puis lui envoie un télégramme où il lui dit qu'il l'aime et qu'il sera sans doute de retour dans les prochaines semaines. Même s'il commence à soupçonner que cette affaire risque bien de l'entraîner plus loin que jamais de son cher foyer.

La grande ville

Même dans le noir, Everett sait à cette odeur unique de verdure – bouleau, sapin baumier et myrtille, avec une touche de pin blanc – que le train passe près de Kingston et des bois où son frère et lui ont grandi avec Mrs Craig. Il est surpris, après tant de temps, d'être capable de convoquer toutes les nuances de vert de cette forêt et le goût du ruisseau, mélange de cuivre et du parfum des arbres entre lesquels il coulait. Il se demande si son frère aussi revoit tout ça ou si le souvenir s'est étiolé après qu'il a perdu la vue, comme une plante enfermée dans un placard. Le cerveau de Harris est sans doute trop encombré par la cupidité pour se rappeler le marronnier qui surplombait la cabane en rondins construite de leurs mains et dont les fruits bombardaient leur toit en tôle, ce qui provoquait toujours leur hilarité.

Le temps que le train arrive à Toronto, il ne reste plus rien du biberon de babeurre ni des sandwichs préparés par la Québécoise. Le bébé dans les bras, Everett descend du wagon et se fraie péniblement un chemin vers la ville à travers un interminable enclos de bétail fumant. Les deux premières auberges où il se présente disent être complètes, mais il soupçonne que les brûlures laissées par les braises sur son manteau, le masque de suie qui le fait ressembler à un raton laveur et la drôle de bosse remuante au niveau de son ventre ne jouent pas en sa faveur. Il s'aventure dans un quartier encore plus délabré, où des poubelles chauffées par le soleil pourrissent sur les trottoirs et où des sous-vêtements jaunis claquent dans le vent des ruelles. Quand un wagon passe à grand fracas sur un écheveau de rails, le bruit fait trembler la petite. Quelqu'un vide un pot de chambre au-dessus de leurs têtes et ils échappent de justesse au torrent de saletés.

Il lui semble que le krach a frappé Toronto plus durement encore que Saint John. On dirait qu'un obus a explosé, chargé non pas de poudre mais de misère et de désespoir. Sur les bancs et les perrons, des gens dorment, couchés sur des manteaux, des cartons paraffinés ou des nattes. Ils se réveillent les vêtements maculés de fientes d'oiseaux, les joues grêlées par les irrégularités du trottoir et la peau noircie par l'encre des journaux. Dans un parc, Everett voit une femme qui n'a sans doute pas vingt ans couchée par terre, inconsciente – à jamais peut-être –, une fleur fraîche dans la boutonnière du revers de sa robe, une tache sombre qui s'élargit au niveau de l'entrejambe.

Le réceptionniste d'un établissement décrépit finit par lui permettre de signer, d'un faux nom, le registre. « Pas d'alcool, pas de filles, pas d'enfants », annonce l'homme en indiquant derrière lui un écriteau qui dit sans doute la même chose. Il guide ensuite Everett jusqu'à un grand dortoir au sol quadrillé par trente matelas. Aux lavabos, des types crasseux portent de l'eau à leur visage dans des ablutions bruyantes. Quand le réceptionniste le laisse enfin seul, Everett choisit le lavabo du fond et tourne le dos aux autres pour désemmailloter la petite et la frotter avec le savon à la lavande.

Ce soir-là, le bébé se blottit contre lui tandis que des silhouettes sombres viennent occuper tous les matelas. La pièce macère bientôt dans des odeurs de fauve et d'émissions nocturnes. Tard dans la nuit, un homme traîne une fille sur la paillasse d'à côté, puis remue et râle pendant une heure. L'enfant ouvre momentanément les yeux ; Everett lui bouche les oreilles jusqu'à ce que l'homme se mette à grogner et dise à la fille de partir.

Plus tard, il se réveille avec l'hameçon douloureux d'un ongle de la petite dans le nez. La plupart des occupants sont déjà partis mendier, travailler, ou un mélange des deux. Après la semaine payée d'avance à l'établissement et la pinte de lait de chèvre du matin, il ne reste plus grand-chose des dollars donnés par la fermière. Dans la rue, il entend un homme en camionnette crier avec un mégaphone électrique : « La cokerie Holt a besoin de cinquante hommes à Fredericton ! Un dollar trente-cinq la journée ! Transport ferroviaire gratuit inclus ! »

« Je peux pas aller travailler pour cette saleté de Holt, hein ? demande Everett à l'enfant. Lui qui t'a laissée dans le froid comme ça. »

Après une heure à chercher du travail, Everett nourrit le bébé dans un parc où un groupe de chômeurs s'est retrouvé pour échanger des pages de journal et des cigarettes. Un homme au volant d'une Ford T cassée, tirée par une jument pie, appelle bientôt depuis la rue : « Qui cherche du boulot ? » Aucun des hommes allongés là ne bouge et, tout en se disant que leur manque d'intérêt est peut-être mauvais signe, Everett s'approche de l'équipage.

« Moi, dit-il. Mais j'ai un bébé dont faut s'occuper.

– Pas de problème, répond l'homme. Je connais une femme, sauf qu'elle risque de prendre la moitié de ce que je propose comme salaire journalier.

– Ça me gêne pas. C'est quoi, le boulot ? Du transport de marchandises ? » dit Everett en désignant le chariot attelé à la voiture, fait de bois de récupération grossièrement assemblé.

L'homme hausse les épaules. Il a de l'embonpoint, le visage

suiffeux, les dents gâtées par le tabac et de grosses lèvres molles. Ses yeux sont petits et vitreux : on dirait qu'on les a frits dans de la graisse de bacon avant de les remettre en place. « Y a jamais un seul genre de boulot, dit-il. Pas quand les temps sont durs. On fera un peu de tout. Un peu de transport. Un peu de bricolage. De la démolition. De la construction. Va falloir manier la pelle et la pioche. Faudra surtout récupérer des trucs par ici pour les porter par là. Ça te va ? »

Everett grimpe près de l'homme qui se présente : « Sinclair Monahan », avant de les conduire à un immeuble en brique de trois étages, devant lequel une brune pas très épaisse d'environ quarante ans nourrit deux jeunes enfants, agenouillée sur un bout de pelouse.

« C'est quoi son nom ? demande Mrs Papadopoulos à Everett une fois qu'ils se sont mis d'accord sur les conditions de la garde de la petite.

– Appelez-la comme vous voulez, répond-il en remontant à bord de la carriole. Elle s'en fiche. »

Tandis qu'ils s'éloignent et que ses bretelles trop lâches lui glissent des épaules, Monahan déclare : « Oui l'ami, quand les temps sont durs, un saint cracherait sur la Croix. » Everett comprend vite que la dureté de l'époque sera le principal sujet oratoire de son patron. Pas que ça le dérange. Il aime autant que quelqu'un d'autre se charge de la conversation, et puis Monahan a le dos solide, il sait mener son cheval et connaît bien la ville.

Du fond d'un hangar à bateaux, ils chargent des planches rabotées à l'arrière du chariot et les portent dans une scierie du voisinage. Ensuite ils récupèrent trois baignoires à pattes de lion dans un hôtel condamné, et elles sont tellement lourdes qu'Everett voit des étincelles chaque fois qu'il en soulève une. En milieu de matinée, les nuages se sont évaporés ; les deux hommes s'épongent le front de leurs manches et, sous son collier, le cheval de trait se couvre d'écume en tirant les baignoires jusqu'à une décharge. Le coup de main qu'il a donné au couple québécois mis à part, ça fait trop longtemps qu'Everett en est réduit à jouer les nounous, et la dimension physique du travail le réjouit. Il ne sait pas encore vraiment s'ils volent, saisissent pour le compte d'un huissier ou donnent gracieusement les choses qu'ils charrient, mais il se garde bien de poser la question.

« Quand les temps sont durs, rien n'est à personne, dit Monahan, comme s'il lisait dans ses pensées, en partageant avec lui son sandwich à l'oignon sans cesser de conduire. Pas vraiment. Pas pour toujours. »

Après le déjeuner, ils s'acheminent vers un orphelinat de l'autre côté du lac qui fait l'objet d'une saisie. « *Happy days are here again* », chante Monahan en transportant des dizaines de berceaux à travers un dédale de pièces miteuses – « les jours heureux sont de retour ». « Ne les tiens pas trop près de toi, enjoint-il à Everett dans les couloirs où ils se cognent. Enfin, sauf si tu comptes ouvrir un hôtel à poux. »

Depuis les recoins sombres du bâtiment, des gamins les observent, sous-alimentés et chétifs, le visage constellé de piqûres de puces. Dans la cour, une petite fille joue à la corde à sauter avec un câble électrique ; sa robe est mangée par les mites et sa ceinture récemment percée d'au moins quatre nouveaux trous. Everett a toujours évité les enfants, mais depuis qu'il s'occupe du bébé il remarque quand leur manteau est déchiré aux aisselles, leur culotte si rapiécée qu'elle tient plus du patchwork que du pantalon, ou quand leur rachitisme est tel qu'ils se mâchouillent la paume des mains pour retrouver la texture de la viande.

« Ma belle-sœur travaille à l'état civil de la ville, lâche Monahan sur le chemin du retour. Il paraît que depuis le krach, plus personne se marie. Pas de publication de bans. Encore moins d'actes de naissance. Maintenant et pour un bon moment, ce sera que poussière et privation, et les gens le savent très bien.

Le prends pas mal, mais je comprends vraiment pas qu'on puisse avoir envie de procréer par les temps qui courent.

– Je le prends pas mal.

– Et les gens ont raison ! Tu vois ces banques, là-bas ? Vides. Toutes. Pas le moindre lingot. Non, monsieur. J'enterre mon argent, moi. J'ai trouvé une bonne planque. Et tu feras pareil si tu as un peu de jugeote. »

Une fois la journée terminée, Monahan ramène Everett chez Mrs Papadopoulos. La petite ne pleure pas quand il la récupère. Un peu plus tard, en la baignant dans le lavabo, il cherche sur son corps laiteux la trace de bleus ou de piqûres d'aoûtats, mais ne trouve ni l'un ni l'autre. Après le dîner, avec l'argent qu'il a gagné, il achète une chemise de travail et un pantalon à rivets de cuivre, ainsi qu'une grenouillère neuve – bleue, car le rose se salit trop vite –, et deux nouvelles couches, histoire de ne pas avoir à faire la lessive tous les jours. Après une semaine de travail avec Monahan, Everett se procure aussi des gants en peau et une valise qu'il tient toujours prête, au cas où les policiers débarqueraient et qu'il lui faille déguerpir.

La nature illégale des travaux proposés par Monahan se précise de jour en jour. Ils incisent une canalisation de gaz de la ville pour la relier grossièrement à la cuisinière d'un vieux poivrot au nez couvert d'une dentelle de capillaires éclatés. Ils neutralisent le compteur électrique d'une famille noire : dix personnes aux dents grises et rongées comme de la braise éteinte, les fillettes dans des robes en sacs de farine, une cahute si petite que ses habitants y dorment à tour de rôle parce qu'il n'y a pas assez de place pour tout le monde par terre.

Le soir, dans le parc, après qu'Everett a donné à la petite du lait de chèvre et mangé son sandwich au jambon et sa pomme, il suit le conseil de Monahan : il enveloppe ses économies et le journal dans de la toile cirée et enterre le tout au pied d'un grand magnolia. À l'hôtel-dortoir, certains occupants ont remarqué la présence de l'enfant mais ne disent rien, vu qu'elle ne pleure jamais et ne fait pas d'histoires. Lorsque la petite est endormie, Everett lave ses couches dans le lavabo et les met à sécher sur une corde qui traverse la ruelle. Puis il se couche près d'elle, dans le lit étonnamment chaud : on dirait une miche de pain tout juste sortie du four et qui ne refroidirait jamais.

Bien qu'il se soit attaché à l'enfant, il ne se voit pas continuer à s'occuper d'elle bien longtemps, et sa nouvelle idée est d'économiser assez d'argent pour que Mrs Papadopoulos accepte de la garder définitivement. En travaillant encore un peu, il pourra s'acheter des goudrilles et des seaux, puis il trouvera où établir une nouvelle érablière quelque part aux abords de la ville et il recommencera de zéro. S'il y a bien une chose que le Dominion du Canada possède en abondance, ce sont des arbres qui ne servent à personne – enfin, si son frère ne les coupe pas d'ici là.

Au bout d'une semaine de travail supplémentaire, Monahan lui donne son dimanche pendant qu'il fait ferrer son cheval. Everett envisage d'emmener la petite au cinéma, mais il craint que l'écran fantasmatique ne l'effraie. Alors il va plutôt s'asseoir près d'un étang, dans un parc non loin de là, et il arrache les dernières fleurs d'un cerisier pour lui en caresser la joue. Elle suit des yeux les hirondelles qui filent dans le ciel et montre du doigt les canards sur l'eau en poussant de petits cris.

Qui sait, quand elle vivra avec Mrs Papadopoulos et qu'il aura monté sa nouvelle entreprise, il restera même peut-être de l'argent pour son éducation. Il pourrait être un genre de bienfaiteur pour elle. Comme dans les histoires d'antan. Everett n'a jamais porté grand intérêt à l'argent, de toute façon. Et puisqu'elle semble tant aimer la nature, il lui rendra visite de temps à autre et ils viendront ici respirer les arbres en fleur et courir après les canards. Elle deviendra peut-être quelqu'un de bien, une personne raffinée, intelligente, digne. Tout ce qu'il n'est pas.

Votre moindre perte

Lomax déambule dans sa chambre, tourmenté, frénétique : les muscles de son dos tirent comme le gréement d'un bateau dans l'orage tandis que les brisants d'une migraine s'écrasent sur le rivage de son crâne. Il a vérifié auprès du policier qui déjeune tous les jours dans la même gargote et, heureusement, le vagabond au bébé n'a toujours pas été attrapé. Mais dans le télégramme d'hier, Mr Holt a commenté la facture croissante de l'hôtel, lui suggérant de s'installer dans une chambre moins somptueuse du même établissement : un nouveau signe de son mécontentement envers Lomax. Surtout après que ce dernier s'est montré aussi confiant en la résolution rapide de l'affaire.

Votre maison sera bien votre moindre perte. Lomax tremble maintenant à l'idée de ce qu'implique réellement cette menace. Si Mr Holt devait faire jouer la garantie hypothécaire sur le pavillon, sa famille entière se retrouverait à la rue, condamnée à l'hôtel-Dieu – une issue trop catastrophique pour être seulement envisagée.

Et puis Lavern réclame de nouveau de l'argent pour les courses, alors que Lomax arrive au bout de la somme allouée par son employeur, à qui il est hors de question de demander une rallonge. Il sent une soudaine oppression dans la poitrine : serait-il sur le point de pleurer ? Ça ne lui est pourtant pas arrivé depuis le départ de son père. Mais sa longue vie de douleur lui a appris que tout ce qu'on gagne à pleurer, ce sont des larmes. Des océans de larmes. Et aucun d'entre eux n'accomplira la mission qui est la sienne pour assurer l'avenir de sa famille. Alors il se fait plutôt couler un bain chaud, lequel n'apaise ni son dos ni son agitation cérébrale. Furieux, il s'habille et quitte l'hôtel pour arpenter les trottoirs, dévisager les passants, guetter les hommes seuls avec un bébé – une tâche abrutissante qui l'occupe depuis déjà des semaines. Quand la foudre dans son dos l'oblige à s'arrêter devant une blanchisserie chinoise, il croise le regard d'un homme décharné en train de pousser des ordures dans le caniveau à l'aide d'un râteau en bois. D'un petit signe de tête, ce dernier désigne la ruelle longeant la boutique et quelque recoin du cerveau de Lomax comprend ce que ça veut dire. Il suit l'homme, qui tend la main une fois tourné le coin de la rue. Lomax lui donne de l'argent et l'autre va chercher un petit paquet emballé dans du papier kraft, caché dans un tuyau à proximité.

La marche du retour sera insupportable sans quelque soulagement, aussi Lomax s'engage-t-il précipitamment dans une autre ruelle, à l'angle d'un hôtel miteux par lequel il est déjà passé d'innombrables fois. Non sans honte, il arrache un peu de tabac au bout d'une de ses Parliament et y fourre une noisette de l'opium onctueux qu'il vient d'acheter – une opération qu'il connaît pour avoir observé son père à l'occasion de ses rares apparitions. Lomax allume la cigarette et inhale un mélange de lys, de réglisse et de créosote, le moindre de ses vaisseaux tendu de toutes ses forces vers la fumée salvatrice. Il lutte contre l'expiration le plus longtemps possible, tandis que de divines clochettes lui tintent aux oreilles et que sa colonne s'étire de satisfaction. Cet opium est deux fois plus puissant que les cigares du médecin : Lomax se demande si l'effet de la drogue augmente à mesure qu'on va vers l'ouest – c'est peut-être l'unique consolation à cette expédition jusqu'ici désastreuse. Il termine sa cigarette, le corps ramolli comme du beurre dans une poêle. Soudain pris du besoin impérieux de s'allonger, il repère un tas de sacs de détritus passablement rebondis et va s'y lover, un ronronnement dans le sang.

Un temps indéterminé s'écoule avant que la sensation ne culmine, puis diminue. Lomax ouvre alors les yeux sur la curieuse vision d'un oiseau de coton blanc qui flotte sur fond de ciel nuageux : pendu à une corde d'étendage dans la brise puante de la ruelle, il se gonfle et se contracte, respirant presque. Malgré sa perplexité initiale, Lomax reconnaît le morceau de tissu pour ce qu'il est. C'est bien la moindre des choses : avec sept enfants, il a l'impression d'avoir passé sa vie à changer des couches. Et s'il a vu des tas de couches sur des cordes à linge à travers la ville, jamais encore ces cordes ne partaient de la fenêtre d'un bouge à clochards.

Le Haut Commandement de la compagnie de chemin de fer

Alors que l'*Impératrice d'Australie* quitte Victoria à toute vapeur pour traverser le Pacifique, Harris défait sa malle avec le plus grand soin : il range ses affaires et mémorise les contours encore peu familiers de sa cabine de luxe. Une fois satisfait, il enfile sa plus belle veste en soie et libère Baumgartner, lequel semble surpris, voire un peu vexé, lorsqu'il s'éloigne en quête d'une partie de bridge. Harris convoque alors Feeney pour qu'il l'accompagne sur le pont supérieur. Là, il se penche sur le bastingage et prend plusieurs grandes inspirations salées. « Eh bien, monsieur le poète, dit-il. Qu'ai-je sous les yeux ?

– La péninsule Olympique, répond l'Irlandais. Un mur de pruches du Canada et de cèdres, avec un arbousier d'Amérique ici et là. Il y a aussi une belle étendue de forêt secondaire, des pins droits, vigoureux, mais trop jeunes encore pour être coupés. En dessous, le rivage est rocailleux, avec une bonne pente pour acheminer les troncs à l'eau.

– Vous vous moquez de moi ? Si j'avais voulu l'avis d'un bûcheron, j'aurais sollicité Baumgartner. »

Suite à la pique de Feeney sur le fait que Greenwood Timber paierait mieux ses bœufs que ses hommes, Harris a mis un point d'honneur à lui offrir comme salaire de départ le double de celui de Baumgartner. « Je ne publierai plus jamais un seul poème de ma vie », a plaisanté l'Irlandais en signant son contrat. Mais voilà que Harris se demande s'il n'a pas surestimé la valeur du bonhomme.

Feeney rit. « D'accord, calmez-vous ! dit-il. Je n'ai jamais été *payé* pour faire de la poésie. Ce qui, d'ailleurs, est en soi un affreux sacrilège. Mais je vais essayer. »

Harris attend, impatient. Par-dessus le grand ahanement du vapeur, il entend son descripteur prendre une inspiration. « Le brouillard sourd entre les troncs bringés, et le soleil, encapuchonné de brume, brille derrière les bras tendus des branches... »

Et voilà qu'un panorama vivant s'assemble dans la tête de Harris, accompagné d'une irrépressible sensation de détente. La sensation de quelque chose de bon, de juste, d'exact. Pendant tout le reste du voyage, Feeney compose pour Harris d'autres paysages marins – ses « cartes postales », comme il les appelle –, à intervalles réguliers au fil de la journée. Le style du poète a beau être parfois un peu ampoulé, Harris ne s'en délecte pas moins.

Il faut six jours pour rejoindre Yokohama, et pour Tokyo une journée supplémentaire qu'un orage de grêle les oblige à passer à l'intérieur. Ils s'occupent en lisant Wordsworth et Yeats – deux suggestions de Feeney. Si Harris aime tant la poésie, c'est pour cette façon qu'elle a de « prendre » dans sa tête comme du ciment, contrairement aux éphémères feux d'artifice des romans qui tissent d'interminables histoires sur des familles et des gens qu'il ne connaîtra jamais.

Au port de Tokyo, l'agent du gouvernement chargé de les accueillir s'excuse profusément de ne les escorter que jusqu'à un logement provisoire, le temps que leur véritable hébergement soit prêt, dit-il. Feeney décrit l'auberge comme une maison basse au bord d'un marécage. Un étrange dîner à base de créatures marines leur est servi avec moult tintements de cloches dans d'âcres volutes d'encens.

Harris se réveille au milieu de la nuit au son du tremblement des cloisons de papier dans la brise. Il entend les ronflements d'ours de Baumgartner quelque part non loin de là, mais aussi la douce respiration de Feeney dans la chambre adjacente. C'est avec choc et dégoût qu'il prend la mesure de ce qui les sépare vraiment les uns des autres : rien.

Il est arrivé une fois que deux débroussailleurs travaillant sur un de ses chantiers forestiers soient trouvés un matin, nus et enlacés, les yeux encore embrumés de whiskey, sous une barque retournée. Les autres bûcherons s'étaient servis du manche de leurs pelles pour les rouer de coups, piétinant leur chair nue de leurs bottes à crampons. Baumgartner avait informé Harris avec une certaine jubilation qu'on s'était débarrassé des corps, même si officiellement, pour la police montée, les hommes avaient disparu après s'être adonnés à la boisson. Harris avait trouvé l'épisode révoltant, mais il s'était bien gardé d'interférer avec la justice du chantier.

Ici, au Japon, cette mince feuille de papier est toutefois un mur, se dit-il, au sens légal. Et personne ne pourrait trouver indécent qu'un homme écoute un autre homme respirer à travers un mur. Soulagé, il met son oreiller sur sa tête et se tourne de côté.

Au matin, on conduit Harris, Baumgartner et Feeney au palais impérial, où on les fait patienter dans le jardin. C'est là qu'ils apprennent que leur interlocuteur n'est pas une compagnie de chemin de fer privée, mais le Haut Commandement du Japon. Après une heure d'oisiveté pendant laquelle la frustration croissante de Harris n'est contenue que par les descriptions détaillées que lui fait Feeney des oiseaux exotiques alentour, ils sont conduits dans la salle des négociations. Feeney dépeint une pièce voûtée dont la charpente apparente tient sans le moindre clou. L'expérience a appris à Harris que les Japonais connaissent le bois mieux que personne. Il leur en a vendu des cargaisons entières après leur tremblement de terre de 1923 et ils sont toujours les premiers à se ruer sur ses meilleures pièces. Un interprète présente douze hommes en uniforme comme le Groupe de commandement des chemins de fer et tous s'agenouillent devant une table basse, au centre de laquelle Feeney précise qu'est posée une épée.

« Quel genre d'épée ? demande Harris du coin de la bouche.

– Un sabre de cérémonie, émoussé comme une boîte de conserve.

– J'aurais dû apporter mon fusil de cérémonie », grogne Baumgartner en pliant son mauvais genou. Baumgartner n'a jamais été un enthousiaste des voyages à l'étranger, mais il est particulièrement grincheux depuis leur départ de Vancouver, et ce matin ne fait pas exception.

« Est-ce qu'ils ont l'air disposés à nous donner de l'argent ? » murmure Harris à Feeney.

L'Irlandais approche sa bouche tout près de l'oreille de Harris, produisant une décharge électrique dans le ventre de ce dernier. « Pas vraiment. »

S'enchaînent alors présentations et autres formalités protocolaires abondamment émaillées de références à « la volonté de l'Empereur », de nouveaux tintements de cloches et de tasses de thé au goût de pin détrempé. Quand ils marquent une pause pour déjeuner, les négociations ne sont pas encore entrées dans leur phase préliminaire. Harris ne sent plus ses jambes et le genou de Baumgartner est devenu si douloureux qu'on a dressé un lit de camp pour qu'il s'allonge. Après le repas, on apporte des cartes, des croquis et des dessins techniques que Feeney décrit du mieux qu'il peut. Des ingénieurs viennent poser des questions compliquées sur les essences de bois et leurs taux de déformation. Par l'intermédiaire de l'interprète, Harris fait son possible pour dissiper le scepticisme de ses interlocuteurs, vantant la solidité du pin d'Oregon et sa résistance au pourrissement, les assurant que le

Bureau des commandes ferroviaires du Canada lui-même l'a choisi, à raison, pour des lignes qui traversent tout le continent.

Après cinq jours de fourmis dans les jambes et de déjeuners bizarres à base d'oursins et d'œufs de poisson, que Baumgartner refuse de manger, un agent précise que le Groupe de commandement ferroviaire n'est en fait pas compétent en matière d'achat, et que les vraies négociations vont commencer avec le Groupe du chemin de fer impérial en charge des achats. Il faut maîtriser Baumgartner, qui manque d'étrangler le messager. Pour éviter les débordements, Harris demande à son bougon d'assistant de rentrer à Vancouver régler un conflit social dans l'usine de Chemainus. Il doit arguer que seule la main de fer de Baumgartner pourra mettre un terme au désordre pour que ce dernier cède.

Le matin de son départ, le même Baumgartner suggère que les Japonais vont certainement profiter des cloisons de papier de l'auberge pour espionner leurs conversations et que Harris ferait bien de préparer ses affaires pour s'installer immédiatement à l'Hôtel Impérial. « Et ne lésinez pas, monsieur Greenwood, insiste-t-il. Prenez deux suites. Une pour vous et une pour Mr Feeney. Je vais les appeler tout de suite pour veiller à ce qu'ils vous logent convenablement.

– Très bonne idée, Marty, dit Harris en lui donnant une tape vigoureuse dans le dos. Va pour deux suites. »

Quand ils arrivent à l'Hôtel Impérial, le soir même, Harris, encore un peu perturbé par l'étrange requête de son bras droit, renonce à sa lecture de poésie du soir et dîne seul dans sa chambre, laissant Mr Feeney se débrouiller sans lui.

Une couche

Lomax s'extirpe du tas d'ordures, secoue les déchets qui s'accrochent à son pantalon et regarde une nouvelle fois le ciel pour vérifier qu'il n'est pas victime d'une illusion : une couche de bébé est bien pendue là, dans l'atmosphère putride de la ruelle.

Retrouvant courage, il se claque les joues, passe une main dans ses cheveux gominés et entre dans le bâtiment d'où part la corde. Cette fois, il paie le réceptionniste pour être mené dans les étages jusqu'à un matelas une place qui sent la crème aigre. Comme il n'y a pas de chaise dans la grande pièce, Lomax s'assoit à même la paillasse, dos au mur, et tue le temps en fumant et en lisant des bribes du journal de la veille. Mais aucun des hommes qui entrent ne correspond à la description qu'il a de Greenwood. Trop clochardisés. Trop jeunes. Trop vieux. Trop abîmés. Trop blonds. Pas assez sylvestres pour un homme des bois. Et puis, des heures plus tard, arrive un grand brun émacié qui a le bon âge et le visage dur, mais les cheveux courts et pas de barbe. Lomax le regarde sortir d'une valise des gants de peau et les fourrer dans sa poche arrière, puis aller à la fenêtre de l'autre côté de la pièce et tirer à lui la couche, qu'il se met à plier avec un soin de parfaite ménagère.

« Everett, c'est toi ? » lance chaleureusement Lomax.

Il jurerait qu'il a vu l'homme se raidir imperceptiblement et sa joue trembler, mais l'autre continue son activité.

« J'ai dit : Everett, c'est toi ?

– Vous vous trompez de gars, répond l'homme en rangeant la couche dans la valise sans le regarder.

– Désolé, l'ami », fait Lomax. Puis, pour ne pas avoir l'air trop empressé, il allume une nouvelle cigarette et prend une longue inhalation. « En fait, j'ai un vieux pote d'armée qui s'appelle Everett Greenwood. Une paie qu'on se connaît. Et vous savez quoi, c'est votre portrait craché ! Le truc, c'est qu'il s'est mis dans de sales draps, récemment. Le voilà avec un mioche sur les bras, sans doute une sacrée surprise. Mais je lui tire mon chapeau, il s'en sort plutôt bien jusqu'ici…

– Je sais pas de quoi vous parlez, chef, interrompt l'homme.

– Ah ouais, et c'est quoi cette couche, alors ?

– Je rends service à une fille qui me plaît bien.

– C'est vraiment gentil de votre part. » Lomax prend conscience que l'homme a rangé dans sa valise quasiment toutes ses maigres affaires. « Mais cette fille, reprend-il avec délicatesse, elle s'occupe d'un nourrisson, non ? »

L'homme hésite, sur ses gardes. « Oui. Et elle s'en occupe très bien, malgré sa situation.

– Alors sachez que je travaille pour un homme puissant qui souhaite exprimer toute sa gratitude à cette jeune femme. Et qui est prêt à la soulager de son fardeau. Ce qui inclurait un bout de forêt où une drôle de petite cabane a été construite par accident sur des terres qui lui appartiennent. J'ai sa garantie que la propriété permanente du terrain accompagnera une belle somme d'argent. Surtout si un certain journal intime reparaît par la même occasion. » Lomax remarque que l'homme contracte la mâchoire à l'évocation du journal.

« Que deviendrait l'enfant, dit l'homme prudemment, à supposer que ça se passe comme vous dites ? »

C'est lui et il l'a toujours, pense Lomax. Son pouls s'emballe. Il se jetterait bien sur Greenwood mais il est à l'autre bout de la pièce et il y a toutes les chances que son dos le trahisse. Et puis l'autre a l'air réceptif à l'idée d'un arrangement, ce qui est toujours la façon la plus discrète de procéder. « Je veillerai personnellement à ce qu'elle soit rendue à sa famille légitime, dit Lomax.

– Sa mère ? »

Lomax met sa main sur son cœur : « Monsieur, je suis au regret de vous apprendre que la mère est décédée. Un tragique accident. Raison de plus pour que le père veuille retrouver sa fille. Toute cette histoire le rend malade et il souhaite ardemment tourner la page.

– Ce même père qui l'a cherchée quand elle a été perdue ? Qui l'a laissée aux mains d'un inconnu ? » dit sèchement Greenwood. Il boucle sa valise, la saisit et file vers la porte.

« Les choses peuvent être un peu compliquées après une naissance », dit Lomax pour tenter de gagner du temps tout en faisant ce qu'il peut pour redresser son grand corps. « Les gens ne sont pas toujours eux-mêmes. »

Greenwood ouvre la porte. Il a vingt pas d'avance et il est leste. Lomax ne le rattrapera jamais. Surtout pas avec trois étages à descendre à pied.

« Soyez raisonnable, Everett, dit Lomax le plus chaleureusement possible. Avec la police à vos trousses à cause de cet homme que vous avez frappé, c'est votre seule chance de vous éclipser dans un endroit tranquille où personne ne viendra vous chercher. Mon employeur, Mr Holt, ne tient pas à impliquer les autorités. Il veut juste retrouver l'enfant qu'il a perdue.

– Une petite fille, c'est pas un trousseau de clés, chef, répond Greenwood sur le pas de la porte. C'est quand même pas facile à perdre, surtout si on n'a pas envie de s'en séparer. Quelqu'un a accroché cette gosse à l'un de mes clous à érable dans une intention bien précise. D'abord j'ai cru que c'était pour s'en débarrasser. Mais maintenant je crois que c'était pour la protéger. Et depuis qu'on s'est rencontrés, je me dis que c'était une bonne idée.

– Vous allez foutre votre vie en l'air ! » rugit Lomax dans une tentative d'intimidation, prêt à tout pour qu'il ne parte pas.

Imperturbable, Greenwood rétorque : « Vous vous trompez. Pour foutre sa vie en l'air, faut déjà en avoir une. »

Petit enfer

« Donnez-nous votre vision des choses, monsieur Greenwood, comment voyez-vous cet accord se mettre en place ? demande le président du Groupe du chemin de fer impérial en charge des achats par l'intermédiaire de son interprète.

– En toute franchise, Mr Greenwood n'a pas de *vision*, fait remarquer Feeney, hérissé de frustration. Ce qu'il a, ce sont des arbres. Des arbres qu'il aimerait découper en petites planches bien nettes pour vous les vendre au prix du marché, afin que vous puissiez fabriquer à votre Empereur son joujou ferroviaire. »

Depuis que Baumgartner est rentré à Vancouver, le rôle de Feeney auprès de Harris s'est développé de simple descripteur à quelque chose qui tient plus du co-négociateur. Jusque-là, il a plutôt réussi à brider l'irrévérencieuse sincérité dont il avait fait preuve lors de son entretien d'embauche. Mais sa retenue commence visiblement à craquer.

Voilà que le président en personne répond dans un anglais impeccable : « C'est le souhait de l'Empereur lui-même que nous suivions le protocole…

– Allez donc dire à votre Empereur d'arrêter de souhaiter ceci ou cela et de sortir un prix au mètre carré raisonnable de son…

– Ça suffit, Liam », intervient Harris.

Feeney dépasse clairement les bornes – jamais Baumgartner n'a fait preuve d'une telle audace –, mais cela réjouit Harris que quelqu'un bataille à ses côtés, comme quand Everett et lui jouaient des poings, dos à dos dans la cour de l'école, parce que les autres garçons se moquaient d'eux.

« Bon, est-ce que quelqu'un peut m'expliquer ce que nous faisons ici ? lance-t-il à la cantonade. Mes équipes d'abattage sont prêtes. Les machines de mes scieries tournent déjà. Je suis déterminé à vous fournir ces traverses. Et tout ce que vous faites, c'est vous cacher derrière votre interprète et sonner vos cloches. Pourquoi n'allez-vous donc pas couper vos propres arbres pour nous éviter tout ce tintouin ? Votre jardin, là, il en est plein !

– Nos arbres sont sacrés, monsieur Greenwood, explique le président.

– Nos arbres aussi sont sacrés, répond Harris. Mais nous en avons un milliard de plus que vous. Alors tout ce qu'il me faut, bordel, c'est votre prix au mètre carré.

– Monsieur Greenwood, dit le président d'un ton agacé, peut-être est-ce la coutume, dans votre pays mal dégrossi, de parler de la sorte à…

– Messieurs ! C'est presque l'heure du déjeuner, vous avez tous l'air affamés », interrompt Feeney. Il entraîne Harris hors de la pièce, par la salle à manger et les portes du palais, jusqu'au jardin d'agrément.

« Je suis désolé d'avoir perdu mon calme, Harris, mais je ne supporte pas le ton condescendant qu'ils prennent avec vous. » Un peu après le départ de Baumgartner, Feeney s'est mis à l'appeler par son prénom, et Harris ne l'a pas encore repris.

« Et je ne suis toujours pas convaincu qu'il soit dans notre intérêt de conclure ce contrat. Le Japon a envahi la Mandchourie et s'est retiré de la Ligue des nations. Les gens parlent de cet Hirohito comme si c'était le frère aîné de Jésus et on ne pourrait pas jeter une balle de base-ball dans le port sans toucher un navire de guerre. À mon avis, ils n'ont qu'une envie, c'est se battre. Et devinez avec qui ? »

Harris secoue la tête. « Je ne peux pas me retirer maintenant, Liam. C'est trop important. Du moment qu'ils achètent notre bois, ils peuvent bien faire ce qu'ils veulent. »

Ce soir-là, au bar de l'Hôtel Impérial, Harris entre en conversation avec quelqu'un de chez Ford. Quand il raconte ses déboires de négociation, l'homme dit : « Ils vous ont fait le coup de l'auberge, du traducteur et tout le tralala, hein ? Il faut leur enfoncer un tisonnier dans le cul. C'est la seule méthode qu'ils respectent. »

Le matin suivant, Harris envoie un télégramme au Groupe du chemin de fer impérial en charge des achats dans lequel il prétend que le gouvernement indien vient de commander un nombre significatif de traverses et qu'il a besoin de la réponse du Japon avant midi, sans quoi il vendra son bois aux Indiens. Une heure plus tard, un agent se présente à l'hôtel avec un projet de contrat pour trois cargaisons à un prix inespéré. Le Groupe du chemin de fer impérial en charge des achats paiera dix pour cent d'avance et le reste à la livraison.

Pour fêter ça, Harris et Feeney partagent un festin de créatures tirées de la mer, que tous deux se sont mis à apprécier. « C'est vif, avec un parfum de réglisse et de camphre », dit Harris de l'alcool chaud qu'on leur apporte. Tout à la joie du marché monumental qu'ils viennent de remporter, et qui assoit la prospérité de Greenwood Timber sur le long terme, Harris goûte dans ce saké le nectar même de la victoire.

Après le dîner, poussé par la frivolité de l'alcool mais aussi par le besoin compulsif de tester les capacités de description de Feeney, Harris exprime son désir de « voir » un film japonais.

Ils trouvent un cinéma et s'installent côte à côte dans le noir, sous la clameur du projecteur. Même après des semaines à l'étranger, il émane toujours de Feeney une odeur de forêt – un mélange de sève de pin et de tanin de cèdre – et Harris est soudain pris d'une nostalgie poignante pour les premières années de sa carrière, quand il supervisait lui-même ses scieries, parcourant les zones boisées d'Amérique du Nord en quête de nouvelle matière première. Comment en est-il venu à soupirer après la routine confinée de son bureau, enfermé comme un de ses oiseaux en cage ?

Malgré sa maîtrise limitée du japonais, Feeney fait de son mieux pour décrire l'histoire de samouraïs de leur film parlant, en accordant une attention particulière au visage de l'acteur principal : « comme si l'expressivité d'une troupe entière avait été concentrée en un seul homme ». Alors que le film touche à sa fin dans le vacarme des trompettes, le fracas assourdissant des sabres qui s'entrechoquent et les grognements gutturaux des combattants, la bouche de Feeney se rapproche de plus en plus de l'oreille de Harris.

« Vous ne m'avez pas dit s'il était beau, dit celui-ci à voix basse.

– Qui ?

– Ce samouraï, là. L'acteur principal. Celui dont vous avez parlé. » Harris se racle la gorge. « Beau dans une acception universelle, bien sûr. »

Un temps. Harris a peur que Feeney ne l'ait pas entendu et décide que, si c'est le cas, il ne se répétera pas.

« Eh bien, oui, dit Feeney. Oui. Plutôt.

– Et moi ? dit Harris, à peine audible, parfaitement conscient de son ébriété mais se laissant aller à l'élan batailleur de l'ivresse.

– Pardon ?

– Diriez-vous que je suis beau ? Dans la même acception ? Si c'était moi sur l'écran ?

– Tout cela est bien sûr subjectif, répond Feeney.

– Bien sûr. Parfaitement. C'était une question idiote, lâche Harris, le visage brûlant. Ignorez-la.

– Et je ne suis pas certain que vous vouliez entendre ma réponse.

– N'y pensez plus. C'était une plaisanterie ratée. »

Harris sent soudain le souffle de Feeney dans son oreille. « Oui. Vous êtes beau. Très beau. »

Sans se détourner de l'écran, Harris tend la main pour la passer sur le visage mal rasé de Feeney, se permettant enfin d'en apprécier les contours – pétrifié de l'inconvenance de son geste aux yeux potentiels des autres spectateurs, même quand il se souvient que ce sont tous des étrangers, sans aucun pouvoir sur lui.

« Vous aussi, dit-il en retirant sa main. Universellement beau.

– S'il faut vous dire la vérité, répond Feeney, comme tous les poètes je suis laid comme un pou. Merci tout de même.

– Je vous prie de m'excuser pour cette intrusion, bafouille Harris, horrifié par son impulsivité autant que par l'étrange remous de sensations qui s'entrechoquent en lui. J'ai un enfer en moi. Un petit enfer. Je le cache. Mais quand je bois, il fait surface.

– Oh, ne soyez pas si dur avec lui, dit Feeney en tapotant le genou tremblant de Harris. Votre petit enfer. » Il prend la main moite de Harris dans la sienne. « Il nous sera peut-être utile. »

Le grand type

De retour à l'hôtel pour y chercher ses gants, Everett avait remarqué l'inconnu qui fumait sur son matelas. Il avait d'abord jugé préférable de ne pas récupérer la couche en sa présence, mais la pluie menaçait, et puis le grand bonhomme avait des vêtements luisants de crasse et semblait trop éreinté pour être un flic. N'empêche qu'il était à la solde de Holt, aucun doute là-dessus. Il était resté poli, mais il émanait de sa voix une note de danger, et de son corps démesuré une menace latente, avec ces mains comme des luges qu'on lui aurait clouées aux bras et qui réduiraient sûrement Everett en bouillie si elles s'empa-raient de lui. Rien que la façon qu'il avait eu de parler de l'enfant et du journal était glaçante. Et puis sa voix brûlée et ses pupilles en trou d'épingle – comme s'il regardait le soleil en face depuis une semaine. *Démoniaque*. Pas d'autre mot. Il veut du mal à la petite, Everett le sent.

Quand sa journée de travail avec Monahan est terminée, il récupère le bébé chez Mrs Papadopoulos et loue une chambre individuelle, pour laquelle on lui extorque trois fois ce qu'il payait précédemment par nuitée. Ce soir-là, avec les tramways qui secouent les fenêtres fragiles, il doit bercer l'enfant pendant des heures et lui chanter quatorze comptines pour qu'elle accepte de seulement relâcher sa tête, qu'elle tient depuis peu.

Quand enfin elle dort, Everett la pose dans un simili couffin qu'il a préparé par terre et retourne à l'hôtel, son chapeau enfoncé bas sur la tête. À la réception, le préposé chauve aux yeux mal alignés lui transmet un message.

« Ça vous embêterait de me le lire ? demande Everett en posant une pièce brillante sur le comptoir. J'ai perdu mes lunettes. »

L'homme fronce les sourcils, déplie le papier et lève son binocle à manche :

Everett, il est dangereux de prendre clandestinement des trains de fret et de loger dans ce genre de bouge avec un bébé. Ce n'est pas votre enfant et vous n'en voulez pas. Parlons-nous et trouvons une solution. Nous voulons la petite ET le journal. Pas besoin de mêler la loi à tout ça. Si vous me connaissiez, vous sauriez que je ne vous lâcherai pas. Jamais.

Harvey Lomax

« Vous êtes idiot ou quoi ? jappe le réceptionniste en glissant la pièce d'Everett dans la poche de son veston. Les enfants ne sont pas autorisés.

– Oui, oui, c'est bon, on est partis de toute façon, dit Everett. Mais j'ai payé une semaine d'avance. Je veux me faire rembourser.

– Si vous saviez lire, bon sang, vous sauriez ce que ça dit, là, non ? » dit l'homme en pointant de ses lunettes le panneau derrière lui.

Everett garde les yeux braqués sur le réceptionniste. « Je sais parfaitement lire. Ça dit que vous feriez mieux de me rendre mon argent et de vous occuper de vos affaires.

– Pas-d'en-*fants* ! grogne le réceptionniste en martelant chaque syllabe du poing.

– J'avais pas d'enfant, bordel ! hurle Everett. C'était un bébé et elle a embêté personne ! »

Le réceptionniste plisse les yeux. « Les bébés sont des enfants, sale fils de pute.

– Si votre panneau disait *Pas de bébés*, ce serait différent. Mais c'est pas ce qu'il dit, si ? »

Le réceptionniste tend le bras derrière le comptoir, sans doute pour attraper un pistolet ou un bâton. Everett sent le vieux poison dans son sang lui crier de l'assommer, mais à coup sûr il finirait en prison, et la gosse toute seule dans la chambre sordide, alors il préfère partir. Il coupe par un cimetière sans éclairage pour s'assurer que Lomax ne le suit pas et retrouve la petite endormie, dans l'air stagnant plein de son souffle.

Everett se tient à son projet d'épargne et travaille jusqu'à la mi-juin, veillant à garder son chapeau bien enfoncé quand il circule sur la carriole parce qu'il sait que Lomax le cherche toujours. Mais le coût supplémentaire de la chambre ajouté à la garde de la petite fait qu'il économise une misère. C'est peut-être le raffut des fenêtres ou l'absence de pochards qui ronflent, mais dans leur nouveau logement le bébé lutte contre le sommeil comme un naufragé contre la noyade. Après de nombreuses nuits difficiles, Monahan donne à Everett un mouchoir imprégné de rhum à faire sucer à la petite à l'heure du coucher, ce qui marche. Mais comme elle a du mal à émerger le matin, Everett arrête. Quand il dilue un peu son lait à l'eau pour économiser des bouts de chandelle, elle refuse tout bonnement le biberon et hurle jusqu'à vomir sur les couvertures.

« Arrête de chouiner, crie-t-il au petit visage grimaçant. Je fais ce que je peux ! » Rendu à moitié fou par le manque de sommeil, il l'emmène faire un tour dehors dans l'air frais, la laissant pleurer dans ses bras – Lomax peut bien aller au diable.

« Ça, c'est un son reconnaissable entre mille », dit une femme en talons hauts et pantalon de satin près du corps quand il passe devant elle. Ses courtes boucles laquées sont plaquées contre ses joues et des traits de crayon remplacent ses sourcils.

« Elle veut plus de son biberon », avoue Everett.

La femme s'avance pour examiner l'enfant. On dirait qu'elle a trempé ses cils dans du pétrole brut. « Je te la nourris pour un dollar. »

Everett met quelques instants à comprendre la proposition. « Ça la calmera ?

– Je garantis rien. Peut-être. Ils finissent toujours par lâcher, de ce que j'ai pu voir. Le plus tôt sera le mieux. »

Everett accepte et suit la femme dans l'escalier jusqu'à une pièce aux murs nus, où seuls un fauteuil, une table et une ampoule pendouillant au-dessus d'un vieux matelas témoignent d'une quelconque vie domestique. Une grosse poire à lavement repose par terre à côté d'une bassine. La femme s'installe dans le fauteuil et prend l'enfant dans ses bras, lui murmurant des mots doux. Elle plonge la main dans son soutien-gorge et libère un gros sein veiné de bleu. Everett sent le chaud lui monter aux joues.

« Tu vas rester là à regarder avec tes yeux de merlan frit ? dit-elle en pliant en deux son téton violet pour le presser contre la bouche minuscule du bébé.

– Pardon, dit-il en se détournant docilement. Mais comment je saurai que vous êtes bien en train de la nourrir ?

– J'ai nourri six enfants comme ça. Je peux pas faire autrement. Mais si tu regardes, ça te coûtera le double. »

Everett va attendre dans le couloir, mal à l'aise, jusqu'à ce que la femme ressorte et lui rende l'enfant. La petite est maintenant comateuse et son haleine a la douceur du miel. Cette nuit-là, elle dort mieux que jamais et se réveille joyeuse comme un jeune chiot.

Les semaines qui suivent, bien que Monahan et lui travaillent tard le soir, Everett ne gagne pas suffisamment pour payer la garde de la petite, une chambre à eux et la tétée du soir chez la prostituée. « Comment est-ce que je vais pouvoir être ton bienfaiteur si je n'ai rien à t'offrir ? » demande-t-il à l'enfant tandis qu'il partage avec elle son avoine bouillie.

Le 1er août, Everett est obligé d'aller déterrer ce qui reste de ses économies. Bien qu'il ait promis à l'enfant que c'en était fini des trains, et bien que ça le peine de ne pas remercier Monahan de l'avoir embauché, il prend le chemin de la gare de triage avec quelques maigres provisions, une couverture en laine autour des épaules. Son seul réconfort vient de ce que, malgré ses menaces – *Je ne vous lâcherai pas. Jamais* –, Harvey Lomax finira par renoncer. Parce que si Everett a un talent, c'est bien celui de s'enfoncer plus profond que quiconque dans le caniveau.

Un parent, peut-être ?

Au bureau des renseignements des Archives du Canada, Lomax demande les états de service militaire d'Everett Greenwood. L'archiviste le regarde comme si elle avait affaire à un cadavre déterré, puis lui dit d'attendre, le temps qu'elle trouve le dossier. Il choisit un box de lecture isolé et s'enfonce dans un fauteuil minuscule qui lui comprime douloureusement les hanches.

Après que Greenwood a réussi à lui échapper à l'hôtel-dortoir, Lomax a surveillé la gare de triage de Toronto une semaine durant, en vain. Comment avouer à Mr Holt qu'il s'est tenu à trois mètres d'Everett sans parvenir à l'attraper ? Il a donc gardé cette rencontre pour lui et, sans autre développement à signaler, a renoncé depuis une semaine à ses comptes rendus quotidiens. Les télégrammes non ouverts de son employeur forment désormais une petite pile dans sa chambre d'hôtel. (À côté de ceux de Lavern, qui réclame sans doute de l'argent qu'il n'a pas.)

Greenwood a très certainement fui Toronto et repris son vagabondage ferroviaire, mais Lomax ne peut pas se permettre de se balader à ses trousses dans tout le pays, surtout que l'argent alloué à sa mission touche à sa fin. Ce qui signifie que, s'il ne trouve pas vite quelque chose, Mr Holt l'anéantira. Preuve de son désespoir, il est allé jusqu'à Ottawa pour vérifier que Howard Blank n'avait pas menti en prétendant que Greenwood et lui avaient combattu pendant la Grande Guerre.

Pour calmer ses nerfs survoltés, et aussi pour rendre supportable l'étroitesse du fauteuil, il fume une Parliament coupée à l'opium, en espérant qu'aucun des autres visiteurs n'a voyagé assez loin pour en reconnaître l'odeur. Afin de réduire les angoisses de sa quête, Lomax a fait l'acquisition d'une briquette de drogue dans des bains publics chinois et il en fume quotidiennement une dose limitée. Il n'a jusque-là éprouvé aucun des effets négatifs de l'opium, rien que le soulagement chaud qu'il escomptait pour son dos foudroyé de douleur. Il reste néanmoins fermement décidé à cesser cette pratique à la seconde même où il rentrera à Saint John.

Il a dû s'assoupir à demi car il se réveille en sursaut, l'archiviste en surplomb de lui. « Aucun Everett Greenwood n'a jamais servi dans les Carabiniers personnels de la Reine, dit-elle sans affect. Mais j'ai trouvé un *Harris* Greenwood. De Kingston. » Elle brandit une chemise en papier kraft. « Un parent, peut-être ? »

En lui arrachant le dossier des mains, Lomax se souvient vaguement des propos abracadabrants de Blank disant qu'Everett était de la famille du fameux magnat du bois. Bien que Lomax ne maîtrise pas la terminologie militaire – Mr Holt ayant le chic pour faire exempter ses amis –, il semble que Harris Greenwood, engagé volontaire auprès du détachement de Kingston, soit rentré d'Europe en 1919, décoré de l'Étoile de Mons et de la médaille du Service général canadien. La fiche précise qu'il n'a pas été blessé, et ne fait donc état d'aucune cécité résultant des combats. Puis, attachée par un trombone à l'arrière du dossier, Lomax trouve une photo de service : un soldat aux cheveux noirs, le menton levé, son casque serré contre ses côtes – tout le portrait de l'homme qui lui a échappé l'autre soir à l'hôtel-dortoir.

Lomax empoche la photo et, dès le lendemain, saute dans un train pour Toronto, fou de joie d'avoir découvert quelque chose susceptible d'apaiser son employeur. Mais à l'arrivée, il découvre que sa clé n'ouvre plus la porte de sa suite. Il prend l'ascenseur jusqu'à la loge, où le concierge l'informe poliment que son compte a été gelé à la demande de Mr Holt. « Nous allons devoir vous demander des arrhes en liquide si vous souhaitez dormir chez nous ce soir, monsieur », ajoute l'homme. Lomax lui donne ses derniers billets et reçoit une nouvelle clé en retour.

Une fois dans sa chambre, il ouvre le télégramme le plus récent de Mr Holt.

> SUITE AVERTISSEMENT JE GÈLE VOTRE CPTE DE DÉPENSES STOP INSPECTEUR McSORLEY DE LA CANADIAN NATIONAL RAILWAY DÉSORMAIS EN CHARGE DES RECHERCHES STOP REVENEZ À ST JOHN TT DE SUITE PR ÉVITER AUTRES SANCTIONS

Comme les aciéries Holt ont construit une grosse portion du réseau de la Canadian National Railway, Mr Holt fait partie du conseil d'administration. Par le passé, il lui est arrivé de faire appel à un inspecteur de la compagnie dénommé Art McSorley pour retrouver des types qui s'étaient enfuis de Saint John. Lomax connaît McSorley, un homme rusé et brutal : s'il est le premier à mettre la main sur le bébé et le journal, ce sera la preuve irréfutable de l'incompétence de Lomax. Il n'est pas certain de ce qu'entend son patron par « AUTRES SANCTIONS », mais cela pourrait impliquer qu'on s'en prenne à sa famille. Lomax sait d'expérience que, lorsqu'il est vraiment furieux, Mr Holt est prêt aux pires cruautés. Pour la première fois de sa carrière, il décide pourtant de désobéir à son employeur. Au lieu de retourner à Saint John comme il en a reçu l'ordre, il va plutôt aller trouver Harris Greenwood à Vancouver et attendre qu'Everett débarque. L'inspecteur McSorley ignore sans doute tout de ce puissant frère, mais Lomax, lui, sait qu'il est toujours plus facile de cueillir un fugitif à destination que de l'attraper en chemin. S'il arrive à mettre la main sur l'enfant et le livre avant McSorley, il a peut-être encore une chance de conserver son travail et sa maison.

Mais voyager requiert de l'argent, aussi descend-il d'un pas décidé le lendemain matin informer le concierge qu'au retour du petit-déjeuner, il a trouvé sa chambre en grand désordre. Le concierge l'accompagne et découvre la commode renversée et des trous gros comme le poing dans les murs de plâtre. Le carrelage de la salle de bain est en partie brisé et le lavabo largement ébréché.

« Je suis absolument navré, monsieur Lomax ! dit le concierge, sous le choc. Vous manque-t-il quelque chose ?

– Oui, répond Lomax après avoir vérifié son portefeuille vide dans le tiroir de la table de chevet.

– Quoi exactement ? Je vais rédiger un rapport. Il va sans dire que l'hôtel vous remboursera tous les articles perdus.

– Quatre cents dollars. En liquide. »

Après avoir rempli les formulaires de l'hôtel et relaté par écrit les événements, Lomax reçoit son argent à la caisse l'après-midi même, et vire aussitôt deux cents dollars à Lavern. Le reste de la somme est plus que suffisante pour une couchette en première classe jusqu'à Vancouver.

Jugement

Afin de placer leur retour sous les meilleurs auspices, Harris Greenwood réserve pour Feeney et lui exactement les mêmes cabines qu'à l'aller, dans le même vapeur, l'*Impératrice d'Australie*. De jour, la traversée est agréable : des alizés soufflent doucement du sud-ouest et l'eau lisse affiche un bleu-vert profond « qu'on ne trouve normalement que sur la palette des peintres », dit l'Irlandais. Le soir, cependant, l'océan est agité ; Harris et son descripteur dînent au restaurant des premières classes à côté d'un quart de queue boulonné au plancher, tandis que le maître d'hôtel asperge d'eau la nappe blanche impeccablement repassée pour empêcher leurs assiettes de glisser. Ils mangent en silence ou presque, comme des enfants réunis par un complot : Harris fait de gros efforts pour ne parler que travail, et ne surtout pas rire ni sourire. Quand Feeney raconte qu'un garçon de cabine l'a regardé bizarrement sur le pont d'observation au troisième jour de voyage, Harris décide qu'ils prendront désormais leurs repas séparément.

Nonobstant, Feeney se glisse chaque soir dans la cabine de Harris, de l'autre côté du couloir, pour lui lire des poèmes. Sa voix exquise emplit de miel l'air qui sépare leurs fauteuils en cuir. Une fois la lecture terminée, Feeney baisse la lumière et ils s'allongent côte à côte sur l'étroite couchette bercée par les flots. Harris est pétrifié d'effroi. À Yale, il lui arrivait de temps à autre d'économiser sur son allocation journalière pour aller visiter un des nombreux bordels de la ville avec d'autres étudiants. Jamais toutefois il n'a pris le plaisir clamé par ses camarades. Pendant toute la durée de l'acte, il s'inquiétait qu'on puisse lui avoir attribué une femme bas de gamme, quelque mocheté périmée que n'importe quel client non aveugle aurait immédiatement refusée. En conséquence de quoi il parvenait rarement à conclure les ébats de façon idoine.

Mais après de nombreuses minutes à lutter pour se rappeler que personne ne les voit – ni Dieu, ni Baumgartner, ni les bûcherons qui piétinèrent à mort les deux débroussailleurs –, Harris attire Feeney à lui et finit par s'autoriser à parcourir de la main tous ses contours. Il découvre ainsi qu'à l'exception de ses mollets bizarrement velus et de son petit ventre, son corps est comme son visage : souple et lisse.

Harris a commencé par vouloir murer en lui l'incident du cinéma, à l'instar du « petit enfer » dont il avait toujours pressenti la présence. Il aurait facilement pu mettre cette indiscrétion sur le compte du saké, de la désorientation culturelle, du stress des négociations, ou des anguilles et des oursins qu'il mangeait depuis des jours. Mais comment sous-estimer la joie pure qu'il a trouvée auprès de son descripteur ? Une joie proche de celle que lui a distillée sa collection d'oiseaux pendant des années, mais cent fois plus forte.

« Monsieur Feeney, vous n'aviez pas signalé, lors de votre entretien d'embauche, que vos dents sont toutes tordues, dit Harris alors qu'ils s'embrassent depuis une heure, ce qu'il n'arrive toujours pas à faire sans un fond de nausée.

– L'occasion ne s'est pas présentée, répond l'Irlandais en lui mordillant le bout du nez, délicatement, comme un cheval mange une pomme. Vous étiez trop occupé à pérorer sur votre compagnie forestière adorée. »

Au fil du voyage, Harris découvre que la cuisante franchise de son descripteur cache une disposition aimante et dévouée. Feeney lui raconte qu'il a grandi auprès d'une sœur invalide de corps et d'esprit, une aînée dont il s'occupait lui-même, l'habillant et la nourrissant tous les jours. C'est en la défendant sur les trottoirs de Cork qu'il avait affûté son esprit, et c'est à sa mort, provoquée par des complications cardiaques quand il avait vingt ans, qu'il est venu au Canada. Non que Harris ait besoin d'être défendu de la sorte, mais il y a chez son descripteur une loyauté viscérale qu'il apprécie. Feeney décrit les choses telles qu'elles sont, non telles que Harris voudrait les entendre. Et son regard de poète plonge au cœur de ce qu'il voit, que l'observation se conforme à l'opinion générale ou pas.

Malgré le contrat conclu avec les Japonais, Harris songe peu à ses affaires pendant la traversée. Ses pensées se concentrent sur la peur d'être percé à jour par l'équipage. Et aussi sur les oiseaux rares qu'il veut montrer à Feeney, et les endroits secrets où ils s'échapperont à leur retour.

Il ne se fait toutefois aucune illusion. Il sait exactement ce qui les attend à Vancouver. Loin de l'anonymat du cinéma japonais, ils seront épiés. Baumgartner, qui a eu le culot d'insister pour que Harris prenne deux suites à l'Hôtel Impérial après avoir été d'une humeur massacrante à l'aller, soupçonne peut-être déjà quelque chose. Si ça devait se savoir, ce serait la fin, pour Harris comme pour la société qu'il a bâtie.

Qui, cependant, pourrait être mieux préparé que lui à la brutalité du jugement d'autrui ? Qui mieux que lui sait qu'une force obscure finira par lui arracher ce doux cadeau reçu si tard dans la vie, comme la maladie l'a privé de sa vue au moment où il devenait un homme, comme son égoïsme et sa stupidité l'ont privé de son frère ?

Mais Harris n'a pas peur. Les aveugles, par nature, vivent déjà comme des parias. Et il excelle depuis l'enfance dans l'art de dissimuler pour survivre. Orphelins, Everett et lui ont réussi à se protéger en construisant leur chalet biscornu dans les bois de Mrs Craig. Il en ira de même avec Feeney. Si la vie lui a appris quelque chose, c'est qu'il faut être plus secret, plus prudent et plus farouche que les autres. Sans quoi tout ce que vous êtes, tout ce que vous avez construit et tous ceux que vous aimez, tout cela peut être piétiné en un instant.

Les mucosités

La maladie se glisse dans le wagon rempli de foin tandis qu'ils filent vers l'ouest, laissant derrière eux le cœur noir de l'Ontario. Chaque fois qu'elle s'endort, la petite n'arrive plus à respirer tant elle a le nez plein : l'encombrement la réveille et s'ensuit une quinte de toux dont elle émerge la langue pendante – une chose minuscule qui rappelle à Everett une huître en conserve. Il essaie alors de lui maintenir la tête en arrière pour libérer les voies respiratoires, ce qui n'aide guère, et l'épreuve recommence. Lorsqu'il finit par renoncer, ils restent là, réveillés tous les deux, les yeux de l'enfant bordés de mucus et brillants comme des pierres précieuses dans la nuit, ses menottes pathétiquement agrippées à la chemise d'Everett comme s'il comptait l'abandonner, tandis que le train fonce *claquetin-claquant* dans un défilé de conifères rectilignes entrecoupés de lacs sombres.

Il lui a donné un nom provisoire : Gousse. Il avait jusque-là évité, comme un fermier préfère que restent anonymes les cochons qu'il destine à la saucisserie. Mais « Gousse » n'est qu'un bouche-trou. Un nom de route, un sobriquet de vagabonde – à oublier dès qu'elle commencera sa vraie vie, quelle qu'elle soit. Il sait que les arbres utilisent souvent les oiseaux et les écureuils pour répandre leurs graines, et aussi toutes sortes de choses qui volent au loin, comme les hélices et les bourres de coton. C'est ainsi que fonctionne une bonne partie de la Création : les êtres vivants envoient des versions d'eux-mêmes dans le grand mystère du futur. Telle une graine, cette fillette a besoin d'un endroit hospitalier où atterrir. Et c'est à lui de trouver cet endroit.

Quand le soleil se lève, le lendemain, les mucosités ont à peu près disparu, mais Gousse, la peau anormalement luisante, bourdonne d'un fond de fièvre. Elle ne veut pas des biscuits qu'il a emportés, même trempés dans l'eau, et quand enfin elle s'endort, c'est pour se réveiller avec une épaisse croûte verte qui l'empêche d'ouvrir les yeux et lui arrache un violent hurlement. Everett passe sa chemise mouillée sur le petit visage grimaçant jusqu'à ce que les cils se décollent. L'après-midi, la toux a empiré ; l'enfant est brûlante et refuse de boire. Everett lui ôte à demi sa grenouillère pleine de sueur pour la rafraîchir et, comme elle refuse toujours de boire, il lui pince le nez, desserre ses mâchoires de force et lui verse de l'eau dans le gosier, ignorant cris et gargouillis.

Craignant que la poussière du foin n'aggrave l'état du bébé, il grimpe sur un wagon-tombereau plein de grumes afin de voyager à l'air libre. Il s'enveloppe avec la petite dans la couverture et Gousse suit le défilé du paysage de son regard groggy. Le convoi rugissant passe devant des champs crêpelés, des rivières paresseuses, des granges à l'abandon, des enclos envahis d'herbes folles, des poulaillers et des bosquets de toutes les essences d'arbre imaginables. Quand la nuit tombe, les yeux de Gousse sont pleins d'étoiles et la lune, blanche comme une tranche de radis, baigne de lumière la forêt ébouriffée. L'espace d'un instant, ils aperçoivent un carcajou qui aiguise ses griffes sur une souche, et puis deux chevreuils, oreilles dressées, pétrifiés, comme s'ils avaient été surpris en train de commettre un méfait plutôt que de mâcher du trèfle au milieu de nulle part.

Pour distraire l'enfant, Everett se met à dire tout ce qui lui vient, même si ça ne peut que le rendre fou, à la longue. « Tu t'appelles Gousse. » Il répète en tapotant la grenouillère : « *Gousse* ». Elle répond avec un genre de bêlement gargouillant qui n'a absolument rien à voir avec son nom. « Ça, c'est un *wagon-tombereau*, dit-il en pointant tout ce qui les entoure. Et il est relié à d'autres *wagons*, qui sont tirés par une *locomotive*. Et tout ça, ça s'appelle un *train*. » Gousse ouvre de grands yeux et ne quitte pas les lèvres d'Everett du regard, mais elle ne retient visiblement pas grand-chose, car lorsqu'il lui demande un peu plus tard de montrer le *wagon-tombereau*, elle se contente de grogner et de faire dans sa couche. « Comment tu veux que je t'apprenne le nom des choses si j'ai que des mots pour expliquer d'autres mots, bon sang », dit-il en lui tapotant le bout du nez.

Une fois qu'il a épuisé les définitions, il se met presque malgré lui à raconter sa vie. Avec une candeur qu'il n'a jamais eue qu'avec Harris, dans leur enfance, il commence par la façon dont ils sont devenus frères, puis celle dont ils sont devenus bûcherons, et tire le fil de son histoire à partir de là. De temps en temps, Gousse le regarde d'un air entendu, comme si elle avait déjà entendu ça mille fois, et Everett finit par être convaincu qu'elle sait déjà des tas de choses : pas seulement sur lui et sa vie, mais sur tout et tout le monde. N'empêche que le récit, familier ou pas, la calme, et les petits yeux limpides se ferment bientôt.

Le lendemain matin, la fièvre a baissé et l'enfant avale goulûment presque tout ce qui leur reste d'eau. Le train fonce toute la journée, sans ralentir ni prendre de voie d'évitement pour en laisser passer un autre – c'est peut-être un express qui transporte de la viande fraîche ou du courrier urgent, ce qui posera problème, Everett le sait, si leurs provisions s'épuisent avant qu'ils n'arrivent à destination. Le convoi gravit de grandes dalles de granit tinté de rouille, filant vers l'ouest le long de champs de souches, de mines et de carrières de gravier – des terres que des hommes tels que son frère ont déjà pillées pour paver leur chemin privé vers la richesse.

Gousse et lui restent blottis entre les piles de grumes odorantes jusqu'à ce que le soleil se couche et que le ciel se veine de fuchsia au-dessus du lac Supérieur. Everett enlève alors ses bottes et laisse pendre ses pieds au bord du wagon tandis que la chaleur du petit corps couché sur son ventre pénètre en lui. Aux abords de Port Arthur, il est pris d'un sentiment de liberté absolue, comme s'ils étaient le vent et que le monde s'offrait à eux comme un terrain de jeu, à eux et à eux seuls. Tel un petit garçon, il remue les orteils dans l'air au doux parfum de feuilles.

1908

Bois de cœur

De nos jours, on parle beaucoup d'arbres généalogiques, de racines, de liens du sang, etc., comme si les familles existaient de toute éternité et que leurs ramifications remontaient sans discontinuer jusqu'à des temps immémoriaux. Mais la vérité, c'est que toute lignée familiale, de la plus noble à la plus humble, commence un jour quelque part. Même les arbres les plus majestueux ont d'abord été de pauvres graines ballottées par le vent, puis de modestes arbrisseaux sortant à peine de terre.

Nous le savons avec certitude parce que, la nuit du 29 avril 1908, une famille a pris racine sous nos yeux. Nous fûmes réveillés par une véritable apocalypse, une secousse qui fit voler la vaisselle des placards et se décrocher les tableaux des murs. Deux trains de passagers de vingt wagons chacun venaient d'entrer en collision frontale à un kilomètre et demi à l'est de la ville. Le tender de la locomotive allant vers l'ouest avait pris feu et les flammes s'étaient propagées d'un convoi à l'autre ; il fallut des heures avant que nous puissions pousser nos wagons-citernes suffisamment loin dans la fumée de charbon huileuse pour éteindre l'incendie. Le feu laissa alors la place à une scène de désolation : des crânes sertis de dents noires par-dessus des enchevêtrements méconnaissables de membres calcinés, de morceaux de fer informes et de vêtements brûlés. Il était impossible de dénombrer les morts, mais sur les seize passagers expulsés par les fenêtres au moment de l'impact, seuls deux jeunes garçons survécurent, que la force colossale du choc avait laissés pieds nus et que l'on retrouva, pour l'un, empêtré au cœur des fourrés, pour l'autre, barbotant dans un ruisseau à proximité. Tous deux semblaient avoisiner les neuf ans. Malgré des heures de recherche, nous ne retrouvâmes pas la moindre chaussure.

D'après notre médecin local, c'était leur petite taille qui les avait sauvés, comme les écureuils qui plongent du haut d'un arbre et décampent sains et saufs. Ça ou bien, selon les plus enclins aux conjectures, quelque chose de mauvais et d'indestructible logé en chacun d'eux. N'empêche, que ces gamins aient réchappé à un tel cataclysme tenait du miracle : c'était notre avis alors et ça le reste aujourd'hui.

On signala la présence des deux survivants à la compagnie de chemin de fer, qui assura n'avoir aucune trace d'enfants à bord de l'un ou l'autre train, et par là même aucune responsabilité envers ceux qu'on aurait trouvés aux environs de l'accident. Si douloureux qu'il fût d'aller au-devant de jeunes victimes d'une telle tragédie, c'était notre embranchement ferroviaire – et notre aiguilleur octogénaire – qui, concrètement, les avait rendus orphelins ; aussi, après de vains efforts pour localiser d'éventuels parents survivants, nous considérâmes que les garçons relevaient de notre responsabilité et ils furent pris en charge. Les situations se géraient autrement à l'époque, et les disparus circulaient aussi discrètement que le souffle du vent.

Bien que le traumatisme eût rendu les deux gamins muets, il fut d'emblée évident qu'ils n'étaient pas du même sang. L'un était légèrement plus petit, avec des cheveux bruns ondulés et des yeux en amande qui fuyaient toujours les vôtres ; malgré les épreuves, il se mouvait en ce monde d'une façon fluide, presque insouciante. Le plus grand avait de longs doigts et d'épais cheveux couleur de miel ; celui-là soutenait le regard de quiconque d'un œil averti et critique, comme si le sauvetage même avait été un genre de piège de notre part, un prolongement de la catastrophe qui s'était abattue sur lui. En dépit de ces différences apparentes, il nous sembla qu'il était dans l'intérêt des deux garçons de rester ensemble, et nous les plaçâmes chez divers propriétaires charitables de la région en attendant vainement que quelqu'un les réclamât.

Il est de notoriété publique que les souvenirs des enfants ont la fiabilité de l'arc-en-ciel. Nous découvrîmes que c'était particulièrement vrai des orphelins de fraîche date. Quand les garçons finirent par parler, une semaine plus tard, la difficulté ne vint pas de ce qu'ils ne savaient plus leur nom, mais de ce qu'ils en savaient trop : un bazar de patronymes et de prénoms marmonnés pêle-mêle – Tommie, Mackenzie, Buck, Smith, Jacob, Finnegan, Seymour, Gordon, Aaron. Peut-être le choc leur avait-il embrouillé la cervelle, ou peut-être leurs vrais noms étaient-ils trop douloureux à prononcer maintenant que leur famille était morte. Toujours est-il qu'on ne trouva pas d'autre solution que de les écrire tous sur des bouts de papier pour en tirer deux au hasard dans un pot à café et ainsi régler la question. Concernant leur passé respectif, le blond, pour qui nous avions tiré « Harris », n'avait que des bribes de souvenirs : des moutons, cinq ou six sœurs, un oncle, la pluie tambourinant sur le toit métallique d'une cabane, un âtre enfumé. Le brun, pour qui nous avions tiré « Everett », se remémorait des couteaux à poisson visqueux, un homme complètement chauve qui criait beaucoup, une mère maladive et un télégraphe qui ne marchait jamais.

Sous la puanteur suffocante de la chair immolée et du crin brûlé de la garniture des coussins traînaient sans doute les traces de leurs maisons et de leurs familles perdues, retenues dans les fibres de leurs pull-overs et persistant dans leurs narines. Mais chaque jour qui passait devait rendre ces traces plus fines, plus floues, plus incertaines. Leurs passés s'effacèrent bientôt complètement, pour ne laisser que des rumeurs brumeuses.

C'est peu après leur avoir donné un nom qu'on découvrit leurs lits vides, un soir. Munis de lampes à pétrole, on les chercha dans les bois. On les trouva finalement sous un arbre aux longues branches, dans les tenues de nuit que nous leur avions données, recroquevillés et agrippés l'un à l'autre, en train de marmonner dans un étrange langage commun. Comme cela se répétait soir après soir, nous fûmes tentés de remettre ces garçons dans un train et de nous en laver les mains. Vu la suite des événements, il nous a été impossible, ces derniers temps, de ne pas nous demander si nous avons agi comme il convenait.

C'est Parson Brennan qui remarqua que, lorsque les garçons fuguaient, on les retrouvait en général dans le même coin de forêt, une parcelle sans usage particulier appartenant officiellement à Mrs Fiona Craig. Nous n'avons à ce jour pas trouvé d'explication à cela. Peut-être étaient-ils attirés par la vieille cabane de trappeur qu'ils avaient découverte là, une bicoque vermoulue, sans fenêtres, dont la rumeur disait que des esclaves fuyant les États-Unis s'y étaient cachés. Peut-être la forêt elle-même avait-elle un caractère réconfortant, avec sa densité de chênes et d'érables, de digitales et de trilles, de baies de sureau et d'aronia.

Particulièrement depuis qu'ils avaient commencé leurs escapades sylvestres, il émanait des deux garçons quelque chose de surnaturel, de hanté. C'est pourquoi, bien que nombre d'entre nous eussent facilement trouvé à employer des mains supplémentaires, personne ne proposa de les prendre à demeure. En dernier recours, on demanda à Mrs Craig de les laisser vivre dans la cabane sur sa parcelle de forêt. La ville lui verserait jusqu'à leur majorité une somme annuelle pour leur logement et leur vêture. La vieille veuve sans descendance n'était pas exactement du genre altruiste, aussi fut-on agréablement surpris qu'elle accepte.

Mrs Fiona Craig

Elle et son mari James, un médecin à la mâchoire carnassière, étaient arrivés au Canada par le port de Halifax en 1893. L'idée de ce déménagement transatlantique venait exclusivement de lui. Ils s'étaient rencontrés dans les bas quartiers de Glasgow où la frêle mais jolie Fiona avait grandi, et où James Craig était venu étudier la propagation de la tuberculose pulmonaire chez les indigents. Comme il portait rarement de masque, y compris pour autopsier les cadavres les plus miséreux, il attrapa lui-même la maladie, peu de temps après leur mariage. Cela donna à Fiona un premier aperçu de l'imprudence de son mari, laquelle devait lui causer un infini désenchantement, surtout après le genre de gros lot matrimonial qu'elle avait décroché, inédit pour quelqu'un d'origine aussi modeste que la sienne.

Quand James tomba malade, il fut réceptif à l'appel du Nouveau Monde, avec son air sain, ses opportunités économiques et sa nature omniprésente. Fiona savait que son mari avait toujours eu une inclinaison romantique pour la forêt – trop de Burns et de Wordsworth dans sa jeunesse, peut-être. Il voyait même sa phtisie comme une sorte d'affliction poétique, un approfondissement des sens. James décida donc qu'ils quitteraient les lugubres tourbières d'Écosse, cette terre qui comptait trop de gens et trop peu d'arbres, trop de fumées crasseuses, de vagabonds et d'enfants des rues crachant dans le caniveau, et qu'il s'établirait comme médecin de campagne dans la province boisée de l'Ontario, près de la ville de Kingston. Il comptait bien emprunter ensuite le chemin de fer nouvellement construit pour aller plus à l'ouest encore, jusqu'en Colombie-Britannique, où l'air marin était réputé frais et doux, et où les sapins poussaient jusqu'aux nuages et pouvaient subir l'assaut des haches pendant des semaines avant de se mettre à trembler.

Quand le couple arriva au « Pays des arbres », ils découvrirent que les trente arpents densément boisés qu'ils avaient demandés au Bureau du cadastre canadien étaient déjà occupés par une bande d'Iroquois nomades, chassés des territoires où ils posaient d'ordinaire leurs pièges par une entreprise locale d'exploitation forestière. Malgré ses façons charitables, James Craig acheta un fusil et monta une milice de gens du coin pour chasser les Indiens de sa propriété, un acte brutal mais nécessaire auquel beaucoup d'entre nous avaient déjà été contraints. Certains refusèrent de partir, montrant tant d'arrogance qu'il n'y eut d'autre choix que de les exécuter pour l'exemple et de brûler leurs femmes et leurs enfants.

James fit construire une maison de la meilleure facture sur la zone déboisée par le feu. Là, il accepta pour clientèle toutes sortes de bûcherons qui, attirés eux aussi par les sirènes des grandes forêts du Dominion, avaient fui la famine ou, dans bien des cas, un passé trouble. Des Irlandais, Norvégiens, Finlandais, Allemands, Danois et Français, ainsi que des compatriotes écossais de basse extraction – des dégénérés, tous autant qu'ils étaient, aux yeux et au dire de Fiona Craig. Des parias bien inférieurs à son époux et à la vie bucolique qu'elle s'était imaginée. Elle ne quittait pas ses appartements quand ces hommes fréquentaient le bureau de son mari.

L'air roboratif de la campagne n'améliora toutefois guère la santé de James. Lorsque son état se dégrada et qu'il se trouva assailli de suées et d'expectorations sanglantes, il perdit la moitié de son poids en quinze jours. Un mois seulement s'écoula avant qu'il ne repose, mort, dans le lit conjugal. Il avait trente ans. Le choc du décès de son mari déstabilisa la jeune femme. Elle avait été trompée – c'est ainsi qu'elle voyait les choses – par de fausses promesses de prospérité et de vie nouvelle. Par qui, elle ne le précisa pas à Parson Brennan quand elle lui confia son sentiment. Beaucoup dirent que c'était au continent et à ses bois qu'elle en voulait de cette duperie. Quoi qu'il en soit, Fiona Craig sortit de tout cela hystérique et aigrie en diable.

James avait laissé de belles économies, disait-on, permettant à son épouse de maintenir un train de vie confortable. Elle resta seule, sans le moindre locataire, ce qui ne manqua pas de surprendre. Elle fit peindre la maison d'un blanc éclatant, le genre de blanc qui se ternit dès la première année. Ses plus proches voisins étaient à six kilomètres ; elle fréquentait rarement l'église et allait peu en ville, mais lorsqu'elle s'y rendait, c'était toujours impeccablement mise : corsets, tournures, et robes à volants qu'elle devait coudre elle-même ou se procurer par correspondance. Elle achetait alors quelques articles dépareillés à l'épicerie générale, parmi lesquels du fil et des aiguilles, des produits chimiques toxiques et des rouleaux de dentelle française. Le tout demandé d'une voix perçante et hautaine que les moins généreux d'entre nous comparaient aux piaillements d'un aigle malade. Nos enfants avaient peur d'elle comme d'une sorcière ; ils se racontaient des histoires où il était question du fantôme du médecin et de la fortune maudite qu'elle avait enterrée quelque part dans ses bois.

Comme elle n'était pas connue pour sa gentillesse, le fait qu'elle accepte de recueillir les orphelins améliora l'opinion que nous avions d'elle, ne serait-ce que marginalement. Nombre d'entre nous espéraient que le sort des deux malheureux l'attendrirait avec le temps, qu'ils seraient un remède à sa solitude et à son étrange mode de vie. Qu'après les avoir laissés quelques dures semaines dans leur cabane désolée, elle leur ouvrirait les nombreuses chambres de sa grande maison blanche et que, si tout se passait bien, elle en viendrait peut-être à les aimer comme des fils.

Mais le jour où l'on se présenta à sa porte, elle donna une tape à Everett, le petit brun joyeux, parce qu'il ne se tenait pas droit, et une autre à Harris, le grand blond sceptique, parce qu'il posait trop de questions. Elle leur fit ensuite jurer de ne jamais entrer chez elle de toute leur vie, même si elle les y invitait en personne. Rétrospectivement, il parut clair que nous avions surestimé la malléabilité du cœur de Mrs Craig.

Ces garçons-là

Ils ne s'étaient installés sur la propriété de Mrs Craig que depuis quelques jours quand le pillage de nos potagers commença pour de bon. Navets, pois, carottes et laitues disparaissaient sitôt comestibles. Sans décrocher nos fusils, nous veillions tard pour jeter des poignées de pierres aux deux ombres qui s'enfuyaient dans les bois. De petites pierres, notez bien. C'était alors un acte charitable : de petites pierres. La charité, voilà bien une notion mal comprise de nos jours. Si nous avions nourri ces garçons-là d'emblée, ils en auraient conclu que le monde leur devait quelque chose, ce qui, nous le savons tous, n'est pas le cas. On se renseigna donc auprès de Mrs Craig pour savoir si elle leur fournissait bien ce à quoi elle s'était engagée, et elle nous assura que oui, même s'il nous était impossible de le vérifier. Malgré ses confirmations et malgré nos pierres, les garçons continuaient à piller nos potagers et à pénétrer sur nos propriétés privées en toute impunité. Ils volaient des pommes, des poules, des œufs et des dessous féminins sur les cordes à linge. Ils kidnappèrent même un des agneaux de choix du vieux Gore Campbell, traînant l'animal jusqu'à leur cabane malgré ses bêlements : ils s'apprêtaient à le faire rôtir quand certains de nos garçons les plus âgés, envoyés en expédition, sauvèrent la pauvre bête et administrèrent une rouste raisonnable aux deux compères.

Beaucoup tinrent Mrs Craig pour responsable, au motif que sa façon de s'occuper des garçons consistait à les réveiller à l'aube en tapant du pied dans les murs fragiles du cabanon avant de laisser devant leur porte un seau contenant les provisions journalières que notre accord l'obligeait à leur fournir. Il était communément admis qu'elle ne les aimait pas et que, si elle avait accepté de les recueillir, c'était uniquement pour empocher l'argent afin de s'acheter davantage de dentelle ou un château en Écosse.

Reste que personne n'avait le courage de corriger ces garnements comme ils le méritaient. Apprenant que leur cabane prenait l'eau et que leurs vêtements moisissaient d'humidité, nous déposions plutôt un rouleau de bon papier goudronné devant leur porte. Et puis un boisseau de pommes quand on leur trouvait l'air scorbutique. Lorsqu'on entendait tousser dans les bois, c'étaient des pots d'huile de poisson et de vieilles couvertures, ainsi que de la crème fraîche que nous laissions refroidir dans nos puits pour qu'ils la trouvent et la chapardent.

La première année, les garçons venaient souvent frapper chez nous. Harris, qui endossait alors le rôle de porte-parole, posait de drôles de questions, comme : « Quelle heure est-il ? » ou « À quelle hauteur sont les nuages ? » Si certains d'entre nous soupçonnaient que le véritable but de ces visites étaient d'évaluer nos maisons pour d'éventuels cambriolages, les plus bienveillants pensaient qu'ils cherchaient simplement à humer, même furtivement, le fumet d'un vrai foyer – une odeur de plat en train de cuire et de produit vaisselle, de fruits et de café.

Quand les garçons venaient en ville, c'était toujours un événement. Étant donné la fréquence à laquelle les choses tombaient dans les poches d'Everett, les commerçants les chassaient ou bien restaient sur leurs talons. Sur le trottoir de planches, Harris marchait toujours devant son frère, suivi de près par un Everett joyeux, au sourire étonné et au pas léger. Dans leurs habits du dimanche, nos enfants suivaient les deux sauvageons rien que pour les voir escalader les grands ormes que les fondateurs de la ville avaient plantés sur la place, sauter d'une branche à l'autre comme des singes hurleurs, grimpant si haut que les rameaux pouvaient à peine supporter leur poids. Certains dimanches, on ne voyait des deux garçons que la semelle de leurs godillots. C'est de là-haut qu'ils s'entraînaient aux insultes.

« Tête de nœud ! criait Harris à pleins poumons.

– Sent-la-pisse ! » hurlait Everett en retour. Et cette surenchère scatologique se déployait pendant près d'une demi-heure, les frères manquant de tomber à force d'hilarité, laquelle secouait jusqu'aux plus hautes feuilles des ormes.

Lorsque nous mettions au lit nos propres enfants, nous leur rappelions qu'ils avaient de la chance de ne pas dormir tout seuls dans la forêt noire avec les ours et les loups pour leur chanter des berceuses. Nos enfants nous serraient plus fort et, le lendemain, ils se tenaient plus droits à table, s'acquittant de leurs tâches ménagères avec davantage de zèle.

Au cours de leur deuxième été dans les bois, Everett parvint à fabriquer deux grands arcs avec des branches d'aulne cassées par le vent, ainsi que des flèches en pousses de cornouiller empennées de plumes de geai. Les deux garçons devinrent bientôt très habiles à tuer les lièvres qui continuaient à courir dans la poussière, même transpercés de part en part. Ils apprirent à les dépecer et à tanner les peaux, et nos enfants se racontaient qu'ils dormaient dans les bras l'un de l'autre sous un tas de fourrures de lapin.

On applaudit cette marque d'autonomie – du moins jusqu'à ce qu'ils tuent et dépècent le terrier pure race de l'échevin de la ville. Il fut alors décidé de leur trouver une occupation plus constructive. Comme ils étaient trop rustres pour la domesticité, on leur confia la tâche de déloger au lance-pierre les pigeons des fenêtres de la mairie. Puis ils hersèrent nos champs et en retirèrent les souches. Ils attrapaient aussi les écureuils nuisibles par le plumeau gris de leur queue.

Les garçons avaient le sens des affaires – Harris, notamment, qui réclamait souvent des sommes exorbitantes pour les tâches les plus simples –, et tous deux se prêtaient facilement au travail manuel. Certains dirent qu'ils devaient être issus de lignées de solides travailleurs allemands, anglais, irlandais ou français – peut-être même yankees. Mais ces tâches ne duraient jamais qu'un temps, après quoi la paire retombait dans ses passe-temps coupables : chasser des renards, renverser des ruches, pêcher dans les cours d'eau privés. On réunit d'urgence un conseil municipal et il fut décidé d'acquérir pour eux un lot de limes d'acier et une pierre à aiguiser, la dépense se justifiant comme un investissement dans le bien-être et la sécurité de notre communauté. Cet équipement se matérialisa dès le lendemain devant la porte des garçons.

Les garçons au bois vert

Tout au long de l'hiver 1910, on leur porta nos socs de charrue, couteaux, haches et scies les plus émoussés. Quand toutes ces lames furent ravivées, on leur confia des ustensiles abandonnés de très longue date : scies à bûches, pioches, poinçons, hachettes, herminettes, départoirs, limes, planes à écorcer – tous aussi inoffensifs que des billes, et orange de rouille. Tous rendus par les garçons aussi coupants que des scalpels, l'argent de leur tranchant brillant d'huile minérale. Lorsqu'il ne resta rien d'autre à aiguiser, ils réparèrent les manches de hache et apprirent d'eux-mêmes à ferrer les chevaux et à rafistoler la sellerie. Et quand tout cela fut fait, ils passèrent des heures à redresser des clous tordus à coups de marteau sur des pierres plates, dans une course effrénée à qui aurait rempli un seau le premier.

À partir de là, leurs vols et autres frasques se calmèrent. Entourés de toutes ces scies et de toutes ces haches, ils ne pouvaient faire autrement que se familiariser avec leur usage. Quand Taisto Maki – un Finlandais, le meilleur bûcheron de la ville – mourut écrasé par un grand pin blanc qu'il était en train d'abattre, sa veuve donna ses outils aux garçons, eu égard à l'excellent soin qu'ils en avaient pris par le passé. Alors âgés de seulement onze ans, ils n'avaient pas la force brute nécessaire à l'abattage proprement dit, mais ils rassemblaient les nombreux arbres brisés par les intempéries sur leur portion de forêt et vendaient le bois à la corde près de la route. C'est à cette époque qu'émergea vraiment la fibre entrepreneuriale de Harris : il hélait nos chariots à pleine voix et marchandait les prix comme s'il avait ça dans le sang.

Avec le temps, les garçons affinèrent leurs coups de hache – un mouvement des hanches plus que des bras – et surent bientôt exactement là où les volutes d'un grain poseraient problème, et comment laisser le merlin faire le travail pour eux. Sauf que personne n'avait le cœur de leur signaler qu'ils étaient censés faire sécher ce bois pendant un an au moins – et idéalement deux ou trois. Comme nous soupçonnions en outre que l'argent que nous versions à Mrs Craig n'arrivait pas totalement jusqu'au ventre des garçons, les gens d'ici étaient assez charitables pour acheter le bois vert à plein tarif et le faire sécher eux-mêmes, afin d'éviter que la créosote ne bouche leurs poêles et ne provoque l'incendie de leur maison.

C'est ainsi qu'en lieu et place des dénominations précédentes – « ces pauvres garçons » ou « ces maudits garçons », selon ce qu'ils avaient fait cette semaine-là –, on en vint à appeler la paire « les garçons au bois vert », *the green wood boys*.

Au fil des ans, la greffe de nom prit, et les enracina. Ainsi nommés, ils ressemblaient moins à des fantômes ou des démons, et davantage à des garçons ordinaires. Il nous devint difficile de dire qu'ils n'avaient pas toujours porté ce nom de Greenwood, même avant l'accident ferroviaire. Certains juraient que malgré leurs différences physiologiques ils se ressemblaient de plus en plus à mesure qu'ils grandissaient, de sorte que nombre d'entre nous oublièrent qu'ils n'avaient pas été éjectés du même train. La mémoire collective retint qu'on avait trouvé les pauvres frères agrippés l'un à l'autre, les pieds nus mais dans des tenues assorties, le nom de « Greenwood » cousu sur l'étiquette de leurs manteaux.

Avec l'argent du bois, les garçons s'achetaient des crayons de couleur, des bonbons au sirop d'érable et des vêtements corrects que la sève des sapins esquintait aussitôt. Mais l'essentiel de leurs profits passait en cadeaux destinés à Mrs Craig, parmi lesquels du parfum de choix et un très élégant chapeau en peau de castor, qu'ils déposaient sur le pas de sa porte. Selon la rumeur, elle négligeait ces offrandes, toujours bien vite récupérées par quelque vagabond entre deux trains.

Lire et compter

Au fil du temps, nous avons vu les liens de la fraternité se resserrer entre les deux garçons. D'après ce qui nous revenait aux oreilles, ils partageaient tout : même une broutille comme un œuf de cane dur, ils s'appliquaient à le couper en deux moitiés strictement égales avec leur canif le plus aiguisé. Cette dépendance mutuelle n'empêchait cependant pas les tensions. Comme il en va dans toute fratrie, leurs relations témoignaient d'un mélange d'amour et de rivalité, complété par de furieuses irritations. Les Écritures nous rappellent que le frère s'est toujours opposé au frère : Caïn à Abel, Isaac à Ismaël, Ésaü à Jacob. On dit que Dieu a donné aux arbres leur hauteur imposante afin qu'ils se battent pour l'attention du soleil, et sans doute les frères s'affrontaient-ils dans une compétition similaire, jouant des coudes et se chamaillant pour le même coin de lumière.

Bien que Harris restât un peu plus grand qu'Everett, les garçons étaient aussi forts, aussi ingénieux et aussi alertes l'un que l'autre – ce que confirmaient leurs jeux incessants qui consistaient à se pousser, se taper dessus et faire la course à longueur de journées. Lors d'un concours à qui aurait la plus grosse bosse, ils se bombardèrent réciproquement de pommes sauvages. Comme Mrs Craig était enfermée chez elle, il n'y avait pas d'autorité supérieure pour arbitrer leurs disputes ou les séparer.

« C'est moi qu'elle préfère, Mrs Craig, entendit-on un jour Harris proclamer avec un soupir, poursuivant un de ses monologues qui tenaient lieu de conversation pour les garçons tandis qu'ils mâchaient les cacahuètes bouillies qu'Everett avait volées à la foire. Je suis désolé de te le dire mais c'est comme ça. La semaine passée, elle est venue au cabanon avec un beau gâteau – t'étais sorti couper du bois, je crois – et elle m'a donné un baiser sur la joue pendant que j'le mangeais.

– Elle t'a pas donné d'baiser, espèce de sale menteur, rétorqua Everett, mais d'un ton joyeux, comme si la pure absurdité du mensonge le réjouissait.

– T'as dit quoi, là ? » grommela Harris, le visage cramoisi. Il avait beau toujours parler au nom des deux, donnant ainsi l'impression d'être l'aîné, Harris était facilement blessé et vivait constamment au bord des larmes ou d'un éclat de colère. Ce qui l'enrageait le plus, et de loin, c'était l'habitude qu'avait son frère de le trouver ridicule et de considérer le monde comme une vaste plaisanterie sans conséquence.

« C'est quoi qui t'énerve le plus ? répondit nonchalamment Everett, qui souriait toujours. Que j'te traite de menteur ? Ou que Mrs Craig embrasserait jamais un sale cul de rat comme toi pasque ses lèvres pourriraient tout de suite ? »

Harris se cabra, jeta une poignée de cacahuètes au visage de son frère et le plaqua au sol. Puis ils luttèrent un moment dans l'herbe, la mêlée apaisant peu à peu la furie de Harris. « Eh ben si j'étais un nain manchot comme toi, marmonna-t-il tandis qu'il redressait son col de chemise une fois le combat terminé, j'compterais pas non plus sur du gâteau. »

À douze ans, l'abattage du bois avait déjà dessiné des muscles sous leurs chemises tachées de sève, et leurs jeunes corps devenaient aussi noueux que le pin blanc qu'ils équarrissaient au quotidien. Leurs escarmouches pouvaient durer des jours entiers : une série d'embuscades, de contre-embuscades et de représailles à faire rosir de fierté un Troyen. Bientôt on ne comptait plus les dents déchaussées, les oreilles sauvées de peu et les pleines poignées de cheveux arrachées. C'était comme si le lien fraternel qu'ils avaient forgé avait fusionné la propriété de leurs corps, jusqu'au droit d'autodestruction que Dieu seul peut accorder.

« Ces garçons vont s'entretuer », disions-nous, mais personne n'avait le courage d'intervenir – sauf le pasteur, qui laissa un recueil de vieux negro-spirituals sur le pas de leur porte, dans l'espoir que les enseignements les plus pacifiques du Christ les calmeraient. Mais comme ni l'un ni l'autre ne savaient lire, les pages du livre servirent à allumer le feu.

Bien que les garçons fussent visiblement simples d'esprit, le directeur de l'école suggéra que son institution pourrait leur être profitable. Il les accueillerait à l'essai, et peut-être acquerraient-ils les bases de la lecture, de l'écriture et de la comptabilité, toutes choses indispensables à la gestion future de leur affaire de bois. Il nous sembla qu'un peu de discipline scolaire les empêcherait par ailleurs de s'estropier à vie. C'est ainsi qu'un petit groupe d'entre nous, accompagnés du policier municipal, se risquèrent jusqu'au cabanon pour leur signifier leur inscription forcée. Harris nous accueillit avec le même regard critique et soupçonneux qu'il arborait depuis toujours.

Le directeur demanda s'ils avaient été scolarisés, plus jeunes, avant d'être orphelins. Harris prétendit qu'ils n'en avaient aucun souvenir. « On est trop occupés pour aller à l'école de toute façon, ajouta-t-il, devinant le but de notre visite. Vous êtes sûrs, messieurs, d'avoir assez de bois pour les frimas ? Paraît qu'on va avoir un hiver particulièrement rigoureux et nous avons de beaux…

– Ne voulez-vous pas apprendre à écrire, jeunes gens ? l'interrompit le policier.

– Non, répondit Harris catégoriquement en s'apprêtant à refermer la porte.

– Hé, là, attends un peu, dit le policier en la bloquant du pied. Et ton frère ? Tu ne parles que pour toi. Il ne veut pas apprendre à lire, lui ? »

Harris se tourna vers son frère. « Everett, tu veux être enfermé dans une vieille école moisie toute la journée pour apprendre à lire ? »

Occupé à goûter l'éternel ragoût de lapin qui bouillait sur leur poêle, Everett haussa les épaules.

« Mon frère dit qu'il veut pas aller dans votre fichue école. Et si vous continuez à v'nir par ici, il vous plantera une hache dans le dos. »

Nous ne pouvions les confier ni à un orphelinat ni à la prison locale, ce qui ne nous laissa d'autre option que leur dire que c'était Mrs Craig elle-même qui souhaitait qu'ils apprennent à lire et à compter, et que s'ils étaient assidus, elle envisagerait de les prendre chez elle comme ses fils. Un fieffé mensonge, il est vrai, mais parfaitement dans leur intérêt. On se réjouit donc que les garçons mordent à l'hameçon et acceptent.

Comme il fallait bien un nom sous lequel les inscrire, on écrivit, à défaut d'autre chose, celui de « Greenwood », ce qui l'officialisa. Nous ne nous doutions pas que nous le retrouverions ensuite, des années durant, sur des ballots de bois et dans d'infâmants articles de presse.

Avec le recul, nous aurions dû forcer les petits Greenwood à emprunter Whalen Road avec les autres enfants pour se rendre à l'école, plutôt que les laisser tracer leur route dans la forêt. Car lorsqu'ils émergèrent d'entre les arbres et firent irruption dans la cour avec leurs vêtements déchirés et leurs mains tachées de sève, comment auraient-ils pu faire figure d'autre chose que de parias ?

« On dirait pas que vous êtes frères, leur dit un de nos enfants les plus turbulents le premier matin.

– On est frères. Pasqu'on le dit », déclara Harris tandis qu'Everett serrait les poings.

Si, dans leur cabane, les frères Greenwood se battaient face à face, à l'école, c'était toujours dos à dos. Abandonnant vite son naturel débonnaire, Everett se révéla particulièrement brutal et efficace dans les bagarres. Rien que le premier jour, les frères en remportèrent cinq.

Dans la salle de classe, en revanche, ils s'en sortaient moins bien. Ils avaient passé trop de temps dans la forêt pour parvenir à rester assis. Leurs yeux dérivaient par la fenêtre vers les arbres et, chaque jour, diverses infractions leur valaient de tâter de la baguette, ce qui rendait Everett hilare et Harris violet de rage, quelle que soit la force des coups de Miss Miller. Elle appelait alors le directeur, lequel, deux fois plus costaud qu'elle, ne pouvait pourtant soutirer à aucun des deux la moindre larme.

Vu le retard colossal qu'ils avaient accumulé, scolairement parlant, les garçons glanaient du programme ce qu'ils pouvaient et firent tous deux de modestes progrès. Mais au bout d'à peine six mois, Miss Miller et le directeur n'en pouvaient plus des altercations avec les autres élèves.

Il fut donc suggéré qu'il suffirait qu'un seul des deux frères aille à l'école pour que leur commerce de bois balbutiant en retirât les mêmes bénéfices. Et bien que Harris eût le caractère le plus inflammable des deux, il était également le plus communicant et le plus entreprenant – le moins dangereux aussi, soit dit en passant. On décida donc que ce serait lui qui étudierait. Depuis ce jour, nous avons souvent discuté du fait qu'Everett était tout aussi intelligent que son frère, et peut-être plus raisonnable et plus appliqué ; comment ne pas se demander ce qui serait advenu si c'était lui que nous avions choisi ?

Mais notre choix fut ce qu'il fut. Le lundi suivant, on renvoya donc Everett Greenwood, lequel, à son grand soulagement, retourna au silence de ses occupations sylvestres.

La cabane en rondins

Sans Everett pour le distraire, Harris Greenwood appliqua son esprit combatif à ses manuels de classe et réussit à terminer le cycle intermédiaire à quatorze ans. Quand il retrouva enfin son frère et leur commerce de bois, il n'était plus seulement leur porte-parole : il était devenu leur chef. C'est lui qui décidait quels arbres prendre et où les débarder pour les débiter, une responsabilité à laquelle Everett, débonnaire qu'il était, renonça avec plaisir.

Quand ils eurent exploité tous les arbres tombés sous l'assaut des intempéries, Harris décida qu'ils étaient maintenant assez forts pour les abattre eux-mêmes. Après quelques frayeurs, ils apprirent à faire des entailles préalables correctes plutôt que de se lancer directement dans la coupe, et leur précision fut bientôt telle qu'ils auraient pu viser entre les yeux d'un homme. Leurs trente arpents rassemblaient un bon mélange de bois durs et de pins blancs, et ils étaient capables d'abattre un arbre, l'ébrancher, le débiter et le fendre en une seule journée. On racontait qu'Everett pouvait reconnaître un chêne rouge d'un chêne noir, un bouleau d'un peuplier rien qu'à la musique de son feuillage, et qu'il suffisait à Harris d'un simple coup d'œil pour estimer le cordage d'arbres encore debout. Ils eurent bientôt de quoi s'acheter un attelage de chevaux et un traîneau pour acheminer le bois jusqu'à la route pendant l'hiver.

« Attention, voilà les grands bûcherons ! » raillaient les travailleurs de la ville quand les deux garçons passaient, hache sur l'épaule.

MEILLEUR BOIS DE CHAUFFAGE AU MONDE, clamait leur nouveau panneau, soigneusement peint et méticuleusement calligraphié par Harris. Et il n'était pas loin de dire vrai. À cinq dollars la corde de bois, les Greenwood défiaient toute concurrence, et ce n'était plus par charité qu'on se fournissait chez eux. Leur bois était toujours bien coupé et parfaitement sec, il chauffait mieux que le charbon, et chaque corde était entière, contrairement aux trois quarts déguisés que les Bonneville nous avaient refilés pendant des années.

Tandis que leur affaire se développait, Harris, toujours le plus grand des deux, se lassa de se cogner le crâne contre les poutres basses du cabanon de trappeur. Étant donné que Mrs Craig ne les accueillerait pas chez elle de sitôt, les garçons entreprirent de se construire une vraie maison. Everett dessina les plans tandis que Harris choisissait le meilleur emplacement de leur coin de forêt, avec vue sur la rivière. Après avoir abattu les arbres et dégagé l'espace nécessaire, ils ébranchèrent les pins, retirèrent l'écorce avec une plane, formatèrent et encochèrent les rondins, puis les recouvrirent de goudron. Ils utilisèrent leur attelage pour traîner et hisser les rondins ainsi préparés, avant de combler les interstices avec de la boue et du chanvre. Une fois le toit en place, ils s'attelèrent à la fabrication de meubles sommaires. S'il arrivait encore qu'ils se chamaillent à l'occasion, ils n'en venaient plus aux mains et, à les regarder travailler, n'importe qui les aurait crus en transe, une transe commune où leurs mouvements faisaient d'eux les deux mains du même corps.

Quand elle fut terminée, la cabane s'avéra un genre de construction primitive, aussi tordue que la comptabilité d'un politicien. Tellement tordue, à vrai dire, que les chaises et les tables étaient bancales, où qu'on les place. À l'heureuse occasion de son achèvement, les garçons parvinrent à convaincre Mrs Craig – dont nous avions depuis peu remarqué qu'elle était souffrante, toujours à tousser dans ses mouchoirs en dentelle – de venir l'inspecter. L'homme qui livra le poêle des garçons ce jour-là raconta qu'ils avaient préparé un bon repas à leur tutrice et qu'ils l'attendaient, endimanchés, sur le pas de la porte, leur tignasse disciplinée par la graisse à débusqueur et peignée bien à plat, le torse bombé comme deux généraux victorieux. Mais la veuve avait refusé de mettre un pied à l'intérieur.

« Ça manque de fenêtres, avait-elle dit d'un air pincé, choisissant de s'adresser à eux depuis la galerie. Trop miteux pour moi, là-dedans. Je suis au regret de vous dire que vous allez devoir manger votre souper sans moi. »

Une condition

Alors que les frères Greenwood allaient sur leurs seize ans, la santé de Fiona Craig se dégrada. Les quintes de toux la pliaient en deux au comptoir de l'épicerie générale et ses chevilles enflaient anormalement sous ses bas délicats – ce qui ne l'empêchait pas de chasser le docteur Kane avec des mots choisis chaque fois qu'il s'enquérait de son état lorsqu'elle venait en ville, ce qui était du reste de plus en plus rare.

Elle cessa bientôt totalement d'y paraître. Comme plusieurs semaines s'étaient écoulées sans que soient réglées ses notes chez l'épicier et le coiffeur, on décida de charger les garçons de prendre des nouvelles de leur tutrice. Everett et Harris affirmèrent qu'ils avaient frappé à toutes les fenêtres et toutes les portes de sa maison pendant une heure entière avant de renoncer. La règle stricte qu'elle avait édictée et qui leur interdisait de pénétrer chez elle était bien la seule que ces délinquants n'eussent jamais enfreinte.

Le lendemain, une délégation accompagna le docteur Kane chez la vieille dame et força la porte. On trouva son cadavre dans le petit salon, affreusement gonflé et à moitié décomposé, sa chair bleue comme un ciel d'avril. Phtisie, conclut le médecin après examen du corps. Sans doute transmise par son mari. La maladie l'avait lentement rongée jusqu'à ce qu'il ne reste de ses poumons qu'une masse liquide clapotant dans la poitrine. « La pauvre femme s'est noyée à l'intérieur d'elle-même, expliqua le médecin. Sans jamais se plaindre. »

C'était une mort pathétique, douloureuse, et on ne put se résoudre à dire aux garçons ce que leur tutrice avait enduré. On leur cacha également une certaine hypothèse, formulée par les plus généreux d'entre nous, selon laquelle ce n'était pas parce qu'elle ne les aimait pas que Mrs Craig les avait empêchés d'approcher toutes ces années, mais parce qu'elle voulait les protéger du mal qui avait emporté son mari et, pour finir, elle-même. Quand bien même ç'eût été la vérité, cela n'aurait pas mis de quoi manger sur la table des garçons, ni remplacé tout ce qu'ils avaient déjà perdu. Fiona Craig était morte. Et le sens commun recommande de ne pas s'appesantir sur les sacrifices de ceux qui nous ont précédés. En l'absence de descendants officiels, il était heureusement possible pour le docteur Kane de ne pas évoquer la cause du décès et pour nous de faire le nécessaire.

Mais les garçons s'arrachèrent les cheveux et s'effondrèrent en apprenant la nouvelle. Jamais encore nous n'avions vu une telle affliction. On disait que, hormis les tapes qu'elle leur avait données à l'un comme à l'autre le jour de leur rencontre, elle ne les avait jamais autorisés à la toucher de son vivant, absolument jamais. Ce n'est donc qu'à la mort de la veuve que les deux garçons connurent le contact de sa peau, quand ils la déposèrent dans le cercueil ouvragé qu'ils avaient fabriqué à partir d'un vieux chêne rouge abattu par leurs soins, avant de charger ledit cercueil sur leur chariot à bois pour le transporter en ville. Quel triste spectacle que de voir ces garçons pleurer une femme qui n'avait guère mis d'enthousiasme à s'occuper d'eux. Ce qu'elle représentait à leurs yeux, nous ne le saurons jamais : déesse, monstre, mère et tutrice fondues en une seule figure impossible, peut-être ?

Vu la façon dont elle les avait traités, grande fut notre surprise d'être contactés par un notaire de Kingston après les funérailles : il avait établi par correspondance le testament de Mrs Craig, qui désignait Everett et Harris Greenwood comme ses seuls héritiers, à une unique condition, détaillée dans une enveloppe scellée qui devait leur être remise. Le testament nous apprit en outre que Mrs Craig avait effectivement détourné une partie de l'allocation destinée aux garçons, afin de lever l'hypothèque considérable que son mari avait contractée en secret sur la propriété suite aux milliers de parties de poker perdues contre les bûcherons et les ouvriers agricoles qu'il soignait.

Les dernières volontés de Mrs Craig augmentèrent notre estime pour elle. Les plus sentimentaux parmi nous se figurèrent que les deux garçons mèneraient pour toujours une vie respectable sur la propriété en gérant leur petite affaire de bois, repassant chaque été une couche de blanc sur la maison – une demeure largement assez grande pour deux familles, à condition qu'elles soient, justement, suffisamment familières. Certains allèrent jusqu'à s'imaginer des petits Greenwood grimpant à quatre pattes sur les racines des arbres épargnés par leurs pères, aux branches desquels pendraient des pneus en guise de balançoires.

Mais le lendemain du jour où ladite enveloppe leur fut remise, les frères obéirent à la condition stipulée par Mrs Craig. On les vit empiler corde après corde de leur meilleur bois de frêne autour de la maison que James Craig s'était construite au Pays des arbres. Le soir venu, le mur de bois s'élevait jusqu'aux fenêtres du deuxième étage.

Ils allumèrent le brasier au coucher du soleil. Le feu brûla pendant des semaines.

Recrutement

Les braises rougeoyantes de la maison Craig étaient éteintes depuis peu lorsqu'on observa un changement chez Harris Greenwood. Il faisait désormais attention à son apparence, se rasant diligemment tous les matins et plaquant en arrière ses cheveux couleur miel avec de la brillantine. On l'entendait morigéner son frère, qui n'en faisait pas autant et se trouvait conduit de force chez le barbier dès qu'il devenait trop négligé. C'est à l'occasion d'une de ces visites que notre coiffeur local entendit Harris formuler son projet pour la première fois.

« Maintenant que la forêt est à nous, Everett, on doit voir plus grand que nos trente arpents. Plus grand que ce bourg, même. On gâche de bons arbres à les vendre comme bois de chauffage et tu le sais très bien. Ça me rend malade de penser à tout l'argent qui est déjà parti en fumée. Alors mon idée, c'est de faire venir des gars de Kingston pour tout couper d'un coup, transformer ça en bois de construction de premier choix et empocher le pactole.

– Et on vivra où, après ? » demanda Everett, sincèrement déboussolé, comme s'il n'avait jamais envisagé d'habiter ailleurs que parmi ces arbres. Il venait de commencer à exploiter les érables de leur forêt et à vendre son sirop au bord de la route, en plus du bois de chauffage.

« Avec ce que ça va nous rapporter, on achètera une autre parcelle. De meilleure qualité. Avec une vraie maison dessus, plutôt qu'une cabane toute tordue. Et puis on recommencera.

– On connaît rien à la transformation du bois, Harris.

– Tu veux dire que *toi*, tu n'y connais rien.

– Pourquoi on peut pas simplement continuer comme ça ? insista son frère. On a de bons arbres, ici. On pourrait couper les pins mais garder les érables et bien gagner notre vie en vendant du sirop. On construira une nouvelle maison, une mieux, sur les cendres de celle de Mrs Craig. On devrait lui être reconnaissants de ce qu'elle nous a laissé.

– Reconnaissants ? ricana Harris. Pour une cabane pourrie et quelques seaux de nourriture ? On risque de perdre cette propriété d'un instant à l'autre, tu le sais parfaitement. Des parents éloignés peuvent surgir de nulle part et nous l'enlever dès demain. »

Everett sembla y réfléchir tandis que le coiffeur taillait sa tignasse emmêlée. « Tu as toujours parlé pour nous, Harris. Et tu l'as fait beaucoup mieux que j'en aurais jamais été capable, commença-t-il. Mais j'ai quand même autant mon mot à dire que toi dans tout ça. Alors tu peux abattre ta moitié de parcelle, poursuivit-il, les yeux plantés dans ceux de son frère via le miroir, mais tu touches pas à la mienne.

– Il faut toute la parcelle pour que ça vaille le coup, rétorqua Harris en secouant la tête. Sinon les frais de transport avaleront les bénéfices.

– Je changerai pas d'avis, dit Everett, fermant les yeux et croisant les bras sous la blouse de toile du coiffeur.

– Tu as toujours été simple d'esprit. » Sur quoi Harris enfila son manteau et se rua dehors, manquant de renverser un autre client au passage.

Après cette dispute, on l'aperçut de temps à autre ruminer du côté du bureau de recrutement installé à la va-vite dans l'ancienne banque. L'école exceptée, c'était la première fois qu'on voyait l'un des frères venir seul en ville.

En 1915, nombre de nos fils aînés étaient déjà partis au front, sans que l'on compte assez de morts et de mutilés pour que l'enthousiasme retombe. Les endroits que fréquentaient les jeunes gens étaient tapissés d'affiches accrocheuses. Des chansons entraînantes occupaient les ondes. Même les garçons qui, pour une raison ou pour une autre, n'étaient pas mobilisés portaient des coupes de cheveux militaires. Nos fermiers les plus doux et nos employés de bureau les plus malingres avaient joué des coudes pour embarquer sur les navires qui transportaient les troupes vers l'Angleterre et, de là, vers la Belgique et la France. Beaucoup voyaient la guerre comme le terrain d'expérimentation idéal de leurs aspirations viriles et, bien qu'encore mineur, Harris Greenwood était peut-être de ce bois-là. À moins – comment ne pas se poser la question aujourd'hui – que ces affiches et ces refrains n'aient été les premiers à signifier à ce pauvre orphelin qu'on voulait de lui quelque part, et qu'il lui ait été impossible de résister à cela.

Quand enfin il rassembla assez de courage pour entrer dans le bureau de recrutement, il avait tout d'un candidat convaincant – un gars bien bâti faisant beaucoup plus que son âge –, mais c'est sa sulfureuse notoriété locale qui le perdit. Le responsable de l'incorporation le reconnut sur-le-champ : il avait jadis, dans la cour de l'école, perdu une bagarre contre Everett, pourtant de trois ans son cadet, et savait donc que les frères Greenwood devaient avoir dans les seize ans.

Pour nous, l'enrôlement de Harris était dès lors une affaire classée.

Un serment

Moi, Harris Greenwood, fais solennellement le serment que je serai fidèle et porterai sincère allégeance à Sa Majesté le Roi George V, Ses Héritiers et Successeurs, que je défendrai, comme l'exige mon devoir, avec honnêteté et fidélité, contre tous les ennemis, Sa Majesté, Ses Héritiers et Successeurs, en Personne, Couronne et Dignité, et que je respecterai et obéirai à tous les ordres de Sa Majesté, Ses Héritiers et Successeurs, et de tous les Généraux et Officiers au-dessus de moi. Avec l'aide de Dieu.

Un mauvais coup

Harris finit par aller jusqu'à Kingston dans son chariot à bois pour s'engager. Dans les centres urbains plus importants, les recruteurs se référaient surtout, pour éliminer les candidats mineurs, aux indicateurs de taille et de poids : or Harris, grand de nature et étoffé par le travail, dépassait largement ses pairs dans un cas comme dans l'autre. On lut plus tard en quels termes le médecin militaire l'avait décrit dans ses papiers d'enrôlement : *Homme célibataire sans appartenance religieuse qui travaille comme bûcheron dans un bourg non dénommé près de Kingston, cheveux blonds, un mètre quatre-vingt-six, quatre-vingt-seize centimètres de tour de poitrine.*

Alors que les frères n'en étaient pas venus aux mains depuis des années, une énorme bagarre éclata dans la cabane en rondins lorsque Harris rentra, serrant contre lui ses documents militaires – une bagarre qui dura des heures et qu'on entendit jusqu'à McLaren Road. Presque tous les meubles rudimentaires qu'ils avaient fabriqués furent réduits en miettes ce soir-là, et les vitres des rares fenêtres volèrent en éclats.

Il s'avéra qu'Everett n'avait pas envie de prendre les armes et préférait passer le restant de ses jours sur leur parcelle de forêt ; toutefois, s'il était peut-être capable de gérer lui-même l'affaire de bois, le faire seul n'était pas une perspective très avenante.

Ces deux-là n'ayant jamais été séparés, Everett avait sans doute l'impression que son monde était en passe de s'effondrer.

N'empêche qu'une fois la poussière retombée, Harris Greenwood, tout amoché qu'il était, passa le mois suivant au camp d'entraînement de Lethbridge, Alberta, à recevoir les bases de la préparation militaire. « Il était appliqué, discipliné et précis », nous rapporta l'un de nos fils qui partageait son dortoir. Non seulement il excellait à la cartographie, au maniement des armes, à l'équitation et aux calculs d'artillerie, mais il se présentait en outre à l'appel dans un uniforme toujours impeccable. Quelle surprise pour nous d'apprendre que ce garçon jusqu'ici incorrigible s'épanouissait dans l'institution militaire.

C'est seulement une semaine après son retour de l'entraînement, dans l'attente de son déploiement prévu deux mois plus tard, que Harris coupa en deux son gros orteil d'un mauvais coup de hache. On attribua cette erreur de manipulation si peu caractéristique au poids du chagrin causé par le décès de Mrs Craig ou bien à la nervosité liée à l'approche des combats et à l'imminente séparation d'avec son frère.

Sauf qu'une semaine plus tard, Harris rentra avec son chariot de bois dans la charrue de Ross Smith, cassant la jambe de la meilleure mule du fermier – il faudrait aux frères trois semaines d'abattage pour rembourser cette dette.

Everett se rendit en cachette chez le docteur Kane pour lui exposer les étranges comportements de son frère : depuis peu, il se cognait aux murs et mangeait intégralement la moitié de son assiette sans toucher à l'autre. Une poignée d'entre nous, familiers des garçons, accompagnèrent le médecin jusqu'à la cabane où, après qu'Everett eut insisté avec une certaine brusquerie, Harris se laissa examiner. Quand il fut établi que sa vue se dégradait – le garçon décrivait le phénomène comme une sorte de dentelle noire se posant sur lui –, on lui fit dûment fabriquer des lunettes, mais elles coûtaient cher et leur efficacité ne dura que quelques semaines, après quoi il fallut commander des verres plus épais. Harris ne parlait maintenant plus de dentelle mais d'une toute petite ouverture dans le noir qui se refermait sur sa vision – un hublot minuscule dont le diamètre se rétrécissait de jour en jour. Comme son déploiement était imminent, le docteur Kane suggéra qu'il se fasse réformer pour raisons médicales.

« Ils ne me croiront pas, entendit-on Harris sangloter dans le cabinet. Moi non plus je ne me croirais pas. Un corniaud qui devient aveugle à une semaine du départ pour l'Europe ? Vous le croiriez, vous ? »

Il avait raison, et il nous faut bien l'avouer aujourd'hui : à l'époque, nous-mêmes ne le croyions pas, du moins pas totalement. Circulaient alors tout un tas d'histoires de gars qui prétendaient souffrir de maladies imaginaires pour échapper à l'uniforme. Dans un comté voisin, un homme disait être le Christ en personne. Une fois la conscription instaurée, ce genre de couardise se répandit davantage encore.

Le docteur Kane lui-même confirma que la vision partielle de Harris pouvait effectivement être feinte, surtout vu le rapport rétif que les frères avaient toujours entretenu avec l'autorité. À moins qu'elle n'ait résulté d'un épuisement mental provoqué par la somme de tragédies qu'avaient vécues les garçons. La cécité n'étant pas totale, elle était par ailleurs, selon le médecin, impossible à prouver avec certitude.

Le soldat Greenwood

Le 18 décembre 1915, le 116e bataillon d'infanterie du Canada embarqua sur le RMS *Missanabie* dans le port de la ville de Québec. La majorité des soldats étaient des gamins de dix-huit ans qui avaient quitté leur camp de bûcherons ou la chaîne de l'usine, impatients que les champs de bataille européens leur révèlent de quel bois ils étaient faits.

Parmi eux se trouvait un soldat enrôlé sous le nom de Harris Greenwood, appelé à servir dans la compagnie du lieutenant-colonel Sam Sharpe, sous les ordres de qui il allait gagner de nombreuses médailles et distinctions honorifiques pour son courage au cours de ses quatre années de service, surtout en tant que brancardier. Un accomplissement d'autant plus remarquable qu'au départ, nombre de ses camarades s'étonnèrent de sa totale ignorance des manœuvres, procédures et protocoles militaires. Outre l'état déplorable de son uniforme et de son équipement, les occasions ne manquaient pas de se demander si le soldat Greenwood avait reçu le moindre entraînement de base.

Sans retour

La veille du jour où le navire transportant son régiment était censé lever l'ancre, Harris se fraya un pénible chemin dans la neige et arriva en ville aux alentours de midi, toujours en pyjama, tâtonnant à l'aveuglette devant lui et criant : « Où est Everett ? Où est mon frère ? » Il agrippait tous ceux qu'il croisait par le revers de leurs manteaux pour les tirer à lui, afin que ses faibles yeux puissent se faire une vague idée de leur visage.

Quand on l'informa que ses camarades de régiment étaient partis par le train dans la matinée, il poussa un cri guttural et s'attaqua à la taverne avec la pelle à crottin posée devant l'établissement. Il fallut trois adultes couchés sur lui dans la neige pour maîtriser le garçon, lequel raconta alors qu'il s'était réveillé le matin même ligoté à son lit par une selle de cheval : il avait mis trois heures laborieuses à la faire tourner et à se détacher, avant de fouiller la cabane et de découvrir que son uniforme et son équipement avaient disparu. Si Harris avait pu mettre la main sur son frère ce jour-là – nous sommes, depuis, tous tombés d'accord là-dessus –, il l'aurait tué pour de bon.

Nous hésitions néanmoins à informer de l'échange le ministère de la Milice et de la Défense car, malgré leurs innombrables errements et désobéissances, nous nous sentions encore en partie responsables des garçons et ne souhaitions pas voir l'un ou l'autre atterrir dans une prison militaire. Et puis, les frères Greenwood avaient prêté serment de donner au Dominion un soldat et ils avaient tenu parole : alors, où était le mal ?

Après que son frère fut parti en Europe à sa place, Harris Greenwood se manifesta peu cet hiver-là. Seul et mal voyant, il réservait les quelques cordes de bois qu'il parvenait à couper à son usage personnel. Pour survivre, il fut donc contraint de vendre les réserves accumulées au fil des années. Quelques-uns parmi nous se rendirent à la cabane au printemps et le découvrirent presque totalement aveugle, crasseux et à demi mort de faim. On eut pitié de lui et, en passant le chapeau à l'église, on put l'inscrire dans une académie pour aveugles et sourds qui venait tout juste d'ouvrir à Montréal. Le directeur, un certain Gilles Thibault, avait étudié à Yale ; la vivacité intellectuelle de Harris, ses ambitions entrepreneuriales et sa force hors du commun lui plurent aussitôt. Il lui donna, paraît-il, une place de choix dans l'équipe d'aviron de l'école : les bras puissants et la poigne de fer du jeune homme menèrent ladite équipe jusqu'en finale nationale, où elle battit à plate couture bien des établissements huppés de Montréal. Mr Thibault fit donner à Harris des cours de latin, de grec, de mathématiques et d'histoire de l'Antiquité. À ce stade, le jeune homme ne pouvait plus lire qu'avec les verres les plus épais, en tenant le livre à quelques centimètres de son visage. Tel un comédien luttant pour rester en scène quand le rideau se referme et qu'on souffle les bougies, il emmagasinait tout ce qu'il pouvait sur tous les sujets, et notamment sur la gestion forestière. C'est d'ailleurs sur la recommandation de Mr Thibault qu'il postula à la nouvelle école forestière de Yale, où l'on mit sur pied spécialement pour lui un oral d'entrée avec des questions en physiologie, en trigonométrie et en botanique. Harris réussit l'examen haut la main et fut le premier Canadien à accéder à cette formation prestigieuse, où, de l'avis général, il excella. Il étudia l'exploitation forestière scientifique et la gestion des produits de la sylviculture, des activités qu'il avait toujours pratiquées mais qu'il appréhendait maintenant à bien plus grande échelle. Malgré son handicap, il jouissait d'une certaine popularité, de par sa présence incontournable dans les laboratoires de botanique et le célèbre herbarium Peabody de l'université : il y passait apparemment ses journées à ouvrir les milliers de tiroirs à spécimens, se familiarisant avec chaque arbre en touchant du bout des doigts ses feuilles séchées.

Nous ne pouvons l'affirmer en toute certitude, mais nous sommes nombreux à penser que c'est à cette époque, celle de ses études dans le Connecticut, alors qu'il se trouvait sans doute seul dans sa chambre de résidence universitaire, que les deux rétines de Harris se détachèrent pour de bon et que le monde tel qu'il l'avait connu disparut pour toujours.

Ça s'est joué à pile ou face

Harris revint de Yale trois ans plus tard, transformé. Il avait troqué sa tenue de bûcheron contre un costume en tweed et un chapeau de bonne tenue. Il était accompagné d'un homme, petit et râblé, qui conduisait sa voiture et l'aidait à se déplacer. « Je vous présente mon commandant en second, Marty Baumgartner », déclara-t-il fièrement, nous serrant la main à chacun de sa poigne de fer. Ce qu'il commandait exactement, nous ne le savions pas trop.

Peu importait, et on organisa une fête dans la salle communale pour marquer le retour de l'enfant du pays. Harris raconta qu'il avait souvent écrit à son frère au fil des ans, mais Everett ne sachant toujours ni lire ni écrire, les lettres étaient restées sans réponse. Lors du dîner, Harris porta un toast à notre générosité et proclama bien haut qu'il avait pardonné sa fourberie à son frère. Il exprima ensuite son intention de s'associer formellement avec lui quand il serait de retour. Le boom de l'après-guerre allait stimuler le prix des marchandises comme le métal, les produits chimiques, le charbon et le bois de construction, et il était clair que les entreprises forestières connaissant un peu leur affaire feraient bientôt un tabac.

En attendant le cessez-le-feu, Harris et Baumgartner s'installèrent dans la cabane en rondins et passèrent trois mois à sillonner la région : ils repérèrent le meilleur bois, tracèrent des cartes, élaborèrent des plans et marquèrent la moitié des arbres de la parcelle des Craig pour abattage. Et puis, juste avant la démobilisation, on apprit d'un garçon du coin servant sous les drapeaux comme infirmier qu'un soldat dénommé Greenwood avait été admis à l'Hôpital général canadien n° 5 à Liverpool.

Lorsqu'on lui communiqua l'information, Harris serra les bras du fauteuil dans lequel il était assis : « Est-il blessé ? »

On lui répondit qu'aucune atteinte physique n'avait été mentionnée et que son frère attendait d'être renvoyé au Canada. Harris nous demanda alors de faire parvenir au plus vite une lettre à Everett, et de veiller à ce que l'infirmier de chez nous la lui lise en personne et confirme que le soldat Greenwood en avait bien compris la teneur. On s'exécuta, en prenant la liberté d'ouvrir l'enveloppe à la vapeur avant de l'envoyer – non par curiosité, mais pour s'assurer que la missive ne contenait ni provocation violente ni trace de ressentiment. On y trouva une proposition sincère quant aux termes de leur association, ainsi que des excuses guindées pour son obstination à vouloir abattre toute la parcelle, et une nouvelle proposition de n'en abattre que la moitié, comme Everett l'avait suggéré. La lettre finissait sur la requête qu'Everett rentrât chez eux sitôt démobilisé.

Après confirmation que son frère avait bien eu lecture du courrier, qu'il acceptait la proposition et qu'il comptait rentrer, Harris emprunta de l'argent à la banque pour financer un grand festin en son honneur. Avec Baumgartner, il redoubla d'efforts dans les semaines qui suivirent et parvint à négocier un tarif préférentiel avec la Canadian National Railway pour le transport des futures grumes vers les scieries de Kingston.

Il y eut encore un mois d'attente avant qu'un télégramme du ministère de la Milice et de la Défense n'annonce enfin qu'après quatre ans dans l'armée, le soldat Greenwood avait été libéré de ses obligations militaires le 3 juin 1919. Le navire transportant son régiment était censé accoster à Halifax le lendemain : la fête fut donc fixée à trois jours de là, ce qui donnait largement à Everett le temps de rentrer chez lui par voie ferrée.

Harris fit décorer la salle communale de lanternes en papier et de rubans, et demanda qu'on y installe un gros fût de bière blonde qu'il avait acheté. Quand le matin du grand jour arriva et qu'il ne vit pas le soldat Greenwood descendre du train, il ne se laissa pas décourager. À l'heure du dîner, à son signal, des plats garnis furent disposés sur les tables, la plus grosse portion revenant à l'assiette que son frère préférait depuis l'enfance. Tandis que nous mangions, il fit un discours fleuve au cours duquel il affirma notamment qu'Everett « ne savait visiblement même pas lire l'heure » et que son retard était une nouvelle preuve qu'il valait mieux que lui-même gardât la majorité des parts de leur société. Il y eut des rires gênés, chacun consultant sa propre montre. Après le passage du dernier train, lorsqu'il devint clair que son frère ne rentrerait pas, Harris saisit la lourde assiette de nourriture qu'il lui avait destinée et demanda à Baumgartner de le conduire jusqu'à un puits tout proche : il y jeta l'assiette, dont la porcelaine vola en éclats pendant sa chute.

Il ne reparut pas les jours suivants. Puis une équipe de bûcherons de Kingston arriva par le chemin de fer pour se rendre sur la parcelle des Craig. Depuis la route, on entendit Harris leur enjoindre à pleins poumons de ne laisser aucun arbre debout, leur intimant même de prendre aussi les rondins qui formaient la cabane pour les emporter à la scierie. Une fois le travail terminé, Harris monta à bord du train qui transportait ses grumes et nous ne le revîmes jamais – sauf en photo dans la presse, bien sûr.

Son frère finit par rentrer. Cinq ans plus tard. Entre-temps, Greenwood Timber s'était établie dans l'Ouest comme l'une des plus importantes entreprises d'exploitation forestière du Dominion. Dire qu'Everett était revenu pourrait toutefois prêter à confusion. Il s'avéra tout aussi transformé que Harris, mais, dans son cas, en pire. Disparu, le garçon joyeux et alerte qui fabriquait des arcs et des flèches et hurlait des jurons du haut des ormes de la place. Son visage n'était plus qu'ombres et angles. Sous son front plissé comme un vieux journal, ses yeux jadis rieurs s'étaient durcis ; on les aurait dits enfoncés plus loin dans le crâne. Son allure dépenaillée ne laissait aucun doute : c'était maintenant un vagabond, le genre d'homme mal nourri qu'on apercevait souvent aux abords de la ville, buvant dans les tonneaux destinés à recueillir les eaux de pluie ou récupérant ce dont personne n'avait l'usage.

Pour certains, la boucherie de la guerre lui avait tant blessé l'esprit qu'il n'était plus capable de s'intégrer à la société civilisée. Les autres estimaient que sa véritable nature s'était révélée là-bas, en Europe, et qu'il était simplement devenu la sinistre créature qu'il avait toujours été au fond de lui. Quoi qu'il en soit, il offrit un bien triste spectacle quand on l'accompagna sur la parcelle dévastée que son frère avait vendue à un spéculateur foncier de la région. Après avoir déambulé entre les souches noircies de pourriture qui hérissaient le terrain, avançant à grand-peine dans la couche de sciure qui couvrait encore le sol comme de la neige, il finit par s'asseoir là où se dressait jadis la cabane. Il y resta près d'une heure, à marmonner dans sa barbe, le regard éteint et flou, buvant à une flasque sortie de son manteau crasseux, chassant en grands gestes désordonnés les insectes qui osaient voler trop près de lui. À vrai dire, son cas semblait désespéré : un homme ayant déjà souffert plus que de raison, condamné à souffrir davantage.

Cela ne nous empêcha pas de faire ce que nous pouvions. On lui proposa de l'héberger, comme au temps où nous avions recueilli les deux petits orphelins. Mais il ne fit que montrer le poing et hurler qu'on le laisse en paix. Son agressivité étant visiblement le seul de ses traits de caractère à avoir survécu à la guerre, on n'insista pas. Tous les matins, on portait un seau de nourriture sur la parcelle dépouillée, ainsi qu'un pichet d'eau-de-vie bon marché pour sa flasque. On déposait le tout sur une souche près de la cicatrice rectangulaire que la cabane avait laissée dans l'herbe, là où il dormait. Cela dura deux semaines, jusqu'à ce qu'un matin Everett se rende à la voie ferrée, saute dans un wagon et disparaisse pour de bon.

Au fil des ans, lorsque nous nous retrouvions autour d'une tasse de thé, d'une partie de cartes ou de tout autre événement convivial, la conversation portait souvent sur les frères Greenwood et ce qu'ils étaient devenus. Nous imaginions Everett en prison, condamné à une longue peine pour ce qu'il avait fait à ce pauvre bébé, ou bien dans un quelconque repaire de vagabonds, parmi d'autres criminels, en marge de la société civilisée. Et puis nous imaginions Harris dans sa grande demeure en bois, tout là-bas à Vancouver, celle dont parlaient nos magazines, avec son bowling, sa grande salle de réception et son immense jardin impeccablement entretenu. Et nous secouions la tête devant la façon dont les choses avaient tourné.

Malgré le scandale de ce marché honteux avec les Japonais, nous continuions à nous fournir chez Greenwood Timber pour construire nos maisons et réparer l'église. Et nous ne manquions pas une occasion de nous vanter d'avoir connu le grand capitaine d'industrie dans son enfance. Mais dans le même souffle, nous étions tout aussi enclins à évoquer à voix basse son frère, le fugitif, le repris de justice coupable d'un crime abominable.

Oui, nous avons assisté à la naissance de la famille Greenwood – ce qui est un privilège, quand on y pense. Et si les plus mesquins d'entre nous prétendent avoir su que ces garçons étaient maudits dès l'instant où nous les avons trouvés, pieds nus, recroquevillés non loin des wagons en flammes, les autres connaissent la vérité. Nous savons qu'Everett aurait tout aussi bien pu recevoir de l'instruction et perdre la vue. Et que Harris aurait tout aussi bien pu se sacrifier pour lui et finir en loque errante. Pour les frères Greenwood, nous savons que ça s'est joué à pile ou face.

1934

La poussière

Ce matin-là, une poussière omniprésente suffoque la ferme de Temple Van Horne située à huit kilomètres d'Estevan, dans la Saskatchewan. Depuis le début de l'année, ce genre de tempête a déjà décapé la peinture au plomb de sa grange, de sa maison et de sa bibliothèque, révélant de grands pans de pin brut, blancs comme le cul d'un fermier. La poussière a fait tomber les piquets des clôtures, disparaître les routes secondaires, dérailler les trains régionaux, et elle s'est introduite dans les fentes et l'encadrement des portes des bâtiments les plus étanches, se déposant en fine pellicule sur les tapis, les couvre-lits et l'habillage des rebords de fenêtre. Dans la cuisine, Temple sirote son café en regardant ses jersiaises déambuler dehors à l'aveuglette, la tête au ras du sol, pour aspirer les volutes de poussière dans l'espoir qu'un peu de verdure subsiste en dessous. La semaine dernière, elle a tué sa meilleure vache, dont le lait était marron, et elle craint de devoir bientôt faire subir aux autres le même sort pour leur épargner l'agonie d'un intestin plein de boue.

« Combien de fois faut-il que je leur dise qu'il n'y a pas d'herbe, là-bas ? » demande Temple à Gertie. Comme tous les matins, cette dernière prépare une bassinée de porridge pour les ouvriers agricoles, se levant toujours avant Temple alors qu'elle approche les soixante-dix ans.

« Les vaches sont pas des bêtes bien futées, répond Gertie. Mais si la sécheresse continue comme ça, tu ferais mieux de passer à l'élevage de chameaux. »

En milieu de matinée, le tapage du vent s'apaise et les particules se déposent, dévoilant un ciel immense au bleu presque lavande : une canopée de prairie. Temple tire sur son pantalon de travail et sort dans les monticules de poussière taupe, douce comme la peau, pour évaluer les dégâts. Son deuxième café à la main, elle parcourt les champs de blé en protégeant de sa paume le haut de la tasse en fer-blanc, jusqu'à ce qu'elle découvre ses semences totalement ensevelies.

La sécheresse sévit depuis maintenant trois ans et ces tempêtes se font de plus en plus violentes et fréquentes. Temple a entendu les fermiers du coin grogner contre la cupidité des Américains, là-bas plus au sud, qui labourent leurs pâturages avec des tracteurs mécanisés – ils croient que le fléau vient d'ailleurs : du Texas, de l'Oklahoma, du Nebraska, du Kansas. Mais la vérité, c'est que cette poussière est aussi la leur. Si Temple pensait avoir la moindre chance d'être entendue, elle leur rappellerait que, dans leur désir frénétique de récolter toujours plus de blé, ils ont détruit les prairies canadiennes avec le même zèle. Toute petite déjà, confrontée à un problème, elle se référait aux livres ; aux premiers temps de la sécheresse, elle a donc étudié la composition chimique des sols et l'irrigation scientifique, puis appris à pratiquer la rotation des cultures et la jachère pour que la terre se régénère. Elle a eu beau enjoindre aux autres d'en faire de même au centre agricole d'Estevan, ils étaient figés dans leurs habitudes et n'avaient pas besoin des conseils de « Madame la Fermière ». Au début, les techniques de Temple ont permis à ses sols de rester d'un noir de limace et d'un moelleux de gâteau. Mais qu'importe, maintenant, puisque la poussière a soufflé quand même. Ce que ces vieux idiots ignoraient, c'est que seul ce qui est vert empêche le ciel et la terre de s'intervertir.

Se bouchant une narine de l'index, Temple se déleste le nez d'un ruban noir comme du goudron, lequel atterrit sur la clôture de bois et de fil barbelé qui délimite sa propriété aux abords de la voie ferrée. Puis elle s'accroupit, ramasse une poignée de poussière, se relève, ouvre la main et regarde la brise légère s'en repaître jusqu'à ce qu'il n'en reste rien ou presque, tandis que les chiffres d'un impossible budget se dissolvent en parallèle dans sa tête. Même s'il se met à pleuvoir, la terre a tellement séché que l'eau ne pénétrera jamais la surface croûteuse. Comme elle a perdu ses semences, Temple devra en acheter de nouvelles pour l'année prochaine, ce qui épuisera ses réserves financières. Elle ne supporte pas l'idée de mettre en gage les livres de sa bibliothèque (certains des volumes les plus rares valent beaucoup d'argent) ou de ne plus fournir de repas gratuits aux vagabonds qu'elle recueille. Sa seule option sera donc de vendre des chevaux – si du moins elle trouve un acheteur ayant encore les moyens de se procurer du foin et de l'avoine.

Elle a déjà entendu parler de l'agriculture comme d'une activité paisible, alors que, dès le départ, elle-même a fait la guerre à sa terre. Elle l'a retournée, déchirée, aplatie. Et la terre lui a appris des choses que la bienséance ne tolérerait pas qu'on répète. Notamment ceci : le véritable objectif de Dame Nature est de nous renvoyer à la poussière dont nous sommes issus, aussi vite que possible.

Temple contourne la bibliothèque installée dans l'ancienne église et coupe vers la grange, où elle trouve un inspecteur des chemins de fer en grande conversation avec un groupe d'hommes à elle. Art McSorley est petit, carré d'épaules et de mâchoire, avec les yeux exorbités d'une truite morte par strangulation ; il a une pince à cravate en fer-blanc, les cheveux huilés et le pantalon remonté haut sur un ventre imposant – le renflement qui en résulte évoque la proue d'un bateau. Toute la ligne transcontinentale est sous son contrôle et on le dit plus enclin à jeter les resquilleurs sous les roues du train en qualifiant ça d'accident qu'à leur coller une amende. On dit aussi qu'il déclare une douzaine d'accidents de ce type par an.

« Dites donc, les gars, avec quoi je suis censée surveiller vos horaires, un chronomètre ou un calendrier ? » crie Temple en claquant des mains pour disperser ses hommes. Ils se reprennent ostensiblement sans trop s'éloigner, histoire de saisir le motif de la visite de l'inspecteur et de déterminer s'ils sont personnellement concernés.

« Des poivrots ont décidé de piquer une tête dans le château d'eau d'Estevan ce week-end, mademoiselle Van Horne, dit McSorley avec une intonation déçue et un air de soufflé retombé. Je vérifiais juste qu'aucun de vos gars n'était encore mouillé.

– Je ne vois pas bien en quoi le château d'eau de notre bonne vieille ville vous regarde, inspecteur, rétorque Temple lorsqu'elle arrive à son niveau.

– Ce château d'eau alimente la ligne de la Canadian National Railway, mademoiselle. Et le moindre trouble survenant à moins d'un kilomètre et demi du chemin de fer sur l'intégralité du territoire du Dominion me concerne directement.

– Alors vous voudrez bien m'expliquer pourquoi chaque fois que quelqu'un s'enivre à Estevan, vous pensez que c'est à ma demande ?

– Allez… Il paraît que les ivrognes en question ont souillé l'eau.

– *Souillé* ? De leur âme impure ? dit-elle vivement. Mon Dieu, inspecteur ! »

Il se penche vers elle. « Ils ont *chié* dedans, mademoiselle, précise-t-il en tripotant son chapeau.

– Et comment êtes-vous si sûr que c'étaient des hommes à

moi ? » lance Temple, bien qu'elle sente l'inquiétude lui nouer le ventre. Elle nourrit et héberge actuellement dans le grenier de sa grange trente ouvriers agricoles pour qu'ils jouent aux cartes et se tournent les pouces. Pas étonnant qu'ils s'attirent des ennuis. Il n'y a pas pire qu'une ferme en période de sécheresse pour vous rendre fou. « C'étaient peut-être des gamins, ajoute-t-elle. Ou des vaches, bon sang.

– Les vaches ne grimpent pas aux échelles, mademoiselle, rétorque McSorley. C'étaient des vagabonds que vous hébergez, c'est certain. L'eau est couverte d'une pellicule graisseuse aujourd'hui. »

Bien que sa ferme soit située à la périphérie de la ville, les habitants ne débordent pas d'enthousiasme à l'idée des repas qu'elle sert aux pauvres, ni de la bibliothèque qu'elle met à disposition de tous. *Qu'est-ce que ces parasites peuvent bien avoir à foutre de vieux bouquins, de toute façon ?* a-t-elle entendu dire tout haut lors d'assemblées municipales.

« Il suffit qu'une vieille coquette ne trouve pas ses boucles d'oreilles au réveil pour qu'à dix heures vous soyez convaincu qu'un de mes hommes les lui a fauchées.

– Ça tient au genre de types que vous attirez. La plupart sont des délinquants de carrière. Des fugitifs. Des profiteurs trop paresseux pour se gratter eux-mêmes. Les braves gens d'Estevan étaient contents quand vous avez acheté cette propriété, mademoiselle Van Horne, mais à l'époque personne n'imaginait que vous alliez monter une soupe populaire.

– Ce n'est pas une soupe populaire, c'est une ferme. Et comme tous les fermiers, j'embauche qui je veux. Et je nourris aussi qui je veux. » Temple prend soin de ne pas endosser de rôle maternel avec ses gars. Ils font leur boulot la semaine et ce qu'ils veulent le dimanche : libre à eux de le passer à boire, à jouer ou comme bon leur semble. Gertie distribue normalement les paies le lundi matin – de sorte qu'ils ont quelques jours pour s'habituer à avoir de l'argent en poche avant les tentations du repos. Mais vendredi dernier, Temple les a payés en avance pendant que Gertie rendait visite à sa sœur à Regina. Elle mesure à présent son erreur. Surtout si cette histoire de château d'eau est avérée. Elle se tourne vers les hommes et scrute leurs visages couverts de poussière tandis qu'ils vaquent à des tâches diverses, toujours à portée de voix. Une fois McSorley parti, elle demandera à chacun ce qu'il a fait samedi soir, et quiconque sera rentré avec des sous-vêtements mouillés sera banni pour un an. Mais l'inspecteur ne doit surtout pas le savoir. Si on lui donne le moindre bout d'os à ronger, il est du genre à en vouloir encore et encore, et de fil en aiguille elle-même finira clocharde le long des rails.

« Je vais m'en occuper, inspecteur, dit-elle.

– Je vous remercie, dit-il en remettant son chapeau. Ah, mademoiselle Van Horne ? Je serai encore plus enclin à fermer les yeux sur cette perturbation si vous voulez bien me rendre service. Il y a peu, un vagabond est descendu d'un train de marchandises dans l'Ontario et a passé à tabac un homme dans son propre verger – le frère d'un sénateur, en fait. Bon, la rossée est une chose en soi, mais le côté inhabituel de l'affaire, c'est que le vagabond disait avoir un nourrisson avec lui. Et il se trouve qu'un homme puissant s'intéresse vivement à l'identité de ce bébé, surtout s'il s'agit d'une petite fille.

– Je n'accueille pas les enfants, inspecteur. Vous le savez très bien. Alors, non, cet homme n'est pas passé par ici. Sans compter que nous sommes loin de l'Ontario.

– Certes, mais on dit que le bonhomme en question va vers l'ouest et qu'il cherche du travail, comme tous ces pouilleux. Vu qu'il n'y a que vous qui embauchez à mille kilomètres à la ronde, je me suis dit que je vous en toucherais deux mots. Alors si des fois un homme et un bébé se présentaient *quand même* à votre table, faites-moi signe. Je ne ménagerai pas mes efforts pour restaurer votre réputation auprès de la Canadian National Railway et des braves gens d'Estevan. Parce que si les choses empirent, dit McSorley en se tournant vers la friche asphyxiée de poussière que sont désormais les champs de Temple, vous aurez besoin qu'on vienne vous déterrer. »

Temple

« Tu as choisi de débarquer dans un monde à l'agonie », dit Everett à Gousse, tandis que des voiles de poussière se soulèvent du sol dur de la prairie et viennent leur irriter les yeux. Mais cette poussière a aussi contribué à leur sauvetage : le train express dont ils étaient prisonniers depuis trois jours a fini par s'arrêter le matin même, une fois dans la Saskatchewan, quand l'arrivée d'air de la chaudière de la locomotive s'est obstruée.

Les cuisses tremblantes de faim et d'épuisement, Everett parcourt quelques kilomètres jusqu'au silo couvert de rouille de Pascua, conformément aux instructions données par un groupe de vagabonds rencontrés sous un pont à tréteaux juste après avoir quitté le train. Remarquant le bébé, et voyant bien qu'ils étaient tous deux affamés, les gars lui ont parlé d'une exploitation de blé dont la propriétaire proposait le gîte et le couvert contre un peu de travail dans les champs.

En début d'après-midi, ils grimpent dans un train de marchandises qui passe sur la troisième voie à partir de la route. Le tortillard se fraie un lent chemin sous de longs nuages cotonneux qui renvoient la lumière comme du cuivre martelé. Everett mâche les feuilles de pissenlit qu'il a ramassées près des rails et donne la bouillie gluante à Gousse avec ses doigts. La petite n'est pas franchement enthousiaste, mais au moins elle mange.

Le bébé sanglé contre son torse, Everett saute du train au niveau du château d'eau d'Estevan et oblique vers le sud. Depuis qu'il a raconté son enfance à la petite, elle babille presque sans discontinuer et, au rythme de la marche, elle produit une série de longs pouffements qui ressembleraient presque à une imitation de chaudière à vapeur.

Le soleil d'août ronge la peau d'Everett, et la sueur lui lèche la nuque tandis que l'épuisement fait danser des ombres à la périphérie de sa vision. Au bout de plusieurs heures, il arrive devant un canal d'irrigation à sec où de brusques rafales de vent soulèvent encore davantage de poussière qui lui colle aux lèvres et lui obstrue les yeux ; Gousse se met à pleurer et agite la tête dans tous les sens pour y échapper. Il voudrait lui dire que ça va s'arranger, qu'ils lui trouveront bientôt un foyer digne de ce nom, ou du moins un peu d'eau, mais ces mots, s'il les prononçait, manqueraient totalement de crédibilité. C'est alors qu'une silhouette occupée à accrocher du fil barbelé à des poteaux se matérialise dans le brouillard de poussière.

« Pas plus près », dit la femme en le voyant.

Everett s'arrête. Gousse remue impatiemment les jambes pour qu'il continue d'avancer.

La femme range sa pince à bec et s'approche tranquillement avant de s'arrêter à quelques mètres de lui. À travers les particules embrasées par le soleil, il distingue sa carrure de travailleuse et la forme de son corps, sur lequel le vent continu plaque ses vêtements. Ses cheveux auburn sont attachés, son nez et sa bouche protégés par un foulard.

« Tombé du train de dix heures ? » crie-t-elle, la main en visière. Vu l'aplomb avec lequel elle parle et se campe face à lui, Everett n'a aucun doute sur le fait que ces terres lui appartiennent. Et quiconque vit aussi près du chemin de fer doit pouvoir se passer de montre.

« Exact, répond-il.

– Vous venez de l'Est ? Et avant ça ? » Elle baisse son foulard. Une bouche en bouton de rose. Un nez magnifique. Des yeux couleur d'encre fraîche.

« Je cherche de quoi manger et du travail. On m'a dit que je trouverais ça chez vous.

– C'est quoi, ce que vous avez là ? »

Everett baisse les yeux vers Gousse, collée à sa poitrine, qui balance paresseusement ses jambes potelées en louchant sur le scintillement ambré. « Un bébé, madame, reconnaît-il.

– Ce ne serait pas une petite fille, par hasard ?

– Si », répond Everett, impressionné que la femme puisse savoir ça de si loin.

Voilà qu'elle met les mains sur ses hanches et détourne la tête, restant un long moment le menton ainsi posé sur l'épaule. Par-dessus les gémissements du vent, Everett entend un juron lui échapper. Plus grande que lui d'un cheveu, elle porte des bottes d'homme à bout renforcé, une chemise de drap fin et un pantalon de toile. Il baisse le regard. Soif ou faim, il ne saurait dire, mais il est déjà ivre de la regarder, à la limite du vertige.

« Malheureusement j'ai déjà plus de main-d'œuvre que d'ouvrage, dit-elle. Comme vous voyez, on ne peut pas vraiment dire que ce soit une année faste. Et puis je n'ai pas pour habitude d'accueillir des nourrissons.

– Je comprends », dit-il, trop épuisé pour discuter. L'idée de refaire le chemin jusqu'aux rails l'anéantit presque. « Désolé de vous avoir dérangée. » Il se détourne et s'apprête à replonger dans la nuée.

« La voie ferrée est de ce côté-ci, dit-elle en désignant la direction opposée.

– Merci, répond-il en faisant volte-face.

– La poussière va peut-être empirer au fil de la journée, quand le vent se sera vraiment levé, reprend-elle alors qu'il est sur le point de repartir. Gardez le soleil à votre droite. Et avancez vite avant qu'il ne tourne.

– Je vous remercie.

– Et couvrez-lui la bouche, sinon elle va se mettre à tousser », ajoute-t-elle alors qu'il a fait un pas.

L'intérêt qu'elle porte à la santé de la petite est une raison d'espérer, aussi Everett tente-t-il une proposition. « Excusez-moi de me mêler de ça, dit-il, mais j'ai l'impression que votre champ aurait bien besoin d'un brise-vent d'arbres. L'idéal, ce sont les érables. Espacés d'un mètre cinquante. Une centaine d'arbres, je dirais. Ils pousseront vite. Quelques années seulement et vous verrez une vraie différence. Moi je veux bien vous les planter là, le long, si ça vous intéresse. Je m'y connais un peu en arbres. »

Elle hoche la tête, soutient son regard. Dans le bref laps de temps où elle s'est arrêtée, la poussière a déjà presque enseveli ses bottes.

« J'imagine que vous avez faim et soif, tous les deux ? dit-elle.

– C'est possible qu'on ait sauté des repas », répond-il. À l'idée de nourriture, ses genoux manquent de se dérober sous lui.

Elle marmonne quelque chose, regarde autour d'elle presque comme pour s'assurer que personne ne les voit, puis revient à lui. Elle fronce les sourcils et son front se creuse de profonds sillons – un champ de chair labouré. « Jusqu'à ce que les arbres soient plantés, dit-elle en lui faisant signe d'avancer mais sans le laisser la rejoindre. Pas plus. »

Il la suit depuis un moment déjà lorsqu'une ferme apparaît comme par magie dans la poussière. « La moitié des hommes qui logent là sont malades, tuberculose ou autre, dit-elle en désignant la grange. Alors vous et votre bébé n'avez qu'à vous installer dans la chambre d'ami de la maison. Je ne veux pas que la petite attrape quoi que ce soit. »

Elle les accompagne à l'intérieur. Toutes les poignées sont enveloppées de tissu pour éviter les décharges d'électricité statique dues à la sécheresse de l'air. La grande cuisine au sol couvert de linoléum rappelle à Everett l'armée : tout est démesuré, de la gigantesque cuisinière à bois avec ses six plaques de cuisson à la batterie d'énormes poêles, en passant par les grosses casseroles émaillées et autres plats à rôtir – de quoi nourrir un régiment.

La femme le présente à la cuisinière, une certaine Gertie, une dame âgée aux lèvres pincées, gentille malgré ses manières brusques, qui leur montre la chambre d'ami. Tandis qu'Everett détache le bébé, Gertie va chercher de l'eau à la citerne de la cave et remplit la cuvette. Contre à toute attente, l'eau est douce et claire ; avant de tremper la petite, Everett la fait boire et lui-même se désaltère longuement jusqu'à faire déborder son ventre de son ceinturon. Tandis qu'il baigne Gousse – yeux verts pétillants, cils perlés de gouttelettes –, Gertie revient et se met à couvrir les fenêtres de draps.

« Vous donnez pas tant de mal, dit Everett, elle peut dormir en plein jour s'il le faut.

– Mademoiselle Temple y tient, répond Gertie, la bouche pleine d'épingles. C'est à cause de la poussière. Je vous conseille de mouiller les draps avant de la coucher. Le docteur Stone dit qu'à Estevan, y a des enfants qu'ont attrapé une toux tellement vilaine qu'ils s'en cassent les côtes. Normalement, on n'accepte pas les bébés, ici. Mais mademoiselle Temple fait une exception pour vous.

– On restera pas longtemps, répond Everett.

– Vous allez planter des arbres, c'est ça ?

– Oui, dit-il en faisant bouger Gousse dans l'eau, que sa crasse a déjà fait virer au gris trouble.

– Et ensuite vous repartirez », reprend Gertie en accrochant le dernier drap. C'est une affirmation plus qu'une question.

« Voilà, confirme Everett.

– Bien, conclut-elle en retournant d'un pas vif à la cuisine. Les autres gars vont être jaloux que vous dormiez dans la maison et pas dans la grange. Et la jalousie, ça rend bête : c'est ce que la vie m'a appris. »

Après le bain de Gousse, on les appelle sur la vaste galerie bordée d'un grand saule pleureur, où une trentaine d'hommes sont déjà assis à la table commune. Everett cherche des yeux la femme, « mademoiselle Temple », sans succès. Gertie émerge de la maison avec un plateau couvert de sandwichs au fromage passés au gril et une marmite de ragoût de poulet à la crème. Quand la cloche sonne, Everett va pour s'asseoir. Comme il s'approche de la seule place libre sur le banc, un grand type l'en empêche en y posant sa botte pleine de boue.

« Pardon… », dit Everett. Mais l'autre se met à parler très fort avec ses camarades de table, comme si de rien n'était. Affamé et soucieux de ne pas s'attirer d'ennuis, Everett ignore l'affront et s'installe sur une caisse à proximité, Gousse sur les genoux. Il souffle sur le ragoût pour le refroidir avant de lui donner à la cuillère, mais au bout de quelques bouchées à peine, elle recrache tout dans la poussière.

« Je ne veux pas faire le difficile, dit Everett à Gertie, déjà attablée, mais est-ce que vous auriez du lait de chèvre, quelque part ? La petite ne digère pas la crème ni le fromage. »

Gertie pose sa cuillère et pince les lèvres. « Notre dernière chèvre est morte le mois dernier, mais on va voir ce qu'on peut trouver.

– J'avais déjà entendu parler de crève-la-faim faisant la fine bouche, marmonne dans sa tasse l'homme amoché qui a pris la place d'Everett. Mais jamais encore de crève-la-faim faisant la fine bouche alors qu'ils portent encore des couches. » Everett garde les yeux baissés tandis que ceux qui ont entendu pouffent de rire.

De retour, Gertie lui tend à la dérobée un petit bol de porridge sans grumeaux, tentant de cacher aux autres ce traitement de faveur. « C'est ce qu'on a de plus doux. »

Everett se rassoit sur la caisse, dos à la table cette fois, et regarde Gousse mâchouiller gaiement la pâte beige entre ses gencives, tel un ruminant. Elle a beau avoir plutôt l'air d'apprécier, il craint toujours qu'elle ne mange pas assez.

La grande bibliothèque d'Estevan, dans la Saskatchewan

On pourrait dire de cette bibliothèque qu'elle avait commencé comme toutes les autres : par un premier livre. Mais en réalité, l'idée venait du père de Temple Van Horne, un pasteur calviniste qu'une parcelle de terre gouvernementale avait décidé à quitter les Pays-Bas pour la prairie canadienne, et qui tenait toujours table ouverte sur la galerie devant sa maison. Chaque soir, après le travail des champs, Temple et lui mettaient le couvert pour quatre – quatre serviettes amidonnées, quatre fourchettes, quatre cuillères, quatre assiettes, quatre verres à eau – et ils servaient quatre portions du plat qu'eux-mêmes s'apprêtaient à manger à l'intérieur. « Quand on habite près du chemin de fer, disait l'ancien pasteur, c'est la moindre des choses. Offrir de quoi se nourrir. Dieu ne fait pas de différence entre les nourritures spirituelles, intellectuelles et terrestres. Eh bien nous non plus. »

La mère autrichienne de Temple n'approuvait pas cette pratique charitable : « Ça revient à verser du parfum sur du fumier. » Elle prit la poudre d'escampette avec un sourcier itinérant l'été des dix ans de sa fille. À Noël, cette même année, elle écrivit une série de lettres dans lesquelles elle suppliait son mari de la laisser revenir. Il les brûla toutes.

Cet homme sévère n'en débordait pas moins d'idées et d'inventivité, et semblait dévorer tous les livres, sauf la Bible. Il était fondamentalement plus fermier que prédicateur et il appelait un chat un chat quand il parlait de sexualité à Temple : pendant les repas, il n'était question que de sperme de taureau, de chèvres en chaleur et de sexage des poussins. La nudité, que ce soit celle du père ou de la fille, n'avait rien d'extraordinaire chez eux. Et quand elle eut seize ans, il considéra l'anxieux défilé des jeunes prétendants – de grands machins tout maigres et tout pâles qui radotaient interminablement sur les variétés de blé et les pique-niques bien préparés – avec l'amusement d'un vendeur de bétail à l'encan plutôt que le moindre instinct protecteur.

Temple avait dix-huit ans lorsqu'elle trouva son père mort d'une crise cardiaque dans leur baignoire à pattes de lion, un manuel d'ingénierie mécanique gonflé d'humidité flottant au-dessus de lui. Elle se forma alors comme institutrice et passa les trois années suivantes dans la classe unique d'une école rurale. Bien qu'elle appréciât la compagnie des enfants, elle n'aimait qu'une chose : leur apprendre à lire et à écrire. Mais pour les plus jeunes notamment, l'enseignement consistait surtout à leur dire de se lever ou de s'asseoir – *debout, assis, debout, assis*. Elle éprouvait une tristesse permanente pour ses élèves qui venaient dans les mêmes haillons tous les jours, toussaient, se battaient, s'écorchaient les genoux et oublieraient fatalement ses leçons à la seconde même où ils quitteraient l'école pour labourer les mêmes champs épuisés que leurs parents.

Elle persévéra néanmoins. À vingt et un ans, elle rencontra un certain Jurgen Kohler, qui débordait de projets et d'idées, et qui lui-même cultivait le blé en plus d'être inventeur à temps partiel. C'était la première fois qu'un homme lui rappelait son père. Après une cour rapide, ils se marièrent et emménagèrent dans la maison dont Temple avait hérité. La vie commune fut d'abord plaisante, jusqu'à ce qu'un an plus tard Jurgen tentât de faire breveter une pompe à eau de son invention. À la suite de plusieurs refus, il se mit à dénigrer Temple, à voix basse, d'abord, lorsqu'il se préparait pour la nuit ou pour sa journée de travail à la ferme – une vocation qu'il en était venu à considérer comme indigne de lui. Il se plaignait de « la vision du monde de maîtresse d'école » de sa femme, ainsi que de son penchant pour les romans, qu'il qualifiait de « faiblesse d'esprit ». À vingt-cinq ans, Temple perdit un enfant et la possibilité d'en avoir d'autres, après une grossesse extra-utérine qui lui déchira les trompes de Fallope et faillit lui coûter la vie. Quand elle rentra de l'hôpital de Regina, son mari était parti aux États-Unis chercher fortune comme inventeur, sans même prendre la peine de divorcer.

Au lieu de l'anéantir, l'échec de son mariage lui apprit qu'il était insensé d'atteler sa vie entière au cheval d'un seul homme. Elle démissionna de son poste d'institutrice, vendit la maison de son père et acheta une ferme de quatre-vingts hectares située cent soixante kilomètres plus au sud, près de l'embranchement de chemin de fer d'Estevan. La maison était de bonne facture, avec de grandes pièces, une solide charpente, un fourneau à toute épreuve, de nombreuses dépendances incluant une grange et une chapelle en bois abandonnée depuis longtemps, et aussi un charmant puits alimenté par une pompe à vent qui, à ce jour, n'avait jamais failli, même lorsque ceux du voisinage s'étaient taris lors de la sécheresse.

Le jour où elle prit possession de la maison, Temple dressa sa propre table sur la galerie : dinde, pommes de terre, petits pains, deux assiettes bien garnies, des couverts en argent, des verres de citronnade, des serviettes brodées par sa grand-mère – le tout parfaitement disposé. Le matin suivant, elle trouva la nourriture intacte, abstraction faite des mouches qui avaient pris d'assaut la dinde et des coléoptères qui escaladaient les pommes de terre. Pas découragée pour autant, elle prépara le soir suivant un rôti de bœuf accompagné de fèves de Java et resta à l'intérieur, lumières éteintes, mangeant et lisant à la faveur d'une allumette occasionnelle, pour éviter qu'une lampe n'effraie ses hôtes potentiels. Après des semaines de gâchis, un soir, vers vingt et une heures, elle entendit un bruit de pas sur la galerie. Puis le son de couverts contre les assiettes. Suivi d'échanges à voix basse. Le lendemain matin, elle trouva les assiettes bien empilées, blanches comme neige, léchées jusqu'à la dernière miette.

Le soir même, elle dressa la table pour quatre, et cette fois ils vinrent plus tôt : quatre silhouettes ébouriffées grimpant les marches du perron qui donnait directement sur la voie ferrée. Elle avait envie de leur crier : « Inutile de marcher sur la pointe des pieds ! », mais elle savait qu'elle leur ferait honte si elle parlait. Quand le bruit se répandit qu'elle tenait table ouverte, il y eut des disputes près du fossé recueillant les eaux de ruissellement, mais elles cessèrent bien vite, après quoi les mêmes visiteurs ne se présentèrent jamais deux soirs de suite : Temple se dit qu'ils avaient établi un genre de code de bonne conduite, une sorte de calendrier, et elle en conçut de l'admiration. Les hommes discutaient à voix basse en mangeant et ôtaient toujours leurs chapeaux. Les femmes étaient rares – ce qui perturbait Temple, car la vie lui avait appris que les femmes ne connaissaient pas moins souvent la faim que les hommes. Une des premières à venir fut Gertie : elle était tombée dans la misère après que la grippe eut emporté son mari et ses trois fils adultes. Son repas terminé, elle toqua à la porte pour aider à faire la vaisselle et Temple l'embaucha aussitôt.

Quand survint le krach boursier, cinq ans plus tôt, Temple prolongea sa galerie couverte jusqu'au saule pleureur et elle y installa une longue table. Bien que le prix du blé de première catégorie eût chuté d'un dollar quarante-trois à soixante *cents* le boisseau à mesure que la sécheresse se prolongeait – deux ans, puis trois –, le puits tint bon et la ferme resta rentable. Gertie eut beau trouver que c'était une mauvaise idée, Temple se mit à laisser dormir ses hôtes dans le grenier à foin contre une matinée de travail dans les champs, et elle fut contente de voir que le travail leur faisait presque autant de bien que la nourriture. Enfant déjà, elle voulait toujours réparer ce qui était cassé – y compris les oiseaux qui s'écrasaient contre les vitres et les chiens de prairie mutilés par la batteuse de son père ; elle était devenue experte en raccommodage, fabrication d'attelles et préparation de cataplasmes et de pansements, ce que son père encourageait. Aujourd'hui, dans ses meilleurs moments, elle estime que cette grande entreprise si peu lucrative honore la mémoire paternelle.

Il y a trois ans, se souvenant de la phrase de l'ancien pasteur sur les différents types de nourriture, elle fut saisie d'une vision. Le soir même, elle installait des étagères de bric et de broc le long des murs de la vieille chapelle sur sa propriété. À la fin de l'année civile, elle n'avait toutefois rassemblé assez de livres que pour remplir la première étagère. C'est alors qu'elle eut l'idée de proposer à ceux qui venaient chercher le gîte et le couvert d'apporter un ouvrage en guise de paiement – n'importe quoi ferait l'affaire. Et voilà comment une ancienne chapelle tout près d'Estevan, dans la Saskatchewan, abrite désormais l'une des grandes bibliothèques du monde. Ses livres ne proviennent pas de legs ou de donations familiales – à vrai dire, peu ont été achetés : pour la plupart, ils ont été volés, trouvés, mendiés, empruntés ou apportés des contrées les plus reculées par les gens les plus déshérités. Amassés par des vagabonds, des vandales, des repris de justice, des condamnés en liberté conditionnelle. Des clochardes, des prostituées, des femmes coupables du meurtre de leur mari. Des voleurs, des braqueurs de banque, des récidivistes du chèque en bois. Et puis des hommes et des femmes honnêtes, mais traversant une mauvaise passe. La collection n'est pas cataloguée. Les ouvrages sont posés sur des étagères faites de planches grossièrement découpées et de briques empilées, leur équilibre aussi précaire que la vie des gens qui les ont apportés. Pour emprunter un livre, il suffit d'en laisser un autre à la place, c'est tout. Entre les pages des ouvrages qui arrivent chez Temple se cachent des billets de banque, des boucles de cheveux, des taches de sang, des places de théâtre, des lettres d'amour ou des menaces griffonnées à la hâte – des découvertes qui la font systématiquement rosir d'un plaisir d'archéologue. Une fois, un homme est arrivé avec une version illustrée en deux volumes de *L'Enfer* de Dante : entre chaque double page se cachait une nouvelle fleur des champs.

En termes de circulation, les romans russes sont populaires (les usagers de la bibliothèque parlant couramment les dialectes de la dépravation, de la trahison et de la folie), ainsi qu'Homère, poète des mésaventures du voyageur rentrant chez lui. Les livres sur la mise en conserve et autres moyens de faire durer les aliments sont également prisés. Comme tous les guides pratiques. Tout ce qui permet de faire plus avec moins.

Cependant Temple ne se fait guère d'illusions quant à l'impact de sa bibliothèque. Ses livres ne sortiront personne de la misère. Ils ne redresseront aucun tort, ne sauveront aucune âme égarée, ne rempliront aucun ventre creux. Mais ils éclaireront peut-être de quelques malheureux rayons des vies dures et désolées, et c'est déjà ça.

Au fil des années, en revanche, les bébés qu'elle a accepté d'accueillir à la ferme n'ont causé que des ennuis. Il y a toujours quelqu'un pour les rechercher, et cette personne traîne en général un sacré bazar dans son sillage. Quand elle a vu le clochard et le nourrisson derrière sa clôture, elle était bien déterminée à les éconduire, ce qui, d'ailleurs, leur aurait peut-être rendu service, vu l'habitude qu'a McSorley de débarquer tous les mois ou presque pour voir quels fugitifs elle héberge. Mais la façon pudique qu'a eue l'homme de dire « il est possible qu'on ait sauté des repas » l'a fait changer d'avis. À force de fréquenter des gens dans le besoin, elle sait que ce sont ceux qui se plaignent le moins dont il faut le plus s'inquiéter, les discrets, qu'on retrouve recroquevillés dans un coin, le regard vitreux, morts de faim, trop fiers pour demander de l'aide.

Si McSorley les attrape chez elle – hébergés dans sa propre maison, rien de moins –, il veillera à ce qu'elle soit chassée d'Estevan pour toujours. Dans le meilleur des cas. Le pire, elle ne veut pas l'imaginer. Elle a donc décidé qu'elle gardera l'homme et le bébé jusqu'à ce que le brise-vent soit planté : une semaine, deux tout au plus. Elle a dit à Gertie de masquer les fenêtres avec des draps pour décourager les curieux. Et puis cet Everett ne semble pas présenter de danger immédiat pour la petite. S'il fait quoi que ce soit de bizarre, elle sera du reste la première à appeler McSorley. Mais si tout se passe bien, une fois les deux requinqués, ils repartiront. Si le père de Temple lui a appris une chose, c'est bien que personne ne mérite d'avoir faim. Pas même les kidnappeurs. Elle a déjà accueilli pire sur sa ferme. Et pire encore reste sûrement à venir.

Pleine propriété

Harris Greenwood n'a jamais aimé sa grande demeure. Même si elle a été construite avec les arbres les plus majestueux qui soient, un entrelacs de pins d'Oregon, de séquoias et de cèdres rouges – des arbres qui faisaient déjà la taille d'un homme quand Napoléon rendit son dernier souffle. Conçue dans un style Queen Anne, avec trente-cinq pièces, quatre parapets, des sols en parquet, des balcons sur deux étages, un bowling privé, des rosaces et des moulures en noyer, cerisier, chêne et érable, toutes ouvragées par les meilleurs sculpteurs sur bois écossais, elle est coûteuse à entretenir et démesurée par rapport à ses besoins, sans compter qu'on s'y perd facilement. Mais pour la première fois depuis la construction de cette maison, Harris apprécie son énormité. Étant donné la quantité de personnel nécessaire pour la faire tourner, personne ne s'étonne que le descripteur du patron s'y installe à leur retour d'Asie.

Harris trouve en revanche étrangement insoutenable le retour à sa routine de travail. Peut-être le voyage l'a-t-il fatigué, peut-être a-t-il attrapé quelque virus sur le vapeur. Toujours est-il que les heures de la matinée se traînent, interminables, tandis qu'il s'agite sur son fauteuil et que son esprit vagabonde comme un chien errant. Son bureau, l'embarcation qui lui permettait jadis de naviguer en toute sécurité dans les eaux du quotidien, lui fait à présent l'effet d'une masse inerte posée devant lui, déprimante comme une pierre tombale.

Quand arrive l'après-midi, c'est tout juste s'il parvient à suivre les rapports de Milner sur la chaîne d'approvisionnement et le briefing de Baumgartner sur le mouvement social à la scierie de Chemainus auquel il a brutalement mis fin en recrutant des malfrats du coin pour disperser les travailleurs mécontents. Le soir venu, son bureau reste encombré de lettres auxquelles il n'a pas répondu, de baux qu'il n'a pas lus et de documents qu'il n'a pas signés.

La vérité, c'est qu'il préférerait écouter Feeney réciter du Keats de sa voix de violoncelle, allongé sur le divan de sa chambre, avant de dîner en tête à tête avec lui sur la terrasse couverte en discutant de quelque nouvelle ésotérique sur laquelle ils seraient tombés dans le journal. Pour éviter tout soupçon, Harris impose à Feeney de résister à la tentation de le rejoindre nuitamment dans sa chambre, comme il le faisait si librement sur le bateau, et il a décidé de limiter sa présence dans les bureaux de la Greenwood Timber Company, sauf nécessité flagrante.

Pour soulager son ennui, il organise la visite d'une de ses scieries les plus éloignées – en compagnie de son descripteur, bien entendu. En temps normal, ce serait Baumgartner qui l'accompagnerait dans ce genre d'expédition, mais il prend un risque calculé en demandant à son assistant de rester à Vancouver pour évaluer personnellement les stocks dont ils disposent dans le cadre de la grosse commande japonaise. Heureusement, Baumgartner accepte sans l'ombre d'un soupçon dans la voix.

Harris et Feeney prennent la goélette jusqu'à Victoria, puis débarquent la Bentley et roulent vers le nord. Ils arrivent à la première scierie au coucher du soleil, ankylosés par des kilomètres de chemins de rondins. Harris est comme galvanisé, heureux de retrouver l'activité frénétique d'un camp forestier à la fin de l'été : la sciure, la sève, le *tchouk-tchouk* des haches des ébrancheurs. Il se délecte de la stridence des sifflets, du cliquetis des chaînes d'estacade à crochets qui tirent les troncs de l'eau, des crampons des bûcherons qui déchiquettent les sentiers de planches, des scies circulaires dont il sent les vibrations jusque dans la racine de ses dents. Son descripteur et lui campent dans une vallée à proximité. Loin des regards inquisiteurs, Feeney le rejoint dans sa tente en prenant soin de toujours repartir avant les premières lueurs de l'aube.

Le caractère bucolique de la tournée s'achève cependant lorsqu'une lame de plus de trois mètres s'échappe d'une scie circulaire, coupant un homme en deux du crâne aux organes vitaux. C'est une scène tellement sordide que Feeney refuse de la décrire. Un mécanicien racontera toutefois plus tard à Harris que la lame ensanglantée a ensuite poursuivi son chemin comme une banshie courant dans la forêt et s'est plantée dans un arbre, un kilomètre et demi plus loin. Il arrive régulièrement qu'un de ses employés meure – Harris signe alors les papiers nécessaires et verse une indemnité dérisoire à la famille, quand il y en a une, ce qui est rare. Mais avoir été si proche de cette mort-là le perturbe. La présence de Feeney à ses côtés le rend sensible à la violence de l'exploitation forestière, à la fragilité globale de la vie. Une cérémonie médiocre est organisée près de la zone de débardage, après quoi Harris annule une dernière excursion destinée à rapporter de rares oiseaux des bois pour sa collection et avance son retour à Vancouver au jour suivant.

Sitôt qu'il est rentré, Milner et Baumgartner réclament une réunion d'urgence.

« Nous avons fait l'inventaire, monsieur, pendant que vous faisiez votre petite balade, dit son assistant. On va avoir du mal à honorer le contrat japonais.

– Oh, on trouvera bien les arbres, on s'en sort toujours, répond Harris avec assurance.

– Je doute que vous ayez oublié, monsieur Greenwood, mais nous sommes contractuellement tenus de fournir au Haut Commandement japonais plus de *vingt et un mille* kilomètres de traverses en pin d'Oregon badigeonné de créosote, insiste Milner d'une voix de maîtresse d'école. Et vu le nombre de nos baux sur le point d'expirer, nous n'avons pas les arbres nécessaires pour les produire, même en utilisant tout le stock existant. »

Harris comprend alors qu'il a été imprudent de partir, voire irresponsable peut-être. Il ne peut s'empêcher de noter un changement de ton chez ses collaborateurs les plus proches, une touche bien distincte de cachoterie et de lassitude, comme s'ils le manœuvraient plus qu'ils ne lui obéissaient. Et voilà que lui revient en tête le souvenir des deux débroussailleurs lynchés.

C'est moi qui signe les chèques, ici, se rappelle-t-il. Et si Milner ou Baumgartner osent le défier, il les obligera à quitter la province, sans parler de la société. Cela dit, ils connaissent ses affaires mieux que personne, et si le contrat japonais se solde par un échec, c'en sera fini de lui. Et, peut-être plus important encore, c'en sera fini de son arrangement avec Feeney.

Harris a donc besoin d'arbres. Ce n'est pas comme si la situation était inédite. Les réserves de l'Est canadien sont depuis longtemps épuisées – c'est d'ailleurs avant tout pour cela qu'il s'est établi dans l'Ouest. Son seul espoir est donc local. Quand il évoque des parcelles de MacMillan qui pourraient faire l'affaire, Milner lui rappelle que depuis que Harris lui a raflé un contrat juteux de construction d'un pont à tréteaux en Colombie-Britannique en cassant les prix, leur rival refuse de leur vendre ou de leur louer le moindre arpent, suivi en cela par tous les membres de son syndicat.

« Pourquoi ne pas acheter en pleine propriété la parcelle de

Rockefeller à Port Alberni ? lance Feeney depuis la périphérie du bureau quand la conversation achoppe.

– Mr Greenwood vous a recruté pour être ses yeux, l'ami, pas sa bouche, aboie Baumgartner.

– Ça suffit, tous les deux », intervient Harris, soucieux de ne pas paraître trop protecteur.

Peut-être que Liam n'a pas tort, se dit Harris. La stratégie de Greenwood Timber n'a jamais été d'acquérir les terrains exploités, se contentant d'acheter les droits de coupe à la Couronne ou aux particuliers. De sorte que ces derniers restent propriétaires des affreux champs balafrés de souches une fois que Harris a fauché tous les arbres qui lui chantent. Mais maintenant que les réserves de forêt primaire diminuent, les compagnies s'accrochent à ce qu'elles possèdent et ne veulent même plus céder les droits de coupe. Avec le syndicat de MacMillan uni contre lui, Harris ne trouvera de terrain assez grand qu'auprès d'une société étrangère – et la parcelle de Port Alberni, qui appartient à John D. Rockefeller, est sans doute la meilleure piste. De plus, pense soudain Harris, le lot pourrait inclure cette petite île isolée qu'il avait à moitié brûlée, un endroit où il rêve d'emmener Feeney un jour, où ils pourraient même peut-être se construire un refuge, si tout se passe bien.

Et s'il s'en portait acquéreur ? Après tout, Harris a lancé sa compagnie en rasant le bois dont Everett et lui avaient hérité, puis en vendant le terrain à bon prix. Quand Greenwood Timber n'en était qu'à ses débuts, il jouait souvent le rôle de préposé aux achats, convainquant les propriétaires les plus teigneux de lui céder leurs terrains de famille. Sauf qu'on ne propose pas une transaction de cette ampleur par télégramme. Pas à un homme comme Rockefeller. Et un voyage à New York est inenvisageable – un pauvre Canadien aveugle serait ridicule dans cet environnement. En outre, Harris ne peut pas chasser le faisan, ni jouer au bridge ou se répandre en ragots sur la bonne société new-yorkaise. Il n'obtiendrait même pas de rendez-vous.

« Nous sommes finis si nous ne mettons pas la main sur d'autres arbres », souffle Harris, épuisé, dans le cou de Feeney plus tard cette nuit-là, après que son descripteur, contrevenant effrontément à la règle interdisant les visites nocturnes, s'est glissé dans son lit pour la première fois.

« J'ai une idée, répond l'Irlandais. Mais à tous les coups, elle ne va pas te plaire.

– Allez, allez, dit Harris en l'embrassant dans la nuque, parle.

– Redis-moi ce que tu penses des fêtes ? »

Des arbrisseaux

Le matin suivant l'arrivée d'Everett et du bébé, Temple demande à l'un de ses hommes de prendre le tracteur et d'aller chercher cent petits érables chez Fritz Schelling, dont l'élevage de porcs borde l'une des dernières zones boisées du coin à n'avoir pas été transformées en terres agricoles. Elle aurait préféré choisir les arbrisseaux elle-même, mais il y a quelques années, alors qu'ils n'avaient pas échangé trois mots jusque-là, Fritz Schelling l'a demandée en mariage : depuis qu'elle a dit non, il vire au rouge rhubarbe dès qu'il la croise.

En temps normal, les gars sautent sur l'occasion de faire quelque chose qui les change de l'ordinaire, mais tous ceux à qui elle s'adresse traînent des pieds et prétendent ne pas savoir conduire le tracteur. L'intérêt que porte McSorley au bébé a dû s'ébruiter, et Temple sait que ses hommes ne veulent surtout pas le voir intensifier sa surveillance par ici. Gertie lui a aussi rappelé leur hostilité aux traitements de faveur, comme être hébergé dans la maison ou se faire préparer des repas à part. Il semblerait donc que les gars se soient ligués pour compliquer la vie du nouveau venu jusqu'à ce qu'il s'en aille.

Elle doit menacer de les priver de dessert pendant une semaine pour que le plus jeune de la troupe se décide et revienne avant midi avec les arbrisseaux. Temple propose que

Gertie garde le bébé pendant qu'ils travaillent, mais Everett décline : « Gousse a l'habitude de me voir trimballer des trucs, dit-il. Et puis elle apprendra peut-être une chose ou deux au passage. »

Ils prennent le pick-up de Temple, lesté de sept érables enveloppés dans des sacs de jute, et vont jusqu'à la limite de la propriété, où le vent du sud souffle sa poussière. Ils conduisent avec les fenêtres soigneusement fermées, la petite assise sur les genoux d'Everett qui lui montre les rares repères encore visibles dans le brouillard de particules. Dès qu'elle commence à s'agiter, il tape ses pieds minuscules l'un contre l'autre, comme des cymbales miniatures.

« J'ai essayé un brise-vent de caraganas, il y a quelques années, dit Temple, consciente qu'il se fiche pas mal de ce qu'elle a essayé. Un gâchis de bons arbustes. Je ne comprends toujours pas pourquoi ils n'ont pas pris.

– Impossible de savoir à coup sûr, répond-il. On peut planter un arbre avec le plus grand soin et puis, hop, changement d'aiguillage et voilà qu'il meurt. D'après moi, c'est l'arbre qui décide si ça vaut le coup de faire l'effort de vivre ou pas, et y aura pas moyen de le faire changer d'avis. Ils sont difficiles, les bougres. Mais on va faire tout notre possible avec ceux-là. »

Une fois le pick-up à l'arrêt, il pose le bébé sur sa chemise près du pneu avant, du côté protégé du vent, pendant que Temple baisse le hayon. « C'est l'angle qu'on veut, pour le soleil, ici », reprend Everett tandis qu'ensemble ils soulèvent de la plateforme le premier arbrisseau couvert de jute, agrippant par en dessous le lourd ballot de racines. Il balaie du regard le terrain, donne çà et là un coup de pied dans le sol et choisit un endroit. « C'est de la bonne terre. Et à cet endroit ils briseront parfaitement le vent. » Quand la cuirasse du sol refuse de céder à quelques coups de pelle, ils se relaient à la pioche. Alors qu'ils creusent de conserve, une plainte presque inaudible fait se redresser Everett, qui retourne au pick-up en courant. Sur ses talons, Temple le regarde chasser un criquet de la joue de l'enfant. « Petite saloperie, va, dit-il en écrasant la bestiole. Pas toi, Gousse », ajoute-t-il en prenant un moment le bébé dans ses bras pour calmer ses pleurnichements.

Quand le trou leur arrive aux genoux, ils y jettent quelques pelletées de farine de sang avant d'y déposer l'arbre, qu'Everett oriente précisément en expliquant qu'il sait comment l'arbrisseau était exposé avant d'être déraciné. Temple sait la même chose d'une gerbe de blé, mais les arbres sont un langage que les habitants des prairies ne parlent pas. Quand vient le moment de combler le trou, Everett rougit. « D'habitude, je me soulage avant de reboucher complètement, dit-il timidement. Ça les dupe.

– C'est-à-dire ? demande Temple en s'efforçant de ne pas rire de sa pruderie.

– C'est peut-être de la superstition, mais il paraît que ça leur fait croire que la terre est meilleure qu'elle n'est réellement. Du coup ils y mettent du leur dès le départ.

– Allez-y, alors », dit-elle en se retournant, les bras croisés.

Une fois qu'il a fini, ils couvrent les racines de terre, qu'ils tassent avec le dos de leurs pelles. Le reste de l'après-midi leur permet de planter les six autres érables, à un mètre cinquante d'intervalle les uns des autres. Ils font la route du retour en silence, incapables, l'un comme l'autre, de lever les bras au-dessus de leur tête, tandis que le bébé dort comme un chaton sur les genoux d'Everett.

« Plus que quatre-vingt-treize », dit Temple, épuisée, quand ils rejoignent la grange. À ce rythme-là, Everett va rester deux semaines. Mais elle ne s'inquiète pas, puisque McSorley vient grosso modo une fois par mois – une petite halte dans sa traversée ferroviaire de la prairie. Le temps qu'il revienne, Everett et le bébé seront partis depuis longtemps.

« J'ai des livres, dans cette vieille chapelle là-bas, explique Temple après qu'ils ont déchargé leurs outils. Vous pouvez prendre n'importe lequel. Il suffit que vous en apportiez un autre en remplacement.

– J'ai honte de le dire, mais je sais pas lire, répond Everett. En tout cas, bravo pour ce que vous faites ici. On dit du bien de cette ferme partout sur la ligne de chemin de fer. »

Une fois devant la maison, Temple écarte les branches feuillues du saule qui pendent jusqu'à terre. « J'ai de l'eau, là-dedans, si vous avez soif. » Et elle le conduit sous la canopée. Le grand dôme délimite un genre de cabine verte au sol frais et humide. Everett dépose l'enfant endormie sur sa chemise, et Temple et lui s'assoient par terre, adossés au tronc. Elle remplit deux gobelets d'étain avec une louche en bois, tandis que la ramure du saule se balance, laissant passer des lames de lumière.

« On est mieux ici que dans vos champs pleins de poussière, dit Everett. J'ai pas l'habitude de voir aussi loin. Trop de distance, ça me donne le vertige.

– Le propriétaire précédent était anglais, dit Temple. Quand il s'est installé ici, il a planté des saules et des chênes de Garry tout autour de la maison, mais ils sont restés rachitiques et noueux à cause du manque d'humidité. Sauf celui-ci, qui s'est épanoui. Il doit y avoir une source souterraine qui l'abreuve, la même qui alimente le puits, je suppose. D'où elle vient et où elle va, je l'ignore. »

Une fois désaltérés, ils restent silencieux un moment à écouter les feuilles soupirer.

« Dites-moi, ça sort d'où, comme nom, Gousse ? » demande-t-elle en repensant au moment où il a chassé le criquet du visage de la petite. L'espace d'un instant, il est abasourdi, comme s'il n'avait encore jamais entendu le nom prononcé à voix haute.

« Oh, c'est plus un surnom, dit-il avec distance. Comme une enveloppe de graine, ou comme ces petites hélices qui volent des érables – elle me fait penser à ça. Un jour elle aura un autre nom. Un vrai nom.

– Quand ça ? »

Le regard d'Everett s'absente, comme s'il regardait en lui. « Quand je l'aurai amenée là où elle doit aller.

– C'est votre fille ? demande-t-elle aussi légèrement que possible.

– Ma nièce. On va dans l'Ouest. Sa famille vit là-bas.

– Vous savez, personne ne m'a jamais accusée de me mêler de ce qui ne me regardait pas, dit Temple. Je n'embête pas ceux qui viennent chez moi avec des questions sur leur passé. Je me dis que si vous êtes ici, c'est que vous devez y être. Mais je dois quand même vous prévenir. Il y a peu, un inspecteur du chemin de fer est passé, un certain McSorley. Il a dit qu'il recherchait un vagabond qui avait tabassé un homme avant de s'enfuir par le train avec un nourrisson qu'il avait kidnappé.

– C'est ma nièce », répète Everett, tendu, en rougissant jusqu'aux oreilles.

Temple soupire. « La petite ne vous ressemble pas du tout. »

Il détourne le regard et se verse de l'eau, puis il tient le gobelet devant sa bouche, sans boire, comme pour se cacher en parlant. « Pensez ce que vous voulez. J'ai kidnappé personne.

– Vous mentez très mal, dit-elle en lui tapotant le sommet de la tête comme un petit garçon. Mais aucun kidnappeur ne s'est jamais aussi bien occupé d'un enfant. Je vais donc faire comme si je vous croyais. N'empêche que vous feriez mieux de ne pas trop traîner ici. Une fois qu'on aura planté ces arbres et que vous aurez repris des forces tous les deux, je vous paierai pour votre travail et vous pourrez partir. McSorley est bien la seule personne au monde qui fait peur à mes gars, mais ils tiennent encore plus à cette ferme, alors je pense qu'ils seront discrets. À court terme en tout cas.

– Vous êtes quelqu'un de bien, dit-il en buvant une dernière gorgée d'eau. On va planter ces arbres. Et dès que ce sera fait, je partirai. Vous avez ma parole. »

Histoire de la trituration des graines en Grande-Bretagne

Le lendemain soir, après que les arbres ont été plantés et qu'Everett et Gousse ont dîné sur la galerie avec les autres – ils leur ont fait une place à table, mais accueillent toujours leur présence avec dédain –, Everett s'installe sur un banc dans la bibliothèque branlante où les livres grimpent aux murs en piles incertaines. À la lumière d'une lampe, il ordonne à ses yeux de déchiffrer le journal de Gousse, espérant que le surplus de mots rassemblés sur les étagères vont en quelque sorte déteindre sur lui, du simple fait de leur proximité. Si les taches de confiture sont indélébiles et si la poussière de charbon a définitivement noirci les pages, il aimerait néanmoins réparer la couverture craquelée et conserver le journal pour l'offrir plus tard à Gousse. Elle voudra peut-être le parcourir un jour, quand il lui aura trouvé un bon foyer et quelqu'un pour lui apprendre à lire. Ça la réconfortera, elle qui ne vivra jamais parmi les siens. Si Everett avait eu quelque chose de similaire quand il était enfant, quelque chose d'écrit par sa vraie mère, peu importe qui elle était, sa vie aurait peut-être pris un autre tour.

Il entend la porte s'ouvrir et attrape aussitôt un livre sur l'étagère la plus proche, y fourrant le journal à la place. Il ouvre le livre au hasard et se penche dessus, feignant une intense concentration.

« Où est la petite ? » demande Temple en posant une main sur son épaule, comme un oiseau sur une branche. Chaque fois qu'elle fait ça, il en a le souffle coupé.

Everett montre du doigt le bébé qui dort, enroulé dans des couvertures sous la table.

« Je croyais que vous ne saviez pas lire ? reprend-elle en se glissant sur le banc opposé.

– Quasiment pas, c'est vrai. C'est mon frère Harris qui est allé à l'école pendant que je coupais du bois pour nous faire vivre.

– C'est à lui que vous amenez l'enfant ? »

Everett se maudit d'avoir laissé échapper ce nom. « Oui. »

Heureusement, elle s'arrête là et se penche pour examiner la tranche du livre posé devant lui. « *Histoire de la trituration des graines en Grande-Bretagne*, dit-elle. Je l'ai lu quand j'ai acheté la ferme. Ennuyeux comme dix heures de sermon. Vous vous intéressez à la conservation des graines ?

– Oui, répond-il, pressé de changer de sujet. Vous avez lu tous ces livres ?

– Oh, non, non. » Elle regarde autour d'elle. « Il y a plus de livres ici que quiconque ne pourrait espérer en lire en une vie, ce qui est triste, quand on y pense.

– Mais vous en avez lu certains ?

– Oui.

– Combien ?

– Pas mal, je suppose.

– Vous devriez en être fière, dit-il en observant les étagères surchargées.

– Ah, je le suis peut-être bien, avoue-t-elle comme si elle en était la première surprise.

– Les gens comme moi aiment quel genre de livres, d'habitude ?

– Les gens comme vous ?

– Les vagabonds. Les hommes des bois. Les voyous.

– Les voyous aiment bien *Le Comte de Monte-Cristo*, répond-elle malicieusement. Je ne sais pas trop pourquoi. Parce que ça parle de vengeance, sûrement. Parfois, quand on a tout perdu, il ne reste que la rancœur. Ils aiment aussi Dickens. Dostoïevski. Les romans à sensation. Les romans policiers. Ils ne s'intéressent malheureusement guère aux histoires d'amour. »

Le visage d'Everett s'embrase au dernier mot. « Et les gens comme vous, ils aiment quoi ? parvient-il à articuler.

– Les gens comme moi, c'est-à-dire ? Les vieilles filles prisonnières de leur ferme ? Ce qui nous tente, ce sont les histoires d'évasion. D'aventures. Les récits exotiques. Qui se passent en Égypte. Au Siam. J'ai tellement lu sur Paris que je n'éprouve même plus le besoin d'y aller.

– J'ai été dans le nord de la France pendant la guerre. Mais j'ai pas vu Paris.

– Beaucoup de mes gars ont été soldats. Qu'est-ce que vous avez fait là-bas ?

– J'étais pas un très bon fantassin, alors j'ai surtout fait de la menuiserie. Des tables pour les radios, des planches pour que les troupes s'enfoncent pas dans la boue. Sinon j'ai été brancardier. J'ai bien dû porter un millier d'hommes sur mon brancard, la plupart entre la vie et la mort. »

Elle pince les lèvres. « Ça a dû être douloureux, dit-elle. Voir tous ces gens en morceaux, comme ça. » Et la simplicité de sa formule libère quelque chose dans la poitrine d'Everett. Avec quelle facilité elle a fait le lien entre ce qu'il a vu pendant la guerre et la confusion qu'il éprouve depuis, comme si une lame lui était entrée par les yeux pour se briser dans son crâne. Des visions qui, dans les derniers jours des combats, l'ont rendu incapable de parler ou de dormir plus de quelques heures d'affilée : il a dû aller dans un hôpital spécial pour les soldats qui souffraient de la même chose. C'est ça qui l'a empêché, à son retour au Canada, de rejoindre Harris comme il l'avait promis ; c'est ça qui l'a poussé à boire et à vagabonder toutes ces années. Mais rien de tout cela n'est dicible en cet instant, aussi Everett redirige-t-il son attention vers le livre incompréhensible posé devant lui.

Gousse se met à couiner sous la table, agitant ses mains minuscules comme des pinces de crabe. Temple se penche pour la prendre dans ses bras. Everett aime la façon dont elle la tient, debout, laissant la petite plier et tendre tranquillement les jambes.

« Je pourrais vous aider, vous savez, dit Temple. Avec la lecture, je veux dire. Peut-être pas pour lire ça. » Elle désigne *Histoire de la trituration des graines en Grande-Bretagne.* « Mais j'ai été institutrice avant d'acheter cette ferme, et la seule chose que j'aimais dans ce métier, c'était apprendre aux autres à lire.

– Oh, je suis un cas désespéré, répond Everett.

– Il n'y a cas si désespéré à qui je ne puisse enseigner ! » dit-elle avec grandiloquence en emmenant Gousse vers les étagères, tout près de là où il a posé le journal. Il sent son ventre se nouer, mais, heureusement, elle choisit un autre livre. « Là », dit-elle en s'asseyant à côté de lui. Il est soudain conscient au plus haut point que ses vêtements miteux n'ont pas été lavés depuis des semaines.

« Essayez ça, dit-elle en désignant la première ligne, un croissant de terre définitivement logé sous l'ongle de son index. Ça s'appelle *L'Odyssée.* »

Il n'a pas d'autre choix que de se lancer, mais si les caractères d'imprimerie sont plus faciles à reconnaître que l'écriture floue du journal, les mots eux-mêmes sont alambiqués et leur sens lui échappe. Les lettres se dérobent sous ses yeux comme des cafards sous la lumière d'une lampe. Sa langue s'emmêle et trébuche jusqu'à ce que, vaincu par l'embarras, il se déclare trop fatigué. Ils rentrent alors ensemble jusqu'à la maison.

Ce soir-là, dans son lit, Everett décide de ne pas retourner à la bibliothèque chercher le journal. Si l'inspecteur du chemin de fer débarque, il aura plus de chances de lui faire croire que Gousse est légitimement sienne en l'absence de lien patent avec R.J. Holt. Il déteste l'idée de ne pas garder le livre avec lui, mais il est peu probable qu'un clochard le choisisse par hasard sur les étagères, d'autant que c'est un volume tout mince sans rien d'écrit sur la tranche.

À cause de l'impénétrabilité du sol, que le soleil a rendu dur comme fer, ils mettent plus de temps que prévu à planter les arbres la semaine suivante, avec une moyenne de seulement six ou sept par jour. Chaque soir, Temple retrouve Everett à la bibliothèque pour lui apprendre à lire et à écrire, même si le simple fait de tenir un crayon est douloureux quand on a passé la journée à manier une pioche. Elle reste assise près de lui tandis qu'il forme des lettres grossières, et écoute patiemment son avancée laborieuse dans *L'Odyssée*. Heureusement, cet apprentissage est moins difficile que dans le souvenir qu'il en avait gardé. Il s'agit surtout de reconnaître les tours que vous jouent les lettres – les « c » qui se font passer pour des « s », les « e » muets qui se glissent toujours là où on ne les attend pas – et, peu à peu, il progresse – modestement, mais il progresse. Il y a même des moments où ce qu'il lit lui procure une certaine forme de plaisir.

Au bout de deux semaines, le brise-vent est quasi terminé. Temple demande à Everett de se faire discret en journée, au cas où McSorley se présenterait. Ils continuent à se retrouver à la bibliothèque après le coucher du soleil, assis de plus en plus près l'un de l'autre sur le banc. Everett reparle de la guerre ; Temple évoque les livres qu'elle a lus, et combien elle voudrait que son père soit encore en vie pour l'aider à établir le catalogue de la bibliothèque. Le jour où le centième arbre est mis en terre, ils font la route en silence, comme s'ils revenaient de funérailles. Cette nuit-là, Temple invite Everett dans son lit.

Vancouver

Quelque part dans l'immensité sans fin de la prairie canadienne, le wagon-restaurant de première classe où dîne Harvey Lomax pénètre une tour de poussière charbonneuse haute de plusieurs kilomètres. Les particules enrobent le train et voilà qu'il fait nuit, bien que ce soit l'heure du déjeuner. Le serveur apporte des bougies pour que les passagers voient ce qu'ils mangent. Lomax s'essuie le visage de son mouchoir humidifié tandis qu'une pellicule granuleuse se dépose sur la surface de son potage. Le riche monsieur assis à côté de lui repousse son bol. Lomax, lui, remue sa soupe et l'avale.

En arrivant quelques jours plus tard à Vancouver, qu'il découvre, il est impressionné par les montagnes couvertes de forêts et l'océan scintillant qui l'entoure. Comme les deux cents dollars que lui a rapportés l'escroquerie de l'hôtel de Toronto ont presque été totalement dépensés en billet de train, repas et réserve d'opium pour le voyage, il s'arrête dans une banque près de la gare et tente de retirer des fonds de son compte courant, qui s'avère vide. Son impécuniosité l'oblige à prendre un lit dans un hôtel sordide des bas quartiers ; il se promet aussi de réduire encore sa consommation journalière d'opium (contrairement à son père, il garde une totale maîtrise de lui-même) et ignore courageusement les nombreuses fumeries devant lesquelles il passe. Pour éviter que son dos ne le ralentisse, il fume une petite quantité thérapeutique trois fois par jour, jamais plus.

Le tramway l'emmène vers le sud jusqu'aux bureaux de Greenwood Timber, sis dans la demeure personnelle de Harris Greenwood. À la porte, il se présente comme envoyé par R. J. Holt du Nouveau-Brunswick et demande à un dénommé Milner un rendez-vous avec son patron.

« Je crains que Mr Greenwood ne soit trop occupé à préparer sa réception, répond Milner. S'agit-il de la présence de Mr Holt à cette dernière ? De nombreux capitaines d'industrie ont répondu positivement. J'espère que Mr Holt a toujours l'intention d'être des nôtres.

– Absolument, dit Lomax. Et je l'accompagnerai en tant qu'assistant », ajoute-t-il avant de bientôt quitter les lieux avec une invitation sur papier gaufré.

De retour dans son hôtel minable, Lomax passe en revue sa garde-robe, qui a pâti du voyage : veste de costume froissée et trouée de brûlures de cigarette, cols de chemise jaunis, chapeau écrasé. Il envoie un télégramme à Lavern pour lui dire où il se trouve et pour l'assurer qu'il est plus près que jamais de mener à bien sa mission. Il lui demande aussi de liquider un vieux compte destiné aux études de Harvey Junior – rien qu'un peu d'argent hérité du père de Lavern. Il reçoit sa réponse dans la demi-heure :

ARGT REQUIS ENVOYÉ STOP HUISSIER VENU HIER STOP HOLT NS EXPULSE HARVEY STOP CHEZ MA MÈRE STOP RENTRE STP STOP LAVERN

Lomax serre les dents à les faire crisser. Mr Holt l'avait certes menacé d'« autres sanctions » s'il ne rentrait pas, mais il espérait secrètement que son patron ne passerait pas à l'acte, pas après toutes ces années de bons et loyaux services, toutes ces dettes recouvrées – et aussi tout ce que sait Lomax des affaires sordides de son employeur. Il semblerait que ce dernier l'ait laissé tomber sans plus de considération que pour ses bonnes amies. Ce qui signifie qu'il n'y a qu'une seule issue : trouver l'enfant et le livre avant McSorley, et les utiliser comme monnaie d'échange pour récupérer sa maison.

L'argent de Lavern en poche, il trouve un tailleur. Pendant l'essayage, ce dernier convainc Lomax de prendre un smoking deux tailles en dessous de ce qu'il achète normalement. Peut-être que les mesures diffèrent sur la côte Ouest, ou peut-être qu'il a maigri après des mois passés sur les routes sans les bons petits plats de sa femme.

Le vendredi soir, il se présente à l'Hôtel Vancouver, devant lequel se sont rassemblés des fauteurs de troubles qui vocifèrent contre le krach et les conditions de travail inhumaines des camps forestiers de Greenwood Timber, comme si ça allait émouvoir les riches qui descendent de leurs voitures rutilantes. Brandissant son invitation, Lomax se fraie un chemin à travers la mêlée et pénètre dans l'opulente salle de réception, où les gorges des femmes scintillent de bijoux tandis que des voiles de soie mauve flottent dans les hauteurs du plafond. Après avoir repéré celui qu'il sait être Harris Greenwood, Lomax reste debout au fond de la pièce à boire de l'eau gazeuse en attendant l'occasion d'approcher de sa table. Lorsque l'assistant de Harris finit par s'éloigner, le siège à côté de lui se libère. Bien que le magnat du bois semble d'humeur exécrable, en proie à d'aigres marmonnements adressés à l'assiette de palourdes posée devant lui, un meilleur moment ne se présentera sans doute pas.

« Excusez-moi de vous déranger pendant votre dîner, monsieur Greenwood, dit Lomax en se penchant vers l'oreille de son interlocuteur. Je voudrais vous parler de quelque chose qui concerne votre frère.

– Comment osez-vous agiter ce leurre absurde pendant que

je mange ? répond Harris d'une voix alcoolisée en se reculant dans son siège et en pointant son regard vide en direction de Lomax. Mon frère est décédé, monsieur.

– Je me doute que cela va vous surprendre, mais je suis heureux de vous annoncer qu'il est bien vivant.

– Ah, vraiment ? Et où est-il donc ? aboie Harris en tournant théâtralement la tête. Là ? Assis en face de moi à cette table, peut-être ?

– Non, monsieur, répond Lomax en s'efforçant de le calmer. Je ne saurais vous dire où il se trouve actuellement. Mais je suis à peu près certain qu'il est en route pour… »

Harris Greenwood l'interrompt en l'accusant d'escroquerie et menace de le faire mettre dehors. Lomax préfère donc s'éclipser. Après pas loin de vingt ans au service de R. J. Holt, il aurait dû savoir qu'il était inutile d'approcher un industriel à moitié ivre et totalement furieux. Voilà qu'il a gâché sa meilleure carte dans une main par ailleurs catastrophique.

En traversant la foule, Lomax repère Mr Holt en personne, tiré à quatre épingles et déjà collé à une serveuse deux fois plus jeune que lui. Plus Lomax s'approche de lui, plus le maelström qui agite ses intestins lui remonte dans la gorge et lui remplit la bouche d'un goût de piécettes sales. Il pense à ses sept enfants entassés dans le minuscule appartement de la mère de Lavern – il n'est maintenant plus qu'à deux ou trois mètres du dos de Mr Holt – et aux ecchymoses qu'il a vues sur le cou et les poignets d'Euphemia sans jamais en parler, et voilà que le besoin puissant de réduire cet homme en bouillie méconnaissable devient presque irrésistible. Mais il ne s'agit pas là d'un quelconque voyou qu'il faut faire payer. Il ne peut pas le tabasser jusqu'à ce qu'il lui rende sa maison. Comme les autres grands industriels présents ce soir-là, Holt possède des magasins, des appartements, des banques, des mines de charbon, des aciéries, des usines, des forêts, des lacs, et cela lui donne du pouvoir. Si Lomax veut garder la moindre chance de se protéger de ce pouvoir, il doit mettre la main sur le fameux journal.

Il se traîne jusqu'aux toilettes et s'enferme dans un box. Pour chasser le goût immonde qu'il a dans la bouche, il brûle un peu d'opium dans une cuillère à soupe attrapée sur une table et inhale profondément l'arabesque de fumée. Cette méthode a des effets plus imprévisibles que la cigarette : Lomax plonge en lui-même – combien de temps, il n'en a pas idée.

Quand il refait lentement surface de cet océan intérieur, il entend deux voix dans le box contigu. Des voix masculines, qui empruntent les tonalités douces d'ordinaire réservées aux femmes et aux enfants. Lomax a croisé son lot d'hommes de ce genre quand il faisait du recouvrement de dettes. Une fois, il a eu affaire à un type qui avait abandonné ses cinq enfants en bas âge et sa superbe femme en volant les sous-vêtements de cette dernière pour s'ébattre avec un autre homme. Lomax les repère d'ordinaire assez vite : leur façon de se tenir sans s'ancrer dans le sol, leurs yeux affamés qui cherchent ceux des autres, leur regard qui s'attarde toujours un peu trop. Mais n'importe quel idiot serait capable de déchiffrer les petits soupirs qui émanent du box d'à côté.

Quand ses occupants en sortent, leur sordide affaire terminée, ils vont se rafraîchir au lavabo. Lomax se hisse alors sur la pointe des pieds, ce qui lui offre une vue amplement suffisante des deux hommes.

La réception

En bras de chemise et haut de forme, boutons de manchette en nacre et guêtres blanches immaculées, Harris Greenwood attend nerveusement dans un superbe fauteuil de la suite du lieutenant-gouverneur de l'Hôtel Vancouver. Il boit du saké à petites gorgées en écoutant le vacarme decrescendo des voix dans West Georgia Street, sous ses fenêtres. Des manifestants – d'anciens employés ayant depuis dégénéré en racaille ingrate – se sont rassemblés dehors pour hurler des insanités à ses invités quand ils arrivent en limousine. Mais la police a vite repris le contrôle de la situation : il a entendu le bruit sourd des matraques et les grognements bestiaux des hommes tandis qu'on réprimait l'émeute.

« De quoi ai-je l'air, Liam ? anticipe Harris dès qu'il sent le parfum marin de Feeney à proximité.

– D'un seigneur des scieries », répond Feeney à sa droite avant de le guider par le bras jusqu'à l'ascenseur. Ils descendent en silence et les portes s'ouvrent sur l'agitation de la salle de réception, où la ferveur acoustique de l'orchestre et la chaleur de la foule des invités ne font d'eux qu'une bouchée. Harris sent dans le sol la vibration des pas glissés des danseurs. D'habitude il ne supporte pas le jazz – ni aucune autre musique, du reste : toutes s'infiltrent dans sa tête et dirigent ses pensées d'une façon qui épargne sans doute les gens qui voient. Mais ce soir, peut-être parce que Feeney est près de lui, il trouve quelque amusement à l'enchevêtrement des rythmes percussifs, à l'éclat des cuivres, aux errances somnolentes de la clarinette. Il en oublie presque que ça lui coûte une petite fortune.

C'est Feeney qui a eu l'idée de la réception. Comme un salon s'est tout récemment tenu à San Francisco, les capitaines d'industrie présents ont été bien contents de faire le détour par ce trou perdu de Vancouver pour y festoyer aux frais de la princesse. Et comme les financeurs du tout nouvel Hôtel Vancouver ont fait faillite durant le krach avant même que le bâtiment soit terminé, Harris a payé une contrepartie importante pour y organiser sa réception. Laquelle aurait été impensable sans Feeney : Harris n'aurait pu affronter ce qu'elle exige de sociabilité en l'absence de son fidèle descripteur.

Ce dernier l'entraîne au bar où, perchés sur de hauts tabourets, ils écoutent des hommes aux voix rocailleuses s'esclaffer à l'unisson, et lui tend un nouveau saké – Harris en a commandé d'Osaka une caisse entière dont il a déjà consommé la moitié. Il sait qu'il ne devrait pas, car il commence déjà à éprouver ce qui ressemble à un « petit enfer », mais il porte malgré tout le verre à ses lèvres.

« Allez, décris-moi donc ma réception, dit-il en faisant un tour sur lui-même avant de s'adosser au bar, la langue déliée par l'alcool.

– Des femmes noyées de diamants déambulent dans leurs fourreaux en soie, dit Feeney avec démesure. Agrippées au bras d'industriels vieux et moches, mais plus riches que l'Olympe. Tes invités semblent déjà s'être regroupés selon ce qu'ils se sont engagés à détruire chez notre Mère la Terre. Les géants de l'or dans un coin. Ceux du pétrole près de la sortie. Les dirigeants du chemin de fer et les magnats du charbon de connivence près du bar. J'aperçois Sir James Dunn d'Algoma Steel. William

H. Wright est totalement cramoisi. Le roi des silos à grain, C. D. Howe, est en train d'engloutir un canapé comme s'il voulait se venger de lui. Et ce lubrique de R. J. Holt, de Holt Industries, pourrait visiblement baiser n'importe qui, voire n'importe quoi.

– Tu vois Rockefeller quelque part ?

– Pas encore. Il paraît que c'était un excellent rameur en son temps et qu'il est encore très beau. Enfin, quand on aime les riches industriels, ajoute Feeney en donnant un discret coup de coude à Harris.

– Quid des conversations ? Je ne distingue rien dans ce raffut. Qu'est-ce qui se dit ?

– Eh bien, soupire Feeney, ça parle surtout de Roosevelt. De l'insidieuse pourriture du socialisme. Des Japonais qui montrent les dents. De l'Europe et de ses soucis. Des ballons attachés aux immeubles. De plantureuses starlettes de cinéma. Ah, et j'ai entendu un vibrant discours approuvant les camps de travail draconiens que le Premier ministre a mis sur pied en réponse à la Grande Dépression.

– C'est moi qui devrais faire les discours, grommelle Harris. Vu que c'est moi qui paie pour tout ce baratin. »

Depuis le krach, les banques canadiennes, échaudées, hésitent à prêter du capital-risque, surtout à des sociétés d'exploitation forestière aux finances fragiles. Pour lever les fonds nécessaires à l'achat du terrain de Port Alberni, Harris a donc été obligé de solliciter une société anglaise. Il ne lui reste plus qu'à convaincre l'Américain de vendre – une manœuvre que Feeney et lui ont prévu de garder pour un peu plus tard dans la soirée.

Quand sonne la cloche du dîner, les deux hommes gagnent leur place dans le tintement des verres en cristal et le clapotis des cuillerées de consommé. Harris a choisi de se tenir à l'écart des puissants, principalement par mépris des conversations de table lors de négociations sérieuses : il déteste ce pêle-mêle épuisant de voix impossibles à identifier tandis qu'il est immanquablement coincé à côté d'un goujat qui ne parle que de lui.

« Je pars traquer l'insaisissable Rockefeller », dit Feeney après la salade. Et, avant que Harris ne puisse protester, le voilà parti.

« Des palourdes pour monsieur », dit un serveur quelque part à sa gauche. Harris se met à pourchasser les petits monticules flasques sur la patinoire beurrée de son assiette pendant que, partout, les verres s'entrechoquent et les rires carillonnent dans une sorte de miasme auditif qui ne fait qu'amplifier son malaise. Il n'avait pas prévu de passer ne serait-ce qu'une minute de la soirée seul et le départ de Feeney semble avoir resserré son nœud de cravate. Il garde les yeux baissés pour éviter de donner à ceux qui partagent sa table l'impression qu'il pourrait avoir envie de converser.

C'est alors qu'une voix grave se matérialise au milieu du vacarme. « Excusez-moi de vous déranger pendant votre dîner, monsieur Greenwood », dit un inconnu depuis la place qu'occupait Feeney. L'homme poursuit en suggérant qu'Everett serait miraculeusement en vie. Mais Harris a déjà eu affaire à ce genre d'escrocs. Une fois, une femme qui prétendait être sa fille s'est présentée chez lui pour exiger qu'il lui offre une nouvelle machine à laver.

« Laissez-moi deviner : une somme rondelette et vous me l'amènerez, c'est ça ? éructe Harris. Figurez-vous que je ne suis pas une veuve de guerre crédule qu'on peut facilement berner par des promesses de résurrection. » Puis il se met à crier : « Alors débarrassez-moi le plancher avant que je dise à mon assistant de vous jeter dehors, tête la première !

– Toutes mes excuses, monsieur Greenwood, dit la voix grave avec un calme étonnant, vu les circonstances. Une autre fois, peut-être. »

Harris attend d'être certain que l'homme soit parti, puis, le souffle court, tend la main vers son verre de saké pour y noyer sa rage, lequel saké s'avère avoir été remplacé par une flûte de champagne dont Harris n'a pas envie mais qu'il vide quand même. Si seulement cette maudite crapule avait raison ! Si seulement Everett l'avait rejoint après la guerre, comme promis, au lieu de se perdre en vagabondages. Ce qu'ils auraient pu accomplir ! Si son frère était là en cet instant, ensemble ils chasseraient ces vampires et ces sangsues – car c'est bien ce que sont ces gens qui ne pensent qu'à sucer le sang de tout ce qu'il a construit.

Des serveurs silencieux n'ont cessé de remplir son verre et Harris ne sait plus quelle quantité de champagne il a bue. Le visage moite, les aisselles humides, il frotte frénétiquement ses joues engourdies. Il entend des éclats de rire : sans Feeney, impossible de savoir si ce n'est pas lui qui suscite cette hilarité. Où donc est Liam ? Depuis combien de temps est-il parti ? Il doit être en train de faire du gringue à John D. Rockefeller – quel noble sacrifice !

Quand l'orchestre fait une pause, il découvre une voix de femme à sa droite qui déblatère sur une proposition récente de créer un Service canadien des forêts. Il a entendu parler d'« écologie » à Yale, et l'idée de préserver des forêts exceptionnelles à des fins scientifiques et récréatives n'était pas pour lui déplaire. Mais il se demande comment faire ça sans asphyxier l'industrie. La mode est aux réserves naturelles et aux parcs nationaux, à l'image de ce qu'a fait Roosevelt aux États-Unis. On dirait que ce dernier s'est donné pour mission de transformer le monde en bac à sable géant où l'humanité pourra faire joujou. *Non, mieux vaut tout couper maintenant*, se dit-il. *Que ça serve à quelque chose. Et replanter le plus vite possible.*

« Oui, oui, les arbres sont merveilleux, marmonne Harris presque malgré lui.

– Je vous demande pardon, monsieur ? dit une femme. Je n'ai pas compris. Pourriez-vous parler plus fort ?

– Vous pensez que les arbres sont sacrés, dit-il. Qu'ils vous aiment. Qu'ils poussent pour votre plaisir. Mais ceux qui connaissent les arbres savent qu'ils sont parfois sans pitié. Nous n'existions même pas qu'ils se battaient déjà pour accéder à la lumière et aux nutriments. Et ils nous écraseraient ou nous empoisonneraient sans scrupule, tous autant que nous sommes, si ça pouvait leur procurer le moindre avantage.

– Quelle vision du monde désolante, lâche une femme, sans qu'il sache bien s'il s'agit de la même.

– Madame, je n'ai aucune *vision* du monde», rétorque Harris, reprenant à son compte la réplique infâmante de Feeney tout en saisissant une nouvelle coupe de champagne, qu'il commence à apprécier (comme il s'était mis à apprécier les pommes sauvages avec lesquelles Everett et lui se canardaient dans les bois de leur jeunesse). «Et y a-t-il plus désolant que rien ?»

La femme se demande tout haut qui a bien pu inviter cet individu quand il sent une main effleurer le revers de sa veste.

«Tout va bien ? demande Feeney.

– Où étais-tu ? répond Harris d'une voix brisée qu'il ne reconnaît pas. Tu sais que je déteste dîner seul. J'ai été abordé par un affreux charlatan dont j'ai dû me débarrasser.

– Pauvre chou, dit Feeney. Mais j'ai trouvé notre Rockefeller. Dans un nuage de fumée de cigare, sur le balcon.

– Pourquoi as-tu mis si longtemps ?

– J'ai organisé une petite discussion entre vous plus tard dans la soirée. Après les divertissements.

– Oh, je suis sûr que ça ne t'a pas trop coûté, dit Harris. Trouve-moi du champagne, veux-tu ? J'y ai pris goût.

– Je ne pense pas que ce soit une bonne idée», dit Feeney en lui tendant un verre. Mauvaise surprise : il est plein d'eau gazeuse.

«Alors accompagne-moi aux toilettes.» Un arrière-goût de

palourde dans la bouche lui a soudain donné la nausée. « C'est un ordre. » Il se lève en traînant Feeney derrière lui, sans se préoccuper de bousculer des invités sur leur passage. Dans le box des toilettes, la nausée se dissipe. Il s'avère en outre que l'alcool a estompé son angoisse de se faire surprendre : il cherche les lèvres de son descripteur et les presse contre les siennes. Elles ont un goût de thé, de concombre et de copeaux de cèdre.

« Je ne vais pas être en état de parler à Rockefeller tout à l'heure, dit-il en se rafraîchissant au lavabo après leur moment d'intimité. Je vais donc lui faire ma proposition tout de suite.

– Harris, ne sois pas bête. Tu vas tout gâcher avec ton comportement puéril.

– Ce n'était pas une requête, Liam. Et je peux encore très bien me débrouiller sans toi. »

Harris trouve la sortie à tâtons. De la paume de la main, il frôle le velours des murs pour garder son équilibre et se guider tandis que, sur ses talons, Feeney le presse à voix basse de revenir sur sa décision. Une fois dans la salle à manger, Harris ordonne à un serveur de le conduire au balcon.

« Monsieur Rockefeller, clame-t-il aimablement lorsqu'il sent sur son visage la fraîcheur de l'air nocturne parfumé au cigare.

– Monsieur Greenwood ! Vous voilà donc ! » dit une voix chaude et sonore. Son accent de la côte Est fait remonter des souvenirs de Yale. Ils se serrent la main. Si celle de Rockefeller est douce, sans la moindre callosité, sa poigne est aussi ferme que celle de Harris.

« Nous discutions justement du contrat qui vous lie à ces macaques jaunes », dit l'industriel avec l'articulation légèrement paresseuse de celui qui se tient sur le seuil de l'ébriété sans l'avoir encore franchi. Tout en parlant, il tapote le dos de Harris.

« Je vends du bois à tout le monde, répond ce dernier avec

un grand sourire. Peu importe l'héritage zoologique de mes clients.

– Bien dit, bien dit. » Rockefeller lui tapote cette fois-ci la nuque, comme il flatterait un fidèle labrador, et Harris se retient de le repousser. « Mais, avec tout le respect que je vous dois, monsieur Greenwood, nous sommes d'avis que nous ferions mieux de ne pas aider les Japs. Ils ont envahi la Mandchourie. Et selon les rumeurs du Capitole, les États-Unis seraient les prochains sur la liste.

– J'imagine que vous-même avez par conséquent cessé toute livraison de pétrole au Japon ? » Harris marque un temps pour que sa pique pénètre bien, puis sourit pour en atténuer le mordant. « Ils ont besoin d'un chemin de fer, monsieur Rockefeller. Je leur fournis le bois nécessaire. Ce qu'ils font avec ne me regarde pas. J'ai déjà la moitié de ce qu'il me faut pour les traverses, il ne me manque qu'un peu de terrain pour fournir le reste.

– Je sais, monsieur Greenwood. Et comme je l'ai déjà dit à votre agent, je suis prêt à vous céder les droits de coupe, rien de plus. Encore qu'il semblerait que vous ayez de la concurrence en la personne de votre confrère, Mr MacMillan. Bien sûr, je serai ravi d'étudier vos propositions à tous les deux.

– Non. C'est la pleine propriété qui m'intéresse.

– Monsieur Greenwood, votre charmant pays me fait l'effet de n'être qu'une grande forêt. Alors pourquoi ne pas développer un tant soit peu d'initiative et en acheter un *autre* bout ? »

Depuis sa jeunesse à marchander le prix du bois au bord de McLaren Road, Harris ne se sent jamais autant lui-même que lorsqu'il négocie. Il vide donc son verre et plante son regard dans ce qu'il suppose être celui de Rockefeller. « Monsieur, au fil des années je vous ai payé de très belles sommes pour les droits de coupe, et je l'ai fait de bon cœur. Mais aujourd'hui j'ai besoin d'acheter la corniche de Port Alberni et les îles attenantes. En pleine propriété.

– Et comme je vous l'ai dit, je n'ai pas l'intention de vendre ce terrain, monsieur Greenwood. Nous ne sommes plus à la grande époque. Aux dernières nouvelles, il semblerait que la production d'îles ait été interrompue et ne soit pas près de reprendre.

– C'est une miette au regard de votre empire, monsieur Rockefeller. Cette parcelle ne vous manquera pas.

– Une bien belle réception, monsieur Greenwood. Mais j'ai suffisamment écouté votre boniment. Bonne soirée. »

Harris se détourne et agrippe la rambarde du balcon tandis que les hommes ricanent à ses dépens, comme à Yale, où on le saluait en public tout en le méprisant en privé, pas tant à cause de sa cécité que de ses origines de péquenot canadien. Les hommes comme Rockefeller n'ont jamais considéré son pays – la plus grande réserve de matières premières au monde, d'abord volée aux nations indigènes, puis vendue morceau par morceau à des investisseurs étrangers de son espèce – que comme un étalage où se servir. Et le temps d'un bref vertige alcoolisé, Harris plaint les arbres. Notamment pour la naïveté avec laquelle ils s'affichent de toute leur haute majesté. L'or et le pétrole, eux, ont le bon sens de se cacher.

N'empêche qu'en l'absence de nouvelles forêts à déboiser, Greenwood Timber va sombrer, laissant Harris et Feeney sans plus de protection que ces débroussailleurs trouvés dans les bras l'un de l'autre. Soudain pris d'un regain de combativité, Harris repense à ce que lui a dit Feeney du passé sportif de Rockefeller.

« Monsieur, il s'agit d'arbres que vous n'avez jamais vus, lance-t-il vers l'odeur de cigare. Dans un coin du monde où vous n'irez jamais.

– Greenwood, seriez-vous sourd, en plus d'être aveugle ?

demande Rockefeller. À moins que vous n'ayez la bêtise de croire qu'il suffit de donner une soirée pour faire sa loi ? »

Harris ignore l'insulte et traverse l'espace qui les sépare, saisissant le solide biceps de Rockefeller à travers sa veste de smoking. « Ah, John ! dit Harris avec une jovialité crispée. J'ai beau avoir coupé le bois qui a permis de construire la voie ferrée qui vous a mené ici et la maison que vous habitez, de fabriquer les livres que vos nounous lisent à vos enfants, la crosse des fusils avec lesquels vous avez gagné vos guerres et le moindre fauteuil dans lequel vous vous soyez jamais assis, je ne serai jamais votre égal, hein ? Alors que diriez-vous d'un bras de fer avec le pauvre plouc invalide que je suis, histoire de prouver votre supériorité, ici même, devant tout le monde ? Si je gagne, vous me vendez le terrain de Port Alberni et les îles qui s'y rattachent à un prix raisonnable. Si c'est vous qui gagnez, j'annule mon contrat avec ces redoutables Japs, et votre pays et vous serez à nouveau en sécurité. Qu'en dites-vous, l'ami ? »

Sa chambre

Deux yeux bleus, un autre nez, une autre bouche, une rangée de dents perlées, là, au-dessus de lui, à quelques centimètres à peine. « Ça fait des années qu'on ne m'a pas regardé d'aussi près », murmure Everett.

Temple rit et il craint un instant qu'elle le prenne pour un benêt. « Eh bien il était temps que quelqu'un s'approche », murmure-t-elle à son tour en se recouchant sur lui. Il sent son souffle électrisant dans son cou. « Tu es seul depuis trop longtemps. »

Les premières années de son installation dans le bois d'érables, des femmes magnifiques lui rendaient visite en rêve – des visites toujours plus fréquentes au printemps –, les cheveux plaqués en arrière par l'eau des rivières, la peau couleur platine au clair de lune. Ces visions ont disparu avec le temps, mais Everett sait déjà que ce qu'il a vécu avec Temple rend impossible un retour à la dormance antérieure. Il ne peut pourtant pas se débarrasser du soupçon opiniâtre que tout ceci est une farce – le genre de mystification cruelle que Harris et lui s'infligeaient quand ils étaient jeunes.

« Quelle chance j'ai, dit Temple avec un sourire malicieux, tu es l'analphabète des bois que j'attends depuis toujours.

– Alors j'imagine que tu es la vieille fille prisonnière de sa ferme qui hante tous mes rêves», dit-il avec une sincérité surjouée en repassant au-dessus d'elle, en appui sur ses bras. Mais elle lui pousse aussitôt l'intérieur des coudes et il s'effondre sur elle. Leurs têtes s'entrechoquent et ils bataillent un moment, jusqu'à faire tomber une lampe-tempête, heureusement éteinte. Sous l'effet du vacarme, Gousse s'agite dans la poubelle en acier galvanisé où ils lui ont improvisé un berceau, l'installant confortablement sur les vêtements dont ils se sont débarrassés quelques heures plus tôt.

«Et toi, tu n'as pas eu d'enfant ?» demande-t-il une fois qu'ils ont cessé leur corps-à-corps. Il comprend, trop tard, que cette tentative de relancer leur badinage a fait s'évaporer toute légèreté.

«Non, jamais, répond-elle d'un air sombre. J'en ai conçu un, mais il y a eu des complications et ensuite je ne pouvais plus. Mon mari a pris la poudre d'escampette après ça – il passait son temps à parler de la ribambelle de petits surdoués qu'on aurait, alors je m'y attendais à moitié. Mais je suis contente qu'il soit parti. La vie de famille, ça n'a jamais été pour moi. Je suis plus utile à gérer cette ferme qu'à me faire du souci pour un nez qui coule.»

Ils restent silencieux un moment. Everett voudrait s'excuser pour la désinvolture de sa question, mais il ne sait comment formuler ça sans avoir l'air mièvre.

«Everett, dis-moi la vérité, comment est-ce que tu t'es retrouvé avec cette petite ?» demande Temple en lui passant la main dans les cheveux.

Il s'apprête à répéter son histoire d'oncle et de nièce, mais elle le regarde droit dans les yeux et voilà qu'un sentiment doux et délicieux l'engloutit. «Je l'ai trouvée, dit-il. Accrochée à un arbre, livrée à la mort.» Maintenant qu'il est lancé, l'histoire de sa vie dans les bois sort toute seule, aussi facilement que lorsqu'il a décrit son enfance à Gousse dans le train. Il raconte à

Temple comment, après des années de vagabondage, il a trouvé la forêt d'érables, cessé de boire et construit sa cabane.

« D'abord, j'ai vu la petite comme une malédiction. Sauf qu'aujourd'hui, tout ce qui m'importe c'est que personne ne lui fasse de mal. Moi compris.

– Est-ce que c'est toi qui as passé à tabac le frère du sénateur dans l'Ontario ? »

Everett hoche la tête. « Si je ne l'avais pas fait, Gousse serait morte. Et c'est exactement pour ça qu'il faut que je paie quelqu'un de bien pour l'élever. J'attire les ennuis partout où je vais. Ça a toujours été comme ça. J'ai jamais eu de foyer digne de ce nom, alors comment tu veux que je sache m'y prendre ? Elle mérite un meilleur départ dans la vie que ce que moi je peux lui offrir.

– Et comment tu comptes le financer, ce meilleur départ ? Avec du sirop d'érable ? À la pire époque qu'on ait jamais connue ?

– Ce frère dont j'ai parlé… », murmure-t-il. Il sait qu'il ne devrait pas lui dire, mais il a besoin qu'elle ne le voie pas comme un doux rêveur, niaiseux et illettré. « C'est Harris Greenwood. »

Honteux de s'être vanté, il enfouit son visage dans l'oreiller.

Elle plisse les yeux. « Le bois de ma grange vient de Greenwood Timber, dit-elle, sceptique. Tu ne te moques pas de moi, hein ? »

Il secoue la tête.

« Tu comptes donc lui demander de l'aide. Pourquoi ne pas l'avoir fait plus tôt ? »

Il lui explique que ça fait dix-huit ans qu'il ne l'a pas vu, mais que l'absence de liens du sang entre eux ne les empêche pas d'être totalement frères par ailleurs. « On n'avait pas le droit de rentrer chez la femme qui s'occupait de nous. Elle nous a toujours laissés dehors comme des chiens. Elle nous détestait, au fond.

– Tu ne peux pas dire ça, Everett. Je suis sûre qu'elle avait ses raisons. On ne sait jamais pourquoi les gens font ce qu'ils font.

– Elle nous a quand même légué son terrain. Harris voulait abattre tous les arbres, mais j'ai refusé. Et puis, après la guerre, il m'a écrit pour me demander si je voulais lancer une société d'exploitation forestière avec lui, en commençant par sa moitié de parcelle, et j'ai dit oui. Mais j'ai eu du mal à rentrer, j'ai vécu sur les routes. Quand j'ai fini par retourner chez moi, il avait déjà coupé tous les arbres et vendu la propriété. Je l'ai détesté pendant des années d'avoir fait ça. Sauf que maintenant qu'il y a Gousse, je compte lui demander ma part et m'en servir pour trouver à la petite un bon foyer.

– C'est une proposition qui me semble équitable.

– N'empêche, ça m'étonnerait que je sois bien reçu. Il a toujours eu mauvais caractère. Mais maintenant que ton brise-vent est planté, on va filer vers l'ouest dès demain matin, Gousse et moi, alors je serai bientôt fixé.

– J'aimerais pouvoir te dire que j'ai besoin de planter d'autres arbres. Ou que tu devrais rester finir ton apprentissage à la bibliothèque. Mais d'après ce qu'a raconté le facteur hier, McSorley est dans le Manitoba, sur les traces d'un New-Yorkais qui aurait tué sa femme. Estevan sera sa prochaine étape. Cela étant, on est vendredi, et une chose est sûre, il ne pourra pas être ici avant lundi. » Temple lui prend la main. « Alors reste. Un jour de plus. »

Everett accepte. Gousse se réveille à cet instant, pleurnicheuse et grognon. Quand il quitte le lit pour changer les langes du bébé, la poussière rousse y a dessiné sa silhouette, comme si Temple était couchée avec son fantôme. Cette vision le glace.

Le temps qu'il revienne, elle s'est endormie et émet une succession rapide de petits bruits inintelligibles, une série de *hmmf*. Il aimerait la réveiller, lui demander ce qui la fait *hmmfer* ainsi, si c'est lié à tous les livres qu'elle a lus, à toutes ces pensées qui n'appartiennent qu'à elle et qu'Everett ne supporte pas de ne pas connaître. Il berce Gousse pendant que Temple remue, donne des coups de pied dans les draps. Il voudrait lire dans cette agitation nocturne une agitation plus globale. Un désir d'autre chose, peut-être même d'autre part.

À l'aube, il la regarde se lever et s'attacher les cheveux devant le miroir. Il admire les mèches s'échappant des épingles malgré tous les efforts qu'elle déploie. Et ses omoplates qui se rapprochent jusqu'à presque se toucher. Toutes ces merveilles qu'elle ne semble pas remarquer.

« De quoi rêvais-tu la nuit dernière ? demande Everett.

– Oh, je fais le même rêve toutes les nuits depuis le début de la sécheresse : des rivières bouillonnantes, des ruisseaux limpides, des lacs à la surface impassible.

– Moi je rêve surtout d'arbres. Des arbres que j'ai connus. D'autres que je ne connais pas encore. Parfois ils me viennent en aide, parfois ils me tombent dessus. Parfois je les plante, parfois je les coupe. Mais toujours ils sont là. Je crois que si on m'ouvrait la tête, on trouverait un gros ballot de racines toutes emmêlées. »

Une fois coiffée, Temple enfile un pantalon poussiéreux et une chemise de travail tandis qu'Everett donne à Gousse son biberon de lait de chèvre, Gertie ayant réussi à s'en procurer à la ferme d'à côté. Quand la petite a terminé, elle fait son rot par-dessus l'épaule d'Everett et sourit de toutes ses gencives.

« Retourne vite dans ta chambre, Gertie va arriver, dit Temple en rendant à Gousse son sourire. Je vais lui demander d'aller au coffre chercher ta paie avant que les gars se lèvent. Il vaut mieux qu'ils ne vous voient pas recevoir un traitement de faveur de plus. »

Un télégramme

HARRIS MON VIEUX STOP SÉJOUR MERVEILLEUX DANS PAMPA CANADIENNE STOP MÊME AIMÉ BRAS DE FER DE FIN DE SOIRÉE STOP VOUS AUTRES CANADIENS EXCENTRIQUES SACRÉMENT PLUS COSTAUDS QU'IL Y PARAÎT STOP QUANT AU PARI SUIS PRÊT À VENDRE TERRAIN AU PRIX CONVENU STOP CONTACTEZ SECRÉTAIRE POUR PAPERASSE STOP AMITIÉS JD ROCKEFELLER

La garder

« Temple ?

– Oui ? répond-elle d'une voix à moitié présente.

– Tu crois que… »

Un long temps.

« Oui, Everett ? »

Il tousse, incapable d'aller au bout. C'est samedi, leur dernière nuit ensemble. Il a passé un après-midi discret dans la bibliothèque à examiner le journal, même s'il ne peut pas encore complètement le lire, et à retourner une idée dans sa tête. Il entend le murmure du vent dans les branches du saule et ce son l'encourage.

« Tu crois qu'un bébé peut aimer quelqu'un ? finit-il par dire. Même s'il n'a pas encore les mots ? »

Temple se retourne dans le lit pour lui faire face, leurs jambes encore entrelacées. « Bien sûr que cette petite fille t'aime, Everett.

– Oh, si je la laissais demain, elle m'aurait oublié au bout d'une semaine, dit-il en sentant sa nuque s'embraser. Deux maximum.

– J'en doute. Elle garderait quelque part le souvenir de toi.

– Mais comment peut-on en être sûr, puisqu'elle ne peut pas le dire ?

– Parce que c'est clair comme de l'eau de roche.

– J'ai jamais bien su comment vivre avant qu'elle me tombe dessus. Je tuais le temps, plutôt.

– Elle ne t'est pas tombée dessus, Everett. Tu l'as sauvée ! Pourquoi est-ce que tu ne l'as pas laissée dans la forêt ?

– J'ai failli, admet-il malgré la nausée que ça provoque. Et il y a eu des fois, ensuite… où j'ai envisagé pire que ça.

– Et après ? dit Temple en plissant dédaigneusement les yeux. J'ai des tas de pensées qui ne comptent pas, pas comme comptent les actions. Et puis pourquoi est-ce que tu te serais mis la justice à dos, pourquoi est-ce que tu aurais renoncé à ta maison si c'était pour la confier à quelqu'un d'autre ? »

Silence.

« Tu vas la garder, n'est-ce pas ? »

Nouveau silence.

« C'est possible, dit-il de façon presque inaudible.

– Qu'est-ce qui est possible ? »

Everett prend une grande inspiration, puis déglutit. « Que je la garde.

– Tant mieux.

– Mais il nous faudrait un endroit calme, dit-il. Un endroit dans les bois où je ne m'attirerais pas autant d'ennuis qu'en ville. Avec l'argent que Gertie m'a donné aujourd'hui, et ce que j'arriverais à récupérer de mon frère, on pourrait prendre un bon départ. Je te proposerais de venir avec nous si je pensais qu'il y avait la moindre chance que tu partes d'ici.

– C'est peu probable, Everett.

– Je ne t'apprends rien, mais ta ferme dépérit. Tu devrais arrêter de t'épuiser avec ça. On pourrait trouver une terre dont personne ne fait rien. Un lopin oublié par son propriétaire. Je te montrerais comment tirer l'eau des érables. On nagerait dans les rivières. On élèverait Gousse comme si c'était notre fille. Tu pourrais avoir une petite bibliothèque. On pourrait même se marier si on voulait. »

Temple laisse échapper un profond soupir. « Oh, ça fait envie, Everett. Vraiment. Sauf que j'ai déjà essayé une fois : le mariage est une tombe dans laquelle je ne me laisserai plus enterrer. Et puis cette ferme n'est pas encore tout à fait morte, mais sans moi c'est sûr que ces idiots la mèneront à sa perte. La maison est solide. Je compte la quitter les pieds devant.

– Alors je reviendrai, dit-il. Dès que les choses se seront calmées.

– Et McSorley ?

– Il finira par se lasser. Avec le krach, des fugitifs après qui courir, c'est pas ça qui manque. On pourrait dire que le bébé est à nous. »

L'expression de Temple se durcit. « Je ne cherche pas d'enfant, Everett. » Elle dit ça du ton qu'elle réserve normalement aux gars qui tirent au flanc. « Certaines femmes sont des mères, d'autres pas.

– T'aurais même pas à lever le petit doigt pour elle, dit-il, presque implorant. J'ai l'habitude de m'en occuper, maintenant. Et sans qu'on s'en rende compte, on la regarderait un jour grimper dans les érables du brise-vent.

– Ce n'est pas un endroit pour un enfant, ici, point final », s'énerve Temple, et Everett n'ajoute rien.

Ils restent couchés en silence un moment. La poussière crisse contre la fenêtre. Plusieurs fois, Everett va pour parler puis s'arrête. Il se frotte le visage de sa main rugueuse.

« Temple, dit-il enfin.

– Mmm, répond-elle, à moitié endormie.

– Si tu peux pas venir avec nous, et qu'on peut pas rester, on dirait bien qu'y a pas tellement de futur pour nous.

– Vu comme ça, je suppose que non.

– Alors je pourrais peut-être revenir t'embêter. Je veux dire, une fois qu'elle sera grande et que tout ça sera terminé. Sans attendre quoi que ce soit en retour ni rien. Te rendre visite, c'est tout. T'emmener voir un film en ville, peut-être.

– Ça me ferait plaisir, Everett. Je serai sans doute toujours là. En train de mettre la table sur la galerie. Et de désensabler ma maison. » Puis son visage s'assombrit. « Sauf que personne ne revient ici sans en avoir besoin. Et je ne crois pas que tu sois le genre d'homme qui en aura besoin.

– Je reviendrai. Juré. »

Elle lui tapote deux fois le front de l'index. « C'est gentil de le dire. Tu ne reviendras pas. Mais ça fait du bien de l'entendre. »

Vous échapper

Dimanche matin, à l'heure du petit-déjeuner, les voilà qui foncent sur la route de la maison en soulevant derrière elles des tourbillons de poussière fine comme du sucre glace. Occupée à battre du linge avec un manche à balai sur la galerie de derrière, Temple s'interrompt quand elle aperçoit les trois voitures de police – et plusieurs autres appartenant à des particuliers, des gens d'Estevan qui sont venus moins pour prêter main forte que par voyeurisme.

Elles se garent devant la grange et l'inspecteur McSorley bondit de son véhicule en ordonnant à ses hommes d'encercler le bâtiment et de verrouiller les portes. On le dirait presque enragé quand Temple le rejoint : sa cravate vole à l'horizontale dans les rafales de vent et son regard évoque un rongeur insomniaque. « Je tiens de source sûre qu'il y a ici un vagabond avec un bébé, dit-il en pointant son index épais vers le visage de la fermière.

– Foutaises, inspecteur. Quelle source ? répond-elle avec indignation. J'ai l'impression que la fabrique à rumeurs d'Estevan est passée à la vitesse supérieure maintenant qu'on approche du temps des moissons et qu'il n'y a rien à moissonner que des ragots. » Elle jette un bref regard à la maison pour s'assurer qu'Everett n'est pas visible.

« J'en ai assez de vos grands discours, s'énerve McSorley. Certains de vos poivrots ont encore fait trempette dans le château d'eau la nuit dernière. Sauf qu'un homme à moi faisait le guet. Et quand on les a attrapés ils ont juré, pour sauver leur peau, qu'il y avait ici une petite fille, qu'elle est là depuis presque trois semaines, et que c'est un certain Everett qui s'occupe d'elle. »

Temple doit réprimer un sursaut. Comment est-ce possible ? Elle n'a pas commis deux fois l'erreur de payer ses gars le vendredi et elle doute qu'il leur reste quoi que ce soit de la paie précédente. Elle fusille du regard les hommes au visage crasseux qui observent la scène depuis la porte haute du grenier à foin – mais elle s'occupera d'eux plus tard. Dans l'immédiat, il faut qu'Everett et Gousse puissent prendre de l'avance.

« Eh bien on vous a dit n'importe quoi », aboie-t-elle. Elle a toujours recouru à l'indignation pour masquer ses impostures – un truc qu'elle a appris de son père. « Il n'y a qu'un gamin sur cette ferme, et il est devant moi. J'apprécierais que vous vous absteniez de harceler mes ouvriers et d'effrayer mes bêtes au seul prétexte que des poivrots ont cru voir un bébé. J'aurai de la chance si mes poules pondent encore après tout ce raffut. »

McSorley approche ses yeux globuleux de ceux de Temple. Elle sent les relents d'œuf de son haleine humide, voit la bave mousser aux coins de ses lèvres. En un instant, les récits selon lesquels il jette les vagabonds sous les roues des trains en marche deviennent parfaitement crédibles. « Mademoiselle Van Horne, savez-vous que c'est uniquement grâce à moi que vous êtes toujours ici ? J'ai eu pitié de vous, seule, sans mari, dans cet endroit désolé. Mais aujourd'hui j'ai bien peur de n'avoir plus envie de vous protéger des habitants d'Estevan, qui sont plus enclins que moi à la critique.

– Ah, mais j'y suis », dit-elle d'un ton radouci dans une tentative de charme. N'importe quoi pour gagner du temps.

« L'enfant que ces imbéciles ont vue était sans doute ma nièce. Je m'en occupe pendant que ma sœur cherche du travail. »

Le visage de McSorley se détend, même si c'est à peine perceptible. « Ah ouais. Eh bien n'empêche, je dois la voir.

– Impossible.

– Et pourquoi donc ?

– Elle est chez le médecin à Estevan. Elle tousse. C'est la poussière. »

Ils se regardent droit dans les yeux.

« Mais n'hésitez pas à repasser d'ici quelques jours, ajoute chaleureusement Temple. Je suis sûre qu'elle ira mieux. Je pourrais même demander à Gertie de nous préparer un panier de pique-nique. »

Les joues de McSorley s'empourprent. « Avec plaisir pour le pique-nique, mademoiselle Van Horne », dit-il en la regardant avec scepticisme. Puis il ôte son chapeau, laissant ses cheveux gras battre le vent en une douzaine de tentacules noirs. Son regard se porte vers l'horizon, où s'accumulent de massifs nuages couleur de fonte. « Mais vous feriez bien de faire revenir la petite et de vous enfermer avec elle dans votre abri antitempête. Apparemment, hier il y a eu des cyclones dans les deux Dakotas, juste de l'autre côté de la frontière. Ils sont censés passer par ici demain. Votre sœur ne vous le pardonnerait jamais si sa pauvre gamine devait vous échapper et s'envoler.

– Vous avez raison, inspecteur, dit Temple en lui prenant le coude pour le reconduire à sa voiture. Je vais faire ça tout de suite. »

Mais McSorley se dégage et se retourne vers ses hommes. « Vous savez quoi ? dit-il en remettant son chapeau avec une grimace. Je crois que nous devrions rendre service à cette si charitable demoiselle et nous assurer que sa nièce ne s'est pas perdue quelque part dans la ferme. Fouillez d'abord la maison. Puis la grange. Et, pour finir, cette foutue bibliothèque. »

Dans les montagnes

« Je savais que c'était pas une bonne idée », dit Gertie derrière le carreau de la cuisine, tandis qu'Everett et elle regardent les voitures se garer devant la grange. Everett arrache Gousse de sa chaise haute sans même essuyer son visage maculé de porridge. Dehors, il voit Temple se dépêcher d'aller parler à un policier râblé. « Bon, dit Gertie. Mademoiselle Temple va s'occuper de l'inspecteur McSorley. Vous deux, passez par-derrière et allez vous cacher dans l'abri anti-tempête sous la bibliothèque. »

Everett vient juste de lacer ses bottes quand McSorley se dégage de la prise de Temple et lance des ordres à ses hommes, qui aussitôt se dirigent vers la maison. Sans passer par la chambre d'ami prendre ses affaires et l'enveloppe qui contient sa paie, Everett sort à toute vitesse par la porte de derrière, Gousse dans les bras, et court à travers champs vers la voie ferrée dans des tourbillons de poussière. Une fois la ferme hors de vue, il dépose la petite au creux d'un fossé et rampe jusqu'à la bibliothèque, un peu à l'écart. Les hommes sont maintenant en train de fouiller la grange, aussi Everett se précipite-t-il à l'intérieur : il saisit le journal sur les étagères branlantes, le pose sur la table et prend un crayon mal taillé. À l'intérieur de la couverture, face à la première page, il inscrit frénétiquement, d'une orthographe hypothétique, PROPRIÈTÉ DE… Après quoi il écrit un nom complet – prénom et nom de famille – aussi lisiblement que sa main inexpérimentée le lui permet. C'est un nom qu'il invente au moment même où il le couche sur le papier, un nom qu'il ne sait absolument pas comment épeler, mais tant pis. C'est le nom qu'il donnera à Gousse quand ils vivront dans des conditions correctes et stables. Un nom qu'il imagine convenir à la femme qu'elle sera un jour.

Quand il a terminé, il repose le livre sur l'étagère, mémorisant son emplacement pour le jour où il reviendra. Il envisage un instant de gribouiller un mot d'adieu à Temple, mais cela pourrait les trahir. Alors au lieu de ça il prend *L'Odyssée*, qu'ils ont lue dans son intégralité, soir après soir, l'ouvre à la première page et la laisse là, posée sur la table, en espérant que cela suffira.

« Te voilà », dit-il, de retour au fossé, avant d'écraser du talon la tête d'un serpent qui n'était plus qu'à soixante centimètres de Gousse. Il la prend dans ses bras et fonce, les poumons en feu, jusqu'à l'échangeur ferroviaire d'Estevan, où il saute dans le premier convoi en route vers le nord – un train de voyageurs d'une vingtaine de voitures. Pour échapper à l'attention des contrôleurs qui circulent, Everett s'attache Gousse autour du torse avec ses lacets et grimpe par une échelle sur le toit lisse. Puis il passe sa ceinture dans les poignées de service au cas où il s'assoupirait ou serait éjecté par un arrêt brutal.

Ils roulent toute la journée et regardent la prairie sans arbres céder la place aux plateaux herbeux de l'Alberta. À droite des rails, des bisons remuent la queue : cent monolithes sombres dans l'herbe jaunie par la sécheresse. Au loin, des chevalets de pompage hochent la tête comme des oiseaux s'abreuvant dans des flaques d'eau et, plus loin encore, les flammes des raffineries de pétrole diffusent une odeur de soufre et de bitume.

Ils ont faim, mais le voyage en rase campagne hypnotise Gousse et l'empêche de se plaindre. Ils regardent les combats de faucons qui décrivent de grands cercles haut dans le ciel, tandis que le convoi file sur des ponts métalliques enjambant de profonds canyons : depuis le toit, la courbe des wagons ressemble aux vertèbres d'un grand dragon d'acier qui raserait la terre.

Ils quittent le train de voyageurs à Calgary : ça a beau être encore l'été, ils gèleront, à l'extérieur, dans les Rocheuses. Everett a souvent traversé ces montagnes au cours de ses années d'errance – il était généralement ivre, c'est vrai, mais il se souvient d'une pente douce entre parois de granit et rochers escarpés, et de mouflons se frayant un chemin sur le bleu des glaciers. À un tonneau, il remplit d'eau des boîtes de conserve abandonnées et se bourre les poches de navets sauvages qu'il déterre près de la voie ferrée, puis il saute dans l'avant-dernier wagon d'un long train de marchandises. La porte est cadenassée, aussi se glisse-t-il à l'intérieur par le toit bombé avant de se cacher sous la petite table où le personnel prend ses repas. Il nourrit Gousse de navets crus prémâchés tandis que le train s'attaque aux montagnes drapées de nuages, dans le crissement des roues sur les rails givrés. La nuit tombe et les étoiles scintillent par la fenêtre du wagon. Everett donne à mâcher à la petite une branchette de cèdre quand ses gencives commencent à lui faire mal, ce qui arrive désormais assez souvent.

En altitude, le ciel paraît plus proche, même si Everett sait qu'il s'agit sans doute d'un tour que lui joue son esprit. Ils voyagent depuis cinq heures quand une rafale de flocons obscurcit la fenêtre. La température s'effondre, le bruit du train augmente. D'un casier, Everett sort un manteau dans lequel il s'enveloppe avec l'enfant, et une casquette qu'il lui pose sur la tête. Il préfère ignorer le poêle à charbon dans le coin, ça ne ferait qu'attirer l'attention sur eux.

Pendant des heures, ils roulent ainsi dans un froid mordant. Everett a mal à force de trembler. Gousse a le nez violet, bien qu'il ait soufflé dessus, et semble de plus en plus léthargique, proche de l'état cataleptique dans lequel il l'a originellement trouvée. Quand les lèvres de la petite deviennent bleues, il cède et allume le poêle. Une fois que le feu a pris, il ajoute trois petits morceaux de charbon et installe l'enfant devant les flammèches grandissantes. Il suffit de quelques minutes pour qu'elle sorte de sa léthargie. C'est alors qu'on cogne à la porte.

Un pique-nique

Comme tous les vendredis quand le temps s'y prête, Harris s'échappe de son bureau à midi et demande à Feeney de le conduire chez l'épicier, où ils achètent des fruits, du pain et du fromage français. Ils se rendent ensuite jusqu'à une plage isolée ouverte sur la baie, où ils passent l'après-midi allongés sur une couverture. Ces récréations sont plus que bienvenues. Après que Harris a écrasé J. D. Rockefeller au bras de fer (couper du bois depuis l'enfance n'avait jamais représenté un atout aussi capital), ils ont finalisé le contrat d'achat du terrain de Port Alberni. Harris a insisté pour que soit incluse la petite île sans nom à laquelle il avait mis le feu en découvrant les coupes illicites qui s'y pratiquaient, et sans même attendre d'en détenir le titre de propriété officiel il a lancé là-bas la construction d'un chalet, une surprise à l'intention de Feeney.

Dans la course pour répondre à la commande des Japonais, les équipes de Greenwood Timber font les trois huit, et bien que les pluies d'automne aient commencé, Harris a ordonné que les bûcherons soient sur le pont sept jours sur sept, dans les vents violents et les orages. Deux des gars les plus expérimentés dans le débardage par câble sont déjà morts, l'un frappé par la foudre, l'autre étranglé par son équipement. Malgré ces tragédies – ou, plus exactement, *grâce* à elles –, des milliers d'espars marqués du G de Greenwood Timber sont remorqués chaque jour jusqu'aux aires de flottage de Vancouver. Là, ils sont transformés en traverses par les scies circulaires, traités à la créosote et étiquetés en attendant d'être convoyés de l'autre côté du Pacifique.

Les dix pour cent réglés d'avance par le Groupe du chemin de fer impérial en charge des achats ainsi que l'argent prêté par la société de crédit anglaise sont depuis longtemps dépensés. Pour payer le surplus de main-d'œuvre, Harris a liquidé ses comptes sur marge et ses principaux titres financiers, notamment ses actions : Home Oil, Okalta et même General Electric, qui venait de remonter après avoir perdu cinq cents points pendant le krach. Mais le bois de Rockefeller est de bonne qualité et facile d'accès, et compte tenu de la fabuleuse productivité de ses équipes actuellement, Harris est bien parti pour satisfaire la commande japonaise dans les temps.

Sur la plage, Feeney lui lit une gazette entière de sa voix mélodieuse. Quand se lève un vent froid venu de l'océan, c'est une parfaite excuse pour se glisser sous une couverture – on n'est jamais trop prudent – et l'occasion de contacts discrets. Au bout d'un moment, ils disposent leur déjeuner sur une gigantesque souche de sapin, dont on raconte que le capitaine Cook en personne l'aurait abattu pour remplacer le mât d'un de ses navires. Tandis qu'ils mangent, Harris passe ses doigts sur les stries de la souche et finit par estimer l'âge de l'arbre à sept cent quarante-huit ans, parmi lesquels dix périodes de sécheresse différentes – indiquées par des cernes plus fins et plus serrés. Il réalise pour son plus grand plaisir qu'il a lu l'histoire du sapin comme d'autres lisent le braille. Peut-être est-ce l'effet de la sensibilité qui l'affecte souvent en présence de Feeney, mais le voici presque triste pour cet arbre, comme on le serait pour quelqu'un tombé trop tôt. Il secoue la tête et chasse cette idée ridicule.

Après le déjeuner, Feeney et lui s'accordent une sieste près de la souche, jusqu'à ce qu'une voix grave les réveille : « Je suis navré de vous déranger une nouvelle fois pendant vos loisirs, monsieur Greenwood. »

Harris sent Feeney se tendre à côté de lui, cependant que lui-même passe son corps en revue pour vérifier qu'aucun de ses membres n'enlaçait indûment ceux de son compagnon.

« Vous dérangez effectivement Mr Greenwood, dit Feeney, sur la défensive. Si vous désirez prendre un rendez-vous en bonne et due forme, je vous suggère de vous adresser à son secrétaire.

– Je suis passé à votre bureau cet après-midi », répond l'homme poliment. C'est alors que Harris reconnaît sa voix : il s'agit de l'escroc qui l'a abordé lors de la réception. « Votre associé, Mr Baumgartner, m'a indiqué que je vous trouverais ici. »

Il m'a donc finalement trahi, se dit Harris. Tous ceux à qui il a fait confiance ont fini par en faire autant. Ce brave Marty aura simplement mis un peu plus longtemps que les autres.

« Je n'en ai que pour une minute, insiste l'homme. J'ai ici la photographie des documents militaires attestant de votre démobilisation, monsieur Greenwood. » Harris sent qu'on lui met dans la main un morceau de papier.

« Vous me pardonnerez de ne pouvoir confirmer ce fait », dit-il froidement, se relevant pour faire face à la voix.

L'homme, de grande taille, pouffe de rire. « Vous allez devoir me croire sur parole. Mais je suis au regret de vous informer que le fantassin aux cheveux noirs de la photo ne vous ressemble pas du tout.

– Si vous êtes ici pour me montrer une photographie peu flatteuse, monsieur, j'ai bien peur que vous n'ayez gâché votre essence.

– Qu'avez-vous fait pendant la guerre, monsieur Greenwood ? »

Harris n'a pas encore détrompé Feeney, qui croit la rumeur commune selon laquelle il aurait perdu la vue en Europe en servant sous les drapeaux. Comme le bonimenteur a l'air passablement inoffensif, Harris endurera la corvée d'un bref tête-à-tête si cela peut lui épargner cette honte.

« Voulez-vous bien aller chercher de l'eau dans l'automobile, monsieur Feeney ?

– Vous êtes sûr, monsieur Greenwood ? »

Harris hoche la tête, puis écoute attentivement le crissement des galets sous les pas de Liam qui remonte en direction de la voiture. « Est-il parti ? demande Harris.

– Oui, répond l'homme.

– En fait, je n'ai pas fait la guerre, monsieur…

– Lomax. Harvey Lomax.

– Nombreux furent les quiproquos de ce genre à cette époque troublée, poursuit Harris. Je n'y voyais déjà plus rien quand mon frère s'est enrôlé et, par erreur, il a été inscrit sous mon nom.

– Eh bien, monsieur, je suis heureux de vous dire que je me suis trouvé en présence de votre frère, l'homme qui figure sur cette photo, il y a quatre mois, dans une pension de Toronto.

– C'est bien possible, monsieur Lomax, dit Harris en s'efforçant de ne rien laisser paraître, alors que son cœur cogne contre son sternum. Mais nos chemins se sont séparés il y a de longues années déjà. Et vous comprendrez sans mal que je ne sois pas du genre sentimental. Cette résurrection miraculeuse ne m'intéresse donc pas. Bonne journée, monsieur Lomax.

– Vous savez, persiste ce dernier comme s'il n'avait rien entendu, j'espérais vous parler un peu plus longuement à votre réception. Malheureusement, votre assistant et vous-même avez passé une bonne partie des réjouissances aux toilettes. »

S'ensuit un long et cuisant silence pendant lequel Harris a du mal à respirer. C'est comme s'il avait de la sciure plein les poumons et pas suffisamment d'air pour l'expulser. « Je ne me sentais pas bien, dit-il après avoir remis en route son appareil respiratoire de toute la force de sa volonté. Une palourde avariée. » Il cherche la souche à tâtons et s'assoit avec autant de décontraction que possible.

« Bien sûr, bien sûr, dit Lomax. Mais ce qui s'est passé dans les toilettes lors de votre réception m'intéresse bien moins que localiser votre frère, monsieur Greenwood, je vous assure. Vous a-t-il contacté récemment ? » Et Lomax de s'installer à côté de Harris sur la souche. De près, il a une odeur étrange, exotique, et une voix sonore qui semble venir de très haut, même lorsqu'il est assis.

« Non, dit Harris. Et je ne pense pas qu'il le fera.

– Il se trouve, monsieur, que j'ai en ma possession des documents confirmant que vous avez accepté des médailles et une pension pour vos glorieux faits d'armes au sein du 116e bataillon d'infanterie du Canada.

– Je n'ai rien accepté, monsieur Lomax. On m'a envoyé les médailles et la pension de mon frère par erreur, et je les ai gardées pour lui.

– Il pourrait donc venir les chercher ? »

Imbécile, se dit Harris. « Oui, sans doute.

– Si je suis ici, monsieur, c'est parce que j'ai la conviction que vous et moi pouvons nous être réciproquement utiles. Mon employeur, R. J. Holt du Nouveau-Brunswick, souhaite retrouver votre frère, qui détient quelque chose lui appartenant. Nous aimerions que vous nous y aidiez.

– Je vous écoute.

– Nous avons des raisons de penser que votre frère est en route vers l'ouest, peut-être pour vous voir. Tout ce que je vous demande, c'est de me faire savoir s'il vous contacte, et depuis quel endroit. Le cas échéant, vos pratiques latrinaires ne recevront aucune publicité.

– Mort ou vif, je doute fort que mon frère veuille avoir affaire à moi, monsieur Lomax. Mais si vous tenez parole, que j'aie ou non de ses nouvelles, alors marché conclu.

– Parfait, dit Lomax en se levant avant de serrer la main de Harris. Je passerai à votre bureau la semaine prochaine.

– Et pour quelle raison passeriez-vous à mon bureau la semaine prochaine ? Nous sommes tombés d'accord. Dites-moi où vous contacter et je ne manquerai pas de le faire si j'ai des nouvelles de mon frère.

– Bien entendu, dit Lomax. Mais je ferai tout de même un saut à votre bureau la semaine prochaine. Voir comment les choses avancent. Au revoir, monsieur Greenwood. »

Après son départ, Harris reste immobile un certain temps, malgré l'air marin qui lui pique les yeux. Il lui faudra plusieurs heures avant de pouvoir à nouveau respirer normalement.

L'abri anti-tempête

Le lendemain du jour où McSorley et ses hommes ont débarqué et fait fuir Everett et la petite, Temple se réveille tôt. D'ordinaire intarissable, Gertie prépare le percolateur en silence, comme si c'était le saint sacrement. La veille, en larmes, elle a avoué qu'un des gars l'avait vue récupérer la paie d'Everett dans le coffre et la lui donner. Ça lui avait paru sans importance sur le moment, mais après le départ de McSorley elle avait découvert que le coffre avait été forcé. Les coupables n'avaient pris que ce qui leur était dû : ils l'avaient fait parce qu'ils n'appréciaient pas qu'Everett ait touché son argent plus tôt. Ils étaient ensuite allés à Estevan boire du whiskey bon marché et se baigner dans le château d'eau. Le mal était fait. Ils avaient beau n'avoir rien volé et être en droit d'attendre une égalité de traitement, Temple les avait bannis à jamais pour leur désobéissance.

Après avoir fouillé la ferme en vain, McSorley avait dû admettre, de mauvaise grâce, que l'enfant des rumeurs était bien la nièce de Temple. L'inspecteur avait toutefois raison sur un point : la météo. Au moment du petit-déjeuner, le soleil ne se manifeste qu'en vague touche orangée derrière le rideau de poussière qui s'accumule au sud. À dix heures, la nervosité des sauterelles et des papillons est telle qu'ils s'assomment en se cognant contre les carreaux de la maison, comme s'ils cherchaient à les briser pour se réfugier à l'intérieur. À midi, le vent étrangement froid est devenu assez violent pour faire claquer les paupières de Temple contre ses globes oculaires. On dirait qu'il souffle de toutes les directions à la fois – et non par rafales mais en continu, comme un ventilateur démesuré. Le violet du ciel s'intensifie tout au long de l'après-midi, et lorsque les ouvriers se rassemblent sur la galerie pour dîner, des bourrasques de poussière cinglantes précipitent seaux et sacs de grain contre le flanc de la maison, tandis que dans le lointain une montagne inversée d'un noir de charbon leur fonce dessus comme un train lancé à pleine vitesse.

La température s'effondre et la lumière prend une teinte verdâtre, surnaturelle : Temple et ses hommes abandonnent leurs assiettes, courent libérer les bêtes pour qu'elles ne s'étranglent pas, et se précipitent vers l'abri anti-tempête sous la bibliothèque – du moins pour ceux qui ne se sont pas déjà enfuis. Temple voit la pompe à vent se détacher de son habitacle au-dessus du puits et s'envoler dans le ciel, comme tirée par des fils invisibles. Tout en ramenant vers elle les portes de l'abri, elle a beau savoir qu'Everett et Gousse sont en route vers l'ouest, l'angoisse de les laisser dehors la saisit. Si seulement elle pouvait sauver ne serait-ce que quelques-uns des livres les plus précieux de la bibliothèque – ces magnifiques volumes de Dante avec des fleurs sauvages séchées toutes les deux pages, ou cet exemplaire de *L'Odyssée* qu'Everett s'est risqué à laisser ouvert pour elle –, mais le temps manque.

Alors qu'elle est enfermée dans l'abri, il lui semble que l'atmosphère elle-même est saisie de convulsions. Elle apprendra plus tard que le cyclone faisait plus d'un kilomètre et demi de large lorsqu'il a atteint Estevan, et qu'il a traîné sa lame hélicoïdale comme une charrue sur près de quatre-vingts kilomètres avant de finalement se dissiper. Le vent dévorateur soulève mainates, poules, chiens de prairie, vaches, corbeaux et lièvres – animaux sauvages ou domestiques, peu importe – et les fracasse contre les objets qui tourbillonnent dans les airs. Les lignes télégraphiques se rompent, les automobiles font des tonneaux et finissent écrabouillées, les wagons quittent les rails pour tournoyer paresseusement comme des avions sans ailes. Les silos à grain se transforment en derviches de planches et de clous, et presque tous les arbres de la région sont déracinés aussi facilement que des carottes arrivées à maturité.

Temple entend sa maison céder en premier : un tintamarre de bois et de carreaux brisés, projetés sur un rayon de trente mètres. Quand le vortex s'approche de la chapelle, elle sent la pression atmosphérique chuter : les fenêtres implosent au-dessus d'elle en un million d'éclats de verre, comme autant de mitraille sur le sol poussiéreux. Et lorsque le cône rugissant s'attaque à la bibliothèque, le toit se décroche dans un grincement suraigu de clous arrachés et une sorte d'inhalation monstrueuse. Puis vient ce bruit inimaginable que Temple Van Horne n'oubliera sûrement jamais, de toute sa vie : dix mille livres aspirés vers le ciel, d'un seul coup.

Un refuge

Avant de le réveiller, Harris bande délicatement les yeux de Feeney avec une cravate en soie. Il passe ensuite près d'une heure à aider maladroitement son descripteur à s'habiller, puis ils se font conduire au port et embarquent sur la goélette, manœuvrée par des gens que Harris a embauchés à la journée et qui n'ont pas le moindre lien avec Greenwood Timber.

Conformément à ses instructions, le bateau traverse le bras de mer, dépasse Port Browning et oblique vers le nord. Des embruns salés éclaboussent le visage des deux hommes parmi les cris des mouettes. « Dis-moi ce que je suis en train de regarder », demande Feeney au milieu du voyage dans une imitation parfaite de l'intonation de Harris, lequel se met alors à décrire le pittoresque paysage marin de son imagination en soignant son accent irlandais.

Au bout de plusieurs heures, ils finissent par mouiller l'ancre et rejoignent en barque une petite jetée dans une crique protégée, que Harris sait invisible depuis la baie.

« Que vois-tu ? demande-t-il en retirant le bandeau de soie qui couvre les yeux de Feeney, une fois qu'ils ont débarqué.

– Une île boisée. On ne peut plus verte et luxuriante. Où des pins d'Oregon chatouillent les nuages de leurs doigts gantés d'aiguilles.

– Rockefeller ne s'était même pas donné la peine de baptiser cette île avant de nous la vendre, dit Harris lorsque la barque repart et qu'eux-mêmes quittent la jetée avec leurs affaires et leurs provisions. Avant la conquête par les Anglais, les Indiens Heiltsuks l'appelaient Qanekelak, ce qui signifie apparemment "polymorphe" dans leur langue. J'ai envisagé de lui donner ton nom, mais cela attirerait trop l'attention. J'ai donc opté pour mon second choix : Greenwood Island.

– Inventif », le taquine Feeney avant qu'ils ne s'engagent sur un sentier étroit d'une petite largeur d'épaules.

Il ouvre la voie depuis une demi-heure lorsqu'il s'exclame : « Mais regardez-moi ça !

– Décris, Liam », répond Harris.

Ils s'arrêtent et Feeney s'exécute : « Dans une clairière de pins, de cyprès et de cèdres, sur une petite éminence, se dresse un chalet qui domine l'océan. Les planches brutes de ses murs, que le soleil n'a pas eu le temps de patiner d'argent, sont encore rosées.

– Il a été bâti par les meilleurs charpentiers de la côte, ajoute Harris, avec le bois des arbres qu'ils ont abattus pour dégager le site. » Son projet d'origine était que le chalet soit prêt pour la fin de l'année, mais après le guet-apens de Lomax sur la plage, il a payé le prix fort pour accélérer la construction, demandant une structure modeste mais élégante, rustique et sans fioritures – tout le contraire de sa grande demeure de Vancouver –, destinée à se fondre dans la forêt plutôt qu'à l'écraser.

« C'est à nous. Un endroit où vivre tels que nous sommes, dit Harris en invitant Feeney à entrer. Du premier étage, on voit l'océan, mais le chalet est totalement invisible du large. Nous ne serons pas dérangés, ici. Par personne. »

Quand il avait regagné son bureau après l'épisode de la plage, Harris avait licencié Baumgartner sur-le-champ, et sans indemnités, pour leur avoir envoyé Lomax – de toute évidence une manœuvre malveillante destinée à jeter le discrédit sur sa relation avec Feeney. Harris a, depuis, raconté les détails de la rencontre à ce dernier, y compris la nouvelle qu'Everett serait en vie, ce que son naturel sceptique l'empêche pour le moment de croire totalement. Il a en outre assuré Feeney que, si son frère était effectivement de ce monde, la probabilité extrêmement faible qu'il le contacte après si longtemps semblait un risque raisonnable à courir pour assurer leur sécurité.

Mais depuis un mois Lomax se présente tous les matins aux bureaux de Greenwood Timber, sans demander à voir Harris ni le menacer d'aucune façon : il passe des heures dans la salle d'attente à lire les gazettes, sortant régulièrement fumer ses drôles de cigarettes dans le jardin malgré les cendriers à sa disposition à l'intérieur. Harris ne sera toutefois bientôt plus obligé de supporter sa présence – sous peu, les traverses auront toutes été coupées et passées à la créosote, et le contrat japonais sera honoré.

Lors de cette première visite du chalet, Harris réclame à nouveau les bons services de son descripteur. À sa grande joie, Feeney manifeste une admiration particulière pour les étagères construites sur mesure et couvertes de livres qui tapissent les hauts murs. Ce soir-là, il fait rôtir des filets de saumon sur d'odorantes planches de cèdre, puis lit à voix haute pendant des heures. Harris boit sa voix comme un nectar divin.

Plus tard, au lit, on ne peut plus loin de tout risque d'être découverts, dans une solitude si complète que Harris en pleurerait presque, ils écoutent les craquements et autres bruits doux du bois fraîchement coupé qui sèche dans la chaleur du poêle. « Les gens croient souvent que les arbres meurent quand on les abat, dit Harris. Mais c'est faux. Une maison en bois est vivante. Ses vaisseaux charrient l'humidité. Elle respire et se tord, s'étend et se contracte. Comme un corps.

– Eh bien j'apprécierais que le corps qui est le tien se taise et nous laisse dormir, dit Feeney, la tête enfouie sous son oreiller. Parce que ce que j'aime par-dessus tout ici, c'est le silence. »

Le lendemain matin, ils traversent la partie incendiée pour rejoindre la zone où Harris sait que se dressent les géants de l'île. Feeney s'arrête au pied du plus impressionnant de tous, un pin d'Oregon monumental de plus de soixante mètres de haut, enrobé dans une écorce de trente centimètres d'épaisseur. Main dans la main, la tête renversée, les deux hommes l'examinent quelques instants en silence.

« Magnifique, finit par dire Feeney. Je ne vois pas d'autre description possible.

– J'ai voulu brûler cette forêt, un jour, lui avoue alors Harris. C'était complètement idiot de ma part. Mais elle a survécu. Et j'en suis heureux.

– Louée soit ton inefficacité. »

Ils regardent toujours vers le haut et Harris fait de son mieux pour imaginer l'entrelacs des branches. « C'est étrange, tu ne trouves pas, Liam, qu'il suffise d'acheter la terre où un arbre pareil est enraciné pour avoir le droit de le détruire à jamais ? Et le plus étrange, c'est qu'il n'y a personne pour vous en empêcher. »

Feeney laisse échapper un petit rire moqueur. « Là d'où je viens, les vieux arbres sont censés abriter des esprits. Alors je dirais qu'il y a peut-être quelqu'un pour t'en empêcher, mais qu'il n'est pas encore réveillé. »

Harris se tourne et le prend par le coude. « Une fois qu'on aura livré toutes les traverses et touché l'argent du contrat japonais, je vais vendre la société. Je ne supporte plus que des hommes meurent à mon service. Et je n'ai plus envie de couper des arbres comme celui-ci. On pourrait vivre sur cette île à plein temps. Tout recommencer. Débarrassés des gens comme Lomax. Qu'en dis-tu ?

– Je tiens d'abord à préciser que je déteste l'idée que tu dénonces ton frère, dit Feeney, réticent, même si Harris voit bien qu'il est séduit par le projet. Alors pourquoi ne pas tout de suite envoyer balader ce Lomax ? »

Harris secoue la tête. « S'il nous dénonce, nous serons arrêtés pour outrage aux bonnes mœurs. Les actions de Greenwood Timber perdront toute valeur du jour au lendemain. Je n'aurai plus rien à vendre. Que ferons-nous, alors ? Du bûcheronnage ? Tu sais ce que deviennent les hommes comme nous sans l'armure de l'argent, Liam ?

– Je n'ai pas peur de la pauvreté. En tant que poète, c'est ma condition naturelle. Et nous n'aurions pas besoin de grand-chose, si nous vivions ici.

– Non. Nous devons aller au bout du contrat avec les Japonais. J'assurerai la livraison du solde moi-même s'il le faut.

– Bon, bon. J'avoue que j'aime beaucoup cet endroit. Et puis j'ai toujours rêvé de vivre caché comme un trésor précieux.

– Parfait, c'est donc réglé.

– J'ai juste une petite réserve concernant le chalet », dit Feeney, pris d'un mauvais pressentiment tandis qu'ils entament le chemin du retour.

Harris sent son ventre se nouer. N'a-t-il pas pensé à tout ?

« Il n'a qu'une seule porte, reprend Feeney. Or les grands trésors tels que moi ont toujours besoin d'une sortie de secours. Si parfaitement protégés soyons-nous. »

Alors, l'après-midi même, il utilise les outils abandonnés par les charpentiers pour ouvrir une seconde porte, plus petite, à l'arrière du chalet, juste à côté de la cuisine. C'est un piètre artisan – Harris s'en rend compte en faisant courir ses mains le long du rectangle tordu et plein d'échardes que Feeney a découpé dans le mur, mais il ne dit rien. Il est presque minuit quand Feeney parvient enfin à régler le problème de la porte qui bute contre le montant : Harris ouvre une bouteille de saké pour fêter ça. Tandis qu'ils boivent, un aigle frôle de si près la fenêtre qu'ils l'entendent déchirer l'air comme du tissu.

Firvale

Menotté, Everett passe de la cellule de détention à une salle d'audience minuscule, où siège un juge très âgé qui brasse des papiers : quand ce dernier lève son visage de chien de chasse, sa façon de considérer le prévenu donne l'impression qu'il ne regarde pas tant un homme qu'un déplorable élément du décor. Un policier raconte comment ledit prévenu, descendu d'un train dans les hauteurs montagneuses, s'est introduit par effraction dans une éminente demeure de Firvale qu'il a pillée et dont il a brûlé l'essentiel des meubles, avant d'être arrêté.

« Ce compte rendu est-il exact, monsieur Bowater ? » demande le juge.

Lorsque les policiers les ont expulsés de la maison le matin même, puis embarqués jusqu'à cette ville datant de la ruée vers l'or, sise à la confluence de deux cours d'eau et dont le nom signifie littéralement « le vallon aux pins », Everett s'est fait passer pour un ouvrier agricole itinérant du nom de Saul Bowater, originaire de Calgary. Lorsqu'il invente un nom, il s'astreint toujours à une certaine excentricité : il y a alors moins de chances qu'un autre vagabond l'ait déjà utilisé.

« Nous étions à moitié morts de froid, monsieur, répond-il. C'était pas du vol. Il fallait que je fasse du feu pour réchauffer ma petite.

– Oh ! Brûler des meubles en parfait état constitue du vol caractérisé, réplique le juge d'un ton suffisant. N'êtes-vous pas d'accord, monsieur ? Dans la mesure où cela limite sans fondement légal le droit du propriétaire d'en jouir indéfiniment ? »

Everett pense qu'il faudrait affiner le raisonnement, mais il a le bon sens de ne pas rentrer dans le débat avec un magistrat de seconde zone enclin à pontifier. « Je voyais pas tout à fait ça comme ça, monsieur.

– Mais serait-il exact de dire que vous aviez une bonne raison, bien compréhensible, de brûler ces meubles, en ce que vos moyens ne vous permettent pas de vous loger convenablement ? dit maintenant le juge avec une gentillesse qui semble sincère.

– Je suppose que oui, monsieur.

– Prenez note du fait que l'accusé se reconnaît coupable de vagabondage, proclame le juge.

– Attendez un peu, dit Everett, je suis pas un vagabond. Je traverse une mauvaise passe, c'est tout. » Il fut un temps où il pratiquait assidûment ce jeu du détail significatif, cet art de placer le bon mot au bon endroit, mais il n'en a plus l'énergie. Et puis il n'arrête pas de penser à Gousse, qu'on lui a retirée – pour l'emmener où, il n'en sait rien.

« Pfff, dit le juge, vous n'avez jamais exercé un métier honnête de toute votre vie. Coupable de vol, de vagabondage et de violation de propriété privée. » Il lève son marteau.

« Que va devenir ma fille, monsieur ? »

Le marteau redescend. « Avez-vous de la famille qui puisse s'en occuper le temps de votre incarcération ? » demande le juge en frottant ses yeux aux paupières tombantes.

Everett pense soudain à Harris. Dans le camp forestier où on l'a arrêté, les pentes alentour étaient totalement nues, saupoudrées de souches noires disposées comme les sièges d'un colisée. Sur des troncs laissés çà et là, Everett a repéré le pochoir de la Greenwood Timber Company, laquelle a aussi construit la scierie et la demeure où il s'était réfugié. Dans son désespoir, il envisage un bref instant d'invoquer le nom de son frère devant le juge. Mais ce n'est vraiment pas comme ça qu'il s'était imaginé reprendre contact avec lui après tant d'années – une supplique de prisonnier. Ce serait une erreur, il le sait.

« Je n'ai pas de famille, monsieur.

– Alors l'enfant restera sous la garde de l'État jusqu'à ce que vous ayez purgé votre peine. Vous pourrez apporter la preuve de votre paternité au moment de votre libération », dit le juge avec un mépris ostensible. Il abat son marteau et l'huissier arrache Everett à son siège. On l'entraîne dans un couloir froid et humide jusqu'à une cellule minuscule où règnent les odeurs fétides d'êtres humains en cage. Un sol de goudron, un étroit lit métallique, un seau en fer-blanc pour ses besoins. Il y reste trois jours, à attraper des punaises entre le pouce et l'index, à faire tremper les biscuits secs qu'on lui donne pour les rendre mangeables, à redouter qu'on fasse le lien entre lui et l'homme qu'il a blessé dans l'Oregon.

En l'absence de Gousse, Everett n'est plus que l'ombre de lui-même. Une heure sans elle le rend déjà malade, alors des journées entières ? Une torture. Cent fois par jour, il demande où elle est.

« Vous ne lui donnez pas de lait de vache, hein ? crie-t-il quand il croit l'entendre pleurer par-dessus le bourdon alcoolisé des autres prisonniers.

– Ferme ta gueule ! aboie le gardien en donnant un coup de pied dans les barreaux de sa cellule.

– Elle ne supporte pas le lait de vache. Ça la fait vomir. Il lui faut du lait de chèvre. »

Bientôt, chaque fois qu'il mentionne l'enfant, le gardien le frappe avec un long bâton de pacanier. Ce bâton dévie les questions à l'intérieur d'Everett mais ne les supprime pas.

Est-ce qu'elle a peur ? Est-ce qu'elle me cherche quand elle se réveille et ne me trouve pas ? Est-ce qu'on la laisse dans ses langes souillés ? Est-ce qu'elle s'endort à force de hurler ? Au fil des ans, dans son érablière, il avait pris goût à la solitude. C'était même devenu sa préférence, comme ces alcools forts qu'on apprend à aimer. Mais aujourd'hui, il en est dégoûté. Après des jours sans savoir ce que devient la petite, Everett, au désespoir, supplie un des garçons miséreux qui nettoient la prison de porter de sa part un message au juge.

« Vous croyez qu'il m'écoutera ? » Le gamin au visage constellé de taches de rousseur jette des regards en coin au gardien ; il va s'en prendre une s'il est vu en train de conspirer avec un prisonnier.

« Dis-lui de contacter mon frère, reprend Everett. C'est un homme important. Harris Greenwood. Celui qui a construit Firvale. Si le juge lui fait savoir ce qui se passe, il pourrait tout arranger. »

Il voit les yeux du garçon s'arrondir à la mention d'un nom si puissant. Pour la première fois de sa vie, peut-être, le patronyme d'Everett joue en sa faveur.

L'une des choses les plus dangereuses qui soient

« Il est incarcéré là-bas ?

– C'est ce que dit le télégramme de ce matin, répond Milner.

– Et il est digne de confiance, ce juge ? demande Harris en faisant les cent pas dans son bureau, serpentant habilement entre les cages où s'égosillent ses oiseaux. Il est de notre côté ? Il n'a rien contre nous, si ? Je ne me souviens plus des détails du contrat. Vous avez dit que c'était où… Firvale ? »

Milner ouvre le dossier et lit tout haut. Un versant près des Rocheuses, loué pour trois fois rien à la municipalité cinq ans plus tôt. Deux ans de coupe. Des dortoirs rudimentaires construits pour les ouvriers, ainsi que plusieurs maisons dignes de ce nom pour les gérants d'usine et les dignitaires de passage, et aussi des puits et des routes. De l'abattage de base, avec débardage dans la vallée et transport du bois par voie ferrée jusqu'à Vancouver.

« Nous avons réalisé un joli profit sur cette opération », dit Milner. Mais ils en ont fait tellement, des opérations comme celle-là – venir, couper, partir –, que Harris ne la resitue toujours pas.

« Et le juge a précisé que mon frère a *explicitement* demandé mon aide ? » Dans l'accord qu'il a passé avec Lomax, Harris a promis de l'alerter au cas où son frère ferait la démarche de le contacter, pas dans celui où lui-même aurait incidemment des nouvelles d'Everett.

« Oui, le juge a spécifié que le prisonnier vous sollicitait expressément. Mais un délinquant raconte bien ce qu'il veut, monsieur Greenwood, dit laconiquement Milner.

– C'est lui, intervient Feeney du fond de la pièce. J'en suis sûr. Sinon pourquoi diable vous nommerait-il ?

– Merci, Milner, dit Harris. Ce sera tout. »

Plus tard, tandis qu'il déjeune en solitaire à son bureau, les pensées de Harris retournent au festin qu'il avait préparé pour accueillir son frère à son retour d'Europe, à l'assiette généreuse qu'il avait mise de côté et qu'il avait fini par jeter dans un puits en comprenant que son frère ne rentrerait pas. Harris avait pardonné à Everett d'être parti à la guerre à sa place. Il était disposé à voir ses actions comme un énième épisode de l'épique compétition fraternelle. Il avait envisagé pour eux deux un avenir glorieux : son instruction et son savoir-faire entrepreneurial combinés à l'expérience de bûcheron d'Everett et à sa compréhension intuitive des forêts – Greenwood Timber aurait gagné son premier million en moitié moins de temps qu'il ne l'avait fallu à Harris seul. Malgré cela, Everett avait choisi de garder ses distances. Alors pourquoi se tournerait-il vers lui maintenant, après tout ce temps ?

Harris repousse son assiette et secoue la tête. Jadis, il aurait immédiatement donné sa vie pour sauver celle de son frère, mais aujourd'hui, avec Feeney dans l'équation et ce serpent de Lomax dans les parages, prêt à mordre, Everett n'est plus la seule personne sur qui il doit veiller.

Une fois que la bonne a remporté le plateau, il décroche son téléphone et convoque Feeney dans son bureau. « Va me chercher Lomax, dit-il. Il est sans doute en train de fumer dans le jardin.

– Tu ne vas tout de même pas livrer ton unique frère à ce vampire ?

– Il n'est pas question de le livrer, Liam. Mais de mettre en contact deux parties. R. J. Holt souhaite se voir restituer quelque chose qui lui appartient, et Mr Lomax m'a assuré qu'Everett ne ferait pas l'objet d'une poursuite judiciaire s'il obtempérait.

– Et tu le crois ? demande Feeney.

– Pas totalement. Mais je ne peux pas me défiler, pas maintenant. Et je me permets de te rappeler qu'Everett et moi ne sommes pas frères de sang. Il s'agissait, là aussi, d'une forme de contrat, entre deux parties également désespérées.

– Mais ça a marché, dit Feeney. Votre contrat. Vous avez survécu.

– Liam, ce Lomax peut nous rendre la vie très facile ou très difficile. Mais sois sûr d'une chose : il fera l'un ou l'autre. S'il apprend qu'Everett m'a contacté et que je ne l'en ai pas informé, nous sommes finis. Ce qui attend mon frère est inéluctable, je ne fais qu'accélérer les choses. »

Feeney ne dit rien, mais Harris le connaît suffisamment pour déchiffrer sa désapprobation silencieuse. C'est alors qu'un brusque sentiment d'intrusion s'empare de lui : pour la première fois, il regrette d'avoir parlé de son frère à Feeney. Il a été imprudent avec son histoire personnelle, il a partagé ses pensées les plus intimes avec son descripteur, permettant à ce dernier de pénétrer trop avant derrière les hauts murs qui l'ont si longtemps protégé de ceux qui voulaient sa perte. Il décide d'être moins généreux à l'avenir.

Feeney brise finalement le silence. « Je comprends ta position, dit-il en posant sa main chaude dans le dos de Harris. Mais ce Lomax me fait penser à un arbre qui a été scié de part en part et qui pourtant ne tombe pas. J'ai beau être plus marin que bûcheron, j'ai passé assez de temps dans tes camps forestiers pour savoir qu'un arbre entièrement scié qui ne tombe pas est l'une des choses les plus dangereuses qui soient. »

Prenez vos affaires

Le lendemain, un homme aux yeux globuleux entre dans la cellule d'Everett et se plante à côté de sa couchette. Petit et râblé, il ressemble à un carcajou qu'on aurait dressé à marcher debout sur ses pattes arrière. Il se présente : McSorley – l'inspecteur des chemins de fer dont Temple s'inquiétait tant.

« Tu as fait un sacré bout de chemin, Greenwood. Mais je savais que tu finirais par te faire pincer à un moment ou à un autre.

– Je sais pas pour qui vous me prenez, monsieur, mais je suis pas un vagabond.

– Bien vrai, raille l'homme. Tu es pire que ça.

– Moi et ma petite, on va dans l'Ouest, on fait de tort à personne. »

Une exhalation bruyante sort du gros nez de McSorley. « Alors c'est ta fille, maintenant ? »

Les deux hommes se regardent droit dans les yeux. « Vous m'avez entendu, dit Everett.

– Je ne suis pas expert, dit l'inspecteur, mais pour autant que je sache, un mâle ne peut pas produire un de ces bouts de chou tout seul. Alors où est la mère ?

– Sa mère est décédée.

– Tu m'as l'air dévasté de chagrin.

– Et en quoi ça vous regarde, d'abord ?

– Écoute-moi, pauvre cloche, lance l'inspecteur en montrant les dents (lesquelles sont toutes strictement identiques, comme si elles sortaient du même moule). Cette gosse est autant ta fille que la mienne. D'après le juge, tu n'as pas de papiers pour elle, c'est vrai ?

– Je les ai perdus dans un incendie.

– Alors dis-moi dans quel hôpital elle est née et on leur demandera un duplicata.

– J'ai l'air de pouvoir me payer les services d'un docteur ? Elle est née dans notre cabane, près du poêle à bois, comme moi. Sa mère a pas survécu à la naissance. »

L'inspecteur fait un tour de cellule d'un pas furibond, le temps de mettre au point une nouvelle tactique. « Tu te souviens de cet homme que tu as tabassé dans l'Ontario, près de la voie ferrée ? Je suis sûr que oui. Eh bien c'est le frère d'un sénateur.

– On s'est pas arrêtés dans l'Ontario, dit Everett avec autant de sang-froid que possible. On a pris des express et on a traversé direct.

– C'est bizarre, parce que tu as été identifié par le gérant d'une pension à Toronto, et on a trouvé une couche et un pyjama de bébé dans le ruisseau du verger où l'agression a eu lieu, mais peu importe. L'homme que tu as tabassé te reconnaîtra sans problème quand je t'aurai ramené dans l'Est. Avec ou sans barbe. »

Everett se tait. Ce qu'il a fait à cet homme était inévitable, bien qu'il maudisse intérieurement ce monde d'exiger qu'on fasse mal à quelqu'un pour sauver quelqu'un d'autre.

« Et quand tu iras au trou pour ce que tu as fait, cette fillette deviendra pupille de l'État. Et alors elle sera aussitôt adoptée par son père, R. J. Holt.

– C'est moi, son père, dit Everett en croisant les bras. Vous pourrez dire ce que vous voudrez, ça n'y changera rien. »

McSorley enfonce son chapeau sur son front charnu. « Eh bien c'est ce qu'on va voir, Greenwood. On part demain. »

Everett s'endort tard : il répète son histoire, s'exerce à prendre l'air choqué quand l'homme du verger le reconnaîtra. Mais si tout échoue, que Gousse lui échappe pour retourner à R.J. Holt et que lui-même est renvoyé en prison, alors il a bien l'intention de se fracasser le crâne contre le mur de pierre de sa cellule et d'en finir une bonne fois pour toutes. Parce que après tant de liberté, il ne survivra pas à une nouvelle incarcération.

McSorley se présente tôt le lendemain matin, sauf que cette fois-ci il est muet, presque contrit. Un autre homme l'accompagne, colossal mais maladif, ses yeux caverneux cernés de sueur. Lomax a beau être émacié et dégager quelque chose d'encore plus sinistre et démoniaque que lorsque Everett l'a vu pour la première fois à Toronto, il porte Gousse, enveloppée dans une couverture moelleuse, et tout le reste s'évanouit. À sa vue, le corps entier d'Everett se met à chanter.

« Merci pour vos efforts, inspecteur », dit Lomax d'un souffle rauque en serrant la main de McSorley. Vu la déception patente de l'inspecteur, Everett voit bien que les deux hommes poursuivaient des objectifs contradictoires et que McSorley a été battu – comment, il n'en sait rien.

« Prenez vos affaires », lance alors Lomax d'une voix cendreuse.

Monstre, apparition, sauveur, bourreau : peu importe à Everett de savoir ce qu'est réellement cet homme, car il tient Gousse dans ses bras et les grilles s'ouvrent en grand.

Raisonnable

À la petite gare près de la prison les attend un wagon particulier et sa locomotive. Le caisson en bois étincelant, orné d'or par filigrane, forme un contraste absurde avec la rudesse du paysage montagneux alentour. Pour dissuader Everett de s'enfuir, Lomax insiste pour garder l'enfant dans ses bras quand ils montent à bord, bien qu'elle se tortille contre lui et que sa simple présence le mette mal à l'aise – ses traits lui rappellent Euphemia de façon troublante. Et puis Lomax a déjà eu son lot de bébés dans la vie, et il préférerait aussi ne pas avoir à penser à sa propre nichée désormais sans toit à Saint John, obligée de s'entasser chez la mère de Lavern. Même si maintenant qu'il a ces deux-là sous sa garde, les perspectives de la famille Lomax s'en trouvent grandement améliorées.

Une fois qu'ils sont installés, il passe la petite à Everett, qui la serre contre lui et lui murmure à l'oreille.

« Ce vieux R. J. a une bien belle voiture, dit celui-ci sitôt l'enfant endormie, avant même le départ du train. Elle va où ?

– Elle n'appartient pas à Mr Holt, répond Lomax.

– À qui, alors ? À vous ?

– C'est la voiture personnelle de votre frère. Faite d'un bloc. Un seul et unique séquoia, creusé comme un canoë indien. Impressionnant, non ?

– Mmm, dit Everett sans intonation particulière. À Toronto vous m'avez dit que vous travailliez pour Holt.

– Exact. Mais Harris Greenwood et moi-même avons actuellement certains intérêts communs. Contrairement à vous, votre frère est raisonnable.

– Et c'est lui qui vous a dit où me trouver ?

– Quand il a eu vent de votre emprisonnement. Il était très inquiet pour vous.

– Quel bon frère.

– Il veut votre bien, Everett. Tout comme moi. Souvenez-vous, qui vient de confirmer à l'inspecteur McSorley que vous étiez le père de cette enfant ? Et que nous étions ensemble à Toronto le jour où le frère du sénateur s'est fait passer à tabac ? »

Everett secoue la tête. « Je pensais que vous auriez lâché l'affaire depuis longtemps.

– Il faut croire que je suis aussi têtu que vous. Mais nous avons encore une chose à régler avant de regagner nos pénates, si pénates il y a. Je parle du journal.

– Vous et moi n'avons rien à régler. »

Lomax expire bruyamment. « Bon, voilà exactement le genre d'attitude qui m'obligerait à informer McSorley que je me suis trompé dans les dates, ce qui vous laisserait sans alibi pour le jour où cet homme a été blessé. »

Everett jette un regard à la fenêtre, comme s'il évaluait la force nécessaire pour la briser. Lomax regrette de lui avoir donné l'enfant, mais il est suffisamment proche de lui dans l'étroit compartiment pour l'attraper en cas de tentative de fuite.

« Vous savez ce que je ne comprends pas ? reprend-il au bout d'un moment. Vous avez d'abord tout fait pour vous débarrasser de la petite, et ensuite vous avez tout fait pour la garder. Ce n'est pas logique.

– Les gens sont pas logiques, répond Everett. Vous saviez pas ?

– Écoutez, d'après la police, vous n'aviez pas de journal sur vous au moment de votre arrestation. » Lomax sort une cigarette et se penche pour tendre son paquet à Everett. « Mais si vous le rendez, avec l'enfant bien sûr, je ne vous livrerai pas à McSorley. Une récompense est même peut-être encore envisageable. Alors, où est-il ?

– Ah, ça y est, je me rappelle, dit gaiement Everett en ignorant les cigarettes. Je l'ai envoyé aux rédacteurs du *Globe.* »

Lomax est traversé d'une rage incandescente : lâchant sa Parliament, il bondit et referme une de ses immenses mains autour du cou d'Everett, serrant les cartilages caoutchouteux avec fermeté et constance, comme s'il pressait un citron. Everett étouffe, ses molaires claquent, ses yeux exorbités le brûlent comme des comètes. Lomax sent le métronome de son pouls accélérer ; il sait qu'en serrant à peine plus fort, il pourrait faire en sorte que ses doigts se rejoignent. « Envoyé à mon frère depuis Toronto… », parvient à dire Everett en manque d'air, d'une voix rauque et métallique. Lomax ouvre un peu la main pour le récompenser. « Je vous le donnerai si vous me menez jusqu'à lui », reprend Everett.

Lomax appuie une dernière fois avant de lâcher prise. « Voilà, ce sont vos premières paroles raisonnables de la journée. » Il lisse sa veste froissée et ajoute, tandis qu'Everett tousse entre deux haut-le-cœur, la petite toujours endormie sur ses genoux : « Et je suppose que vous venez de répondre à la question que vous posiez tout à l'heure quant à notre destination. Nous allons justement rendre visite à votre frère. »

L'économie de la nature

Everett le reconnaît à la rythmique des coups bien avant de voir son visage. Dehors, derrière la grande demeure qui étale son aile est et son aile ouest dans des jardins manucurés aux fontaines en forme de nymphes et de dryades, il regarde avec émerveillement l'aveugle se saisir d'un autre rondin de pin sans le moindre tâtonnement, le hisser sur la souche qui lui sert de billot, reculer d'un pas précis, le merlin calé sur l'épaule, et abattre la lame pile au centre de la bûche, envoyant deux morceaux presque égaux tomber de chaque côté. Harris a toujours été d'une grande habileté à la hache et Everett se réjouit de voir que l'argent n'a pas gâché son talent, même si aujourd'hui il coupe du bois à côté d'une roseraie.

Il aimerait autant ne pas s'approcher de son frère tant que ce dernier tient un outil pouvant lui fendre le crâne en deux, mais Gousse est sous la garde de Lomax dans une chambre au deuxième étage. Bien qu'il meure d'envie de la serrer contre lui et d'enfouir son nez dans le petit cou potelé de l'enfant, Everett a fait de son mieux pour sembler détaché. Il sait qu'il perdra en marge de manœuvre si Lomax prend la véritable mesure de son affection. Ce dernier lui a donné jusqu'au lendemain pour restituer le journal, et Everett va avoir besoin de sa juste part d'héritage pour que Gousse et lui aient la moindre chance de s'en sortir. Il rentre sa chemise dans son pantalon crasseux, se peigne avec les doigts et s'avance dans le dos de son frère, s'arrêtant juste avant de se trouver à portée de cognée.

« Je croyais que les riches étaient censés être gros. »

Harris s'immobilise en plein geste, puis repose le merlin sur son épaule. Malgré la force intacte du corps noueux, Everett décèle l'ombre d'un déséquilibre, une infime secousse sismique, comme si le jardin était un bateau qui venait d'accoster.

« Figure-toi qu'après tout ce temps, on ne m'a toujours pas dit où se trouve le garde-manger, ici », répond Harris en se retournant. Sous les grands yeux vides, le bas du visage hésite entre joie et furie.

Malgré la cécité de son frère, Everett regrette soudain de ne pas se présenter dans des vêtements plus raffinés et des intentions plus altruistes. Du bout du pied, il rapproche de la pile les bûchettes impeccables et demande : « T'as personne pour couper ton bois ?

– Il y a environ quatre mille chômeurs dans cette seule province qui ne demanderaient que ça, frérot. Ça ne m'empêche pas de préférer m'en charger moi-même de temps en temps. »

Harris a toujours quelques centimètres de plus qu'Everett et ce masque de renard qui jauge ses interlocuteurs, mais sa voix a acquis une sorte de légèreté aristocratique. Une touche britannique. La relique d'une bonne éducation, suppose Everett, fier de son frère qui a réussi à s'extraire de son milieu. Ce frère qui lui a parfois tellement manqué qu'il en aurait crevé. Il a imaginé leurs retrouvailles des milliers de fois ; elles s'accompagnaient en général de coups de poing et de grincements de dents. Jamais ça ne s'est passé comme maintenant, par un retour à leurs vieilles plaisanteries, chacun se glissant spontanément dans les marques indélébiles du mode opératoire qui fut jadis le leur.

Harris retourne à son ouvrage et abat le merlin, fendant un nouveau rondin en bûchettes bien nettes. « J'aimerais dire que tu n'as pas changé, lâche-t-il, mais ce n'est sans doute pas vrai, compte tenu de ce que tu t'es infligé. Ta voix est plus lente. Plus rouillée. J'y entends plus de terre.

– C'est pour ça que t'as envoyé ton molosse après moi ? Tu voulais entendre ma voix, mais t'étais trop occupé à jouer les bûcherons pour venir me chercher toi-même ?

– Mettons les choses au clair, frangin : j'ai demandé à Mr Lomax d'aller te récupérer après que tu as toi-même réclamé mon aide, répond Harris d'un ton sévère. Suite à mes échanges avec lui, il m'a semblé évident qu'il était peut-être bien la seule personne à pouvoir te tirer d'affaire. À condition que tu sois raisonnable, ce qui, te connaissant, ne manquerait pas de susciter mon étonnement. »

Ce ton paternaliste hérisse Everett : cette vieille autorité autodécrétée, toujours à parler pour eux deux, à décider quel arbre couper, à quelle heure se coucher. « Tu me connais mieux que personne. Je suis tout sauf raisonnable. »

Harris empile le bois qu'il a coupé, range le merlin et demande à son frère s'il a faim. Everett hoche la tête, puis se reprend et réitère vocalement sa réponse. Ils entrent par une haute porte dans une pièce majestueuse qu'éclaire un lustre aux mille éclats de cristal en suspens. Everett n'a jamais vu une telle opulence : bibliothèques vitrées le long des murs, sol de marbre vert, lisse et lustré comme la soie, balustres et moulures en séquoia d'une rare finesse de grain. Il est en outre impressionné par la remarquable capacité de son frère à éviter les meubles, de mémoire, sans canne ni guide.

« C'est un sacré domaine que tu as là, dit-il. Cette demeure m'a l'air moins bancale que notre vieille cabane.

– Je savais que si je construisais un bâtiment modeste, on me traiterait de pingre, et que si je versais dans le somptueux, on m'accuserait d'esbrouffe. J'ai choisi la seconde voie. »

Enveloppés d'odeurs de cuir et de vieux bois, ils s'installent dans des bergères près d'une cheminée où l'orangé des braises pulse derrière une grille d'acier. Les fenêtres orientées à l'ouest donnent sur la futaie de chênes et de hêtres de la propriété – les rares arbres que Greenwood Timber n'ait pas encore coupés, semblerait-il. Harris abattra sans doute en dernier ceux qui sont le plus près de chez lui.

Des domestiques apportent du thé et un présentoir chargé de pâtisseries et autres douceurs.

« Alors, comment ça va, frérot ? dit Everett en souriant sous le poids grotesque de tout ce qu'élude sa question, et à l'idée qu'on puisse résumer une absence de dix-huit ans au proche d'entre les proches d'un petit mot comme *bien*.

– Pas mal, répond Harris, un peu crispé par la vieille habitude qu'a Everett de traiter à la légère des choses sérieuses. Tout bien considéré. Et toi ?

– J'ai pas encore réussi à cesser de vivre, malgré tous mes efforts, dit Everett. Je suis retourné à notre vieille cabane, un peu plus tard que promis, c'est vrai, mais elle avait disparu. Les bois aussi. T'as une idée de ce qu'ils sont devenus ?

– Oh, tu es donc revenu ! Comme c'est gentil à toi. Et dire que j'ai cru que tu avais choisi de vivre dans le caniveau plutôt que de travailler avec ton frère invalide ! C'est idiot de ma part, dit Harris, tendu, avant de boire une gorgée de thé.

– Je t'ai maudit pendant des années, répond Everett en faisant de son mieux pour ne pas s'énerver dans l'intérêt de Gousse.

– Et tu ne me maudis plus ?

– Non, la page est tournée. J'ai d'autres problèmes.

– Effectivement. Ce Lomax veut ta peau.

– Je pourrais lui filer entre les doigts pour de bon si je voulais. Sauf que la petite a besoin de grandir dans un environnement stable et respectable – pas comme on a eu, nous. Alors si je suis là, c'est pour demander ma part de ce que Mrs Craig nous a laissé. »

Harris se lève et déambule à pas lents dans la pièce. Sa tasse tinte contre la soucoupe. « Tu sais, après l'armistice, j'ai contacté le ministère de la Défense en me faisant passer pour toi. Ils m'ont informé que j'avais bien débarqué à Halifax, mais qu'on n'avait aucune nouvelle depuis. Au fil des années, je t'ai souvent imaginé dans tes errances et puis, tout espoir perdu, j'ai imaginé tes ossements gisant quelque part loin de tout.

– Ça a été compliqué, Harris. J'ai eu du mal à me remettre de la guerre. Tout s'est mélangé dans ma tête, je le comprends maintenant. Il m'a fallu des années pour trouver un endroit où me poser et, même là, je savais qu'il valait mieux pour moi que je reste à l'écart.

– Oui, Lomax m'a parlé de ta petite affaire de sirop d'érable. Dommage que tu n'aies pas eu la prévoyance d'acheter le terrain d'abord. Étrange, hein ? Que nous ayons tous les deux fini par vivre des arbres – de manière différente, certes. Bien sûr, Everett, tu as droit à la moitié des bénéfices de la vente du bois de Mrs Craig. Je vais faire préparer un chèque sur-le-champ. Je vais aussi inclure le montant de la pension militaire qu'on m'a versée toutes ces années. Ça représente une jolie somme. »

Everett n'en revient pas de la générosité sans frictions de son frère. Il s'attendait à plus d'étincelles, au réveil de leurs vieilles querelles, à plus d'aponévroses et moins de chair. « Très bien. Voilà donc qui est réglé, je suppose, dit-il en se tapant sur les cuisses avant de se lever. On t'aura débarrassé le plancher avant même que tu… »

C'est alors que Harris se retourne et envoie brusquement voler tasse et soucoupe : elles percutent la bibliothèque vitrée à l'autre bout de la pièce, à près de sept mètres de là, et une grêle d'éclats s'abat en crépitant sur le sol. « La concurrence est plus vive entre des formes alliées qui occupent presque la même place dans l'économie de la nature, énonce calmement Harris, comme s'il ne s'était rien passé, ses yeux vides écarquillés à leur maximum. C'est Darwin qui l'a dit.

– J'connais pas ce gars. »

Everett serre les poings : c'est typique de son frère de brandir comme une arme ce qu'il a appris dans les livres. Il sent le vieux magma de colère se réveiller dans sa poitrine, cet esprit combatif qui les a soudés pendant si longtemps.

« Je ne m'attendais pas à ce que tu le connaisses, rétorque Harris. À Yale ils avaient une édition en braille de *L'Origine des espèces*, un livre très précieux. Quand j'ai lu ce passage, je me suis dit que ça résumait assez bien notre relation.

– J'ai voulu t'aider, dit Everett.

– *Retinitis pigmentosa*, répond Harris. C'est le terme médical, frangin. Affreux, non ? Une maladie dégénérative. Si les médecins sont capables de la nommer, ils sont loin de savoir la guérir.

– On n'avait pas besoin du nom pour savoir que quelque chose clochait.

– Eh bien je ne t'avais pas demandé de m'aider », rétorque Harris. Le sang tambourine contre ses tempes, comme toujours quand il est persuadé qu'on lui a fait du tort.

« J'ai jamais dit que tu m'avais demandé. N'empêche que t'avais besoin d'aide.

– Quand tu es parti pour la France, je me suis retrouvé seul. J'avais honte. À tâtonner dans notre petite cabane, avec l'obscurité qui se refermait sur moi. Je suis devenu un objet de pitié.

– Une pitié en partie légitime. Tu aurais été démuni dans les tranchées, Harris. Le Kaiser en personne serait venu te liquider.

– Regarde autour de toi, frérot ! clame Harris. Regarde tout ce que j'ai accompli et dis-moi à quel point je suis *démuni* aujourd'hui. Est-ce que ta pitié est toujours légitime ?

– Une maison faite d'arbres coupés par d'autres, ça veut rien dire pour moi, Harris. » Everett crie aussi, à présent. « Ma petite et moi, on s'est réfugiés dans une ville que tu as construite dans les montagnes et puis abandonnée – Firvale, ça te dit quelque chose ? Ça ressemblait plus à un endroit où le diable passerait ses vacances qu'à ce que j'appellerais une grande réussite !

– Tout va bien, monsieur ? » demande un type à l'accent irlandais en entrant dans la pièce. Il fixe Everett d'un regard farouche. « J'ai entendu quelque chose se briser.

– Oh, ça va très bien, parfaitement bien ! hurle Harris. Mon frère et moi nous offrons une petite séance de rattrapage ! » La présence de cet homme semble toutefois calmer Harris qui se rassoit, un sourire artificiel plaqué sur le visage. « Alors, quels actes héroïques ai-je accomplis sur le champ de bataille ? Ils étaient nombreux, semblerait-il. On m'a envoyé un paquet de médailles.

– Tu n'as pas été courageux, dit Everett. Tu manquais de te chier dessus à la moindre escarmouche. Tu as surtout porté des brancards et fabriqué des trucs en bois. Quand tu es rentré, impossible de regarder un visage humain sans voir par-dessous un crâne fracassé. Pendant des années, après ça, tu ne pouvais dormir que quelques heures d'affilée, et seulement après avoir descendu une bouteille. L'érablière, c'est la seule chose qui t'a empêché de te mettre un revolver armé dans l'oreille et de presser la détente.

– Mais maintenant, avec cette petite, dit Harris, les choses ont changé…

– Exact. Difficile de savoir qu'on manque affreusement de quelque chose avant d'y avoir goûté.

– Mr Lomax prétend que ce bébé est en fait celui de R. J. Holt… né d'une de ses maîtresses, j'imagine, ce qui explique qu'il se soit abstenu d'alerter les autorités jusqu'ici. Le mot “enlèvement” n’a pas été prononcé, mais il était clairement sous-entendu.

– C’est un mensonge. Je l’ai trouvée abandonnée dans la forêt. Exactement comme nous, explique son frère. Mais nous, au moins, on était deux. Cette gamine, elle a personne d’autre que moi. Alors donne-moi ce chèque, Harris, et je m’en…

– Ce n’est pas aussi simple que ça, Everett. Parce que si je te laisse partir, Mr Lomax va me rendre la vie très difficile.

– C’est pour ça que tu m’as fait chercher, hein ? Pas parce que j’ai demandé ton aide. Il te tient par les couilles, toi aussi.

– Puis-je interrompre ces charmantes retrouvailles pour faire une humble suggestion ? dit l’homme à l’accent irlandais, qui semble être un genre d’assistant, même si Everett n’en revient pas qu’un subalterne se permette autant de sarcasme avec son employeur.

– Nous en parlerons plus tard, monsieur Feeney, dit Harris.

– Vu la loyauté douteuse de Lomax envers R. J. Holt et l’état miséreux qui est le sien, pourquoi ne pas lui proposer une grosse somme d’argent pour l’enfant ? demande Feeney à Everett, en ignorant Harris. À mes yeux, cet homme est tombé assez bas pour accepter.

– Vous pensez que ma pension et mon héritage suffiraient ? demande Everett.

– Vous oubliez tous les deux ce livre après lequel il court, les coupe Harris avec impatience. Il semble y tenir plus encore qu’à l’enfant.

– C’est le problème, reprend Everett. J’ai laissé le journal dans un endroit sûr. Mais je lui ai dit que je te l’avais posté. Et même si je l’avais, jamais je ne lui donnerais. Je crois bien que c’est la mère de la petite qui l’a écrit, c’est tout ce qu’a cette gamine pour savoir d’où elle vient.

– Vous l’avez lu, ce journal ? insiste Mr Feeney.

– Dans la mesure de mes capacités, répond Everett. Mais je l'ai gardé avec moi un certain temps.

– Est-ce que Lomax a eu accès à son contenu ?

– J'en sais trop rien. Je crois pas, vu que c'était le journal intime de la mère et qu'il était emmailloté avec la petite.

– Alors pourquoi n'en fabriquerions-nous pas un de toutes pièces ? Vous pourriez me le décrire.

– Mr Feeney a des qualités d'écrivain, intervient Harris. Mais il ne va pas se mêler de cette histoire. Et maintenant, Everett, je pense vraiment que…

– Vous allez devoir me dépeindre le vrai journal, insiste l'Irlandais. Vous vous en souvenez ?

– Oui, je peux vous donner une idée générale, répond Everett. C'était une jolie écriture, en tout cas. Et toutes les pages étaient remplies. Lomax le veut pour demain. Vous pensez que vous pourrez écrire tout un journal en une nuit ? »

L'Irlandais hausse les épaules. « Ce ne sera sans doute pas ma plus grande réussite littéraire, dit-il, mais je vais voir ce que je peux faire. »

Des boîtes à chaussures

Le cyclone est finalement allé voir ailleurs après s'être déchaîné ici, mais les gravats qu'il a précipités contre l'abri anti-tempête en bloquent les portes. Munis d'une hachette émoussée et d'un marteau à panne ronde, Temple, Gertie et la douzaine d'ouvriers agricoles restés avec elles mettent l'après-midi entier à se frayer un passage à travers l'épais plancher de la bibliothèque. Quand le petit groupe émerge de la cave dans le flou d'un soleil pâle et crépusculaire, c'est comme si toute la prairie reposait sous un vieil édredon brun. Aussi loin que Temple puisse voir, la poussière s'est amassée en longs tertres lisses qui absorbent les sons, comme le ferait la neige. Elle est tentée de crier, histoire de voir si on entend quelque chose.

« Oh, je suis navrée, vraiment navrée, Temple », dit Gertie tandis que les deux femmes parcourent les ruines de la grange et de la maison. Les restes fracassés des clôtures et des enclos jonchent la terre meurtrie, comme des jouets abandonnés par un enfant. Éparpillés aussi, les outils de la ferme et les carcasses d'oiseaux assommés par la tempête. Un arbre que Temple ne reconnaît pas émerge du pare-brise de son pick-up, racines vers le haut, lesquelles remuent dans le vent comme un buisson démoniaque. La bibliothèque est anéantie : on dirait une pauvre barge en bois en plein naufrage dans un océan de poussière. Le seul à avoir tenu bon est le saule pleureur près de la maison. Une grosse branche s'est cassée et presque toutes les feuilles ont été arrachées, mais le tronc semble intact.

« Je ne suis pas sûre que ce monde veuille encore de nous », lâche Gertie tandis qu'elles cherchent dans les débris les quelques effets personnels qu'elles emporteront sur le long chemin poussiéreux d'Estevan. Peu après avoir pris la route, elles passent devant le brise-vent de jeunes érables plantés par Everett et Temple. Encore trop petits pour donner véritablement prise au vent, ils survivront sans doute, ce qui est une consolation, même si Everett ne reviendra jamais les voir.

Pendant les semaines qui suivent, les deux femmes dorment dans le sous-sol de l'église presbytérienne. Temple passe ses journées à marchander avec les compagnies d'assurances – une bataille qu'elle finira par perdre, quand l'expert le plus haut placé conclura : « Vous étiez assurée pour une ferme, mademoiselle Van Horne, pas pour un foyer de réinsertion sociale. »

Sans argent pour reconstruire quoi que ce soit et sans nulle part où aller, Temple désespère ; elle envisage momentanément de vendre ses terres et de prendre un poste vacant d'institutrice à Estevan. Mais quand la rumeur se répand sur les lignes de chemin de fer et dans les repaires de vagabonds que sa ferme a été détruite et qu'elle n'a plus rien, des hommes et des femmes dépenaillés se mettent en route des quatre coins du continent. Chaque nuit, condamnés, criminels et chômeurs viennent déposer des boîtes à chaussures sur les marches à l'arrière de l'église presbytérienne. Et chaque matin, Temple descend les boîtes au sous-sol. Elles sont pleines de montres volées, de couverts en argent, de vieux bijoux en or, de billets tachés de sang ou de simples poignées de petite monnaie crasseuse. Et sur les boîtes sont gribouillés les mêmes mots, toujours :

POUR LA DAME À LA TABLE OUVERTE

Les pensées & actions intimes & secrètes d'Euphemia Baxter

Lomax tourne et retourne le journal entre ses mains et c'est comme si les planètes s'étaient réalignées, comme s'il avait fumé l'opium le plus pur jamais extrait d'un coquelicot, comme si sa colonne vertébrale martyrisée était guérie de ses décharges électriques, comme si la Grande Dépression était terminée, sa famille de retour dans sa maisonnette et le brouillard de tristesse qui le poursuit depuis l'enfance enfin dissipé.

Que les Greenwood gardent cette satanée môme, s'est-il dit dès qu'Everett lui a tendu le gros paquet de billets avec le journal en échange de la petite. Harris a les moyens de subvenir à ses besoins. Et Everett a visiblement plus d'affection pour elle que Mr Holt n'en aura jamais. Ce que ce dernier voulait surtout, c'était un trophée de plus dans la vitrine de son héritage. Alors, quand il rentrera à Saint John, Lomax dira simplement à Mr Holt qu'Everett Greenwood s'est révélé une fausse piste et que le bébé, chétif, est mort sous la garde de l'autre vagabond qui l'avait trouvé. *Mais grâce à mon ingéniosité, monsieur, j'ai tout de même réussi à retrouver le journal d'Euphemia, et je l'ai sur moi…*

Bien entendu, Mr Holt déplorera une nouvelle fois la perte de sa fille. Mais il l'a dit lui-même : « Si l'occasion devait se présenter où vous seriez contraint de choisir entre l'enfant et le livre, choisissez le livre. » Et puis lui rendre le journal contribuera grandement à restaurer sa relation avec son ancien employeur – indispensable si Lomax veut pouvoir vivre en paix où que ce soit sur la côte Est.

L'argent des Greenwood lui suffira largement pour récupérer sa maison auprès de la banque. Plus d'hypothèque. Plus de dettes à recouvrer. Et plutôt que de gaspiller son énergie à secouer des bons à rien et à s'occuper du harem de Mr Holt, il compte se former à un métier utile – maçon, peut-être, ou bien commerçant.

Après l'accord juteux qu'il a passé avec les Greenwood, Lomax a quitté les bas quartiers pour s'installer dans une suite luxueuse avec vue sur les montagnes enneigées et le port éblouissant de Vancouver. Confortablement installé devant la fenêtre, il parcourt le journal saturé de l'écriture gracieuse d'Euphemia. Il va directement à la dernière entrée, sans doute rédigée le jour où il l'a vue pour la dernière fois, quand il était retourné sur la propriété de Mr Holt pour prendre de ses nouvelles, quelques heures avant qu'elle ne s'enfuie dans la forêt avec le bébé. Mais, étonnamment, il ne trouve que des considérations poétiques sur le temps qu'il fait et sur la beauté des feuilles de chêne. À son grand soulagement, et malgré ce que lui a dit ce menteur de Blank, il ne voit pas la moindre mention de Mr Holt ou de lui-même. Du reste, s'il n'était pas aussi content d'avoir récupéré le livre et résolu ses problèmes d'argent d'un seul coup de maître, il serait presque déçu qu'Euphemia n'ait jamais pensé à parler de lui.

Il commence à faire humide, aussi entreprend-il d'allumer un feu. Et puisqu'il a sorti les allumettes, il s'autorise une boulette d'opium pour fêter ses succès – ce sera la dernière, décide-t-il résolument. Maintenant qu'il n'est plus obligé de se glisser dans des couchettes minuscules et de battre le pavé toute la journée, il n'aura plus besoin des effets analgésiques de la drogue. L'intense fumée le plonge dans une stupeur délicieuse, le faisant passer par une série d'états merveilleux, comme une succession de pièces meublées chacune d'un plaisir neuf et singulier.

Le temps qu'il revienne à lui, le feu s'est entièrement consumé et il fait trop chaud dans la pièce. Il enfile le costume en laine peignée, les chaussures à bout golf et le chapeau *pork pie* tout neufs qu'il a achetés un peu plus tôt en prévision de son retour chez lui. L'argent des Greenwood en poche, il descend la rue d'un pas léger pour se trouver à manger – un roboratif bœuf Wellington, peut-être ? – et repère un restaurant suffisamment attrayant. Mais avant de prendre une table, il passe par la gare s'acheter un billet de première classe pour Saint John avec un départ le lendemain matin. Il envoie ensuite un télégramme à Lavern l'informant qu'il a mené à bien sa mission et qu'il sera de retour dans trois jours avec de quoi changer leur vie à jamais. Il est pris d'une bouffée d'émotion en concluant : *Avec mon amour éternel, HBL.*

Une fois cela fait, il peut aller se restaurer. Pour gagner du temps, il coupe par une ruelle étroite qui borde le quartier chinois et passe, par le plus grand des hasards, devant une fumerie d'opium au rez-de-chaussée d'un hôtel délabré appelé le New Sun Wah. Le billet de train bien rangé contre son cœur, les poches de sa veste remplies d'argent liquide, et son retour triomphal à Saint John assuré, il se permet d'aller jeter un coup d'œil à l'intérieur.

Greenwood Island

S'ensuivent les mois les plus doux de l'éprouvante vie d'Everett. Rien d'extraordinaire en soi, mais au fil des dizaines d'années d'emprisonnement qui l'attendent, il se remémorera souvent les merveilles de l'hiver passé avec Gousse sur la petite île boisée de son frère. Et il arrivera à tirer assez de joie de ces souvenirs pour supporter la solitude et l'absence d'arbres de son incarcération sans sombrer dans le désespoir.

« Maintenant que te voilà de nouveau fauché, tu ne peux pas te relancer dans la production de sirop d'érable au beau milieu de l'hiver, dit Harris le lendemain du jour où Lomax a accepté de renoncer à l'enfant en échange du faux journal et de l'héritage d'Everett, à condition que ce dernier se terre discrètement quelque part en faisant passer Gousse pour sa fille. Je n'utilise pas encore à plein temps le chalet qui me sert de retraite. Je te le prête donc bien volontiers jusqu'aux beaux jours.

– Et si d'aventure Lomax n'était pas convaincu par notre petit tour de passe-passe et revenait rôder par ici, ajoute Feeney, ça m'étonnerait bien qu'il vous trouve là-bas. »

La vérité, c'est qu'Everett est fatigué de fuir. Et puis il sait que ça ferait du bien à Gousse de rester un peu au même endroit, surtout maintenant qu'elle n'est plus un si petit bébé que ça. Quand l'Irlandais les dépose sur l'île le lendemain, Everett a la bonne surprise de découvrir que le chalet n'a rien à voir avec la grande demeure de Harris. Construit selon les règles de l'art, ses poutres et poteaux proprement et précisément joints, il est très sobre. Caché de l'océan, tout en bénéficiant d'une vue sur la baie, il sert sans doute de cachette à Harris et Feeney, ce qui expliquerait qu'ils parlent aussi librement en présence l'un de l'autre, se dit Everett. Mais cela ne le regarde absolument pas. Il a vu ça pendant la guerre, des hommes qui développaient des liens tendres, et ça ne l'a jamais gêné le moins du monde.

Il s'avère qu'avant de devenir le descripteur de Harris, l'Irlandais était pilote de remorqueur et acheminait des grumes pour Greenwood Timber : tous les mardis, il vient donc les approvisionner dans un voilier à coque de bois d'une grande maniabilité. Laissant Gousse dans le berceau rudimentaire qu'il lui a fabriqué pour l'empêcher de se brûler en rampant jusqu'au poêle, Everett va récupérer les vivres sur la petite jetée où Feeney les dépose dans une caisse étanche. Du pétrole pour les lampes, des boîtes d'allumettes en fer-blanc, du café, du fromage, des pommes, des conserves de maïs et de pois, des sacs de choux et de pommes de terre, du jambon, du beurre, de la farine, du sirop d'érable, du sirop calmant pour Gousse qui fait ses dents, et un énorme pot de lait de chèvre. Everett n'a jamais vu une telle abondance ; il garde des comptes approximatifs pour pouvoir rembourser son frère, un jour, quand cette parenthèse aura pris fin.

Tandis que l'hiver enveloppe l'île d'un manteau de pluie, que les fougères et les pruches du Canada caressent les murs du chalet de leurs plumets mouillés et de leurs tendres aiguilles, Everett et Gousse dorment ensemble dans le même lit sous les hautes fenêtres de l'étage supérieur. La fillette est bien plus costaude qu'avant et lui donne de vrais coups de pied dans son sommeil. Ce qui n'empêche pas Everett de se réveiller reposé comme jamais. Ici, sur l'île, il n'y a aucun risque qu'il se fasse passer à tabac par des contrôleurs du chemin de fer, que des vagabonds fouillent ses affaires ou lui volent ses bottes, que des policiers trouvent et rasent sa cabane, que des obus tombent en hurlant sur son lit ou que du gaz chloré se glisse sous sa porte.

Tous les matins, il se réveille au son des babillages de Gousse et descend avec elle pour préparer son petit-déjeuner : du porridge de blé mouillé de lait de chèvre ou des biscuits à l'avoine noyés de sirop d'érable – un sirop du reste si inférieur au sien qu'on peut difficilement considérer que c'est la même chose. Il attache la petite à une chaise avec sa ceinture, puis il s'assoit devant une pleine cafetière en émail rien que pour lui et regarde la gamine manquer sa bouche avec sa cuillère. Souvent, il se surprend à sourire sans raison.

Février venu, Gousse arrive à se hisser debout en se tenant à la table basse. Everett met tout ce qui a de la valeur hors de sa portée pour qu'elle ne le fasse pas tomber, et coud grossièrement des pièces de toile sur les genoux de sa grenouillère, qu'elle a troués à force de crapahuter partout. Elle a peur du bruit de la laveuse à essence, alors il pose leurs vêtements dehors pour que la pluie les lave, et quand il range le linge propre dans le placard, la vue des couches et des grenouillères impeccables et bien pliées l'emplit d'une inconcevable sérénité.

Un soir, pendant le dîner, ils entendent les orques sauter dans le bras de mer : Everett expédie la vaisselle pour emmener Gousse sur le rivage. Là, parmi les arbres penchés sur l'eau, des arbousiers à l'écorce douce comme la peau, ils voient de si près la douzaine d'ailerons noirs, leurs petits à la traîne, qu'Everett sent l'aigreur fermentée de l'écume sur leur passage. La fillette se débat pour rejoindre les cétacés dans l'eau grise, et alors il la serre fort contre lui.

Dans un cabanon derrière le chalet sont stockés des outils bien entretenus et un reste de planches de sapin rugueuses. Everett entreprend de construire une remise à bois digne de ce nom, calant les poteaux sur des galets plats qu'il remonte de la plage. Il travaille tandis que, dans son berceau tout près, Gousse se bouche les oreilles pour se protéger de l'âpre grondement de la scie à tronçonner. Quand la journée de charpenterie s'achève, il l'emmène faire de longues promenades dans la bruine avant le dîner. C'est à cette occasion qu'il s'aperçoit que, si la moitié de l'île est couverte d'immenses arbres anciens, l'autre moitié a récemment brûlé : des pousses d'épilobe et de chardon vert vif se dressent parmi les souches et les branches carbonisées.

Lorsque les jours commencent à rallonger à l'approche du printemps, ils se postent dans l'une des criques de grès pour regarder la marée escalader les rochers près de la jetée. Des hérons bleus marchent précautionneusement dans les hauts-fonds en criblant l'eau de coups de bec. Everett écarte le bois flotté et la dentelle d'algues pour décrocher les huîtres de son dîner. Gousse enfourne les coquillages nacrés dans sa bouche et les frotte contre la nouvelle dent qui pointe.

Everett est souvent pris du désir de communiquer avec son frère. Mais parce qu'il ne sait toujours pas bien écrire, il demande à Feeney de lui apprendre à utiliser la radio à ondes courtes que Harris a fait installer dans la seconde chambre pour suivre ses affaires à Vancouver. Tous les soirs, à vingt et une heures tapantes, quand Gousse s'est endormie, Everett approche ses lèvres du microphone, presse le bouton noir et se met à raconter les détails de sa journée : l'océan gris et la hauteur vertigineuse des arbres, la peur de la petite quand elle voit son reflet dans le miroir, l'haleine acide des orques. Au début, Harris ne répond pas. Everett se contente parfois d'écouter le crachotement statique en s'imaginant que c'est son frère qui respire.

Et puis, un soir qu'il n'en finit pas de décrire l'arbre le plus impressionnant qu'il ait trouvé sur l'île, un pin d'Oregon gigantesque dont la taille et l'épaisseur défient la raison, Harris l'interrompt pour réciter un poème. Pendant la conversation un peu guindée mais affable qui s'ensuit, Gousse se réveille au son de leurs voix. Elle rampe, perplexe, jusqu'à la radio grésillante, et écarquille les yeux devant l'apparition soudaine de cet étranger dans la pièce. Quand les frères raccrochent, elle contourne le caisson en noyer pour trouver la source de la voix étrangère et pousse un petit cri de joie en constatant qu'il n'y a personne.

Le New Sun Wah

Lomax passe des semaines sur l'une des nombreuses couchettes protégées de rideaux qui bordent la vaste pièce, au milieu de laquelle gronde un énorme poêle.

Toutes les heures, un grand jeune homme aux épaisses lunettes lui tend une pipe en bambou, puis, une fois la pipe fumée, lui masse le dos avec des pommades odorantes ; Lomax se pelotonne alors sur lui-même comme un bébé. Il repousse la nourriture que le garçon lui apporte, n'acceptant que de petits verres d'alcool, des litchis séchés, des confiseries au gingembre et des thés parfumés infusés de graines d'opium. En guise de distraction, il regarde les ombres fantomatiques qui volettent sur les murs, désormais convaincu que tout ce dont il a besoin en ce monde peut lui être fourni par ce miraculeux garçon à lunettes. Ce dernier sait exactement comment il aime qu'on lui prépare sa pipe. Et qu'il ne faut jamais mettre de lait dans son thé – il ne le digère plus depuis l'époque où il recouvrait les dettes de ceux qui ne payaient pas le leur. Le garçon sait surtout quelle densité donner au prochain fourneau et à quel moment exact embraser la prochaine allumette. C'est un prêtre. Un frère. Un père. Et si Lomax peut recevoir le moindre soulagement après sa longue vie de souffrances et d'épreuves, c'est bien ici, aux bons soins de ce garçon.

Lorsqu'il développe une toux persistante, qui empire en quintes paroxystiques, le garçon lui offre – « cadeau de la maison » – une pipette reliée à une seringue hypodermique scellée par de la cire bleue. Lomax regarde le jeune homme faire chauffer la poudre de laudanum dans une cuillère en fer-blanc au-dessus d'une lampe à huile et caresser la cuillère de la flamme. Quand le garçon lui enfonce la pointe de l'aiguille dans le bras, il regarde son propre sang s'épanouir comme une orchidée dans le réceptacle en verre. Et quand le garçon presse une première fois le compte-gouttes, Lomax quitte le bain sale et tiède de l'expérience ordinaire pour aller nager dans l'océan propre et revigorant de l'infini. À cet instant, un instant unique, prodigieux, il sait que plus jamais il ne *fumera* d'opium.

Le garçon a rangé l'argent de Lomax dans le coffre-fort de l'établissement, et son laudanum dans une boîte en fer-blanc à côté de sa couche, loin des manigances des spectres flétris allongés sur les couchettes avoisinantes. Il change régulièrement ses draps et lui glisse une cuvette sous le bassin pour lui éviter le désagrément d'aller jusqu'aux toilettes. Il a même été assez aimable pour appeler l'hôtel où logeait précédemment Lomax et demander que soient rassemblés ses effets, y compris le journal et sa couverture. L'hôtel gardera ses affaires jusqu'à ce qu'il en ait besoin, ce qui ne saurait tarder, se persuade Lomax. Bien que son billet de train pour Saint John ait expiré depuis longtemps, il a encore beaucoup d'argent et il en achètera un nouveau dès qu'il sera sur pied. Jamais il n'a vacillé dans sa ferme résolution de rentrer chez lui. Il imagine souvent la bousculade et les cris de ses sept enfants bataillant pour obtenir son attention lorsqu'ils le reverront. Son absence leur permettra peut-être de mieux apprécier son affection sur le long terme. Si douloureux qu'il lui soit de l'admettre, la disparition de son propre père lui a appris qu'il devait se débrouiller seul en ce monde, plutôt qu'attendre que quelqu'un trace pour lui la voie à suivre.

Par opposition à son père, il a toujours fait passer les autres avant lui : il a subvenu aux besoins de sa mère en recouvrant les dettes liées à la distribution du lait, puis à ceux de Lavern et des enfants en recouvrant des dettes de toutes sortes, et il comprend à présent qu'il a été trop exigeant vis-à-vis de lui-même. Ces quelques semaines de paresse au New Sun Wah sont bien le moins qu'il mérite après tant d'années à toujours soutenir ses proches.

Souvent, il se demande à quel moment son propre père a décidé de ne pas rentrer. Lomax le déteste depuis si longtemps que cette haine s'est durcie, fossilisée, jusqu'à structurer son être même, telle la charpente d'acier d'un grand immeuble. Mais au cours de ces mois passés à traquer le bébé et le journal, il a développé une compréhension plus fine des choix paternels. Peut-être est-il très enfantin de croire que de telles décisions sont forcément conscientes, alors qu'en vérité nous sommes à la merci du monde. De ses crises boursières. Ses accidents de train. Ses tremblements de terre. Ses incendies. Ses ouragans et ses cyclones. Ses maladies et ses sécheresses. Des rouages tournent. Des leviers s'actionnent. Un garçon presse la poire d'un compte-gouttes, détache un garrot en caoutchouc dans un bruit de vent, et voilà que tout change à jamais.

Des pièges

Si heureux que soit Everett sur Greenwood Island, pas un jour ne passe sans qu'un souvenir de Temple vienne le hanter. Le dernier bouton de la robe de calicot qu'elle garde ouvert. Le pas langoureux mais décidé dont elle parcourt sa ferme. L'efficacité avec laquelle elle est capable de creuser un trou pour y planter un arbre. Sa façon de boire son café, comme si non seulement sa vie mais aussi le salut de son âme en dépendaient. Son habitude de ramener ses cheveux derrière l'oreille pendant l'amour, comme pour mieux l'entendre haleter. Et il semble qu'il n'y ait pas plus grande injustice que l'existence de tant de lits dans le monde sans que Temple et lui puissent en partager un seul. Il se surprend souvent à la décrire à Gousse comme si elle ne l'avait jamais vue, comme si Temple n'avait pas tenu la petite dans ses bras pendant les leçons à la bibliothèque, tandis qu'il pataugeait dans *L'Odyssée*.

Le printemps est imminent. Everett décide qu'il en a fini avec le sirop d'érable et qu'il préférerait vivre à jamais sur cette île. La veille au soir, lors de leur conversation habituelle par radio, il a soumis l'idée à Harris, lequel a accepté de lui donner un terrain adjacent au chalet. Cet été, Everett construira le sien, de même facture, et lorsque ce sera fait il demandera à l'Irlandais d'écrire pour lui une lettre à Temple, l'invitant à le rejoindre.

Quand elle refusera, inévitablement, Gousse et lui retourneront à la ferme, et quand Temple lui opposera un nouveau refus, Everett récupérera le journal dans la bibliothèque et reviendra sur l'île.

Pour gagner de l'argent, il travaillera le bois avec les outils qu'il a trouvés ici : il fabriquera des meubles tout simples qu'il vendra à Vancouver. Et quand Gousse aura l'âge d'aller à l'école, il sera suffisamment en fonds pour faire venir des professeurs afin d'assurer son éducation. Greenwood Island est un très bon endroit où élever la petite, qui aura en outre la compagnie de Harris et de Feeney, en sus de celle d'Everett. Sans compter qu'il sera de plus en plus facile de s'occuper d'elle à mesure qu'elle grandira. D'ailleurs, aujourd'hui même, elle a réussi à se lever toute seule, sans se tenir à une chaise pour garder l'équilibre, et elle a même fait quelques pas titubants, ses petites jambes arquées si écartées que ses fesses touchaient presque le sol.

Le soir, pour fêter cette victoire, Everett fait cuire des galettes d'avoine. Mais la belle humeur est gâchée lorsqu'il découvre, en allant chercher du bois dans la remise, le cadavre encore chaud d'un cerf à trois pointes, la gorge déchiquetée, la longe dévorée, les entrailles éparpillées et puantes – toutes ces blessures à peine cerclées d'une croûte de sang. Everett brûle la carcasse, ne gardant qu'un morceau de filet qu'il fait frire le lendemain avec des oignons sauvages et des orties pour le dîner de Gousse. Le menton dégoulinant de jus rosé, elle mange avec beaucoup d'enthousiasme la viande qu'il a prémâchée pour elle.

Conscient qu'un aigle ou un ours sont incapables d'une exécution aussi chirurgicale, Everett prévient son frère de l'incident le soir même. Harris lui rapporte que, d'après certaines rumeurs, des pumas grimpent sur des grumes à la dérive et débarquent sur des îles comme celle-ci, où ils éliminent rapidement tous les cerfs, se réduisant de fait à la famine. Everett comptait acheter des chèvres au printemps, pour que Gousse ait du lait et, plus tard, de la compagnie, mais un puma les tuerait une à une. Avec ce boucher dans les parages, il ne peut pas non plus laisser Gousse une seconde seule dehors – ni dedans quand une fenêtre est ouverte, d'ailleurs.

C'est alors qu'il se rappelle avoir vu un lot de pièges pendus au plafond du cabanon. Ils sont énormes, sans doute conçus pour des grizzlis, avec des mâchoires suffisamment larges pour avaler une botte d'homme. Il les décroche et les installe autour du chalet. La deuxième nuit, il attrape un vison que le piège trop puissant a presque coupé en deux. Bien qu'il répugne à tuer ou mutiler un animal aussi magnifique qu'un puma, ce n'est qu'une fois qu'il a posé les pièges et accroché au mur, hors de portée de Gousse, le fusil Browning demandé à l'Irlandais, qu'il peut enfin se détendre.

Des ondes courtes

« Pourquoi t'as pas ajouté d'initiale à ton nom au fil des ans ? dit le lointain filet de voix de son frère au milieu des grésillements de la radio. Vous les riches, vous adorez ça. "Harris P. Greenwood", par exemple ? Ou "Harris T. Greenwood" ? Ah oui, ça, ça en impose sérieusement. »

Harris rit. « Ça aurait pu m'aider, c'est vrai, frangin. Un homme dans ma situation a besoin de toute l'autorité possible. Mais sans doute est-il trop tard, maintenant.

– Eh ben peut-être que je vais en donner une à la petite. Histoire de lui filer un coup de pouce. Elle mérite bien un peu de respect après tout ça.

– Est-ce que tu lui as enfin choisi un vrai prénom ? Tu ne vas pas l'appeler Gousse toute sa vie.

– J'ai une idée, mais je suis pas encore complètement décidé. Tu seras le premier informé quand j'aurai tranché. »

Depuis qu'ils se sont mis à converser le soir, Harris a incorporé ce rituel dans sa routine quotidienne. Sa première cargaison de traverses est enfin arrivée au Japon et, maintenant qu'il a été payé, Greenwood Timber n'est plus dans le rouge. Et puis, après une longue journée à restaurer son crédit auprès de la société britannique ou à s'assurer que sa marchandise arrive en temps et en heure, il en est venu à apprécier la voix de son frère presque autant que celle de Liam.

Ça a d'abord été laborieux. Mais les mots ont fini par venir, chacun parlant à tour de rôle, comme des enfants se partageant un jouet neuf. Harris s'émerveille souvent de la troublante familiarité de la voix de son frère – parfois, il lui semble qu'elle émane de son propre cerveau plutôt que du haut-parleur de la radio. Ils s'en tiennent surtout à des sujets concrets, mais s'aventurent parfois à se rappeler la forêt de leur jeunesse et ses arbres les plus notables, leurs plus belles bagarres et leurs meilleurs repas.

« Tu te souviens quand on grimpait aux ormes au milieu du village et qu'on jurait comme des charretiers ? dit Everett.

– Et quand tu as tué ce terrier par accident avec une de tes flèches et qu'on l'a dépecé pour faire disparaître les preuves ? renchérit Harris. Mais qu'on s'est fait choper quand même ? »

Quand, inévitablement, ils en viennent à l'envoûtante Mrs Craig et à l'image de sa belle demeure en flammes, les deux frères s'assombrissent et il y a de longues plages où seuls sont audibles les parasites.

« Promets-moi que tu t'occuperas de Gousse s'il m'arrive quelque chose, dit Everett en conclusion d'un de ces silences, le dernier soir où ils se parlent. Je ne veux pas qu'elle se retrouve abandonnée, toute seule dans les bois comme on l'a été. »

Harris a fini par comprendre que si son frère ne l'a pas rejoint à la fin de la guerre, ce n'est pas parce qu'il refusait de s'occuper d'un invalide, mais à cause de ses propres souffrances. Feeney lui a parlé de l'« obusite », la blessure de l'esprit que les soldats peuvent recevoir au combat, et Harris plaint Everett pour ce que la sienne lui a coûté.

« Elle ne sera jamais seule comme on l'a été, dit Harris. Tu as ma parole. »

C'est Feeney qui a suggéré de laisser Everett et la petite se cacher dans leur retraite, mais il n'a pas eu besoin de beaucoup argumenter pour convaincre Harris. Ce dernier a même récemment accepté de donner à Everett une parcelle de l'île. Une fois que le contrat avec les Japonais sera honoré et qu'il aura liquidé sa société, il se réjouit d'avance du voisinage de son frère.

Mais cette réparation du lien fraternel n'empêche pas un soupçon, terrible et profond, de continuer à le tarauder : la crainte que rien de bon ne dure. Jamais. Et que les forces obscures qui ont précipité les deux trains l'un contre l'autre, l'ont privé de sa vue, ont brouillé l'esprit de son frère et abandonné Gousse dans la forêt pour qu'elle y périsse n'en ont pas tout à fait terminé avec eux.

La mallette

La police fait une descente au New Sun Wah, tôt un samedi matin, quand ses hôtes diminués sont à leur plus somnolent. On arrache brutalement l'aiguille du bras de Lomax, on le tire de sa couchette, on le met debout – son premier passage à la verticale depuis il ne sait combien de temps –, et voilà qu'un agent trop zélé, plus habitué aux ivrognes et aux illuminés de la ruée vers l'or qu'aux toxicomanes dociles, le frappe à la bouche. Du sang goutte sur son pyjama en soie et deux de ses dents du bas qui bougeaient un peu roulent maintenant librement dans sa bouche, comme une paire de dés malchanceux. La police confisque l'attirail posé près des couchettes, y compris la seringue hypodermique de Lomax et sa boîte de laudanum en poudre, puis le traîne avec quelques autres hommes émaciés dehors sous la bruine.

Arrivé au commissariat, il parvient, malgré ses dents cassées, à décliner son identité et exposer la mission cruciale qu'il mène ici, à Vancouver : recouvrer une dette pour Mr R.J. Holt du Nouveau-Brunswick. Quand il explique qu'il ne fréquentait cet établissement que pour trouver le fugitif et qu'il aimerait qu'on lui rende son argent immédiatement, les policiers lui rient au nez.

Conduit de force à la gare pour être mis dans le premier train pour Saint John, Lomax remarque qu'ils passent devant son ancien hôtel et se jette à terre sur le trottoir mouillé. S'il doit rentrer chez lui, fauché et vaincu, se prosterner devant Mr Holt et le supplier de lui rendre sa vie, seul le journal d'Euphemia pourra convaincre son ancien employeur que cette expédition calamiteuse était en fait à son avantage.

Sous les coups des policiers pour qu'il se relève, il larmoie qu'il ne survivra pas au voyage transcontinental sans ses médicaments, laissés à l'hôtel. Après une brève conversation, un agent l'escorte de mauvaise grâce à l'intérieur. À son grand soulagement, la bagagerie lui rend sa mallette : il y récupère le journal et son enveloppe, rangée dans la poche latérale. Afin de faire de la place pour ses effets personnels, il glisse le carnet dans le couvre-livre. Mais, une fois les deux éléments emboîtés, il s'avère qu'il y a du jeu, le journal est visiblement trop petit de trois bons centimètres par rapport au couvre-livre – pas grand-chose en soi, mais plus qu'assez pour mettre Harvey Lomax dans une rage primitive. Il voue Everett Greenwood à tous les diables et jette sa dernière énergie sur les policiers autour de lui, lesquels ne reculent devant rien pour tenter de le maîtriser. On le frappe de nouveau à la bouche et un ruban de sang se déroule sur le sol marbré de l'hôtel. Lomax grogne, hurle et se débat, jusqu'à ce qu'on lui enfonce une matraque dans la gorge et que cinq hommes le plaquent à terre.

Ce vagabond analphabète et cette lopette aveugle ont dû manigancer depuis le début afin de garder le vrai journal pour pouvoir l'utiliser un jour contre Mr Holt. Pourquoi, sinon, auraient-ils pris le risque de lui en fourguer un faux ?

Lomax ne peut absolument plus rentrer à Saint John maintenant, pas comme ça les mains vides. Et voilà qu'un mot se glisse dans sa bouche abîmée, comme une clé dans sa serrure.

« Kidnappée, crachote-t-il entre ce qui lui reste de dents.

– Qu'est-ce que vous dites ? » aboie le sergent.

Les hommes desserrent un peu leur prise et Lomax inspire

de l'air froid pour anesthésier ses gencives sanglantes. « Le bébé de R. J. Holt, une petite fille. Kidnappée. »

Après qu'il a prononcé ce mot magique une seconde fois, les policiers l'attrapent par les revers de son manteau, le remettent debout et le bombardent de questions. Harvey Lomax les informe que, s'il ne sait pas où ce serpent d'Everett Greenwood a emporté la précieuse fillette, il connaît quelqu'un qui le sait.

À la lisière de la forêt

Everett a commencé à se douter que quelque chose clochait quand, plus tôt ce soir-là, à vingt et une heures précises, les ondes ne lui ont pas porté comme d'habitude la voix grésillante de son frère. Il s'est d'abord dit que Harris s'était endormi ou qu'il avait été retenu par ces traverses à expédier au Japon qui le préoccupent tant. Mais maintenant que minuit approche et qu'il écoute, assis dans son lit, le halètement lointain d'un vapeur pulsant dans la nuit comme les battements de cœur d'une baleine, il est certain que quelque chose ne va pas.

Il arrive que des bateaux de pêche ou des remorqueurs traînant du bois passent à proximité de l'île, mais jamais aussi près. Par chance, l'équipage du vapeur ne peut sans doute pas repérer la jetée où Feeney dépose les provisions. Everett s'attend donc à ce que les visiteurs jettent l'ancre dans la baie et rejoignent à la rame la plage de galets à l'est du chalet. Au bout d'un moment, dans la lueur spectrale de la pleine lune, il discerne en effet des hommes armés qui avancent dans les fourrés. Leur pas lent témoigne de leur crainte de rencontrer des ennuis – ou, pire, de leur intention d'en causer.

Huit policiers en tunique rouge cramoisi, Stetson et pantalon bleu à bande jaune prennent position à la lisière de la forêt, accompagnés de deux hommes en civil. Ils forment un demi-cercle qui passe derrière la remise à bois construite par Everett peu après son arrivée sur l'île. Accroupis, leurs carabines pointées sur la porte d'entrée, ils attendent.

Délicatement, Everett soulève la fenêtre à guillotine et la maintient entrouverte grâce à un petit livre qu'il a essayé de lire à Gousse, puis il glisse le canon de son Browning par la fente. Après une demi-heure d'observation, il reconnaît la silhouette ramassée de McSorley qui rejoint quelqu'un derrière un arbre ; il mettrait sa main à couper qu'il s'agit de Lomax, bien qu'il lui semble plus faible et décharné que jamais. Il revoit encore l'Irlandais écrire frénétiquement toute une nuit pour fabriquer un journal suffisamment convaincant – deux plumes y étaient passées –, mais on dirait que Lomax a fini par découvrir la supercherie. Ou peut-être ne s'est-il finalement pas satisfait du seul journal. Peut-être n'a-t-il jamais compté s'en satisfaire.

À force de guetter, Everett s'aperçoit que les policiers ne sont que des gamins aux oreilles décollées et aux poignets maigrichons, qui se tordent nerveusement le cou toutes les trois secondes pour regarder autour d'eux. Ils lui rappellent les visages juvéniles sur lesquels il a fait feu, de l'autre côté des tranchées, en Europe. Il se rend compte que, quelles que soient leurs intentions, leur tirer dessus mettrait Gousse en danger et reviendrait à vider son arme sur les orphelins pouilleux de Toronto. Alors il retire son fusil de la fenêtre, le raccroche au mur et va jeter un œil à la petite. Endormie, les fesses en l'air, elle lèche quelque chose en rêve.

Il la laisse et descend précautionneusement l'escalier, en évitant les fenêtres, pour aller chercher ses bottes, sa veste de bûcheron et un biberon de lait de chèvre, dans lequel il verse une dose généreuse de sirop calmant. Quand il remonte à l'étage, il va dans la chambre où se trouve la radio. Doucement, il enfonce le bouton noir du microphone et, dans le combiné métallique perforé, murmure le vrai nom de Gousse, celui qu'il a écrit au crayon dans le journal avant de quitter la bibliothèque de Temple. Celui qu'il comptait ne lui donner qu'une fois leur chalet construit, le journal récupéré et leur vie sur de nouveaux rails. Sauf que ça ne va finalement pas se passer comme prévu, alors ce nom lui sera plus que jamais nécessaire. Inspiré par le drôle d'arbre increvable sous lequel Temple et lui se sont reposés et désaltérés la première fois, cet arbre qui refusait de mourir malgré l'interminable sécheresse. Et même si Harris n'est pas là, dans les parasites de la radio, pour entendre Everett le prononcer, le surnom qu'elle portait sur la route appartient désormais au passé. Gousse, c'est terminé.

La voix de cet homme

Une heure après le départ des policiers, Harris est toujours assis à son bureau, à remuer d'une main tremblante un verre en cristal plein de saké. Il entend sur le plancher le doux frottement des mocassins italiens qu'il a offerts à Feeney pour son anniversaire : Liam sait toujours comment faire juste assez de bruit pour l'avertir de sa présence.

« Je suppose que c'est Lomax qui les a amenés ici ? » demande-t-il.

Harris baisse la tête. Un lent acquiescement.

« Il a donc percé à jour notre petite contrefaçon ? »

Nouvel acquiescement.

« Il aura mis le temps. Je commençais à me dire qu'il était plus bête que nous le pensions. Mais la police montée peut bien chercher autant qu'elle veut, elle ne les trouvera jamais. » Harris entend le cuir du fauteuil craquer quand Liam s'y installe.

« Lomax leur a raconté qu'Everett avait kidnappé le bébé de R. J. Holt dans l'idée de demander une rançon.

– Et comment ont-ils réagi quand tu leur as dit la vérité ? »

Harris pousse un soupir. « J'ai confirmé que mon frère avait un enfant avec lui. Et qu'il n'en était pas le père. Le reste n'est que spéculation.

– Ce n'est pas sa fille, et alors ? Elle a été laissée pour morte. »

Un temps.

« Harris. »

Harris boit longuement.

« Tu leur as dit autre chose. »

Il repose son verre. « Liam, quand Lomax est arrivé, il m'a pris à part et m'a menacé de nous dénoncer à la police, sur-le-champ. »

Feeney a un petit rire moqueur. « Eh bien nous aurions aussi des choses à dire sur lui ! Je reconnais un toxicomane quand j'en vois un ! Les pupilles de ce démon ne sont pas plus grosses que deux points sur une page. Et il a une démarche de chiffe molle. On le fera fouiller. On va crucifier ce salaud. »

Harris a un pauvre sourire. « Toxicomane ou pas, il peut quand même nous détruire. »

Liam prend une longue inspiration. « Alors que leur as-tu dit ? »

Harris résiste à l'envie brûlante de jeter son verre contre le mur.

« Harris ?

– Ils nous poursuivront d'abord pour outrage à la pudeur. Ensuite ils saisiront Greenwood Timber. Nous ne nous reverrons jamais. L'argent est notre seule protection, Liam. Sans ma signature sur les chèques de paie, ils ne feront de nous qu'une bouchée.

– Que leur as-tu dit ? insiste Feeney.

– Légalement parlant, mon frère a volé ce nourrisson. Et il est fou de croire qu'il pourra garder l'enfant. Peut-être qu'un autre petit tour en prison lui fera du bien.

– Pauvre de toi, gangréné par la peur. » Harris sait au son étouffé de sa voix que Liam a mis son visage dans ses mains.

« Et toutes ces conversations que tu as eues avec lui sur cette radio là-bas ? »

Juste après avoir indiqué à Lomax la situation exacte du chalet sur Greenwood Island, précipitant l'arrestation d'Everett, Harris a entendu la salutation quotidienne de son frère. Presque pour se punir, il a laissé l'appareil allumé, sans pouvoir se résoudre à répondre. Il a écouté Everett répéter : « Allez, Harris, viens, viens. »

« Il a fait ses choix, Liam, dit-il. Lui et moi ne pouvons passer notre vie à nous sauver mutuellement.

– Et ta promesse de les laisser vivre sur l'île ? »

Quand Harris avait accepté l'idée, le cri de joie d'Everett avait saturé la radio, comme si une bombe venait d'exploser.

« Les choses ne se passent pas toujours comme prévu, réplique-t-il en prenant une grande rasade de saké. Everett le sait mieux que personne.

– Mais il est encore temps d'agir ! hurle Liam. On doit aller le chercher. Tout de suite. Lomax n'est pas parti depuis longtemps. Si on prend le skiff, on peut encore arriver avant lui. »

Comment un poète pourrait-il comprendre, se demande Harris, que pour survivre dans un monde aussi dur que celui-ci il faut être comme le coup de hache du bûcheron : précis, brutal, déterminé, implacable. Comme il le lui a dit quand ils se sont rencontrés, lui-même est un bûcheron de bout en bout. Et un bûcheron fait toujours ce qui doit être fait. Même si ça signifie couper une branche malade pour sauver l'arbre. Même s'il faut renoncer à un trésor pour en conserver un autre.

Harris se lève. Il espère avoir l'air passionné, aimant, digne du grand sacrifice qu'il vient de faire. Au lieu de quoi il sent son visage se tordre en un rictus lorsqu'il dit : « S'il le faut, je réduirai tous les arbres de la planète en bois d'allumettes pour te protéger, Liam. Et je ferai de même avec les gens. »

Il entend l'Irlandais taper dans ses mains. « Très bien. Si tu ne veux pas y aller, j'irai à ta place.

– C'est votre employeur qui vous parle, monsieur Feeney : je vous interdis de prendre un de mes skiffs. »

Liam pousse un long soupir, puis finit par dire : « Alors je crains de ne plus pouvoir vous fournir mes services de description, monsieur Greenwood. »

Bien que ce qu'il y a de plus faible en lui se soit toujours attendu à être poignardé un jour par ces paroles – parce que rien de bon ne dure, ni pour lui, ni pour Everett –, Harris n'en croit pas ses oreilles. Plus que les mots eux-mêmes, c'est le ton sec et clinique de la voix normalement chaude de Liam qui le blesse.

« Tu avais dit que tu ne me trahirais jamais, souffle-t-il.

– Je ne t'ai pas trahi. Tu m'as devancé.

– Très bien, alors vous êtes renvoyé, répond Harris avec la même froideur, pour le faire réagir. De toute façon, je crains que vous ayez perdu le don de décrire précisément le monde. »

Il attend et se prépare à recevoir la réplique la plus acérée de Feeney. Quelque chose d'une insolence et d'une vivacité spectaculaires. Il lui laisse encore un moment, largement de quoi mettre au point une riposte adéquate. En cet instant, Harris veut bien supporter n'importe quelle insulte du moment qu'elle relance leurs échanges et les mette, ne serait-ce que de manière infime, sur la voie de la réconciliation.

« Eh bien, qu'as-tu donc à répondre ? dit-il farouchement après qu'une minute entière s'est écoulée. Liam ? »

Harris contourne son bureau en se guidant de la main, envoyant valser au passage des ordres d'achat et le verre de saké, qui tombent par terre.

« Tu es toujours là ? »

Il ne l'a pas entendu se lever du fauteuil en cuir. N'a pas entendu non plus les craquements du plancher, ni le cliquettement de la poignée. Il va jusqu'au fauteuil et sent la chaleur qui s'attarde sur le dossier.

« Oh, arrête ce petit jeu, Liam. Tu sais que je déteste qu'on me surprenne. »

Harris concentre tous les sens qui lui restent sur ce qui l'entoure : il palpe les textures, les creux, les aplats et les courbes, il capte de nombreux sons – le chuintement de la radio allumée dans le coin, le volettement des oiseaux –, mais aucun qui soit lié à son descripteur.

Ce qu'il lui faut par-dessus tout, là, maintenant, c'est sa voix. Depuis qu'il a entendu Feeney lui lire ce passage inhabituel de Tennyson, ici, dans ce bureau, la première fois qu'ils se sont rencontrés, la voix de cet homme a changé sa composition même, faisant de lui un être complètement neuf, une nouvelle somme de cellules liées par une nouvelle force vitale. Jamais plus, peut-être, il ne l'entendra. Cette pensée ouvre un gouffre en lui. Il hurle et renverse le fauteuil où Liam était assis quelques instants plus tôt. Il en perd l'équilibre, donne un coup de pied pour se libérer d'un cordon qui lui entrave la jambe, et quand la lampe à l'autre bout s'écrase au sol et que l'ampoule explose, Harris Greenwood jurerait qu'il sent la lumière déserter sa peau.

Des fusils

Lomax n'arrive pas à mesurer la durée de la traversée. C'est un brassage continu dans la houle du détroit – des vagues noires, hautes comme un homme – et chaque embardée du bateau s'accompagne d'un pic de nausée.

« Le livre *et* l'enfant, monsieur Lomax, a dit Mr Holt lorsqu'il lui a parlé au téléphone depuis le commissariat de Vancouver. Rapportez-les-moi et vous avez ma parole : tout sera pardonné. » Mr Holt a ensuite insisté pour qu'il unisse ses forces à celles de l'inspecteur McSorley, qu'il a contacté. Les deux hommes se sont donc mis d'accord : si leur expédition est victorieuse, Lomax rapportera le bébé et le journal à Mr Holt, tandis que McSorley aura la gloire d'avoir capturé le dangereux kidnappeur en cavale Everett Greenwood.

L'île isolée où ce dernier se cache depuis plusieurs mois étant hors de juridiction de la police locale, McSorley s'est procuré l'assistance de quelques jeunes recrues de la police montée. Deux d'entre eux pêchent le crabe et la crevette dans ces eaux traîtresses depuis l'enfance ; ils en connaissent bien les chenaux et les courants, même dans le noir. Hormis cette expérience maritime, les garçons semblent tout droit sortis du lycée. Mais dans l'Ouest, Lomax trouve tout le monde trop jeune : une bande de gamins qui se disputent une terre pas encore bien répartie.

Une fois l'île toute proche, ils ne voient pas de débarcadère et jettent donc l'ancre dans la baie avant de rejoindre le rivage en barque. La crête pâle des vagues s'agite dans le noir tandis qu'ils accostent et se fraient un chemin dans l'épaisseur des fourrés de palommiers et de mûriers sauvages. Le ciel éclairé par la lune est presque masqué par les arbres gigantesques et sinistres dont le vent fait chanter les branches en un chœur impie. Lomax n'en a jamais vu d'aussi grands. L'espace d'un instant, c'est comme s'il marchait dans les ruines d'une cité antique, parmi ses tours, ses monuments, ses statues et ses cathédrales. Il frissonne et préfère regarder ses pieds.

Le chalet se matérialise bientôt au clair de lune et McSorley déploie les hommes à une certaine distance. Il s'avère que le père d'un des garçons était charpentier en chef dans l'équipe qui l'a construit pour Harris Greenwood : ils savent donc qu'il n'y a qu'une seule porte, à l'avant, face à la mer.

« Et s'il panique et qu'il blesse l'enfant ? demande McSorley à Lomax, accroupi avec lui derrière un énorme tronc.

– Quand il se rendra compte qu'il est coincé, répond Lomax, il y a toutes les chances qu'il se rende. Et il n'arrivera rien à la petite fille.

– Alors pourquoi est-ce qu'on ne l'arrête pas tout de suite ?

– Il a été soldat. C'est un homme abîmé. Il risque de devenir agressif si on lui fait peur. Mieux vaut attendre le jour et lui faire entendre raison. C'est une île. Je ne vois pas où ils pourraient aller. »

Tandis que les hommes se dispersent pour prendre leur poste de garde, Lomax se repose contre un tas de bois, les mains crispées sur le lourd fusil. Son dernier shoot remonte à six heures et il frissonne déjà ; ses veines le démangent comme si on les avait frottées de l'intérieur avec du sumac vénéneux. Par chance, il avait une petite boîte de laudanum en poudre dans la poche de son pyjama quand il a été arrêté. Il compte bien en priser si son état empire.

Et ça ne manque pas : à mesure que s'égrènent les heures nocturnes, il se met à transpirer abondamment et une épaisse pellicule lui recouvre bientôt les yeux. Il a l'impression qu'on lui plonge une lame électrifiée dans le dos et des voix spectrales l'appellent doucement dans l'obscurité.

« Pardon ? lui demande un des jeunes policiers posté à proximité.

– Hein ? répond Lomax.

– Vous m'avez dit quelque chose, reprend le garçon.

– Non.

– Si. Vous parliez d'une femme et de son bébé.

– La ferme. » Lomax enfonce son chapeau sur son front trempé. Dans une tentative désespérée d'échapper aux voix et à l'agonie qui s'annonce, il plonge son petit doigt dans la poudre jaune et en inhale une infime quantité. Un frisson d'argent lui parcourt les sinus et se répand dans son tronc cérébral ; en lui, tout n'est plus que douceur, clarté, confort. Voici que les étoiles, qui jusqu'ici lui semblaient pâles, anodines, à peine visibles à travers la haute canopée, scintillent à présent comme des braises. Il vomit discrètement dans un buisson, mais c'est un acte purificateur, de toute beauté.

Aux alentours de quatre heures du matin, un des gars secoue doucement Lomax et lui demande de le relayer à son poste de garde le temps qu'il aille uriner. Lomax hoche la tête et le regarde foncer derrière la remise à bois. Un grand craquement métallique retentit alors et le garçon pousse un hurlement, comme s'il avait pris une balle. Le bruit fait paniquer le jeune policier à trois mètres de Lomax : il agite son fusil de tous côtés, haletant, le regard égaré. Quand son camarade blessé se met à supplier dans un cri d'angoisse qu'on lui laisse la vie sauve, le garçon lève son fusil – le même que Lomax a du mal à porter tant il est lourd –, pointe grossièrement le canon vers le chalet, ferme les yeux et tire.

Des balles

On dirait qu'elles fusent de tous les objets de la pièce. Elles claquent et craquent par les fenêtres, font voler en éclats la porcelaine du pot de lait sur la table de nuit. Elles déchirent les lambris en cèdre et soufflent la lampe murale à kérosène. Elles dévorent le berceau de Willow et démembrent le lapin bourré de sciure que l'Irlandais avait apporté pour elle, envoyant voltiger les lambeaux de son corps comme des confettis.

« Il y a un enfant, là-dedans ! » hurle Everett dans la grêle de morceaux de plâtre et d'éclats de bois. Il attrape la fillette dans le lit et se jette à terre, protégeant le petit corps avec le sien. Mais la pièce reste illuminée par le feu des armes, et leur rugissement ajouté au bris de vaisselle et au sifflet bègue des balles noie ses paroles.

Dehors, un homme hurle de cesser le feu.

Mais rien ne cesse.

On dirait douze orages synchronisés. Des plumes s'échappent des oreillers, des tableaux volent des murs, et voici qu'Everett se retrouve en pleine guerre, sous le tir de barrage assourdissant de l'artillerie allemande. Une balle traverse les lambris derrière lui avec un son ridicule de sucette-sifflet. Il se demande aussitôt si sa chemise est déchirée car il a un peu froid dans le dos. Puis la sensation s'intensifie jusqu'à se transformer en brûlure. Il tousse. Les deux premières fois, c'est une toux sèche comme du papier ; la troisième fois, grasse comme de l'humus. Pour libérer ses bronches, il se frappe la poitrine de ses poings, tel un grand singe. Quand il a à peu près repris son souffle, il traîne vers la porte une Willow muette de terreur et toute tremblante contre lui. Mais au moment de saisir la poignée, il se dit que des gens qui pilonnent sans retenue un chalet où se trouve un enfant n'ont sans doute aucunement l'intention de les en laisser sortir.

Une voix de femme

Quand le jeune policier tire la première salve, les autres lui emboîtent le pas et tous sombrent dans une fièvre de mitraille. Ils vident les cartouches de leurs fusils à répétition en visant grossièrement le chalet : certains restent muets, les yeux intensément fermés, d'autres poussent des cris de joie comme des collégiens en vacances – tout cela malgré Lomax qui leur hurle d'arrêter. Mais ils ne l'entendent pas. Lomax regarde la construction voler en éclats sous le tir de barrage. Dans le chaos, il a soudain une vision : des balles criblent sa propre maison à Saint John alors que ses sept enfants sont à l'intérieur, cachés sous leurs lits, terrifiés, appelant leur père à l'aide.

Les tirs lui semblent durer une éternité. L'écho de leur vacarme lui tambourine dans les oreilles bien après que les munitions ont été épuisées et que la lueur des coups s'est éteinte, l'obscurité reprenant brusquement ses droits. Dans la puanteur de la cordite, un brouillard bleuté flotte au ras du sol parsemé de douilles brûlantes, enveloppant les genoux des hommes. Quelques lames de verre restent accrochées aux fenêtres, puis tombent et se brisent.

Les jeunes policiers, bouche bée, retrouvent peu à peu leurs esprits. Un silence pesant s'installe. Après leur avoir crié sans relâche de cesser le feu, McSorley reprend le contrôle de la situation. Il est hors de lui mais garde pour plus tard ses reproches les plus virulents sur leur manque de discipline et leur idiotie générale. Il commence par leur ordonner de fouiller l'arrière de la remise, là où le garçon est allé uriner. Ils le trouvent inconscient, pantalon autour des chevilles, le tibia déformé de manière grotesque par les mâchoires d'un piège à animaux, le visage aussi blanc que l'os qui sort de sa jambe.

Tandis que les camarades du jeune homme s'efforcent de le libérer, Lomax se glisse discrètement jusqu'à la porte criblée de balles et la pousse légèrement. Il ne veut surtout pas que McSorley lise le vrai journal avant qu'il ait pu mettre la main dessus. Une fois à l'intérieur, il s'accorde une généreuse pincée de laudanum pour calmer ses nerfs, tout en priant Dieu que, si blessé il y a à l'étage, ce ne soit pas l'enfant. Que ce soit Everett Greenwood, un homme qui ne comptait pour personne – pas même son propre frère – avant qu'il ne trouve par hasard un petit ballot de tissu pendu dans les bois.

Sur le mur, au bas de l'escalier, il y a une trace de sang fraîche. Lomax se demande si c'est celui d'Euphemia. Sauf qu'Euphemia n'est pas là, se souvient-il. Mais avec tout ce laudanum en ébullition dans sa tête, comment en être certain ? En montant l'escalier, il a l'impression que son poids a été multiplié par deux, comme s'il portait le double de son corps, inconscient, sur ses épaules. Et le voici soudain de retour dans la forêt où il a découvert Euphemia adossée contre l'érable. Comme gravés dans l'écorce des arbres avoisinants, des milliers de visages grimacent. Des gens qu'il connaît, d'autres qu'il n'a jamais vus. Son père et sa mère. Ses propres enfants. Les familles démunies à qui il venait réclamer l'argent du lait. Ceux qu'il a retrouvés, ceux qu'il a tabassés. Les infirmes. Les broyés. Les morts. Tous pétris d'angoisse.

Tu m'as apporté mon manteau et mes chaussures ? demande une voix de femme désespérée.

« Demain, répond doucement Lomax, sans savoir s'il parle tout haut. Je les apporterai demain. »

Je ne peux pas faire ça.

« Faire quoi ? »

Ça.

« Euphemia, ce n'est pas le genre de chose sur lequel il est possible de revenir », dit Lomax en arrivant en haut de l'escalier, devant une porte fermée.

Mais je ne peux pas me séparer d'elle, supplie-t-elle. *N'est-ce pas une raison suffisante ?*

« Ne sois pas idiote, dit-il, l'épaule contre la porte, se préparant à faire irruption dans la chambre. On peut se séparer de tout. »

La machine à explorer le temps

Pendant la guerre, Everett a vu des soldats touchés par des balles se mettre aussitôt à courir de toutes leurs jambes, comme s'ils tentaient de battre la mort de vitesse. Il en a vu d'autres s'asseoir tranquillement, comme pour prendre le thé. Sa propre réaction se situe entre les deux.

Quand les tirs s'arrêtent, il ouvre la porte de la chambre et rampe dans l'escalier en serrant Willow contre sa poitrine. Il se redresse une fois en bas et projette un crachat de sang qui atterrit sur le mur. Après une grande inspiration, il s'élance contre la grossière porte de derrière en protégeant du mieux possible l'enfant de son bras, prêt à charger, à cogner ou à mourir sous le feu des fusils qui l'attendent, il le sait.

Mais il n'y a pas de comité d'accueil.

À part les arbres, bien sûr.

La petite collée à la partie de sa chemise qui n'est pas poisseuse de sang, il s'enfonce, trébuchant, dans la forêt, et prend le chemin de l'ouest, qui longe la jonction entre la partie brûlée de l'île et la forêt primaire. Pour laisser le moins d'empreintes possible, il passe de racine en racine et, là où il n'y en a pas, s'en tient aux zones tapissées de mousse.

Maintenant que les tirs ont cessé, Willow commence à revenir à elle et se met à chouiner. De la poche de sa veste de bûcheron,

Everett sort le biberon de lait de chèvre dans lequel il a versé du sirop calmant. La petite le vide d'un trait, sans reprendre son souffle. Quand les propriétés somnifères du sirop font effet, elle se met à ronfler sans vergogne tout contre lui.

Si le ciel est éclairé, la lune elle-même se cache quelque part dans la canopée et, sous l'âpre lumière argentée, le sang d'Everett ressemble à du pétrole, noir et luisant. Quand il inspire, seule une moitié de sa poitrine se dilate, ce qui le fait pencher vers la droite ; il espère qu'il ne tourne pas en rond. La balle a pénétré son dos et glissé entre ses côtes gauches, mais comme elle avait déjà traversé un mur en cèdre, elle n'a pas eu assez de puissance pour ressortir et la voilà qui se balade dans son poumon comme un médiator dans le corps d'une guitare. La blessure ne va pas le tuer tout de suite, mais elle le fait saigner ; il sent plusieurs affluents chauds couler le long de sa jambe pour se rassembler dans sa botte. Chaque pas s'accompagne d'un bruit de succion.

En passant non loin d'un ancien camp d'exploitation forestière, il envisage de se cacher dans la baraque qui servait de dortoir, pour se reposer ou bien mourir. Mais les policiers mettront peut-être des heures à le trouver, et si lui-même n'a pas froid, il voit la vapeur sortir de la bouche de Willow : elle ne tiendrait pas longtemps toute seule, après sa mort. Il poursuit donc son chemin, évitant les sentiers tout tracés et donc prévisibles, s'enfonçant plutôt dans les fourrés qui lui fouettent le visage et déchirent ses vêtements. Il ne s'arrête que pour reprendre son souffle et vider le sang de ses bottes. Il dégage une odeur à la fois terreuse et métallique qui lui rappelle les pierres dont Harris et lui se servaient jadis pour aiguiser les haches. Mais il ne pense qu'à une chose : continuer – il l'a portée jusque-là, il peut bien la porter encore un peu.

À mesure que le choc de l'attaque se dissipe, c'est comme s'il accédait à de nouveaux réservoirs de douleur. Il ne peut continuer à avancer que les yeux mi-clos, la vue voilée par ses cils comme s'il traversait un rêve. Le bébé se fait bientôt pierre, et les jambes d'Everett sont des planches que ses hanches peinent à soulever.

Le tourbillon de ses pensées part dans tous les sens. Des formes filent à la périphérie de sa vision. Pendant un long moment il est en Belgique, à traîner dans la boue sur un brancard imbibé de sang les lambeaux de quelque malheureux qui ne s'en sortira pas. Puis il tente d'attraper un train avec Blank pour échapper à des brutes épaisses qui les poursuivent à la sortie d'Oakland. Et le voici enfant, muet d'effroi, à courir aux côtés de son frère, les poches pleines des carottes et des oignons qu'ils ont volés, sous la grêle des pierres que les gens du bourg leur jettent depuis leur pas de porte.

Mais, peu après, il sent l'air salé de l'océan et l'odeur de varech de la plage où Willow et lui ont passé tant d'après-midi à paresser. Il en est revigoré. Il parcourt encore quelques mètres de son pas boiteux, et les fourrés s'ouvrent sur la pente de grès qui conduit au rivage où l'eau vient laper les galets. Il se repose un moment près de la jetée. Assis sur une branche tombée au sol, il examine le visage endormi de Willow et se rend compte que, depuis ce premier soir où il l'a entendue pleurer, elle l'a refaçonné, jusqu'à faire de lui quelqu'un d'entièrement neuf. Pas un type bien, un homme digne de respect ou d'admiration. Mais quelqu'un qui donne plus de valeur à une autre vie qu'à la sienne. Et cette transformation a refermé en lui une plaie demeurée longtemps purulente.

Il a cependant une dernière transformation à accomplir.

Une fois certain que les policiers n'ont pas découvert la jetée, il rejoint, toujours boitant, le grand cèdre au bord de l'eau et repère le caisson étanche qui pend d'une de ses branches. C'est là que Feeney dépose leurs provisions hebdomadaires. Ce dernier n'est pas censé revenir avant le lendemain matin, si tant est qu'il revienne – car aucun doute n'est possible, c'est Harris qui les a livrés quand Lomax l'a menacé de révéler sa relation avec l'Irlandais, ne lui laissant pas le choix. Mais cette trahison n'empêche pas Everett de croire encore en son frère : il finira par faire ce qui est juste.

Everett avait prévu d'emmener un jour Willow dans son érablière, sur la propriété de R. J. Holt près de Saint John, là où tout a commencé. Il avait prévu de lui montrer l'arbre auquel elle était suspendue. *Je suis sûr que je saurai le retrouver*, lui murmure-t-il à l'oreille. *Je suis sûr que le clou est toujours là.* Mais la vérité, c'est que l'occasion ne se présentera pas, il le sait. Willow et lui ne se reverront jamais. À cette pensée, quelque chose se brise en lui, quelque chose d'irréparable.

Il boite jusqu'au caisson et, tandis que les premières lueurs de l'aube ourlent de rose l'horizon, il retire sa veste en laine et la tord pour évacuer le plus de sang possible avant d'en envelopper l'enfant. Son cerveau n'est plus bien irrigué et son esprit s'égare. Il retourne à la bibliothèque de Temple, à ses étagères de planches grossières chargées d'encyclopédies et de drôles de volumes venus du monde entier. Là-bas, Temple lui a parlé d'un livre intitulé *La Machine à explorer le temps*, dont l'histoire s'articule autour d'un dispositif capable de transporter une personne à une autre époque que la sienne. Everett s'était mis à penser à tous les endroits permettant d'émerger dans un autre espace-temps que celui d'origine. Un wagon de train, par exemple. Ou une forêt. Un arbre. Une bibliothèque. Un champ de bataille, aussi. Ou – mais Everett ne s'en rendra compte que plus tard, après en avoir occupé une très longtemps – une cellule de prison. *Et puis ce caisson*, dit-il, la gorge serrée comme un poing. Il frôle de ses lèvres la tête douce de Willow et soulève le loquet.

Retour à l'arbre

Une fois le dénommé Everett Greenwood neutralisé et arrêté sur Greenwood Island, Harvey Lomax retourne au New Sun Wha, lequel a rouvert ses portes après que ses propriétaires ont offert de généreuses contributions financières aux autorités municipales. Le garçon aux grosses lunettes n'est plus là – il aurait été expulsé du pays ou tué dans un cambriolage, selon les dires – mais un autre a pris sa place, tout aussi prévenant et professionnel que son prédécesseur, et que Lomax en vient à chérir et à admirer tout autant.

Au final, ce ne sont pas les sirènes de la drogue elle-même qui ramènent Lomax dans les fumeries d'opium où il abandonnera tout espoir de retrouver sa famille et son pavillon en brique. C'est l'inhumanité de ce qu'Everett Greenwood a fait à l'enfant, une turpitude pire que toutes celles dont Lomax a été témoin au cours des dizaines d'années qu'il a passées à recouvrer des dettes.

« Elle n'arrêtait pas de pleurer, alors je lui ai tordu le cou et je l'ai enterrée avec le journal dans un endroit que vous ne trouverez jamais. » C'est ce que lui a dit le vagabond avec une froideur inimaginable quand les policiers l'ont découvert, tôt le lendemain matin, égaré, couvert de sang, errant dans les bois, une balle dans les poumons. Un acte que Lomax n'a été capable d'assimiler vraiment que des semaines plus tard, après que McSorley et une équipe de limiers ont passé au peigne fin le chalet et le moindre centimètre carré de l'île sans rien trouver : ni cadavre ni journal.

Ce n'est pas que Lomax ait particulièrement eu foi en l'être humain avant cela, mais la façon sordide dont Everett s'est débarrassé de l'enfant l'a convaincu que l'homme est une créature abjecte et insondable. Vouée au mal et à la destruction aveugle. Et de son point de vue, le meilleur remède à cette maladie qu'on appelle l'humanité s'administre en intraveineuse.

Ici, dans le ventre du New Sun Wah, puis, quand l'hôtel aura définitivement fermé, dans d'autres établissements similaires – une période entrecoupée de séjours en prison liés aux menus larcins qu'il commet une fois ses fonds épuisés –, Lomax laissera les années l'ensevelir. Il apprendra que, suite à la mort de l'enfant, R.J. Holt a largement profité de la publicité offerte par cette tragédie, accordant une multitude d'interviews à ses propres journaux qui le présenteront comme une sorte de Charles Lindbergh canadien – une belle aubaine pour ses affaires. Un autre vagabond originaire de Saint John l'informera qu'après deux ans d'absence, Lavern a consulté le prêtre de sa paroisse, fait annuler leur union et s'est depuis remariée. Ses enfants finiront par oublier totalement leur père – sauf son fils aîné, Harvey Junior, lequel écrira inlassablement aux foyers pour sans-abri de Vancouver, s'accrochant à la certitude d'avoir été privé de son noble et bon patriarche par quelque violence criminelle.

Malgré l'indigence et la misère, Lomax gardera le couvre-livre du journal jusqu'à sa mort, vingt ans plus tard, dans la solitude d'un hôtel miteux, lorsqu'un shoot d'héroïne d'une puissance inattendue fera définitivement taire son cœur. Ce sera le seul objet de sa vie d'avant qu'il sera parvenu à conserver. Contrairement au journal, enterré depuis tant d'années, les actions de Harvey Lomax resteront bien vivaces. Malgré l'effacement progressif de son corps comme de son esprit par le laudanum, puis l'héroïne, certaines vérités continueront à le visiter au fil des ans, des morceaux de l'histoire qu'il était soigneusement et si longtemps parvenu à omettre. Souvent, embrumé par l'opium, il verra ses sept enfants réunis – ces êtres qu'il a abandonnés, tout comme son père l'avait lui-même abandonné. En haillons et les dents gâtées, la turbulente petite troupe se rassemblera près du matelas de Lomax, ou de sa couchette de prison, ou du bout de terre à même lequel il se sera couché pour la nuit. Ils seront pieds nus, en larmes, affamés. Et il les comptera.

Et les comptera encore.

Pas sept.

Huit.

Et il cherchera du regard la plus jeune d'entre eux, une petite fille aux yeux d'émeraude, comme Euphemia. La petite fille qu'Everett Greenwood a enterrée quelque part sur l'île. Cette même petite fille qu'Euphemia a accrochée à un clou planté dans un arbre quand elle n'a plus été capable de la porter. Encore et encore, Lomax retournera à sa dernière visite à Euphemia avant qu'elle ne s'enfuie de la propriété de Mr Holt, le soir où elle lui a annoncé qu'elle avait changé d'avis, qu'elle allait garder le bébé et qu'elle comptait dire à Holt que l'enfant était de Harvey – même s'il n'avait partagé sa couche qu'une seule fois sur toutes celles où il était venu la voir à l'appartement. Et comme Lomax ne pouvait se permettre ni de briser sa propre famille, ni de tomber en disgrâce auprès de son employeur, il s'était dressé de toute sa taille et l'avait menacée d'emporter l'enfant pour toujours. Il avait alors vu dans les yeux d'Euphemia un tel sentiment d'abandon qu'il devait rester à jamais hanté par ce regard.

C'était du bluff. Destiné à protéger son travail, sa maison et sa famille – mais aussi la jeune femme elle-même. L'empêcher de gâcher sa vie comme Lavern et lui l'avaient fait, si jeunes encore. Euphemia était intelligente, ambitieuse ; il s'était dit qu'elle utiliserait l'argent de Mr Holt pour aller vivre à New York, comme elle le souhaitait, et laisserait derrière elle sa vie d'avant. Jamais il ne se serait imaginé qu'il la pousserait à fuir dans la forêt cette nuit-là, sans manteau ni chaussures, ni qu'un démon à forme humaine s'emparerait de l'enfant.

Et toujours, en conclusion de ces visions, Lomax demandera pardon – pardon d'avoir été infidèle, pardon d'avoir abandonné sa femme et ses enfants, pardon pour le sort si tragique et si peu mérité d'Euphemia et de son bébé. Mais cette grâce lui sera refusée. Et ses tourments n'auront pas de fin.

Prédicateurs et politiciens clament souvent que les épreuves nous rapprochent les uns des autres. Qu'un immense désastre comme la Grande Dépression fait ressortir ce qu'il y a de plus noble et de meilleur en nous. Mais au cours de sa longue vie de souffrances et de batailles, Harvey Bennett Lomax aura été témoin de l'exact opposé. Ce que l'expérience lui a appris, c'est que plus les temps sont durs, plus nous nous comportons mal les uns envers les autres. Et ce que nous avons de pire à offrir, nous le réservons à notre famille.

Des oiseaux

Après le passage de l'ouragan, Temple vivra plusieurs mois dans le sous-sol de l'église presbytérienne d'Estevan. Des centaines de boîtes à chaussures pleines de billets crasseux, de pièces de monnaie, de bijoux et d'argenterie seront déposées devant sa porte par la lie de la société et elle finira par avoir de quoi reconstruire sa ferme.

L'été 1935, elle retournera pour la première fois sur ses terres afin de les déblayer. Dans les décombres de sa vie d'avant, enfouis sous les gravats et dispersés dans ses champs de blé, à des kilomètres à la ronde, elle découvrira des milliers de livres ouverts, à l'abandon, s'abîmant dans la poussière. Pendant des années, les fermiers des environs en trouveront dans leurs arbres, leurs meules de foin, sur les corniches de leurs granges et au fond de leurs puits ; ils n'en finiront plus d'en extraire de leurs plantations.

Tout au long de l'année qui suivra, Temple travaillera aux côtés d'hommes et de femmes que sa ferme avait déjà accueillis quand ils traversaient une mauvaise passe. Avec leur aide, et celle d'un attelage d'emprunt pour dresser les ossatures de bois, une nouvelle maison et une nouvelle grange seront bâties. Ils n'accepteront aucun paiement, seulement des repas. Temple et Gertie mettront la table sur la galerie, reconstruite la première, près du saule pleureur dont le feuillage déchiré par la tornade aura déjà retrouvé son volume.

La ferme sera de nouveau sur pied depuis longtemps quand Temple tombera par hasard sur l'inspecteur McSorley à la gare d'Estevan – leur première rencontre depuis le cyclone. Il ôtera son chapeau et se dira sincèrement désolé de tout ce qu'elle aura enduré et perdu. L'ouragan s'étant particulièrement déchaîné sur les terres de Temple, les citoyens d'Estevan les plus enclins à la critique y liront une forme de châtiment mérité, eu égard à la faune immorale et malsaine qu'elle y accueillait. Heureusement, McSorley lui épargnera de telles insinuations.

Alors qu'ils seront sur le point de se séparer, il demandera : « J'espère que la fille de votre sœur s'est bien remise de sa maladie ? »

Temple scrutera son visage sans y trouver l'ombre d'un soupçon. « Elle s'est totalement rétablie », répondra-t-elle en étouffant une bouffée de tristesse, un sentiment qui peut lui tomber dessus à tout moment de la journée, comme une tempête de sable. « Elle vit maintenant dans l'Est. Ma sœur a trouvé un bon travail là-bas. Merci de prendre des nouvelles. À une prochaine fois, inspecteur.

– Oh, je ne suis plus inspecteur, mademoiselle Van Horne, déclarera-t-il fièrement, en tirant de ses pouces sur ses bretelles. Après cette affaire dans l'Ouest, la compagnie ferroviaire m'a promu à un poste éminent. »

Elle lui présentera toutes ses félicitations et ils se sépareront sans avoir besoin d'expliciter ce qu'était cette « affaire dans l'Ouest ». À ce stade, tout le monde à Estevan aura été tenu en haleine par les gros titres tapageurs sur cette histoire de bébé kidnappé par un vagabond dans la nurserie du riche industriel R. J. Holt, dans le Nouveau-Brunswick. Tout le monde aura lu dans les moindres détails – sordides – comment le ravisseur, après avoir demandé une rançon si astronomique que même le milliardaire ne pouvait la payer, était devenu fou et avait liquidé l'enfant sur une île isolée quelque part au large de la Colombie-Britannique, un crime qu'il avait avoué, mais seulement après avoir fait feu sur le courageux inspecteur McSorley et ses intrépides policiers.

Le genre d'information qui, prise au sérieux, peut durablement cliver votre esprit. Cette histoire qu'Everett lui avait racontée – qu'il avait trouvé la petite accrochée à un arbre dans les bois –, l'avait-il inventée ? Un homme si doux, commettre un acte si abominable – comment était-ce possible ? Ce sont les aveux du criminel, dont Temple lira l'indiscutable confirmation d'innombrables fois dans d'innombrables journaux, qui feront taire ses doutes et étoufferont ce qui aurait pu lui rester de compassion pour cet homme. Elle qui s'était dit qu'elle avait déjà dû accueillir pire dans sa ferme finira alors par admettre son erreur.

Au fil des ans, l'ouragan reviendra souvent visiter ses rêves. Elle voit d'abord la lumière gangreneuse s'abattre sur la ferme, puis l'entonnoir couleur charbon traverser les terres, avaler la bibliothèque et en aspirer le contenu dans les airs. Parfois elle imagine que le cyclone assemble un nouveau livre là-haut, dans le ciel, ne serait-ce que pour un bref instant – des pages de Dickens, Austen, Dante, Eliot et Tolstoï se mélangeant librement pour former la plus grande œuvre littéraire du monde.

Quand elle racontera l'histoire de l'ouragan, ce qu'elle fera un nombre incalculable de fois lors d'encans de bétail ou de repas partagés sur sa nouvelle galerie avec des gens de passage, elle se demandera comment rendre compte du son de la bibliothèque avalée par la tornade. Comment décrire précisément le bruit de dix mille livres s'envolant dans les airs pour être éparpillés sur des centaines de kilomètres. Et ce n'est que des années plus tard – bien après la fin de la Grande Dépression, quand les pauvres auront cessé de passer de train en train ; bien après la mort de Gertie, décédée d'une grippe le jour de son quatre-vingtdixième anniversaire ; bien après que le souvenir des douces épaules d'Everett, de son épaisse chevelure noire et du drôle de sérieux de ses manières aura pâli dans sa mémoire ; bien après qu'elle aura de nouveau été capable de s'aventurer dans la partie du champ où ensemble ils avaient planté les petits érables qui sont depuis devenus grands ; bien après que le vide laissé par cet homme dans sa vie aura complètement cicatrisé – alors seulement trouvera-t-elle une réponse satisfaisante : on aurait dit des oiseaux.

1974

Des voitures noires

Elle est censée dormir pendant qu'on s'occupe de son fils pour quelques heures avant la cérémonie. Au lieu de quoi, perchée sur le rebord de la fenêtre de sa chambre d'enfant, Willow regarde des voitures noires s'arrêter dans le coude de l'allée qui mène à la grande demeure. Ceux qui en émergent appartiennent principalement à l'industrie forestière, venus tout droit des usines empoisonneuses et des zones de déboisement cancérigènes d'Amérique du Nord, allant des magnats et directeurs les plus puissants aux plus simples débroussailleurs, abatteurs, pointeurs, grimpeurs et débardeurs. Même les malheureux dont les corps ont été brisés par Greenwood Timber au fil des années sont venus – avec leurs béquilles, leurs prothèses et leur oxygène à roulettes – rendre à leur patron un dernier hommage. John P. Weyerhaeuser, qui descend d'une Bentley gris étain, est accueilli par le crachin froid de décembre ; Willow a distribué assez de tracts écologistes pour savoir qu'il s'agit du fils de feu Frederick Weyerhaeuser, le roi de l'industrie du bois. Plus tôt, elle a repéré la tête de carlin de H. R. MacMillan, de MacMillan Bloedel, le plus grand rival de son père, propriétaire des abatteuses-lieuses à un million de dollars qu'elle a neutralisées il y a exactement neuf mois avec trois sacs de sucre. Un homme à qui Harris n'aurait jamais permis de s'approcher, encore moins d'entrer chez lui. Sont-ils venus honorer la mémoire de son père, reluquer sa propriété, fêter secrètement sa mort, commémorer la fortune qu'il leur a fait gagner ou le salaire de misère qu'il leur a versé, ou bien simplement saluer la grande fugue de folie destructrice que furent ses soixante-quinze années de vie ? Willow n'en sait rien.

Les obsèques n'ont pas encore commencé qu'elle est déjà à un point d'épuisement que seul un nouveau-né peut vous infliger. Elle s'étend et ferme les yeux, mais le sommeil dont elle a si désespérément besoin ne vient pas. Le futur neuf qu'elle avait senti palpiter en elle pour la première fois quand elle était allée chercher son oncle Everett à sa sortie de prison s'était accroché, à sa grande surprise, et vouloir avorter d'un tel miracle à son âge lui aurait semblé être la définition même du mauvais karma : elle l'avait donc gardé. Son fils est arrivé le mois dernier, même si ça lui semble déjà une autre vie. Elle a laissé un message auprès du collectif La Terre Maintenant ! pour Sage, le père probable, mais elle n'aura sans doute pas de nouvelles de sitôt. Elle n'a toujours pas donné de prénom au bébé. Si on lui pose la question, elle répond qu'elle n'arrive pas à se décider. Mais la vérité, c'est qu'elle ne trouve rien qui convienne à cet enfant de la Terre, ce cadeau improbable – aucun son prononçable par une bouche humaine ne saurait rendre compte des yeux pétillants, du drôle de miaulement, des petites jambes grassouillettes qui donnent l'impression qu'il porte une minuscule culotte de lard.

Elle a passé toute sa grossesse sur Greenwood Island à se cacher des policiers, même si elle voit bien aujourd'hui que son obsession pour la berline noire tenait de la paranoïa. Les flics ont mieux à faire que de pourchasser des éco-vandales à la petite semaine comme elle. Et depuis, elle a en outre appris que trois abatteuses-lieuses ne sont rien pour une société comme MacMillan Bloedel, sans compter qu'il y a des milliers de

Westfalia dans la capitale hippie qu'est devenue Vancouver, et beaucoup sont conduites par des femmes qui lui ressemblent.

Quand l'accouchement est devenu imminent, elle a fait venir une sage-femme et tout s'est bien passé. Dans l'euphorie des premiers jours, elle a été choquée par l'insatiable appétit de son fils pour elle : les petites mains qui s'agrippent sans relâche, la bouche qui tète désespérément, la sirène irrationnelle des hurlements. Personne ne l'avait prévenue qu'elle aurait aussi immédiatement et intensément envie de lui échapper, que la maternité serait une entreprise aussi éprouvante. À cause de son historique de fausses couches, elle avait choisi de ne pas parler de sa grossesse à son père et se préparait à lui faire la surprise de débarquer dans la grande demeure de Shaughnessy pour lui présenter son petit-fils dès qu'elle aurait retrouvé un cycle de sommeil normal. Et puis voilà qu'il y a trois jours, elle a reçu sur la radio à ondes courtes un signal de détresse de Terrance Milner, le comptable et gestionnaire de son père, lui demandant de venir le voir au plus vite. À peine la porte d'entrée franchie, Milner lui a expliqué que son père était récemment parti en Caroline du Nord pour son séjour annuel d'observation (dans son cas, auditive) des oiseaux parmi les séquoias. Une fois au cœur de la forêt, il avait apparemment demandé à son guide de le laisser, au motif fallacieux que quelqu'un d'autre était censé venir le chercher, après quoi il se serait enfoncé plus profondément encore dans les bois. Des randonneurs l'avaient découvert une semaine plus tard dans une partie très reculée du parc. L'autopsie avait révélé une grosse masse cancéreuse inopérable dans le cerveau, dont, fidèle à son stoïcisme habituel, Harris s'était abstenu de parler. Une fois Milner arrivé au bout de ses explications, Willow s'est assise près de l'étagère basse où son père rangeait ses surchaussures en caoutchouc, plongée dans une sorte de torpeur flottante qui ne l'a pas quittée depuis, et elle a pleuré doucement, veillant à ne pas réveiller son fils innocent, qui s'était endormi dans ses bras.

C'est Milner qui a organisé les obsèques. Il a aussi recruté des baby-sitters qui ont promptement emporté l'enfant, le séparant de Willow pour la première fois de sa vie. Toute marxiste qu'elle soit, elle doit bien reconnaître que l'argent a des avantages : quel soulagement indescriptible de se retrouver enfin seule un moment.

Elle fait brûler un peu de marijuana dans sa petite pipe et souffle la fumée par la fenêtre à vitrail Tiffany qui donne sur l'allée. Lors des rares occasions où elle est revenue dans cette maison après avoir lu *La Planète au pillage* et s'être éveillée à la conscience écologique, elle l'a vue pour ce qu'elle était : un autel abject aux violences épouvantables que sa lignée a infligées à la planète, parmi lesquelles le massacre de milliers d'antiques créatures sans défense transformées en déco tapageuse. Couchée dans sa chambre où un chêne des marais gratte toujours de ses branches les ardoises du toit, où le plancher craque encore devant le placard et où le bureau taché de feutre, support des innombrables lettres à son oncle, n'a pas quitté sa place près de la porte, Willow a l'impression d'un bond dans le passé.

Comme la réception doit commencer à midi, elle se traîne jusqu'au miroir poussiéreux et considère sa tenue, qui, même à ses yeux, est manifestement inappropriée : une jupe à motif batik et un chemisier délavé dont le passage mensuel par le séchoir de la laverie a depuis longtemps incrusté les taches de sève dans le tissu. « Les vêtements ne font pas le deuil, se dit-elle. C'est le chagrin qui compte. » Et elle a du chagrin, non ? Bien sûr qu'elle a du chagrin. Même si Harris a été une énigme de père, toujours occupé, toujours hors d'atteinte, toujours étranger. Quand elle était petite, cette maison était le royaume des secrets et des silences vides, avec ses pianos dont personne ne jouait et ses livres que personne ne lisait. Ses bustes en bronze, ses tableaux de frégates anglaises et de paysages italiens. Ses cages d'oiseaux exotiques, son mobilier en acajou noir reluisant à force d'être astiqué et ses vieux équipements forestiers accrochés un peu partout comme les armes de quelque noble guerre. Et son père, avec ses routines et ses horaires : les mêmes repas pris aux mêmes heures tous les jours, les mêmes disques de poésie sur la même platine dans son bureau le soir. Et la façon dont il la réprimandait pour la moindre perturbation, si minime soit-elle, de ces habitudes : la tendance qu'elle avait de donner du talon en marchant ou ses gargouillis d'estomac à table.

Elle avait pourtant fait son possible pour mettre un peu d'animation dans tout cela. Elle se revoit sillonner en roller leur bowling privé, jusqu'à ce que Harris surgisse et lui hurle dessus parce qu'elle était en train d'abîmer le bois (des marques, ne manquait-elle jamais de souligner, *qu'il ne pouvait même pas voir*). Une fois, elle avait joué un tour au personnel en accrochant l'argenterie rutilante dans les arbres impeccables du jardin en guise de décoration. Et puis il y avait eu l'affichette placardée sur la porte de sa chambre qui disait FORÊT ENCHANTÉE, ACCÈS INTERDIT, ainsi que les centaines de branches clouées à même les murs pour compléter l'effet, et par conséquent les centaines de trous laissés dans le plâtre quand Harris avait ordonné au jardinier de tout arracher.

Si ses vêtements sont passables, elle doit quand même se décrasser : elle se savonne donc les aisselles et la nuque au lavabo, tachant à jamais un gant de toilette blanc qu'elle jette directement dans la poubelle, non sans culpabilité. Puis elle se brosse les cheveux, les sépare d'une raie au milieu et les natte soigneusement avant de descendre le grand escalier acajou en spirale dont elle a si souvent compté les marches en sautillant lorsqu'elle était enfant. Elle laisse sa main glisser le long de la rampe, du séquoia taillé d'un seul bloc.

En bas, les invités s'agglutinent par petits groupes dans la grande salle, une caverne de dix mètres sous plafond – du chêne – où sont dressées de nombreuses tables rondes aux belles nappes blanches. Harris n'a jamais demandé de funérailles en grande pompe, mais il ne les a jamais formellement interdites non plus. Avec l'approbation de Willow, Milner a donc loué les services d'un traiteur et d'un quatuor à cordes – bien que Harris ait toujours détesté la musique, qu'il considérait comme un pervertissement de l'inimitable perfection de la voix humaine.

Des plateaux d'argent débordent de homards importés par avion du Nouveau-Brunswick à près de cinq mille kilomètres de là et de tranches de rôti de bœuf, dont quatre-vingt-dix pour cent finiront sûrement à la poubelle. Un pin d'Oregon d'un mètre quatre-vingts entièrement sculpté dans le beurre se dresse près de la baie vitrée, tandis que des serveurs gominés attendent derrière des carafes en cristal remplies des meilleurs whiskeys canadiens et des caisses de saké commandées pour l'occasion. De nombreux invités dorment sur place et Willow a entendu dire qu'un étage entier de l'Hôtel Vancouver avait été réquisitionné pour loger le surplus. Journalistes et badauds compris, ça représente près de quatre cents personnes, et si elle se réjouit de voir la vieille demeure déborder de vie – ça n'a jamais été le cas dans son enfance –, elle est aussi déchirée par l'envie irrépressible de flanquer tout le monde dehors.

Un serveur en smoking lui met un verre dans la main et elle a honte de la facilité avec laquelle elle se glisse dans le rôle de la riche héritière. Mais après un long séjour crasseux dans le chalet de son père, à frotter des couches maculées d'excréments couleur goudron au puits à pompe manuelle, quel soulagement qu'on lui serve à manger, qu'on lave ses vêtements, qu'on fasse son lit et qu'on berce son enfant.

Postée près de la cheminée en pierre des champs, elle fume une menthol et savoure son saké – le seul alcool que supportait son père – en espérant passer inaperçue. Elle cherche des yeux son oncle Everett, que Milner a tenté d'inviter via l'agent de probation mais dont on attend toujours la réponse. Bien qu'elle soit sans nouvelles de lui depuis qu'elle l'a déposé à l'aéroport de Vancouver neuf mois auparavant, elle a relu une partie de leur correspondance et elle est revenue sur sa mauvaise opinion. Il devait être désorienté d'être ainsi remis entre les mains de sa nièce après une si longue incarcération, d'avoir traversé des décennies entières comme une simple enfilade de pièces. Et puis elle-même était alors dans un drôle d'état : taux d'œstrogènes en vrac, trop de cannabis, trop de cachets – autant de facteurs ayant sûrement contribué à lui faire imaginer la mystérieuse berline noire qui semblait les suivre partout. Maintenant que son père n'est plus là, le désir de revoir son oncle est encore plus vif. Peu importe les affabulations d'Everett sur ce qu'ils auraient vécu ensemble quand elle était bébé et le vieux surnom qu'il lui avait donné (*Gousse ?*). Il est peut-être un peu cinglé, mais pas méchant. Et elle s'est souvent demandé comment s'étaient passées ses retrouvailles avec cette femme dans la Saskatchewan, et s'il avait pu récupérer le livre pour lequel il était prêt à enfreindre les règles de sa probation.

« Mademoiselle Greenwood ! » lance un petit bonhomme rond qui, appuyé sur une canne sculptée à la main, fend la foule pour la rejoindre. Willow entend les genoux du vieillard craquer tandis qu'il approche. « Je m'appelle Marty Baumgartner. J'ai fondé Greenwood Timber avec votre père, j'étais là depuis le début », explique-t-il d'un air entendu avant de décrire par le menu les mérites de l'employeur défunt.

Si vulnérable que soit un bébé, il est aussi un genre d'armure : elle voudrait soudain avoir son fils dans les bras, ne serait-ce que pour mettre quelque chose de substantiel entre elle et cet homme qui jauge les vêtements qu'elle porte et l'écart entre la réussite du père et l'échec de la fille.

« Nos chemins se sont séparés il y a bien des années suite à certains désaccords, continue à radoter Baumgartner, mais je suis venu vous présenter mes condoléances. Harris était un sacré bûcheron, vous savez. C'est pourquoi j'ai été extrêmement surpris en apprenant… les circonstances. Malgré son handicap, il savait parfaitement s'orienter en forêt.

– Il s'est perdu, répond fermement Willow, qui ne souhaite pas alimenter la rumeur concernant un éventuel suicide. Ça aurait pu arriver à n'importe qui.

– Il paraît qu'on lui a trouvé une tumeur dans la tête. De la taille d'une balle de tennis, m'a dit quelqu'un. Il le savait sûrement. Il vous en avait parlé ? »

Willow repense à sa dernière entrevue avec son père, à Stanley Park, quand il l'avait convaincue d'aller chercher Everett à sa sortie de prison. Elle se souvient de sa démarche instable et de ses cheveux blanchis, qu'elle avait alors attribués à sa récente retraite. Le sentimentalisme rare dont il avait fait preuve et ce geste de la prendre dans ses bras peuvent maintenant s'expliquer : il savait qu'il n'en avait plus pour longtemps. *Alors pourquoi est-ce qu'il ne me l'a pas dit, putain ?* manque-t-elle de crier au visage de Baumgartner. Au lieu de quoi elle répond : « À sa façon, oui.

– Au moins a-t-il connu son petit-fils, poursuit le bonhomme. J'ai pour ma part quatorze petits-enfants, et ça me réjouit de savoir que la survie de la lignée Baumgartner est assurée.

– Absolument », répond Willow, même si, bien sûr, Harris n'a jamais vu le bébé et qu'à cette pensée elle s'effondre presque. Il l'avait contactée deux fois par radio pendant qu'elle était sur l'île. « Je déteste parler via ce machin, avait-il dit. Mais je suis content que tu trouves le chalet convenable. As-tu besoin de quoi que ce soit ? » Pas une fois il n'avait mentionné son état de santé ou suggéré la possibilité de lui rendre visite. Si elle avait su qu'il était malade, elle aurait pu l'aider. Et elle lui aurait annoncé qu'elle était enceinte. Ils auraient peut-être même réussi à se dire les choses qu'ils avaient besoin de se dire. Mais il avait choisi le secret. La solitude et le stoïcisme. Il était mort seul, au milieu des arbres. Et elle détestait l'extrême cohérence de tout cela.

« Eh bien votre petit va hériter d'une sacrée fortune, dit Baumgartner en levant son verre avec une affreuse grimace. Comme vous. »

Willow secoue la tête et prend une gorgée de saké sans répondre au toast. « Mon père m'a déshéritée il y a bien longtemps, monsieur Baumgartner. Et je préférerais ne pas en parler, si vous voulez bien. Je suis un peu fragile, aujourd'hui. »

À son grand soulagement, il n'insiste pas et le silence s'installe entre eux, leurs bouches entre-temps remplies de canapés et de mini-cakes au saumon – des amuse-gueules sophistiqués que son père aurait trouvés ridicules. « Mettez tout dans un bol et donnez-moi ça, déclarait-il quand le cuisinier faisait trop de chichis. Je me fiche bien de la présentation. »

Comme la cérémonie ne va pas tarder, elle récupère son bébé et lui donne le sein dans les toilettes du personnel. L'aréole plein la bouche, l'enfant grogne comme un défenseur de première ligne pendant un match de football américain. Puis elle rejoint la foule derrière la maison, parmi les roseraies, les statues et les murets couverts de lierre. Non loin de là se dressent les mâts totémiques haïdas, volés par son père sur les terres des Premières Nations qu'il exploitait, et gardés comme pièces maîtresses de sa collection de curiosités. Petite fille, Willow se réfugiait souvent dans cette partie du jardin. Aujourd'hui, c'est comme si c'était son enfance même que ces gens envahissaient.

Les uns après les autres, des hommes montent sur l'estrade sculptée pour prendre la parole. Le Premier ministre de Colombie-Britannique. Le ministre des Forêts. Baumgartner raconte une anecdote ennuyeuse sur la façon dont Harris avait réparé une machine dans une scierie avec une boîte de trombones. Milner vante la capacité qu'il avait d'estimer le rendement d'une forêt en pieds-planches : « Il n'avait pas besoin d'y regarder à deux fois pour tomber juste. » Et d'ajouter : « Pas même une, à vrai dire », ce qui ne manque pas de provoquer un gloussement général. Bien entendu, personne ne fait allusion à sa condamnation pour trahison suite au contrat japonais passé avant la Seconde Guerre mondiale. Si Willow arrive à mettre la main sur un autre verre de saké, elle trouvera peut-être le courage de monter à la tribune corriger elle-même cet oubli.

Bien qu'ils n'aient pas touché de salaire de Greenwood Timber depuis des années, les ouvriers présents semblent tristes et désorientés, comme des chiens battus qui ne savent plus trop qui les nourrira ou les battra maintenant que leur maître est parti. Aucun d'eux ne se risque à venir sur l'estrade, tandis que les discours des huiles s'éternisent. On évoque les grands traits de caractère de Harris : son honnêteté sans fioritures, son infatigable ardeur au travail. Sur un chevalet derrière eux, un agrandissement photographique le montre jeune, debout devant une montagne de grumes qui remplit tout le cadre – il doit y avoir un millier de troncs, gros chacun comme deux fois sa tête. *Contemplez le tombeur d'arbres !* manque de crier Willow. *Physiquement et spirituellement aveugle au massacre perpétré en son nom !* Et à nouveau elle se demande comment il a pu se trouver au contact d'êtres d'une grâce et d'une beauté irréfutables, et éprouver le besoin (sans parler de se sentir le *droit* !) de les détruire. *Quel courage*, murmure-t-elle à l'oreille de son fils. *Pour abattre des géants sans défense, ton grand-père embauchait des gens qu'il payait comme des chiens.*

Le fruit ne tombe jamais loin de l'arbre, dit le proverbe. Mais Willow sait d'expérience que ce serait plutôt le contraire. Un fruit n'est jamais que le véhicule par lequel s'échappe la graine, un ingénieux moyen de transport parmi d'autres – dans le ventre des animaux, sur les ailes du vent –, tout ça pour s'éloigner le plus possible de ses parents. Faut-il donc s'étonner que les filles de dentiste ouvrent des confiseries, que les fils de comptable deviennent accros au jeu et que les enfants de téléphage courent des marathons ? Elle a toujours pensé que la plupart des gens vivent leur vie en réfutation de celles qui les ont précédés.

Quand la cérémonie se termine enfin, Willow repère un homme dans les premiers rangs qui dégage quelque chose d'intouchable, comme si les autres s'étaient tacitement donné le mot pour l'éviter. Malgré le froid, il porte un élégant costume en lin de coupe européenne – pas un de ces ensembles en synthétique marron, populaires chez les bûcherons. Il est nimbé d'une tristesse grise et ses yeux sont si profondément creusés qu'une chouette pourrait y nicher. Tandis que les invités retournent en file indienne vers la maison pour attaquer leur homard, il se glisse jusqu'à l'estrade et, sans introduction, se met à lire une page d'un petit livre qu'il a sorti de sa poche. Sa voix musicale à l'accent irlandais pénètre comme un scalpel le murmure général : les invités se retournent. Willow se rend compte qu'il lit un poème, quelque chose de lyrique et d'ancien sur les arbres et le temps. Et, bizarrement, sa voix lui est familière, puissamment familière, même, alors qu'elle ne reconnaît pas le moins du monde son visage. Au moment où la lecture se fait plus passionnée et plus précise, et décolle littéralement, Marty Baumgartner pose sa grosse main sur l'épaule de l'homme. Comme ce dernier ne s'arrête pas, Baumgartner se penche et lui murmure quelque chose à l'oreille. L'homme ferme ses yeux caverneux et laisse échapper une lente et longue expiration. Puis il remet le livre dans la poche de sa veste, descend de l'estrade et disparaît dans la foule.

Mais regardez-moi qui est là

Le convoi de limousines arrive un peu plus tard dans l'après-midi pour emmener tout le monde au cimetière de Mountain View. Assise sur la banquette en cuir, son fils endormi dans les bras, Willow rêve d'une menthol en regardant par la fenêtre. Comme en état de choc, elle fixe les lignes électriques qui se croisent et se décroisent dans leur course aérienne.

Le crachin s'est arrêté. Les gens se rassemblent peu à peu près de la tombe et le ciel se dégage au moment même où le soleil entame sa lente chute vers l'océan, révélant un bleu laiteux et moucheté. Enterrer Harris Greenwood dans un endroit aussi serein, aussi généreusement arboré, tient à la fois de l'hommage poignant et de la blague mordante, se dit soudain Willow. Comme en suspension, le cercueil en acajou repose sur deux tréteaux tout simples. Avant de le descendre dans la tombe, on y dépose une lame de scie de la taille d'une roue de chariot et quelques branches de pin d'Oregon. Quand elle voit l'ensemble s'enfoncer dans la terre comme la motte de racines d'un arbre qu'on plante, Willow est transpercée d'un vrai chagrin pour la première fois. Elle sent lui monter dans la gorge un gros caillot de manque tout chaud qu'elle ravale à grand-peine. Non qu'elle voudrait voir son père revenir parmi les vivants – personne n'aurait à y gagner, pas même lui –, mais elle est prise du regret aussi immense qu'irrémédiable qu'ils n'aient pas pu s'entendre avant sa disparition. Si seulement il avait ouvert la discussion, ils seraient peut-être parvenus à un genre d'accord. Car si on pouvait reconnaître un talent à Harris, c'était bien d'avoir toujours su faire aboutir les négociations.

Quand les bûcherons se relaient pour couvrir d'une terre noire et grasse le cercueil de son père, Willow s'attend presque à voir le sol le recracher. S'il est vrai que les États-Unis se sont construits sur l'esclavage et la violence révolutionnaire, songe-t-elle en regardant les hommes travailler, alors assurément son propre pays, le Canada, est né d'une indifférence cruelle, vorace, envers la nature et les peuples autochtones. *Nous sommes ceux qui arrachent à la Terre ses ressources les plus irremplaçables et les vendent pour pas cher à quiconque a trois sous en poche, et nous sommes prêts à recommencer le lendemain* – telle pourrait être la devise des Greenwood et peut-être même du pays tout entier.

Les funérailles terminées, Willow se retrouve en proie à un cocktail de chagrin, d'étonnement et de soulagement, quand Terrance Milner s'approche pour la consoler. Une fois les vannes ouvertes, c'est un défilé sans fin de mains conciliantes qui se tendent vers elle. On dirait que tout le monde veut la toucher – toucher son épaule, son coude, son dos. Tous veulent goûter sa tristesse, plaindre son bébé, lui demander si elle « tient le coup », comme si le deuil faisait d'elle une cabane mal construite face à la tempête. Elle ne pense déjà plus qu'à échapper à ces gens – courir jusqu'à la limousine, puis filer dans son Westfalia vers une forêt reculée où ils ne la retrouveront jamais. Du moins jusqu'à ce qu'elle repère derrière la meute une silhouette d'homme qui boite vers elle.

« Désolé d'être en retard, dit-il, le dos bien droit cette fois, et le regard franc. La lettre du comptable a mis un bout de temps à arriver jusqu'à la ferme. Mais je suis venu dès que j'ai su. »

Il s'est laissé pousser la barbe jusqu'à la poitrine – un mélange poivre et sel, comme ses cheveux –, mais son visage ridé est toujours reconnaissable en dessous. À ses côtés se tient une femme aux cheveux mi-longs, gris acier, dont la peau burinée témoigne d'une vie passée au grand air plus qu'à l'intérieur.

« Je te présente Temple Van Horne, dit Everett. Mon chauffeur. »

La femme secoue la tête en lui donnant une petite tape sur l'épaule du revers du poignet. Elle tend la main à Willow. « Je vous présente toutes mes condoléances », dit-elle avec une douce pression des doigts. Puis elle concentre son attention sur l'enfant endormi. « Quel beau bébé vous avez là. C'est un garçon ?

– Oui, répond Willow en jetant un bref regard à Everett, qui n'a pas encore pris acte de la présence de l'enfant, sans doute parce que, comme tous les hommes de sa génération, il ne s'intéresse guère aux nourrissons.

– Je vais faire un petit tour et vous laisser discuter tous les deux, reprend Temple après quelques civilités sur la cérémonie et l'amélioration de la météo.

– C'est elle que tu étais si pressé de retrouver, hein ? dit Willow à son oncle tandis qu'ils la regardent remonter le sentier du cimetière tout en s'arrêtant ici et là pour examiner des fleurs à moitié fanées ou lire les inscriptions sur les tombes.

– On prend nos marques petit à petit, dit Everett, mais j'ai transféré mon suivi judiciaire dans la Saskatchewan. Elle m'héberge et moi j'aide à la ferme, pour le moment en tout cas. » Il sourit nerveusement. « Malheureusement, le livre que j'espérais retrouver pour toi, tu sais, celui dont je t'avais parlé ? Il semblerait qu'un ouragan soit passé par là.

– C'est pas grave, Everett. J'ai des tas de choses à lire. N'empêche, je suis heureuse que tu te sois trouvé une nouvelle vie, après tout ce temps perdu. Et ce premier voyage en avion, alors, tu en as pensé quoi ?

– Je ne peux pas dire que ça m'ait plu tant que ça. Mais je suis arrivé à bon port. Et puis c'était bien plus rapide que le train, et ça, j'ai apprécié. J'ai de la chance que Temple ait eu la gentillesse de me conduire jusqu'ici. » Il retire son chapeau et le garde entre ses doigts. « Je te présente toutes mes condoléances, Willow.

– Moi aussi je te présente toutes mes condoléances, dit-elle en lui posant la main sur l'épaule. Harris serait heureux de savoir que tu es là, même s'il ne le dirait sans doute pas. Et puis j'ai aussi un aveu à te faire : il m'a payé vingt-cinq *cents* pour chaque lettre que je t'ai écrite quand tu étais en prison. J'ai toujours cru que c'était parce qu'il était trop autocentré pour t'écrire lui-même. Mais depuis peu, je pense que c'était sûrement très important pour lui que, toi et moi, on se connaisse.

– Il m'a téléphoné, à la ferme, il y a quelques mois. » Everett tripote son chapeau. « Il ne m'a pas dit qu'il était mourant, mais je crois qu'il savait. On n'a pas parlé de grand-chose. Des souvenirs d'enfance. Le bois qu'on coupait ensemble. La vieille cabane qu'on avait construite. Mais ça m'a fait plaisir. Je sais ce que ça lui coûtait. » Le regard d'Everett survole le cimetière et ses arbres. « Et avant qu'on raccroche, je lui ai dit que je lui pardonnais. Il n'a pas répondu, mais je suis sûr qu'il a entendu. Il a fait des choses égoïstes en son temps, c'est vrai, mais il s'est racheté, et plus encore, en s'occupant de toi, Willow. Et je suis triste qu'il ne soit plus là. »

C'est la façon qu'il a de dire ça – un chagrin qui s'exprime sans fioritures, sans arrière-pensée, sans qu'elle se sente obligée à quoi que ce soit – qui fait qu'elle lui tombe dans les bras, pressant le bébé contre la barbe et la veste élimée de son oncle. À moitié asphyxié, l'enfant pousse un cri d'angoisse et Willow recule.

« Mais regardez-moi qui est là ! » s'exclame Everett.

Willow s'essuie les yeux de sa manche. « Il a un mois pile aujourd'hui, dit-elle en libérant son fils de l'écharpe porte-bébé. Il n'a pas encore de prénom.

– Tu devrais demander à Temple. Elle a lu des tas de livres et elle est très forte en prénoms, dit-il. Tu sais, si un jour l'envie te prend de venir nous voir, vous serez les bienvenus, tous les deux. Viens quand tu veux, on sera contents de t'accueillir.

– C'est très gentil à vous », répond Willow. Puis elle lui tend l'enfant en le tenant par les aisselles, et le petit corps remuant se déploie comme un chat sous l'effet de la pesanteur, bien plus grand qu'on ne s'y attendrait. « Tu veux le prendre ?

– Oh non, merci, dit Everett en lissant son pantalon de travail bon marché. Je crois qu'il est mieux avec toi. »

Peut-être parce que son père n'a jamais eu la chance de tenir le petit, ou parce qu'elle veut se racheter pour la façon dont elle a rabroué Everett quand il l'a innocemment appelée Gousse dans le Westfalia, ou encore parce qu'elle veut prouver à son oncle que tout le monde mérite d'être pardonné sur cette terre, toujours est-il qu'il est soudain très important pour elle qu'Everett prenne son fils dans ses bras.

« S'il te plaît. Je l'ai porté toute la journée et je meurs d'envie de fumer une cigarette.

– On peut sûrement trouver quelqu'un qui…

– Je vais le lâcher… », menace-t-elle pour rire en faisant mine de desserrer sa prise sur la grenouillère pleine de bave.

Everett ouvre de grands yeux et attrape le bébé par les aisselles avant de ramener maladroitement le petit corps contre sa poitrine. Willow allume une menthol et regarde son fils se tortiller dans les bras de son oncle. Contre la barbe épique, le bébé a l'air minuscule, négligeable. Et quand il se met à s'agiter et à grogner un peu, Everett entame une petite gigue sautillante.

« Ça fait un bail », dit-il.

Après quelques secondes renfrognées à défier du regard les sourcils broussailleux et le visage poilu, le bébé se calme à contrecœur.

« T'inquiète pas, dit Willow. Tu vas vite prendre le pli. »

Le lecteur

Quand vous êtes fille d'aveugle, vous apprenez la plus grande discrétion en même temps que son exact opposé. Très jeune, déjà, Willow savait parfaitement se faufiler comme une rôdeuse, mais aussi rassurer en faisant du bruit – un volume idéalement dosé pour éviter de faire sursauter ou de gêner son père, sans qu'il se sente humilié pour autant. Cela explique peut-être pourquoi, alors qu'elle a assisté à la mise en terre du cercueil paternel l'après-midi même, elle se met à siffloter et à racler ses pieds sur le plancher en approchant de son bureau, comme elle l'a toujours fait.

C'est une pièce dans laquelle elle n'a jamais pénétré qu'avec une bonne raison. Son père se barricadait parfois derrière la lourde porte en chêne durant plusieurs jours d'affilée, voire une semaine entière. À l'intérieur, tout est exactement comme dans son souvenir : l'encrier à l'ancienne vissé au bureau, le téléphone noir charbon, pas de tableaux ni de photos, rien que les oiseaux empaillés, le tourne-disque et les classiques de la littérature qui tapissent les murs. Elle caresse le sous-main en cuir et sent l'empreinte à peine perceptible des milliers de documents qu'il a signés, des millions d'arbres condamnés à mort d'un simple coup de stylo.

C'est tout juste si elle ne voit pas Harris, abandonné contre le dossier, les yeux fermés, un de ses trente-trois-tours de poésie en train de tourner sur le manteau de la cheminée. Quand il soupçonnait quoi que ce soit d'avoir été déplacé ou dérangé, il entrait dans une rage folle, d'abord dirigée contre les femmes de ménage, puis contre Willow. Une fois, il l'avait convoquée dans son bureau pour la gronder parce qu'elle avait cassé en deux l'un de ses précieux disques de poésie en marchant dessus ; comme elle s'était dès le départ glissée derrière lui, il avait passé cinq minutes à sermonner une chaise vide. Elle se rappelle combien c'était comique, combien son père lui avait alors semblé délicieusement pitoyable. Et aussi combien elle s'était sentie minable, après coup.

Voici qu'à son tour elle s'assoit dans le fauteuil, s'appuie contre le dossier, met les ressorts à l'épreuve, en absorbe les sensations, comme si le siège pouvait avoir quelque secret à lui révéler sur son père. Elle ferme les yeux. Bien que l'héroïque baby-sitter ait pris son fils après le dîner pour lui permettre de faire un somme avant la nouvelle cérémonie qui doit avoir lieu dans la soirée, elle n'arrive pas à dormir sans la douce respiration de l'enfant contre elle, sans la scansion mouillée de ses petits bruits de bouche. Mais le fauteuil est un sanctuaire, et le cuir frais un antidote bienvenu à la chambre surchauffée sous les toits. Les barrières du sommeil commencent à céder.

« Mademoiselle Greenwood ? »

Willow se redresse et voit de l'autre côté du bureau l'Irlandais élégant de tout à l'heure. « Excusez-moi, j'ai dû m'assoupir, avoue-t-elle, encore ensommeillée, comme s'il ne l'avait pas déjà constaté.

– Je ne voulais pas vous déranger, reprend-il d'une voix à nouveau étrangement familière à l'oreille de Willow, mais mon taxi est là et il y a quelque chose que j'aimerais vous remettre. » Il porte un pardessus en laine ; son attaché-case en crocodile attend près de la porte. Il sort de sa poche un petit livre qu'il pose sur le bureau devant elle.

« C'est ce que vous avez lu pendant la cérémonie ? » demande-t-elle en prenant le mince volume.

Il hoche la tête. « Wordsworth. Un des livres préférés de votre père. Il en avait toujours un exemplaire sur lui. » Malgré la vivacité légère de son ton, il y a chez lui une lourdeur, comme s'il avait dû traîner une ancre pour venir jusqu'à elle.

« C'était une très belle lecture, dit-elle. J'aurais aimé que vous puissiez aller au bout.

– Oh, ce n'est pas grave, dit l'Irlandais. En temps normal, je déteste tant de solennité. Mais je me suis dit qu'un peu de poésie ferait le plus grand bien à ces vieux cons. Je suis néanmoins heureux que vous ayez apprécié. » Il se frotte énergiquement les mains, comme pour les réchauffer. « Bon, je vais devoir y aller. » Il se détourne et va pour sortir.

« Vous le connaissiez bien, mon père ? lui lance alors Willow.

– J'ai travaillé pour lui pendant un temps, dit-il en s'arrêtant près de la porte sans se retourner. Si vous voulez bien m'excuser, je dois…

– Il vous a renvoyé ?

– Non, il ne m'a pas renvoyé. » Son ton est sec et sa voix s'emporte avant de retrouver aussitôt sa mesure. Il se tourne vers elle. « J'ai démissionné et je suis rentré à Dublin. J'adore le Canada, notamment les merveilles qu'y offre la nature, mais vivre si loin de chez moi a fini par me peser.

– Quelle fonction exerciez-vous ? Je n'ai jamais entendu parler de vous avant aujourd'hui. »

Il se penche et ramasse sa valise. « J'ai assisté votre père lors de certaines négociations. Pour l'essentiel, j'étais son descripteur et son lecteur. Je lui lisais ses dossiers, sa correspondance, ses journaux – ce genre de choses. »

C'est alors qu'un verrou saute dans la tête de Willow. « Ça y est, je sais pourquoi votre voix m'est aussi familière », dit-elle en désignant la collection de disques sur l'étagère près de la platine, des disques qu'elle n'avait pas le droit de toucher sous peine de longs sermons. « Ce sont vos enregistrements. »

L'homme soupire, comme s'il était profondément déçu d'être reconnu, et répond d'un ton las : « Votre père prenait beaucoup de plaisir à ce qu'on lui fasse la lecture, et il se trouve qu'un de mes amis, à Dublin, est producteur de musique. Alors, chaque année, pour son anniversaire, cet ami m'a aidé à lui enregistrer un album de poésie, un bricolage de ses poèmes préférés, rien de plus. » Une expression mélancolique s'empare de lui. « Il a été très bon pour moi, votre père.

– Veinard, lance-t-elle malicieusement. Il préférait visiblement votre voix à la mienne.

– Sa vie n'a pas été facile, vous savez. » Plus l'homme parle, plus son regard devient douloureux. « Ce monde fait tout pour nous dresser les uns contre les autres. Le frère contre le frère. La mère contre le fils. Le père contre la fille. L'ami contre l'ami. Mais il a été particulièrement cruel envers votre père.

– Peut-être que c'était mérité. Vous n'y avez jamais pensé ? Peut-être qu'il l'avait bien cherché. »

L'homme secoue la tête. « Il savait qu'il ne serait jamais un tuteur idéal pour vous. Il n'en avait pas l'étoffe. Mais il a fait de son mieux.

– Oui, eh bien allez dire ça à tous les arbres qu'il a coupés. »

L'homme lâche sa valise, qui heurte le plancher dans un bruit net. « Oh, cessez vos jérémiades au sujet de ces maudits arbres, vous voulez bien ! aboie-t-il, abandonnant totalement la retenue à laquelle il s'était appliqué jusqu'ici. Vous n'êtes pas la seule à déplorer une perte, ma chère. Pendant un temps j'ai approché quelque chose. Quelque chose de merveilleux. Et puis on m'en a éloigné à jamais. Je doute que vous ayez vécu assez longtemps pour comprendre ce que cela signifie.

– Je ne compte plus ce que j'ai perdu, répond Willow en sentant son visage s'embraser. Croyez-moi. »

Il la fixe d'un regard dur et, l'espace d'un instant, elle craint qu'il ne saute par-dessus le bureau pour l'étrangler. « C'est un crime de faire porter aux jeunes le chagrin des anciens », dit-il finalement, et Willow a l'intuition étrange d'une histoire secrète, comme s'il faisait référence à des tas de choses en même temps. La voici de nouveau enfant, parcourant le dédale de la grande demeure, ramassant les fragments de la vie de son père : un puzzle dont il manquait des pièces avant même qu'elle n'ait ouvert la boîte.

« Mais sachez que beaucoup de gens se sont sacrifiés pour que vous puissiez être là aujourd'hui, dans ce bureau, ajoute-t-il avec un rictus irrité. Et vous feriez bien de vous en souvenir, bordel de merde.

– J'ai aimé votre poème, monsieur, répond-elle avec aplomb. Et j'apprécie que vous me donniez ce livre. Mais je me souviendrai de Harris tel qu'il était, et non comme le saint altruiste que me décrit un ancien employé, merci beaucoup. »

Pendant près d'une minute, ils s'affrontent en silence du regard, chacun d'un côté du bureau, tandis que les ombres noires des arbres obscurcissent les fenêtres et que les oiseaux empaillés les observent de leurs yeux de verre.

Étonnamment, au lieu de se remettre à lui faire la morale, l'Irlandais affiche un grand calme : « Avant de partir, j'aimerais vous raconter une petite histoire, Willow. Et j'aimerais également que vous ne m'interrompiez pas. Voyez-vous, nous avons jadis fait un tour en bateau, vous et moi. Rien que nous deux. Vous n'étiez pas bien grande, aussi ne pouvez-vous pas vous en souvenir, mais comme il n'y avait nulle part où vous poser dans le bateau, vous avez fait le voyage à côté de moi dans un caisson étanche, une sorte de glacière utilisée pour transporter de la nourriture – il n'y avait ni siège de voiture, ni quoi que ce soit de ce genre, à l'époque. Ce n'était pas un bien gros effort de ma part, de vous faire faire ce voyage ; j'étais alors un marin compétent et vous aviez l'air de passer un bon moment. Après la traversée, je vous ai conduite ici et laissée aux bons soins de la gouvernante. Je crois pouvoir dire sans trop me tromper que Harris ne s'attendait pas à vous voir cette nuit-là. Il était loin d'être prêt à vous prendre avec lui. Mais il a fait son devoir, il vous a accueillie. Alors, s'il vous plaît, Willow, avant de le juger trop durement, souvenez-vous qu'il vous a offert bien plus qu'une petite traversée en bateau. Il s'est occupé de vous tous les jours de votre vie. Une responsabilité qu'il a assumée au mieux de ses capacités, malgré tout ce qu'il avait déjà perdu. Sachez donc ceci : votre père vous a aimée de tout l'amour qu'il avait. Seulement, il n'en avait plus beaucoup. »

Le legs

Après les funérailles, Willow reste dans la grande demeure toute une semaine, à aider Milner à régler les derniers détails, redoutant le retour dans les locaux surpeuplés du collectif, seul endroit où elle puisse aller maintenant que la propriété de Shaughnessy va vraisemblablement être vendue et Greenwood Island cédée à la compagnie forestière la plus offrante.

La perspective d'un héritage lui a rarement traversé l'esprit au fil des ans puisque Harris lui avait explicitement signifié l'avoir rayée de son testament. Et même si l'idée s'est parfois insinuée dans ses pensées – généralement le soir, quand elle n'avait plus d'argent et que son estomac protestait contre la nourriture à demi avariée récupérée dans les poubelles avec les camarades de La Terre Maintenant !, des soirs où elle aurait volontiers abattu une brassée d'antiques séquoias pour passer quelques jours à se perdre dans l'impossible blancheur des draps propres d'un hôtel quatre étoiles –, elle ne voyait pas la moindre chance que son père change jamais d'avis. Elle est donc déconcertée quand Milner, exécuteur testamentaire de ce dernier, la convoque à une réunion le lendemain matin avec les avocats de Harris dans le centre-ville de Vancouver.

Tout en donnant le sein à son fils à l'arrière de la limousine paternelle, elle cherche dans le petit visage blême le début d'un air Greenwood, les cheveux fous d'Everett ou les belles pommettes saillantes de Harris. En vain. Il a encore ce côté gélatineux et générique des nouveau-nés et pourrait être l'enfant de n'importe qui. Quelle importance, se dit-elle dans l'ascenseur qui l'emmène au quarantième étage du grand immeuble vitré : la « lignée familiale » n'est de toute façon qu'un concept de propagande capitaliste et colonialiste destiné à confisquer le pouvoir au profit d'un petit nombre. Un enfant n'a pas moins de seize arrière-arrière-grands-parents, avec chacun ses histoires et ses traits familiaux ; pourtant on se concentre bêtement sur le seul nom de famille qui reste. Les quinze autres ne sont-ils pas tout aussi importants ? Qui est vraiment son fils, sinon un petit paquet de chair, de cellules et de tissus animés par la même énergie sacrée qui pousse un arbre à se dresser vers le soleil ? Non, son fils n'est pas qu'à elle. Il descend de bien des lignées. Ou, plus exactement, il descend de la grande, l'unique lignée : il est né de la Terre et du cosmos et de toutes les merveilles vertes à qui nous devons la vie.

« Malgré les revers qu'a connus votre père, dit le premier avocat en début de réunion, sa situation financière était encore très solide à sa mort. Et il est de mon devoir de vous informer qu'il vous a désignée comme bénéficiaire principale de sa succession. Il s'agit d'un legs considérable qui inclut la maison de Shaughnessy et son importante collection d'art, mâts totémiques amérindiens compris, ainsi que ce qui lui restait de scieries, d'opérations d'exploitation forestière et d'intérêts dans l'industrie de la pâte à papier et de l'impression, à quoi s'ajoutent sa goélette, ses holdings, ses titres financiers et les intérêts afférents. »

Elle a beau entendre les mots et en saisir le sens superficiel, c'est comme si elle était sous le coup d'un bruit assourdissant, diffusé à une fréquence qu'elle seule peut entendre. Son fils endormi dans ses bras, elle détourne les yeux vers la fenêtre ;

le ciel au-dessus de l'océan s'encombre de nuages et, bien plus bas, les grands arbres de Stanley Park tremblent sous l'effet d'une brise par ailleurs imperceptible.

« Mademoiselle Greenwood ? dit le second avocat, bourru, assis à côté de Milner.

– Est-ce que ça inclut…, parvient-elle à demander, … l'île ? »

L'avocat ouvre une chemise en papier kraft et parcourt les documents qu'elle contient. « C'est exact. Greenwood Island dans son intégralité. »

Elle sait qu'elle est censée les regarder, mais elle ne peut s'y résoudre. Elle soulève son fils emmailloté et respire son odeur. Ils vont avoir les moyens de vivre là-bas, libres et insouciants parmi les grands arbres, pour le restant de leurs jours, sans jamais plus devoir se préoccuper d'argent. Elle jardinera et ramassera ce qu'elle trouvera sur la plage, tandis qu'il grimpera aux arbres comme un petit singe et construira des forts avec les branches cassées par le vent. Et peut-être qu'elle invitera quelques membres du collectif sur la même longueur d'onde qu'elle à se joindre à eux. Ils fonderont une communauté autosuffisante, loin de l'inhumanité déshonorante du monde, de ses Nixon et de ses Kissinger, de ses cancers et de ses robots conformistes décérébrés.

L'avocat principal se racle bruyamment la gorge. « Le second bénéficiaire, et bénéficiaire secondaire, est votre oncle, Everett Greenwood. J'imagine que ce n'est pas une surprise, même si votre père et lui étaient brouillés. » Nouveau raclement de gorge. « Il y a toutefois une légère anomalie, sur laquelle je souhaiterais attirer votre attention. Il semblerait que votre père ait également laissé à un tiers une part non négligeable, certes inférieure à celles qui vous reviennent à votre oncle et à vous, mais importante néanmoins. Un dénommé Liam Feeney. »

Avec ce nom, c'est comme si on l'arrachait à un rêve. « Est-ce qu'il est irlandais ? demande-t-elle. Ce Mr Feeney ? »

L'avocat principal se tourne vers son auxiliaire, qui hoche la tête. « Nous avons une adresse à Dublin, aussi est-ce probable, oui. Mais ce codicille est inhabituel. Il a été fait à la toute fin de la vie de votre père, peut-être sous l'effet de la maladie, à l'encontre de sa volonté véritable. Nous vous conseillons de contester cette disposition. »

En une seconde, tant de choses de son enfance et de la vie de son père s'éclairent enfin. Les silences. Les phases sombres et dépressives. La solitude auto-infligée. Le vernis anti-social. Les routines en acier trempé. Pourquoi ne s'était-il jamais épanché auprès d'elle ? La jugeait-il trop hostile ou trop peu fiable pour lui confier la vérité ? Elle aurait pu l'aider, ou du moins soulager son fardeau. Elle aurait même pu contacter Liam Feeney de sa part. Et soudain une image s'impose à elle : Harris dans son bureau, écoutant la voix de Feeney, soir après soir, des heures durant, toutes ces années – non pas pour échapper à sa fille, mais pour retrouver la seule personne qui lui était refusée.

Elle se rappelle la fois où il était venu la chercher à la prison de Vancouver dans sa Bentley avec chauffeur, après qu'elle avait été arrêtée pour occupation illégale des bureaux d'une compagnie minière qui empoisonnait tout un bassin-versant avec des métaux lourds. Pendant le trajet du retour, il lui avait dit, étonnamment, que lui aussi aurait bien voulu voir protégées toutes les forêts primaires et les réserves d'eau. « Mais on a rarement ce qu'on veut dans la vie. Il n'y a pas assez de place pour tout. » À l'époque, elle était persuadée qu'il parlait de sa cécité, ou de l'Enquête, ou de la nécessaire destruction de l'environnement au nom des intérêts de l'industrie et de la prospérité. Elle est maintenant certaine que non.

« Je vous prie de donner à cet homme ce que souhaitait mon père », répond Willow.

Les avocats remuent sur leur siège. Les regards qu'ils échangent trahissent leur réticence à insister et, certainement, leurs doutes quant à la santé mentale de leur interlocutrice.

« Tout à fait, dit l'avocat principal en gribouillant quelque chose dans son carnet jaune. Eh bien, à moins de demandeurs inconnus, cousins ou autres descendants, tout devrait être assez simple. Vous aurez rapidement de nos nouvelles. »

Tandis qu'on reconduit Willow dans la limousine qui lui appartiendra bientôt, elle sait enfin comment appeler son fils : Liam New Dawn – « Liam Nouvelle Aube ». Ce patronyme inventé le libérera du poids de l'héritage douteux des Greenwood et lui offrira un nouveau départ – ce qu'elle-même n'a jamais eu. Le prénom est un petit geste envers Mr Feeney, en mémoire de son père. Et quand bien même ce geste resterait inconnu de son destinataire, il mérite d'être fait.

Elle passe le reste de l'après-midi à charger le Westfalia, où ils vivront avant de retourner sur Greenwood Island pour de bon. Elle emporte les disques que l'Irlandais a enregistrés pour son père, ainsi que le livre de Wordsworth et quelques autres dont elle estime qu'ils plairont peut-être à Liam quand il sera plus grand. Elle a presque le vertige en pensant à l'homme merveilleux, en phase avec la nature, protecteur des forêts, que deviendra son fils en grandissant sur l'île. Mais pourquoi attendons-nous de nos enfants qu'ils mettent un terme à la déforestation et à l'extinction des espèces, qu'ils sauvent la planète demain, quand c'est nous qui, aujourd'hui, en orchestrons la destruction ? se demande-t-elle incidemment en empilant les cartons dans le van. Il y a un proverbe chinois qu'elle a toujours aimé : *Le meilleur moment pour planter un arbre, c'était il y a vingt ans. À défaut de quoi c'est maintenant.*

Et c'est pareil quand il s'agit de sauver l'écosystème.

Elle pourrait utiliser l'argent de Harris pour créer une fondation de défense de l'environnement, sauf qu'elle n'a pas la fibre administrative. Mais si la vie tragique de son père lui a appris une chose, c'est qu'il faut vivre en accord avec ses principes les plus chers, sous peine de s'asphyxier l'âme. Que serait devenu Harris s'il avait pu être lui-même ? Aurait-il été l'homme détendu et heureux dont elle n'avait eu qu'un aperçu lors de leurs rares séjours sur Greenwood Island ? L'aurait-il joyeusement fait valser dans la pièce, comme ce père aveugle qu'elle avait vu une fois à la télévision et qui riait en renversant les lampes et en se cognant aux meubles ?

Et donc que deviendra-t-elle elle-même si elle aussi renonce à vivre selon son moi profond ? C'est à ce moment précis qu'elle décide de prendre une autre voie – plus ardue, certes, mais la voie de la communion, des principes et de l'authenticité. Une voie qui les mènera, Liam et elle, loin des pièges du capitalisme et de tout ce qui est facile et prévisible dans la vie, vers la terre, ses forêts, ses rivières et tous ses trésors inestimables.

Pour cela, elle doit sacrifier ce qu'elle aime le plus. Il lui faut non seulement abandonner la fortune que son pauvre père esseulé s'est tué à amasser et à préserver, mais aussi donner Greenwood Island à un groupe de protection forestière. Car quel genre d'hypocrite serait-elle si elle la gardait ? Qui est-elle pour mériter de vivre sur une île privée ? Qu'est-ce qui lui donne droit à tant de confort, tant de paix, tant d'abondance, quand d'autres souffrent et meurent de faim ?

Elle n'a pas le choix.

Si elle était déjà dévouée à la cause environnementale, elle le sera désormais doublement. Elle ne se réfugiera plus auprès du collectif pendant les mois d'hiver : Willow et Liam vivront toute l'année dans le Westfalia. Ils seront sans attaches, autosuffisants, libres. Elle fera davantage d'actions directes en solo – rien de radical ou de violent, elle versera simplement plus de paquets de sucre dans plus de réservoirs. Elle manifestera, bloquera, obstruera. Elle apprendra à son fils à être fort, à vivre en symbiose avec la nature. Il deviendra un guerrier, un défenseur de la Terre. Ensemble, ils consommeront aussi peu de ressources que possible et travailleront à réparer une infime portion du mal que Harris a fait aux forêts. Et, un jour, Liam l'en remerciera.

Pourquoi les gens sont-ils programmés pour vivre juste assez longtemps pour accumuler les erreurs, mais pas pour les réparer ? Si seulement nous étions comme les arbres, se dit-elle en passant les grilles de la demeure de son père pour la dernière fois, le bébé bien attaché sur le siège passager à côté d'elle. Si seulement nous avions des siècles devant nous. Peut-être alors pourrions-nous redresser tous les torts que nous avons causés.

2008

Une colonne vertébrale

Avec son tronc osseux aux courbes douces, ses embranchements, ramifications et autres affluents de tissus nerveux, sa souplesse, sa délicatesse, son élégante perfection, se dit-il, c'est forcément un genre d'arbre, enfoui dans notre dos, qui nous fait tenir debout, non ?

Et si c'est le cas, alors Liam Greenwood pourrait raisonnablement enfin admettre que faire une chute de plus de huit mètres de haut sur un sol en béton ciré a abattu l'arbre qu'il a en lui, sciant le tronc juste au-dessus du coccyx. Et que plus jamais cet arbre ne le fera tenir debout.

Rien n'est vrai

Il se réveille.

Puis se réveille encore, sans savoir qu'entre-temps il a perdu connaissance.

Il se redresse du mieux qu'il peut sur le siège conducteur de sa camionnette. Il fait encore noir, mais la luminosité du matin infuse quelque part derrière la maison et sous la mer. Il n'a plus mal ; même l'étau qui lui broyait le bas du dos a lâché prise. Liam vérifie son niveau d'essence : il lui reste un huitième de plein. C'était idiot de s'évanouir avec le moteur en marche, mais il a largement de quoi aller trouver de l'aide. Instinctivement, il essaie d'atteindre la pédale de frein du pied droit, mais même si la douleur est nettement moins forte, le bas de son corps lui semble encore plus absent, comme perdu dans le vide. De frustration, il pousse la batte de base-ball le long de ses jambes inutiles pour appuyer sur la pédale, puis passe la marche avant, conscient soudain que même les fourmis dans ses cuisses ont totalement cessé.

S'il s'était fêlé le bassin ou cassé le coccyx, est-ce que ses jambes n'auraient pas déjà récupéré quelques sensations ? Est-ce qu'il ne serait pas capable de les bouger, ne serait-ce qu'un tout petit peu ? Liam repasse en position parking, lâche la batte, coupe le contact et jette les clés sur le siège passager. Il s'est raconté des histoires. Ses jambes ne répondent pas parce qu'elles ne lui appartiennent plus. Et c'est définitif.

Où est-ce qu'il comptait aller, de toute façon ? Un hôpital privé ? Depuis qu'il s'est installé à Brooklyn, il travaille illégalement. Ça arrange ses clients de le payer en liquide. Il a eu une assurance professionnelle pendant un temps, mais ça lui coûtait un bras, et puis les experts auraient eu tôt fait de découvrir qu'il n'avait pas de visa et il n'aurait rien touché de toute façon, alors il ne l'a pas renouvelée.

Les scanners, la rééducation, les cathéters ; les chaises roulantes, les ascenseurs, les rampes d'accès. Sans parler des analgésiques qu'ils vont lui proposer comme si c'étaient des bonbons. Il va replonger dans l'addiction, sans raison de jamais se sevrer. Comme il en sera totalement de sa poche, sa blessure va lui coûter tout ce qu'il a, et aussi ce qu'il n'a pas. Et quelle vie sera la sienne au fond d'un puits de dettes ? Incapable de manier correctement son marteau ou sa scie circulaire ? Incapable de conduire sa camionnette jusqu'au chantier suivant, de poser un plafond ou de finir un plan de travail ? Il y a des états qu'il a toujours redoutés plus que la mort : l'abandon, la vulnérabilité, la dépendance. Mais c'est l'inutilité qui le terrifie par-dessus tout.

Liam passe les bras derrière son siège, trouve sa glacière et sort autant de cannettes de Red Bull que peuvent en contenir les poches de son Carhartts. Puis il ouvre la portière et se sert de la ceinture de sécurité pour descendre en rappel jusqu'à l'allée gelée qu'il croyait avoir quittée pour toujours.

Le temps qu'il rejoigne la maison après une longue et épuisante progression sur le paillis maintenant figé en petits tas par le froid, le jour se lève. Des filaments de lumière orangée tracent des obliques entre les arbres. Il rampe dans l'entrée, pousse la porte pour la refermer derrière lui et pose sa joue gelée sur la chaleur relative du carrelage. Cette fois, il perçoit mieux l'attrait minimaliste de la maison. L'austère béton ciré. Les murs blancs. L'absence de livres et de bazar. C'est une libération de la tyrannie des objets et des souvenirs. *La personne qui vit ici a peur du passé*, se dit Liam. *Bienvenue au club.*

Il se rappelle sa rencontre préparatoire avec le propriétaire dans un bureau de Manhattan. L'homme descendait des Rockefeller, mais travaillait pour Holtcorp. Pour leur rendez-vous, il avait mis un jean de charpentier et une chemise d'ouvrier, et semblait vaguement gêné de devoir faire appel à Liam pour sa rénovation. Il avait insisté pour lui offrir une Budweiser et, tandis qu'ils buvaient, il avait mentionné que Holtcorp venait d'acquérir Greenwood Island. « Un lien avec vous ? » Liam s'était contenté de secouer la tête.

Heureusement que Willow était morte avant de voir sa chère île vendue à une multinationale. Elle avait un jour affirmé qu'ils y avaient vécu juste après la naissance de Liam, mais elle avait fait don de l'île bien avant qu'il soit en âge d'en avoir le moindre souvenir, alors tant mieux pour Holtcorp. Ces grosses boîtes finiront par tout posséder, de toute façon.

Liam se traîne dans le large escalier qui mène au salon décroché, en contrebas. Après six marches, il est obligé de s'arrêter sur le palier intermédiaire pour reposer ses bras. Couché sur le dos, il laisse ses yeux parcourir les énormes poutres de sapin qui soutiennent la voûte du plafond, tout là-haut. Si loin qu'elles soient, il voit bien qu'elles ne sont pas droites – en tout cas, pas parfaitement. Ses longues années à travailler le bois lui ont appris que même les maisons les plus chères et les mieux construites ont leurs défauts et leurs faiblesses, et celle-ci ne fait pas exception.

Telle est la douloureuse vérité du menuisier-charpentier : rien n'est vrai.

Par *vrai*, il entend d'aplomb, droit, parfait. Toutes les pièces dans lesquelles vous êtes entré au cours de votre vie étaient faussées d'au moins un seizième de pouce, soit quinze millimètres – et plus vraisemblablement du double. Sûr de sûr. On croit qu'on vit dans des boîtes carrées jusqu'à ce qu'on y regarde de plus près, et là on s'aperçoit qu'on habite des formes irrégulières, de gros accidents biscornus.

Ce qui fait des menuisiers-charpentiers les grands prêtres du « cohabiter avec ses erreurs ». Bien qu'il n'y ait pas pire insulte pour eux que la négligence, la vraie perfection est désespérément hors d'atteinte, il n'en est donc jamais question. Parce que, même lorsque vous avez bien coupé et posé une pièce de bois, elle continuera à vivre après votre intervention : elle absorbera l'humidité et se tordra, se courbera, se déformera indépendamment de votre volonté. Il en va de même de nos vies.

Il ferme les yeux et sent un sanglot longtemps refoulé lui échapper enfin. Il laisse derrière lui plus que sa part d'erreurs, c'est sûr. Le soir où il a traîné la réplique du stradivarius qu'il avait fabriquée pour Meena derrière sa camionnette, les maisons qu'il a inondées et bousillées avec ses velux qui fuyaient, toutes les années gaspillées à planer dans la stratosphère grâce à l'Oxycontin, tous les fragments de son histoire qu'il a occultés, toutes les choses auxquelles il refuse de penser. Mais s'il ne pourra jamais tout réparer, il y a peut-être quelques erreurs qu'il est encore en mesure de rectifier. Et des fragments de l'histoire qu'il peut encore raconter. *Alors, que viennent les souvenirs,* se dit-il. *Quelle importance, maintenant ?*

Des érables

La main de sa mère dans la sienne, Liam sort du parc de stationnement où ils ont laissé le Westfalia pour traverser à pied le centre-ville de Vancouver sous une bruine invisible. C'est la première fois de sa courte vie qu'il voit Willow porter des vêtements normaux – une jupe noire, un sobre chemisier vert – et il éprouve une drôle de fierté à marcher aux côtés d'une mère qui n'a ni brindilles dans les cheveux, ni l'air de vivre dans une camionnette. Quand ils arrivent devant le tribunal, elle fume trois menthols coup sur coup avant d'entrer.

Pendant qu'elle comparaît, Liam reste dans le hall à regarder de tous ses yeux l'arme au ceinturon du policier assis en face de lui. Deux mois plus tôt, alors qu'il attendait dans le van, Willow a neutralisé des machines d'abattage très onéreuses appartenant à MacMillan Bloedel près de Clayoquot Sound. Mais au moment où ils quittaient la zone de coupe, des policiers en quad ont arrêté le Westfalia et trouvé les énormes sacs de sucre stockés sous les sièges.

« Je vais devoir m'absenter un peu, mon cœur, dit-elle, une fois l'audience terminée et les détecteurs de métaux du tribunal franchis. Trois mois, c'est tout. » Puis elle trouve une cabine téléphonique et passe une heure à appeler des amis et des connaissances, s'énervant, raccrochant parfois violemment.

Quand elle revient, elle informe Liam qu'il va passer l'été chez sa grand-tante et son grand-oncle, dans leur ferme d'Estevan, dans la Saskatchewan.

« Je les connais même pas », proteste-t-il, ce dont bien sûr elle ne tient pas compte. Même si elle a toujours parlé d'Everett et de Temple avec affection, elle n'a jamais trouvé le temps, dans son planning de sabotages chargé, de faire la route jusque chez eux. Mais ce n'est pas le fait qu'ils lui soient inconnus qui inquiète Liam ; c'est plutôt qu'il peut compter sur les doigts de la main les fois où il a dormi sous un toit en dur, et il est nerveux à l'idée de ce qu'on attendra de lui dans une vraie maison.

« Tu crois que ça m'amuse ? s'emporte Willow après qu'il a passé la journée à se plaindre. Tu préférerais peut-être aller dans une famille d'accueil ? »

Liam se tait, croise les bras, lui jette son regard le plus noir et refuse de l'aider à faire les bagages.

Le lendemain à l'aube, ils quittent Vancouver en direction de l'est par les montagnes. Pendant tout le trajet, Willow, tendue, aboie sur son fils pour un oui ou pour un non. Elle tète une bouteille thermos remplie de vin blanc et fume ses menthols à la chaîne. L'embrayage fatigué grince dans les côtes affreusement raides qui font glisser tout le contenu du van à l'arrière, où Liam est assis. Il passe les deux jours de voyage en silence, à tailler du bois, nouvelle façon de punir sa mère pour la menace terrifiante de le placer en famille d'accueil.

« Promets-moi une chose, dit Willow en s'arrêtant à proximité de la ferme le lendemain à l'heure du dîner. Ça n'arrivera sans doute pas et je suis à peu près certaine de me tromper. Mais si Everett s'approche trop de toi… si, je ne sais pas… s'il te touche, ou s'il fait quoi que ce soit qui te mette mal à l'aise, va tout de suite le dire à tante Temple, d'accord ?

– Ouais, c'est ça, cause toujours », répond Liam, rompant son long écheveau de silence par cette puissante expression qu'il vient d'apprendre d'un adolescent dans une supérette où Willow s'était arrêtée pour faire le plein.

Quand le Westfalia se gare devant la ferme, Temple et Everett sont tous les deux attablés avec un livre sur l'immense galerie couverte. Liam n'a pas besoin des avertissements énigmatiques de sa mère pour trouver d'emblée son grand-oncle rebutant : les tendons de son cou sont noueux comme des racines et, quand il parle, on dirait que quelqu'un traîne par terre un seau métallique plein de gravier. Il boite d'une façon qui fout les jetons et il pue la sciure. D'ailleurs, il en laisse une traînée derrière lui partout où il va. Heureusement, il y a sa compagne – Willow gronde Liam quand il demande : « Pourquoi vous êtes pas mariés ? » Temple est gentille, elle sent bon la lessive et elle sait mettre les gens à l'aise. Si ces deux-là étaient des arbres, elle serait un grand bouleau argenté et lui, un vieux chêne tordu.

Le premier soir, pendant que Willow range les affaires de Liam dans sa nouvelle chambre et qu'Everett prépare à manger sans rien dire, Temple lui lit un passage d'un très vieux livre pris sur l'étagère qui court sur toute la longueur du salon. Il a droit à trois parts de tarte à la rhubarbe pour le dessert, puis il joue aux échecs avec Everett, en silence, pendant que Temple et Willow restent tard dehors sur la galerie, à parler à voix basse en sirotant du vin.

Temple le réveille doucement le lendemain à l'aube et l'informe que, puisqu'il va vivre un moment à la ferme, il doit apprendre à nourrir les cochons, les poules et les chèvres.

« D'accord, répond-il en se frottant les yeux, de peur qu'elle l'abandonne dans le premier orphelinat venu s'il renâcle.

– Avant, c'était une vraie ferme, ici. Les gens qui avaient faim et nulle part où aller pouvaient venir y travailler, dit-elle en lui tendant une fourche. Mais depuis qu'on a tout remboursé avec l'argent hérité de ton grand-père, Everett et moi avons décidé que nos efforts seraient plus utiles ailleurs. » Elle explique qu'elle est acheteuse bénévole pour la bibliothèque publique d'Estevan et qu'Everett fabrique des meubles : tous les bénéfices vont à des bonnes œuvres. « Il y a encore des gens qui ont faim dans le coin, mais ils ont faim d'autre chose. Il m'arrive de me dire que je ne comprends rien à leurs besoins. »

Une fois les corvées terminées – auxquelles Liam prend plus de plaisir que prévu –, ils retrouvent Everett qui a préparé le déjeuner : de bons sandwichs aux œufs avec du vrai pain, et de la soupe avec du vrai poulet dedans. Liam fait déjà secrètement semblant que Temple est sa mère authentique et véritable, et la ferme son authentique et véritable foyer.

« Tu te rappelles ce que je t'ai dit, pour Everett ? lui demande Willow un peu plus tard, tandis qu'il l'aide à charger ses bagages dans le van avant qu'elle ne reparte pour Vancouver. Eh ben oublie. Temple m'a tout expliqué. C'était un gros malentendu. Tu n'as aucune raison de t'inquiéter. D'accord ?

– Je t'ai pas crue de toute façon. »

Liam ne pleure pas lorsque le Westfalia s'éloigne, peut-être parce que après moins de vingt-quatre heures à la ferme, il nourrit déjà l'espoir coupable que sa mère ne revienne jamais, qu'elle l'oublie et continue sans lui, comme elle le fait avec tout le monde.

Pendant les chaudes et poussiéreuses journées de juin, quand il en a fini avec les tâches qui lui reviennent, il passe des heures à explorer la ferme et la grange. Il donne aux poules et aux chèvres des noms rigolos et leur court après dans les champs. Il crache de gros mollards dans le vide noir du puits et grimpe presque tout en haut du saule pleureur près de la galerie – celui qui ressemble à une grande pièce verte quand on est dedans, et à une branche duquel Everett a accroché pour lui une balançoire, même si Liam a presque douze ans et que les balançoires, ce n'est plus de son âge. Le soir, il écoute la radio pendant que son grand-oncle prépare le dîner et que Temple met la table. Elle parle d'Everett comme de l'« employé de maison », ou du « menuisier local », ou de l'« arboriste en résidence », selon ce qu'il y a à faire ce jour-là. Et parfois Everett se venge en qualifiant la ferme de « maudit lopin de poussière sans arbres », ce que Liam prend d'abord pour une trahison, sauf que les yeux d'Everett brillent quand il dit ça, alors Liam ne sait plus trop.

Liam adore la prévisibilité de la vie à la ferme : se réveiller tous les jours au même endroit pour manger la même chose à la même table avec les mêmes gens et dire à peu près les mêmes choses. Le seul rituel qu'il n'aime pas, c'est quand chaque soir, juste avant d'aller se coucher, Everett demande à Temple : « Tu crois que je pourrais rester un peu ici ? », et qu'elle répond : « Jusqu'à ce qu'on ait planté les arbres, c'est tout », comme si Everett était un vagabond ne faisant que passer. Liam sait bien que c'est une de leurs plaisanteries ; n'empêche, il déteste ça. La ferme est la seule chose stable qu'il ait jamais connue : la pensée qu'Everett pourrait partir ou que cet équilibre soit rompu menace tout ce qu'il chérit aujourd'hui.

Juillet venu, Liam s'est lié d'amitié avec Orin, un garçon de son âge qui vit un peu plus loin, près de l'ancienne voie ferrée. Le jour où il l'invite à venir grimper dans le saule pleureur et cracher dans le puits, Orin objecte que ses parents ne voudront pas.

« Pourquoi ? » Liam se souvient que sa mère lui a expliqué une fois que certains enfants refusaient de faire certaines choses à cause de drôles de croyances religieuses, non pas liées à la nature mais à une personne magique appelée Dieu.

Orin regarde autour de lui, puis se penche vers Liam et plisse les yeux. « Tout le monde sait que ton oncle a fait de la prison. C'est pour ça que personne à Estevan veut l'embaucher. » Puis sa voix baisse jusqu'à un murmure rauque et son expression hésite entre horreur et fascination. « Il paraît qu'il a tué un bébé. »

Ce soir-là, dans son lit, Liam retourne ces mots dans sa tête. Son grand-oncle a beau être bourru, il semble bien incapable de faire du mal à un enfant, ou à un adulte, d'ailleurs : il passe ses journées dans l'atelier derrière la grange à fabriquer des bureaux, des lits, des berceaux, des tables et des chaises, et puis des jeux d'échecs complexes en beau bois d'érable que Temple se charge d'aller vendre en ville dans sa camionnette tous les premiers lundis du mois, parce qu'il n'a pas le permis de conduire. Même Willow a reconnu avant de partir qu'elle s'était trompée. Liam se demande malgré tout comment une ville tout entière pourrait croire quelque chose si ce n'était pas vrai.

Dès le lendemain, Liam épie son grand-oncle lorsqu'il met en route son tour d'établi, guettant des signes de violence ou de folie. Everett ne s'énerve jamais quand il se trompe et ne fait pas de mouvements brusques, mais il jure en continu, à voix basse. Il y a une étrange forme de tendresse dans ses jurons, comme si eux seuls avaient le pouvoir de faire obéir le bois.

Pour Liam, l'atelier – immobile comme la forêt – est un tranquille royaume d'exactitude, de discipline et de possibilité. Son grand-oncle ne détruit pas du tout les arbres : il les transforme en choses utiles faites pour durer. Quand Liam trouve le courage de signaler sa présence, il s'assoit telle une grande gerbille dans les copeaux, sous la scie circulaire de table, et regarde Everett travailler. Puis, dans un élan suprême de hardiesse, il le tanne pour qu'il lui apprenne à utiliser l'outil redoutable.

Everett secoue la tête. « Ta mère l'a interdit.

– Elle est même pas là.

– Elle ne veut pas que tu coupes du bois. Ici, ce qu'elle dit fait loi, en ce qui te concerne en tout cas.

– Eh ben c'est une sale conne. » Les mots sont sortis de la bouche de Liam comme on lâche dans un puits la montre en or de quelqu'un d'autre. Il se campe fermement sur ses pieds et s'apprête à essuyer la rage meurtrière de son oncle – il a même presque hâte.

Au lieu de quoi le regard d'Everett s'adoucit. Il retourne à son tour et replace la lanière maintenant le ciseau à bois. « C'est pas facile, tu sais, d'élever un enfant. Ta mère fait ce qu'elle pense être juste. Et il n'y a pas qu'une seule façon de voir les choses. Tu comprendras ça un jour. »

Les joues de Liam ruissellent soudain de larmes, ses tympans bourdonnent. « Je ne veux plus vivre dans un van, dit-il. Je veux une vie normale. Habiter un endroit normal. Manger des choses normales. »

Everett se tourne vers lui et pose ses mains sur la tête du garçon. « Il n'y a pas de vie normale, fiston. C'est le mensonge qui nous fait le plus de tort. »

Le lundi suivant, tandis qu'Everett et Temple passent la journée en ville, à acheter des livres et de la nourriture pour les bêtes, à vendre les meubles d'Everett puis à aller voir un film au cinéma comme tous les mois, Liam se glisse dans l'atelier. Il allume la scie circulaire et regarde la lame rugissante s'effacer dans un flou effrayant, comme une hélice d'avion. La gorge nouée, il déglutit, pose une planche noueuse sur la table et la pousse vers la scie. Il n'a entaillé qu'une trentaine de centimètres quand la lame se grippe : il y a un grand bruit, puis la planche s'envole et lui heurte le menton avec la force d'une batte de base-ball.

Lorsqu'ils rentrent ce soir-là, Everett et Temple ne font aucun commentaire sur les contusions jaunes que Liam porte au visage – sa mâchoire craquera pendant des semaines. Après le dîner, ils s'assoient tous les trois sur la galerie pour regarder la lumière du soir et les vapeurs célestes se fondre dans l'horizon infini de la prairie. Temple lit *L'Odyssée* tandis que chacun sirote sa boisson : une eau gazeuse pour Everett, un vin blanc mélangé à du Sprite pour Temple, et un soda aromatisé aux plantes, rapporté de la ville, pour Liam.

Temple passe son temps à lui lire à voix haute l'un de ses innombrables livres, mais ne raconte jamais à Liam ses propres histoires. Jamais il n'est question de l'ouragan qui, Liam le sait, a détruit la ferme à peu près à l'époque de la naissance de Willow. Ni de ce qui a envoyé Everett en prison (Liam a trouvé, cachées dans l'atelier, des lettres que Willow lui avait envoyées là-bas quand elle était petite). Ni du grand-père de Liam, Harris Greenwood, de son empire disparu et de l'héritage qu'il leur a laissé. Pendant tout l'été, quand le garçon la questionne sur ces omissions, Temple prend systématiquement un nouveau livre sur son étagère et demande : « Et si on lisait celui-ci ? » C'est d'elle la première, peut-être, que Liam apprend la puissante nécessité de l'oubli volontaire.

Quand sa mère revient, début septembre, c'est un vrai moulin à paroles. Elle déborde de tant d'énergie contenue pendant ses trois mois d'incarcération que c'est à peine si elle remarque son fils.

« Je t'ai manqué ? dit-elle en lui ébouriffant distraitement les cheveux tandis qu'ils s'assoient autour du grand repas qu'Everett a préparé en l'honneur de son retour.

– Pas vraiment, répond-il dans un murmure, trop doucement pour qu'elle entende.

– À Liam, dit Temple en levant son verre quand tout est sur la table, qui a été ces trois derniers mois une présence revigorante pour deux vieux crustacés. Et qui est peut-être le meilleur travailleur que cette ferme ait jamais connu. » Liam lève son verre et sent sa poitrine se gonfler de fierté. L'espace d'un instant, il arrive à oublier le fait brutal et inaltérable que, tel un prisonnier condamné à la peine capitale, il quittera la ferme le lendemain.

Au petit matin, alors que Willow prépare leurs affaires pour le retour en Colombie-Britannique, il se glisse dans l'atelier et vole un marteau à panne ronde. Une fois dehors, il va donner un grand coup dans le côté du Westfalia, avant de cabosser plus fort encore le capot de la vieille camionnette de Temple. Quand il voit Everett émerger de la maison en caleçon long, l'air choqué, Liam est certain qu'après ce qu'il a fait, ils ne le laisseront jamais revenir. À vrai dire, il aimerait autant. Il sait déjà que quitter la ferme va briser quelque chose en lui pour toujours, et qu'il ne survivrait pas à une répétition. À moins qu'il ait de la chance, que les rumeurs d'Orin soient vraies et que son vieil oncle le tue sur-le-champ.

Le visage blême et défait, Everett rejoint en boitant l'enfant paralysé de terreur et lui pose ses grosses mains calleuses sur les épaules.

Il secoue la tête : « Je me fiche de la camionnette, fiston. » Il lève les yeux vers l'immensité du ciel où un soupçon de nuage se mêle au bleu tiède, renifle plusieurs fois puis se racle la gorge, comme s'il essayait de libérer les mots empêtrés. « Temple n'a pas réussi à se réveiller ce matin. »

Liam sent le marteau lui glisser des doigts. Il laisse le poids des mains d'Everett le pousser vers le sol et s'agenouille près de la roue de la camionnette, la tête vide, les oreilles bourdonnantes. Everett finit par se détourner ; son visage flétri est un masque de pierre, il entre dans son atelier et ferme le loquet derrière lui.

Il se passe un certain temps avant que Willow n'émerge de la maison, les yeux rougis, le revers du poignet contre la bouche. Quand elle essaie de s'approcher de Liam, il se relève d'un bond et court dans la grange, où il se met à nourrir furieusement les cochons, les chèvres et les poules.

Il est toujours affairé quand sa mère le rejoint un peu plus tard. « C'était une insuffisance rénale, dit-elle depuis le seuil de l'enclos. Ça fait un moment qu'elle était malade, Liam. Elle me l'a dit dès le premier soir. Mais c'est bien que vous ayez pu passer ce dernier été ensemble.

– Tu aurais dû me le dire. » Il claque une porte de l'enclos et se met à remplir l'auge de paille à grands coups de fourche.

« Écoute, reprend Willow d'un ton sec. C'était sa décision, pas la mienne. Elle ne voulait pas que tu t'inquiètes. Tu n'as pas à tout savoir de ce qui se passe ici. Ça ne marche pas comme ça. Alors tu arrêtes tout de suite ton petit cirque d'adolescent rebelle. J'ai besoin que tu sois de mon côté. Parce que maintenant que je suis dehors, nous revoilà tous les deux, que ça te plaise ou non. » Elle marque un temps pour que l'idée fasse son chemin, comme s'il n'était pas déjà au courant. « On va rester jusqu'à l'enterrement. On repartira tout de suite après. Si on ne ramasse pas de girolles cet automne, on devra faire les poubelles tout l'hiver. »

Après le déjeuner, des fermiers du voisinage viennent porter le corps de Temple dans l'abri anti-tempête pour le protéger de la chaleur de septembre. Everett passe toute la journée dans son atelier. Le soir, dans la cuisine, Liam l'entend téléphoner à voix basse à quelqu'un d'Estevan qui lui livre une caisse de whiskey quelques heures plus tard.

Tout le temps qu'il a passé à la ferme, Liam n'a jamais vu son grand-oncle boire, mais dans les jours qui suivent la mort de Temple, Everett ne fait que ça. Ça ne le rend pas imprévisible et cinglé comme Willow, mais mutique et encore plus accablé. Ivre, c'est comme s'il était privé de son intégrité structurelle : il se voûte, sa claudication empire. Il boit dès le réveil et ne s'arrête qu'une fois qu'il s'est fait dessus, avant de s'écrouler sur un matelas posé à même le sol dans l'atelier.

De temps en temps, Liam se cache sous la galerie pour espionner Willow et Everett quand ils y boivent du whiskey et fument des joints jusque tard dans la nuit. Mais ils ne se disent pas grand-chose, et lorsqu'ils parlent, c'est seulement du manque de pluie ou de son imminence, ou encore de l'état des rares arbres de la propriété – jamais de Temple ou de quoi que ce soit d'important, ce qui est peut-être leur trait familial le plus distinctif, comme l'a découvert Liam.

Une semaine plus tard, Everett le réveille tôt un matin : « Debout, fiston. J'ai quelque chose à faire et je ne peux pas le faire seul. »

Il entraîne Liam dans la remise. Là, ils prennent des haches et une scie passe-partout, puis les chargent dans la camionnette cabossée de Temple que la conduite maladroite du vieil homme cabosse un peu plus : ils rentrent dans les piquets et raclent le bas de caisse dans les fossés de drainage, jusqu'à ce qu'ils arrivent à la longue rangée d'érables bordant le champ de blé.

« Temple et moi, on les a plantés ensemble », dit Everett. Il sort les outils et les dépose au pied du premier arbre. « Elle n'a jamais voulu que je les perce pour récolter l'eau. Elle avait peur que je leur fasse mal. Y avait pas grand-chose qui la rendait sentimentale. Mais ces arbres, oui. »

Pendant les heures qui suivent, Everett et Liam donnent de la hache et abattent trois des plus gros érables. Ils découpent ensuite les troncs en longs segments qu'ils chargent dans la camionnette. Everett passe tout l'après-midi à les tronçonner en planches brutes. Et pour la première fois, il ignore les volontés de Willow et apprend à Liam à utiliser ses outils. Ils scient et poncent les planches jusqu'à ce qu'elles soient les plus belles, les plus nettes et les plus droites que le garçon ait jamais vues.

Ce n'est que lorsque son grand-oncle apporte les touches finales – une délicate couronne de feuilles et de fleurs qu'il sculpte à la main sur le couvercle – que Liam comprend ce qu'ils viennent de fabriquer.

Impeccable

Le bois, c'est du temps capturé. Une carte. Une mémoire cellulaire. Une archive. C'est pourquoi, d'après Liam, les menuisiers-charpentiers comme lui ne manqueront jamais de travail. Parce que les gens voudront toujours avoir du bois près d'eux, que ce soit dans leurs maisons, au sol, aux murs ou au plafond, dans les cannes sur lesquelles ils s'appuient en toute confiance, leurs plus beaux instruments de musique, les objets transmis de génération en génération et les vieilles chaises à bascule, et – plus significatif encore – les boîtes qui facilitent leur voyage en terre.

Quand un menuisier-charpentier anglophone dit d'une pièce qu'elle est *clear,* ou « impeccable », il entend par là qu'elle n'a ni nœud ni flache, ni aucune autre imperfection. Au fil des années qu'il a consacrées au travail méticuleux du bois, à couper chaque pièce exactement à la bonne longueur pour amoureusement les emboîter avec la plus grande précision avant de polir le tout jusqu'à obtenir un lustre à vous réchauffer l'âme, Liam Greenwood s'est souvent dit que si les gens préféraient le bois « impeccable », c'est qu'ils avaient besoin de voir le temps bien empilé. Chaque année proprement et soigneusement rangée sur la précédente. Sans obstacle, sans défaut. Tout le contraire de leurs vies.

Point zéro

Les callosités de ses mains permettent à Liam de se traîner dans le salon en contrebas de l'entrée, jusqu'au pied de l'échafaudage qu'Alvarez et lui ont construit une éternité plus tôt, lui semble-t-il. À en juger par la lumière, ce doit être le milieu de la matinée : Alvarez serait déjà là s'il comptait revenir travailler aujourd'hui. Liam ne s'attendait pas vraiment à le voir, mais cette escarbille de possibilité est maintenant définitivement éteinte.

Si l'histoire de ce grand gâchis doit être racontée, il aimerait autant qu'on dise que Liam Greenwood est mort à la tâche, plutôt que congelé dans une camionnette comme un vagabond. Mais d'abord, il doit mettre ses affaires en ordre tant qu'il en est capable. Sa vie privée a beau avoir été un bazar permanent, il n'a jamais laissé un chantier dans un état aussi lamentable et ce n'est pas aujourd'hui qu'il va commencer. Il se traîne jusqu'à la ceinture porte-outils qu'il a enlevée la veille pour pouvoir ramper plus facilement, remet dans la poche les clous de finition qui s'en étaient échappés et se la repasse autour de la taille, puis il va éteindre le compresseur, dont il vide le réservoir le temps d'un sifflement assourdissant. Une fois la scie sauteuse rangée dans son étui, il entreprend de rassembler les chutes des planches rapportées de la ferme de Temple, celles-là mêmes qu'Alvarez était en train de bousiller et qu'il empile proprement, tout en se désespérant que si peu de bon matériau soit récupéré et qu'autant pourrisse quelque part dans les prés. Il essaie de rassembler à la main le plus de sciure possible sur la bâche de protection qu'il replie ensuite soigneusement, comme un cadeau. Inutile en revanche d'imaginer pouvoir démonter l'échafaudage ou ranger la scie à onglet. Il se repose donc sur le sol en béton à l'endroit exact de sa chute, qu'il reconnaît à la marque laissée par son marteau en titane.

Tout en reprenant tant bien que mal son souffle, il observe les fenêtres qui font toute la hauteur de la pièce, et la façon dont elles encadrent les eaux grises du Pacifique : on dirait un tableau, comme si ça faisait partie de la déco – l'océan particulier du propriétaire. Liam se demande si la mort sera longue à venir et ce qu'il éprouvera. Si tant est qu'il éprouve alors quoi que ce soit. Si tant est qu'*éprouver* ait même alors encore du sens. Willow a toujours été convaincue qu'une fois rendu le dernier souffle, l'esprit se dissout et se fond dans la Magnificence verte. Que la vie se prolonge dans une sorte de champ énergétique chlorophyllien où nous ne faisons plus qu'un avec les arbres, la terre, la pluie.

Reste que sa mort à elle a été cruelle et prématurée.

Les pensées de Liam le ramènent au jour où l'université de Colombie-Britannique l'a fait venir de Brooklyn à Vancouver afin de retoucher une coûteuse installation dont il s'était chargé pour le département d'économie forestière. Puisqu'il est sur place, il donne rendez-vous à Willow en fin de journée à l'entrée de Stanley Park. Cela fait des années qu'il n'est pas venu ici, et lorsqu'elle sort du Westfalia il se demande si la ferveur écologique de sa mère ne l'a pas consumée au point qu'elle ait totalement arrêté de s'alimenter de peur de faire du tort aux plantes. Sa fameuse crinière est devenue plate et filasse, et son corps jadis inexorablement robuste semble fragile et ratatiné.

« Je t'ai connu meilleure mine, dit Liam. Tu veux que je conduise ?

– Ça va », dit-elle. Son crâne ressemble à une sculpture anguleuse que sa peau peinerait à cacher. « Je pourrais conduire ce vieux machin les yeux fermés. »

Le van, qui a toujours pour Liam l'intime familiarité d'une maison d'enfance, s'enfonce dans le parc, jusqu'au site où Willow campe apparamment en secret depuis un certain temps. Il y a un peu de vent en cette journée grise, et les petits arbres qui cachent le bivouac s'agitent, comme pris de tournis. Histoire d'être sûr qu'elle avale quelque chose, Liam insiste pour lui préparer son plat préféré, des pois chiches au tahini, qu'elle mange au grand air, en compagnie des arbres, au motif que l'odeur de renfermé et l'exiguïté du van lui couperaient l'appétit. Quand Liam remarque qu'elle n'a plus beaucoup de provisions, elle répond : « Je n'ai pas pu ramasser de girolles cette année. Je n'avais tout bonnement pas la force. Alors j'ai dû me serrer un peu la ceinture. »

Ce n'est que plus tard ce soir-là qu'elle lui parle de son traitement : elle lui explique qu'elle va tous les jours à l'hôpital pour sa chimiothérapie et qu'elle revient dormir ici, pas trop loin. En même temps que la pitié étreint Liam, une flambée de colère monte en lui.

« Et tu comptais me le dire quand ? demande-t-il, la tête dans les mains.

– Bientôt, répond-elle d'une petite voix. Je ne voulais pas t'embêter. Tu es tellement occupé. Je sais que tout le monde veut te confier ses chantiers. »

Sa mère a toujours essayé de laisser la plus petite empreinte possible sur l'écosystème, et au grand agacement de Liam ce principe s'applique aussi à lui. Elle a beau insister pour qu'il rentre à New York, il annule son chantier à l'université, achète un sac de couchage et s'installe avec elle dans le van. Quand il vient la chercher à l'hôpital tous les après-midi, il lui trouve l'haleine empoisonnée, comme si elle avait passé la journée à inhaler le genre de vernis à bois, épais et toxique, qu'il ne met que sur ses installations extérieures.

Pendant trois semaines, il campe avec sa mère, comme ils l'ont fait toute son enfance, et retrouve l'équilibre qu'ils s'étaient tous deux bricolé. Il fait les courses à la même coopérative que jadis, lui prépare du thé, vérifie ses médicaments et l'aide à retirer les petites bourres qui s'accumulent dans ses yeux après que ses cils sont tombés. Il la regarde dépérir ; il l'écoute gémir et tousser, la nuit, dans la tente de toit qu'elle aime tant. Elle est bientôt si faible qu'il est obligé de casser pour elle la sécurité enfant du briquet afin qu'elle puisse allumer ses menthols et ses joints.

Quand elle n'a plus l'énergie de parler, il lui fait écouter les disques qu'elle-même lui a passés au moment de son sevrage : des poèmes lus par un homme à l'accent irlandais apaisant. Si Liam n'en comprend toujours pas vraiment les termes désuets, sa mère tousse moins souvent et moins violemment quand les vinyles dansent sur la platine. Alors il les passe en continu, tout bas, même quand ça fait déjà dix fois qu'il retourne le disque et que le son de la voix du bonhomme lui tape sur les nerfs comme un marteau à percussion.

Provisions

5 kilos de riz complet bio

5 kilos de pois chiches bio

5 kilos de pousses de soja bio

200 ml de nystatine

Dexaméthasone 4 mg

Senokot 8,6 mg

Soflax 100 mg

Métoclopramide 10 mg

Diltiazem 180 mg

Tarceva 150 mg

Sulfate de morphine 5 mg

Ce qu'ils ont fait

Un soir, vers la fin – et malgré les avertissements de l'oncologue –, Liam et Willow se saoulent au chardonnay dans le Westfalia, au cœur de l'antique forêt cernée par les lumières de la ville de verre et d'acier. Pour marquer le coup, Liam plonge sa main dans la déchirure du siège conducteur, retire le flacon de Chanel N° 5 caché là et en vaporise le van.

« Pas trop », dit Willow avant de fermer les yeux et d'inhaler l'effluve citronné aussi profondément que le lui permettent ses poumons comprimés par la tumeur.

Le parfum semble la ravigoter et ils veillent tard, à discuter du travail de Liam à Brooklyn (il ne mentionne pas les tables de réunion qu'il a fabriquées pour Holtcorp, Shell et Weyerhaeuser) et des diverses causes environnementales que Willow arrive encore à soutenir, même dans son état.

« J'imagine que tu n'es pas à la recherche d'un Westfalia ? » dit-elle en souriant faiblement quand la fatigue la rattrape et qu'elle fait grimper ce qui lui reste de corps dans la tente de toit.

Liam fait non de la tête. « En vrai, je déteste cette bagnole. »

Elle rit doucement, même s'il voit bien que la remarque l'a blessée. « Je sais que tu penses que j'ai été égoïste dans ma vie, dit-elle tandis que son fils l'enveloppe dans trois édredons.

Mais j'ai pris une décision juste après ta naissance. J'ai choisi de renoncer à la facilité. Je voulais te donner un autre genre d'éducation, une éducation authentique, pas comme celle que j'ai reçue.

– J'ai eu une super éducation, Willow. Atypique, ça c'est sûr, dit-il en éteignant la lampe-torche. Mission accomplie. »

Elle ferme les yeux et prend une longue et douloureuse inspiration. « J'ai essayé de t'apprendre quelque chose.

– Quoi donc ?

– À considérer la nature avec révérence. »

C'est quoi, exactement, la nature, Willow ? voudrait-il demander. *Mes tables en bois de récupération, c'est la nature ? Et moi, je suis la nature, moi ? Pourquoi est-ce que tu ne m'as jamais considéré avec la moindre révérence, moi ? Comment ça se fait qu'il n'y ait que les arbres, dans la nature, dont tu te sois jamais souciée ?*

Au lieu de quoi il l'embrasse sur le front et dit : « J'essaie de tout considérer avec révérence, Willow. Et c'est toi qui m'as appris ça.

– Tu sais, reprend-elle, parfois je regardais tes réalisations sur l'ordinateur de la bibliothèque. »

Liam n'en croit pas ses oreilles. « Tu te souviens quand j'ai eu mon diplôme de menuisier-charpentier et que tu m'as traité de "tueur de forêt certifié" ?

– Je n'ai jamais aimé l'idée que tu massacres des arbres sans défense, dit-elle en secouant la tête. Mais le travail que tu fais avec le bois de récupération, ça a du sens pour moi. Tu as fabriqué des choses vraiment merveilleuses, Liam. Alors, oui, c'est vrai, tu fais preuve de révérence envers ce qui t'entoure, et j'en suis fière. »

Il reste éveillé pendant des heures, à finir le vin et à écouter sa mère tousser au-dessus de lui – un grondement sourd qui vient comme un orage et dont elle sort essoufflée. Comme elle a bu, il regrette de ne pas pouvoir lui donner un comprimé de morphine – il n'y a visiblement que ça qui empêche la toux de la réveiller, ces derniers temps, mais il aime autant y aller mollo avec la drogue, surtout tant qu'il est lui-même alcoolisé.

Plus il boit et plus il lui semble évident que sa mère a passé sa vie à fuir une fêlure, une fêlure héritée des générations qui l'ont précédée et qu'elle lui a en partie transmise, comme ces braises qu'on tire d'un feu pour en allumer un autre. Il est convaincu qu'il ferait pareil avec son enfant, s'il en avait un.

« Promets-moi une chose, dit-elle plus tard, la respiration douloureusement hachée. Rends visite à Everett, si tu peux. Je m'inquiète pour lui, tout seul là-bas. »

Liam promet, puis continue à veiller tandis que Willow tousse et délire : sa semi-somnolence est traversée d'associations d'idées, émanations du marécage chimique de médicaments, d'alcool et de haschich qui inonde son cerveau. Liam n'y comprend rien – c'est le prolongement des diatribes new age et conspirationnistes de sa mère. Et puis soudain, à l'approche de l'aube, alors que lui-même commence à s'assoupir, il voit les yeux verts brûlants de Willow apparaître au-dessus de lui dans le sas de la tente de toit. « Les autres peuvent te sauver, Liam, dit-elle distinctement. Souviens-toi toujours de ça. Ça arrive tout le temps. Sauf qu'en général ils agissent d'une façon qui nous échappe. Mais ça n'enlève rien à ce qu'ils ont fait. »

Le lendemain, quand il revient de la coopérative et de la pharmacie avec les courses, il découvre le corps sans vie de sa mère dans la tente, ses longs cheveux gris retenus par une brindille de cèdre. La brise qui danse dans les branches vient traverser le filet des parois. Une caresse verte silencieuse qui emmène Willow d'une forêt aimée à une autre.

Liam reste longtemps assis au volant du Westfalia, à regarder les arbres, à se demander si, à leur façon, ils sont conscients de ce qu'ils viennent de perdre.

Tu es toujours là

Les heures passent dans le salon qu'on dirait englouti. La nuit tombe, déversant ses ombres sur le sol en béton. Puis un nouveau jour la remplace. Liam regarde le jaune baveux du soleil s'infiltrer puis s'écouler comme si on avait retiré une bonde.

Quand il est pris d'une soif irrépressible, il ouvre la dernière cannette de Red Bull rapportée de la camionnette. Le goût chimique le réconforte, évocation condensée de tous les produits non naturels tant convoités que Willow lui refusait quand il était enfant. Il est suffisamment réveillé par le bombardement de sucre et de caféine pour avoir conscience que, le stock étant maintenant épuisé, il n'a plus longtemps à attendre.

Il se souvient qu'après la mort de Temple, la vie d'Everett aussi n'était plus qu'attente. Il buvait constamment, quoique moins pitoyablement que les premières semaines. Fidèle à la promesse faite à Willow, Liam lui rendait visite de temps à autre. Le nord de l'État de New York regorgeant de bâtiments à l'abandon parfaits pour son affaire, Liam n'a jamais eu *besoin* d'aller jusqu'à la Saskatchewan pour dégoter du bois de récupération, mais c'était une bonne excuse. Il donnait un peu d'argent à son grand-oncle pour les planches de clôture et, même s'il ne le disait pas, Everett avait l'air d'apprécier la compagnie.

La dernière fois, Liam arrive là-bas à onze heures du matin.

Il trouve Everett sur la galerie – où le vieil homme se tient en toute saison, sauf pendant l'impitoyable hiver de la prairie –, une paire de lunettes à double foyer au bout du nez, un livre sur les genoux et une bouteille de whiskey à ses pieds, comme un chien fidèle.

« Tu es toujours là », dit Liam en s'approchant.

Everett regarde autour de lui de ses yeux embrumés, comme pour vérifier. « On dirait bien.

– Je croyais que tu détestais cet endroit. » Liam enlève sa casquette et rejoint son grand-oncle sur le banc.

« Parfaitement, répond Everett, qui sent toujours l'huile de lin et les ciseaux à bois bien aiguisés. Mais je suis trop vieux pour aller ailleurs.

– Moi, je l'ai toujours bien aimé. J'ai eu de la chance de connaître ça, enfant.

– Je compte laisser la propriété à ta mère », dit Everett. Liam étouffe une quinte de toux : ayant été témoin de ce que la mort de Temple a fait à son grand-oncle, il n'a pas le cœur de lui dire, pour Willow. « Alors j'imagine qu'elle finira par te revenir. Mais bon, la terre ne vaut pas grand-chose. Ta grand-tante n'a jamais voulu l'admettre, mais cette ferme n'était pas de nature à faire pousser quoi que ce soit. Tu veux boire quelque chose ? »

Liam n'y tient pas, parce que les alcools forts réveillent l'envie brûlante d'oxy. Il répond toutefois : « Volontiers. »

Everett va chercher un autre verre. Il y verse deux doigts de whiskey et complète avec le contenu d'une carafe en étain. « Le puits d'ici marche toujours, dit-il. Un petit miracle.

– J'ai toujours adoré cette eau. » Liam boit une gorgée. « Son goût ne change pas… Tu travailles un peu dans l'atelier, ces temps-ci ? »

Everett lève les mains et les serre en deux poings tremblotants. « Je ne suis plus capable de faire de l'ébénisterie, ni des pièces d'échecs. Je fabrique des grosses tables de pique-nique moches. Des planches basiques, un coup de peinture rouge. Je les donne aux jardins publics ou aux écoles d'Estevan. Sans doute qu'ils en ont plus qu'assez et qu'ils les brûlent quelque part derrière la mairie. N'empêche qu'ils ont la gentillesse de les prendre. Ça me donne quelque chose à faire.

« Mais peut-être que je vais aller te donner un coup de main à New York, poursuit-il. Tu es sûr que les gens paient bien pour ces vieilles planches fatiguées ? Tu les arnaques pas, plutôt ? Et des tables de pique-nique, ça les intéresserait, tu crois ? »

Liam rit et secoue la tête : « Les gens apprécient le bois qui a vécu. Ça les réconforte, j'imagine. N'empêche, j'aime mon travail. Ça occupe les journées.

– La vie, c'est du travail, du travail et du travail, dit Everett en hochant la tête. Le truc, c'est de trouver ce qu'on déteste pas faire. »

Liam prend une nouvelle gorgée et le whiskey bon marché lui échauffe la bouche.

« Et comment va ta mère ? s'enquiert Everett. Ça fait un bail que j'ai pas de nouvelles. »

Selon le souhait de Willow, Liam l'a fait incinérer, puis il a dispersé ses cendres dans l'une de ses fermes de fées préférées, au cœur de la Colombie-Britannique.

« Elle va bien, répond Liam en hochant la tête. Elle est quelque part dans une forêt en train de sauver le monde. Ne me demande pas où.

– On sait jamais où elle est, celle-ci », répond le vieil homme en secouant la tête.

Une fois les verres vides, Liam passe quelques heures à charger dans sa camionnette des planches récupérées sur une clôture périphérique. Au cours de l'après-midi, il aide Everett à fabriquer une table de pique-nique complète, puis s'occupe du dîner et repart à l'aube le lendemain matin.

Trois mois plus tard, un avocat d'Estevan l'appelle pour lui annoncer qu'Everett est mort d'une crise cardiaque et qu'il a laissé la ferme à Willow : « Elle vous revient donc. » Quand Liam retourne à la propriété, une semaine plus tard, il trouve sur la table de l'atelier un beau cercueil en bois d'érable – l'ébénisterie et la décoration sculptée sont aussi impeccables que celles du cercueil qu'ils avaient fabriqué pour Temple, bien des années auparavant. Liam enterre Everett parmi les érables en bordure de champ, près de la tombe de Temple, même si rien n'en signale l'emplacement.

Que son grand-oncle ait réussi un si bel ouvrage avec ses mains noueuses et son tremblement reste un mystère pour Liam. Mais voilà que le savoir-faire remarquable dont témoigne le cercueil l'amène à repenser à l'alto que lui-même avait fabriqué pour Meena avant de le détruire. La seule vraie beauté qu'il ait créée.

Non, il y en a deux.

Deux beautés.

Il a créé deux beautés dans sa vie.

Et avec cet aveu lui revient de plein fouet ce qu'il tient à distance depuis très longtemps, ce qu'il a banni de ses pensées. Si près du terme de sa vie, Liam Greenwood est enfin prêt à combler les trous, à défaire les nœuds, à regarder les choses en face – même si c'est pour peu de temps.

Jacinda Greenwood

Le jour où elle est née, il travaille, son téléphone en mode silencieux, un masque filtrant sur le visage, un casque de protection auditive bien serré sur les oreilles. Il ponce une pièce de sapin de luxe qu'il posera dans un studio de yoga à Brooklyn ou un bureau à Manhattan, et le bourdonnement de la ponceuse orbitale efface presque celui, étrangement similaire, de la culpabilité dans sa tête.

Une semaine plus tard, Liam n'a toujours pas répondu au premier texto de Meena, lui annonçant la venue au monde de leur enfant, qu'il en reçoit un second, l'informant qu'elle a choisi un prénom : Jacinda, en souvenir d'une camarade d'école. Elle surprend par ailleurs Liam en lui révélant que l'enfant portera Greenwood comme nom de famille. Apparemment, elle a déjà quelques cousins qui transmettront celui de Bhattacharya et elle trouvait trop triste et trop injuste que le patronyme de Liam s'éteigne totalement. Même quand il s'agissait d'interpréter un morceau de musique, se dit-il, elle a toujours détesté les fins.

Il a beau faire son possible pour bannir de ses pensées l'existence même de sa fille par un travail acharné et une stricte discipline d'oubli volontaire, Meena lui envoie souvent des photos illustrant les premières années de Jacinda : une petite fille aux cheveux noirs y attrape ses pieds, étale de la peinture, court après des pigeons – des images que Liam ne regarde que d'un œil, à demi, comme on observerait une éclipse. Il n'efface pas les clichés de son téléphone, mais ne les imprime jamais. Et maintenant que l'appareil est détruit, c'en est fini d'eux.

Elle doit avoir trois ans.

Ce qui signifie qu'elle a déjà vécu un millier de jours sans lui. Un millier de jours où il aurait pu rentrer à la maison les mains pleines d'échardes sans que ça l'empêche de la prendre dans ses bras et de la faire voler presque jusqu'au plafond. Un millier de matins où sa fille s'est réveillée sans qu'il soit là pour voir ses cils épais s'ouvrir comme les pétales d'une fleur des champs ; un millier de soirs où il ne lui a pas raconté d'histoire avant de regarder ses yeux se refermer.

Liam se rappelle avoir lu sous la plume de George Nakashima que, dans les familles japonaises traditionnelles, on plantait un paulownia à la naissance d'une fille. C'est une espèce qui pousse vite, et le temps que la petite grandisse et soit prête à quitter la maison, l'arbre aussi était prêt à être coupé pour son bois. Les magnifiques planches au grain très fin ainsi obtenues servaient à fabriquer une malle sculptée dans laquelle la jeune femme rangerait ses kimonos. C'est pourquoi le paulownia est connu sous le nom d'arbre impérial, et la plus grosse erreur que Liam ait jamais commise, il le reconnaît amèrement aujourd'hui, c'est de ne pas en avoir planté un à la naissance de Jacinda.

Il tire une grande vis à bois de la poche de son pantalon et se met à graver des lettres sur le sol en béton près de lui. Depuis combien de temps n'a-t-il pas écrit autrement qu'avec le pouce, sur son téléphone, aidé d'un correcteur orthographique ? Il prend grand soin de tracer correctement les mots, dans le bon ordre.

Pour limiter les risques d'erreur, il fait bref :

TOUT CE QUE JE POSSÈDE, À JACINDA GREENWOOD.
AFFECTUEUSEMENT, TON PÈRE

Il va lentement, passant et repassant sur les lettres de la pointe de la vis pour les graver plus profondément et s'assurer qu'elles soient lisibles. Il voudrait que ce *tout* soit plus copieux qu'il n'est : de maigres économies en liquide, un bout de terre sans valeur dans la Saskatchewan, une pile de disques de poésie, son arsenal d'outils et sa camionnette de travail, soit un total approximatif de cinquante mille dollars.

Dans l'un de ses textos les plus récents, Meena dit que Jacinda est vive, qu'elle sait déjà reconnaître les lettres et les animaux, et que ce qu'elle aime par-dessus tout ce sont les arbres. Alors peut-être qu'elle utilisera cet argent pour étudier – ça ne vaut pas un paulownia, mais c'est quand même quelque chose.

Je ne suis pas prêt à mourir, pense-t-il d'abord, avant de le chuchoter, puis de le hurler. Les mots résonnent dans la pièce à l'ameublement minimaliste, sans le moindre tapis pour les absorber. Comparé au son, Liam se sent minuscule, pas plus grand ni plus important que la vis qu'il tient dans son poing fermé. Après quoi une série de portes se ferment dans sa tête. Jamais il ne saura ce que Temple et Willow se sont raconté sur la galerie de la ferme. Jamais plus il ne goûtera l'amertume de l'oxycodone, ne regardera les copeaux s'envoler de son tour à bois, ne sentira l'odeur d'une tarte à la rhubarbe en train de cuire. Jamais plus il ne traversera le pays avec sa mère dans son van, ni ne marchera avec elle dans les bois. Jamais plus il n'écoutera Meena jouer de l'alto en pyjama dans la cuisine. Jamais il ne sentira la chaleur de sa fille contre sa poitrine. Jamais l'histoire ne sera racontée en entier.

Le temps, Liam le sait, n'est pas une flèche. Ce n'est pas non plus une route. Le temps ne va pas dans une direction donnée. Il s'accumule, c'est tout – dans le corps, dans le monde –, comme le bois. Couche après couche. Claire, puis sombre. Chacune reposant sur la précédente, impossible sans celle d'avant.

Chaque triomphe, chaque désastre inscrit pour toujours dans sa structure. Liam peut bien l'admettre à présent, sa propre vie ne sera jamais impeccable, jamais parfaite, jamais récupérée. Parce qu'il est impossible de faire décroître ce qui a crû, de défaire ce qui est fait. Reste que les gens ont confiance en ses créations. C'est déjà quelque chose. Ce n'est pas assez, mais c'est ce qu'il emportera avec lui.

Dans les sombres heures délirantes qui suivent, il se console avec des images vaporeuses de gens buvant leur café aux comptoirs qu'il a réalisés : ils parlent des êtres qu'ils aiment, s'en plaignent. D'autres, accoudés à des bars qu'il a construits, descendent bière après bière en se murmurant des confidences désespérées. Une petite fille aux cheveux noirs et aux cils épais, assise à une table qu'il a fabriquée, mange du gâteau à la carotte sous le regard de sa mère et balance ses chaussures pleines de boue sous sa chaise en racontant des histoires d'arbres.

2038

Propriété de Willo Greenwoud

En ce lundi matin brumeux, le groupe de Pèlerins de Jake compte un magnat des panneaux solaires installé à Dubaï, un célèbre cuisinier originaire de ce qui reste de Las Vegas, deux adolescentes chinoises fines comme des brins d'herbe, et l'équipe de hockey des Maple Leafs de Toronto dans son intégralité. Jake a déjà déroulé la moitié de la visite sans avoir la moindre question et les Pèlerins gardent les yeux rivés à leur téléphone plus obstinément encore que d'habitude. Elle ne leur en veut pas : elle est bien consciente d'avoir manqué de relief et de brio jusqu'ici, peut-être à cause de sa courte nuit. Mais elle doit renverser la vapeur, et vite, sans quoi les Pèlerins lui mettront des avis négatifs ; si sa moyenne baisse en dessous de trois feuilles sur cinq, Davidoff n'aura d'autre choix que de la virer.

« Vous vous tenez actuellement sous la plus forte concentration de biomasse de la planète, dit Jake avec un regain d'enthousiasme, pressée de reconquérir son auditoire. Chaque arbre est à lui seul une symphonie de perfection cellulaire, l'une des créatures les plus magnifiques et les plus élégantes à avoir jamais paré la biosphère. Digne de tous les mythes, tous les contes de fées, tous les temples. Sans parler de tous les très mauvais poèmes écrits en son honneur. » À son grand soulagement, sa plaisanterie arrache un instant le regard des Pèlerins à leur portable. Certains vont même jusqu'à sourire. « Avec le temps, poursuit-elle, les racines latérales des pins d'Oregon fusionnent. C'est comme ça que ces arbres partagent leurs ressources et leurs armes chimiques avec leurs voisins. Il n'y a pas d'individus, dans une forêt. De fait, cette dernière fonctionne plutôt comme une famille. »

La référence familiale suscite visiblement une certaine émotion (surtout chez les joueurs de hockey). Histoire de poursuivre sur sa lancée, Jake emmène le groupe un peu plus loin dans une zone rivulaire, en évitant soigneusement la démarcation entre l'authentique forêt primaire et le secteur moins spectaculaire qui a brûlé jadis. Là, elle développe le thème de l'importance de l'eau pour toute forme de vie, ce qui provoque enfin quelques questions auxquelles elle répond facilement. Quand le célèbre cuisinier dit qu'il est en hypoglycémie et que s'il ne mange pas tout de suite il va s'évanouir, Jake guide les Pèlerins jusqu'à l'aire de pique-nique où les attend leur déjeuner. Tandis qu'ils attaquent leurs fèves au lard à l'ancienne, servies dans des poteries artisanales, Jake avale une barre de céréales et profite du temps mort pour sortir le livre de son sac à dos. Elle est aussitôt apaisée par la couverture craquelée aux taches violettes, désormais familière, et la fine poussière qui continue à s'échapper de la reliure malgré plus d'un mois de constante manipulation.

Si elle a d'abord eu du mal à déchiffrer la graphie cursive du journal, elle est tout de même arrivée au bout en deux semaines. Une fois habituée aux arabesques de l'écriture et à la ponctuation désuète, elle n'a mis que quelques jours à le relire dans la foulée une deuxième, puis une troisième fois. Et maintenant qu'elle l'a lu dix fois, elle est aussi à l'aise que si elle l'avait écrit elle-même.

Contrairement à ce que suggère l'inscription mal orthographiée de la couverture intérieure, le journal n'a pas été écrit par sa grand-mère, Willow Greenwood, mais par une femme enceinte anonyme pendant la Grande Dépression. Cette femme était entretenue par un homme riche, désigné par les seules initiales « RJ », qui avait accepté d'adopter le bébé à la naissance. Si, pour l'essentiel, la narratrice parle de choses simples – ses promenades parmi les érables enneigés, les bons repas préparés pour elle par la cuisinière –, ses descriptions sont entremêlées d'observations touchantes, notamment sur ce qui lui fait peur. Peur que l'économie ne se relève jamais du krach et que les gens soient trop égoïstes et pas assez visionnaires pour survivre. Peur que les tempêtes de poussière arrivent jusqu'à elle et nuisent à son bébé quand il sera né. Peur de RJ, peur qu'il lui empoisonne la vie si jamais elle devait le contrarier. Peur de gâcher ses capacités intellectuelles par un travail insignifiant et sous-payé de femme de ménage. Mais malgré toutes ces peurs, Jake entend un murmure d'espoir entre les mots : *Courage*, semble dire la jeune femme. *Ce n'est pas la première fois que le monde est au bord du gouffre. La poussière cherche depuis toujours à nous engloutir. De tout temps les gens ont souffert et connu des épreuves. Tu n'as pas à rougir de ta pauvreté, elle ne trahit pas une faille de ton caractère. La vie, par sa nature même, est précaire. Et lorsqu'on affronte les difficultés, ce n'est jamais en vain.*

Comme l'auteure du journal, Jake a connu des épreuves et la peur : sa dette étudiante qui n'en finit pas de grimper, sa notation de guide forestière qui n'en finit pas de chuter, et le fait que ses règles sont en retard. Depuis quelque temps, elle a mal au ventre alors qu'elle a soigneusement évité les produits laitiers – et notamment le tristement célèbre duo de navets et pommes de terre à la crème de la yourte-réfectoire. Hier, elle a demandé à l'une des jeunes guides ce qu'elle savait des stérilets fournis par la Cathédrale, pour apprendre qu'ils cessaient d'émettre des hormones autour de la quatrième année : exactement le millésime du sien. Alors il va peut-être lui falloir admettre que sa nuit avec Corbyn Gallant n'a pas été tout à fait sans lendemain et ajouter une grossesse non désirée à tous ses soucis. Sauf qu'elle ne peut pas prendre le risque de se faire examiner par le médecin de Holtcorp, car un test positif provoquerait son exclusion de l'île, du moins jusqu'à la naissance. Après quoi elle devrait grappiller de l'argent quelque part pour faire garder son bébé pendant qu'elle retournerait travailler, ce qui rallongerait de plusieurs années le remboursement de sa dette – à supposer toutefois qu'on lui garde son poste au lieu de le donner à la prochaine jeune recrue zélée sur la liste.

Son dernier espoir est que Silas ait raison et qu'elle puisse légitimement revendiquer la propriété de Greenwood Island. Que ça marche ou pas, elle aura au moins pu lire le journal, ainsi que le mémo retraçant l'histoire de sa famille. L'un comme l'autre ont rejoint le carton d'objets étranges qu'elle a hérités de son père : les disques de poésie sans titre, les outils à bois et les gants de travail. Avant la visite de Silas, Jake a toujours considéré que se pencher sur l'histoire de sa propre famille était le hobby fétiche de narcissiques cherchant à fonder ou étayer la grandeur qu'ils s'attribuaient. Elle s'est habituée à vivre sans sagesse familiale à consulter, sans histoires à raconter, sans souvenirs à partager, sans héritage à transmettre. De toute sa vie, elle n'a jamais eu d'ancrage : une graine entraînée par le courant. Elle commence seulement à comprendre combien il peut être bon de se sentir des racines.

« Et ces arbres, là-bas ? demande un joueur de hockey quand le groupe passe près de la forêt primaire après le déjeuner. Ils ont l'air immenses.

– Oh, répond Jake vivement. Oui, ils sont du même ordre que ceux que je vous ai montrés ce matin. »

Depuis qu'elle a repéré les pins d'Oregon aux aiguilles brunies, elle a tenté plusieurs fois de retourner les examiner hors des heures de visite, mais chaque fois une patrouille de Rangers l'a obligée à rebrousser chemin. Ce n'est que deux semaines plus tôt qu'elle a enfin réussi à poser ses pluviomètres et à faire des prélèvements dans le sol. Et comme les résultats indiquent que les précipitations ont été satisfaisantes et que la terre alentour est riche en nutriments, la seule cause envisageable est d'ordre biotique. Mais elle n'a trouvé aucune trace d'agents pathogènes bactériens ou d'invasion fongique dans les tissus. Elle a tout de même contourné les arbres pendant ses visites, histoire d'éviter qu'un Pèlerin plus observateur que les autres ne repère le brunissement et ne donne l'alerte.

« Pardon, mais nous là pour voir les arbres grands et beaux, intervient l'une des Chinoises avec une politesse douloureuse en désignant le Doigt d'honneur de Dieu. Et ces arbres-là, ils sont le plus grand.

– Nous voulons ces arbres, renchérit sa camarade en hochant solennellement la tête.

– Tout à fait, dit Jake. Bien sûr. »

Elle les guide alors sur le sentier couvert de paillis d'écorce en gardant le regard strictement rivé au mouvement de ses cuisses qui montent et descendent dans le short fourni par la Cathédrale. Quand elle arrête le groupe et que vient le moment de son laïus habituel, elle est obligée de lever les yeux. « Ce titan de soixante-dix mètres de haut en mesurait déjà quarante-cinq quand Shakespeare a trempé sa plume dans l'encrier afin d'écrire *Hamlet* », dit-elle avec tout l'enthousiasme dont elle est alors capable, tandis que l'autre moitié de son attention se porte sur les arbres malades. Le brunissement des aiguilles n'a pas évolué, mais elle voit aussitôt que la spongiosité de l'écorce s'est étendue et que cinq arbres sont désormais touchés. Même le Doigt d'honneur de Dieu semble atteint. Elle repère plusieurs endroits où le rhytidome du colosse s'est ouvert, révélant quelque chose qui pousse sur le cambium riche en nutriments, un truc luisant et d'un noir aussi profond que les gencives d'un chien. Plus haut, de grands pics ont perforé l'écorce ramollie de nombreux coups de bec et les trous attirent en masse fourmis et scarabées. Jake, horrifiée, comprend que l'arbre est en train d'être pillé, comme un musée vieux de mille ans dont les précieuses antiquités s'envoleraient par les fenêtres.

Heureusement, les Pèlerins ne remarquent rien. Son discours terminé, Jake les renvoie sans tarder sur le sentier et prélève vite un peu de tissu sur la zone affectée du Doigt d'honneur de Dieu avant de rejoindre le groupe, l'angoisse au ventre. Tandis qu'ils prennent le chemin des villas, elle fait ce qu'elle peut pour dissiper la panique visqueuse qui l'empêche de respirer.

Elle s'arrête pour se passer de l'eau sur la nuque et frotte son visage en sueur en regardant deux corbeaux se battre dans les branches au-dessus d'elle. Ça lui rappelle une histoire que lui a racontée Knut, celle d'une région dans le nord du Minnesota particulièrement touchée par le Dépérissement, où les gens avaient été réveillés, une nuit, par le son de centaines d'objets émoussés s'abattant sur les bardeaux des toitures. Ils s'étaient précipités dehors pour découvrir qu'il s'agissait d'oiseaux, de toutes les tailles et de toutes les espèces imaginables, tombant du ciel comme de la grêle. On avait compris plus tard qu'ils volaient depuis des mois sans s'arrêter et qu'ils étaient morts de ne trouver nulle part où nicher.

Leur égale

Cela fait plus d'une heure que Jake examine au microscope le dernier échantillon prélevé sur le Doigt d'honneur de Dieu quand ça lui apparaît. Et même alors, elle ne sait pas trop ce qu'elle voit : un brouillard de filaments fantomatiques tissés entre les cellules du xylème en lieu et place de la lignine qui les structure normalement. En y regardant de plus près, et seulement après avoir stratégiquement teinté le tissu, elle identifie les filaments comme les sporophores d'une nouvelle espèce de champignon qui se développe entre les parois cellulaires. Quel qu'il soit, ce champignon est agressif : si l'arbre n'arrive pas à produire assez de tanin pour le repousser et que le champignon traverse l'aubier et pénètre le duramen, le Doigt d'honneur de Dieu est condamné.

Envahie par le désespoir, Jake s'abandonne contre le dossier de sa chaise et laisse échapper un soupir douloureux. Ce qu'elle craignait depuis si longtemps a fini par arriver : le microclimat de l'île, qui a jusqu'ici protégé la Cathédrale, s'est suffisamment transformé pour stresser les arbres, désormais incapables de se défendre contre les intrus. Si l'épidémiologie est la même que pour les autres maladies fongiques provoquées par le Dépérissement, le champignon va se répandre et tous les vieux arbres de l'île, dont certains ont connu mille printemps et mille automnes, vont mourir.

Jamais un bourbon n'aurait été aussi justifié qu'en cet instant, mais Jake se fait plutôt du thé à la menthe avant de s'enfouir sous une pile de couvertures sur la causeuse élimée qui occupe presque toute la surface de son chalet de fonction. Un peu plus tard, on frappe à la porte. Elle va ouvrir : c'est Knut, une grosse bouteille de liqueur de menthe poivrée au bout du bras.

« Tu as été très occupée ces derniers temps, Jacinda, dit-il quand elle l'invite à entrer. Nos conversations nocturnes me manquent. Tu es la seule personne saine d'esprit sur cette île, tu sais.

– J'ai arrêté l'alcool, désolée. Et je n'avais pas trop envie de voir du monde ces derniers temps, dit-elle en le serrant dans ses bras. Mais je crois que tu vas avoir besoin d'un verre. »

Elle sert du schnaps à Knut et se verse un mug de thé tiède, puis désigne le microscope. « Sur cette lame, il y a un échantillon de tissu que j'ai prélevé sur le tronc du Doigt d'honneur de Dieu cet après-midi. »

Knut lisse sa moustache et se penche sur l'oculaire, en fermant la paupière ridée de son autre œil. Tandis qu'il regarde, Jake lui raconte comment elle a remarqué les aiguilles brunies et l'écorce ramollie lors d'une visite quelque temps plus tôt, et combien elle est désolée de ne pas lui en avoir parlé avant. « Mais là j'ai besoin de ton aide », dit-elle d'une voix brisée.

Après une autre minute d'observation, Knut fait la grimace, se redresse et vide son verre d'un trait. « On va faire quelque chose, dit-il, le regard brûlant de conviction. Ce soir. Avant qu'il soit trop tard. Même s'il est peut-être déjà trop tard.

– Parlons-en à Davidoff, suggère Jake dans une tentative de cadrage des raisonnements toujours périlleux de Knut. La direction lancera une enquête officielle. Ils pourraient fermer la Cathédrale et nous laisser faire des examens approfondis.

– Ces serpents du top management ne pensent qu'à une chose, protéger leurs investissements, ricane son collègue. Et

Davidoff serait bien incapable de préserver un sapin de Noël au-delà du 26 décembre, alors des formes de vie parmi les plus cruciales de la planète, oublie. Non, ces pauvres arbres malades doivent être abattus et brûlés. Tout de suite. C'est notre seul espoir d'éviter la propagation du champignon. Et on va devoir le faire nous-mêmes.

– Maintenant ? Les Rangers vont entendre les tronçonneuses, Knut.

– On peut y arriver tous les deux », dit-il en lui posant les mains sur les épaules.

Elle sent ses yeux se dérober. « Je ne peux pas perdre ce boulot, dit-elle d'une voix chevrotante. J'ai trop de dettes. Et je suis peut-être enceinte. Alors est-ce qu'on peut tout mettre sur pause le temps de mieux comprendre ce qui se passe ? On fera d'autres analyses. Il y a peut-être un traitement antifongique qu'on pourrait mettre au point. » Elle ne dit pas qu'elle est terrifiée à l'idée d'être renvoyée sur le continent, même avec Knut à ses côtés. Il est à la Cathédrale depuis le tout début et n'a pas la moindre idée de ce qu'est la vie là-bas : la poussière, les tempêtes de feu, la misère, les enfants qui s'étouffent à force de tousser.

Il hésite – l'engrenage de ses pensées tourne à plein régime quelque part derrière son regard –, puis il lui touche le menton et hoche solennellement la tête. « Tu as beaucoup de choses à gérer, Jake. Je comprends. On va faire des recherches plus poussées. Après seulement on décidera quoi faire. »

Une fois d'accord là-dessus, ils s'assoient sur la causeuse et la soirée se poursuit. Mais la conversation manque de naturel et Knut est visiblement ailleurs. Étrangement, il la prend dans ses bras une seconde fois avant de partir, ce qu'il ne fait jamais.

Le lendemain, pendant le déjeuner, elle apprend du personnel de ménage qu'en sortant de chez elle, la veille, il est allé droit au hangar logistique, dont il a forcé la porte, déclenchant l'alarme. Là, il a pris une grande tronçonneuse et s'est enfoncé dans l'obscurité des bois d'un pas martial, comme un chevalier partant affronter un dragon, mais une escouade de Rangers l'a interpellé avant même qu'il ne rejoigne la forêt primaire. En passant, sous leur garde, à proximité des villas des Pèlerins, Knut s'est lancé dans sa plus grande diatribe en date, une critique au vitriol de la Cathédrale, de ses absurdités et perversions intrinsèques, se qualifiant lui-même de « barista des bois » – un incident que deux Pèlerins ont filmé avec leur téléphone et très largement diffusé.

La justice de Davidoff a été prompte et sévère. Le personnel de l'embarcadère raconte que Knut a pleuré en s'arrachant les cheveux quand on lui a signifié son expulsion. Les Rangers l'ont jeté avec les poubelles de recyclage et de compost sur la première barge d'approvisionnement en partance pour le continent. Ils ne l'ont même pas laissé prendre sa collection de livres papier, notamment sa première édition tant aimée de Linné et Muir, que Jake est parvenue in extremis à récupérer dans son chalet avant qu'ils ne soient confisqués et brûlés avec les autres ouvrages et le reste de ses affaires.

En ce lundi matin, réveillée avant l'aube, elle reste couchée à écouter le babillage naissant des becs-croisés et des juncos ardoisés, et tente mentalement de stopper l'avancée des chiffres qu'affiche son réveil. Elle n'est pas certaine de pouvoir affronter l'assommoir d'une nouvelle journée de visites forestières – surtout maintenant qu'elle se sait peut-être enceinte, que tous les arbres de la Cathédrale vont sans doute mourir et qu'elle a perdu son seul ami.

Quand le réveil sonne, elle se lève et se traîne jusqu'au casier où elle range son uniforme. Elle y trouve un mot scotché à l'intérieur de la porte, que Knut a dû laisser l'autre soir pendant qu'elle allait aux toilettes regarder une énième fois si elle avait ses règles.

Ils se tiennent debout. Ils s'étirent. Ils grimpent. Ils ont soif. Ils perdent leurs feuilles. Ils tombent. Tu vois, Jake ? On les humanise. Avec nos verbes. Mais on ne devrait pas. Parce qu'ils valent mieux que nous. Ce sont nos rois et nos reines. (Nous leur avons donné des couronnes, non ?) Ils sont ce que nous avons de plus proche du divin.

Mais toi, Jacinda, tu es leur égale.

Knut

Consanguinité

Quatre jours plus tard, Jake apprend des gars de l'entretien que « son ami l'avocat » est de retour à la Cathédrale. Le soir même, Silas l'invite à boire un verre à la Villa Douze, celle-là même où elle a passé la nuit avec Corbyn Gallant. Elle enfile à nouveau son déguisement de Pèlerine et se rend discrètement au rendez-vous sous le couvert des arbres.

Silas l'accueille sur le pas de la porte en affichant un grand sourire et une chemise très chic portée de façon décontractée. « J'ai oublié de le mentionner la dernière fois, mais c'est ton grand-père, Harris Greenwood, qui a construit ce chalet, dit-il en la faisant entrer. Le premier bâtiment en dur à avoir été édifié sur cette île. On raconte qu'il l'a conçu comme un refuge pour abriter ses amours avec un de ses employés, un certain Feeney – mais rien de tout cela n'a été confirmé par les recherches de mes assistants. Le chalet a été refait depuis, bien sûr, sous la houlette de Holtcorp. Apparemment, il a fallu retirer d'innombrables balles de gros calibre de son bois inestimable. »

Le nom de Harris Greenwood a beau ne rien lui dire, Jake s'autorise une petite pointe de fierté en examinant la qualité de la charpente et de la menuiserie du chalet, avec ses magnifiques poutres en sapin couleur de miel, ses grandes étagères pleines de livres papier et sa façon générale d'être en harmonie avec la forêt.

« Pardon de ne pas avoir réservé une nouvelle visite privée, reprend Silas. Mais je me suis dit qu'il valait mieux qu'on puisse discuter sans la distraction des splendeurs de la nature. »

Autour de l'îlot de la cuisine, il lui sert du vin épais comme du jus de mûre, qu'il apporte ensuite au coin salon. L'attraction est quasi magnétique entre le bord du verre et les lèvres de Jake, mais elle n'y touche pas. Elle reste assise sur le canapé, sort de son sac à dos le journal défraîchi et le pose sur la table basse.

« Alors ? Tu as réussi à y jeter un œil, finalement ? demande Silas.

– Je l'ai lu, répond-elle en hochant la tête d'un air évasif, réticente à lui montrer l'importance que le livre a déjà pris à ses yeux, la profondeur à laquelle il s'est enraciné en elle. Contrairement à toi, me semble-t-il. Car une chose est sûre, il n'a pas été écrit par ma grand-mère. »

Silas a un sourire instable qui rappelle à Jake combien il a toujours détesté qu'on pointe ses erreurs. « Je n'ai jamais rien prétendu de la sorte ! plaisante-t-il sans conviction. Mais maintenant que tu t'es familiarisée avec son contenu, je vais te raconter comment il est arrivé en notre possession. Mon cabinet est spécialisé dans les cas de succession sans testament – des successions non réglées et des héritages non réclamés qui dorment sur les comptes de sociétés fiduciaires depuis des années. Dans ce cadre, nous faisons régulièrement l'acquisition d'archives privées : journaux intimes, livres de compte, ce genre de choses. Ce journal nous est parvenu dans les années 1960 – bien avant mon arrivée, donc – d'un collectionneur de livres rares du Dakota du Nord. Il l'avait acheté à un fermier qui disait l'avoir trouvé un jour dans son champ : apparemment, le livre était par terre, ouvert, comme si un ouvrier agricole s'était interrompu dans sa lecture et l'avait posé là un instant. Le collectionneur le considérait comme une œuvre de fiction perdue – un roman précurseur de *La Cloche de détresse* et de son héroïne, Esther Greenwood. Après son acquisition, le journal a passé des dizaines d'années à dormir dans nos collections. Même après sa numérisation dans les années 2000, l'orthographe phonétique du nom de ta grand-mère sur le revers de la couverture a échappé à nos algorithmes de recherche, qui sont réglés pour réagir à des mots clés comme "Greenwood" ou "Holt". Ce n'est que l'an dernier, au cours d'un inventaire de notre stock, qu'un de mes stagiaires a découvert cette référence à ta grand-mère. Bien que l'inscription ait clairement été ajoutée a posteriori, une analyse approfondie du texte nous a donné de bonnes raisons de croire que le journal a été rédigé à Saint John, dans le Nouveau-Brunswick, ce qui nous a conduits à l'hypothèse selon laquelle le "RJ" du texte pourrait être R.J. Holt, fondateur de Holtcorp. C'est là que nos recherches ont calé, à défaut d'éléments concrets permettant de relier le dossier à une personne encore en vie.

« Du moins jusqu'à ce qu'on rapproche le livre de *ceci*, dit-il en plongeant la main dans une mallette en fibres de carbone, visiblement soumise à l'épreuve des bombes, pour en extraire une fine boîte recouverte de tissu et ouverte d'un côté, dans laquelle le journal s'insère parfaitement. Là, les choses sont devenues intéressantes. »

Il lève le tout de sorte que Jake puisse en voir la tranche :

LES PENSÉES & ACTIONS INTIMES & SECRÈTES
D'EUPHEMIA BAXTER

Jake est traversée d'un frisson en apprenant enfin le nom de l'auteure.

« Ce couvre-livre est la pièce manquante du puzzle dont je t'ai parlé la dernière fois, reprend Silas. Nous sommes parvenus à l'emprunter à un chercheur amateur du nom de Harvey Lomax III, qui traque depuis des années des informations sur son grand-père, Harvey Lomax Senior, lequel a travaillé pour R. J. Holt en qualité de chauffeur avant de disparaître inexplicablement en 1935. Harvey III a consacré toute sa vie à retrouver la trace de son grand-père, ce qui l'a finalement conduit à un archiviste spécialisé dans les objets issus des hôtels bas de gamme de Vancouver, vendus et revampés au moment du boom immobilier au début des années 2000.

– C'est lui le propriétaire actuel du journal ? demande Jake, déjà impatiente de sentir le livre de nouveau en sécurité entre ses mains. Ce Harvey Lomax III ?

– Le journal est la propriété de notre cabinet. Ce monsieur, lui, possède le couvre-livre. Mais nous sommes convenus de le dédommager pour cette importante pièce du puzzle au cas où certaines éventualités se concrétiseraient.

– Ces "éventualités" dont tu parles me semblent bien improbables, dit Jake, sceptique. Même avec le couvre-livre.

– Ah, mais attends, ça va devenir *très* intéressant… Officiellement, au printemps 1935, à peu près au moment où Harvey Lomax disparaît, la fille de R. J. Holt, à peine née, est kidnappée sur la propriété de son père par ton arrière-grand-oncle, Everett Greenwood, un vagabond et criminel bien connu des autorités, qui prétendait avoir servi pendant la Première Guerre mondiale, alors qu'aucun document officiel ne l'atteste. Après avoir vainement tenté de rançonner Holt, il cherche à échapper aux forces de l'ordre à ses trousses – tout ça a été établi pendant le procès –, en se cachant avec l'enfant ici même, sur l'île privée de son frère, *dans le chalet où nous sommes*. Après une échauffourée avec des policiers – d'où les balles –, il est finalement capturé. Il a ensuite avoué avoir tué le nourrisson quelque part dans la forêt, un crime pour lequel il passera trente-huit ans en prison.

– Charmant, dit Jake. Pas étonnant que la Cathédrale n'ait jamais fait figurer l'histoire de l'île dans ses brochures. Mais tu as dit "officiellement"... Et officieusement ?

– En y regardant de plus près, toute l'histoire est louche. R. J. Holt était un coureur de jupons avéré et il ne semble pas qu'il ait eu d'enfant avec son épouse légitime. À force de creuser, mes équipes ont découvert qu'une certaine Euphemia Baxter avait effectivement travaillé comme femme de ménage dans l'un des établissements bancaires de Holt. Nous pensons que cette jeune femme a eu une liaison avec Holt et que, lorsqu'elle est tombée enceinte, ils se sont mis d'accord pour qu'il adopte l'enfant. Il n'y a toutefois pas trace de la naissance dans les registres hospitaliers et, peu après, on a retrouvé le corps de mademoiselle Baxter dans les bois autour de la propriété Holt. La cause du décès a été attribuée à un suicide, sauf qu'il n'y a pas eu d'enquête officielle – selon nous parce que Holt avait le bras très long. »

Les larmes brouillent la vision de Jake. Sans qu'elle sache pourquoi, la nouvelle du possible suicide d'Euphemia lui fait l'effet d'un coup de hache. La jeune femme semblait si pleine d'espoir en écrivant son journal. Si vivante, croyant si fermement à son avenir.

« Par une étrange coïncidence, continue Silas sans remarquer l'impact émotionnel qu'a cette histoire sur Jake, elle est morte l'année où ta grand-mère, Willow Greenwood, est née de la liaison entre ton arrière-grand-père, Harris Greenwood, et une blanchisseuse anonyme qui travaillait dans l'un de ses lointains camps forestiers. Étant donné l'homosexualité supposée, et vraisemblable, de Harris Greenwood, j'ai demandé à mon équipe de se procurer le certificat de naissance de sa fille : ils ont découvert que ce dernier présentait de nombreux éléments caractéristiques d'un faux, notamment une police de caractères et un type de papier différents de ceux utilisés en Colombie-Britannique cette année-là. Ce qui nous a conduits à soupçonner que l'enfant n'était pas celui de Harris Greenwood, mais la petite Holt que ton arrière-grand-oncle Everett avait kidnappée et censément tuée dans les bois. Nous pensons que l'enfant a été secrètement adoptée par Harris Greenwood, lequel, pour maintenir les apparences, a prétendu qu'elle était la fille d'une de ses employées morte en couches.

– Mais pourquoi diable Everett Greenwood aurait-il avoué le meurtre d'un enfant et passé quarante ans en prison pour un crime dont il était innocent ?

– La seule explication que nous voyons tient au fait qu'Everett était notoirement analphabète et souffrait d'un grave choc post-traumatique, ce dont le riche Harris – dont tout le monde s'accordait à dire qu'il était machiavélique – aurait profité, manipulant son simplet de frère pour se procurer une descendance.

– Donc tu es en train de me dire que mes nobles ancêtres Greenwood étaient des vagabonds, des destructeurs de forêts, des éco-terroristes, des négriers et des kidnappeurs… mais *pas* des tueurs d'enfants. C'est formidable, Silas. Je me sens tellement mieux depuis que j'ai "une histoire à raconter", comme tu dis.

– Tout ça est plus important que tu ne le crois, Jake. Si cette théorie est avérée, et que Willow Greenwood était bien la fille biologique de R. J. Holt – peu importe qu'elle ait été issue d'une union légitime ou pas –, cela signifie que nous pourrions raisonnablement établir ta consanguinité avec les Holt. Vois-tu, les frères et sœurs de R. J. Holt, comme son épouse, sont morts avant lui, et aucun parent proche ne lui a survécu. Une enquête généalogique menée à sa mort n'a pas trouvé d'héritier viable. En l'absence de testament, son héritage est, depuis, géré par une société fiduciaire qui dépend de la province du Nouveau-Brunswick.

– Et ? demande Jake avec une impatience croissante.

– Et tout ce qu'on a à faire, c'est déposer un dossier attestant de ton lien généalogique avec le défunt, répond Silas. Il faudra prouver ce lien devant un juge, bien sûr, mais maintenant que le journal et le couvre-livre sont réunis, et qu'on peut les fournir comme preuves, nous avons de très bonnes chances d'y arriver. Une fois que tu seras reconnue héritière officielle, te reviendront de nombreux dividendes, sans parler des sociétés fiduciaires afférentes qui accumulent des intérêts sur des comptes de la Couronne depuis des années. Tes dettes ne seront plus qu'un mauvais souvenir, Jake. Tu seras libre. »

Le chalet de son arrière-grand-père lui semble soudain petit et étouffant, et une légère douleur s'est mise à pulser derrière son oreille. « Je dois encore m'habituer à la simple idée d'avoir une famille, dit-elle en se levant. Et voilà que tu me balances tout ça. Ça fait beaucoup d'un coup, Silas. J'ai besoin de faire un tour pour m'aérer la tête.

– Si jamais ça marchait, dit-il en lui prenant la main, en plus d'une incroyable fortune, tu disposerais d'une part majoritaire dans Holtcorp, qui est à la dérive depuis des années. Les membres du conseil de direction ne se laisseront sans doute pas faire, mais ils seront bien obligés de reconnaître que la présence d'un leadership fort consoliderait la stabilité de la société sur le long terme. Qui plus est, tu es remarquablement diplômée et ton seul nom donnera à leurs nombreux actifs dans l'éco-divertissement un vernis supplémentaire d'authenticité. Tu pourrais faire tellement plus que payer tes dettes, Jake. Greenwood Island serait à ta disposition. Tu pourrais peut-être même la sauver.

– De quoi ? » demande la jeune femme, suspicieuse. Elle doute que, dans sa diatribe finale, Knut ait alerté la direction sur le champignon, ou qu'on l'ait cru si d'aventure il l'avait fait. Depuis l'expulsion de son ami, Jake applique en douce sur les arbres touchés une solution antifongique de son cru pendant ses visites, même si elle ne voit guère d'amélioration.

« De davantage d'exploitation, dit Silas. Des Pèlerins. Du Dépérissement. De gens comme moi. Tu pourrais rendre les choses plus équitables pour tout le monde. Monter un laboratoire digne de ce nom. Te remettre à la *recherche*. Je sais à quel point cet endroit compte pour toi, Jake. Alors imagine, une fois qu'il t'appartiendra…

– Et si ton plan échoue et qu'on est déboutés ? Je doute que Holtcorp me garde à son service après pareille manœuvre. Je me ferai expulser.

– C'est mon métier, Jake. » Il lui prend les deux mains et la fixe de ses grands yeux implorants. « Et, comme toi, ce que je fais, je le fais bien.

– Je vais y réfléchir, répond-elle en se dégageant pour se diriger vers la porte.

– C'est tout réfléchi, dit-il en la suivant. Tu sais à quel point Holtcorp *contrôle* le monde ? La dernière estimation évaluait l'entreprise à deux mille milliards de dollars. Tourisme, sécurité, lutte contre l'incendie, énergie solaire, mines, désalinisation, développement des ressources… Ils font même des médicaments contre l'asthme. Plus besoin de jouer les scientifiques désintéressées. Pas avec une telle fortune à disposition. »

Être libre de ses dettes écrasantes. Un traitement possible contre le champignon. Un futur viable pour l'enfant qu'elle porte peut-être. Un *laboratoire*. « J'ai dit que j'allais y réfléchir. En attendant, je garde ça. » Elle se retourne et récupère prestement le journal, resté dans le couvre-livre sur la table basse.

« Je ne suis pas certain que mon cabinet apprécie, dit laconiquement Silas.

– Oui, eh bien j'ai besoin de le relire avant de prendre une décision. »

Silas a une petite grimace peinée et Jake comprend soudain

la véritable valeur du livre. Puis il lève les mains en signe de reddition. « Très bien, prends-le, dit-il avec une gaieté forcée. Je sais mieux que personne qu'il ne faut pas te mettre la pression. La dernière fois que j'ai essayé, tu es partie vivre à Utrecht et tu as bloqué mon numéro.

– J'ai une dernière question, dit-elle depuis l'embrasure de la porte. Pourquoi fais-tu tout cela ? Les recherches, le temps investi. Pour l'argent ?

– Oui… en partie, en tout cas. Mon cabinet aura sa part, c'est vrai. Mais toi, c'est un pactole que tu toucheras. Tu comprendras sans mal que servir Holtcorp est dans notre intérêt, sur le long terme.

– Et moi qui croyais que tu voulais m'aider.

– C'est exactement ce que je fais, Jake. La vie est de plus en plus dure. Même le Canada n'est plus l'oasis qu'il a été. Et si cette Cathédrale finit par couler, tu te retrouveras dans l'étuve et la folie générale à cracher de la poussière avec le reste de la plèbe sans le moindre arbre en vue. Et je ne veux pas voir ça. On ne peut plus changer le monde, mais si on est intelligents, on arrivera peut-être à en préserver l'essentiel. Et qui mieux que toi pourrait faire ça ? Je te laisse me faire signe quand tu auras pris ta décision. J'ai réservé le chalet pour toute la semaine. Ma porte reste ouverte. »

L'industrie du divertissement arboricole

Le lendemain, alors qu'elle est en plein dîner dans la yourte-réfectoire, Jake est convoquée dans le bureau de Davidoff, où il lui expose d'une voix sévère et exaspérée la litanie de plaintes de Pèlerins reçues en ligne à son sujet au fil des derniers mois. « On raconte que vous avez *délibérément* ignoré certaines zones de la forêt primaire pendant vos visites et que vous décrivez les caractéristiques naturelles de la Cathédrale de manière confuse et sans enthousiasme.

« *Enfin*, poursuit-il en secouant la tête, ses yeux éteints à demi fermés, hier, un des membres du service de sécurité vous a vue sortir d'une villa après l'heure réglementaire. La numéro Douze, qui plus est. »

Mon arrière-grand-père Harris Greenwood a construit ce chalet, alors je peux y aller quand bon me semble, a-t-elle envie de hurler. Au lieu de quoi elle répond : « Mes excuses, chef. Je devais voir un représentant de Holtcorp et j'ai oublié de passer par…

– Je sais que c'est cet avocat du top management qui vous a invitée, Jake, alors je ne vais pas vous sanctionner. Mais désormais, s'il veut vous voir, il doit réserver une visite privée, comme tout le monde. C'est clair ? »

Elle hoche la tête et se prépare à partir.

« Ce n'est pas tout, reprend Davidoff d'un air grave en lui

faisant signe de rester assise. Vous êtes officiellement passée sous les trois feuilles de l'évaluation en ligne. Il va donc falloir me donner une très bonne raison de ne pas vous licencier. »

Jake sent ses paupières se fermer. « J'ai eu des problèmes familiaux, chef. »

Contre toute attente, le visage compact de Davidoff se teint de compassion. « Jake, à l'exception de nos jeunes guides forestiers qui bénéficient du soutien de fondations familiales, tous les employés de la Cathédrale nous demandent de virer une grosse partie de leur salaire à des parents dans divers bidonvilles de la planète – tous sauf vous et Knut. Alors je suis navré, mais le fait est que vous n'avez *pas* de famille. Écoutez, je sais que vous étiez proche de l'Allemand. Pour être honnête, je ne voulais pas l'expulser, mais il a lui-même signé sa condamnation avec son petit numéro. Reste que son départ n'explique absolument pas pourquoi ces derniers temps vous avez donné des visites au rabais. Vous ! Je vais avoir besoin d'une explication plus convaincante, sans quoi vous pouvez vous préparer à rejoindre votre camarade. »

Un instant, elle s'imagine à la place de Davidoff, derrière le bureau, dans le fauteuil à dossier toile d'araignée. Elle commencera par fermer la Cathédrale et renvoyer les Pèlerins chez eux ; elle laissera la végétation recouvrir les sentiers et la forêt se régénérer comme il se doit. Elle s'installera ensuite dans la Villa Douze, avec son enfant. En tant que gérante de l'île, elle réaffirmera son engagement pour l'étude et la protection des arbres. Finis, les selfies obligatoires et les questions idiotes des Pèlerins. Finie, la gratitude envers Holtcorp pour le travail et le lugubre chalet de fonction. Elle s'appartiendra de nouveau, une femme libre avec des rêves et des espoirs réalistes, atteignables, comme les Pèlerins. Et – c'est là le plus important – elle installera un laboratoire dans ce bureau même : elle réembauchera Knut et recrutera les dendrologues les plus brillants de la planète. Ensemble, ils découvriront un remède contre le Dépérissement qui sauvera les arbres, ici et partout ailleurs.

« Vous vous souvenez de ce brunissement bizarre que je vous avais signalé chez certains pins d'Oregon ? dit-elle, enhardie par son délire. Ceux pour l'étude desquels vous m'avez autorisée à emprunter du matériel ? Eh bien, c'est un champignon. Que je n'ai jamais vu jusqu'ici. Et de nouveaux arbres sont touchés. Cinq au total. Y compris le plus grand pin de l'île. C'est la zone que j'ai évitée durant mes visites, de peur que les Pèlerins ne le remarquent. »

Davidoff pâlit tout en soutenant son regard. « Et ça pourrait être lié au Dépérissement ? dit-il. Potentiellement ?

– Vu l'épidémiologie actuelle, oui, je crois bien. »

Il fronce les sourcils et masse ses grosses joues. « Qu'est-ce que vous suggérez ?

– J'ai déjà essayé une préparation antifongique, ça n'a pas eu le moindre effet. Notre seule option est de couper les arbres malades et de les brûler. Immédiatement. C'est exactement ce que Knut a tenté de faire – à raison. C'est la seule chose qui pourra arrêter le champignon et empêcher, ou du moins ralentir, sa propagation au reste de l'île. »

Davidoff rit. Puis il cligne des yeux, l'air de nouveau horrifié. « La Cathédrale de Greenwood Island est dans l'industrie du *divertissement* arboricole, Jake. Vous imaginez ce que dirait le top management ? Le bruit des tronçonneuses pendant le petit-déjeuner ? Le personnel de la Cathédrale coupant et brûlant *délibérément* des arbres *antédiluviens* pour la seule raison que quelques aiguilles ont bruni et qu'ils ont perdu des morceaux d'écorce ? Tout ça filmé par les Pèlerins ? *Avec leurs téléphones ?* La publicité serait catastrophique. Il nous faudrait vider l'île… ce qui signifierait des millions de pertes sèches. Là-haut, ils nous crucifieraient.

– Si on ne le fait pas, reprend Jake, il ne restera rien d'ici cinq ans. »

Son chef reste un moment silencieux, à fixer les stylos sur son bureau. « Vous savez…, dit-il sur le ton de la confidence, la voix rauque d'émotion. J'ai deux fillettes. Neuf et cinq ans. Chez moi, dans l'Oklahoma. Là-bas, la poussière passe à travers les montants des fenêtres et sous les portes, quoi que fasse ma femme pour l'empêcher d'entrer. Mes filles font tellement d'asthme que, pour pouvoir respirer, il leur faut des injections quotidiennes de stéroïdes – des injections qui me coûtent la moitié de ce que je gagne ici. Ma femme et moi n'avons pas les moyens de leur payer des visas pour le Canada, même si ça fait des années que je suis ici. Ne vous faites aucune illusion, Jake : si nous parlons au top management de ce champignon, vous et moi perdrons notre emploi, et je ne sais pas ce que deviendront mes filles. Alors on va garder ça pour nous. Et on va laisser faire. Comme vous l'avez dit, ces choses-là se propagent lentement. Cinq ans, c'est long. Qui sait si la Cathédrale sera encore là dans cinq ans. Soit vous acceptez de garder le secret, soit je vous renvoie sur-le-champ. C'est clair ?

– Parfaitement clair, chef », dit-elle avant qu'il ne la congédie.

Sur le chemin de son chalet, dans la pénombre des bois, les pensées de Jake tournent autour de ce qui est dorénavant sa seule option : revendiquer la propriété de Greenwood Island avec l'aide de Silas. Mais elle ne peut s'empêcher de penser aux nombreuses allusions d'Euphemia à un visiteur mystérieux, un grand homme, imposant, qu'elle ne désigne que par les initiales « HBL ». Euphemia l'aimait bien, cet homme. Il lui avait rendu visite pendant toute sa grossesse, lui apportant des livres et les cornichons spéciaux dont elle avait des fringales. C'était la seule personne à l'avoir jamais encouragée à écrire.

Alors comment Silas peut-il être sûr que R. J. Holt est son arrière-grand-père, se demande Jake, quand elle pourrait aussi bien être l'arrière-petite-fille de ce HBL ? C'est en parcourant une nouvelle fois le journal qu'elle comprend que Silas a lu la prose d'Euphemia en juriste, à l'affût d'ouvertures possibles et d'angles d'attaque, trop aveuglé par son intérêt personnel pour détecter les complexités et les courants profonds sous la surface des mots. Mais Jake n'a d'autre choix que de jouer le jeu – qu'elle croie ou non être apparentée à R. J. Holt.

Juste après s'être décidée, elle est surprise de ressentir un léger chagrin à l'idée d'abandonner le nom de son père, ce drôle de nom qu'elle a porté avec embarras toute sa vie, si peu reliée qu'elle était à ceux qui l'avaient porté avant elle. Un nom qui, pour ses collègues de la Cathédrale, n'a jamais été que le symbole de sa déchéance familiale. Mais elle va serrer les dents, lâcher ce nom, se déclarer une Holt et prendre le contrôle de l'île et de ses arbres. Même si au fond d'elle-même, elle sait qu'ils ne peuvent appartenir à personne. Pas vraiment.

Débroussaillage

Rien ne dispose plus au calme qu'un vieil arbre.

Il inspire la déférence, comme un funambule fige le public sous lui tout en bas, comme une église apaise jusqu'aux non-croyants qui s'y aventurent. Au pied du Doigt d'honneur de Dieu, Jake Greenwood extrait la tronçonneuse Husqvarna de son étui en plastique orange avec la même révérence que sa mère, imagine-t-elle, a eue pour son alto, ou son père pour l'un de ses outils à bois les plus raffinés. Elle a manié son lot de tronçonneuses quand elle faisait de la recherche, que ce soit pour prélever des échantillons en Suède ou pour abattre des épinettes noires carbonisées dans le nord de l'Ontario, mais jamais elle ne s'est attaquée à un géant pareil, et encore moins toute seule.

Au hangar logistique, le matin même, elle a été soulagée de constater qu'elle bénéficiait toujours de l'autorisation de Davidoff d'emprunter ce qu'elle voulait. Après avoir inscrit son nom et choisi la tronçonneuse et d'autres outils nécessaires à l'abattage, dans la case « objet de l'emprunt » elle a écrit : DÉBROUSSAILLAGE.

Avec ses soixante-dix mètres de haut et sa base de presque quatre mètres de large, le Doigt d'honneur de Dieu est un arbre auquel l'arrière-grand-père de Jake, Harris Greenwood, aurait consacré une petite armée d'hommes. Pour l'abattre manuellement, ces derniers auraient commencé par poser des marchepieds sur lesquels se tenir, avant de ronger le tronc des jours durant avec leurs scies passe-partout. Mais aujourd'hui, grâce aux miracles de l'ingénierie moderne, c'est une tâche dont Jake et la Husqvarna peuvent venir à bout en à peine une demi-heure. Un progrès ? Jake ne saurait dire.

On est dimanche, son jour de repos et le seul où les Pèlerins ne sillonnent pas la forêt primaire. C'est aussi le dimanche que les équipes d'entretien de la Cathédrale mettent en route des dizaines de souffleuses à feuilles pour dégager le tapis d'aiguilles de pin tombées pendant la semaine : avec un peu de chance, le rugissement de tous ces moteurs empêchera les Rangers d'entendre la tronçonneuse. Jake doit quand même agir vite.

Lorsqu'elle a eu ses règles, la veille au soir, elle a été partagée entre soulagement et regret qu'il n'y ait pas de nouveau Greenwood à infliger à ce monde perdu, qu'il faille s'en tenir à la sainte trinité de toujours : Jake, ses arbres et sa dette pour l'éternité. Peut-être cette fameuse dette finira-t-elle par devenir ce qu'elle aura connu de plus proche d'une famille – à toujours vouloir savoir où elle est et ne pas la lâcher, quoi qu'il arrive. Mais pour que l'avenir ne soit pas totalement désespéré, Jake ne peut pas faire l'autruche et privilégier sa sécurité et son travail, comme l'a suggéré Davidoff ; elle ne peut pas non plus attendre les années qui seront nécessaires à Silas pour faire valoir ses droits devant les tribunaux. Knut avait raison : il faut faire quelque chose. Ne serait-ce que donner un répit aux géants de la Cathédrale avant que le Dépérissement ne les emporte.

Alors, encore une fois, Jake choisit les arbres à tout le reste.

Le large déploiement de racines du Doigt d'honneur de Dieu soutient son tronc monumental comme les contreforts d'un château. Jake doit donc se positionner au-dessus, là où le tronc est plus étroit, si elle veut avoir la moindre chance de réussir sa coupe. Elle porte les gants de travail tout neufs de son père – idoines pour cette tâche, lui semble-t-il. Munie d'un marteau, elle plante plusieurs pointes en fer à un mètre vingt du sol pour lui servir de repose-pieds tout autour de l'arbre. À chaque coup, des centaines de scarabées xylophages et de fourmis charpentières sortent précipitamment des trous laissés par les pics. Le Doigt d'honneur de Dieu s'est vaillamment battu pour fermer ses blessures, générant de l'écorce autour des nombreuses intrusions, mais le champignon est allé vite, traversant le cambium et se grignotant un chemin fatal loin dans le duramen. Toute la cellulose et la lignine accumulées au cours des siècles vont se faire dévorer de l'intérieur. Si l'arbre peut encore tenir debout un temps, il ne survivra pas.

Jake grimpe sur les repose-pieds et démarre la tronçonneuse. L'engin se met en marche dès le second essai dans un rugissement de jaguar : une vibration engourdissante lui parcourt les bras et elle sent ses dents s'entrechoquer. Elle fait ronfler le moteur et approche la longue lame de l'arbre. Juste avant de laisser le flou de la chaîne mordre l'écorce lichéneuse, elle manque de lui crier des excuses. La scientifique qu'elle est sait qu'au moment précis où elle entamera la coupe, l'arbre condamné se mettra à transférer son capital chimique à la terre pour que ses voisins l'absorbent. Tous ses précieux pesticides et composés antifongiques, tout son nitrogène et son phosphore seront distribués via le réseau fongique de la forêt, une sorte d'héritage familial, un dernier acte de charité au plus pur sens du terme.

Cet arbre est plus vieux que le langage dans lequel je pense, se dit-elle en regardant la scie fendre l'écorce épaisse de plus de trente centimètres. Elle arrive néanmoins à en détacher une section grande comme une table de pique-nique, révélant le bois humide, noirci par le champignon et grouillant d'insectes. Elle fait vrombir la tronçonneuse et pousse la chaîne contre le tronc, l'enfonçant aussi loin que possible. Un blizzard de sciure lui saute au visage tandis que hurle le moteur. Elle doit mobiliser toute sa force pour ne pas laisser le lourd engin lui échapper. Après deux autres entailles similaires, elle éteint la scie et utilise la masse pour arracher un morceau de bois qui ressemble à un petit canoë. Elle recule un peu afin d'admirer son travail : on dirait que l'arbre lui fait un grand sourire. « Tu as toujours été un farceur, hein », dit-elle en s'émerveillant des centaines de cernes tarabiscotés à présent visibles.

Mais si elle coupe plus loin dans le sourire, le bois risque de céder et de pincer la chaîne, provoquant un brusque recul de la scie, potentiellement mortel. Elle passe donc avec précaution sur les repose-pieds à l'arrière du tronc et remet la scie en marche pour faire son cran de chute, ne laissant qu'une mince charnière de bois entre cette entaille et le sourire de l'autre côté. Dans cette nouvelle incision, elle enfonce au marteau un coin d'abattage en plastique, puis renouvelle l'opération avec d'autres coins, de taille croissante. Elle lève alors les yeux jusqu'à la couronne de l'arbre, dont les aiguilles frissonnent, vingt étages plus haut – quatre cents tonnes de bois se tiennent en équilibre précaire au-dessus d'elle, nées d'une graine qui ne pesait rien.

« Allez, mon cœur, dit-elle. Tu es malade. Il est temps d'aller te coucher. »

Elle enfonce le dernier coin, le plus gros, et aussitôt, dans un grand craquement, l'arbre se met à trembler, comme un chien qui s'ébroue au sortir d'un lac. Avec une lenteur insoutenable, il penche du côté du sourire, et Jake entend les fibres du bois s'étirer dans la longueur du tronc et rompre comme des cordes de guitare en une kyrielle de notes stridentes. Elle saute à terre et recule tandis que l'arbre tombe de plus en plus vite, brisant les branches de ses voisins. Il percute le sol avec la force d'impact d'une comète et Jake sent la terre gronder sous ses bottes, au point qu'elle en perd presque l'équilibre. Un souffle d'air emporte sa casquette et ses cheveux lui tourbillonnent dans les yeux. L'arbre s'immobilise. Pendant toute une minute, il pleut des aiguilles et des branches dans la forêt.

Quand la cascade cesse, elle laisse place à un silence inédit. C'est comme si l'arbre abattu avait avalé tous les sons, et Jake est submergée par le sentiment qu'un événement de la plus haute importance vient de se produire, marquant la fin d'une époque. Quand l'impression se dissipe, elle grimpe sur la toute nouvelle souche pour reprendre son souffle. Elle a encore quatre arbres plus petits à abattre, or lever le bras lui fait déjà mal. La souche est tellement large qu'elle y tient couchée tout entière, jambes et bras écartés en étoile, sans même atteindre les anneaux de croissance extérieurs.

Elle se repose, boit un peu d'eau, puis va à quatre pattes jusqu'au bord et enlève ses gants pour toucher quelques-uns des mille deux cents cernes d'où suinte déjà une sève généreuse, épaisse comme du goudron. Elle commence au cambium, qui correspond à l'année écoulée, et remonte jusqu'au cerne de l'année où elle est arrivée à la Cathédrale, à deux centimètres du bord. Elle trouve ensuite l'année où le Grand Dépérissement a commencé. Puis celle où elle a eu son doctorat. Elle recule encore de deux centimètres, jusqu'à l'année de la mort de sa mère. Puis de son père. Ensuite elle trouve l'année de sa naissance. Et enfin, du moins selon l'équipe de Silas, l'année où sa grand-mère Willow et Everett Greenwood sont tous les deux morts. Elle passe sur la sécheresse des années 1930, facilement identifiable aux cinq cernes plus fins et plus sombres que ceux qui les entourent, jusqu'à ce qu'elle arrive au cerne carbonisé du grand feu de Greenwood Island, qui correspond à l'année de naissance de Willow et à celle de la dernière page du journal d'Euphemia Baxter. Jake s'arrête là. Elle n'a même pas parcouru vingt centimètres, et il reste plus d'un mètre quatre-vingts avant d'atteindre le centre.

Même lorsqu'un arbre est au plus fort de sa croissance, seulement dix pour cent de ses tissus – les cernes externes, ou aubier – peuvent être qualifiés de *vivants*. Tous les cernes du duramen, eux, sont morts : de la cellulose doublée de lignine qui s'est accumulée, année après année, couche après couche, pendant les sécheresses comme pendant les orages, les maladies et les agressions – tout ce que l'arbre a vécu, préservé et consigné dans son propre corps. Chaque arbre est tenu par son histoire, par l'ossature de ses ancêtres. Et depuis que le journal est parvenu jusqu'à elle, Jake comprend que sa propre vie est étayée par des couches invisibles, structurée par les vies qui l'ont précédée. Et par une série de crimes et de miracles, d'accidents, de décisions, de sacrifices et d'erreurs auxquels elle doit d'habiter ce corps et cette époque-ci.

Elle a depuis toujours la conviction secrète que tout ce que nous faisons est enregistré quelque part – que ces annales soient consultables ou pas importe peu, il suffit qu'elles existent. Peut-être qu'avec cette souche, elle les a trouvées.

Tandis qu'elle se prépare à abattre l'arbre suivant, elle remarque un petit pin qui pousse au nord de la souche, un jeune plant, sans doute un rejeton du géant qu'elle vient de couper. Elle plonge les mains dans la terre pour prendre l'arbrisseau et le replanter à l'endroit le plus opportun : en plein soleil, dont les rayons touchent le sol de la forêt pour la première fois depuis près de mille ans, grâce au trou béant laissé dans la canopée par le Doigt d'honneur de Dieu. L'espace d'un instant, Jake se tient parfaitement immobile, à imaginer l'immense masse de bois que l'arbrisseau deviendra peut-être, en cinq cents petites années.

« Bonne chance », dit-elle.

HBL

Jake se présente à la Villa Douze couverte d'une fourrure de sciure. Comme personne ne répond lorsqu'elle frappe, elle actionne la poignée et trouve la porte ouverte. Une fois à l'intérieur, elle entend Silas chantonner sous la douche et s'installe sur le canapé pour l'attendre. Bien qu'au repos, elle s'aperçoit qu'elle tremble encore, comme si la vibration de la tronçonneuse était restée prisonnière de ses articulations et de ses nerfs. Elle a coupé les quatre autres arbres et les a laissés tels quels : le personnel de la Cathédrale va certainement les débiter et les brûler dès qu'ils seront découverts, avant tout pour protéger les Pèlerins de cette vision traumatisante. Au moins le feu éradiquera-t-il le champignon. C'est en tout cas ce qu'elle espère. Mais les cris dans la forêt au moment où elle s'éloignait signifient que les Rangers ont dû entendre sa tronçonneuse ou sentir le sol trembler quand les arbres sont tombés. Ils sont certainement déjà en train de ratisser la Cathédrale pour trouver la cause de la perturbation, et dès qu'ils découvriront la souche et la tronçonneuse abandonnée sur place, un coup d'œil au registre suffira à désigner Jake comme responsable. Elle n'a pas beaucoup de temps.

Elle va se servir un bourbon généreux à l'îlot de la cuisine. Après des semaines d'abstinence par crainte d'une grossesse, l'alcool glisse tout seul. Elle repère le téléphone de Silas sur le plan de travail, envisage de s'en servir : elle voudrait appeler Knut pour lui dire qu'elle a terminé le travail et que les arbres de l'île ont maintenant au moins l'ombre d'une chance. Mais elle ne saurait pas où le joindre.

« Dis-moi la vérité, Silas, clame-t-elle, déjà un peu éméchée, lorsqu'il émerge enfin de la salle de bain dans une robe de chambre vert sapin aux armes de la Cathédrale. Ils feront des tests génétiques, hein ? »

Silas commence par ouvrir de grands yeux. « Lorsqu'on aura saisi la justice, répond-il une fois remis de sa surprise, tu seras sans doute convoquée à une audience dite de parenté. Une simple formalité. Mais, oui, c'est vrai, le juge pourrait demander un test. Ce bon vieux R. J. n'a toutefois pas été prévoyant au point de mettre de côté des échantillons d'ADN. Alors il n'y aura rien à quoi comparer les tiens. Et je peux t'assurer qu'il est hors de question de permettre une exploration excessive ou intrusive de ton matériau génétique.

– Je ne suis pas une Holt, Silas, dit-elle avant de se resservir un grand verre. Il suffit de lire le journal pour le savoir.

– Je me fiche un peu que tu sois une Holt, une Greenwood ou la cousine du Premier ministre, Jake. On ne va pas devant une cour pénale. Il suffit de prouver que tu es une descendante *plausible* de R. J. Holt, c'est tout. On a besoin de ce qu'il faut d'ambiguïté, rien de plus, et je suis certain que c'est exactement ce que fournira notre magnifique journal. De nos jours, un authentique livre papier convaincrait les gens d'à peu près n'importe quoi.

– Si R. J. Holt était une telle crapule, poursuit Jake, pourquoi n'avez-vous pas découvert d'autres "accidents" ? Pourquoi n'a-t-il pas eu d'enfants avec sa femme ? Ils ont certainement essayé. Ces types-là adorent l'idée d'avoir des héritiers. Et puis Euphemia recevait d'autres visiteurs que lui.

– Les scientifiques ne sont-ils pas censés s'abstenir de spéculations hasardeuses ? dit-il en poussant la bouteille de bourbon hors d'atteinte. Oui, c'est vrai, Euphemia mentionne d'autres visiteurs, parmi lesquels ce HBL. Mais ne tirons pas de conclusions hâtives en isolant tel ou tel fait. Et pourquoi es-tu couverte de sciure comme ça ?

– J'ai abattu des arbres malades, dit-elle avant de vider son verre et de tendre la main vers la bouteille pour s'en verser un autre. C'était nécessaire. »

Silas plisse le front mais ne manifeste aucune autre réaction. « Je suis sûr que tu as eu raison de le faire. C'est toi la spécialiste. Maintenant, écoute, je ne suis pas là pour te mettre la pression. Si tu n'es pas encore prête à te lancer dans tout ça, rends-moi le journal et contacte-nous dès que tu voudras passer à l'action. Tu l'as bien apporté, hein ? » Silas lui adresse un sourire glacé, teinté d'une ombre de panique, comme quelqu'un qui poserait pour une photo sur laquelle il ne veut pas figurer. Il tend sa main douce pour qu'elle lui remette le journal, comme si c'était son dû, comme si le livre signifiait plus pour lui et son cabinet que pour elle.

L'alcool est monté à la tête de Jake et tout va trop vite. Davidoff sait qu'elle a déjà rendu visite une fois à Silas ici même, dans la Villa Douze : les Rangers peuvent donc débarquer à tout moment. Mais elle a trouvé le moyen de protéger le journal d'Euphemia de vautours comme Silas, c'est déjà ça. Elle boit une nouvelle rasade en soutenant son regard. « Je l'ai brûlé, dit-elle froidement. Ce matin. »

Un muscle s'agite à répétition quelque part derrière la bouche de l'avocat et son cou s'embrase à deux endroits. « Tu as fait quoi ?

– Il était à moi, je l'ai brûlé.

– Le couvre-livre aussi ? » dit-il en se mettant à tourner autour du canapé.

Elle hoche la tête. Puis rit nerveusement. Un bref éclat. Un rire de folle, se dit-elle soudain.

Silas a beau être maître dans l'art de l'adaptation, de l'aplomb et de l'ajustement de ses croyances au contexte mouvant d'un monde instable, il est pris de court. « D'accord, tu l'as brûlé. Tu l'as brûlé ? » Il se frotte le visage des deux mains. Puis il crie : « *Totalement* brûlé ?

– Cramé de chez cramé.

– D'accord. » Il fait les cent pas en dénouant et renouant sa robe de chambre. « C'est pas grave. Si, putain, c'est grave, bordel de merde ! crie-t-il à nouveau. Mais c'est fait. On a beau avoir numérisé toutes les pages, avec authentification notariale, ça affaiblit considérablement le dossier, Jake. Ça va faire très mauvais effet. Et à titre personnel, ça me blesse, parce que nous avons un historique, toi et moi, et que j'ai pris le risque de te confier ce journal. Je ne sais pas comment la boîte va réagir quand je vais leur dire. Je ne serai peut-être pas en mesure de te protéger de poursuites éventuelles et, pour être honnête, je ne suis pas sûr d'en avoir envie.

– L'inscription disait *Propriété de Willo Greenwood*, Silas : ça apparaîtra dans tes fichiers numérisés. Ça veut dire que le journal était *à moi*, en toute légalité. Et si ton cabinet a un problème avec ça, qu'ils me collent un procès. J'ai du fric à ne pas savoir qu'en faire. » Sur ce sarcasme, elle repose son verre vide.

Silas semble alors se ressaisir. Il se met à parler avec la fausse empathie paternelle qu'elle a toujours détestée : « Jake, tu as eu une longue journée et tu as beaucoup trop bu. On peut régler tout ça demain. » Il va à la cuisine récupérer son téléphone sur le plan de travail. « Écoute, je vais demander qu'on prépare la chambre d'ami de la villa. » Tandis qu'il tapote son écran, elle se glisse derrière lui et le voit presser le bouton d'urgence qui appelle les Rangers.

Elle lui frappe la main pour qu'il lâche son portable.

L'appareil tombe bruyamment sur le carrelage, après quoi elle l'écrase du talon de sa botte et fonce vers la porte. Et c'est ainsi que Jake Greenwood abandonne une dernière fois Silas pour les arbres.

Propriété de la Cathédrale

On la retrouve à l'aube le lendemain matin, pelotonnée derrière un « tronc-nurserie » – un arbre mort couvert de germinations – dans la partie la moins spectaculaire de la forêt, jadis incendiée, qui entoure les chalets du personnel. Elle a le visage couvert d'aiguilles de cèdre qui, écrasées contre ses pommettes, sentent le pamplemousse.

Dans le crâne déshydraté de Jake, ça tambourine à chaque secousse que lui infligent les Rangers quand ils la mettent debout et l'emmènent entre les guirlandes de mousse sur les sentiers de la Cathédrale, où d'épaisses racines noires émergent comme des anguilles. Chacun des cinq Rangers porte une petite mitraillette à canon court que sa taille réduite ne rend que plus terrifiante. Ils montent la garde près de la porte de son chalet tandis qu'elle enlève son uniforme de guide forestière et le suspend pour la dernière fois. Des profondeurs les plus obscures du casier, elle récupère un sac-poubelle qui contient la chemise et le pantalon élimés qu'elle portait à son arrivée sur l'île, couverte de poussière, affamée et fauchée. Une fois habillée, elle entreprend d'empaqueter les livres de Knut, glissant la première édition de Muir et Linné dans le carton de son père, entre les outils à bois et les disques de poésie qu'il lui a laissés.

Mais, alors qu'elle s'apprête à soulever le carton, le chef des Rangers entre et dit avec un accent que Jake ne parvient pas à identifier : « Ça, c'est propriété de la Cathédrale. Vous devez le laisser.

– Non, non… *Liam* Greenwood, dit Jake en passant son doigt sur le mot et en s'efforçant de maîtriser le ton de sa voix. C'est le nom de mon père et ça n'a absolument rien à voir avec la Cathédrale. »

Du canon de son arme, l'homme désigne le mot *Greenwood* et répète : « Propriété de la Cathédrale. Vous ne pouvez prendre que ce qui est à vous. »

Jake comprend alors que, comme tant de Rangers – en général de pauvres hères ravagés par la guerre, originaires des nombreux enfers desséchés de la planète –, cet homme ne sait sans doute pas lire : il ne reconnaît le G que parce qu'il l'a vu à de multiples reprises ici, sur l'île.

Jake ne veut pas le mettre mal à l'aise, ni faire une scène, surtout après ce qu'elle a commis, alors elle serre les dents et donne au carton un baiser d'adieu. Knut trouvera d'autres livres, et les outils et les drôles de disques de son père n'ont jamais voulu dire grand-chose pour elle de toute façon. Elle s'attache les cheveux et met sa parka Leafskin.

« Ça aussi, propriété de la Cathédrale, dit le Ranger en pointant son arme sur la veste.

– Le vent va me transpercer quand on sera en mer, tente-t-elle de négocier. S'il vous plaît. Je n'ai que ça. »

Le Ranger jette un coup d'œil à ses collègues dehors, qui attendent devant la porte : visiblement, aucun ne prête grande attention à la conversation. Il pince les lèvres dans ce qui semble un éclair de pitié et hoche la tête. « Allez », dit-il.

À l'extérieur, ils l'entraînent le long de la rangée de chalets du personnel, puis devant la yourte-réfectoire, mais ils évitent soigneusement les villas. Ils passent bientôt près du point de départ des visites, où un petit groupe de Pèlerins impatients se sont déjà rassemblés, occupés à consulter leur téléphone en attendant l'heure.

Arrivée sur la jetée, Jake remarque une pâte jaune qui flotte à la surface des jacuzzis en bord de baie. Elle se dit d'abord que ce sont des algues, une occurrence régulière à la Cathédrale, rapportées d'autres océans sur les maillots de bain de leurs jet-setteurs d'hôtes. Mais elle observe aussi que l'air ambiant est légèrement teinté d'ocre. On la fait monter de force sur la barge d'approvisionnement, qui s'éloigne bientôt du quai, et ce n'est qu'une fois au large qu'elle voit l'épaisse brume couleur citron prise dans les plus hautes branches des arbres de la Cathédrale, comme un grand voile jaune qui masque leurs couronnes. Elle comprend soudain que les pins sont en train de libérer leur pollen, plus intensément qu'elle ne l'a jamais observé, et avec six mois d'avance. La plupart des espèces d'arbres ne se reproduisent d'une façon aussi vigoureuse qu'en cas d'urgence, quand ils sont stressés par une maladie, léchés par les flammes d'un feu de forêt ou émaciés par la sécheresse. Qu'ils aient recours à cette tactique reproductive parce qu'ils croient que les choses iront mieux une fois la menace passée ou parce qu'ils estiment n'avoir plus rien à perdre, aucun chercheur n'a pu l'établir avec certitude. Mais Jake ne peut s'empêcher d'admirer leur optimisme.

Elle époussette la poudre fine accrochée à sa parka et s'en frotte les mains. Après avoir échangé leur matériau génétique via le pollen emporté par le vent, les arbres produiront des cônes qui finiront par s'ouvrir et libérer des graines à aileron unique, lesquelles tomberont en tourbillonnant sur le sol de la forêt… au moment le moins opportun. Même dans des conditions optimales, un minuscule pourcentage de graines de pin d'Oregon parvient à l'âge adulte. Mais c'est la mauvaise période de l'année : le sol est boueux et inhospitalier, et les graines pourriront avant d'avoir pu germer. Après tout ce qui a mal tourné pour Jake ces derniers mois, ce n'est que maintenant qu'elle craque, à la pensée de ces arbres réduits à dépenser leurs dernières réserves pour envoyer des millions d'ailerons dans le vent par pur désespoir. Les larmes lui brûlent le visage. Elle descend sur le pont pour que l'équipage ne la voie pas pleurer.

Les Greenwood

Cela fait une heure que Greenwood Island a disparu à l'horizon et que le murmure subsonique du dessalinisateur n'est plus audible depuis la barge, quand Jake arrête de pleurer. Elle a consacré sa vie à l'étude des plus grands arbres du monde : l'eucalyptus, le figuier des banians, le chêne pédonculé, le cèdre du Liban, le yakusugi, le séquoia de Californie, l'acajou d'Amazonie – mais c'est le pin d'Oregon du Nord-Ouest Pacifique qui reste le plus cher à son cœur. Depuis le jour de son arrivée à la Cathédrale arboricole de Greenwood, elle s'est convaincue qu'elle ne survivrait pas sans cette forêt ni l'île qui – pour le moment – abrite cette dernière. Mais bien sûr qu'elle survivra. L'être humain s'adapte à tout, quand il n'a plus le choix. Si on l'a chassée de son Éden, du moins en part-elle avec une histoire. Une histoire incomplète, certes, mais, pour autant qu'elle puisse en juger, toutes les histoires le sont.

Dans un recoin isolé de la cargaison, elle se cache derrière le recyclage et le compost – des sacs-poubelle empilés à hauteur d'homme. Elle défait du bout des doigts l'ourlet de la doublure de sa parka, puis en extrait le journal fatigué. Vivifiée par l'air marin, elle le sort de son couvre-livre et feuillette ses pages charbonneuses, écoutant la voix d'Euphemia et caressant la fine trace laissée par son stylo plume cent ans plus tôt, comme du braille inversé. *Feuilleter*. Pourquoi toujours cette expression ? *On les humanise*, a écrit Knut. *Avec nos verbes.*

Comme souvent, Jake tombe sur la dernière entrée du journal, celle où Euphemia s'adresse directement à sa fille pour la première fois et lui explique sa décision de la garder, malgré la Grande Dépression, malgré ses difficultés financières, malgré son engagement antérieur de renoncer à elle. Et même si Jake sait maintenant qu'Euphemia a sans doute mis fin à ses jours peu après, le passage lui donne un filet de force pour affronter sa nouvelle vie sur le continent.

Quelques heures plus tard, la barge approche de Vancouver et Jake lève les yeux du journal pour contempler la ville. Elle se souvient de son excitation quand elle avait découvert ce paysage pour la première fois en arrivant de New Delhi : la convergence de montagnes, d'arbres et d'océan l'avait saturée d'énergie au point qu'elle n'en avait pas dormi pendant des jours. Mais tant de ces grands arbres ont aujourd'hui disparu, remplacés par des tours climatisées de verre et d'acier. Mêmes les cèdres et les pins antédiluviens de Stanley Park ont succombé. Seuls quelques spécimens se dressent encore comme des sentinelles vertes près des immeubles de standing qui encombrent la côte.

La barge se traîne jusqu'à un quai délabré où d'autres navires de service sont amarrés. L'air, âcre et toxique, est chargé de poussière et Jake regrette déjà la senteur apaisante de l'île, son parfum de conifère. Le capitaine vient lui dire qu'ils manquent de bras et lui propose d'aider à décharger contre un petit dédommagement. Maintenant qu'elle a perdu son travail, elle ne pourra bientôt plus rembourser ses dettes, alors un peu de liquide de la main à la main ne sera pas du luxe.

Avec d'autres, elle empoigne les sacs plastiques du recyclage et emprunte la passerelle pour les déposer sur le débarcadère. Au voyage suivant, elle s'apprête à soulever un gros seau plein de compost à l'odeur nauséabonde quand le capitaine lui dit d'attendre et se dépêche d'y verser une bouteille d'eau de Javel.

« Ça sert à quoi, la Javel ? » demande Jake à un membre de l'équipage tandis qu'ils remontent sur le bateau prendre un nouveau chargement.

L'homme désigne d'une grimace un large groupe de mendiants, tous des enfants, rassemblés près du pied de la rampe et répond d'un ton las : « C'est pour qu'eux, là, ne viennent pas se servir. »

Une demi-heure plus tard, le déchargement est terminé et Jake reçoit sa maigre rétribution. Du recyclage stocké dans un enclos grillagé, hors d'atteinte des petits mendiants, elle tire deux bouteilles de vin vides – parmi lesquelles celle qu'elle a bue avec Corbyn ou celle qu'elle a regardé Silas boire, qui sait ? Elle va jusqu'au groupe d'enfants et fourre les bouteilles dans l'un des sacs plastiques crasseux qui leur pendouillent au bout du bras.

« Merci, madame », dit l'un d'eux d'une voix râpeuse, éraillée par la poussière, en ressortant une des bouteilles du sac pour l'évaluer. Sous les haillons qui lui protègent le visage, Jake n'arrive pas à distinguer son sexe, ni son origine ethnique. Indonésienne, peut-être, ou pakistanaise. Son front est du même brun clair que celui de Jake.

« Combien pourras-tu en tirer ? demande-t-elle.

– Pas grand-chose, répond l'enfant, sur la défensive, en serrant les bouteilles contre sa poitrine, comme si Jake avait des remords et s'apprêtait à les reprendre.

– Ne t'inquiète pas, elles sont à toi. » Jake jette un œil au seau de compost javellisé non loin de là, qu'un des garçons fouille avec un cintre. « Tu pourras peut-être t'acheter à manger ?

– On a de la chance, clame fièrement l'enfant. La Javel va pas jusqu'au fond. Et les Greenwood, ils jettent plein de bonnes choses, madame. Ils sont très généreux.

– C'est vrai qu'ils jettent plein de choses. » Un bref instant, Jake entend de nouveau Silas lui parler des masses opprimées prêtes à assassiner votre famille et piller votre maison sans même commencer par demander l'aumône. « Mais je ne dirais pas qu'ils sont généreux.

– Vous êtes généreuse et vous êtes une Greenwood. » Le petit ou la petite désigne le symbole de la Cathédrale sur la parka Leafskin.

Jake touche le logo sérigraphié du bout des doigts et sourit. « Plus maintenant. Mais, oui, j'ai été une Greenwood. Tu as quelqu'un ici ? De la famille ? Ou peut-être pas ici, mais quelque part ?

– Non, madame, répond l'enfant, les yeux baissés, avant de montrer le reste de la bande. Mais je les ai, eux. »

L'espace d'un instant, Jake se voit prendre le marmot dans ses bras et l'emmener loin de ce quai sordide – même si cet élan soudain et désespéré l'effraie aussi. Car quel enfant voudrait être sauvé par Jake ? Et comment peut-elle seulement imaginer s'occuper correctement d'un autre être humain ? Elle est fauchée. Elle n'a ni soutien familial, ni compagnon. Elle boit trop. Et une fois qu'elle se sera déclarée en faillite, elle dégringolera à un nouveau palier de dénuement.

Avec Jake, l'enfant connaîtra une existence misérable et douloureuse : la faim, la poussière, le manque de confort, peut-être même la craqueuse. Tu parles d'une protection. Le gamin s'en tirera sans doute plus mal que maintenant.

Et pourtant. Si, malgré tout, elle l'emmène, peut-être qu'ensemble ils retrouveront Knut. Knut saura où dénicher un arboretum, un sanctuaire abritant certaines des plus grandes espèces d'arbres de la Terre – sans doute financé par quelque baron des nouvelles technologies se prenant pour Dieu, mais tant pis. Là, Jake pourra regarder l'enfant s'émerveiller devant le figuier des banians, l'eucalyptus, le chêne, l'araucaria du Chili et le séquoia. Et le moment venu, une fois rassemblés tant bien que mal les morceaux de son histoire – notamment comment il s'est retrouvé sur ce quai, à manger des ordures passées à la Javel –, Jake lui racontera la saga des Greenwood, en tout cas le peu qu'elle en connaît. Elle lui parlera de son arrière-grand-père le magnat du bois, de son arrière-grand-oncle le kidnappeur, de sa grand-mère qui renonça à une fortune par principe, de son père qui construisait de belles choses pour les plus riches. Et quand l'enfant sera assez grand, elle pourra même lui lire le journal d'Euphemia : ce sera un peu leur album de famille, leur livre-lien.

Et un jour, quand les choses iront mieux et qu'elle aura un minimum d'argent de côté, ils reviendront sur ce quai pour qu'elle lui montre l'endroit de leur rencontre. Et elle achètera deux billets pour Greenwood Island, en espérant que l'île n'aura pas été avalée par la montée des eaux d'ici là, et ils logeront dans le chalet construit par Harris. Et même si le Dépérissement devait avoir déjà tué tous les pins d'Oregon de l'île, Jake parlera d'eux à l'enfant.

Si l'Histoire était un livre, l'époque présente en serait sans doute le dernier chapitre, non ? Ou est-ce que toutes les époques ont cru ça ? Que la vie allait fatalement cesser et que c'était forcément la fin des temps ? Au pire de la Grande Dépression, Euphemia écrit que la société ne peut pas perdurer. Pourtant le monde a continué. Encore. Et encore. Année après année. Couche sur couche. Des claires et des sombres. Le duramen et puis l'aubier.

« Tu veux que je t'achète quelque chose à manger ? demande Jake.

– Oui, madame, répond l'enfant, sceptique. Mais s'il vous plaît, faut que je sois là pour l'arrivée de la prochaine barge. »

Jake acquiesce et prend la petite main noire de suie dans la sienne, toujours jaunie par le pollen, avant de se diriger vers la ville. *Et si la famille n'avait finalement rien d'un arbre ?* se dit Jake tandis que le duo marche en silence. Si c'était plutôt une forêt ? Une collection d'individus mettant en commun leurs ressources via leurs racines entremêlées, se protégeant les uns les autres du froid, des intempéries et de la sécheresse – exactement ce que les arbres de Greenwood Island ont fait pendant des siècles. Même si Euphemia Baxter n'est pas l'arrière-grand-mère de Jake et Harris Greenwood pas son arrière-grand-père, même si Jake n'a jamais vu son père Liam ou sa grand-mère Willow, ce sont tous des Greenwood. Et elle les porte en elle, engrainés dans sa structure cellulaire : ils ne font peut-être pas partie de son arbre généalogique, mais de sa forêt généalogique, si. Et qui mieux qu'une dendrologue pourrait savoir que c'est la forêt qui compte ?

Que sont les familles, sinon des fictions ? Des histoires qu'on raconte sur certaines personnes pour certaines raisons ? Comme toutes les histoires, les familles ne naissent pas, elles sont inventées, bricolées avec de l'amour et des mensonges et rien d'autre. Et c'est grâce à un tel bricolage que cet enfant misérable pourrait devenir – pour le meilleur et pour le pire – un ou une Greenwood.

Les pensées & actions intimes & secrètes d'Euphemia Baxter

Aujourd'hui, tandis que je me promenais, j'ai vu un homme dans les bois.

Le médecin m'avait conseillé de rester au lit, mais je me suis sentie suffisamment forte, alors je t'ai laissée dormir dans ton berceau & je me suis aventurée seule dans la forêt d'érables qui entoure la maison. Une camisole de givre emprisonnait les arbres & l'air printanier était glacial. Comme RJ me refuse manteau et chaussures, j'ai emprunté les affaires de la gouvernante. C'était ma première sortie en tant que mère & même le sol semblait différent sous mes pieds, un peu plus enchanté, un peu moins clément aussi. Mais je me sentais la bienvenue dans la forêt & j'en ai bientôt éprouvé une grande joie.

Si l'homme des bois n'avait pas été en train de planter un clou dans un érable, je ne l'aurais jamais remarqué. Il avait une barbe & l'air miséreux & semblait presque mi-arbre lui-même. Mais j'ai vu de la bonté dans le soin qu'il a mis à accrocher un seau au clou & dans le calme de ses mouvements. Il ne semblait guère bavard, alors je ne l'ai pas dérangé.

RJ serait furieux de savoir que quelqu'un vit sur ses terres, aussi bien sûr ne dirai-je rien. Il vient me voir demain & te rencontrera pour la première fois. Il faut que je pense à cacher ce journal avant son arrivée. Sa simple existence lui est un affront. Il se méfie des livres & encore plus des journaux intimes.

Je suis gênée de l'avouer, mais je veux être écrivaine comme Virginia Woolf. Je veux savoir à quoi ressemble cette extase… Être dépassée par les mots ! Les sentir courir dans vos veines comme du vif-argent, plus vite que votre sang ! Contrairement à RJ, HBL aime que j'écrive. Souvent, il me dit que je suis capable de faire tout ce que je veux & j'espère qu'il a raison. Je lui ai demandé de m'apporter des chaussures & un manteau ce soir lorsqu'il me rendra visite & il a dit oui. C'est une âme tourmentée, mais c'est aussi une bonne personne. Il me ressemble, au fond, de bien des façons. L'un comme l'autre nous avons plus de charges que de choix, plus d'amour que d'endroits où le mettre.

J'ai eu si longtemps l'impression que ma vie était une graine dont le terreau du monde ne voulait pas. La faute à la Grande Dépression, en partie du moins. Tout s'effile & s'effondre. À la banque, on ne parlait que de ça. Personne ne sait ce qui a causé le krach, seulement comment il nous suffoque & nous défigure. Les gens ont beau être disposés à travailler, il n'y a pas de travail. Et même ici, tout près de l'océan, le ciel se voile parfois de poussière. J'ai peur que tout ce qui est vert & vivant nous ait abandonnés pour de bon & que cette poussière soit tout ce que nous méritons.

En mon temps, j'ai travaillé, travaillé & travaillé encore & malgré cela je ne suis arrivée à rien. Même petite fille, l'espoir a toujours été pour moi une denrée rare.

Or, à ma grande surprise, tu m'en as donné. Peut-être parce qu'un monde dans lequel tu vis me semble fondamentalement plus riche. C'est pourtant toi qui devras affronter la désolation du futur, pas moi. Un futur dont on ne peut plus dire qu'il sera meilleur que le passé. Alors ceci est sans doute aussi ma façon de te présenter mes excuses.

Mais il y a un cerisier en pleine floraison devant ma fenêtre & je lui parle. Au moment de ta naissance, quand le médecin a pris l'air inquiet, j'en ai compté les fleurs pendant que je perdais du sang & que je sentais mon corps glisser vers la mort. Mainte-

nant, chaque fois que le vent agite les branches, c'est toi que je vois dans le frémissement des pétales.

Après avoir laissé l'homme dans les bois, j'ai pris une décision : je vais te garder.

Je croyais ne pas pouvoir. Mais ce n'est plus le cas.

Je me fiche d'avoir si peu d'argent. Je me fiche que l'avenir soit sombre. Je me fiche de qui est ton père. Je me fiche même d'être ta mère. Je ne te veux pas parce que tu es à moi. Je te veux parce que c'est moi qui suis à toi.

RJ va être furieux & je vais certainement perdre mon appartement & mon travail & peut-être plus encore. Mais HBL m'aidera. Je peux être têtue une fois que j'ai résolu quelque chose. Demande à tes grands-parents, s'ils sont encore en vie lorsque tu liras ces mots.

En ce moment, tu dors. Tu m'as vidée de mon énergie, mais c'est normal. À quoi sert notre énergie, sinon à cela ? Je t'ai enveloppée dans une pièce de brocart que j'ai trouvée dans un magasin caritatif. Moi qui croyais détester les travaux d'aiguille, eh bien ce soir je m'y astreindrai quelques heures pour toi, afin de t'en faire une couverture. Il faut que tu aies au moins une chose que RJ n'ait pas achetée.

Pour l'heure, il me faut poser mon stylo. Je suis encore un peu étourdie & endolorie par ta naissance & par ma promenade & je ne peux pas rester assise plus longtemps. Je promets de reprendre la plume demain & de terminer ces pensées, si du moins elles peuvent être terminées. Mon seul espoir est que ce journal donne des explications & que, le moment venu, tu puisses le lire & peut-être comprendre mes intentions les plus sincères & les plus déterminantes. À savoir que mon souci principal est d'être digne de toi. Dès que je serai prête, nous partirons d'ici. Ensemble. S'ils tentent de nous en empêcher, nous fuirons dans la forêt. Ce sera une longue marche jusqu'à la ville. Mais je suis forte & tu me donnes du courage & il n'y a pas meilleur endroit par où s'échapper qu'une forêt.

REMERCIEMENTS

Je remercie Bill Clegg, dont la foi en ce livre a été l'échafaudage qui en a rendu possible la construction.

Je suis profondément reconnaissant à Alexis Washam et Jillian Buckley des éditions Hogarth pour leur perspicacité et leur engagement. J'ajoute un merci tout particulier à Anita Chong, chez McClelland & Stewart, qui me soutient depuis si longtemps et m'a aidé à raconter cette histoire, cerne par cerne, branche par branche, feuille par feuille.

Merci également à Jared Bland, Joe Lee, Ruta Liomornas, Melanie Little, Jennifer Griffiths, Shaun Oakey, Francis Geffard, Simon Toop, David Kambhu, Marion Duvert, Henry Rabinowitz, Griffin Irvine, Lilly Sandberg, Molly Slight, Henry Rosebloom, Marika Webb-Pullman, Alexander MacLeod, Benji Wagner, Alex Craig, Arnie Bell, Jackie Bowers, Naomi Brown, et Claire et Martha Christie.

Lorsque le dernier arbre doit son inspiration à de nombreux autres livres : *L'Arbre* de John Fowles, *The Wretched of Canada: Letters to R. B. Bennett, 1930-1935* édité par Linda M. Grayson et Michael Bliss, *The Great Depression* de Pierre Berton, *The Worst Hard Time* de Timothy Egan, *Hard Times. Histoires orales de la Grande Dépression* de Studs Terkel, *Personne ne gagne* de Jack Black, *Vagabonds de la vie. Autobiographie d'un hobo* de Jim Tully, *Le Grand Partout* de William T. Vollmann, *H. R.: A Biography of H. R. MacMillan* de Ken Drushka,

Louons maintenant les grands hommes de James Agee et Walker Evans, *Cabbagetown* de Hugh Garner, *Confessions d'un mangeur d'opium anglais* de Thomas De Quincey, *La Vie secrète des arbres* de Peter Wohlleben, *L'Arbre. Une vie* de David Suzuki et Wayne Grady, *Unchopping a Tree* de W. S. Merwin, *Guerres* de Timothy Findley, *How to Live in the New America* de William Kaysing, *Woodsmen of the West* de Martin Allerdale Grainger, *Le Retour du soldat* de Rebecca West, *The Journal of Private Fraser* de Donald Fraser, édité par Reginald H. Roy, et *The Soul of a Tree* de George Nakashima.

L'essentiel de ce gros roman a été écrit dans un petit chalet sur Galiano Island, dont je voudrais remercier les habitants pour leur soutien tout au long de l'écriture du livre. Je souhaite aussi consigner ici ma dette envers le Conseil des arts du Canada pour leur aide financière.

Merci à mes parents, tous les deux disparus trop tôt, et dont je commence à peine à mesurer les discrets sacrifices. Merci aussi à Jason Christie, le meilleur frère et adversaire de tennis de table dont je pouvais rêver.

Enfin, merci à Lake et August, dont les vies ont régénéré la mienne. Et à Cedar Bowers, pour tant de choses qu'il me faudrait une forêt entière de papier pour en dresser la liste.

DU MÊME AUTEUR

Aux Éditions Albin Michel

LE JARDIN DU MENDIANT, nouvelles, 2012

« Terres d'Amérique »

Collection dirigée par Francis Geffard
(Extrait du catalogue)

NANA KWAME ADJEI-BRENYAH
Friday Black, nouvelles

CHRIS ADRIAN
Un ange meilleur, nouvelles

SHERMAN ALEXIE
Indian Blues, roman
Indian Killer, roman
Phoenix, Arizona, nouvelles
La Vie aux trousses, nouvelles
Dix Petits Indiens, nouvelles
Red Blues, poèmes
Flight, roman
Danses de guerre, nouvelles

TOM BARBASH
Les Lumières de Central Park, nouvelles
Beautiful Boy, roman

TOM BISSELL
Dieu vit à Saint-Pétersbourg, nouvelles

AMANDA BOYDEN
En attendant Babylone, roman

JOSEPH BOYDEN
Le Chemin des âmes, roman
Là-haut vers le nord, nouvelles
Les Saisons de la solitude, roman
Dans le grand cercle du monde, roman

TAYLOR BROWN

Les Dieux de Howl Mountain, roman

Le Fleuve des rois, roman

KEVIN CANTY

Une vraie lune de miel, nouvelles

Toutes les choses de la vie, roman

De l'autre côté des montagnes, roman

DAN CHAON

Parmi les disparus, nouvelles

Le Livre de Jonas, roman

Cette vie ou une autre, roman

Surtout rester éveillé, nouvelles

Une douce lueur de malveillance, roman

CHRISTOPHER COAKE

Un sentiment d'abandon, nouvelles

TOM COOPER

Les Maraudeurs, roman

CHARLES D'AMBROSIO

Le Musée des poissons morts, nouvelles

Orphelins, récits

CRAIG DAVIDSON

Un goût de rouille et d'os, nouvelles

Juste être un homme, nouvelles

Cataract City, roman

Les Bonnes Âmes de Sarah Court, roman

ANTHONY DOERR

Le Nom des coquillages, nouvelles

À propos de Grâce, roman

Le Mur de mémoire, nouvelles

LOUISE ERDRICH
L'Épouse Antilope, roman
Dernier rapport sur les miracles à Little No Horse, roman
La Chorale des maîtres bouchers, roman
Ce qui a dévoré nos cœurs, roman
Love Medicine, roman
La Malédiction des colombes, roman
Le Jeu des ombres, roman
La Décapotable rouge, nouvelles
Dans le silence du vent, roman
Femme nue jouant Chopin, nouvelles
Le Pique-nique des orphelins, roman
LaRose, roman
L'Enfant de la prochaine aurore, roman

BEN FOUNTAIN
Brèves rencontres avec Che Guevara, nouvelles
Fin de mi-temps pour le soldat Billy Lynn, roman

TOM FRANKLIN
Le Retour de Silas Jones, roman
Braconnniers, nouvelles

TOM FRANKLIN & BETH ANN FENNELLY
Dans la colère du fleuve, roman

HOLLY GODDARD JONES
Une fille bien, nouvelles
Kentucky Song, roman

KEVIN HARDCASTLE
Dans la cage, roman
Toutes les chances qu'on se donne, nouvelles

ALAN HEATHCOCK
Volt, nouvelles

RICHARD HUGO
La Mort et la Belle Vie, roman
Si tu meurs à Milltown, récits

MARLON JAMES
Brève histoire de sept meurtres, roman

ADAM JOHNSON
La chance vous sourit, nouvelles

BRET ANTHONY JOHNSTON
Souviens-toi de moi comme ça, roman

THOM JONES
Le Pugiliste au repos, nouvelles
Coup de froid, nouvelles
Sonny Liston était mon ami, nouvelles

CHRISTIAN KIEFER
Les Animaux, roman
Fantômes, roman

THOMAS KING
Medicine River, roman
L'Herbe verte, l'eau vive, roman

SANA KRASIKOV
L'An prochain à Tbilissi, nouvelles
Les Patriotes, roman

RICHARD LANGE
Dead Boys, nouvelles
Ce monde cruel, roman
Angel Baby, roman
La Dernière Chance de Rowan Petty, roman

MATT LENNOX
Rédemption, roman

BRIAN LEUNG
Les Hommes perdus, roman
Seuls le ciel et la terre, roman

MAXIM LOSKUTOFF
Viens voir dans l'Ouest, nouvelles

ROBIN MACARTHUR
Le Cœur sauvage, nouvelles
Les Femmes de Heart Spring Mountain, roman

STEPHEN MARKLEY
Ohio, roman

DINAW MENGESTU
Les belles choses que porte le ciel, roman
Ce qu'on peut lire dans l'air, roman
Tous nos noms, roman

STEFAN MERRILL BLOCK
Le Noir entre les étoiles, roman

PHILIPP MEYER
Le Fils, roman

JOHN MURRAY
Quelques notes sur les papillons tropicaux, nouvelles

MATTHEW NEILL NULL
Le Miel du lion, roman
Allegheny River, nouvelles

TOMMY ORANGE
Ici n'est plus ici, roman

KEVIN PATTERSON
Dans la lumière du Nord, roman

BENJAMIN PERCY
Sous la bannière étoilée, nouvelles
Le Canyon, roman

DAVID JAMES POISSANT
Le Paradis des animaux, nouvelles

DONALD RAY POLLOCK
Le Diable, tout le temps, roman
Une mort qui en vaut la peine, roman

ERIC PUCHNER
La Musique des autres, nouvelles
Famille modèle, roman
Dernière journée sur terre, nouvelles

JON RAYMOND
Wendy & Lucy, nouvelles
La Vie idéale, roman

ELWOOD REID
Ce que savent les saumons, nouvelles
Midnight Sun, roman
La Seconde Vie de D.B. Cooper, roman

KAREN RUSSELL
Swamplandia, roman
Foyer Sainte-Lucie pour jeunes filles
élevées par les loups, nouvelles
Des vampires dans la citronneraie, nouvelles

ANJALI SACHDEVA
Tous les noms qu'ils donnaient à Dieu, nouvelles

JON SEALY
Un seul parmi les vivants, roman

HUGH SHEEHY
Les Invisibles, nouvelles

WELLS TOWER
Tout piller, tout brûler, nouvelles

DAVID TREUER
Little, roman
Comme un frère, roman
Le Manuscrit du Dr Apelle, roman
Indian Roads, récit
Et la vie nous emportera, roman

BRADY UDALL
Lâchons les chiens, nouvelles
Le Destin miraculeux d'Edgar Mint, roman
Le Polygame solitaire, roman

GUY VANDERHAEGHE
La Dernière Traversée, roman
Comme des loups, roman
Comme des feux dans la plaine, roman

CLAIRE VAYE WATKINS
Les Sables de l'Amargosa, roman

SHAWN VESTAL
Goodbye, Loretta, roman

VENDELA VIDA
Se souvenir des jours heureux, roman
Les Habits du plongeur abandonnés sur le rivage, roman

JOHN VIGNA
Loin de la violence des hommes, nouvelles

WILLY VLAUTIN
Motel Life, roman
Plein nord, roman
Ballade pour Leroy, roman
La Route sauvage, roman
Devenir quelqu'un, roman

JAMES WELCH
L'Hiver dans le sang, roman
La Mort de Jim Loney, roman
Comme des ombres sur la terre, roman
L'Avocat indien, roman
À la grâce de Marseille, roman
Il y a des légendes silencieuses, poèmes

COLSON WHITEHEAD
Underground Railroad, roman
Nickel Boys, roman

CALLAN WINK
Courir au clair de lune avec un chien volé, nouvelles

SCOTT WOLVEN
La Vie en flammes, nouvelles

PEFC
PEFC/14-38-00121

Certifié PEFC

Ce produit est issu de forêts gérées durablement et de sources contrôlées

www.pefc-france.org

L'éditeur de cet ouvrage s'engage pour la préservation de l'environnement et utilise du papier issu de forêts gérées de manière responsable.

Composition : IGS-CP
Impression : CPI Black Print (Barcelone) en décembre 2021
Éditions Albin Michel
22, rue Huyghens, 75014 Paris
www.albin-michel.fr

ISBN : 978-2-226-44100-3
ISSN : 1272-1085
N° d'édition : 23413/04
Dépôt légal : août 2021
Imprimé en Espagne